READY PLAYER ONE

READY PLAYER ONE

ERNEST CLINE

Traducción de Juanjo Estrella
Revisión de la traducción a cargo de David Tejera Expósito

NOVA

Título original: *Ready Player One*
Primera edición: marzo de 2018

© 2011, Dark All Day, Inc.
© 2011, 2018, Penguin Random House Grupo Editorial, S. A. U.
Travessera de Gràcia, 47-49. 08021 Barcelona
© 2018, de la presente edición:
Penguin Random House Grupo Editorial USA, LLC.,
8950 SW 74th Court, Suite 2010
Miami, FL 33156
© 2011 Juanjo Estrella, por la traducción

Printed in USA

ISBN: 978-1-947783-27-0

Penguin
Random House
Grupo Editorial

Para Susan y Libby, porque no existe
mapa para el lugar al que nos dirigimos

Quienes tienen mi misma edad recuerdan dónde estaban y qué hacían la primera vez que oyeron hablar de la competición. Cuando en el canal de vídeo apareció un boletín de noticias que anunciaba que James Halliday había muerto esa noche, yo estaba viendo dibujos animados en mi escondite.

No era la primera vez que oía hablar de Halliday, claro. Todo el mundo sabía quién era: el diseñador de videojuegos que había creado OASIS, el ambicioso juego *online* multijugador masivo que había ido evolucionando hasta convertirse en la realidad virtual en línea más visitada a diario, tanto para hacer negocios como para comunicarse y divertirse. El éxito sin precedentes de OASIS había convertido a Halliday en una de las personas más ricas del mundo.

Al principio no entendí por qué los medios de comunicación concedían tanta importancia a la muerte de aquel multimillonario. Como si los habitantes del planeta Tierra no tuvieran otras preocupaciones. La crisis energética. El catastrófico cambio climático. El hambre, cada vez más generalizada, la pobreza, las enfermedades. Media docena de guerras. Ya se sabe, lo de siempre: «perros y gatos cohabitando, la histeria de las masas». Por lo general, los boletines de noticias no interrumpían las comedias o series interactivas a menos que hubiera sucedido algo muy grave. Como el descubrimiento de un virus asesino o la desaparición de alguna ciudad bajo una nube atómica. Cosas así. Por muy famoso que fuese, el fallecimiento de Halliday no debería de haber merecido más que un espacio breve en el informativo de la noche, para que las masas desharrapadas menearan la cabeza, muertas de envidia, cuando los presentadores pronunciaran la suma obscena de dinero que pasaría a engrosar la fortuna de los herederos del multimillonario.

Pero es que ahí, precisamente, estaba la noticia: James Halliday no tenía herederos.

Había muerto soltero, a los sesenta y siete años, sin parientes vivos y, según se decía, sin un solo amigo. Había pasado aislado por voluntad propia los últimos quince años de su vida, tiempo durante el que (si había que hacer caso de los rumores) había enloquecido por completo.

Así que la noticia bomba que dejó a todo el mundo boquiabierto, la revelación que hizo que, desde Tokio hasta Toronto, la gente se cagara en los cereales del desayuno, estaba relacionada con las últimas voluntades y el testamento de Halliday, con el destino de su inmensa fortuna.

Halliday había preparado un breve mensaje de vídeo y había dispuesto que los medios de comunicación lo emitieran en el momento de su muerte. También ordenó que se enviara por correo electrónico una copia del vídeo a todos los usuarios de OASIS esa misma mañana. Todavía recuerdo aquel aviso electrónico, aquel sonido como de campanilla, cuando llegó a mi bandeja de entrada apenas segundos después de que hubiera oído la noticia en el informativo.

Aquel mensaje de vídeo era, de hecho, un cortometraje muy bien producido titulado *Invitación de Anorak*. Excéntrico como era, Halliday había mantenido a lo largo de su vida una obsesión por los años ochenta del siglo XX la década que había coincidido con su adolescencia, e *Invitación de Anorak* estaba plagado de lo que posteriormente descubrí eran veladas referencias a la cultura popular de aquellos años, aunque casi todas ellas se me pasaron por alto la primera vez que lo vi.

De principio a fin duraba poco más de cinco minutos, y en los días y semanas que siguieron se convertiría en el documento audiovisual más analizado de la historia, superando incluso al del asesinato de Kennedy en Dallas, captado por Abraham Zapruder, si tenemos en cuenta el número de veces que fue estudiado fotograma por fotograma. Todos los miembros de mi generación llegaríamos a aprendernos de memoria el mensaje de Halliday, de cabo a rabo.

• • •

Invitación de Anorak empieza con el sonido de las trompetas de los primeros compases de una canción antigua llamada *Dead Man's Party*.

Durante los primeros segundos, la canción suena sobre un fondo negro. A las trompetas se une una guitarra y entonces aparece Halliday. Pero no es un hombre de sesenta y siete años, devorado por el paso del tiempo y la enfermedad. Su aspecto es el que lucía en la portada de la revista *Time* en 2014. Un hombre alto, delgado, saludable, de poco más de cuarenta años, algo despeinado y con sus características gafas de pasta. También lleva la misma ropa con la que aparecía en la foto de la revista: vaqueros desgastados y la camiseta retro de *Space Invaders*.

Halliday se encuentra en un baile de instituto que se celebra en un gran gimnasio cubierto. Está rodeado de adolescentes cuyas ropas, peinados y bailes dejan claro que pertenecen a los años ochenta.* Halliday también baila (algo que nadie le vio hacer jamás en la vida). Con una sonrisa de loco dibujada en los labios, da vueltas muy deprisa y mueve los brazos y la cabeza al ritmo de la música, componiendo, impecablemente, varios de los pasos característicos de aquella época. Pero Halliday no tiene pareja de baile. Como suele decirse, está «bailando solo».

---

* Un análisis detallado de esta escena revela que todos los adolescentes que aparecen detrás de Halliday son, en realidad, extras de varias películas para adolescentes de John Hughes que han sido cortados y pegados digitalmente en el vídeo.

En el ángulo inferior izquierdo de la pantalla aparecen unas líneas que indican el nombre del grupo, el de la canción, la discográfica y el año de lanzamiento, como si se tratara de un videoclip antiguo emitido en la MTV: Oingo Boingo, *Dead Man's Party*, MCA Records, 1985.

Cuando empieza la letra de la canción, Halliday mueve los labios y hace *playback* sin dejar de dar vueltas. *«All dressed up with nowhere to go. Walking with a dead man over my shoulder. Don't run away, it's only me...»*

Entonces deja de bailar de improviso y con los dedos de la mano derecha hace el gesto de cortar. La música se detiene al momento. En ese preciso instante quienes bailaban en el gimnasio tras él desaparecen y la escena a su alrededor cambia.

Halliday se encuentra en una funeraria, junto a un ataúd abierto.* Un segundo Halliday, mucho mayor, aparece tendido en la caja, su cuerpo devorado por el cáncer. Sendas monedas relucientes le cubren los párpados.**

El Halliday más joven baja la vista y contempla su cadáver, anciano, con tristeza impostada, antes de volverse a los compungidos asistentes para dirigirles unas palabras.*** Halliday chasquea los dedos y en la mano derecha aparece un pergamino. Lo desenrolla con gran parsimonia, hasta que el papel toca el suelo y se extiende por el pasillo que se abre frente a él. Rompe la cuarta pared y, dirigiéndose al espectador, empieza a leer.

—Yo, James Donovan Halliday, en plenitud de mis facultades mentales, por la presente dispongo y declaro que este instrumento sea mi Última Voluntad y Testamento, con el que quedan revocados todos y cada uno de los documentos y anexos

---

* En realidad, lo que lo rodea está sacado de una escena de la película *Escuela de jóvenes asesinos*. Parece que Halliday ha recreado digitalmente el decorado de la funeraria y se ha insertado a sí mismo en él.

** Un visionado posterior en alta definición revela que ambas fueron acuñadas en 1984.

*** En realidad, todos los asistentes son actores y extras de la misma escena del funeral de *Escuela de jóvenes asesinos*. Winona Ryder y Christian Slater resultan claramente visibles, y aparecen sentados al fondo.

firmados por mí hasta la fecha... —Sigue leyendo, cada vez más deprisa, pasa sobre varios párrafos llenos de jerga legal, hasta que las palabras resultan ininteligibles. Entonces se detiene abruptamente—. Olvidaos de todo esto —afirma—. Por muy rápido que leyera, tardaría un mes en terminar. Y, aunque es triste, no dispongo de tanto tiempo. —Suelta el pergamino, que desaparece tras una lluvia de polvo de oro—. Permitidme que haga saber solo lo más destacado.

La funeraria desaparece y la escena cambia de nuevo. Halliday se encuentra ahora frente a la puerta de la inmensa cámara acorazada de un banco.

—Todo mi patrimonio, incluida mi participación mayoritaria en acciones de mi empresa, Gregarious Simulation Systems, quedará en depósito hasta que se cumpla la única condición que he dispuesto en mi testamento. El primer individuo en satisfacer dicha condición heredará toda mi fortuna, valorada en la actualidad en más de doscientos cuarenta mil millones de dólares.

La puerta de la cámara acorazada se abre y Halliday accede a su interior. Se trata de un espacio enorme que contiene una montaña inmensa de lingotes de oro, del tamaño aproximado de una casa de grandes dimensiones.

—Aquí está la pasta que dejo para quien la quiera. —Sonríe de oreja a oreja—. En los bolsillos no os va a caber, ¿verdad?

Halliday se apoya en la montaña de lingotes de oro y la cámara toma un primer plano del rostro.

—Seguro que os estáis preguntando qué tenéis que hacer para pillar todo este dinero. Pues echad el freno, niños, que ya llegamos... —Hace una pausa dramática y adopta la expresión de quien está a punto de desvelar un gran secreto.

Halliday vuelve a chasquear los dedos y la cámara acorazada desaparece. En ese preciso instante, mengua y se transforma en un niño pequeño, vestido con un pantalón de pana marrón y una camiseta descolorida de *Los Teleñecos*.* El pequeño Halli-

* Ahora Halliday tiene justo el mismo aspecto que en la foto de la escuela que le hicieron en 1980, cuando tenía ocho años.

day aparece en un salón abigarrado de elementos, una moqueta naranja desgastada, paredes con paneles de madera y una decoración hortera de finales de los setenta. Cerca de él, hay un televisor Zenith de 21 pulgadas con una consola Atari 2600 conectada.

—Esta fue la primera consola de videojuegos que tuve en mi vida —prosigue Halliday con voz mucho más aguda—. Una Atari 2600. Me la regalaron en la Navidad de 1979. —Se sienta frente a la consola, levanta el *joystick* y empieza a jugar—. Este era mi juego preferido —añade, señalando con un movimiento de cabeza la pantalla, donde un pequeño cuadrado viaja a través de una serie de laberintos sencillos—. Se llamaba *Adventure*. Como muchos de los primeros videojuegos, *Adventure* fue diseñado y programado por una sola persona. Pero en aquella época, Atari se negaba a conceder el menor mérito a sus programadores, por lo que los nombres de los creadores de los juegos no aparecían en ninguna parte.

En la pantalla del televisor vemos cómo Halliday usa una espada para matar a un dragón rojo, aunque a causa de la baja resolución de los gráficos del juego, parece que es un cuadrado que intentara clavarle una lanza a un pato deforme.

—Así pues, el hombre que inventó *Adventure*, un hombre que se llamaba Warren Robinett, decidió ocultar su nombre en el interior del propio juego. Escondió una llave en uno de los laberintos. Si encontrabas la llave, un pequeño punto gris pixelado, podías usarla para entrar en una habitación secreta donde Robinett había escondido su propio nombre.

En la pantalla, Halliday conduce a su protagonista cuadrado hasta la habitación secreta del juego y, en el centro, aparecen las palabras CREADO POR WARREN ROBINETT.

—Este —continúa Halliday, señalando la pantalla con sincera veneración— fue el primer «Huevo de Pascua» que apareció en un videojuego. Robinett lo ocultó en el código del juego, no se lo dijo a nadie, y Atari lo fabricó y lo envió a todo el mundo sin tener conocimiento de aquella habitación secreta. Y no lo descubrieron hasta que, unos meses después, niños del mundo entero empezaron a encontrarlo. Yo fui uno de aquellos niños, y encontrar por primera vez el «Huevo de Pascua» de Robinett fue una de las experiencias con los videojuegos más maravillosas de mi vida.

El pequeño Halliday suelta el *joystick* y se pone en pie. Al hacerlo, el salón se difumina, desaparece, y da paso a otra escena. Halliday aparece en una caverna lúgubre, donde la luz de las antorchas que quedan fuera de plano ilumina intermitentemente las paredes húmedas. En ese instante, la apariencia de Halliday también vuelve a cambiar, y el niño se transforma en su famoso avatar de OASIS: Anorak, un mago alto, ataviado con una túnica y que hace gala de un rostro algo más atractivo que el de la versión adulta de Halliday (aunque conserva las gafas). Anorak lleva su característica túnica negra, con el emblema de su avatar: una gran letra «A» escrita a mano bordada en cada manga.

—Antes de morir —anuncia Anorak, con un tono de voz mucho más grave—, creé mi propio «Huevo de Pascua» y lo oculté en algún lugar de mi videojuego más conocido, OASIS. La primera persona que lo encuentre heredará toda mi fortuna.

Otra pausa dramática.

—El Huevo está bien escondido. No me he limitado a meterlo debajo de una piedra. Supongo que podría decir que está bajo llave en una caja fuerte, enterrada en una habitación secreta, oculta en el centro de un laberinto, en alguna parte... —Se lleva el dedo índice a la sien derecha—. Aquí arriba.

»Pero no os preocupéis. He dejado algunas pistas por ahí para que podáis poneros en marcha. Y ahí va la primera. —Anorak hace un gesto grandilocuente con la mano y de improviso aparecen tres llaves que empiezan a girar en el aire, delante de él. Parecen estar fabricadas de cobre, jade y cristal transparente. Las llaves siguen girando y, mientras lo hacen, Anorak recita unos versos, que se muestran como subtítulos llameantes por la parte inferior de la pantalla a medida que los pronuncia:

Ocultas, las tres llaves, puertas secretas abren.
En ellas, los errantes serán puestos a prueba.
Y quienes sobrevivan a muchos avatares
llegarán al Final donde el trofeo espera.

Cuando termina, la Llave de Jade y la de Cristal desaparecen; solo queda la de Cobre, que cuelga de una cadena que Anorak lleva al cuello.

La cámara lo sigue y él se vuelve y continúa avanzando hacia el interior de la oscura caverna. Un instante después, llega hasta una inmensa puerta de madera de doble hoja encajada en la pared rocosa. Las puertas están atravesadas por barras de acero y se ven escudos y dragones tallados en su superficie.

—No he tenido ocasión de *testear* este juego, por lo que me temo que tal vez haya escondido el Huevo de Pascua demasiado bien y sea demasiado difícil de encontrar. No estoy seguro. Si es así, ya es demasiado tarde para cambiarlo de lugar, así que supongo que ya veremos qué pasa.

Anorak abre de golpe las puertas y al hacerlo aparece una gigantesca sala del tesoro, llena de montañas de monedas de oro resplandecientes y de cálices engarzados con piedras preciosas.* Franquea las puertas y se gira para mirar cara a cara al espectador, con los brazos extendidos para mantener abiertas las enormes puertas. **

—Así que, sin más dilación... —anuncia Anorak—. ¡Que empiece la búsqueda del Huevo de Pascua de Halliday!

Acto seguido desaparece tras emitir un destello de luz y la cá-

---

* Un análisis detallado revela gran cantidad de artículos curiosos entre los montículos que componen el tesoro, entre ellos destacan: varios ordenadores antiguos (un Apple IIe, un Commodore 64, un Atari 800 XL y un TRS-80 Color Computer 2), así como numerosos controladores de videojuegos para todo tipo de consolas y centenares de dados poliédricos, de los que se usaban en los antiguos juegos de rol de mesa.

** La captura de esta escena es casi idéntica a un dibujo de Jeff Easley que aparecía en la cubierta de la *Guía del Dungeon Master*, un libro de reglas de *Dungeons & Dragons* publicado en 1983.

mara permanece enfocada hacia la puerta abierta y los montículos resplandecientes llenos de tesoros que aguardan del otro lado.

Entonces la pantalla vuelve a ponerse negra.

* * *

Al final del vídeo, Halliday incluía un enlace a su página web personal, que había cambiado por completo la mañana de su muerte. Durante más de una década, lo único que tuvo colgado en ella fue una animación en bucle que mostraba a su avatar Anorak sentado en una biblioteca medieval, encorvado sobre una mesa de trabajo rayada, mezclando pociones y consultando con mucho interés libros de hechizos frente a una pared de la que colgaba una pintura de grandes dimensiones que representaba a un dragón negro.

Pero aquella animación había desaparecido y en su lugar había una lista de récords, como las que aparecían en las antiguas recreativas. La lista tenía diez casillas numeradas y en cada una de ellas se repetían las iniciales JDH —James Donovan Halliday—, seguidas de una puntuación con seis ceros. Aquella lista de récords no tardaría en conocerse como el Marcador.

Justo debajo del Marcador, también apareció un icono. Su aspecto era el de un libro pequeño encuadernado en piel y, al hacer clic sobre él, remitía a un enlace para descargar una copia gratuita del *Almanaque de Anorak*, donde se recogían miles de entradas sin fecha del diario de Halliday. Tenía una extensión de más de mil páginas, pero contenía muy pocos detalles sobre la vida personal de su autor o sus actividades cotidianas. Casi todas las entradas estaban relacionadas con sus observaciones improvisadas sobre varios videojuegos clásicos, novelas de ciencia ficción y fantasía, cómics y cultura popular de los años ochenta. También figuraban algunas diatribas humorísticas en las que se criticaba todo lo que se le ocurriera, desde las religiones organizadas hasta los refrescos sin azúcar.

La Cacería, como acabó por conocerse aquella competición, llegó a formar parte de la cultura popular de todo el mundo. Igual que sucedía con la lotería, encontrar el Huevo de Pascua de Halliday se convirtió en una ilusión para niños y adultos por igual. Era un juego en el que cualquiera podía participar y, al principio, no parecía haber un modo acertado ni erróneo de jugarlo. Lo único que el contenido del *Almanaque de Anorak* parecía indicar era que, para encontrar el Huevo, resultaría imprescindible familiarizarse con las diversas obsesiones de Halliday. Cuestión que llevó a una fascinación creciente por los videojuegos clásicos y la cultura popular de los ochenta. Cincuenta años más tarde, las películas, la música, los juegos y las modas de los años ochenta volvieron a cobrar vigencia. En 2041, el pelo encrespado y los tejanos lavados al ácido estaban de nuevo de moda; y las versiones de éxitos de la década interpretadas por grupos contemporáneos copaban las listas de éxitos. La gente que había vivido su adolescencia en los ochenta y que ahora se acercaba a la tercera edad vivía la extraña experiencia de ver que sus nietos adoptaban y estudiaban las modas y las tendencias de su juventud.

Había nacido una nueva subcultura, seguida por millones de personas que dedicaban todo el tiempo libre del que disponían a buscar el Huevo de Pascua de Halliday. Al principio, a esos individuos se les conocía simplemente como *Egg Hunters*, es decir, Cazadores del Huevo, pero el término no tardó en fundirse en una sola palabra: «gunters». Durante el primer año de la Cacería, ser gunter se puso muy de moda; incluso hubo una época en que casi todos los usuarios de OASIS decían serlo.

Tras cumplirse el primer aniversario de la muerte de Halliday, la pasión por todo lo relacionado con la competición empezó a remitir. Había pasado un año entero y nadie había encontrado nada. Ni una sola llave, ni una puerta. Muchos creían que parte del problema radicaba en la inmensidad de OASIS, que contenía más de mil mundos simulados donde podían ocultarse las llaves. Para registrar a fondo cualquiera de ellos, un gunter tendría que dedicar años enteros.

A pesar de que los gunters «profesionales» no dejaban ni un solo día de alardear en sus blogs diciendo que ya se encontraban más cerca del descubrimiento, la verdad se imponía sin remedio: nadie sabía siquiera con exactitud qué era lo que buscaba, ni dónde debía empezar a buscar.

Transcurrió un año más. Y otro.

Y nada.

El gran público perdió por completo el interés en la Cacería. La gente empezó a dar por supuesto que aquello no era más que una estafa estrafalaria de un loco millonario. Otros opinaban que, aunque el Huevo existiera, nadie lo encontraría jamás. Entretanto, OASIS siguió evolucionando y adquiriendo cada vez mayor popularidad, protegido de los intentos de apoderarse de él y de los varios desafíos legales por las férreas condiciones del testamento de Halliday y el ejército de abogados implacables a quienes Halliday había encomendado la administración de su patrimonio.

El Huevo de Pascua de Halliday pasó poco a poco a engrosar las listas de las leyendas urbanas, y la menguante tribu de gunters fue, cada vez más, blanco de burlas. Todos los años, coincidiendo con el aniversario del fallecimiento de Halliday, los presentadores de informativos anunciaban, en tono jocoso, que los cazadores seguían sin obtener resultados. Y año tras año eran más los gunters que abandonaban la búsqueda al estar seguros de que Halliday había hecho que el Huevo fuera imposible de encontrar.

Y así transcurrió un año más. Y otro.

Pero entonces, la noche del 11 de febrero de 2045, todo el mundo vio cómo el nombre de un avatar apareció en el primer puesto del Marcador.

Tras cinco largos años, un joven de dieciocho años que vivía en un campamento de caravanas a las afueras de Oklahoma City había encontrado la Llave de Cobre.

Ese joven era yo.

Son muchos los libros, los dibujos animados, las películas y las miniseries que han intentado contar la historia de lo que sucedió a continuación, pero ninguno lo ha hecho bien. Así que he decidido aclararlo, de una vez por todas.

NIVEL 1

Ser humano es una mierda la mayor parte del tiempo. Los videojuegos son lo único que hacen la vida más llevadera.

Almanaque de Anorak,
capítulo 91, versículos 1-2

0 0 0 |

Desperté sobresaltado al oír disparos procedentes de una de las torres de caravanas de las inmediaciones. Durante unos minutos, se oyeron gritos y chillidos amortiguados; después, silencio.

Los disparos no eran raros en las torres, pero aun así me desvelaron. Sabía que no podría volver a dormirme, así que decidí matar el tiempo que quedaba hasta la salida del sol recordando algunos videojuegos clásicos de la época en la que se jugaba a las recreativas. *Galaga, Defender, Asteroids.* Todos antiguallas digitales convertidos en piezas de museo mucho antes de que yo naciera. Pero, dado que me consideraba un gunter, no los veía como curiosidades de baja resolución pasadas de moda. Para mí eran artefactos sagrados. Pilares del panteón. Cuando jugaba con los clásicos, lo hacía con un empeño nacido de la veneración.

Estaba acurrucado en mi viejo saco de dormir, en un rincón del diminuto cuartito de la lavadora de la caravana, encajado en el hueco que quedaba entre la pared y la secadora. No era bien recibido en el cuarto de mi tía, al otro lado de la entrada, pero no me importaba. Prefería ocupar el cuartito de la lavadora. No hacía frío, me permitía cierta intimidad y la conexión inalámbrica no era mala. Y además tenía sus ventajas, allí el aire olía a detergente líquido y suavizante, mientras que en el resto de la caravana apestaba a meadas de gato y pobreza abyecta.

Casi siempre dormía en mi escondite. Pero la temperatura había estado por debajo de los cero grados las últimas noches y, aunque no soportaba quedarme con mi tía, era mejor que morir congelado.

En la caravana de mi tía vivían quince personas. Ella ocupaba el menor de los tres dormitorios. Los Deppert vivían en el contiguo y los Miller en la habitación principal, al final del pasillo. Eran seis y pagaban la mayor parte del alquiler. Aunque pueda parecer que vivíamos apretados, nuestra caravana, al ser de las de doble anchura, no era de las peores que había en las torres y contaba con espacio de sobra para todos.

Saqué el portátil y lo conecté. Era una de esas bestias pesadas y voluminosas de casi diez años de antigüedad. Lo había encontrado en un contenedor de basura, detrás de un centro comercial abandonado, al otro lado de la autopista. Conseguí devolverlo a la vida cambiándole la memoria y volviendo a instalar el prehistórico sistema operativo. El procesador era más lento que un perezoso, pero para lo que lo necesitaba tenía más que suficiente. Me servía de biblioteca de investigación portátil para realizar mis búsquedas, de recreativa para jugar a videojuegos y de pantalla de cine. El disco duro estaba lleno de libros viejos, películas, episodios de series de televisión, archivos de canciones y casi todos los videojuegos creados durante el siglo XX.

Ejecuté el emulador y seleccioné el juego *Robotron: 2084*, uno de mis favoritos de toda la vida. Siempre me había encantado su ritmo frenético y lo despiadado que era en su simplicidad. *Robotron* solo requería instinto y reflejos. Jugar con los videojuegos antiguos me venía muy bien para despejar la mente y relajarme. Si me sentía deprimido o impotente por mi mala suerte en la vida, lo único que tenía que hacer era pulsar el botón de inicio del primer jugador y mis preocupaciones desaparecían al instante, al tiempo que mi mente se concentraba en la matanza incesante y pixelada que tenía lugar ante mí en la pantalla. Allí, en el interior de aquel universo bidimensional del juego, la vida era muy simple: «Eres tú contra la máquina. Muévete con la mano izquierda, dispara con la derecha e intenta seguir vivo todo el tiempo que puedas».

Pasé varias horas disparando a las sucesivas oleadas de *brains, spheroids, quarks* y *hulks* en mi batalla interminable para: *«Save The Last Human Family!».** Pero me empezaron a dar calambres en los dedos y empecé a perder la concentración. Cuando me pasaba algo tan grave, todo se iba al traste enseguida: perdía todas las vidas que me quedaban en cuestión de minutos. Y entonces, en la pantalla, aparecían las dos palabras que menos me gustaban: GAME OVER.

Apagué el emulador y me puse a revisar los archivos de vídeo. En los últimos cinco años me había descargado todas las películas, series de televisión y dibujos animados que se mencionaban en el *Almanaque de Anorak*. Todavía no los había visto todos, claro. Es probable que hacerlo me llevara décadas.

Elegí un episodio de *Enredos de Familia*, una comedia de los ochenta sobre una familia de clase media que vivía en el centro de Ohio. Me había descargado la serie porque era una de las favoritas de Halliday y suponía que era posible que en alguno de los episodios se ocultara alguna pista relacionada con la Cacería. Me enganché a la serie desde el primer momento y vi todos los capítulos varias veces. Y eso que eran ciento ochenta. No parecía cansarme nunca.

Sentado solo y a oscuras mientras veía la serie en mi portátil, siempre me imaginaba que era yo el que vivía en aquella casa acogedora y bien iluminada, y que aquella gente sonriente y comprensiva era mi familia. Que no había en el mundo nada tan grave que no pudiera resolverse al final de un episodio de media hora (o, si acaso, de un capítulo doble, si la cosa era grave de verdad).

Mi vida familiar no se había parecido nunca, ni remotamente, a la de *Enredos de familia*; seguro que esa era la razón por la que la serie me gustaba tanto. Fui el único hijo de dos adolescentes, ambos refugiados que se habían conocido en las torres de caravanas donde me crie. No conservo ningún recuerdo de mi padre. Cuando tenía pocos meses, le pegaron un tiro al entrar a

* ¡Salva a la última familia de la humanidad! *(N. del T.)*

robar a un colmado durante un apagón. Lo único que sabía de él era que le encantaban los cómics. Encontré viejas memorias USB en una caja de cosas suyas con las series completas de *El Asombroso Spiderman*, *La Patrulla-X* y *Linterna Verde*. Mi madre me contó una vez que mi padre me había puesto un nombre aliterado, Wade Watts, porque le parecía que sonaba a identidad secreta de un superhéroe. Como Peter Parker o Clark Kent. Saberlo me hizo sentir que, a pesar del modo en que había perdido la vida, mi padre debió de haber sido un tío enrollado.

Mi madre, Loretta, tuvo que criarme sola. Vivíamos en una caravana pequeña en otra zona de las torres. Trabajaba para OASIS a jornada completa, de teleoperadora y chica de compañía en un burdel *online*. Por las noches me obligaba a ponerme tapones en los oídos, para que no oyera las guarradas que decía a los clientes de otros husos horarios. Pero los tapones no funcionaban bien y tenía que ver películas antiguas con el volumen a tope.

Descubrí OASIS cuando era muy joven, porque mi madre lo usaba de niñera virtual. Tan pronto como tuve la edad para llevar guantes táctiles, mi madre me ayudó a crear mi primer avatar en OASIS. Después, me dejó en un rincón y volvió al trabajo, solo y a mis anchas, con total libertad para explorar un mundo que era totalmente nuevo para mí y muy distinto del que había conocido hasta entonces.

Puede decirse que, a partir de ese momento, me crie con los programas educativos interactivos de OASIS, a los que cualquier niño podía acceder gratuitamente. Pasé gran parte de mi infancia paseándome por una simulación de la realidad virtual de *Barrio Sésamo*, cantando canciones con teleñecos muy cariñosos y participando en juegos interactivos que me enseñaban a caminar, hablar, sumar, restar, leer, escribir y compartir. Una vez que llegué a dominar aquellas habilidades, no tardé mucho en descubrir que OASIS también era la mayor biblioteca pública del mundo, donde incluso un niño miserable como yo tenía acceso a todos los libros escritos del planeta, a todas las canciones grabadas, y a todas las películas, series de televisión, videojuegos y obras de arte creadas. Un lugar donde se hallaban reunidos los conocimientos, el arte y el entretenimiento de la civilización humana. Y estaba ahí, esperándome. Pero el acceso a tanta información resultó ser un arma de doble filo, porque fue entonces cuando descubrí la verdad.

• • •

No sé, tal vez vuestra experiencia fuera distinta de la mía. Para mí, criarme como ser humano en el planeta Tierra del siglo XXI era una putada. Desde el punto de vista existencial.

Lo peor de ser niño era que nadie me contaba la verdad sobre mi situación. De hecho, hacían todo lo contrario. Y yo, claro, les creía, porque no era más que un niño y no sabía nada. Pero si ni el cerebro siquiera se me había desarrollado del todo... ¿Cómo iba a saber si los adultos me estaban engañando?

De modo que me tragaba todas aquellas patrañas propias del Medievo que me contaban y, después, cuando pasó el tiempo y me hice mayor, empecé a atar cabos poco a poco y a deducir que la mayoría de ellos me había mentido sobre casi cualquier tema desde que había salido del vientre de mi madre.

Y esa fue una revelación alarmante.

Y una de las razones por las que, más tarde, me ha costado confiar en los demás.

Empecé a comprender la cruda verdad tan pronto como empecé a explorar las bibliotecas gratuitas de OASIS. La verdad estaba ahí mismo, esperándome, oculta en libros antiguos escritos por gente que no temía ser sincera. Artistas, científicos, filósofos, poetas, muchos de ellos muertos desde hacía mucho tiempo. A medida que leía las palabras que habían legado a la humanidad, iba comprendiendo cuál era la situación. Mi situación. Nuestra situación. Lo que la mayoría de la gente llamaba «la condición humana».

Y no era nada bueno.

Habría preferido que alguien me hubiera dicho la verdad sin paliativos cuando fui lo bastante mayor como para comprenderla. Ojalá alguien se hubiera limitado a decirme:

«Así son las cosas, Wade. Tú eres lo que se conoce como "ser humano". Los seres humanos son unos animales muy listos. Y como todos los demás animales de este mundo, descendemos de un organismo unicelular que vivió hace millones de años. Eso tuvo lugar gracias a un proceso llamado "evolución", del que ya aprenderás más cosas. Pero, hazme caso, así es como hemos llegado hasta aquí. Existen pruebas en todas partes, enterradas en las rocas. ¿Sabes eso que te han contado de que nos creó un tipo superpoderoso llamado Dios que vive en el cielo? Mentira de las grandes. Cuanto se dice de Dios es, en realidad, una patraña antigua que la gente lleva contándose miles de años. Nos la hemos inventado de cabo a rabo. Como lo de Papá Noel y el Conejito de Pascua.

»Ah, por cierto... Ni Papá Noel ni el Conejito de Pascua existen. Eso también es mentira. Lo siento, niño. Asúmelo.

»Seguramente te estarás preguntando qué pasó antes de que llegaras aquí. Pues un montón de cosas muy horribles. Cuando evolucionamos hasta convertirnos en seres humanos, las cosas se pusieron muy interesantes. Descubrimos la manera de cultivar comida y de domesticar animales para no tener que ir siempre de un lado a otro. Nuestras tribus se hicieron mucho mayores y entonces nos extendimos por el planeta como un virus imparable. Y luego, tras combatir en unas cuantas guerras unos contra otros por el control de las tierras, los recursos y nuestros dioses inventados, logramos organizar nuestras tribus en una "civilización global". Pero, si quieres que te diga la verdad, muy organizada no era, ni muy civilizada, y seguimos enzarzándonos en muchas guerras. También se nos ocurrió cómo cultivar la ciencia, que nos ayudó a desarrollar la tecnología. Y teniendo en cuenta que somos un puñado de monos sin pelo, lo cierto es que hemos llegado a inventar algunas cosas increíbles. Los ordenadores. La medicina. El láser. Los hornos microondas. Los corazones artificiales. Las bombas atómicas. Hemos llegado incluso a enviar a algunos tipos a la Luna y conseguido que regresen. También hemos creado una red global de comunicaciones que nos permite hablar con quien queramos en cualquier parte del mundo y en cualquier momento. No está mal, ¿no?

»Pero ahora vienen las malas noticias. Nuestra civilización global ha tenido un coste muy elevado. Necesitábamos mucha energía para construirla, que obteníamos de los combustibles fósiles que provenían de los restos orgánicos de plantas y animales muertos enterrados en las profundidades del suelo. Consumimos casi todo el combustible fósil antes de que tú llegaras aquí, y ahora no queda casi nada. Eso significa que ya no producimos la energía suficiente para conseguir que nuestra civilización funcione como antes. Y hemos tenido que recortar gastos y retroceder. Muchísimo. Lo llamamos crisis energética global y la hemos sufrido durante mucho tiempo.

»Es más, quemar todos esos combustibles fósiles tuvo algunos efectos secundarios, como por ejemplo el aumento de la temperatura en nuestro planeta y la contaminación del medio ambiente. De modo que, ahora, los casquetes polares se están derritiendo, ha aumentado el nivel del mar y el clima está patas arriba. Mueren muchas plantas y animales, y hay mucha gente desnutrida y sin techo. Además, seguimos organizando guerras entre nosotros, casi todas por el control de los recursos que quedan.

»Chaval, todo esto viene a querer decir que la vida es más dura que en los Buenos Tiempos, antes de que tú nacieras. Porque antes todo era maravilloso, pero ahora la situación es más bien aterradora. Para serte sincero, el futuro no pinta demasiado bien. Has nacido en una época de la historia bastante chunga. Y parece que las cosas van a seguir empeorando. La civilización humana está "en decadencia". Hay quien hasta cree que "es el fin".

»Es posible que te preguntes qué va a pasar contigo. Pues es muy fácil. Lo mismo que a todos los seres humanos que han existido. Vas a morir. Todos moriremos. Las cosas son así.

»¿Y qué pasa cuando mueres? De eso no estamos del todo seguros, pero las pruebas parecen indicar que no pasa nada. Estás muerto. El cerebro deja de funcionar y dejas de hacer preguntas molestas. ¿Y esas historias que has oído por ahí? ¿Eso de que vas a un lugar maravilloso llamado "cielo" donde no hay más dolor ni muerte y vives eternamente en estado de perpetua felicidad? También mentira. Como lo de Dios. No hay pruebas de la existencia del cielo y no las ha habido nunca. Eso también nos lo hemos inventado. Imaginaciones nuestras. O sea que, a partir de ahora, debes vivir el resto de tu vida sabiendo que algún día morirás y desaparecerás para siempre.

»Lo siento».

• • •

De acuerdo, tal vez, pensándolo bien, la sinceridad no sea lo más recomendable. Tal vez no sea buena idea contarle a un ser humano recién llegado que ha venido a un mundo lleno de caos, dolor y pobreza, en el momento justo para presenciar cómo todo se va al traste. Yo lo descubrí poco a poco, con el paso de los años, y aun así me asustaba tanto que me daban ganas de tirarme de algún puente.

Por suerte tenía acceso a OASIS, que era como contar con una escotilla de escape hacia una realidad mejor. OASIS me mantuvo cuerdo. Fue mi patio de recreo y mi jardín de infancia. Un lugar mágico donde cualquier cosa era posible.

OASIS es el escenario de mis mejores recuerdos de niñez. Cuando mi madre no tenía que trabajar, nos conectábamos juntos y jugábamos o nos embarcábamos en una aventura interactiva. Mi madre tenía que desconectarme a la fuerza todas las noches, porque nunca quería regresar al mundo real. El mundo real era una mierda.

Jamás eché la culpa a mi madre por la situación. Ella era una víctima del destino y las crueles circunstancias, como todos. Su generación era la que lo había pasado peor. Había nacido en un mundo de abundancia, justo a tiempo para contemplar cómo se venía abajo. Más que culparla, recuerdo que sentía lástima por ella. Se pasaba el día deprimida, y las drogas parecían ser lo único que disfrutaba de verdad. Claro que también fueron las que acabaron por matarla. Cuando yo tenía once años, se pinchó algo malo en la vena y murió en nuestro sofá cama plegable y destartalado, mientras escuchaba música en un viejo reproductor mp3 que yo había reparado y le había regalado la Navidad anterior.

Entonces tuve que mudarme a casa de mi tía. Mi tía Alice no

me acogió por bondad ni porque sintiera alguna responsabilidad familiar. Lo hizo para que el Gobierno le concediera más vales mensuales de alimentos. Yo casi siempre tenía que buscarme la comida por mi cuenta. Por lo general, no me suponía ningún problema, porque se me daba bien encontrar y reparar ordenadores viejos y consolas rotas de OASIS, que después vendía en casas de empeño o cambiaba por vales de comida. Ganaba lo suficiente para no pasar hambre, que era más de lo que muchos de mis vecinos podían decir.

El año después de que muriera mi madre, pasé casi todo el tiempo regodeándome en la autocompasión y la desesperación. Intentaba ver el lado bueno de las cosas. Me recordaba a mí mismo que, aun siendo huérfano, mi vida era mejor que la de la mayoría de los niños en África. Y en Asia. Y también en Estados Unidos. Siempre había tenido un techo y más comida de la que necesitaba. Y tenía OASIS. Mi vida no estaba tan mal. Al menos eso era lo que me repetía una y otra vez, en un intento vano de ahuyentar la inmensa soledad que sentía.

Creo que lo que me salvó fue la Búsqueda del Huevo de Pascua de Halliday. De pronto, encontré algo que merecía la pena. Un sueño digno de ser perseguido. Durante los últimos cinco años, la Cacería me había marcado una meta, un objetivo. Una misión que cumplir. Una razón para levantarme por las mañanas. Y, lo más importante de todo, algo por lo que mantener alguna esperanza.

Desde que empecé a buscar el Huevo, el futuro dejó de parecerme tan negro.

• • •

Cuando iba por la mitad del cuarto episodio de mi pequeño maratón de *Enredos de familia*, la puerta del cuartito de la lavadora se abrió con un chirrido y entró mi tía Alice —una arpía desnutrida cubierta con una bata de andar por casa— aferrada a una cesta de ropa sucia. Parecía más despierta que otras veces, lo que no auguraba nada bueno. Cuando estaba colocada resultaba más fácil de tratar.

Me miró con su gesto de desprecio habitual y empezó a meter la ropa en la lavadora. Pero su expresión cambió de pronto y asomó la cabeza por encima de la secadora para verme mejor. Abrió los ojos de par en par al fijarse en mi portátil. Lo cerré al momento y empecé a guardarlo en la mochila, pero sabía que era demasiado tarde.

—¡Dámelo, Wade! —ordenó, extendiendo la mano para quitármelo—. Puedo empeñarlo y nos ayudará a pagar el alquiler.

—¡No! —exclamé, apartándome—. Por favor, tía Alice. Lo necesito para el colegio.

—¡Lo que tú necesitas es ser un poco más agradecido! —espetó—. Todos los que viven aquí tienen que pagar alquiler. Estoy cansada de que me chupes la sangre.

—Te quedas con mis vales de comida. Con eso pago mi parte con creces.

—Y una mierda.

Intentó arrebatarme el portátil de las manos una vez más, pero yo me negué a soltarlo. Entonces se volvió de pronto y salió disparada en dirección a su cuarto. Sabía lo que venía a continuación, así que tecleé un comando en el portátil que bloqueaba el teclado y borraba el disco duro.

Segundos después regresó con su novio Rick, que seguía medio dormido. Rick iba siempre con el pecho descubierto; le encantaba lucir su impresionante colección de tatuajes carcelarios. Sin mediar palabra, levantó un puño para amenazarme y yo me cagué y le entregué el ordenador. Acto seguido, Alice y él salieron del lugar sin dejar de mirar el ordenador mientras comentaban lo que les darían por él en la casa de empeños.

Perder el portátil no era tan grave. Tenía dos más en mi escondite. Pero ni de lejos eran tan rápidos e iba a tener que pasar las copias de seguridad de todas mis cosas. Menudo palo. En fin, era culpa mía. Sabía que llevar a ese lugar cualquier cosa de valor tenía su riesgo.

La luz añil del amanecer empezaba a colarse por el ventanuco del cuarto de la lavadora. Decidí que no estaría de más salir de casa un poco antes de ir al instituto.

Me vestí lo más deprisa y en silencio que pude con unos pantalones de pana, una sudadera ancha y un abrigo que me venía grande; las únicas prendas de invierno que tenía. Agarré la mochila y me subí sobre la lavadora. Después de ponerme los guantes, abrí la ventana cubierta de escarcha. El aire glacial de la mañana hizo que me ardieran las mejillas, y contemplé por un instante el mar asimétrico que conformaban los techos del resto de caravanas.

La de mi tía ocupaba la parte más alta de una «torre» de veintidós casas móviles y superaba en una o dos a la mayoría de las torres circundantes. Las caravanas de la planta baja se apoyaban sobre el suelo, o sobre sus cimientos originales de hormigón, pero las unidades apiladas sobre ellas estaban suspendidas sobre un andamiaje modular reforzado, una precaria filigrana metálica que había ido construyéndose sobre la marcha con los años.

Vivíamos en las Torres de Portland Avenue, una colmena creciente de cajas de zapatos de hojalata y descoloridas que se oxidaban junto a la I-40, al oeste de Oklahoma City y sus rascacielos decrépitos. Se concentraban en el lugar quinientas torres conectadas entre sí por una red improvisada de tuberías recicladas, vigas y pasarelas. Había mástiles de decenas de viejas grúas de construcción (que se habían usado para apilar las caravanas fijas) por el perímetro de aquel barrio en perpetua expansión.

El nivel superior o «tejado» de las torres quedaba cubierto por una sucesión irregular de paneles solares antiguos que proporcionaban electricidad adicional a las unidades inferiores. A ambos lados, en sentido ascendente y descendente, había dispuestas diversas mangueras y tuberías corrugadas por las que cada caravana se abastecía de agua y desaguaba los desperdicios (un lujo del que no disponían algunas de las otras torres repartidas por la ciudad). La luz del sol apenas alcanzaba la planta baja (que recibía el nombre de «el suelo»). Las oscuras y estrechas franjas de tierra que quedaban entre una torre y otra estaban atestadas por los chasis de coches y camiones abandonados, con los depósitos de gasolina vacíos y las carreteras de salida bloqueadas desde hacía mucho tiempo.

Uno de nuestros vecinos, el señor Miller, me había contado una vez que aquellos parques de caravanas habían empezado siendo conjuntos de unas pocas viviendas móviles distribuidas en hileras perfectamente ordenadas y de una sola planta. Pero que, después de la crisis del petróleo y del inicio de la crisis energética, las grandes ciudades se habían visto inundadas de refugiados de las zonas residenciales circundantes y de las regiones rurales, lo que causó una gran escasez de viviendas. Los terrenos desde los que podía llegarse a pie a las grandes ciudades se convirtieron de pronto en bienes demasiado preciados para malgastarlos en campamentos de caravanas, por lo que a alguien se le ocurrió la brillante idea, como decía el señor Miller, de «apilar a las hijaputas» para optimizar el suelo disponible. La idea fue un éxito y por todo el país los parques se convirtieron en «torres» como la nuestra. Una extraña mezcla de barrio de chabolas, asentamiento de okupas y campo de refugiados. Ya estaban presentes en las afueras de casi todas las ciudades importantes, llenas de paletos de clase baja, como mis padres, que en su búsqueda desesperada de empleo, comida, electricidad y acceso fiable a OASIS, habían abandonado sus pequeñas localidades y usado la última gota de gasolina que les quedaba (o sus bestias de carga) para trasladar a sus familias y sus casas rodantes y caravanas hasta la urbe más cercana.

Cada una de las torres de nuestro parque tenía, por lo menos, quince casas móviles de altura (en algunas de ellas, de vez en cuando, además de caravanas fijas se intercalaban *roulottes*, casas rodantes, microbuses de Volkswagen o contenedores de barcos de carga, para que no faltara variedad). En los últimos años, casi todas las torres habían alcanzado una altura de veinte unidades o más, lo que inquietaba a muchos. Los derrumbamientos eran bastante frecuentes, y si el andamiaje cedía en una dirección desafortunada, el efecto dominó podía llegar a causar el desplome de cuatro o cinco torres más.

Nuestra caravana estaba situada en el extremo norte de las torres, que daba a un precario paso elevado de la autopista. A través de la ventana del cuartito de la lavadora contemplé por un momento el torrente exiguo de vehículos eléctricos que serpen-teaban sobre el asfalto cuarteado y transportaban mercancías y trabajadores hasta el centro. Mientras contemplaba el paisaje de-salentador de la ciudad, un resplandeciente rayo de sol asomó por el horizonte. Al verlo salir, cumplí con un ritual mental: cada vez que veía el sol me recordaba a mí mismo que lo que contemplaba era una estrella. Una de los miles de millones que había en nues-tra galaxia. Galaxia que era una de las miles de millones de galaxias del universo conocido. Eso me ayudaba a poner las cosas en pers-pectiva. Había empezado a hacerlo después de ver un programa de ciencia de los años ochenta llamado *Cosmos*.

Salí por la ventana haciendo el menor ruido posible y, aga-rrándome a la parte inferior del marco, descendí por la fría es-tructura metálica lateral de la caravana. La plataforma de acero sobre la que se apoyaba era apenas más larga y más ancha que la caravana misma, lo que solo dejaba un saliente de medio metro que la rodeaba por sus cuatro costados. Apoyé los pies con cui-dado en el saliente y, una vez allí, me incorporé para cerrar la ventana del cuartito, que quedaba a mi espalda. Agarré una cuer-da que yo mismo había atado allí, a la altura de la cintura, para que me sirviera de barandilla, y empecé a avanzar de lado sobre el saliente hasta la esquina de la plataforma. Desde allí inicié el descenso por el andamio, que tenía forma de escalera. Casi siem-pre usaba aquella ruta, tanto cuando me iba como cuando regre-saba a la caravana de mi tía. A un lado de la torre, había una es-calera inestable que se movía tanto y daba tantos golpes contra el andamiaje que era imposible usarla sin armar un escándalo. Y eso no era bueno. En las torres era mejor que no te oyeran ni te vieran, en la medida de lo posible, porque por allí pululaba casi siempre gente peligrosa y desesperada, de la que te roba, viola y luego vende tus órganos en el mercado negro.

Bajar por aquel entramado de vigas metálicas me traía siem-pre a la mente aquellos antiguos videojuegos de plataformas como *Donkey Kong* o *BurgerTime*. Había aprovechado la idea hacía unos años, cuando diseñé mi primer videojuego de la Atari 2600 (un rito de iniciación para todo gunter que se precie, como lo era para un Jedi fabricar su primera espada láser). Era un plagio de *Pitfall* llamado *Las Torres* en el que el jugador debía recorrer un laberinto vertical de caravanas mientras se apoderaba de ordenadores inservibles, pillaba mejoras con forma de vales de comida y evitaba toparse con adictos a las metanfetaminas o con pederastas de camino al colegio. Lo cierto es que mi juego era mucho más divertido que la realidad en la que se basaba.

En mi descenso me detuve al llegar a la caravana Airstream que se encontraba tres unidades por debajo de la nuestra y donde vivía mi amiga, la señora Gilmore. Era una anciana adorable, de setenta y tantos años, que al parecer siempre se levantaba tempranísimo. Miré por su ventana y la vi deambulando por la cocina mientras preparaba el desayuno. No tardó nada en darse cuenta de mi presencia y se le iluminaron los ojos.

—¡Wade! —exclamó, abriendo la ventana—. Buenos días, querido.

—Buenos días, señora G. —respondí—. Espero no haberla asustado.

—En absoluto —dijo ella, tapándose mejor con la bata para protegerse del aire helado—. ¡Qué frío hace ahí fuera! ¿Por qué no entras y desayunas un poco? Tengo beicon de soja. Y estos huevos en polvo no están tan mal, si los salas bien...

—Gracias, pero esta mañana no puedo, señora G. Tengo que ir a la escuela.

—Está bien. Pues otro día. —Me lanzó un beso e hizo ademán de cerrar la ventana—. Intenta no romperte el cuello trepando por ahí, ¿de acuerdo, Spiderman?

—De acuerdo. Hasta luego, señora G.

Le dije adiós con la mano y seguí el descenso.

La señora Gilmore era un encanto. Me dejaba dormir en su sofá cuando lo necesitaba, aunque en su casa me costaba conciliar el sueño por culpa de la gran cantidad de gatos que tenía. La señora G. era muy religiosa y se pasaba la mayor parte del tiempo sentada entre los feligreses de alguna de esas megaiglesias *online* de OASIS, cantando himnos, escuchando sermones y participando en viajes virtuales a Tierra Santa. Yo reparaba su antigua consola OASIS cada vez que se le estropeaba y ella, a cambio, respondía a mi retahíla interminable de preguntas sobre lo que había supuesto ser joven en los ochenta. Conocía muchísimas curiosidades sobre la década, cosas que no figuraban en los libros ni en las películas. Además, siempre rezaba por mí. Se esforzaba todo lo que podía por salvar mi alma. Yo nunca me atrevía a decirle que creía que las religiones organizadas eran una gilipollez. A ella le daban esperanza y le ayudaban a seguir adelante; lo mismo, exactamente, para lo que me servía a mí la Cacería. Por citar un pasaje del *Almanaque de Anorak*: «Quien no esté libre de pecado, que no tire piedras».

Cuando llegué al nivel inferior, salté del andamio y aterricé en el suelo. Las botas de goma se hundieron en el aguanieve y el barro helado. Ahí abajo aún estaba muy oscuro, así que encendí la linterna y me dirigí hacia el este, abriéndome paso entre aquel oscuro laberinto mientras intentaba que no me viera nadie y trataba de esquivar un carro de la compra, la pieza de un motor o cualquier otro pedazo de chatarra de los que estaban amontonados en los callejones que separaban las torres. A aquellas horas de la mañana casi nunca tropezaba con nadie. Los transportes suburbanos que conectaban con el centro solo pasaban unas pocas veces al día y los escasos residentes afortunados que tenían trabajo ya estarían esperando en la parada del autobús, junto a la autopista. Casi todos ellos trabajaban como mano de obra en una de las gigantescas fábricas que rodeaban la ciudad.

Tras caminar casi un kilómetro llegué junto a un montículo de coches y camiones viejos apilados en precario equilibrio en el perímetro oriental de las torres. Hace décadas, las grúas habían despejado la zona de todos los vehículos abandonados que habían podido y los habían amontonado en inmensos montículos alrededor de las zonas habitadas. Algunos de ellos eran casi tan altos como las propias torres.

Me acerqué al montículo y, tras echar un vistazo a mi alrededor para asegurarme de que no me seguía ni veía a nadie, me coloqué de lado para meterme en un hueco, entre dos coches aplastados. Una vez allí, agachándome, trepando y avanzando de costado, me interné un poco más en aquel amasijo de metales retorcidos hasta llegar a un espacio abierto, situado junto a la parte trasera de una furgoneta de carga. Solo resultaba visible un tercio de la parte de atrás, el resto quedaba oculto tras los vehículos amontonados que tenía encima y alrededor. Sobre el techo había dos camionetas volcadas en distintos ángulos, aunque casi todo el peso de estas reposaba en otros coches que también estaban volcados a ambos lados. La disposición creaba una especie de arco protector que había impedido que la furgoneta resultara aplastada por la montaña de vehículos apilada sobre ella.

Me quité la cadena que llevaba al cuello, de la que colgaba una única llave. Gracias a un golpe de suerte había encontrado la llave puesta en el contacto de la furgoneta cuando la descubrí. Muchos de los vehículos trasladados allí funcionaban bien cuando los abandonaron. Sus propietarios ya no podían permitirse el combustible, de modo que los habían aparcado y se habían ido.

Guardé la linterna en el bolsillo y abrí la puerta trasera de la derecha. Se abría algo menos de medio metro, lo que, con esfuerzo, me permitía colarme dentro. Una vez en el interior la cerré y pasé el seguro. Las puertas traseras no tenían ventanas, por eso permanecí un momento en completa oscuridad, hasta que mis dedos encontraron la vieja regleta de enchufes que había fijado con cinta aislante al techo. Le di al interruptor y la luz de una antigua lámpara de despacho inundó la pequeña estancia.

El techo verde y abollado de un coche ocupaba la abertura aplastada que antes había sido el parabrisas, pero la furgoneta no tenía más desperfectos; el interior seguía intacto. Alguien se había llevado los asientos (probablemente para usarlos como muebles), creando un cuchitril pequeño de poco menos de tres metros de longitud por un metro veinte de anchura, y de una altura no mucho mayor.

Esa era mi guarida.

La había descubierto hacía cuatro años mientras buscaba componentes de ordenador abandonados. La primera vez que abrí la puerta y contemplé el interior en penumbra de la furgoneta, supe que había encontrado algo de un valor incalculable: intimidad. Se trataba de un lugar que nadie más conocía, donde no tendría que preocuparme por si a mi tía o al fracasado de turno con quien saliera le daba por perseguirme o pegarme. Allí podría esconder mis cosas sin temor a que me las robaran. Y lo más importante de todo, podría conectarme en paz a OASIS.

La furgoneta se convirtió en mi refugio. En mi Batcueva. En mi Fortaleza de la Soledad. Desde ahí asistía al colegio, hacía los deberes, leía libros, veía películas y jugaba con mis videojuegos. También era el lugar desde el que llevaba a cabo la misión de encontrar el Huevo de Pascua de Halliday.

Había forrado las paredes, el suelo y el techo con hueveras de poliestireno y retales de moqueta, en un intento de lograr el máximo aislamiento acústico posible. En una esquina tenía las cajas de cartón de varios portátiles y otros componentes, junto a una hilera de baterías viejas de coche y a una bicicleta estática modificada que usaba como cargador. Mi única pieza de mobiliario era una silla de jardín plegable.

Me quité la mochila y el abrigo, los dejé en el suelo y me monté en la bicicleta estática. Por lo general, cargar las baterías era el único ejercicio que hacía a diario. Pedaleé hasta que el medidor indicó que la carga estaba completa, después me senté en mi silla y encendí el pequeño calefactor eléctrico que tenía al lado. Me quité los guantes y me froté las manos colocándolas muy cerca de las resistencias, que ya iban adquiriendo una tonalidad anaranjada. No podía dejarlo encendido mucho rato, porque consumía demasiada energía.

Abrí la caja metálica a prueba de ratas donde guardaba mi alijo de comida y saqué de ella una botella de agua mineral y un paquete de leche en polvo. Los mezclé en un cuenco y eché una ración generosa de cereales Fruit Rocks. Una vez que lo hube engullido, saqué de debajo del salpicadero aplastado una vieja fiambrera de plástico de *Star Trek* donde guardaba la consola

OASIS que proporcionaban en el colegio, los guantes hápticos y el visor. Esos objetos eran, con gran diferencia, mis posesiones más valiosas. Demasiado valiosas para cargar con ellas a todas partes.

Me puse los guantes hápticos elásticos y flexioné los dedos varias veces para asegurarme de que las juntas no se encallaran. Después cogí la consola de OASIS: un rectángulo negro y plano del tamaño de un libro de bolsillo. Contenía integrada una antena de conexión inalámbrica, pero la cobertura en el interior de la furgoneta era una mierda; estaba enterrada bajo un enorme montículo de metal muy denso. Así pues, había improvisado una antena externa y la había montado en el capó de uno de los coches que remataban la pila. El cable de la antena ascendía serpenteando y se colaba por un hueco que había abierto en el techo de la furgoneta. La conecté a uno de los puertos del lateral de la consola y me coloqué el visor, que solo me cubría los ojos, como unas gafas de natación, y bloqueaba el paso de la luz del exterior. De los costados del visor se desplegaron unos auriculares que se encajaron de manera automática en mis oídos. El dispositivo incorporaba también dos micrófonos integrados de voz en estéreo, con los que capturaba y transmitía todo lo que decía.

Conecté la consola y comencé la secuencia de inicio de sesión. Un breve destello rojo indicaba que el visor había empezado a escanearme las retinas. Carraspeé para aclararme la garganta y dije la contraseña de inicio de sesión, que debía pronunciar con mucha claridad: «Has sido reclutado por la Liga Estelar para defender la Frontera contra Xur y la armada de Ko-Dan».

Se verificaron tanto la contraseña como mi patrón de voz, y pude conectarme. Superpuesto en el centro de la pantalla virtual apareció el siguiente texto:

Identidad confirmada.
¡Bienvenido a OASIS, Parzival! Conexión completada: 07.53.21 FHO - 10/2/2045

El texto comenzó a desaparecer y lo sustituyó un mensaje corto de tres palabras. Se trataba de un mensaje que el propio James Halliday había incorporado a la secuencia de inicio de sesión la primera vez que programó OASIS, como homenaje a los antepasados directos de aquella simulación, los videojuegos de recreativas de su juventud. Aquellas tres palabras eran siempre las últimas que veían los usuarios de OASIS antes de abandonar el mundo real y entrar en el virtual:

READY PLAYER ONE

0002

Mi avatar se materializó frente a mi taquilla, en la segunda planta del instituto, el lugar exacto en el que me encontraba cuando me desconecté la noche anterior.

Miré a un lado y a otro del pasillo. Mi entorno virtual parecía casi real (pero no por completo). El entorno en el interior de OASIS estaba muy bien renderizado en tres dimensiones. Si no te detenías a examinarlo con más atención, olvidabas fácilmente que cuanto veías estaba generado por ordenador. Y eso con mi consola OASIS, la que entregaban en la escuela, que era una mierda. Había oído que si accedías a la simulación con un equipo de inmersión de última generación, resultaba prácticamente imposible diferenciar OASIS del mundo real.

Toqué la puerta de la taquilla, que se abrió emitiendo un tenue sonido metálico. La tenía muy poco decorada por dentro: una foto de la princesa Leia posando con una pistola bláster y otra de los Monty Python con sus disfraces de *Los caballeros de la mesa cuadrada*. También la portada de la revista *Time* en la que aparecía James Halliday. Me incorporé un poco y rocé los libros de texto del estante superior, que se desvanecieron para reaparecer en el inventario de objetos de mi avatar.

Además de aquellos libros de texto, mi avatar contaba apenas con unas pocas pertenencias: una linterna, una espada corta de hierro, un escudo pequeño de bronce y una armadura de tiras de cuero. Ninguno de los objetos era mágico y todos eran de mala calidad, pero eran lo mejor que había podido permitirme. En OASIS, los productos costaban lo mismo que las cosas del mundo real (en ocasiones incluso más), además de que no podías usar vales de comida para pagar por ellos. En OASIS, la divisa era la moneda del reino, que en aquellos tiempos de incertidumbre se había convertido en una de las más estables del mundo, más cotizada que el dólar, la libra, el euro o el yen.

Había un espejo pequeño fijado a la puerta de la taquilla y, en el momento de cerrarla, vi de soslayo el rostro de mi yo virtual. Había diseñado la cara y el cuerpo de mi avatar para que se parecieran más o menos a mí. Su nariz, eso sí, era ligeramente más pequeña y era más alto que yo. Y más delgado. Y más musculado. Y sin acné juvenil. Pero dejando de lado esos detalles sin importancia, resultábamos bastante parecidos. El estricto código de indumentaria de la escuela exigía que todos los avatares adoptaran apariencia humana y que fueran del mismo sexo y edad que el estudiante real a quien encarnaban. Allí no estaban permitidos los unicornios demoníacos hermafroditas bicéfalos. Al menos no dentro de las instalaciones de la escuela.

Podías bautizar a tu avatar con el nombre que quisieras, siempre que no hubiera otro igual. Es decir, debías escoger un nombre que nadie hubiera escogido antes que tú. El nombre de tu avatar también era tu dirección de correo electrónico y tu identificación para chatear, por lo que lo mejor era que fuera un nombre bonito y fácil de recordar. Se sabía que había famosos que pagaban fortunas por comprar el nombre de avatar que querían ponerse cuando algún ciberokupa lo había reservado antes que ellos.

La primera vez que creé mi cuenta en OASIS, llamé a mi avatar Wade Magno, nombre que cambiaba unos meses después, generalmente por otro tan ridículo como el anterior. Pero desde hacía cinco años mantenía el mismo. El día que empezó la Cacería, el día que decidí convertirme en gunter, rebauticé a mi avatar con el nombre de Parzival, por el caballero de la leyenda artúrica que había encontrado el Santo Grial. Otras formas más comunes de transcribir el nombre —Perceval y Percival— ya estaban ocupadas por otros usuarios. Yo, de todos modos, prefería Parzival. Me parecía que sonaba mejor.

La gente casi nunca usaba su nombre verdadero *online* porque el anonimato era una de las grandes ventajas de OASIS. Dentro de la simulación nadie sabía quién eras en realidad, a menos que quisieras que se supiera. Gran parte de la popularidad y de la cultura de OASIS giraba en torno a ello. Tu nombre verdadero, huellas dactilares y patrones de retina quedaban almacenados en tu cuenta en OASIS, pero Gregarious Simulation Systems mantenía esa información encriptada y confidencial. Ni siquiera los empleados de GSS tenían acceso a la verdadera identidad de un avatar. Cuando Halliday todavía dirigía la empresa, GSS había logrado que prevaleciera el derecho a no desvelar la identidad de los usuarios de OASIS tras un fallo histórico del Tribunal Supremo.

Cuando me apunté al sistema escolar público de OASIS me pidieron que les facilitara mi nombre verdadero, dirección de correo electrónico y número de la Seguridad Social. La información quedó almacenada en mi perfil de estudiante, pero solo el director de mi centro podía acceder a ella. Ni los profesores ni mis compañeros de colegio sabían quién era yo, y yo no sabía quiénes eran ellos.

A los alumnos no se les permitía usar sus nombres de avatar mientras estaban en la escuela. De ese modo se evitaba que los profesores tuvieran que decir cosas ridículas del tipo: «¡Presta más atención Chulo-Brillantina!» o «Pajilla69, ponte de pie y léenos tu comentario sobre el libro». Así pues, los alumnos debían usar sus nombres verdaderos seguidos de un número para distinguirse de otros con quienes compartieran nombre. Cuando me matriculé ya había otros dos alumnos en mi escuela que se llamaban Wade, por lo que a mí me asignaron como identificación «Wade3». El nombre flotaba sobre la cabeza de mi avatar cada vez que me encontraba en el recinto escolar.

Sonó el timbre y en una esquina de la pantalla apareció un aviso luminoso que me informaba de que quedaban cuarenta minutos para el comienzo de la primera clase. Me giré y avancé por el pasillo, usando una serie de gestos sutiles con la mano para controlar los movimientos y las acciones de mi avatar. Si por lo que fuera tuviera las manos ocupadas, este también respondía a las instrucciones de voz.

Me dirigí al aula donde iba a impartirse la clase de Historia Universal, sonriendo y saludando a los rostros conocidos con los que me cruzaba. Era mi último año; seguro que iba a echar de menos todo aquello cuando me graduara dentro de unos meses. Dejar la escuela no me hacía especial ilusión. No tenía dinero para ir a la universidad, ni siquiera en OASIS, y con mis notas no iban a concederme ninguna beca. Mi único plan para cuando me graduara era convertirme en gunter a tiempo completo. No me quedaban demasiadas alternativas. Ganar la competición era mi única oportunidad de escapar de mi vida en las torres. A menos que estuviera dispuesto a firmar un contrato de reclutamiento por cinco años con alguna empresa, algo que me apetecía tanto como revolcarme desnudo sobre cristales rotos.

Mientras avanzaba por el pasillo, otros alumnos empezaron a materializarse frente a sus taquillas, en apariciones fantasmagóricas que se materializaban muy rápido. Las conversaciones animadas de los adolescentes empezaron a inundar el pasillo. No tardé mucho en oír que alguien me dedicaba un insulto.

—¡Vaya, vaya! ¡Pero si es Wade Tres!

Me volví e identifiqué a Todd13, un avatar insoportable que había conocido en mi clase de Álgebra II. Lo acompañaban algunos amigos.

—¡Menudo modelito llevas, chico listo! —prosiguió—. ¿De dónde has sacado esos trapitos?

Mi avatar llevaba una camiseta negra y unos vaqueros azules, uno de los tres aspectos predeterminados cuando creabas la cuenta. Al igual que sus amigos trogloditas, Todd13 llevaba puesto un aspecto caro de diseño, comprado en algún centro comercial de otro planeta.

—Me lo compró tu madre —le grité sin dejar de andar a buen ritmo—. La próxima vez que pases por casa para que te dé el pecho y recoger tu paga, dale las gracias de mi parte.

Muy básico, lo sé, pero, virtual o no, aquello era el instituto. Cuanto más básicos eran los insultos, más eficaces resultaban.

Mi comentario provocó las risas de algunos de sus amigos y de otros alumnos que se encontraban en las inmediaciones. Todd13 torció el gesto y se puso colorado, un rasgo que indicaba que no se había molestado en desconectar de su cuenta las emociones en tiempo real, opción que hacía que en los avatares se reflejaran las expresiones faciales y el lenguaje corporal de quienes los controlaban. Estaba a punto de replicar, pero yo me adelanté, lo silencié y no oí lo que me dijo. Me limité a sonreír y continuar caminando.

La posibilidad de silenciar a mis compañeros era una de las cosas que más me gustaba de asistir a clase *online* y la usaba casi a diario. Lo mejor era que ellos se daban cuenta de que les quitabas el sonido, pero no podían hacer absolutamente nada al respecto. En las instalaciones de la escuela nunca había peleas. La simulación no lo permitía. El planeta Ludus en su totalidad era zona sin PvP, es decir, que no estaban permitidos los combates jugador contra jugador. En aquella escuela, las únicas armas eran las palabras, por lo que no tardé en aprender a blandirlas con mucha habilidad.

· · ·

En el mundo real, había ido a la escuela hasta sexto curso. Y no había sido precisamente una experiencia agradable.

Era un niño muy, muy tímido y raro, con una autoestima bajísima y casi sin aptitudes sociales de ningún tipo, efecto derivado, en parte, de pasar casi toda mi infancia en el interior de OASIS. No tenía problemas para conversar con los demás ni para hacer amigos cuando estaba conectado, pero en el mundo real, interactuar con otros, sobre todo con niños de mi edad, era algo que me ponía muy nervioso. Nunca sabía cómo comportarme, qué decir, y cuando finalmente me armaba de valor y decía algo, siempre resultaba ser lo menos adecuado.

Parte del problema era mi aspecto físico. Tenía sobrepeso, algo que había estado presente toda mi vida. Mi desastrosa dieta subvencionada por el Gobierno, rebosante de azúcares y almidones, era un factor añadido, sí, pero también era un adicto a OASIS, por lo que en aquella época mi único ejercicio consistía, por lo general, en escapar de los gamberros antes y después del colegio. Para empeorar las cosas, mi vestuario era muy limitado y se componía por entero de prendas que no eran de mi talla y que provenían de tiendas de segunda mano o contenedores de instituciones benéficas, algo que, en la sociedad en la que vivía, equivalía a llevar pintada una diana en la frente.

A pesar de ello, me esforzaba todo lo que podía por integrarme. Año tras año escrutaba el comedor como un T-1000 en busca de algún grupito que me aceptara. Pero ni siquiera otros marginados querían saber nada de mí. Era demasiado raro incluso para los raros. ¿Y las chicas? Con las chicas no tenía nada que hacer. Para mí, eran como una especie exótica de alienígena, hermosas y aterradoras por igual. Cada vez que me acercaba a alguna, sentía un sudor frío por el cuerpo y perdía la capacidad de articular frases completas.

Para mí, la escuela había sido un ejercicio de darwinismo. Una ración diaria de escarnio, maltrato y aislamiento. Al empezar sexto ya me preguntaba si no me volvería loco antes de la graduación, para la que todavía faltaban seis largos años.

Pero entonces, un día glorioso, nuestro director anunció que los alumnos con una media mínima de aprobado podían solicitar el traslado al nuevo sistema de escuela pública de OASIS. La verdadera escuela pública, la que controlaba el Gobierno, llevaba décadas hecha un desastre masificado y mal financiado. En aquella época, las condiciones de muchas escuelas habían empeorado hasta tal punto de que se animaba a cualquier estudiante con un mínimo de inteligencia a que se quedara en su casa y asistiera a clase *online*. Salí disparado a la secretaría de mi colegio para presentar la solicitud. La aceptaron y el siguiente semestre se me trasladó a la Escuela Pública número 1873 de OASIS.

Antes del traslado, mi avatar de OASIS nunca había abandonado Incipio, el planeta situado en el centro del Sector Uno, donde aparecían los avatares en el momento de su creación. En Incipio no había gran cosa que hacer, poco más que chatear con otros novatos o comprar en alguno de los gigantescos centros comerciales virtuales que cubrían el planeta. Si querías ir a algún lugar más interesante debías pagar la tarifa de teletransportación, que costaba dinero. Y yo no tenía dinero. De modo que mi avatar estaba varado en Incipio. Bueno, lo estuvo hasta que mi nueva escuela me envió por correo electrónico un vale de teletransportación que cubría mi desplazamiento hasta Ludus, el planeta en el que se encontraban todas las escuelas públicas de OASIS.

Había centenares de campus escolares en Ludus, repartidos uniformemente por su superficie. Las escuelas eran idénticas, porque se copiaba y se pegaba el mismo código de construcción allí donde se necesitaba crear un nuevo centro escolar. Y dado que los edificios no eran más que programas, su diseño no se veía condicionado por limitaciones de presupuesto ni por leyes de la física. Cada colegio era un gran palacio del aprendizaje, con sus pasillos de mármol pulido, sus aulas como catedrales, sus gimnasios de gravedad cero y bibliotecas con todos los libros escritos en el mundo (siempre que hubieran sido aprobados por la junta escolar).

El primer día que llegué a la EPO N.º 1873 pensaba que había muerto e ido al cielo. Ahora, en lugar de tener que atravesar un pasillo de gamberros y drogadictos cada vez que iba a la escuela, lo que hacía era meterme directamente en mi guarida y quedarme allí todo el día. Lo mejor de todo era que, en OASIS, nadie sabía si era gordo, si tenía acné o si llevaba la misma ropa vieja todas las semanas. Los gamberros no podían lanzarme bolas de papel con saliva, ni tirar de la goma de mis calzoncillos hasta que me llegaban a la cabeza, ni patearme contra el aparcamiento de bicicletas al salir de clase. Allí nadie podía tocarme siquiera. Allí estaba a salvo.

• • •

Cuando llegué al aula de Historia Universal ya había varios alumnos sentados en sus pupitres. Sus avatares permanecían inmóviles, con los ojos cerrados. Esa era la manera de indicar que estaban «ocupados», bien atendiendo una llamada, navegando por internet o participando en algún chat. En OASIS se consideraba de mala educación intentar hablar con un avatar que estaba ocupado. Este solía ignorarte y reproducía un mensaje automático con el que te mandaba a la mierda.

Me senté a mi escritorio y toqué el icono para activar el modo «ocupado», que se encontraba al borde de la pantalla. Los párpados de mi avatar se cerraron, pero aun así seguía viendo lo que me rodeaba. Pulsé otro icono y apareció frente a mí la gran ventana de un navegador en dos dimensiones, suspendida frente a mí. Ventanas como esa solo podía verlas mi avatar, por lo que nadie podía leer por encima de mi hombro (a menos que yo seleccionara expresamente una opción para permitirlo).

Mi página de inicio llevaba directamente al Vivero, uno de los foros para gunters más populares. La interfaz de la página estaba diseñada para que su aspecto y su funcionamiento recordaran al viejo sistema BBS anterior a internet. Durante el inicio de sesión incluso se oía el sonido característico de un módem de 300 baudios. Todo muy guay. Pasé varios minutos revisando los hilos de discusión más recientes, enterándome de las últimas noticias y rumores sobre gunters. Rara vez publicaba algo en los muros, aunque no dejaba pasar un día sin consultarlos. Esa mañana no encontré nada de mucho interés. Las típicas guerras de *flames* entre clanes. Discusiones abiertas sobre la interpretación «correcta» de algún pasaje críptico del *Almanaque de Anorak*. Avatares de alto nivel alardeando por el nuevo objeto o artefacto mágico que acababan de conseguir. Eran chorradas que llevaban varios años sin cambiar. A falta de avances reales, la subcultura gunter se había convertido en un reducto donde reinaban la chulería, las payasadas y una sucesión de absurdas luchas internas. Qué triste.

Mis hilos favoritos eran los dedicados a poner verdes a los sixers. «Sixer» era el apodo peyorativo que recibían los empleados de Innovative Online Industries. IOI (que se pronunciaba «ai-ou-ai») era un conglomerado global de empresas de comunicación, además del mayor proveedor de servicios de internet.

Gran parte del negocio de IOI se centraba en proporcionar acceso a OASIS y en vender bienes y servicios en el interior. Por eso, IOI había intentado lanzar varias operaciones hostiles de compra de Gregarious Simulation Systems, todas ellas fallidas. Ahora intentaban hacerse con el control de GSS aprovechándose de un vacío legal en el testamento de Halliday.

IOI había creado un nuevo departamento en la empresa llamado «Departamento de Ovología». (El término, originalmente, hacía referencia a «la ciencia sobre el estudio de los huevos de ave», pero en los últimos años había adoptado una segunda acepción: la «ciencia» sobre la búsqueda del Huevo de Pascua de Halliday.) El Departamento de Ovología de IOI tenía un solo propósito: ganar la competición de Halliday y hacerse con el control de su fortuna, su empresa y del mismo OASIS.

Como a casi todos los gunters, a mí también me horrorizaba la idea de que IOI controlara OASIS. La maquinaria del Departamento de Comunicación de la empresa había dejado las cosas muy claras: IOI creía que Halliday nunca había sacado todo el partido económico posible a su invento y estaban dispuestos a poner remedio a la situación. Pasarían a cobrar una cuota mensual para acceder a la simulación. Colocarían anuncios en todas las superficies visibles. El anonimato y la libertad de expresión de los usuarios pasarían a ser cosa del pasado. Cuando IOI se hiciera con el control, OASIS dejaría de ser la utopía de código abierto en la que me había criado y se convertiría en una distopía controlada por una empresa, en un parque temático muy caro solo al alcance de una élite adinerada.

IOI exigía a sus cazadores de huevos, a los que llamaba «ovólogos», que usaran su código de empleado como nombre de su avatar en OASIS. Aquellos códigos se componían de seis dígitos y empezaban por el número seis, por lo que todo el mundo empezó a llamarlos «sixers». Hoy en día, la mayoría de los gunters los llaman «los Sux0rz». (Porque son unos mierdas.)

Para convertirte en un sixer debías firmar un contrato en el que se estipulaba, entre otras cosas, que si encontrabas el Huevo de Halliday, el premio pasaba a ser automáticamente propiedad exclusiva de la empresa contratante. A cambio, IOI te proporcionaba una paga quincenal, así como comida, vivienda, seguro médico y plan de jubilación. La empresa también entregaba a tu avatar una armadura de último modelo, vehículos y armas, además de cubrir todos los gastos de teletransportación. Unirse a los sixers era algo así como alistarse al ejército.

Los sixers no eran difíciles de identificar, porque todos tenían el mismo aspecto. Les exigían el uso del mismo tipo de avatar musculoso (independientemente de cuál fuera el sexo de quien lo operaba), con el pelo negro y rapado, y los rasgos faciales que venían predeterminados en el sistema. Además, todos llevaban el mismo uniforme azul marino. La única manera de distinguirlos era mediante el número de seis dígitos que llevaban grabado en la pechera derecha, debajo del logo de IOI.

Como la mayoría de los gunters, yo también despreciaba a los sixers, y su mera existencia me asqueaba. Al contratar a un ejército de buscadores del Huevo a sueldo, IOI pervertía el espíritu de la competición. Aunque, claro, lo mismo podía decirse de todos los gunters que se habían unido a clanes. Lo cierto era que ya habían aparecido cientos de clanes de gunters, que en algunos casos contaban con miles de miembros, que se unían para encontrar el Huevo. Cada miembro de los clanes tenía que firmar un contrato blindado según el cual, si ganaba la competición, estaba obligado a compartir el premio con los demás integrantes del clan. A quienes íbamos por libre, como yo, los clanes no nos entusiasmaban, pero respetábamos a sus integrantes y los considerábamos gunters como nosotros, no como a los sixers, cuya meta consistía en entregar a OASIS a una multinacional maligna decidida a destruir la simulación.

Mi generación nunca había conocido un mundo sin OASIS. Para nosotros se trataba de mucho más que un juego o una plataforma de entretenimiento. Había sido parte integral de nuestras vidas desde que teníamos uso de razón. Habíamos nacido en un mundo desagradable y OASIS constituía nuestro único reducto de felicidad. La idea de que la simulación fuera privatizada y homogeneizada por IOI nos horrorizaba de un modo que a los nacidos antes de su creación les resultaba difícil de comprender. Para nosotros era como si alguien amenazara con quitarnos el sol o con cobrar una tarifa por mirar hacia el cielo.

Para los gunters, los sixers eran un enemigo común, y uno de los pasatiempos preferidos de chats y foros consistía en ponerlos verdes. Los gunters de alto nivel seguían una política estricta: matar (o intentar matar) a todo sixer con el que tropezaran. Existían varias páginas web que hacían seguimiento de las actividades y el paradero de los sixers, y algunos gunters dedicaban más tiempo a cazar sixers que a buscar el Huevo. Los clanes más grandes solían celebrar un concurso anual llamado «Sux0rz buenos, Sux0rz muertos», en el que el clan que mataba más sixers recibía un premio.

Tras echar un vistazo a otros varios foros de gunters, pulsé el icono que tenía en marcadores de una de mis páginas favoritas: el blog *Misivas de Arty*, de una gunter llamada Art3mis. (Se pronuncia «Artemis».) Lo había descubierto hacía unos tres años y desde entonces era uno de sus seguidores incondicionales. Art3mis publicaba unas parrafadas geniales sobre su búsqueda del Huevo de Halliday, que ella llamaba «la caza enloquecida del MacGuffin». Escribía con un tono inteligente y adorable, y sus entradas estaban llenas de autocrítica, sentido del humor y comentarios sarcásticos. Además de publicar sus (a menudo hilarantes) interpretaciones sobre el *Almanaque de Anorak*, también incluía enlaces a libros, películas, series de televisión y canciones que estudiaba como parte de su investigación sobre Halliday. Yo daba por supuesto que todas aquellas entradas eran pistas falsas destinadas a confundir, pero aun así resultaban de lo más entretenidas.

Creo que no hace falta que diga que aquello había sido amor digital a primera vista.

A veces, Art3mis colgaba imágenes de su avatar de pelo negro azabache y, a veces (siempre), yo las guardaba en una carpeta de mi disco duro. Era guapa de cara, pero no poseía uno de aquellos rostros perfectos y artificiales. En OASIS te acostumbrabas a que todo el mundo escogiera rostros que, de tan bellos, resultaban algo monstruosos. Pero los rasgos de Art3mis no parecían haber sido seleccionados a partir del menú desplegable de alguna plantilla predeterminada de avatares. Su rostro era muy parecido al de una persona real, como si sus verdaderos rasgos hubieran sido escaneados y reproducidos en su avatar. Ojos grandes y pardos, pómulos altos, barbilla puntiaguda y una sonrisa permanente en los labios. La encontraba irresistiblemente atractiva.

El cuerpo de Art3mis también se salía de la norma. En OASIS solo se veían una o dos formas de cuerpo en los avatares femeninos. Un tipo delgado hasta el absurdo, aunque no por ello menos popular, de top-model o el de estrella porno, de tetas enormes y cintura de avispa (que, en OASIS, se veía incluso menos natural que en el mundo real). Pero Art3mis era bajita y rubensiana. Todo curvas.

Sabía que haber quedado prendado de Art3mis era una estupidez poco recomendable. ¿Qué sabía de ella? Nunca había revelado su verdadera identidad, claro. Ni su edad ni el lugar del mundo real donde vivía. No tenía ni idea de cuál sería su aspecto. Podía tener quince años o cincuenta. Muchos gunters dudaban incluso de que fuera mujer; yo no. Seguramente porque no habría soportado la idea de que la chica de la que, virtualmente, estaba enamorado, fuera un tipo de mediana edad llamado Chuck, medio calvo y con pelos en la espalda. *Misivas de Arty* había terminado por convertirse en uno de los blogs más populares de internet y tenía varios millones de visitas al día. Art3mis se había convertido en una celebridad, al menos dentro de los círculos de gunters. Pero la fama no se le había subido a la cabeza. Sus textos seguían siendo divertidos y autocríticos. Su última entrada se titulaba «El blues de John Hughes», y en ella se explayaba sobre las seis películas para adolescentes de John Hughes que más le gustaban, y que ella dividía en dos trilogías: la «Trilogía de las fantasías de las chicas estúpidas» (*Dieciséis velas*, *La chica de rosa* y *Una maravilla con clase*), y la «Trilogía de las fantasías de los chicos estúpidos» (*El club de los cinco*, *La mujer explosiva* y *Todo en un día*).

Justo cuando terminé de leer la entrada, apareció en pantalla la ventana de un mensaje instantáneo. Era de mi mejor amigo, Hache. (Vale, para ser exactos, era mi único amigo, exceptuando a la señora Gilmore.)

Hache: Muy buenos días, camarada.
Parzival: Hola, compadre.
Hache: ¿En qué andas?
Parzival: Por aquí, navegando un poco. ¿Y tú?
Hache: Tengo el Sótano *online*. Ven a jugar un rato antes de clase, tontolaba.
Parzival: Genial. Estoy ahí en un segundo.

Cerré la ventana de mensajes instantáneos y consulté el reloj. Todavía quedaba media hora para el inicio de las clases. Sonreí, pulsé un icono pequeño situado en el borde de la pantalla y luego seleccioné la sala de chat de Hache en mi lista de favoritos.

0003

El sistema verificó si formaba parte de la lista de acceso al chat y me permitió la entrada. La imagen que tenía del aula, que cubría los límites de mi visión periférica, se encogió hasta convertirse en una ventana en miniatura que se situó en el ángulo inferior derecho de la pantalla, lo que me permitía vigilar lo que tenía frente a mi avatar. Ahora, el interior de la sala de chat de Hache ocupaba el resto de mi campo de visión. Mi avatar apareció delante de la puerta de «entrada» que había en lo alto de una escalera enmoquetada. La puerta no conducía a ninguna parte. Ni siquiera se abría, ya que ni el Sótano ni lo que había en su interior formaba parte de OASIS. Las salas de chats eran simulaciones independientes, espacios virtuales temporales a los que los avatares podían acceder desde cualquier parte de OASIS. De hecho, mi avatar no estaba en el interior de la sala; solo lo parecía. Wade3/Parzival seguía sentado en el aula de Historia Universal, con los ojos cerrados. Conectarse a una sala de chat era algo así como estar en dos lugares a la vez.

Hache le había puesto a su sala de chat el nombre del Sótano. Lo había programado para que se pareciera a la gran sala de juegos de alguna casa de barrio residencial de la década de los ochenta. Carteles de películas y cómics antiguos cubrían las paredes, que estaban cubiertas con paneles de madera. En el centro de la estancia destacaba un televisor retro RCA, al que había conectado un reproductor de vídeo Betamax, un Laserdisc y varias consolas antiguas de videojuegos. En la pared del fondo, sobre unos estantes, se alineaban suplementos de juegos de rol y números viejos de la revista *Dragón*.

Organizar una sala de chat de ese tamaño no salía barato, pero Hache podía permitírselo. Ganaba bastante pasta compitiendo, al salir de clase y los fines de semana, en juegos PvP que retransmitían por televisión. Hache era uno de los combatientes con mayor puntuación en OASIS, tanto en la liga de *Deathmatch* como en la de Capturar la Bandera. Era aún más famoso que Art3mis.

En los últimos años, el Sótano se había convertido en un reducto exclusivo de gunters de élite. Hache solo permitía la entrada a los que él consideraba merecedores. Por eso, que te invitara a pasar un rato en el Sótano era un honor, especialmente para mí, que era un don nadie sin remedio.

A medida que bajaba por la escalera vi a varios otros gunters repartidos por el local, avatares de aspecto muy variado. Allí había humanos, cíborgs, demonios, elfos oscuros, vulcanianos y vampiros. La mayoría de ellos se congregaba alrededor de una fila de recreativas que estaban alineadas contra la pared. Había unos pocos plantados delante de un antiguo equipo de sonido estéreo (en ese momento sonaba *The Wild Boys*, de Duran Duran), mientras repasaban la gran colección de cintas de casete propiedad de Hache.

A él lo vi despatarrado en uno de los tres sofás del Sótano, que estaban colocados formando una U frente al televisor. El avatar de Hache era alto, ancho de hombros, blanco, de pelo negro y ojos castaños. Una vez le pregunté si, en la vida real, se parecía en algo a su avatar y él, en broma, me había respondido: «Sí, pero en la vida real soy aún más guapo».

Al acercarme, levantó la vista del juego de la Intellivision con el que estaba practicando y me dedicó una de sus características sonrisas de oreja a oreja, tipo gato de Cheshire.

—¡Zeta! —me gritó—. ¿Qué tal, camarada? —Extendió la mano derecha y me chocó los cinco mientras yo me sentaba a su lado.

Hache había empezado a llamarme Zeta poco después de que nos conociéramos. Le gustaba poner a la gente apodos de una sola letra. El nombre de su avatar, por ejemplo, correspondía a la letra Hache.

—¿Cómo estás, Humperdinck? —le pregunté yo.

Solíamos hacer bromas al respecto. Siempre lo llamaba por algún nombre que empezara por hache, como Harry, Hubert, Henry o Hogan. Intentaba adivinar cuál era su verdadero nombre porque una vez me había confesado que empezaba por esa letra.

Conocía a Hache desde hacía poco más de tres años. También estudiaba en Ludus y estaba en el último curso de la EPO N.º 1172, que se encontraba en el otro extremo del planeta respecto a la mía. Nos conocimos un fin de semana en un chat público de gunters y congeniamos al momento porque compartíamos los mismos intereses, lo que equivale a decir que compartíamos un único interés: la obsesión por Halliday y su Huevo de Pascua. A los pocos minutos de conversación supe que Hache era auténtico: un gunter de élite de gran agilidad mental. Lo sabía todo de los ochenta, no solo lo básico. Era un verdadero académico de Halliday. Y, al parecer, él también había visto las mismas cualidades en mí, porque me dio su tarjeta de contacto y me invitó a pasar por el Sótano siempre que quisiera. Desde entonces se había convertido en mi mejor amigo.

Con los años, entre nosotros se había ido desarrollando una rivalidad amistosa. Nos metíamos mucho el uno con el otro y discutíamos sobre cuál de los dos lograría que su nombre apareciera antes en el Marcador. Nos pasábamos el rato demostrándonos el uno al otro que éramos más frikis con nuestros conocimientos sobre detalles nimios de gunters. En ocasiones, incluso, investigábamos juntos. Dicha investigación consistía, por lo general, en ver películas y series de televisión malas de los ochenta allí, en la sala de chat. También usábamos mucho sus videojuegos, claro. Hache y yo malgastábamos un montón de horas en clásicos para dos jugadores como *Contra*, *Golden Axe*, *Heavy Barrel*, *Smash TV* e *Ikari Warriors*. Excluyéndome a mí mismo,

Hache era el mejor jugador que había conocido en mi vida. En la mayoría de los juegos estábamos al mismo nivel, pero en algunos me ganaba de calle, sobre todo en los de disparos en primera persona. Por algo era su especialidad.

No tenía ni idea de quién era Hache en el mundo real, pero presentía que su vida no debía de ser ninguna maravilla. Como me sucedía a mí, él también pasaba todo el tiempo que podía conectado a OASIS. En más de una ocasión me había confesado que yo era su mejor amigo y, teniendo en cuenta que no nos habíamos conocido nunca en persona, suponía que debía de estar tan solo como yo.

—¿Y qué? ¿Qué hiciste anoche después de pirarte? —preguntó, pasándome el otro mando de la Intellivision. La noche anterior habíamos pasado varias horas allí mismo, viendo películas antiguas japonesas de monstruos.

—*Niente* —respondí—. Me fui a casa y practiqué un poco con algunos juegos de recreativas.

—No te hace falta.

—Ya lo sé, pero me apetecía.

Yo no le pregunté qué había hecho él la noche anterior, y él no me contó nada. Suponía que habría ido a Gygax, o a algún lugar igualmente espectacular, para pasarse algunas misiones a toda velocidad y acumular puntos de experiencia. Pero no quería alardear. Hache se podía permitir pasarse bastante tiempo en otros mundos, siguiendo pistas y buscando la Llave de Cobre. Sin embargo, nunca presumía de ello ni me ridiculizaba porque yo no tuviera pasta para teletransportarme a ninguna parte. Tampoco me insultaba ofreciéndose a prestarme algunos de sus créditos. Entre los gunters era una regla no escrita: si actuabas en solitario, era porque no querías ni necesitabas ayuda de nadie. Quienes la buscaban se unían a clanes, pero Hache y yo estábamos de acuerdo en que los clanes eran para lameculos y farsantes. Los dos habíamos jurado que seguiríamos siendo buscadores solitarios toda nuestra vida. A veces todavía hablábamos sobre el Huevo, pero eran conversaciones cautas y teníamos mucho cuidado de no entrar en detalles.

Tras ganarle tres veces seguidas a *Tron: Deadly Discs*, Hache soltó el mando, disgustado, y cogió una revista que tenía en el suelo. Se trataba de un número viejo de *Starlog*. Reconocí a Rutger Hauer en la cubierta, en una foto promocional de *Lady Halcón*.

—*Starlog*, ¿eh? —dije, asintiendo con la cabeza para expresar mi aprobación.

—Sí. Me he bajado todos los números del directorio del Vivero. Todavía no los he leído todos. Estaba con este artículo, que es genial. Se titula *Ewoks: La batalla por Endor*.

—Una producción televisiva que se emitió en 1985 —afirmé. Los conocimientos sobre *Star Wars* eran una de mis especialidades—. Una mierda total. Un momento bajísimo en la historia de la franquicia.

—Eso lo dirás tú, cara de culo. Tiene partes geniales.

—No —insistí, negando con la cabeza—. No los tiene. Es peor aún que la primera peli de los Ewoks, *Caravana del valor*. Debería haberse llamado *Caravana del hedor*.

Hache puso los ojos en blanco y volvió a la lectura. No iba a morder mi anzuelo. Yo me fijé de nuevo en la cubierta.

—Oye, ¿puedo echarle un vistazo cuando termines?

Hache sonrió.

—¿Para qué? ¿Para poder leer el artículo sobre *Lady Halcón*?

—Puede ser.

—Tío, te encanta esa mierda, ¿verdad?

—Cómemela, Hache.

—¿Cuántas veces has visto esa bazofia? Solo sé que me has obligado a sentarme a tu lado y a verla entera al menos dos veces. —En ese momento era él quien intentaba provocarme. Sabía que *Lady Halcón* era uno de mis placeres inconfesables y que la había visto más de dos docenas de veces.

—Pero si te he hecho un favor obligándote a verla, *noob* —le dije. Metí otro cartucho en la consola Intellivision y empecé una partida en solitario de *Astromash*—. Algún día me lo vas a agradecer. Espera y verás. *Lady Halcón* es canon.

«Canon» era el término que usábamos para clasificar cualquier película, libro, juego, canción o serie de televisión del que existiera constancia de que Halliday había sido fan.

—Eso no me lo dirá en serio—dijo Hache.

—Muy en serio. Si quiere, se lo repito.

Dejó de leer la revista y se inclinó hacia delante.

—Es imposible que Halliday fuera fan de *Lady Halcón*. Eso te lo garantizo.

—¿Dónde están las pruebas, capullo? —pregunté.

—El tipo tenía buen gusto. No necesito más prueba que esa.

—Entonces explícame por qué tenía *Lady Halcón* en cinta y en Laserdisc.

En los apéndices del *Almanaque de Anorak* se incluía una lista de las películas que formaban parte de la colección de Halliday en el momento de su muerte. Y los dos la habíamos memorizado.

—¡Porque el tipo era multimillonario! Tenía millones de películas y lo más probable es que jamás viera la mayoría de ellas. También tenía *Howard... un nuevo héroe* y *Krull* en DVD... Eso no significa que le gustaran, mamón. Ni que sean canon.

—Homero, eso ni se discute —contraataqué yo—. *Lady Halcón* es un clásico de los ochenta.

—*Lady Halcón* es un truño, eso es lo que es. Las espadas parecen de papel de aluminio. Y la banda sonora es un truño épico. Llena de sintetizadores y de mierdas por el estilo. ¡Es de los putos Alan Parsons Project! ¡Truñerífica! Se pasa de truño. Un truño nivel *Los inmortales II*.

—¡Oye! —interrumpí, haciendo como que le lanzaba el mando de la Intellivision—. Lo que dices es insultante. Solo el reparto convierte la película en canon. ¡Roy Batty! ¡Ferris Bueller! ¡Y el tipo que hacía de profesor Falken en *Juegos de guerra*! —Rebusqué en mi memoria para dar con el nombre del actor—. ¡John Wood! ¡Volvía a compartir reparto con Matthew Broderick!

—Un mal momento en las carreras de ambos —insistió, riéndose.

Le encantaba discutir sobre películas antiguas, mucho más

incluso que a mí. Los demás gunters de la sala de chat ya habían empezado a formar un corrillo a nuestro alrededor y nos escuchaban. Nuestras discusiones solían resultar bastante entretenidas.

—¡Tú vas drogado! —grité—. ¡Pero si *Lady Halcón* la dirigió el puto Richard Donner! ¿*Los Goonies*? ¿*Superman*? ¿Me estás diciendo que el tío es una mierda?

—Aunque la hubiera dirigido Spielberg. Es una peli para chicas disfrazada de una de espada y brujería. La única película de género con menos cojones que esa puede que sea... *Legend*, joder. Esa sí da miedo. Si a alguien le gusta de verdad *Lady Halcón* es que es una auténtica niñata con certificado de autenticidad incorporado.

Risas del gallinero. La verdad es que estaba empezando a cabrearme. También era un gran fan de *Legend* y Hache lo sabía.

—O sea, que yo soy una niñata. Pues creo que el del fetiche con los ewoks eres tú. —Le arranqué de las manos la revista *Starlog* y la lancé contra el póster de *La venganza del Jedi* que tenía colgado en la pared—. Supongo que crees que tus profundos conocimientos sobre la cultura de los ewok te ayudarán a encontrar el Huevo.

—No te metas con los habitantes de Endor, tío —interrumpió, apuntándome con el índice—. Ya te lo he advertido. Te juro que te voy a banear.

Sabía que lo decía de boquilla, por lo que estaba a punto de meterme un poco más con los ewoks, tal vez por el simple hecho de que los hubiera llamado «habitantes de Endor». Pero en ese momento, un recién llegado se materializó en la escalera. Un *lamer* que se hacía llamar I-r0k. Se me escapó un gruñido. I-r0k y Hache iban a la misma escuela y coincidían en algunas clases, pero yo seguía sin entender por qué Hache le permitía la entrada al Sótano. I-r0k se creía un gunter de élite, pero no era más que un farsante insoportable. Podía, eso sí, teletransportarse por todo OASIS, cumplir misiones y subir de nivel con su avatar, aunque en realidad no sabía nada. Y, además, no dejaba de exhibir su rifle de plasma del tamaño de una moto de nieve. Incluso en las salas de chat, donde no servía para nada. No tenía el más mínimo sentido del decoro.

—¿No estaréis otra vez discutiendo sobre *Star Wars* como gallitos? —preguntó mientras bajaba la escalera y se acercaba al corrillo que nos rodeaba—. Esa mierda está más pasada de moda, tíos...

Me giré hacia Hache.

—Si lo que quieres es banear a alguien, ¿por qué no empiezas por este payaso?

Pulsé el botón de reset de la Intellivision y ejecuté otro juego.

—Cierra el pico, Pesebre —replicó I-r0k, apelando a una variación recurrente del nombre de mi avatar—. A mí no me banea porque sabe que soy la élite. ¿O no es así, Hache?

—No —respondió Hache, entornando los ojos—. No tienes razón. Tú eres tan élite como mi bisabuela. Y mi bisabuela está muerta.

—Vete a tomar por culo, Hache. Tú y tu abuela muerta.

—Joder, I-r0k —dije entre dientes—. Siempre te las apañas para elevar el nivel intelectual de la conversación. Llegas tú y la sala entera se ilumina.

—Siento molestarle, capitán Bancarrota —dijo I-r0k—. Por cierto, ¿tú no deberías estar en Incipio pidiendo limosna? —Agarró el segundo mando de la Intellivision, pero se lo quité y lo lancé hacia Hache.

I-r0k me miró mal.

—Capullo.

—Farsante.

—¿Farsante? Pesebre me llama farsante, a mí. —Se volvió hacia los reunidos—. ¡Pero si este desgraciado es tan pobre que tiene que hacer autoestop hasta Falcongris para matar kobolds y conseguir monedas de cobre! ¡Y dice que soy un farsante!

El comentario provocó algunas risitas de los presentes y noté que me sonrojaba debajo del visor. Una vez, hacía cosa de un año, había cometido el error de aceptar que I-r0k me sacara del planeta para intentar obtener algunos puntos de experiencia. Tras dejarme en Falcongris, en una zona de misiones de bajo nivel, el muy gilipollas me había seguido. Me pasé las horas siguientes cargándome a una pequeña banda de kobolds, esperando a que resucitaran para volver a matarlos, una y otra vez. Mi avatar estaba solo en el primer nivel en aquella época y esa era la única manera segura de subir de nivel. I-r0k había sacado varias capturas de pantalla de mi avatar aquella noche y las había titulado «Pesebre, el Poderoso Asesino de Kobolds». Después las había subido al Vivero. Seguía sacando el tema cada vez que tenía ocasión. No iba a permitir que nadie se olvidara.

—Pues sí, te he llamado farsante, farsante. —Me puse de pie y me acerqué a él—. Eres un culoduro ignorante e inculto. Que tengas nivel 14 no te convierte en gunter. Para eso también hay que tener conocimientos.

—Bien dicho —intervino Hache, asintiendo.

Entrechocamos los puños. Más risitas del corrillo, dirigidas a I-r0k, quien nos dedicó una mirada asesina.

—Está bien, vamos a ver quién es el verdadero farsante aquí —dijo—. Venid a ver esto, chicas. —Sonriendo, extrajo un objeto de su inventario y lo levantó. Se trataba de un juego viejo de la Atari 2600, todavía en su caja. Aunque tapó expresamente el nombre del juego con la mano, yo reconocí el dibujo de la cubierta, en el que aparecían un chico y una chica vestidos de griegos antiguos y blandiendo sus espadas. Detrás de ellos había un minotauro y un tipo con barba y parche en el ojo—. ¿Sabes qué es esto, fenómeno? —retó I-r0k—. Mira, te voy a dar una pista... Es un juego de Atari que se lanzó como parte de un concurso. Contenía varios enigmas y si los resolvías podías ganar un premio. ¿Te suena de algo?

I-r0k siempre intentaba impresionarnos con alguna pista, con algún fragmento de «cultura Halliday» que el muy imbécil creía que era el primero en descubrir. A los gunters les encantaba ser los primeros en todo y se pasaban el día intentando demostrar que habían adquirido algún arcano conocimiento antes que los demás. Pero a I-r0k se le daba fatal.

—Tú estás de broma, supongo —le dije—. No me digas que acabas de descubrir la saga *Swordquest*.

A I-r0k le cambió la cara.

—Lo que tienes en la mano es *Swordquest: Earthword* —proseguí—. El primer juego de la saga *Swordquest*. Salió en 1982. —Sonreí de oreja a oreja—. ¿Y tú? ¿Puedes nombrar los tres siguientes juegos de la saga?

I-r0k entrecerró los ojos. Estaba desconcertado. Como ya he dicho, era un farsante de los buenos.

—¿Alguien sabe? —pregunté, dirigiéndome a todos los presentes.

Los gunters de la sala se miraron unos a otros, pero nadie dijo nada.

—*Fireworld*, *Waterworld* y *Airworld* —respondió Hache al fin.

—¡Bingo! —dije, y volvimos a entrechocar los puños—. Aunque en realidad *Airworld* no llegó a salir al mercado, porque Atari entró en crisis y canceló el concurso antes de que estuviera terminado.

I-r0k, sin decir nada, volvió a meter el juego en su inventario.

—Deberías unirte a los Sux0rz, I-r0k —le sugirió Hache entre risas—. Les vendría muy bien contar con alguien con tus vastos conocimientos.

I-r0k le dedicó una peineta.

—Pardillos, si ya sabíais lo del concurso de *Swordquest*, ¿cómo es que no os he oído comentarlo ni una sola vez?

—Venga ya, I-r0k —añadió Hache, sacudiendo la cabeza—. *Swordquest: Earthworld* fue la secuela no oficial de *Adventure*. Todo gunter digno de ese nombre sabe lo del concurso. Menudas obviedades dices...

I-r0k intentó no quedar del todo en evidencia.

—Está bien, si los dos sois tan expertos, ¿quién programó todos los juegos de *Swordquest*?

—Dan Hitchens y Tod Frye —respondí, sin pensar—. ¿Por qué no me preguntas algo difícil?

—Tengo una pregunta difícil para ti —interrumpió Hache—. ¿Qué premios entregó Atari a los ganadores de cada concurso?

—Vaya —contesté—. Esta sí que es buena. Veamos... El premio para *Earthworld* fue el Talismán de la Penúltima Verdad. Era de oro macizo, con incrustaciones de diamantes. Creo recordar que el chico que ganó lo fundió y con el dinero se pagó la universidad.

—Sí, sí —corroboró Hache—. No te enrolles. ¿Y los otros dos?

—No me he enrollado, imbécil. El premio de *Fireworld* fue el Cáliz de la Luz, y el de *Waterworld* iba a ser la Corona de la Vida, pero no llegó a entregarse porque se canceló el concurso. Lo mismo pasó con el premio de *Airworld*, que debía ser la Piedra Filosofal.

Hache sonrió, chocamos los cinco con las manos y luego añadió:

—Y si el concurso no se hubiera cancelado, los ganadores de las cuatro primeras rondas se habrían enfrentado para ver cuál de ellos se llevaba el gran premio, la Espada del Último Conjuro.

Asentí.

—Todos esos premios se mencionan en los cómics de *Swordquest* que venían con los videojuegos. Cómics que, «casualmente», eran visibles en la sala del tesoro, en la escena final de *Invitación de Anorak*, por cierto.

Los presentes aplaudieron a rabiar. I-r0k bajó la cabeza, avergonzado.

Desde que me había convertido en gunter me había resultado obvio que Halliday se había inspirado en la competición de *Swordquest* para crear la suya. ¿Habría tomado prestados algunos de los enigmas también? No lo sabía, pero por si acaso me había aprendido de memoria aquellos juegos y sus soluciones.

—Está bien, está bien, ganáis vosotros —admitió I-r0k—. Pero queda demostrado que os hace falta salir por ahí y vivir un poco.

—Y también queda demostrado que tú lo que necesitas es otra afición, porque te falta inteligencia y dedicación para ser un gunter.

—Totalmente de acuerdo —dijo Hache—. Prueba a investigar un poco, para variar, I-r0K. Por ejemplo, ¿has oído hablar de Wikipedia? Pues es gratis, capullo.

I-r0k dio media vuelta y se acercó a las grandes cajas llenas de cómics apiladas en el otro extremo de la sala, como si hubiera perdido interés en la discusión.

—Lo que digáis —soltó, girando la cabeza—. Si no pasara tanto tiempo desconectado, acostándome con tías, seguramente sabría todas esas gilipolleces inútiles que sabéis vosotros.

Hache lo ignoró y se giró hacia mí.

—¿Cómo se llamaban los gemelos que salían en los cómics de *Swordquest*?

—Tarra y Torr.

—¡Joder, Zeta! Eres el amo.

—Gracias, Hache.

Apareció un aviso en mi pantalla que informaba de que, en mi aula, acababa de sonar la campana que indicaba que faltaban tres minutos para el inicio de la clase. Sabía que Hache e I-r0k también estaban viendo el aviso, porque nuestras escuelas se regían por el mismo horario.

—Hora de asistir a otra jornada de excelsos conocimientos —dijo Hache, poniéndose en pie.

—Qué palo —sentenció I-r0k—. Nos vemos luego, pardillos.

Volvió a hacer una peineta y su avatar desapareció cuando se desconectó de la sala de chat. Los otros gunters empezaron a desconectarse también, hasta que solo quedamos Hache y yo.

—En serio, Hache —le dije entonces—. ¿Por qué permites que ese imbécil entre aquí?

—Porque me divierte ganarle a los videojuegos. Y porque su ignorancia me da esperanzas.

—¿A qué te refieres?

—A que si la mayoría de los gunters que circula por ahí sabe tan poco como I-r0k, y te aseguro que es así, eso significa que tú y yo tenemos posibilidades de ganar la competición.

Me encogí de hombros.

—Supongo que es una manera de verlo.

—¿Quieres quedar esta tarde después de clase? ¿Sobre las siete? Tengo que hacer unos recados, pero después veré unas cosas que tengo en mi lista de pendientes. ¿Te apetece un maratón de *Spaced*?

—Ya te digo —respondí—. Cuenta conmigo.

Nos desconectamos a la vez justo cuando el último timbre empezaba a sonar.

0004

Mi avatar abrió los ojos y regresé al aula de Historia Universal. Los asientos estaban ocupados por otros alumnos y nuestro profesor, el señor Avenovich, ya se materializaba en clase. El avatar del señor A tenía el clásico aspecto de profesor universitario elegante, con barba. Exhibía una sonrisa contagiosa, llevaba gafas de montura metálica y americana de tweed con coderas. Siempre que hablaba parecía estar recitando algún pasaje de Dickens. Me caía bien. Era un buen profesor.

Como era de esperar, no sabíamos quién era el señor Avenovich ni dónde vivía. Desconocíamos su nombre real y no sabíamos siquiera si en realidad era un hombre. Podría haber sido una mujer inuit residente en Anchorage, Alaska, que había adoptado aquel aspecto y aquella voz para que los alumnos atendieran mejor en clase. Pero, por alguna razón, sospechaba que el avatar del señor Avenovich lucía y sonaba igual que la persona que lo manejaba.

Todos mis profesores eran muy buenos, o eso me parecía. A diferencia de sus equivalentes del mundo real, casi todo el personal docente de la Escuela Pública de OASIS parecía disfrutar sinceramente con su trabajo. Tal vez por no tener que dedicar la mitad de su tiempo a ejercer de niñeras y policías. De eso se encargaba el *software* de OASIS, que garantizaba que los alumnos permanecieran en silencio, sin moverse de sus asientos. Lo único que los profesores tenían que hacer era enseñar.

Los profesores *online* también lo tenían más fácil para atraer la atención de sus alumnos, porque en OASIS las aulas eran como holocubiertas. Los profesores podían llevar a sus alumnos de excursión todos los días sin tener que abandonar las instalaciones de la escuela.

Durante nuestra clase de Historia Universal de aquella mañana, el señor Avenovich cargó una simulación independiente para que todos pudiéramos asistir al descubrimiento de la tumba del rey Tutankamón, a cargo de los arqueólogos que la encontraron en Egipto en 1922 d. C. (El día anterior habíamos visitado ese mismo lugar en 1334 a.C. y habíamos visto el imperio del faraón en todo su esplendor.)

En la clase siguiente, que era de Biología, viajamos a través de un corazón humano y lo vimos bombear desde dentro, como en aquella película antigua titulada *Viaje alucinante*.

En clase de Arte, tocados con unos gorritos ridículos, recorrimos el Louvre con nuestros avatares.

En clase de Astronomía visitamos todas las lunas de Júpiter. Nos plantamos sobre la superficie volcánica de Io, mientras la profesora nos explicaba cómo había llegado a formarse. Mientras hablaba, Júpiter permanecía suspendido tras ella, ocupando la mitad del cielo, y su Gran Mancha Roja giraba lentamente sobre el hombro izquierdo de la profesora. En ese momento chasqueó los dedos y aparecimos de repente en Europa, donde pasamos a conversar sobre la posibilidad de que existiera vida extraterrestre bajo la capa helada de aquella luna.

Pasaba la hora del almuerzo sentado en uno de los jardines que rodeaban la escuela y contemplaba el paisaje simulado mientras, con el visor puesto, me comía una barrita de proteínas. La vista era mejor que la del interior de mi guarida. A quienes estábamos en el último curso nos permitían salir a otros mundos durante la hora del almuerzo, pero no tenía la pasta que había que estallarse para hacerlo.

Conectarse a OASIS era gratis, pero viajar por el interior no. Casi nunca tenía el número mínimo de créditos para teletransportarme a otros mundos y regresar a Ludus. Cuando sonaba el último timbre del día, los alumnos que tenían cosas que hacer en el mundo real se desconectaban de OASIS y se esfumaban. Los demás se dirigían a otros mundos. Muchos jóvenes poseían sus propios vehículos interplanetarios. Los aparcamientos que proliferaban por Ludus estaban llenos de ovnis, cazas TIE, viejos transbordadores de la NASA, vipers de *Battlestar Galactica* y otras naves espaciales sacadas de todas las películas y series de ciencia ficción imaginables. Por las tardes, me quedaba en el campus de la escuela y veía, verde de envidia, todas aquellas naves que inundaban el cielo y se alejaban a toda velocidad para explorar las infinitas posibilidades de la simulación. Quienes no tenían nave se montaban en la de algún amigo o salían corriendo en dirección a cualquier terminal de transporte para dirigirse a alguna discoteca, sala de juegos o concierto de rock en otro mundo. Pero yo no. Yo no iba a ninguna parte. Yo estaba varado en Ludus, el planeta más aburrido de todo OASIS.

OASIS: Ontologically Anthropocentric Sensory Immersive Simulation, es decir Simulación de Inmersión Sensorial Ontológica Antropocéntrica, era un lugar muy grande.

En el momento de su lanzamiento solo contenía unos centenares de planetas para explorar, todos creados por programadores de GSS y artistas. Sus entornos eran muy variados: desde ambientaciones de espada y brujería hasta ciudades ciberpunk que ocupaban planetas enteros, pasando por yermos sometidos a radiación nuclear, postapocalípticos e infestados de zombis. Algunos planetas estaban diseñados minuciosamente, mientras que otros nacían de una serie de plantillas. Cada uno de ellos estaba poblado por una variedad de PNJ (personajes no jugadores) con inteligencia arficial: humanos, animales, monstruos, extraterrestres y androides, todos ellos controlados por ordenador y con los que los usuarios de OASIS podían interactuar.

GSS también licenció mundos virtuales de la competencia que ya existían, de modo que algunos contenidos que habían sido creados para juegos como *Everquest* y *World of Warcraft* se portabilizaron a OASIS y copias de Norrath y Azeroth engrosaron el catálogo de planetas de la simulación. No tardaron en seguirlos otros mundos virtuales, como el Metaverso o Matrix. El universo de *Firefly* quedó anclado en un sector adyacente a la galaxia de *Star Wars*, y una recreación detallada del universo de *Star Trek* en el sector contiguo. Desde entonces, los usuarios podían teletransportarse y recorrer de cabo a rabo sus mundos favoritos. La Tierra Media, Vulcano, Pern, Arrakis, Magrathea, Mundodisco, Mundo Medio, Mundo Anillo, Mundo del Río. Mundos sobre mundos.

Para facilitar la organización y la navegación, OASIS se había dividido en veintisiete subsectores de forma cúbica que contenían, cada uno de ellos, centenares de planetas distintos. (El mapa tridimensional de los veintisiete sectores se parecía sospechosamente a un juego de los ochenta llamado el cubo de Rubik. Como la mayoría de los gunters, sabía que aquello no era casualidad.) Cada uno de aquellos sectores medía exactamente diez horas luz de un extremo a otro o, lo que era lo mismo, unos diez mil ochocientos millones de kilómetros. Así, viajando a la velocidad de la luz (que era la velocidad máxima que podía alcanzar cualquier nave espacial en OASIS), se tardaban exactamente diez horas en desplazarse de una punta de un sector a la otra. Además, esos recorridos de larga distancia no resultaban baratos. Las naves espaciales capaces de viajar a la velocidad de la luz eran escasas y consumían combustible. Cobrar por el combustible virtual era una de las maneras que tenía Gregarious Simulation Systems de obtener ingresos, dado que el acceso a OASIS era gratuito. No obstante, la principal fuente de ingresos de la empresa provenía de las tarifas de teletransportación. La teletransportación era la manera más rápida de viajar, pero también resultaba la más cara.

Además de resultar caro, viajar por OASIS también podía ser peligroso. Cada sector estaba dividido en muchas zonas diferentes, que variaban en forma y tamaño. Algunas eran tan grandes que comprendían varios planetas, mientras que otras cubrían apenas unos pocos kilómetros de la superficie de un mundo. Cada zona se regía por una combinación única de reglas y parámetros. En algunas de ellas podía funcionar la magia, mientras que en otras no. Y lo mismo ocurría con la tecnología. Si llegabas con tu nave espacial de base tecnológica a una zona donde la tecnología no funcionaba, los motores se apagaban desde el momento en que cruzabas la frontera. Entonces estabas obligado a contratar los servicios de algún ridículo mago de barba larga y canosa para que te remolcara hasta alguna zona tecnológica con la energía de algún sortilegio.

Las zonas duales permitían el uso tanto de la magia como de la tecnología; en cambio, en las zonas nulas no se permitía ni una ni otra. Había zonas pacíficas donde estaban prohibidos los combates jugador contra jugador, pero también existían zonas PvP en las que los avatares podían llegar a jugarse el tipo.

Al entrar en una zona o sector nuevo, era conveniente proceder con cautela. Tenías que estar preparado.

Pero, como ya he dicho, yo no tenía aquellos problemas. Vivía enclaustrado en la escuela.

Ludus había sido diseñado como lugar de aprendizaje, por lo que el planeta no tenía ningún portal de misión ni ninguna zona de juego en toda la superficie. Solo había miles de instalaciones escolares idénticas, separadas por prados verdes y ondulados, parques de aspecto impecable, ríos, praderas y extensiones de bosque generadas por plantillas. No había castillos ni mazmorras ni fortalezas espaciales orbitales en las que mi avatar pudiera realizar una incursión. Tampoco PNJ que hicieran de malos ni monstruos o extraterrestres contra los que luchar ni, por lo tanto, tesoros u objetos mágicos que saquear.

Todo era una mierda, por muchas razones.

Completar misiones, luchar contra PNJ y reunir tesoros era la única vía mediante la que un avatar de nivel bajo como el mío podía ganar puntos de experiencia (PX). Ganar PX era el modo de incrementar el grado de energía, fuerza y aptitudes de los avatares.

A muchos usuarios de OASIS no les importaba en absoluto cuál fuera el nivel de su avatar ni la naturaleza jugable de la simulación. Solo usaban OASIS para divertirse, hacer negocios, comprar o salir con sus amigos. Ese tipo de usuario se limitaba a evitar las zonas de juego o de PvP, donde sus avatares indefensos de nivel 1 podían ser atacados por PNJ o por otros jugadores. Si no salías de las zonas seguras, como Ludus, no hacía falta que te preocuparas de la posibilidad de que robaran, secuestraran o asesinaran a tu avatar.

Pero yo no soportaba verme varado en una zona segura.

Si pretendía encontrar el Huevo de Halliday sabía que, tarde o temprano, tendría que adentrarme en los sectores peligrosos de OASIS. Y si no contaba con la fuerza ni con las armas necesarias para defenderme, no viviría mucho tiempo.

Durante los últimos cinco años había logrado subir mi avatar a nivel 3 muy poco a poco. No me había resultado nada fácil. Lo había conseguido pidiendo a otros alumnos (casi siempre a Hache) que me dejaran acompañarlos, siempre y cuando los planetas a los que se dirigían no fueran demasiado peligrosos para mi enclenque avatar. Les proponía que me dejaran cerca de alguna zona de juego para principiantes y dedicaba el resto de la noche o del fin de semana a aniquilar orcos, kobolds o cualquier otro monstruo insignificante y débil que no pudiera matarme a mí. Por cada PNJ que derrotaba con mi avatar, conseguía unos pocos puntos de experiencia y, generalmente, un puñado de monedas de cobre o plata que soltaban los enemigos que acababa de derrotar. Aquellas monedas se convertían al instante en créditos, que usaba para pagar la tarifa de teletransportación para regresar a Ludus, muchas veces justo antes de que sonara el timbre que daba por terminadas las clases del día. Alguna vez, no muchas, alguno de los PNJ a los que mataba soltaba algún objeto. Así fue como conseguí la espada, el escudo y la armadura de mi avatar.

Antes de terminar el curso anterior dejé de pedirle a Hache que me llevara a los sitios. Él ya tenía el nivel 30 y casi siempre se dirigía a planetas que resultaban demasiado peligrosos para mi avatar. No le importaba en absoluto dejarme en algún mundo para principiantes que le pillara de paso, pero si yo no conseguía acumular los créditos suficientes para pagarme el viaje de regreso a Ludus, acabaría faltando a clase, varado en algún planeta. Y eso no se consideraba una falta justificada. Ya había acumulado tantas faltas sin justificar que corría el riesgo de que me expulsaran. Si eso sucedía tendría que devolver la consola y el visor de OASIS que me había facilitado el centro. Y, lo que era peor, tendría que regresar a un centro del mundo real para terminar el último curso. No podía correr ese riesgo.

Por eso ya casi nunca salía de Ludus. Estaba atrapado en el planeta sin posibilidad alguna de subir de nivel 3. Como imaginaréis, tener un avatar de nivel 3 era algo muy vergonzoso. Los demás gunters solo te tomaban en serio a partir del nivel 10. Y aunque era gunter desde el primer día, todo el mundo me consideraba un *noob*. Era muy frustrante.

Hundido en la desesperación, había intentado conseguir un trabajo de media jornada al salir de clase, para ganar algo de dinero con el que poder moverme por ahí. Solicité trabajo en el servicio técnico o en puestos de programación (sobre todo en la construcción, codificando parte de centros comerciales y edificios de oficinas de OASIS), pero fue inútil. Había millones de adultos universitarios que no conseguían trabajo. Llevábamos tres décadas de Gran Recesión y el desempleo aún era altísimo. Las listas de espera de quienes solicitaban trabajo en los locales de comida rápida de mi barrio eran de dos años.

Estaba atrapado en la escuela. Me sentía como un niño sin monedas que, delante de la mejor máquina recreativa del mundo, solo podía deambular por el lugar y ver cómo jugaban los demás niños.

0005

Después de comer me dirigí a mi clase favorita:
Estudios Avanzados de OASIS. Se trataba de una asignatura op-
tativa del último curso en la que se aprendía la historia de la simulación y de sus creadores. En esa materia iba a sacar un so-
bresaliente, seguro.

Durante los cinco años anteriores había dedicado mi tiempo
libre a aprender todo lo posible sobre James Halliday. Había estudiado de manera exhaustiva su vida, logros e intereses. Había
leído las más de doce biografías sobre él publicadas tras su muerte. También se habían hecho varios documentales, y los había
estudiado todos. Había analizado todas y cada una de las palabras que Halliday había escrito, y jugado a todos los videojuegos
que había creado. Tomaba apuntes, anotaba los detalles que me
parecía que podían estar relacionados con la Cacería. Lo apunta-
ba en un cuaderno (que había empezado a llamar diario del Santo Grial tras ver la tercera película de la saga de Indiana Jones).

Cuanto más aprendía sobre la vida de Halliday, más lo miti-
ficaba. No en vano era un dios para los frikis. Una superdeidad
para los empollones, a la altura de Gygax, Garriott y Gates. Se
había ido de casa al terminar el instituto, llevándose consigo tan
solo su imaginación e ingenio, que había usado para alcanzar
fama mundial y amasar una inmensa fortuna. Casi sin ayuda de
nadie había creado una realidad totalmente nueva, que proporcionaba una vía de escape a la práctica totalidad de la humani-

dad. Y, por si fuera poco, había convertido sus últimas voluntades y testamento en la mejor competición de videojuegos de todos los tiempos.

De modo que me pasé casi toda la hora que duró la clase de Estudios Avanzados de OASIS molestando al profesor, el señor Ciders, señalándole los errores que aparecían en el libro de texto y levantando la mano para aportar detalles relevantes sobre la vida de Halliday y que a mí (y solo a mí) me resultaban interesantes. Tras las primeras semanas de clase, el señor Ciders había dejado de preguntarme nada, a menos que nadie más en el aula conociera la respuesta a sus preguntas.

Ese día el señor Ciders leía fragmentos de *El hombre del huevo*, la biografía de Halliday que se había convertido en éxito de ventas y que yo había leído cuatro veces. Mientras él leía, yo debía reprimirme para no interrumpir y señalar la gran cantidad de cosas importantes que aquel libro dejaba en el tintero. Lo que hacía era tomar nota mental de cada omisión y, cuando el señor Ciders empezó a relatar las circunstancias de la infancia de Halliday, intenté, una vez más, reconstruir los secretos sobre la manera tan extraña en que Halliday había vivido su vida y sobre las extrañas pistas que él mismo había decidido dejar tras su muerte.

* * *

James Donovan Halliday nació el 12 de junio de 1972 en Middletown, Ohio. Era hijo único. Su padre era un operador de fábrica alcohólico y su madre una camarera bipolar.

Según todas las versiones, James fue un niño inteligente pero socialmente inadaptado. Le costaba muchísimo comunicarse con la gente que lo rodeaba. A pesar de su indiscutible inteligencia, sus resultados escolares fueron malos, porque centraba casi toda su atención en ordenadores, cómics, novelas de ciencia ficción y fantasía, películas y, sobre todo, en los videojuegos.

Un día, en el instituto, Halliday estaba sentado solo en la cafetería leyendo el *Manual del jugador* de *Dungeons & Dragons*. Aquel juego le entusiasmaba, pero nunca había podido jugar, porque no tenía amigos con los que hacerlo. Un compañero de clase llamado Ogden Morrow se fijó en lo que estaba leyendo y lo invitó a asistir a una de las partidas semanales de *Dugeons & Dragons* que organizaba en su casa. Fue allí, en el sótano de Morrow, donde Halliday conoció a un grupo de superfrikis como él. Todos lo aceptaron al momento y, por primera vez en su vida, James Halliday tuvo un grupo de amigos.

Ogden Morrow acabó convirtiéndose en el socio de Halliday, así como en su colaborador y mejor amigo. Posteriormente, muchos compararían aquella relación con la de Jobs y Wozniak o con la de Lennon y McCartney. Sea como fuere, aquella amistad iba a cambiar el curso de la historia de la humanidad.

A los quince años, Halliday creó su primer videojuego: *Anorak's Quest*. Lo programó en BASIC, en un TRS-80 Color Computer que le habían regalado la Navidad anterior (aunque él había pedido a sus padres un Commodore 64, algo más caro). *Anorak's Quest* era un juego de aventuras ambientado en Chthonia, el mundo de fantasía que Halliday había creado para la campaña de *Dungeons & Dragons* de su instituto. «Anorak» era el apodo que le había puesto una alumna inglesa de intercambio de su instituto. Le gustó tanto que se lo puso a su personaje favorito de *Dungeons & Dragons*, el poderoso brujo que posteriormente aparecería en muchos de sus videojuegos.

Halliday desarrolló *Anorak's Quest* por pura diversión, para compartirlo con sus amigos del grupo de *Dungeons & Dragons*. A todos les resultó adictivo, y se pasaban horas y horas intentando resolver los complicados enigmas y rompecabezas del juego. Ogden Morrow insistía en que *Anorak's Quest* era mejor que la mayoría de los juegos de ordenador que estaban en el mercado en ese momento y lo animó a que intentara venderlo. Ayudó a Halliday a crear un diseño de cubierta sencillo para el juego y, juntos, copiaron uno por uno gran cantidad de disquetes de 5¼ y los metieron en bolsas de plástico herméticas acompañados de una hoja con las instrucciones fotocopiadas. Empezaron a vender el juego en la sección de *software* de la tienda de ordenadores de su barrio. Al poco tiempo, la demanda era tal que no daban abasto creando copias.

Morrow y Halliday decidieron poner en marcha su propia empresa de videojuegos, Gregarious Games, que al principio estaba ubicada en el sótano de Morrow. Halliday programó versiones nuevas de *Anorak's Quest* para los ordenadores Atari 800XL, Apple II y Commodore 64, mientras que Morrow puso anuncios del juego en la contracubierta de algunas revistas de informática. A los seis meses, *Anorak's Quest* se había convertido en un éxito de ventas en todo el país.

Halliday y Morrow estuvieron a punto de no terminar los estudios de secundaria, porque se pasaron casi todo el último año trabajando en *Anorak's Quest II*. Y en lugar de matricularse en la universidad concentraron toda su energía en su nueva empresa, que había crecido tanto que ya no cabía en el sótano de Morrow. En 1990, Gregarious Games se trasladó a su primera oficina digna de ese nombre, situada en una zona comercial en decadencia de Columbus, Ohio.

La pequeña empresa entró en tromba en la industria de los videojuegos durante la década siguiente y lanzó una serie de superventas de juegos de acción y aventura desarrollados con un motor gráfico en primera persona muy innovador que había inventado el propio Halliday. Gregarious Games se convirtió en el nuevo referente de los juegos inmersivos y, cada vez que lanzaba un nuevo título, lograba lo que hasta entonces parecía imposible para el *hardware* informático de la época.

Ogden Morrow era una persona segura de sí misma, carismática por naturaleza, que se ocupaba de todos los aspectos vinculados a los negocios y las relaciones públicas de la empresa. En todas las ruedas de prensa de Gregarious Games, Morrow exhibía su risa contagiosa, su barba rebelde y sus gafas de montura metálica, mientras recurría a su don natural para la exageración y para crear expectativas. Halliday, en cambio, parecía su polo opuesto en todos los sentidos. Era alto, flaco, tímido hasta la exageración y prefería mantenerse alejado de los focos.

El personal que Gregarious Games contrató durante esa época cuenta que Halliday solía encerrarse en su despacho, donde programaba juegos sin parar y donde no era raro que pasara varios días, e incluso semanas, sin apenas comer, dormir o mantener contacto con otras personas.

En las pocas ocasiones en que Halliday concedía entrevistas, su comportamiento resultaba muy excéntrico, incluso para los estándares de los diseñadores de videojuegos. Sufría hiperquinesia, se mostraba distante y era tan poco sociable que muchas veces los entrevistadores llegaban a la conclusión de que padecía algún trastorno mental. Halliday tendía a hablar a tal velocidad que lo que decía resultaba ininteligible. El tono de su risa era muy agudo, cosa que se destacaba si cabe aún más, porque con frecuencia era el único que sabía de qué se reía. Cuando se aburría en el transcurso de una entrevista (o conversación), se levantaba y se iba sin mediar palabra.

Las obsesiones de Halliday eran bien conocidas. Las más notorias entre ellas eran los videojuegos clásicos, las novelas de ciencia ficción o fantasía y las películas de todos los géneros. También tenía una gran fijación por los ochenta, la década de su adolescencia. Halliday parecía esperar que todos los que convivían con él compartieran sus pasiones y criticaba a quienes no lo hacían. Se decía que había despedido a empleados que llevaban mucho tiempo trabajando para la empresa por no saber a quién pertenecía alguna de las citas que enunciaba o por no estar familiarizados con alguno de sus dibujos animados, cómics o videojuegos favoritos. (Ogden Morrow siempre volvía a contratarlos, y Halliday no solía darse cuenta de que volvían a estar en plantilla.)

En lugar de mejorar, con el paso de los años las aptitudes sociales de Halliday parecían deteriorarse cada vez más. (Tras su muerte se llevaron a cabo varios estudios psicológicos exhaustivos, y tanto su apego a la rutina como su dedicación a temas abstrusos llevaron a muchos psicólogos a la conclusión de que Halliday sufría el síndrome de Asperger o Autismo de Alto Funcionamiento.)

Pero a pesar de sus excentricidades nadie cuestionaba que Halliday era un genio. Los juegos que desarrollaba resultaban adictivos y alcanzaban gran popularidad. Al terminar el siglo XX,

Halliday era considerado el mejor diseñador de videojuegos de su generación y, según algunos, de todos los tiempos.

Ogden Morrow también era un programador brillante, pero su verdadero talento radicaba en el ojo que tenía para los negocios. Además de colaborar en la creación de los juegos de la empresa, también dirigió todas las primeras campañas de marketing y los planes de distribución mediante *shareware*, con resultados asombrosos. Cuando, finalmente, Gregarious Games salió a bolsa, las acciones alcanzaron de inmediato valores estratosféricos.

A los treinta años, Halliday y Morrow ya eran multimillonarios. Se compraron mansiones en la misma calle. Morrow adquirió un Lamborghini, cogió largos períodos de vacaciones y viajó por todo el mundo. Halliday compró y restauró uno de los DeLorean originales que se habían usado en la película *Regreso al futuro* y siguió pasando la mayor parte del tiempo delante de un teclado. Dedicó su riqueza a adquirir la que acabaría por ser la mayor colección privada del mundo especializada en videojuegos clásicos, figuras de acción de *Star Wars*, fiambreras escolares retro y cómics.

Y entonces, cuando se encontraba en la cima del éxito, fue como si Gregarious Games perdiera toda su productividad. Pasaron varios años sin que sacaran al mercado ningún juego nuevo. Morrow realizaba anuncios enigmáticos en los que afirmaba que la empresa estaba trabajando en un ambicioso proyecto que cambiaría por completo el rumbo de la empresa. Empezó a circular el rumor de que Gregarious Games se había implicado en el desarrollo de una especie de nuevo *hardware* de videojuegos y de que aquel proyecto secreto estaba agotando a toda velocidad los considerables recursos económicos de la empresa. También había indicios de que tanto Halliday como Morrow habían invertido gran parte de sus fortunas personales en el nuevo proyecto de la empresa. Y se corrió la voz de que Gregarious Games estaba a punto de entrar en bancarrota.

Fue en ese momento, en diciembre de 2012, cuando Gregarious Games cambió de nombre y pasó a llamarse Gregarious

Simulation Systems y, bajo esa nueva marca lanzó su producto emblemático, el único que llegaría a sacar al mercado: OASIS, Ontologically Anthropocentric Sensory Immersive Simulation (Simulación de Inmersión Sensorial Ontológica Antropocéntrica).

OASIS llegaría a cambiar la manera de vivir, trabajar y comunicarse de la gente en todo el mundo. A transformar la naturaleza del entretenimiento, de las redes sociales e incluso de la política global. Aunque en un principio se vendió solo como un juego multijugador masivo *online*, OASIS no tardaría en convertirse en un nuevo modo de vida.

* * *

Antes de la aparición de Gregarious Simulation Systems, los juegos MMO fueron las primeras ambientaciones compartidas virtuales. Permitían a miles de jugadores coexistir a la vez en un mundo simulado al que se conectaban vía internet. Aquellos juegos solían transcurrir en entornos relativamente pequeños que, por lo general, comprendían un solo mundo o una docena de pequeños planetas. Los jugadores de estos MMO veían este entorno *online* a través de una pequeña pantalla bidimensional —su monitor del ordenador— e interactuaban con él mediante el teclado, el ratón y otros dispositivos aparatosos.

Gregarious Simulation Systems dio un vuelco al concepto de los MMO. OASIS no limitaba a sus jugadores a un solo planeta, ni a una docena, sino que contenía cientos (que luego serían miles) de mundos tridimensionales en alta resolución para explorar. Todos ellos renderizados con gráficos preciosistas y detallados, tanto que hasta las briznas de hierba y los insectos eran visibles, además de contar con viento y efectos climatológicos. Los usuarios podían recorrer cada uno de aquellos planetas sin pasar dos veces por el mismo lugar. Ya en esta versión básica, el alcance de la simulación resultaba asombroso.

Halliday y Morrow decían que OASIS era una «realidad de código abierto», un universo *online* maleable al que todo el mundo podía acceder a través de internet, de su ordenador o de su consola de videojuegos. Al conectarse, uno escapaba al instante de la monotonía de la vida cotidiana. Cualquiera podía crear una identidad totalmente nueva, con un control absoluto sobre su aspecto y la impresión que daba a los demás. En OASIS, los gordos podían ser delgados; los feos, guapos; y los tímidos, extrovertidos. O viceversa. Era posible cambiar de nombre, edad, sexo, raza, altura, peso, voz, color de pelo y estructura ósea. Hasta se podía dejar de ser humano y convertirse en ogro, elfo, extraterrestre o cualquier criatura de la literatura, el cine o la mitología.

En OASIS cualquiera podía ser lo que quisiera, sin revelar su identidad, porque el anonimato estaba garantizado.

Los usuarios también podían alterar el contenido de los mundos virtuales que había en OASIS o crearlos ellos mismos. La identidad *online* de una persona ya no estaba limitada a una página web o al perfil de una red social. En OASIS uno podía crear su propio planeta, construir en él una mansión virtual, amueblarlo y decorarlo como más le gustara e invitar a miles de amigos a una fiesta. Amigos que podían estar en cualquier zona horaria y repartidos por todo el mundo.

Las claves del éxito de OASIS eran los dos nuevos componentes para controlar la interfaz que GSS había creado y resultaban imprescindibles para acceder a la simulación: el visor y los guantes hápticos.

El visor inalámbrico de talla única de OASIS era poco mayor que unas gafas de sol. Usaba inofensivos láseres de baja potencia para representar el asombroso y realista entorno de OASIS en las retinas de quienes se lo ponían, lo que hacía que todo su campo de visión quedara inmerso en el mundo *online*. El visor estaba a años luz de aquellas aparatosas gafotas de realidad virtual que existían hasta el momento y supuso todo un cambio de paradigma en dicha tecnología. Lo mismo podía decirse de los guantes hápticos ligeros de OASIS, que permitían a los usuarios controlar directamente las manos de su avatar e interactuar con el entorno simulado como si se encontraran en él. Cuando cogías objetos, abrías puertas o conducías vehículos, los guantes hápticos te hacían sentir esos objetos y superficies inexistentes como si se encontraran ahí, delante de ti. Los guantes te permitían, como se decía en los anuncios de la tele, «entrar y tocar OASIS». Combinados, el visor y los guantes convertían OASIS en una experiencia sin precedentes y, una vez que la gente lo probaba, ya no había vuelta atrás.

El *software* que usaba la simulación, el nuevo Motor de Realidad OASIS creado por Halliday, también supuso un inmenso avance tecnológico. Logró superar las limitaciones que habían lastrado las realidades virtuales que se habían creado hasta ese momento. Además de lo limitado de su tamaño, los MMO anteriores también se veían obligados a ajustar la población virtual, que, por lo general, no podía superar unos pocos miles de usuarios por servidor. Si se conectaba mucha gente a la vez, la simulación se volvía muy lenta y los avatares se quedaban estáticos mientras el sistema hacía todo lo posible por recuperar la normalidad. Pero OASIS usaba una serie de servidores a prueba de fallos que podía obtener velocidad de procesamiento adicional de todos los ordenadores que estuvieran conectados a ellos. Cuando se lanzó al mercado, OASIS podía soportar hasta cinco millones de usuarios simultáneos, sin latencia ni indicio alguno de que se fueran a caer los servidores.

El lanzamiento de OASIS se anunció con una enorme campaña de marketing. Los constantes anuncios de televisión e internet, así como los de las vallas publicitarias, mostraban un oasis frondoso con sus palmeras y su charca de agua azul y cristalina, rodeado por un desierto desolado.

El nuevo lanzamiento de GSS fue un éxito rotundo desde el primer día. OASIS era todo lo que la gente había soñado desde hacía décadas. La «realidad virtual» que les habían prometido desde hacía tanto tiempo por fin había llegado, y era aún mejor de lo que habían imaginado. OASIS era una utopía *online*, era como tener una holocubierta en casa. ¿Y cuál era el secreto de su éxito? Que era gratis.

La mayoría de los juegos de la época generaba beneficios cobrando a los usuarios una cuota mensual de suscripción. GSS cobraba veinticinco centavos cuando creabas la cuenta y, a cambio, el usuario recibía una suscripción de por vida. Era uno de los mayores reclamos publicitarios: «OASIS: el mejor videojuego que se ha creado jamás. Solo por veinticinco centavos».

En una época de gran incertidumbre social y cultural, cuando casi toda la población mundial anhelaba huir de la realidad, OASIS lo hizo posible de un modo económico, legal, seguro y no adictivo (aún no había estudios que lo corroboraran). La crisis energética que se vivía contribuyó en gran parte a la popularidad desbocada de OASIS. Los altísimos precios del petróleo hicieron que los viajes en avión y en coche tuvieran precios prohibitivos para el ciudadano medio, y OASIS se convirtió en la única vía de escape que la mayoría de las personas podía permitirse. Ahora que la época de las fuentes de energía baratas y abundantes llegaba a su fin, la pobreza y la intranquilidad se propagaban como un virus. Cada día eran más las personas con motivos para refugiarse en la utopía virtual de Halliday y Morrow.

Cualquier empresa que quisiera abrir una oficina en OASIS debía alquilar o comprar un inmueble virtual a GSS (lo que Morrow llamaba «inmueble imaginario»). Anticipándose a la cuestión, la compañía había reservado el Sector Uno como zona de negocios del simulador y empezado a vender y a alquilar millones de inmuebles imaginarios. En un abrir y cerrar de ojos, se erigieron centros comerciales del tamaño de ciudades y por los planetas se propagaron escaparates virtuales a una velocidad equiparable a la de las grabaciones a cámara rápida en las que se veía cómo una naranja iba cubriéndose de moho y se pudría en cuestión de segundos. El desarrollo urbanístico nunca había sido tan fácil.

Además de los miles de millones de dólares que GSS ganaba vendiendo tierras que no existían, también se forraba ofreciendo objetos y vehículos virtuales. OASIS se convirtió en una parte tan inseparable de la vida de la gente que los usuarios estaban dispuestos a gastarse dinero real en adquirir accesorios para sus avatares: ropa, muebles, casas, coches voladores, espadas mágicas y ametralladoras. Esos artículos no eran más que unos y ceros almacenados en los servidores de OASIS, pero también eran símbolos de estatus. La mayoría de ellos apenas costaba unos pocos créditos, pero como a GSS no le costaba nada producirlos, todo eran beneficios. A pesar de la terrible crisis económica, OASIS permitió que los estadounidenses siguieran dedicándose a su pasatiempo favorito: comprar.

OASIS no tardó en convertirse en el servicio más popular de internet, hasta el punto de que los términos «internet» y «OASIS» pasaron a ser sinónimos. Y el sistema operativo tridimensional e intuitivo de OASIS, que GSS regalaba, se convirtió en el más popular del mundo.

Poco tiempo después, miles de millones de personas de todo el planeta trabajaban y jugaban en OASIS todos los días. Algunos se conocían, se enamoraban y se casaban sin poner siquiera el pie en el mismo continente. Las líneas que distinguían la identidad real de una persona de las de su avatar empezaron a difuminarse.

Era el nacimiento de una nueva era, una era en la que casi toda la humanidad pasaba la mayor parte de su tiempo libre dentro de un videojuego.

0006

El resto de la jornada escolar pasó volando hasta que llegó la última asignatura: Latín.

Casi todos los alumnos escogían lenguas extranjeras, como el mandarín, el hindi o el japonés, con la idea de poder usarlas algún día. Yo me decidí por el latín, siguiendo el ejemplo de James Halliday, que también lo había estudiado y, a veces, usaba palabras y expresiones latinas en sus primeros juegos de aventuras. Por desgracia, y a pesar de las posibilidades ilimitadas que ofrecía OASIS, a mi profesora de latín, la señora Rank, le costaba mucho hacer de sus clases algo interesante. Ese día en concreto repasaba un montón de verbos que yo ya había memorizado, lo que hizo que me distrajera casi desde el principio.

Durante una clase, la simulación impedía que los alumnos tuvieran acceso a cualquier dato o programa no autorizado por su profesor, a fin de que no pudieran ver películas, entretenerse con juegos o chatear entre ellos en lugar de seguir las lecciones. Por suerte, durante mi primer año, había descubierto un error en el *software* de la biblioteca *online* de la escuela y, aprovechándome de él, lograba entrar en cualquier libro de los que contenía, incluido el *Almanaque de Anorak*. De modo que siempre que me aburría (como ese día), lo abría en una ventana de mi pantalla y leía mis pasajes favoritos para pasar el rato.

A lo largo de los últimos cinco años, el *Almanaque* se había convertido en mi Biblia. Como sucedía con la mayoría de los libros, ese también estaba disponible solamente en formato electrónico. Pero yo quería leerlo a cualquier hora del día o de la noche, incluso durante alguno de los frecuentes apagones que ocurrían en las torres, por lo que había reparado una de las impresoras láser antiguas para disponer de una copia en papel. La había metido en una carpeta de tres anillas que llevaba en la mochila y la leí hasta que me la aprendí de memoria.

El *Almanaque* contenía miles de referencias a los libros, series de televisión, películas, novelas gráficas y videojuegos favoritos de Halliday. La mayoría de ellos tenía más de cuarenta años de antigüedad, por lo que era posible descargarse copias gratuitas desde OASIS. Si algo no estaba legalmente disponible sin tener que pagar, casi siempre lo conseguía recurriendo a Guntorrent, un programa en el que los gunters de todo el mundo compartían archivos.

Cuando de investigar se trataba, no me andaba con chiquitas. En los últimos cinco años había repasado la lista de las lecturas recomendadas para gunters. Douglas Adams, Kurt Vonnegut, Neal Stephenson, Richard K. Morgan, Stephen King, Orson Scott Card, Terry Pratchett, Terry Brooks. Bester, Bradbury, Haldeman, Heinlein, Tolkien, Vance, Gibson, Gaiman, Sterling, Moorcock, Scalzi, Zelazny. Había leído todas las novelas de los autores favoritos de Halliday.

Y no me había conformado con eso.

También había visto todas las películas que aparecían citadas en el *Almanaque*. Si se trataba de alguna de las favoritas de Halliday, como *Juegos de guerra*, *Los cazafantasmas*, *Escuela de genios*, *Más vale muerto* o *La revancha de los novatos*, las veía una y otra vez hasta que me aprendía las escenas de memoria.

Devoré enteras las que, en palabras de Halliday, eran las «Sagradas Trilogías»: *Star Wars* (la trilogía original y la precuela, en ese orden), *El Señor de los Anillos*, *Matrix*, *Mad Max*, *Regreso al futuro* e *Indiana Jones*. (Halliday había comentado en una ocasión que había decidido hacer como si las películas de Indiana Jones posteriores a *El reino de la Calavera de Cristal* no existieran. En líneas generales, coincidía con él.)

También me empapé de las filmografías completas de sus directores favoritos: Cameron, Gilliam, Jackson, Fincher, Kubrick, Lucas, Spielberg, Del Toro o Tarantino. Y, por supuesto, Kevin Smith.

Me pasé tres meses estudiando las películas para adolescentes de John Hughes y memorizando las líneas de diálogo más importantes.

«Los cobardes caen. Los valientes viven.»

Podía decirse que había cubierto todos los frentes.

Estudié a los Monty Python. Y no solo *Los caballeros de la mesa cuadrada*. Todas sus películas, discos y libros, además de los episodios de la serie original de la BBC. (Incluidos aquellos dos capítulos «perdidos» que realizaron para la televisión alemana.)

No estaba dispuesto a saltarme nada.

Ni a dejar escapar nada obvio.

No sé dónde exactamente, pero en algún punto empecé a excederme.

De hecho, es posible que estuviera empezando a volverme un poco loco.

Vi todos los episodios de *El gran héroe americano*, *Airwolf: Helicóptero*, *El Equipo-A*, *El coche fantástico*, *Misfits of Science* y *Los teleñecos*.

¿Y *Los Simpson*?, os preguntaréis.

Sabía más cosas sobre Springfield que sobre mi ciudad.

¿Y *Star Trek*? También había hecho los deberes. *La serie original*, *La nueva generación*, *Espacio profundo nueve*. Incluso *Voyager* y *Enterprise*. Las vi todas, en orden cronológico. También las películas. «Fásers apuntando a objetivo.»

También hice un curso intensivo sobre los dibujos animados que se emitían los sábados por la mañana en los ochenta.

Me aprendí de cabo a rabo los nombres de todos los putos GoBots y Transformers.

Tierra de los perdidos, *Thundarr el Bárbaro*, *He-Man*, *Schoolhouse Rock!*, *G. I. Joe*. Los conocía todos. Porque... «¡Saber es la mitad de la batalla!»

¿Quién era mi amigo cuando las cosas se ponían difíciles? El *H. R. Pufnstuf.*

¿Japón? ¿Que si estudié las series y películas japonesas?

Pues sí. Claro que sí. Las de animación y las de acción real. *Godzilla, Gamera, Star Blazers, Los gigantes del espacio, La batalla de los planetas* y *Meteoro.* «*Go, speed racer, go.*»

No era un aficionado cualquiera.

No lo hacía para pasar el rato.

Pero si incluso llegué a aprenderme de memoria todos los monólogos de Bill Hicks.

¿Y la música? Lo de la música no fue nada fácil.

Me llevó algo de tiempo.

La de los ochenta fue una década muy larga (diez años enteros) y Halliday no parecía haber tenido un gusto demasiado selectivo. Escuchaba cualquier cosa. Yo también. Pop, rock, new wave, punk, heavy metal. Desde The Police hasta Journey, pasando por R.E.M. y The Clash. Le daba a todo.

Repasé la discografía completa de They Might Be Giants en dos semanas. Devo me llevó algo más de tiempo.

Vi un montón de vídeos en YouTube de chicas guapas y frikis, tocando versiones de canciones de los ochenta con ukelele. La verdad es que aquello no me servía para la investigación, pero tenía cierto fetichismo por las chicas guapas y frikis que tocaban el ukelele, un fetichismo que no puedo explicar ni defender.

Memorizaba las letras. Unas letras tontas interpretadas por grupos con nombres como Van Halen, Bon Jovi, Def Leppard y Pink Floyd.

Me esforzaba.

Mi lamparilla de aceite permanecía encendida hasta altas horas de la noche.

Por cierto, no sé si sabíais que Lamparilla de Aceite, es decir, Midnight Oil fue un grupo australiano que consiguió un éxito en 1987, una canción titulada *Beds are Burning*.

Estaba obsesionado. No podía dejarlo. Empezaba a sacar peores notas en clase. Pero no me importaba.

Leía todos los números de los cómics que Halliday coleccionaba.

No estaba dispuesto a que nadie pusiera en duda mi compromiso.

Y menos cuando se trataba de videojuegos. Los videojuegos eran mi especialidad.

Mi especialización, un arma de doble filo.

Mi categoría soñada en el *Trivial Pursuit*.

Me bajaba todos los juegos que se mencionaban o a los que se hacía referencia en el *Almanaque*, desde *Akalabeth* hasta *Zaxxon*. Jugaba a ellos hasta dominarlos. Solo entonces, pasaba al siguiente.

Os asombraría saber todo lo que se puede investigar cuando uno no tiene vida. Doce horas al día y siete días a la semana, son un montón de horas destinadas al estudio.

Estudié todos los géneros de videojuegos y todas las plataformas. Los clásicos de recreativas, los de ordenadores personales, los de consolas y los de portátiles. Aventuras conversacionales, juegos de disparos en primera persona, juegos de rol en tercera persona. Antiguos clásicos de 8, 16 y 32 bits desarrollados en el siglo pasado. Cuanto más difícil resultaba pasarse algún juego, más divertido era. Y al practicar tanto con aquellas reliquias digitales, noche tras noche, año tras año, descubrí que aquello se me daba bien. Era capaz de dominar casi todos los videojuegos de acción en cuestión de horas, y no había juego de aventuras ni de rol que no lograra pasarme. No me hizo falta mirar guías ni usar trucos. Todo me venía a la mente. Los viejos juegos de recreativas se me daban aún mejor. Cuando estaba en racha con alguno de esos clásicos rapidísimos, como *Defender*, me sentía como un halcón en pleno vuelo o como un tiburón debía de sentirse nadando en el fondo marino. Por primera vez, sabía lo que era haber nacido para algo. Tener un don.

Pero no había sido mi afición a las películas antiguas, a los cómics y a los videojuegos la que me había llevado hasta la primera pista de verdad. La primera pista la descubrí mientras estudiaba la historia de los antiguos juegos de rol de papel y lápiz.

· · ·

Impresos en la primera página del *Almanaque de Anorak* figuraban los cuatro versos que Halliday había recitado en la *Invitación*.

> *Ocultas, las tres llaves puertas secretas abren.*
> *En ellas, los errantes serán puestos a prueba.*
> *Y quienes sobrevivan a muchos avatares*
> *llegarán al Final donde el trofeo espera.*

Al principio, aquella parecía ser la única referencia directa a la competición que aparecía en todo el *Almanaque*. Pero con el tiempo, oculto entre las inconexas entradas del diario y todos los artículos sobre cultura popular, descubrí un mensaje secreto.

Esparcidas por el texto había una serie de letras marcadas. Cada una de ellas tenía una especie de muesca diminuta, casi invisible, que se hundía en su borde. Ya me había fijado en ellas un año después de la muerte de Halliday. Las vi en la copia impresa del *Almanaque de Anorak*, por lo que al principio pensé que las muescas no eran más que pequeñas imperfecciones de impresión, debidas tal vez al papel o a la mala calidad de la impresora vieja que había usado. Pero al contrastarlo con la versión electrónica disponible en el web de Halliday, descubrí las mismas muescas en las mismas letras. Si ampliabas las letras, las muescas destacaban con claridad diáfana.

Era Halliday el que las había puesto ahí. Y lo había hecho por alguna razón.

En total sumaban ciento veinticinco letras con muesca, esparcidas por el libro. Al anotarlas en el mismo orden en que aparecían descubrí que formaban palabras. Las apunté en mi diario del Santo Grial, temblando de emoción:

La Llave de Cobre aguarda a los exploradores
en una tumba atestada de horrores,
mas mucho habéis de aprender
si esperáis permanecer
entre los más altos puntuadores.

Otros gunters ya habían descubierto aquel mensaje oculto, claro, pero todos habían sido lo bastante prudentes para no revelarlo. Al menos durante un tiempo. Unos seis meses después de haber descubierto el mensaje secreto, un bocazas de primero de carrera que estudiaba en el MIT también los encontró. Se llamaba Steven Pendergast y quiso tener sus quince minutos de fama compartiendo su «hallazgo» con los medios de comunicación. Los informativos entrevistaron durante un mes a aquel gilipollas, que encima no tenía ni la menor idea sobre el significado del mensaje. Después de lo ocurrido, hacer pública cualquier pista sobre la Cacería pasó a conocerse como «hacer un pendergast».

Una vez que el mensaje pasó a ser del dominio público, los gunters empezaron a llamarlo la «Quintilla jocosa». Hacía ya cuatro años que el mundo entero tenía conocimiento de ella, pero nadie parecía entender su verdadero significado y nadie había encontrado la Llave de Cobre.

Yo sabía que Halliday había usado con frecuencia acertijos similares en muchos de sus primeros juegos de aventuras, y que cada uno de ellos cobraba sentido en el contexto del propio juego. De modo que dediqué una sección completa del diario del Santo Grial a descifrar la Quintilla, verso a verso.

«La Llave de Cobre aguarda a los exploradores.»

Ese verso parecía bastante directo y no parecía contener ningún significado oculto.

«En una tumba atestada de horrores.»

Ese ya era más difícil. Tomado literalmente, parecía decir que la llave se encontraba escondida en alguna tumba, una tumba llena de cosas horripilantes. Pero durante mis investigaciones había descubierto un suplemento de *Dungeons & Dragons* llamado *La Tumba de los Horrores*, publicado en 1978. Desde el momento en que vi el título, supe que el segundo verso de la Quintilla hacía referencia a él. Halliday y Morrow se habían pasado los años de instituto jugando a *Advanced Dungeons & Dragons*, así como a otros juegos de rol de papel y lápiz, como *GURPS*, *Champions*, *Car Wars* y *Rolemaster*.

La Tumba de los Horrores era uno de esos cuadernillos que se llamaban «módulos». Contenía mapas detallados y descripciones estancia por estancia de un laberinto subterráneo infestado de espantosos muertos vivientes. Los jugadores de *Dungeons & Dragons* tenían que explorar el laberinto con sus personajes mientras el máster les leía el módulo, los guiaba a través de la historia y describía todo lo que veían o encontraban por el camino.

Al investigar sobre el funcionamiento de aquellos primeros juegos de rol, descubrí que un módulo de D&D era el equivalente primitivo de las misiones de OASIS. Y de que los personajes eran iguales a los avatares. En cierto sentido, esos viejos juegos de rol habían sido las primeras simulaciones de realidad virtual, creadas mucho antes de que los ordenadores resultaran lo bastante potentes como para poder hacer algo parecido. En aquella época, si alguien quería escapar a otro mundo debía crearlo él mismo, usando su cerebro, papel, lápices, dados y unos cuantos libros de reglas. Cuando caí en la cuenta, fue como si se me iluminara la bombilla, y mi forma de ver la Cacería del Huevo de Pascua de Halliday cambió por completo. A partir de entonces, empecé a concebir la Cacería como un módulo más complicado de *Dungeons & Dragons*. Y a Halliday como el máster, aunque ahora controlara el juego desde el más allá.

Encontré una copia digital del módulo de *La Tumba de los Horrores*, que se había publicado hacía sesenta y siete años, en lo más profundo de un antiquísimo directorio FTP. A medida que lo estudiaba, empecé a desarrollar una teoría: Halliday había recreado *La Tumba de los Horrores* en alguna parte de OASIS y escondido en ella la Llave de Cobre.

Me pasé los meses siguientes estudiando el módulo y memorizando todos los mapas y las descripciones de las estancias, a la espera del día en que finalmente descubriera su ubicación. Pero ese era el problema: la Quintilla no parecía proporcionar pista alguna sobre dónde había escondido Halliday la maldita tumba. La única pista parecía ser «mas mucho habéis de aprender si esperáis permanecer entre los más altos puntuadores».

Recité esas palabras de memoria hasta que me dieron ganas de gritar de impotencia. «Mucho habéis de aprender.» Sí, claro, qué bien. ¿Mucho he de aprender sobre qué?

En OASIS había, literalmente, miles de mundos y Halliday podía haber ocultado su recreación de *La Tumba de los Horrores* en cualquiera de ellos. Explorarlos uno por uno me llevaría toda la vida. Y eso en caso de que tuviera los medios para hacerlo.

Un planeta llamado Gygax del Sector Dos me pareció el lugar más obvio para empezar a buscar. El propio Halliday había escrito el código del planeta y lo había llamado así en honor a Gary Gygax, uno de los creadores de *Dungeons & Dragons* y autor del módulo original de *La Tumba de los Horrores*. Según la Gunterpedia (una wiki para gunters), el planeta Gygax estaba lleno de recreaciones de antiguos módulos de *Dungeons & Dragons*, pero *La Tumba de los Horrores* no figuraba entre ellos. Al parecer, no había ninguna recreación de la tumba en ningún otro mundo de OASIS ambientado en *Dungeons & Dragons*. Los gunters los habían puesto patas arriba y rastreado cada palmo de su superficie. De haber existido alguna recreación de *La Tumba de los Horrores* oculta en alguno de ellos, la habrían encontrado y registrado hacía tiempo.

De modo que la tumba tenía que estar en otro lugar, pero no tenía la menor idea de dónde podía ser. Intentaba convencerme de que si seguía investigando, al final descubriría lo que hacía falta para dar con su paradero. De hecho, eso era seguramente lo que Halliday quería decir cuando había escrito: «Mucho habéis de aprender si esperáis permanecer entre los más altos puntuadores».

Si algún otro gunter había interpretado la Quintilla igual que yo, hasta el momento había sido lo bastante prudente como para no decir nada. No había encontrado ningún mensaje sobre *La*

Tumba de los Horrores en ninguno de los foros de gunters. Claro que también era consciente de que podía deberse a que mi teoría sobre el antiguo módulo de *Dungeons & Dragons* no tenía el menor fundamento y cojeaba por todas partes.

Es por ello que seguía observando, leyendo, escuchando, estudiando y preparándome para el día en que me tropezara con la pista que me llevara hasta la Llave de Cobre.

Y al fin ocurrió. Allí mismo, mientras estaba distraído en clase de latín.

0007

La señora Rank, nuestra profesora, estaba de pie, frente a nosotros, y conjugaba despacio unos verbos en latín. Primero nos daba la versión traducida y después la forma original y, a medida que lo hacía, las palabras que pronunciaba aparecían en la pizarra que tenía detrás. Cada vez que practicábamos aquellas monótonas conjugaciones me venía a la cabeza la letra de una canción antigua de *Schoolhouse Rock!* que me sabía de memoria: «*To run, to go, to get, to give. Verb! You're what's happenin'!»**

Mientras tarareaba mentalmente la canción, la señora Rank empezó a conjugar la forma latina del verbo «aprender».

—*Discere* —dijo, y añadió—: Este debería resultaros fácil de recordar, porque se parece a nuestro verbo «discernir», que en cierto modo es una forma de aprender.

Oír a la señora Rank repetir el verbo «aprender» me hizo recordar la Quintilla: «Mas mucho habéis de aprender si esperáis permanecer entre los más altos puntuadores».

Luego, la señora Rank usó un verbo conjugado en una frase como ejemplo.

—Vamos a la escuela a aprender —dijo—. *Petimus scholam ut litteras discamus.*

Fue entonces cuando se me ocurrió. Llegó como un yunque

---

* Correr, ir, coger, dar. ¡Verbos! ¡Sois la acción! *(N. del T.)*

caído del cielo que me golpeó en la cabeza. Miré a mis compañeros de clase. ¿Qué grupo de personas «mucho ha de aprender»?

Los alumnos. Los estudiantes de instituto.

Me encontraba en un planeta lleno de alumnos y todos ellos «mucho han de aprender».

¿Y si lo que decían aquellos versos era que la tumba estaba oculta allí mismo, en Ludus? ¿El planeta en el que llevaba cinco años tocándome las narices?

Entonces recordé que *ludus* también era una palabra latina que significaba «escuela». Abrí el diccionario de latín para comprobar la definición y descubrí que el término tenía más de un significado: Ludus también podía significar «deporte» o «juego».

Vaya. Juego.

Me caí de la silla plegable y aterricé en el suelo de la guarida con un golpe quedo. Mi consola de OASIS registró el movimiento e intentó hacer que mi avatar cayera al suelo de la clase de latín, pero el *software* de conducta del aula le impidió moverse y apareció un aviso en la pantalla: POR FAVOR, PERMANEZCA SENTADO MIENTRAS DURE LA CLASE.

Intenté no emocionarme demasiado. Tal vez fueran conclusiones precipitadas. En OASIS había centenares de universidades y escuelas privadas ubicadas en otros planetas. La Quintilla quizá se refiriera a alguna de ellas. Pero no lo creía. Tenía más lógica que fuera Ludus. James Halliday había donado miles de millones para financiar la creación del sistema de escuelas públicas, para demostrar el fabuloso potencial de la simulación como herramienta educativa. Y antes de su muerte había creado una fundación para asegurarse de que dicho sistema contara siempre con el dinero necesario para funcionar. La Fundación de Enseñanza Halliday también proporcionaba gratuitamente el *hardware* necesario y acceso a internet a los niños pobres de todo el mundo para que pudieran asistir a clase en OASIS.

Los propios programadores de GSS habían diseñado y desarrollado Ludus y todas las escuelas, por lo que era muy posible que Halliday fuera quien había puesto el nombre al planeta. Por lo que también había tenido acceso a su código fuente y podía haber escondido allí lo que quisiera.

Las suposiciones detonaban en mi mente como bombas atómicas, una tras otra.

Según el módulo original de *Dungeons & Dragons*, la entrada a la Tumba de los Horrores estaba oculta cerca de una «colina baja y de cima llana, de unos doscientos metros de anchura por trescientos de longitud». La cima de la colina estaba cubierta de rocas negras, grandes, dispuestas de tal manera que, si se observaban a mucha altura, parecían las cuencas oculares, los orificios nasales y los dientes de una calavera humana.

Pero si en Ludus existía una colina como esa, ¿no la habría encontrado alguien ya?

Tal vez no. Ludus tenía centenares de grandes bosques repartidos por la superficie, en los tramos inmensos de tierras despobladas que separaban los miles de recintos escolares. Algunos de los bosques eran enormes y se extendían a lo largo de docenas de kilómetros cuadrados. Casi ningún alumno había estado en ellos jamás, porque no había nada interesante que ver ni hacer. Al igual que los campos, ríos y lagos; los bosques de Ludus eran paisajes generados por ordenador que se habían creado para rellenar los espacios vacíos.

Sí, claro, durante las largas estancias en Ludus de mi avatar, y por puro aburrimiento, había explorado algunos de los bosques a los que podía llegarse a pie desde mi escuela. Pero solo había miles de árboles generados aleatoriamente, así como algún que otro pájaro, conejo o ardilla. (Matar a aquellos seres diminutos no daba puntos de experiencia. Lo había comprobado.)

Por lo que era más que probable que hubiera una colina cubierta de rocas dispuestas en forma de calavera humana oculta en algunas de las zonas boscosas inexploradas.

Intenté abrir un mapa de Ludus en la pantalla, pero no pude. El sistema no me lo permitía porque todavía estaba en clase. El *hackeo* que usaba para acceder a los libros de la biblioteca *online* de la escuela no servía para el programa del atlas de OASIS.

—¡Mierda! —espeté, desesperado.

El *software* de conducta del aula censuró el taco, por lo que ni la señora Rank ni mis compañeros de clase lo oyeron. Pero en el visualizador apareció otro aviso: PALABRA IMPROPIA SILENCIADA. ¡AVISO POR MALA CONDUCTA!

Consulté la hora en la pantalla. Faltaban exactamente diecisiete minutos y veinte segundos para que terminara la jornada escolar. Permanecí en mi sitio, con los dientes muy apretados y contando cada segundo, mientras no dejaba de darle vueltas a la cabeza.

Ludus era un mundo anodino situado en el Sector Uno. Se suponía que allí solo había colegios, por lo que era el último sitio donde a un gunter se le ocurriría buscar la Llave de Cobre. Sin duda era el último lugar donde a mí se me habría ocurrido buscar, y eso ya demostraba que se trataba de un escondite perfecto. Pero ¿por qué habría Halliday decidido ocultar la Llave de Cobre aquí? A no ser que...

Que quisiera que la encontrara un estudiante.

El timbre sonó mientras aún le daba vueltas a aquella idea. A mi alrededor, los demás estudiantes empezaron a salir del aula o a desaparecer de sus asientos. El avatar de la señora Rank también desapareció, y en cuestión de segundos me quedé solo en clase.

Abrí el mapa de Ludus en la pantalla. Ante mí apareció un globo tridimensional, y le di un poco de impulso con la mano para hacerlo girar. Ludus era un planeta relativamente pequeño para los estándares de OASIS, sobre una tercera parte de la luna de la Tierra y un diámetro de justo mil kilómetros. Un único continente cubría toda la superficie. No había océanos, pero sí unas cuantas docenas de lagos grandes situados por aquí o por allá. Como los planetas de OASIS no eran reales, no tenían por qué obedecer las leyes de la naturaleza. En Ludus siempre era de día, independientemente del punto de la superficie en que uno se encontrara, y el cielo era de un perpetuo azul, sin una sola nube. El sol inmóvil que estaba suspendido sobre el planeta no era más que una fuente de luz virtual programada en el cielo imaginario.

En el mapa, las instalaciones de las escuelas eran miles de rectángulos idénticos y numerados que salpicaban la superficie del planeta. Estaban separados por prados verdes y ondulados, ríos, cadenas montañosas y bosques. Eran de todas las formas y tamaños posibles, y muchos se extendían hasta las puertas de los centros educativos. Abrí junto al mapa el módulo de *La Tumba de los Horrores*. En la cubierta aparecía una ilustración tosca de la colina en la que estaba oculta la tumba. Hice una captura de pantalla y la moví a una esquina.

Busqué con desesperación en mis páginas warez favoritas hasta que di con un moderno complemento de reconocimiento de imágenes para el atlas de OASIS. Después de descargarme el programa por Guntorrent, tardé unos minutos más en descubrir qué había que hacer para escanear la superficie de Ludus y buscar una colina que tuviera en la cima unas rocas negras, grandes y dispuestas en forma de calavera humana. Una que por su tamaño, forma y aspecto coincidiera con la ilustración del módulo de *La Tumba de los Horrores*.

Tras unos diez minutos de rastreo, el *software* señaló una posible coincidencia.

Contuve el aliento mientras colocaba la imagen ampliada del mapa de Ludus junto a la ilustración de cubierta del módulo de *Dungeons & Dragons*. La forma de la colina y el dibujo de la calavera de piedras coincidían exactamente con las de la ilustración.

Reduje un poco el tamaño y me alejé lo bastante para confirmar que el extremo norte de la colina terminaba en un acantilado de arena y gravilla suelta. Igual que en el módulo original de *Dungeons & Dragons*.

Solté un grito de alegría que resonó en el aula vacía y rebotó en las paredes de mi pequeño escondite. ¡Lo había conseguido!

¡Acababa de encontrar la Tumba de los Horrores!

Al cabo de un rato, cuando conseguí tranquilizarme, realicé algunos cálculos rápidos. La colina se hallaba junto al centro de un bosque con forma de ameba en la otra cara de Ludus, a unos cuatrocientos kilómetros de mi colegio. Mi avatar podía correr a una velocidad máxima de cinco kilómetros por hora, por lo que tardaría más de tres días en llegar a pie si corría sin parar. Si pudiera teletransportarme, llegaría en cuestión de minutos. La tarifa no sería muy elevada, pues era poca distancia. Quizás unos cientos de créditos. Por desgracia, no disponía ni siquiera de esa cantidad en mi cuenta en OASIS, en la que tenía un cero patatero.

Consideré mis opciones. Hache podía prestarme el dinero para el desplazamiento, pero no quería pedirle ayuda. Si no era capaz de llegar a la tumba por mi cuenta, significaba que no era digno de llegar. Además, tendría que mentirle y no decirle para qué quería el dinero, ya que como nunca le había pedido, cualquier excusa que pusiera iba a sonar sospechosa.

Al pensar en Hache no pude evitar que se me escapara una sonrisa. Iba a alucinar cuando se enterara. ¡La tumba estaba escondida a menos de setenta kilómetros de su colegio! Prácticamente en el patio trasero.

Aquello me dio una idea, una idea que me llevó a ponerme en pie de un salto. Salí de clase a toda prisa y corrí por el pasillo.

No solo acababa de ocurrírseme la manera de teletransportarme hasta la otra punta de Ludus, sino que sabía cómo conseguir que lo pagara el colegio.

Todas las escuelas públicas de Oasis contaban con varios equipos deportivos de disciplinas tales como lucha, fútbol, béisbol, voleibol, además de algunos otros que no podían jugarse en el mundo real, como el quidditch o capturar la bandera en gravedad cero. Los alumnos se apuntaban a aquellos equipos igual que se hacía en las escuelas del mundo real y practicaban los deportes gracias al uso de unos equipos hápticos deportivos que les obligaban, físicamente, a correr, saltar, patear, perseguir y demás. Los equipos entrenaban de noche, tenían grupos de animadores y viajaban a distintas escuelas de Ludus para enfrentarse entre ellos. Nuestra escuela proporcionaba vales de teletransportación gratuitos a los alumnos que desearan asistir a encuentros que se celebraran en otros centros, por lo que uno podía sentarse en las gradas y animar a la EPO N.º 1873. Es algo que solo había hecho en una ocasión, cuando nuestro equipo de Capturar la Bandera se había enfrentado a la escuela de Hache en el Campeonato de EPO.

Cuando llegué a la secretaría del colegio examiné el calendario de actividades y no tardé en encontrar lo que buscaba. Aquella noche, nuestro equipo de fútbol americano jugaba en campo contrario, concretamente contra la EPO N.º 0571, que estaba, aproximadamente, a una hora del bosque donde se ocultaba la tumba.

Extendí la mano, seleccioné el juego y, al momento, en el inventario de mi avatar apareció un vale de teletransportación, válido para un viaje de ida y vuelta a la EPO N.º 0571.

Luego fui a mi taquilla para dejar los libros de texto y recoger la linterna, la espada, el escudo y la armadura. Después me dirigí a toda prisa a la salida y atravesé la gran extensión de jardines que rodeaba la escuela.

Cuando llegué a la línea roja que marcaba el límite de las instalaciones educativas, miré a mi alrededor para asegurarme de que no me veía nadie y la traspasé. Al hacerlo, el nombre WADE3 que flotaba sobre mi cabeza cambió a PARZIVAL. Había abandonado el recinto escolar, por lo que podía volver a usar el nombre de mi avatar. También podía hacerlo desaparecer del todo, que es lo que hice, ya que quería viajar de incógnito.

La terminal de transporte más cercana se encontraba a poca distancia del colegio, al final de un sendero empedrado. Era un pabellón espacioso de techo abovedado con una cúpula que se elevaba sobre doce columnas de marfil. Cada una tenía un icono de teletransportación de OASIS: una letra T mayúscula en el centro de un hexágono azul. Las clases habían terminado hacía apenas unos minutos, por lo que el tránsito de avatares que entraba en la terminal era constante. En el interior había largas filas de cabinas de teletransportación azules. Por su forma y color siempre me habían recordado a la TARDIS de *Doctor Who*. Me metí en la primera cabina vacía que encontré y las puertas se cerraron automáticamente. No me hizo falta introducir el destino en la pantalla táctil, porque ya figuraba codificado en el vale. Me limité a introducirlo en una ranura y apareció en la pantalla un mapa de Ludus que mostraba una línea que iba desde mi ubicación al lugar al que me dirigía: un punto verde y parpadeante junto a la EPO N.º 0571. La cabina calculó al momento la distancia que iba a recorrer (462 kilómetros) y el importe que se le iba a cobrar al colegio por el viaje (103 créditos). Comprobó el vale, el billete apareció como PAGADO y mi avatar desapareció.

Reaparecí al instante en una cabina idéntica en el interior de una terminal de transporte también idéntica, pero situada al otro lado del planeta. Cuando salía a toda velocidad vi, lejos hacia el sur, la EPO N.º 0571. Era justo igual que la mía, salvo por el paisaje que la rodeaba. Reconocí a algunos alumnos de mi colegio que se dirigían al estadio de fútbol americano cercano para asistir al partido y animar a nuestro equipo. No entendía bien por qué se molestaban. Podrían haberlo visto por el canal de vídeo y los asientos que quedaran libres en las gradas los hubieran ocupado aleatoriamente aficionados PNJ que habrían tragado refrescos virtuales y engullido perritos calientes sin dejar de animar al equipo a grito pelado. Algunas veces hasta hacía «la ola».

Yo ya había empezado a correr en dirección contraria, por un prado verde y ondulado que se extendía detrás del colegio. Una pequeña cadena montañosa se elevaba a lo lejos y en la falda se veía el bosque con forma de ameba.

Hice que mi avatar corriera de manera automática, abrí el inventario y seleccioné tres objetos que había en el interior. La armadura apareció en el cuerpo; el escudo, a mi espalda colgado de una cinta, y la espada, enfundada a un costado.

Cuando estaba a punto de llegar a la linde del bosque, sonó el teléfono. En él se veía el nombre de Hache. Es probable que quisiera saber por qué todavía no había llegado al Sótano. De haber respondido a la llamada, Hache habría visto un vídeo en directo de mi avatar corriendo por un prado a toda velocidad, con la EPO N. 0571 haciéndose cada vez más pequeña en la distancia. Podía ocultar mi ubicación pasando la llamada a audio, pero seguro que si lo hacía Hache iba a sospechar algo. De modo que opté por dejar que la llamada se grabara en el buzón de vídeo. El rostro de Hache apareció en una pequeña ventana de la pantalla.

Me llamaba desde alguna zona de combate PvP. Tras él, en un campo de batalla de varias plantas, había muchos avatares enzarzados en fiero combate.

—Zeta, tío. ¿Dónde andas? ¿Te estás haciendo una paja con *Lady Halcón* o qué? —Esbozó su sonrisa de gato de Cheshire—. Llámame. El plan de preparar palomitas y hacer un maratón de *Spaced* sigue en pie. ¿Te has rajado? —Colgó y la imagen desapareció de la pantalla.

Le respondí con un mensaje de texto en el que decía que tenía mucha tarea y que esa noche no podría pasar por allí. Acto seguido abrí el módulo de *La Tumba de los Horrores* y empecé a leerlo de nuevo, de cabo a rabo. Leí despacio y a conciencia, porque estaba casi seguro de que era una descripción detallada de lo que estaba a punto de encontrarme.

«En los lejanos confines del mundo, bajo una colina perdida y solitaria —rezaba la introducción del módulo— yace la siniestra Tumba de los Horrores. Esta cripta laberíntica está llena de trampas terribles, monstruos extraños y feroces, tesoros mágicos y valiosos y, en alguna parte de ella, se encuentra el malvado semiliche.»

Aquella última parte me preocupaba. Un semiliche era un tipo de muerto viviente, por lo general un hechicero o un rey muy poderoso que había recurrido a la magia para mantener su conciencia unida a su cadáver reanimado y conseguir la inmortalidad de una manera depravada. Había visto liches en muchísimos videojuegos y novelas de fantasía. Y era mejor evitarlos a toda costa.

Examiné el mapa de la tumba y las descripciones de sus muchas estancias. La entrada se encontraba en la ladera de un precipicio medio derrumbado. Un túnel conducía hasta un laberinto de treinta y tres estancias y cámaras, todas atestadas de gran variedad de monstruos despiadados, trampas mortales y tesoros (casi siempre malditos). Si, fuera como fuera, uno lograba sobrevivir a las trampas y no se perdía en el laberinto, terminaba por llegar a la cripta de Acererak, el semiliche. Su aposento estaba lleno de tesoros, pero si los tocabas, el rey Acererak, un muerto viviente, aparecía y te daba una buena dosis de muerte viviente. Si, por algún milagro, lograbas derrotar al liche, podías llevarte su tesoro y salir de la mazmorra. La búsqueda habría culminado con éxito. Misión cumplida.

Si Halliday había recreado la Tumba de los Horrores tal como se describía en el módulo, iba a tener muchos problemas. Mi avatar era un pardillo de nivel 3 sin armas mágicas y con veintisiete miserables puntos de vida. Casi todas las trampas y los monstruos que había en el módulo podían matarme fácilmente. Y si, por algún motivo, conseguía vencerlos y llegar a la cripta, el ultrapoderoso semiliche me liquidaría en cuestión de segundos, con poco más que una mirada.

En cualquier caso, contaba con algunos elementos a mi favor. En primer lugar, no tenía gran cosa que perder. Si mi avatar moría, iba a perder la espada, el escudo y la armadura de cuero, además de los tres niveles que había conseguido subir en los años anteriores. Tendría que crearme un nuevo avatar de nivel 1, que renacería donde me había conectado por última vez, es decir, frente a mi taquilla del colegio. En ese caso, siempre podía volver a la tumba e intentarlo de nuevo. Una y otra vez. Cada noche. Podría acumular PX y subir de nivel hasta conseguir averiguar dónde estaba escondida la Llave de Cobre. (No habían copias de seguridad de los avatares. Los usuarios de OASIS solo podían tener un avatar a la vez. Los *hackers* usaban visores modificados para trucar sus patrones de retina y crear segundas cuentas. Pero a los que pillaban los expulsaban de OASIS para siempre y les impedían participar en la Cacería de Halliday. Ningún gunter estaba dispuesto a correr ese riesgo.)

Otra de mis ventajas (o al menos eso esperaba) era que sabía exactamente qué iba a encontrarme una vez entrara en la tumba, porque en el módulo había un mapa detallado de todo el laberinto. También indicaba dónde estaban situadas las trampas y cómo desactivarlas o evitarlas. También sabía en qué salas había monstruos y dónde se ocultaban las armas y los tesoros. A menos, claro está, que Halliday no los hubiera cambiado de sitio. De ser así, me habría jodido bien. Por el momento, estaba tan emocionado que nada me preocupaba. Acababa de hacer el descubrimiento más importante de mi vida. ¡Me encontraba a escasos minutos del lugar donde estaba escondida la Llave de Cobre!

Al fin llegué a la linde del bosque y entré a la carrera. Estaba lleno de arces, robles, abetos y alerces renderizados a la perfección. Por su aspecto, parecía que los árboles estaban creados con las plantillas de paisaje estándar de OASIS, pero el grado de detalle que alcanzaban resultaba asombroso. Me detuve para examinar de cerca uno de ellos y vi unas hormigas aferradas a las intrincadas estrías de la corteza. Tanto esmero era buena señal: iba por buen camino.

Como no había ningún sendero, dejé abierto el mapa en una esquina de la pantalla y lo seguí hasta llegar a la colina con la cima de calavera que marcaba la entrada de la tumba. Y, en efecto, se encontraba donde indicaba el mapa, en un gran claro situado en el centro del bosque. Al poner un pie en ella, sentí que el corazón me latía con tal fuerza que estaba a punto de salírseme del pecho.

Trepé hasta lo alto de la colina y fue como si acabara de entrar en la ilustración del módulo de *Dungeons & Dragons*. Gracias al mapa localicé el lugar exacto de la pared rocosa donde se suponía que se encontraba la entrada oculta a la tumba. Entonces usé el escudo a modo de pala y empecé a cavar. A los pocos minutos di con la boca de un túnel que conducía a un oscuro pasadizo subterráneo. El suelo del pasillo era un mosaico multicolor de piedras por el que serpenteaba un camino de baldosas rojas. Tal y como aparecía descrito en el módulo de *D&D*. Otra vez.

Moví el mapa de la mazmorra de la Tumba de los Horrores a la esquina superior derecha de la pantalla y lo hice un poco más transparente. Después volví a atarme el escudo a la espalda y saqué la linterna. Miré a mi alrededor una vez más para asegurarme de que nadie me veía y, espada en mano, entré en la Tumba de los Horrores.

0 0 0 8

Los muros del pasadizo que conducía a la tumba eran una sucesión de pinturas raras que representaban a humanos, orcos, elfos y otras criaturas, todos esclavizados. Cada uno de los murales aparecía exactamente donde se señalaba en el módulo original de *Dungeons & Dragons*. Sabía que, ocultas entre las piedras del suelo, había varias trampas de presión. Si las pisabas, se abrían de improviso y caías a un pozo lleno de púas de hierro envenenadas. Pero, como la localización de aquellas trampillas figuraba con claridad en el mapa, logré esquivarlas.

Hasta el momento, todo seguía al pie de la letra el módulo original. Si sucedía lo mismo con el resto de la tumba, tal vez pudiera sobrevivir hasta localizar la Llave de Cobre. Había solo unos cuantos monstruos acechando en aquella mazmorra: una gárgola, un esqueleto, un zombi, áspides, una momia y el malvado semiliche, Acererak en persona. Como el mapa me indicaba dónde se ocultaban, en principio debería ser capaz de evitar enfrentarme a ellos. A menos que la Llave de Cobre se hallara en poder de alguno. Y no me costaba adivinar en quién recaería aquel honor.

Intenté avanzar con cautela, como si no tuviera la menor idea de con qué iba a encontrarme.

Tras evitar la esfera de aniquilación que había al fondo del pasillo, encontré una puerta secreta junto a la última trampa. La abrí y vi que conducía a otro pasillo que descendía en ligera pendiente. Iluminé la oscuridad con la linterna y apunté el haz de luz sobre las paredes de piedra húmedas. El escenario me hacía sentir como un personaje de película de bajo presupuesto de espada y brujería, como *La espada invencible* o *El señor de las bestias*.

Inicié el recorrido por la mazmorra, sala tras sala. A pesar de saber dónde se encontraban las trampas, debía proceder con prudencia para evitarlas. En una cámara oscura conocida como la Capilla del Mal encontré miles de monedas de oro y plata escondidas en los bancos, justo en el lugar donde se suponía que debían estar. Mi avatar no podía cargar tanto dinero, ni siquiera haciendo uso de la bolsa de contención que había encontrado. Recogí tantas monedas de oro como pude y al momento aparecieron en mi inventario. Se produjo una conversión instantánea y mi marcador de crédito se puso de golpe a más de veinte mil, con diferencia la mayor cantidad de la que había dispuesto nunca. Y, además de los créditos, mi avatar recibió un número equivalente de puntos de experiencia por haber conseguido las monedas.

A lo largo del recorrido por la tumba, conseguí varios objetos mágicos: una espada flamígera +1, una gema de visión y un anillo de protección +1. También conseguí una armadura de placas +3. Se trataba de los tres primeros objetos mágicos que conseguía para mi avatar, y me hicieron sentir imbatible.

Cuando me puse la armadura mágica, menguó para adaptarse a la perfección al cuerpo de mi avatar. Su brillo cromado me recordaba al de las que llevaban los caballeros de *Excalibur*. Llegué a cambiar la cámara a tercera persona durante unos segundos para admirar lo bien que le quedaba a mi avatar.

Cuanto más avanzaba, más seguro de mí mismo me sentía. El diseño y el contenido de la tumba seguía coincidiendo exactamente con la descripción del módulo, hasta el más mínimo detalle.

Hasta que llegué al salón del trono de las columnas.

Se trataba de una cámara cuadrada, espaciosa y de techo alto, con una gran cantidad de inmensas columnas de piedra. Al otro lado se alzaba un enorme estrado y sobre él se destacaba un trono de obsidiana con incrustaciones de calaveras de plata y marfil.

Aunque todo coincidía con la descripción del módulo, existía una gran diferencia: se suponía que el trono debía de estar vacío, pero no lo estaba. El semiliche Acererak estaba sentado en él y me observaba fijamente, en silencio. Sobre su cabeza medio putrefacta reposaba una corona de oro polvorienta. Tenía el mismo aspecto que el de la cubierta del módulo original de *La Tumba de los Horrores* pero, según el texto, Acererak no debía de encontrarse allí, sino esperando en una cámara funeraria situada en las profundidades de la mazmorra.

Me planteé la posibilidad de salir corriendo, pero la descarté. Si Halliday había colocado al liche en aquella estancia, tal vez hubiera situado también en ella la Llave de Cobre. Debía averiguarlo.

Avancé hasta el pie del estrado. Desde ahí vi con más claridad el semiliche. Sus dientes eran dos hileras de diamantes afilados dispuestos a lo largo de una sonrisa sin labios, y en las cuencas de los ojos tenía dos grandes rubíes.

Por primera vez desde que había entrado en la tumba no tenía claro qué debía hacer a continuación.

Mis posibilidades de sobrevivir a un combate cuerpo a cuerpo con el semiliche eran nulas. Mi triste espada flamígera +1 no le haría ningún daño, y los dos rubíes mágicos de sus ojos tenían el poder de arrebatarle la vida a mi avatar y matarme al instante. No habría sido un combate sencillo ni siquiera para un grupo de seis o siete avatares de alto nivel.

Deseé en silencio (y no sería la última vez) que OASIS fuera como un juego de aventuras antiguo donde pudiera guardar la partida. Pero no lo era; aquella opción no existía. Si mi avatar moría allí, tendría que empezar de nuevo partiendo de cero. Aunque dudar no tenía sentido a esas alturas. Si el liche me mataba, volvería la noche siguiente y lo intentaría de nuevo. La tumba entera se reiniciaría cuando el reloj del servidor de OASIS marcara las doce de la noche. Al hacerlo, todas las trampas ocultas que había desactivado se reiniciarían, y el tesoro y los objetos mágicos volverían a aparecer.

Pulsé el icono de «grabar» situado en un extremo de la pantalla para que todo lo que sucediera a partir de ese momento quedara almacenado en un archivo de vídeo y así poder reproducirlo y estudiarlo más tarde. Pero, al hacerlo, apareció un mensaje que rezaba: GRABACIÓN NO AUTORIZADA. Al parecer, Halliday había desactivado las grabaciones en el interior de la tumba.

Respiré hondo, levanté la espada y planté el pie derecho en el primer peldaño del estrado. Al hacerlo, Acererak levantó la cabeza poco a poco y se oyó un crujir de huesos. Los rubíes de sus ojos empezaron a emitir un resplandor rojo e intenso. Retrocedí varios pasos, ya que temía que descendiera de un salto y me atacara, pero no se levantó del trono. Lo que hizo fue bajar la cabeza e inmovilizarme con su mirada glacial.

—Saludos, Parzival —dijo, con voz gutural—. ¿Qué es lo que buscáis?

Aquello me pilló por sorpresa. Según el módulo, el liche no hablaba. Se suponía que solo debía atacar, no dejarme más alternativa que matarlo o huir para ponerme a salvo.

—Busco la Llave de Cobre —le respondí. En ese momento recordé que me estaba dirigiendo a un rey, por lo que al instante bajé la cabeza, hinqué una rodilla en el suelo y añadí—: Majestad.

—Por supuesto —dijo Acererak mientras me dedicaba un gesto para que me pusiera en pie—. Y habéis venido al sitio adecuado. —Se levantó y su piel momificada crujió como el cuero viejo.

Cogí la espada con más fuerza, pues todavía temía un ataque.

—¿Y cómo sé que sois digno de obtener la Llave de Cobre? —preguntó.

¡Hostia puta! ¿Cómo se suponía que debía responder a eso? ¿Y si le daba una respuesta incorrecta? ¿Me absorbería el alma y me calcinaría?

Me estrujé el cerebro para dar con una respuesta apropiada, pero lo único que se me ocurrió fue:

—Permitidme demostrar que lo soy, noble Acererak.

El semiliche soltó entonces una risotada larga e inquietante que resonó por toda la sala.

—¡Muy bien! —dijo—. ¡Demostraréis vueso valor enfrentándoos a mí en una justa!

No había oído jamás que un rey liche muerto viviente retara a alguien a una justa. Y menos en una cámara funeraria subterránea.

—Está bien —acepté, poco convencido—. Pero ¿no necesitaremos caballos?

—Caballos, no —respondió él, alejándose de su trono—. Pájaros.

Con una mano esquelética, señaló el trono, que refulgió con un destello de luz, acompañado de un efecto de sonido de transformación (que estaba bastante seguro de que estaba tomado de los dibujos animados de *Los superamigos*). El trono se fundió para convertirse en una antigua máquina recreativa. En el panel de control habían dos *joysticks*: uno amarillo y otro azul. No pude evitar sonreír al leer el nombre del juego en la marquesina retroiluminada: JOUST. Williams Electronics, 1982.

—Jugaremos al mejor de tres —masculló Acererak—. Si ganáis, os concederé lo que buscáis.

—¿Y si ganáis vos? —le pregunté, a pesar de que sabía la respuesta.

—Si salgo victorioso... —respondió él al tiempo que los rubíes de sus ojos centelleaban aún más—, ¡moriréis!

En su mano derecha apareció una bola de luz incandescente anaranjada que no dejaba de girar. La levantó, amenazante.

—Sí, sí, claro —balbucí—. Ya lo suponía. Solo quería asegurarme.

La bola de fuego que sostenía desapareció. Acererak extendió una mano apergaminada, en la que ahora había dos monedas.

—Yo pago las partidas —dijo.

Se acercó a la máquina de *Joust* y las metió en la ranura de la izquierda. El juego emitió dos sonidos electrónicos graves y el contador de créditos pasó de cero a dos.

Acererak eligió el *joystick* amarillo, a la izquierda del panel de control, y lo sujetó con sus dedos huesudos.

—¿Estáis listo? —graznó.

—Sí —respondí yo, respirando hondo.

Me estallé los nudillos y agarré el *joystick* del segundo jugador con la mano izquierda al tiempo que colocaba la derecha sobre el botón de aletear.

Acererak movió la cabeza a izquierda y derecha y el cuello le crujió como si acabara de partirse la rama seca de un árbol. A continuación, pulsó el botón de inicio de partida para dos jugadores, y la justa comenzó.

Joust era un videojuego clásico de recreativas de la década de los ochenta con una premisa un tanto curiosa. Cada jugador controla a un caballero armado con una lanza. El jugador 1 va montado en un avestruz, mientras que el jugador 2 va en una cigüeña. El objetivo es aletear para volar por la pantalla y batirte en una justa contra el otro jugador, así como contra varios caballeros enemigos controlados por la máquina (y que van montados en buitres). Cuando chocas contra un oponente, aquel cuya lanza quede más arriba en la pantalla gana la justa. El perdedor muere y pierde una vida. Cada vez que matas a alguno de los caballeros enemigos, su buitre pone un huevo verde que no tarda en convertirse en otro caballero enemigo si no lo atrapas a tiempo. También pulula por ahí un pterodáctilo alado que aparece de vez en cuando para sembrar el caos.

Llevaba más de un año sin jugar a *Joust*. Era uno de los juegos favoritos de Hache y, durante un tiempo, tuvo la recreativa en su sala de chat. Muchas veces, cuando quería zanjar una discusión o alguna disputa estéril sobre cultura popular me retaba a una partida. Durante unos meses, jugamos casi todos los días. Al principio, Hache era un poco mejor que yo y tenía por costumbre regodearse en sus victorias. Me molestaba mucho, por lo que empecé a practicar por mi cuenta, varias partidas por las noches contra una inteligencia artificial. Perfeccioné mis habilidades hasta que logré derrotar a Hache repetida y sistemáticamente. Fue entonces cuando empecé a regodearme y a saborear la venganza. La última vez que jugamos le di tal paliza que él se enfadó y juró no volver a jugar conmigo. Desde entonces, para solucionar nuestras disputas, jugábamos a *Street Fighter II*.

Descubrí que tenía bastante más oxidado de lo que creía mi dominio de *Joust*. Me pasé los primeros cinco minutos intentando relajarme y acostumbrarme a los controles y a la jugabilidad. Durante ese tiempo, Acererak consiguió matarme dos veces, arrojando sin piedad su montura alada contra la mía en una trayectoria perfecta. Manejaba los controles del juego con la perfección de una máquina. Que es lo que era, claro: un PNJ de inteligencia artificial programado por el propio Halliday.

Cuando terminó la primera partida, noté que empezaba a recuperar los movimientos y los trucos que había aprendido durante aquellas sesiones maratonianas con Hache. Pero a Acererak no le hacía falta ningún calentamiento. Estaba en plena forma desde el principio y yo no iba a poder compensar lo mal que había jugado durante los primeros minutos. De hecho, me quitó la última vida cuando yo todavía no había ni sumado 30.000 puntos. Vergonzoso.

—He ganado la primera, Parzival —dijo, forzando una sonrisa—. Queda otra.

Acererak no estaba dispuesto a perder el tiempo haciéndome permanecer a su lado para ver cómo jugaba solo lo que quedaba de partida. Extendió la mano para buscar el botón de apagado en la parte de atrás de la recreativa, la apagó y la volvió a encender. Tras la secuencia de arranque cromática de Williams Electronics, el liche hizo aparecer de la nada otras dos monedas y las metió en la máquina.

—¿Estáis listo? —volvió a preguntarme, inclinándose sobre el panel de control.

Vacilé un momento y luego pregunté:

—Pues... ¿os importaría cambiar de lado? Estoy acostumbrado a jugar a la izquierda.

Era cierto. Cuando jugaba con Hache en el Sótano, siempre estaba en el lado del avestruz. Jugar en la derecha me había restado algo de ritmo.

Acererak consideró mi petición durante unos momentos, antes de asentir.

—Cómo no —contestó, retirándose de la máquina y ofreciéndome su lado.

De pronto me di cuenta de lo absurda que debía resultar aquella escena: un tipo vestido con armadura junto a un rey muerto viviente, ambos inclinados sobre una recreativa. Era una imagen de portada típica de las revistas *Heavy Metal* o *Dragón*.

Acererak pulsó el botón de inicio de partida para dos jugadores, y yo fijé los ojos en la pantalla.

La siguiente partida también empezó mal para mí. Los movimientos de mi rival eran implacables y precisos, y me pasé las primeras oleadas intentando esquivarlo. También me distraían los constantes chasquidos de su esquelético dedo índice al pulsar el botón de aletear.

Dejé de apretar los dientes y me aclaré las ideas. Me obligué a no pensar en dónde me encontraba, contra quién estaba jugando y qué había en juego. Intenté imaginar que estaba en el Sótano y jugaba contra Hache.

Y funcionó. Me metí de lleno en el juego y la partida empezó a ir a mi favor. Empecé a descubrir los fallos en el estilo de juego del semiliche, las lagunas de su programación. Era algo que había aprendido con los años, después de probar cientos de videojuegos distintos: siempre había un truco que permitía vencer a un rival controlado por la máquina. En un juego como ese, un jugador humano con talento siempre podía ganar a la máquina, porque el *software* no era capaz de improvisar. O reaccionaba aleatoriamente o en un número limitado de formas predeterminadas basadas en un número finito de condiciones programadas con antelación. Es uno de los axiomas de los videojuegos y seguirá siéndolo hasta que los humanos inventen la verdadera inteligencia artificial.

La segunda partida estuvo muy reñida, pero hacia el final descubrí un patrón en la técnica que utilizaba el liche. Si cambiaba de dirección con el avestruz en un momento dado, conseguía que su cigüeña chocara contra uno de los buitres que no dejaban de aparecer. Repetí la jugada varias veces hasta que, una a una, le quité todas las vidas. También me mataron varias veces, pero al fin conseguí ganarle durante la décima oleada, cuando a mí tampoco me quedaban más vidas.

Me aparté un poco de la máquina y suspiré, aliviado. Notaba que por la frente y los bordes del visor me resbalaban gotas de sudor. Me sequé la cara con la manga de la camisa y mi avatar imitó mi movimiento.

—Buena partida —me dijo Acererak.

Para mi sorpresa, extendió su mano larga y esquelética. Se la estreché, ahogando una risa nerviosa.

—Sí —admití—. Ha sido una buena partida, tío.

Pensé que, en cierta manera, en realidad estaba jugando contra Halliday. Lo olvidé al momento, ya que no quería sentir más presión psicológica.

Acererak volvió a hacer que aparecieran dos monedas y las dejó encima de la recreativa de *Joust*.

—Esta es la definitiva —anunció—. ¿Estáis listo?

La partida de desempate duró más que las otras dos juntas. Durante la oleada final, fueron tantos los buitres que llenaron el escenario que era difícil moverse sin que te mataran. El liche y yo nos enfrentamos una vez más, en la parte superior del escenario, pulsando sin parar los botones de aletear mientras movíamos los *joysticks* a izquierda y derecha. Acererak realizó un movimiento final desesperado para evitar mi ataque, pero quedó un milímetro por debajo de mí. Su última montura murió, dejando tras de sí una pequeña explosión pixelada.

En la pantalla aparecieron las palabras PLAYER TWO GAME OVER, y el liche soltó un alarido de rabia que me puso los pelos de punta. Dio un puñetazo al costado del mueble de *Joust*, y la máquina se desintegró en millones de diminutos píxeles que se esparcieron por el suelo. Después se giró para mirarme.

—Enhorabuena, Parzival —dijo, haciendo una reverencia—. Habéis jugado bien.

—Gracias, noble Acererak —respondí, reprimiendo las ganas de dar saltos y menear el culo en su dirección para celebrar la victoria.

Lo que sí hice fue devolverle la reverencia. Al hacerlo, el semiliche se transformó en un hechicero alto, ataviado con una túnica negra y ancha. Lo reconocí al momento: era el avatar de Halliday, Anorak.

Lo miré, anonadado. Durante años, los gunters habían especulado sobre la posibilidad de que Anorak siguiera vagando por OASIS, convertido en PNJ independiente. El fantasma de Halliday en la máquina.

—Y ahora —dijo el mago, que hablaba con la voz inconfundible de Halliday—, vuestro premio.

Una música de orquesta atronó la sala. Unas trompetas triunfantes a las que enseguida se unió una emotiva sección de cuerda. Reconocí la melodía: se trataba del último tema de la banda sonora original de *La guerra de las galaxias*, de John Williams, el que sonaba cuando la princesa Leia entrega a Luke y Han las medallas (y pasa por completo de Chewbacca, como tal vez recordéis).

Anorak extendió la mano derecha mientras la intensidad de la música aumentaba. En su mano abierta, yacía la Llave de Cobre, el objeto que millones de personas llevaban buscando desde hacía cinco años. Cuando me la entregó, la música dejó de sonar y en ese mismo instante oí un tintineo. Acababa de ganar 50.000 puntos de experiencia, suficientes para que mi avatar subiera directamente a nivel 10.

—Hasta la vista, señor Parzival —dijo Anorak—. Os deseo buena suerte en vuestra aventura.

No tuve tiempo de preguntarle qué se suponía que debía de hacer a continuación ni dónde se encontraba la primera puerta, porque su avatar se esfumó tras un destello de luz, acompañado del efecto de sonido característico de la teletransportación, que yo sabía que era de la serie de dibujos animados *Dragones y mazmorras* que se había emitido en los ochenta.

Me quedé solo sobre el estrado vacío. Bajé la cabeza para contemplar la Llave de Cobre que sostenía en la mano y me invadió una sensación mezcla de asombro y alegría. Era igual que en *Invitación de Anorak*: una llave de cobre sencilla y vieja, de cabeza ovalada en la que tenía inscrito el número romano «I». La hice girar en la mano de mi avatar, e iluminé el número con la linterna. Entonces me di cuenta de que había dos breves líneas de texto grabadas en el metal. Acerqué la llave a la luz y leí en voz alta: «Lo que buscas yace oculto en la basura del nivel más profundo de Daggorath».

«Enterrado en la basura» hacía referencia a la línea antigua de ordenadores fabricados por Tandy y Radio Shack entre los años setenta y ochenta. Los usuarios de ordenadores de aquella época bautizaron aquellos TRS-80 con el nombre peyorativo de «Trash-80.»*

«Lo que buscas yace oculto en la basura.»

El primer ordenador de Halliday había sido un TRS-80, con nada menos que 16K de memoria RAM. Y sabía muy bien dónde encontrar una réplica de ese ordenador en OASIS. Todos los gunters lo sabíamos.

Durante los comienzos de OASIS, Halliday había creado un pequeño planeta llamado Middletown, en honor a su ciudad natal de Ohio. El planeta contenía una recreación fiel de la localidad tal como era a finales de los años ochenta. Aunque, según se dice, uno no vuelve nunca del todo al lugar donde nació, Halliday había encontrado la manera de conseguirlo. Middletown era uno de sus proyectos más queridos y se pasó años escribiendo el código y perfeccionándolo. Y era un hecho sabido (al menos por los gunters) que una de las partes de la simulación de Middletown reproducidas con mayor exactitud era la casa donde se había criado Halliday.

Nunca había tenido ocasión de visitarla, pero había visto cientos de capturas de pantalla y vídeos del lugar. El dormitorio de Halliday albergaba una réplica de su primer ordenador, un TRS-80 Color Computer 2. Y yo estaba convencido de que allí era donde se encontraba la Primera Puerta. La segunda línea de texto grabada en la llave indicaba cómo llegar hasta ella.

---

* «*Trash*» se puede traducir del inglés como «basura». (*N. del T.*)

«Del nivel más profundo de Daggorath.»

Dagorath era una palabra en sindarin, la lengua élfica que había creado J. R. R. Tolkien para *El Señor de los Anillos*. Significaba «batalla», pero Tolkien la había escrito con una sola G, no con dos. «Daggorath», con dos g, solo podía significar una cosa: un juego de ordenador muy raro y desconocido llamado *Dungeons of Daggorath*, que había salido al mercado en 1982. Precisamente, solo se había desarrollado para una plataforma: el TRS-80 Color Computer.

Halliday había escrito en el *Almanaque de Anorak* que *Dungeons of Daggorath* era el juego que le había llevado a querer ser diseñador de videojuegos.

Y *Dungeons of Daggorath* era uno de los juegos metidos en la caja de zapatos que estaba junto al TRS-80 en la recreación del dormitorio de infancia de Halliday.

De modo que solo tenía que teletransportarme a Middletown, entrar en casa de Halliday, sentarme frente al TRS-80, jugar a ese juego, llegar al nivel más profundo de la mazmorra y... allí encontraría la Primera Puerta.

Eso era lo que había deducido, al menos.

Middletown estaba en el Sector Siete, lejos de Ludus. Pero había conseguido mucho dinero y tesoros suficientes para pagar sin problemas el viaje de teletransportación hasta allí. Comparado con lo que había sido mi avatar hasta entonces, ahora era escandalosamente rico.

Miré la hora. Las 11.03 de la noche en la Franja Horaria de OASIS (FHO), que coincidía con el huso horario de la costa Este de Estados Unidos. Me quedaban ocho horas para entrar de nuevo en clase. Tal vez fuera suficiente. Podía irme en ese mismo momento. Correr mucho, recorrer la mazmorra en dirección contraria, salir a la superficie e ir a la terminal de teletransportación más cercana, desde donde podría viajar a Middletown. Si salía en ese momento, podía llegar hasta el TRS-80 de Halliday en menos de una hora.

Pero sabía que me convenía dormir un poco antes. Llevaba casi quince horas seguidas conectado a OASIS. Y el día siguiente era viernes. Si me teletransportaba hasta Middletown al salir del colegio, dispondría de todo el fin de semana para intentar franquear la Primera Puerta.

Pero ¿a quién pretendía engañar? Esa noche no iba a poder dormir y al día siguiente no soportaría asistir a clase. Tenía que ir ahora mismo.

Empecé a correr hacia la salida, pero me detuve en mitad de la estancia. A través de la puerta entreabierta vi una sombra alargada que se movía en la pared, acompañada del eco de unos pasos que se acercaban.

Segundos después, la silueta de un avatar apareció en el umbral. Cuando iba a sacar la espada, me di cuenta de que todavía llevaba la Llave de Cobre en la mano. Me la metí en el bolsillo del cinturón lo más rápido que pude y desenvainé la espada. Cuando la levanté, aquel avatar habló.

0009

—¿Quién coño eres? —exigió saber la silueta.

Por la voz, parecía una mujer joven. Una mujer joven con ganas de pelea.

Al no obtener respuesta por mi parte, un avatar femenino y bajito abandonó las sombras y avanzó hacia la luz rutilante de la linterna. Tenía el pelo negro azabache y muy corto, como Juana de Arco, y aparentaba tener diecinueve o veinte años. Cuando se acercó más, me di cuenta de que la conocía. La verdad es que no nos habíamos visto nunca, pero la reconocí por todas las capturas de pantalla que llevaba años colgando en su blog.

Era Art3mis.

Llevaba una armadura de escamas de color plomizo que parecía más de ciencia ficción que de fantasía. En unas pistoleras de cadera colocadas muy abajo, llevaba dos pistolas bláster y, cruzada a la espalda, tenía una espada curva élfica. Las manos las llevaba cubiertas por mitones de carreras estilo *El guerrero de la carretera* y, en la cara, tenía unas gafas de sol Ray-Ban clásicas. Su aspecto general pretendía emular el de la típica chica postapocalíptica ciberpunk de mediados de los ochenta. Y conseguía el efecto deseado, al menos conmigo. Y con creces. Estaba buenísima.

Cuando se acercó a mí, los tacones de sus botas de combate remachadas resonaron en el suelo de piedra. Se detuvo a una distancia que impedía que la alcanzara con la espada y no desenvainó la suya. Lo que sí hizo fue levantarse las gafas de sol, colocarlas en la frente de su avatar —un gesto que no era más que inercia, ya que las gafas no modificaban la visión de los jugadores— y mirarme de arriba abajo, dándome un buen repaso con tranquilidad.

Mi asombro transitorio me dejó sin habla. Para poder reaccionar ante la parálisis, me recordé a mí mismo que la persona que controlaba ese avatar no tenía por qué ser ni siquiera una mujer. La «chica», de la que llevaba tres años perdida y digitalmente enamorado, podía ser un gordo peludo llamado Chuck. Cuando me había hecho a esa imagen que rebajaba las expectativas, me concentré en mi situación y en la pregunta que, en aquellas circunstancias, se imponía: «¿Qué estaba haciendo ella allí?». Tras cinco años de búsqueda, me parecía más que improbable que los dos hubiéramos descubierto el lugar donde se ocultaba la Llave de Cobre justo la misma noche. Demasiada coincidencia.

—¿Te ha comido la lengua el gato? —insistió—. Te he preguntado que quién-coño-eres.

Al igual que ella, llevaba oculto el nombre de mi avatar por razones evidentes: no quería que me identificaran y mucho menos en aquellas circunstancias. ¿Es que no pillaba la indirecta?

—Perdonadme —dije, con una ligera reverencia—. Soy Juan Ramírez Sánchez Villa-Lobos.

Ella sonrió.

—¿Espadero mayor de Su Majestad el Rey Carlos I de España?

—A tu servicio —respondí, sonriendo también.

Había pillado al momento mi cita de *Los inmortales*, y respondido al vuelo. Era Art3mis, no cabía duda.

—Qué mono. —Se fijó por un momento en el estrado vacío, detrás de mí, y volvió a mirarme—. Venga, dime. ¿Qué tal te ha ido?

—¿Qué tal me ha ido en qué?

—*Joust* contra Acererak —respondió, como si fuera obvio. Y en ese momento lo entendí. No era la primera vez que Art-

3mis pasaba por allí. Yo no era el primer gunter en descifrar la Quintilla ni en encontrar la Tumba de los Horrores. Art3mis se me había adelantado. Y, como sabía lo de la partida de *Joust*, era evidente que ya se había enfrentado al semiliche. Pero, de tener la Llave de Cobre, no tendría ningún motivo para regresar a la mazmorra, por lo que también era evidente que no la tenía. Se había enfrentado a Acererak y había perdido. Por eso había vuelto, para intentarlo de nuevo. Aquel podía ser su noveno o décimo intento, no tenía ni idea. Estaba claro que Art3mis daba por supuesto que el semiliche también me había derrotado a mí.

—¿Hola? —preguntó, dando unas paraditas con impaciencia en el suelo—. Estoy esperando.

Me planteé la posibilidad de pirarme sin más. Salir corriendo, dejarla atrás, recorrer el laberinto y regresar a la superficie. Pero, si lo hacía, Art3mis sospecharía que había conseguido la llave y me mataría para quitármela. La superficie de Ludus estaba demarcada como zona segura en el mapa de OASIS, por lo que en ella no estaban permitidos los combates jugador contra jugador. Pero no tenía modo de saber si la tumba también lo estaba, porque era subterránea y ni siquiera aparecía en el mapa del planeta.

Art3mis me parecía una contrincante temible. Armadura. Pistolas bláster. Y aquella espada élfica que llevaba podía ser vorpalina. Si la mitad de los *exploits* a los que hacía referencia en su blog eran ciertos, su avatar debía de tener al menos nivel 50. O más. Si en la mazmorra estaban permitidos los combates PvP, le daría una buena paliza a mi avatar de nivel 10.

En definitiva, tenía que proceder con mucha cautela. Y decidí mentir.

—Me ha dado para el pelo —dije—. *Joust* nunca se me ha dado muy bien.

Art3mis se relajó un poco. Al parecer, era la respuesta que deseaba oír.

—Sí, yo igual —confesó en tono lastimero—. Halliday programó al rey Acererak con una inteligencia artificial muy cañera, ¿verdad? Es muy difícil ganarle. —Entonces se fijó en mi espada, que aún blandía a la defensiva—. Puedes guardarla. No muerdo.

Pero no le hice caso.

—¿La tumba es zona PvP?

—No lo sé. Eres el primer avatar con el que me encuentro aquí abajo. —Inclinó un poco la cabeza y me sonrió—. Supongo que solo hay un modo de averiguarlo.

Art3mis desenvainó la espada a velocidad endiablada y la giró sobre sí misma mientras me rodeaba con la hoja resplandeciente para luego terminar apuntándome, todo ello con un solo movimiento. Conseguí levantar el arma para bloquear el ataque en el último segundo y a duras penas. Pero las dos espadas se detuvieron en el aire a escasos centímetros, como si una fuerza invisible las frenara. En mi pantalla apareció un mensaje: ¡COMBATES PVP NO PERMITIDOS!

Suspiré, aliviado. (Más tarde, descubriría que las llaves eran intransferibles. No podías soltarlas ni entregarlas a otro avatar. Y si te mataban en posesión de una de ellas, desaparecía junto con tu cuerpo.)

—Pues mira —añadió ella, sonriendo—. No es una zona PvP. —Blandió la espada para dibujar con ella un número ocho antes de volver a envainarla a la espalda. Menuda habilidad.

Hice lo propio con la mía, aunque sin tantas florituras.

—Supongo que Halliday no quería que nadie se batiera en duelo para tener derecho a enfrentarse en una justa contra el rey —comenté.

—Sí —coincidió ella, sonriendo—. Has tenido suerte.

—¿Suerte? —le pregunté, cruzándome de brazos—. ¿Y eso por qué?

Ella señaló el estrado vacío tras de mí.

—Porque, después de haberte enfrentado a Acererak, no creo que te queden muchos puntos de vida.

O sea, que si Acererak te ganaba en *Joust*, estabas obligado a luchar contra él... «Menos mal que he ganado —pensé—. Si no, en este mismo momento estaría creando un nuevo avatar.»

—Tengo puntos de vida para dar y tomar —mentí—. Ese semiliche era pésimo...

—¿Ah, sí? —dijo ella, desconfiada—. Pues yo tengo un nivel 52 y siempre que he luchado contra él ha estado a punto de matarme. Tengo que acumular muchas pociones de vida cada vez que bajo. —Me miró un momento antes de proseguir—: También reconozco la espada y la armadura que llevas. Las has conseguido en esta mazmorra, lo que significa que son mejores que las que tu avatar tenía antes. Diría que eres un mequetrefucho de poco nivel, Juan Ramírez. Y, además, creo que escondes algo.

Al saber que no podía atacarme, pensé que tal vez era mejor contarle la verdad. ¿Por qué no sacar la Llave de Cobre y enseñársela? Pero recapacité. Lo mejor que podía hacer era salir disparado hacia Middletown ahora que todavía disponía de cierta ventaja. Art3mis todavía no tenía la llave, y era posible que tardara algunos días en conseguirla. A saber cuántos intentos me habría llevado derrotar a Acererak de no haber tenido tantas horas de práctica en *Joust*.

—Piensa lo que quieras, She-Ra —dije, adelantándome—. Tal vez nos veamos alguna vez en el mundo exterior. Ya nos enfrentaremos entonces. —Me despedí de ella con un leve gesto de mano—. Nos vemos.

—¿Adónde crees que vas? —preguntó ella, siguiéndome.

—A casa —respondí, sin dejar de caminar.

—Pero... ¿Y el liche? ¿Y la Llave de Cobre? —Señaló hacia el estrado vacío—. Volverá a aparecer en unos minutos. Cuando el reloj de OASIS marca las doce, se reinicia la tumba. Si esperas aquí, tendrás otra oportunidad de derrotarle sin tener que pasar de nuevo por todas las trampas. Por eso llevo un tiempo viniendo poco antes de las doce cada dos días. Así puedo intentarlo dos veces seguidas.

Bien pensado. ¿Cuánto tiempo habría tardado yo en descubrirlo si no me hubiera salido con la mía al primer intento?

—He pensado que podríamos turnarnos para luchar contra él —le dije—. Y como yo acabo de jugar ahora, cuando sean las doce, te tocaría a ti, ¿no? Mañana, después de medianoche, vendré yo. Podemos alternarnos cada día hasta que uno de los dos lo derrote. ¿Te parece bien?

—Supongo que sí —contestó ella, sin quitarme los ojos de encima—. Pero deberías quedarte aquí de todos modos. Tal vez ocurra algo distinto cuando hay dos avatares presentes a medianoche. Es posible que Anorak contemplara esa contingencia. Quién sabe si aparecerán dos copias del semiliche, para que cada uno de nosotros juegue contra una. Quizá...

—Prefiero jugar en privado —insistí—. Hagámoslo por turnos, ¿vale?

Cuando estaba a punto de llegar a la salida, Art3mis se plantó frente a mí para bloquearme el paso.

—Vamos, quédate un poco más —dijo con voz melindrosa—. ¿Por favor?

Podría haber seguido andando y atravesado su avatar. Pero no lo hice. Estaba impaciente por llegar a Middletown y localizar la Primera Puerta, pero también me encontraba delante de la famosa Art3mis, una mujer a la que llevaba años deseando conocer. En persona era incluso mejor de lo que había imaginado. Me moría de ganas de pasar más tiempo con ella. Como habría dicho Howard Jones, poeta de los ochenta, quería llegar a conocerla bien. Si me iba, quizá nunca volviéramos a encontrarnos.

—Mira —continuó, bajando la mirada—, siento haberte llamado mequetrefucho de poco nivel. No ha estado bien. Te he insultado.

—No importa. De hecho, tienes razón. Solo tengo un nivel 10.

—Da igual. Eres un gunter y por lo tanto un compañero. Y muy listo, porque si no, no estarías aquí. Quiero que sepas que te respeto y que valoro tus aptitudes. Te pido perdón por las tonterías que he dicho.

—Disculpas aceptadas.

—Bien. —Parecía aliviada.

Las expresiones faciales de su avatar parecían de verdad, lo que por lo general significaba que estaban sincronizadas con las de la persona que lo manejaba y no controladas por el programa. De ello podía deducirse que usaba un equipo caro.

—Es que me he asustado un poco al verte aquí —prosiguió—. Sabía que alguien encontraría este lugar tarde o temprano, pero no pensaba que fuera tan pronto. He tenido la tumba para mí sola desde hace bastante tiempo.

—¿Cuánto? —le pregunté, poco convencido de que fuera a responderme.

Vaciló y empezó a deambular por la estancia.

—¡Tres semanas! —dijo al fin, desesperada—. ¡Llevo tres putas semanas viniendo aquí para intentar derrotar a ese estúpido liche en este juego de mierda! ¡Y se ha pasado con esa IA! Vale, es verdad que nunca había jugado a *Joust*, pero ¡me está sacando de quicio! Te juro que estuve a punto de reventarlo hace unos días, pero... —Se pasó los dedos por el pelo, frustrada—. ¡Joder! No duermo. No como. Encima cada vez saco peores notas porque me he estado fugando para practicar con el *Joust*.

Estaba a punto de preguntarle si iba a clase en Ludus, pero siguió hablando sin parar, cada vez más rápido, como si no pudiera contenerse. Las palabras no dejaban de brotar de su boca. Apenas hacía pausas para respirar.

—... Y encima vengo esta noche con la esperanza de que sería la última y por fin derrotaría a ese cabrón para conseguir la Llave de Cobre, pero al llegar descubro que alguien ha encontrado la manera de entrar. Que mis peores temores se han hecho realidad. Otra persona ha encontrado la tumba. He venido corriendo hasta aquí, alteradísima. No estaba muy preocupada porque no creía que nadie fuera a derrotar a Acererak a la primera, pero aun así...

Se detuvo para respirar hondo y dejó de hablar.

—Lo siento —dijo, un segundo después—. Cuando estoy nerviosa hablo sin parar. O cuando estoy emocionada. Y en estos momentos estoy nerviosa y emocionada, porque me moría de ganas de hablar con alguien de todo esto pero, claro, no podía ir contándolo por ahí. En una conversación intrascendente uno no puede soltar que... —se interrumpió de nuevo—. No paro de hablar, tío. Soy una ametralladora. Una cotorra.

Hizo el gesto de cerrar los labios con una cremallera, poner un candado y arrojar la llave. Sin pensarlo, gesticulé que recogía la llave al vuelo y le abría los labios de nuevo. Aquello la hizo reír, una risa sincera y auténtica, con algún que otro gruñido de cerdo muy gracioso que también me hicieron reír a mí.

Era encantadora. Su conducta excéntrica y su forma atropellada de hablar me recordaban a Jordan, mi personaje favorito de *Escuela de genios*. Nunca había sentido una afinidad instantánea con nadie como la que sentía en ese momento, ni en el mundo real ni en OASIS. Ni siquiera con Hache. Estaba en una nube.

Cuando al fin logró controlar la risa, dijo:

—Voy a tener que instalar un filtro para borrar esta risa que tengo.

—No, no lo hagas. Pero si tienes una risa preciosa. —Las palabras me salían con cuentagotas, no sabía qué decirle—. La mía también suena estúpida.

«Fantástico, Wade —pensé—. Acabas de decirle que su risa suena estúpida. Qué listo eres.»

Pero ella me dedicó una sonrisa tímida y pronunció una palabra más:

—Gracias.

Sentí el impulso irrefrenable de besarla. Que fuera o no una simulación, no me importaba. Mientras me armaba de valor para pedirle una tarjeta de visita, ella extendió la mano hacia mí.

—Había olvidado presentarme —dijo—. Me llamo Art3mis.

—Ya lo sé —repliqué, estrechándosela—. La verdad es que soy muy fan de tu blog. Lo leo sin falta desde hace años.

—¿En serio? —Su avatar pareció sonrojarse.

Asentí.

—Es todo un honor conocerte en persona —insistí—. Yo soy Parzival. —Me di cuenta de que seguía aferrado a su mano e hice un esfuerzo para soltarla.

—Con que Parzival, ¿eh? —Inclinó un poco la cabeza—. Por el caballero de la Mesa Redonda que encontró el grial, supongo. Mola mucho.

Asentí, más embelesado aún. Casi siempre tenía que explicarle a todo el mundo de dónde venía mi nombre.

—Y Artemisa era la diosa griega de la caza, ¿no?

—Sí, pero el nombre bien escrito ya estaba ocupado, por lo que se me ocurrió usar el alfabeto *leet* y poner el número tres en vez de la letra e.

—Sí, ya lo sé. Una vez lo comentaste en el blog. Hace dos años. —Estuve a punto de darle la fecha exacta de la entrada, pero me di cuenta a tiempo de que, de haberlo hecho, habría quedado todavía más como un ciberacosador asqueroso—. Escribiste que de vez en cuando te encontrabas con *noobs* que lo pronunciaban «Ar-tres-mis».

Extendió de nuevo la mano, enfundada en el guante de piloto, y me entregó una de sus tarjetas de visita.

Todos podíamos crearlas a nuestro antojo, y ella había personalizado la suya para que pareciera una figura retro de *Star Wars* de Kenner (todavía en su estuche de plástico transparente). De hecho, la figura era una reproducción de su avatar hecha en plástico de mala calidad, con el mismo rostro, el mismo peinado y la misma ropa. Incluía también versiones en miniatura de las pistolas y la espada. La información de contacto figuraba en la tarjeta, sobre la figura.

Art3mis
Guerrera/Maga Nivel 52
(El vehículo se vende por separado.)

En el reverso de la tarjeta figuraban un enlace a su blog, su correo electrónico y su número de teléfono.

No era solo la primera vez que una chica me dejaba su contacto, la tarjeta de visita en sí era, con diferencia, la mejor que había visto en mi vida.

—Es la mejor tarjeta que he visto en mi vida —le dije—. Gracias.

Le entregué una de las mías, que había diseñado a semejanza de un cartucho original de *Adventure* de Atari 2600. La información de contacto aparecía impresa en la etiqueta.

Parzival
Guerrero Nivel 10
(Usar con *joystick*.)

—¡Qué pasada! —exclamó ella, observándola con atención—. ¡El diseño es la caña!

—Gracias —le dije, sonrojándome por debajo del visor. Me hubiera gustado pedirle matrimonio.

Dejé su tarjeta en el inventario y apareció al momento en mi lista de objetos, justo debajo de la Llave de Cobre. Volver a ver la llave me devolvió a la realidad. ¿Qué coño estaba haciendo ahí plantado hablando de tonterías con aquella chica cuando la Primera Puerta me estaba esperando? Miré la hora. Faltaban menos de cinco minutos para la medianoche.

—Oye, Art3mis —añadí—. Conocerte ha sido una pasada, pero tengo que irme. El servidor está a punto de reiniciarse, y quiero salir de aquí antes de que reaparezcan todas las trampas y los muertos vivientes.

—Oh... Vaya. —Parecía decepcionada—. De todas maneras, tengo que prepararme ya para la partida de *Joust*. Pero, espera, deja que use contigo un hechizo de Curar heridas graves.

Sin darme tiempo a replicar, puso la mano sobre el pecho de mi avatar y murmuró unas palabras arcanas. Tenía los puntos de vida al máximo, por lo que el hechizo no surtió el menor efecto. Pero eso Art3mis no lo sabía. Ella aún creía que había tenido que enfrentarme al liche.

—Hecho —dijo, dando un paso atrás.

—Gracias, pero no hacía falta que te molestaras. Recuerda que somos contrincantes.

—Lo sé. Pero aun así podemos ser amigos, ¿no?

—Eso espero.

—Además, la Tercera Puerta todavía queda muy lejos. Si hemos tardado cinco años en llegar hasta aquí... Y conociendo la manera que tiene Halliday de diseñar videojuegos, me temo que las cosas van a ponerse más difíciles a partir de ahora. —Bajó la voz—. ¿Seguro que no quieres quedarte? Estoy convencida de que podemos jugar los dos a la vez. Podríamos darnos consejos. He empezado a detectar algunos fallos en la técnica del rey...

Empezaba a sentirme un capullo por haberle mentido.

—Es una propuesta muy amable por tu parte. Pero tengo que irme. —Busqué una excusa plausible—. Mañana por la mañana tengo clase.

Asintió, pero su gesto cambió a uno de sospecha. Luego abrió mucho los ojos, como si acabara de descubrir algo. Sus pupilas se movieron a toda velocidad de un lado a otro, concentrándose en el espacio que tenía delante, y me di cuenta de que buscaba algo en un navegador. Segundos después, su gesto pasó de la sospecha a la rabia.

—¡Cabrón mentiroso! —exclamó—. ¡Falso! ¡Eres un mierda! —Hizo visible la página del navegador que había consultado y la giró hacia mí. Era la página web de Halliday con el Marcador. Con la emoción, me había olvidado de consultarlo.

Estaba igual que en los últimos cinco años, excepto por un cambio: el nombre de mi avatar aparecía en la parte superior, en primera posición, con diez mil puntos. Los otros nueve espacios todavía estaban ocupados por las iniciales de Halliday, JDH, seguidas de ceros.

—¡Hostia puta! —murmuré.

Cuando Anorak me había entregado la Llave de Cobre, me había convertido en el primer gunter de la historia en sumar puntos en la Cacería. Y caí en la cuenta de que, como todo el mundo podía consultar el Marcador, mi avatar acababa de hacerse famoso.

Eché un vistazo a los titulares que aparecían en pantalla para asegurarme. En todos figuraba el nombre de mi avatar. Cosas como UN MISTERIOSO AVATAR LLAMADO PARZIVAL HACE HISTORIA O PARZIVAL ENCUENTRA LA LLAVE DE COBRE.

Me quedé aturdido unos segundos mientras intentaba respirar hasta que Art3mis me dio un empujón que ni siquiera sentí. Pero mi avatar sí retrocedió unos pasos.

—¿Lo has derrotado a la primera? —gritó.

Asentí.

—Me ha ganado la primera partida, pero yo le he ganado las otras dos.

—¡Jodeeeeer! —exclamó ella, apretando mucho los puños—. ¿Y cómo coño has hecho para ganarle a la primera?

Estaba bastante convencido de que tenía ganas de darme un puñetazo en la cara.

—Ha sido suerte —respondí—. Solía jugar mucho a *Joust* con un amigo. Tenía mucho entrenamiento. Estoy seguro de que si tú hubieras practicado tanto como yo...

—¡Venga ya! —interrumpió, levantando una mano—. No te pongas paternalista conmigo, ¿vale? —Soltó lo que solo se me ocurre describir como un gruñido de impotencia—. ¡No me lo puedo creer! ¿Te das cuenta de que yo llevo cinco semanas intentando ganarle?

—Pero si hace un momento me has dicho que eran tres...

—¡No me interrumpas! —Me volvió a empujar—. Llevo más de un mes entrenando a *Joust* sin parar. ¡Hasta veo avestruces voladoras en sueños!

—No suena muy agradable.

—¡Y vas tú, entras aquí y te lo cargas al primer intento! —Empezó a darse puñetazos en la frente, y entonces me di cuenta de que no estaba enfadada conmigo, sino consigo misma.

—Escúchame —le dije—. En serio. He tenido mucha suerte. Los juegos clásicos se me dan muy bien. Son mi especialidad. —Me encogí de hombros—. Deja de pegarte como en *Rain Man*, ¿vale?

Me hizo caso y se me quedó mirando. Unos segundos después, soltó un largo suspiro.

—¿Por qué no podía ser *Centipede*? ¿O *Ms. Pac-Man*? ¿O *BurgerTime*? En cualquiera de los tres casos ya habría franqueado la Primera Puerta.

—Pues quién sabe —contesté.

Art3mis me lanzó una brevísima mirada asesina, seguida de una sonrisa diabólica. Se volvió para dirigirse a la salida y empezó a gesticular con las manos mientras susurraba las palabras de algún encantamiento.

—Eh —dije—. Espera un momento. ¿Qué estás haciendo?

Pero ya lo sabía. Al terminar de pronunciar el hechizo, una pared de piedra gigantesca apareció allí mismo y cubrió al momento la única salida de la estancia. ¡Mierda! Había pronunciado el hechizo de la Barrera. Y yo había quedado atrapado en el interior de la sala.

—¡Pero venga ya! ¿Cómo has hecho eso?

—Me ha parecido que tenías mucha prisa por salir de aquí. Y supongo que cuando Anorak te ha entregado la Llave de Cobre también te ha ofrecido alguna pista sobre el paradero de la Primera Puerta, ¿no? Y es ahí adonde te diriges ahora. ¿Me equivoco?

—No —admití yo.

Contemplé la posibilidad de negarlo, pero ¿de qué habría servido?

—Así pues, a menos que logres anular mi hechizo, y sé que no podrás, guerrerito de nivel 10, esa barrera evitará que salgas de aquí hasta después de medianoche, cuando se reinicie el servidor. Todas las trampas que has desactivado al venir también se reiniciarán. Eso dificultará un poco tu salida de la mazmorra.

—Sí —admití—. Tienes razón.

—Y mientras regresas a la superficie, yo tendré otra oportunidad de derrotar a Acererak. Y esta vez pienso destrozarlo. Cuando lo consiga, ya estaré siguiéndote los talones, ¡chaval!

Me crucé de brazos.

—Si el rey lleva cinco semanas dándote palizas, ¿qué te hace pensar que esta noche vas a ganar?

—La competitividad saca lo mejor que hay en mí —respondió—. Siempre ha sido así. Y ahora me enfrento a una competencia de las buenas.

Me fijé en la barrera mágica que había creado. Art3mis tenía más de un nivel 50, por lo que el hechizo duraría quince minutos, el máximo posible. Lo único que podía hacer era quedarme ahí y esperar a que desapareciera.

—Eres malvada. ¿Lo sabías? —dije.

Ella sonrió y negó con la cabeza.

—Caótica neutral, cielo.

Yo también le dediqué una sonrisa.

—Aun así, que sepas que voy a llegar antes que tú a la Primera Puerta.

—Seguramente. Pero esto es solo el principio. Tendrás que franquearla. Y todavía quedan dos llaves por encontrar. Y otras dos puertas que franquear. Tengo mucho tiempo para darte alcance y hacer que me cojas el humillo, máquina.

—Eso ya lo veremos, damisela.

Señaló hacia la ventana en la que aparecía el Marcador.

—Ahora eres famoso. Sabes qué significa eso, ¿no?

—La verdad es que no he tenido demasiado tiempo para pensarlo.

—Pues yo sí. Llevo cinco semanas pensando en ello. Que tu nombre aparezca en el Marcador lo va a cambiar todo. Todo el mundo se volverá a obsesionar con la competición, como si hubiera vuelto a empezar. Los medios de comunicación ya han empezado a volverse locos. Mañana Parzival se habrá convertido en un nombre muy conocido.

Pensar en ello me dio vértigo.

—También podrías hacerte famoso en el mundo real —continuó—. Si revelas tu verdadera identidad.

—No soy tan tonto.

—Mejor. Porque hay miles de millones de dólares en juego y, a partir de ahora, todo el mundo va a dar por sentado que sabes cómo y dónde encontrar el Huevo. Hay mucha gente dispuesta a matar por conseguir esa información.

—Eso ya lo sé —repliqué—. Y te agradezco tu preocupación. Pero tranquila, que no me va a pasar nada.

En realidad no estaba tan seguro. De hecho, no me había planteado todas aquellas cosas, tal vez porque nunca había creído del todo que algún día estaría en la situación en la que me encontraba.

Permanecimos allí de pie, en silencio mientras esperábamos y mirábamos el reloj.

—¿Qué harías si ganaras? —preguntó de pronto—. ¿En qué gastarías el dinero?

En eso sí había pensado muchas veces. Me pasaba el día fantaseando con esa posibilidad. Hache y yo habíamos elaborado listas disparatadas con las cosas que haríamos y las que compraríamos si ganábamos el premio.

—No lo sé —respondí—. Lo normal, supongo. Me mudaría a una mansión. Me compraría cantidad de cosas guapas. Dejaría de ser pobre.

—Vaya, vaya. Qué grandilocuente —se burló ella—. Y una vez que te hubieras comprado tu mansión y tus «cosas guapas», ¿qué harías con los otros ciento treinta mil millones de dólares?

Como no quería que creyera que era un imbécil superficial, le solté sin pensar lo que siempre había soñado hacer si ganaba, cosa que nunca le había dicho a nadie.

—Me haría construir una nave espacial interestelar que usara energía nuclear en la órbita terrestre —dije—. La llenaría de alimentos y agua para toda una vida, añadiría una biosfera autosuficiente y un superordenador con todas las películas, libros, canciones, videojuegos y obras de arte creadas por la civilización humana, además de una copia autónoma de OASIS. Luego invitaría a algunos de mis mejores amigos a subir a bordo, junto con un equipo de médicos y científicos, y nos daríamos el piro. Nos largaríamos del Sistema Solar y nos dedicaríamos a buscar algún planeta parecido a la Tierra.

Todavía no había pensado del todo en el plan, claro está. Me faltaba pulir un montón de detalles.

Ella arqueó una ceja.

—Un proyecto bastante ambicioso —admitió—. Aunque supongo que sabes que casi la mitad de la población del planeta se muere de hambre, ¿no?

Me pareció que lo decía sin malicia, como si creyera de verdad que yo ignoraba el dato.

—Sí, lo sé —respondí, a la defensiva—. Es porque nos hemos cargado el planeta. La Tierra se muere. Es hora de irse.

—Qué forma más negativa de verlo —dijo—. Si gano toda esa pasta, conseguiré que todo el mundo tenga algo que comer. Una vez erradicada el hambre del mundo, ya pensaremos en la manera de mejorar el medio ambiente y resolver la crisis energética.

Puse los ojos en blanco, escéptico.

—Sí, claro. Y una vez hayas obrado el milagro, crearás mediante ingeniería genética a un grupito de pitufos y unicornios para que se paseen por ese mundo perfecto que habrás creado.

—Lo digo en serio.

—¿De veras crees que es tan sencillo? ¿Que puedes extender un cheque de doscientos cuarenta mil millones de dólares y solucionar los problemas del mundo?

—No lo sé. Tal vez no. Pero pienso intentarlo.

—Si ganas.

—Eso, si gano.

En ese preciso instante, el reloj de OASIS marcó las doce de la noche. Nos enteramos justo cuando ocurrió, ya que en el estrado apareció el trono y, sentado en él, Acererak. Estaba inmóvil, justo como cuando yo había entrado en la estancia.

Art3mis alzó la vista para mirarlo y volvió a fijarse en mí. Sonrió y se despidió con la mano.

—Nos vemos, Parzival.

—Sí. Nos vemos.

Se giró y empezó a caminar hacia el estrado. La llamé:

—¡Oye, Art3mis!

Ella se dio la vuelta. No sabía por qué, pero sentía la obligación de ayudarla, a pesar de saber que no debía hacerlo.

—Intenta ponerte a la izquierda —dije—. Así es como le he ganado yo. Creo que es más fácil derrotarlo si va montado en la cigüeña.

Art3mis me miró fijamente durante unos segundos, tal vez intentaba descubrir si pretendía engañarla. Entonces asintió y subió al estrado. Acererak se movió justo cuando ella puso el pie en el primer peldaño.

—Saludos, Art3mis —atronó su voz—. ¿Qué es lo que buscáis?

No oí la respuesta, pero segundos después el trono se transformó en el mueble de *Joust*, igual que había sucedido antes.

Art3mis le dijo algo al liche, se cambiaron de lado y ella quedó a la izquierda. A continuación, dio comienzo la partida. Me quedé mirándolos durante unos minutos hasta que el hechizo de la Barrera desapareció. Miré por última vez a Art3mis, abrí la puerta y salí corriendo.

0010

Tardé poco más de una hora en volver a atravesar la tumba y salir de nuevo a la superficie. Nada más salir a la superficie, un indicador que rezaba MENSAJES PENDIENTES empezó a parpadear en la pantalla.. Entonces caí en la cuenta de que Halliday había situado la tumba en una zona incomunicada para que nadie pudiera recibir llamadas, mensajes de texto o correos electrónicos mientras estuviera en el interior. Seguro que para impedir que los gunters llamaran para pedir ayuda o consejo.

Revisé los mensajes y comprobé que Hache había intentado localizarme desde el momento en que mi nombre apareció en el Marcador. Me había llamado más de doce veces y también me había dejado varios mensajes de texto preguntando qué coño estaba pasando, y pidiéndome a gritos EN MAYÚSCULA que lo llamara cuanto antes. Mientras terminaba de borrar aquellos mensajes me entró otra llamada. Era Hache, que lo intentaba de nuevo. Decidí no responder y le envié un mensaje de texto muy corto en el que le decía que le llamaría en cuanto pudiera.

Al salir del bosque, dejé abierto el Marcador en una esquina de la pantalla para saber al momento si Art3mis había ganado a *Joust* y conseguido la llave. Cuando al fin llegué a la terminal de teletransportación y entré en la cabina más cercana, eran poco más de las dos de la madrugada.

Introduje el destino en la pantalla táctil de la cabina y apareció un mapa de Middletown en la pantalla. Me pedía que seleccionara alguna de las doscientas cincuenta y seis terminales de teletransporte del planeta como punto de destino.

Cuando Halliday había creado Middleton no se había limitado a ubicar allí una sola recreación de su ciudad natal, sino que realizó doscientas cincuenta y seis copias esparcidas por la superficie del planeta. Pensé que no importaría cuál de ellas seleccionara, por lo que escogí una al azar cercana al ecuador. Pulsé CONFIRMAR para pagar el viaje y mi avatar desapareció.

Una milésima de segundo después ya me encontraba de pie en el interior de una cabina telefónica antigua de los ochenta en una anticuada estación de autobuses Greyhound. Abrí la puerta y salí.

Fue como salir de una máquina del tiempo. Por allí se paseaban varios PNJ vestidos con ropa de la década. Una mujer con un peinado estrambótico, claro enemigo de la capa de ozono, movía la cabeza de un lado a otro al ritmo de la música que salía de su walkman. Había un niño con una cazadora gris de Members Only apoyado en una pared y jugando con un cubo de Rubik. Un punki roquero con cresta estaba sentado en una silla de plástico y veía la reposición de un capítulo de *Riptide* en un televisor que funcionaba con monedas.

Localicé la salida y me dirigí hacia ella mientras desenvainaba la espada. Toda la superficie de Middletown era una zona PvP, por lo que debía proceder con cautela.

Poco después de que comenzara la Cacería, el planeta se había convertido en toda una estación principal y una sucesión interminable de gunters que buscaban llaves y pistas puso patas arriba y saqueó las doscientas cincuenta y seis copias de la ciudad natal de Halliday. La teoría que circulaba por los foros era que Halliday había creado tantas copias de su ciudad para que varios avatares pudieran buscar al mismo tiempo sin tener que pelear por ocupar un mismo espacio. Toda aquella búsqueda, claro está, había terminado por ser un gran fiasco. Allí no había llaves. Ni pistas. Ni Huevo. Desde entonces, el interés por el planeta había menguado de manera espectacular. Pero era probable que algunos gunters siguieran acercándose por allí de vez en cuando.

Si me encontraba con algún otro gunter al llegar a casa de Halliday, pensaba salir corriendo, robar un coche y conducir unos treinta y cinco kilómetros (en cualquier dirección) hasta la siguiente copia de Middletown. Y así sucesivamente hasta encontrar una copia de la casa que no estuviera ocupada.

Al salir de la estación de autobuses descubrí que hacía uno de aquellos hermosos días típicos del Medio Oeste norteamericano. Un sol anaranjado brillaba a baja altura en el cielo. Aunque nunca había estado en Middletown, sí que había investigado mucho sobre la ciudad y sabía que Halliday había escrito el código del planeta de tal manera que, lo visitaras cuando lo visitaras e independientemente del punto del planeta que escogieras, siempre hacía una tarde perfecta de finales de otoño del año 1986.

Abrí el mapa de la ciudad y tracé una ruta desde donde me encontraba hasta la casa donde Halliday había pasado la infancia. Estaba más o menos a un kilómetro y medio hacia el norte. Giré a mi avatar hacia esa dirección y empecé a correr. Me asombraba la absoluta precisión de los detalles. Había leído que Halliday había escrito él mismo el código del planeta, basándose en sus recuerdos para recrear la ciudad tal y como era en su infancia. Había recurrido a planos antiguos de calles, listines telefónicos, fotografías y vídeos para inspirarse y asegurarse de que todo fuera lo más auténtico y fidedigno posible.

El lugar me recordaba mucho a la ciudad de la película *Footloose*. Pequeño, rural y algo deshabitado. Todas las casas parecían enormes y situadas a demasiada distancia las unas de las otras. Me alucinaba que hace cincuenta años incluso las familias de bajos ingresos tuvieran esas casas. Los PNJ que hacían de ciudadanos parecían extras salidos de algún vídeo de John Cougar Mellencamp. Vi a algunos recogiendo hojas secas con rastrillos, paseando perros y sentados en porches. Por pura curiosidad, saludé a algunos de ellos y todos me devolvieron el saludo con amabilidad.

Había pistas de la época en la que me encontraba por todas partes. Varios PNJ conducían despacio coches y camiones que pasaban por calles sombreadas; antiguallas que consumían litros y más litros de gasolina: Trans-Ams, Dodge Omnis, IROC Z28s, y K-Cars. Pasé por delante de una gasolinera y un cartel anunciaba que cuatro litros de gasolina costaban solo noventa y tres centavos de dólar.

Cuando estaba a punto de enfilar la calle de Halliday, oí una fanfarria de trompetas. Miré la ventana del Marcador, que mantenía abierta en una esquina de la pantalla.

Art3mis lo había conseguido.

Su nombre aparecía justo debajo del mío. Tenía nueve mil puntos, mil menos que yo. Al parecer me habían dado una bonificación por ser el primer avatar en conseguir la Llave de Cobre.

Por primera vez fui consciente de todas las implicaciones de ver así el Marcador: a partir de ese momento, su existencia no solo permitiría a los gunters seguir la pista del avance de los demás, sino que también mostraría al mundo quiénes eran los que lo encabezaban en un momento dado, lo que haría que fueran famosos al instante (y también los convertiría en un objetivo).

Sabía que justo en ese momento Art3mis debía de estar observando su copia de la Llave de Cobre y leyendo la pista que llevaba grabada en la superficie. Estaba seguro de que sería capaz de descifrarla tan deprisa como lo había hecho yo. De hecho, lo más probable era que ya se encontrara de camino a Middletown.

Volví a ponerme en marcha. Sabía que solo contaba con una hora de ventaja sobre ella. Tal vez menos.

Al llegar a la avenida Cleveland, la calle donde Halliday se había criado, aceleré el paso por la acera resquebrajada hasta llegar a los primeros peldaños de la casa de su infancia. Era idéntica a las fotografías que había visto: un edificio modesto de estilo colonial de dos plantas con fachada revestida de vinilo rojo. Había dos sedanes Ford de finales de los setenta aparcados en el camino que conducía a la casa, uno de ellos montado sobre unos ladrillos de hormigón.

Al contemplar la réplica de la casa que Halliday había creado, intenté imaginar cómo habría sido crecer en un lugar como ese. Había leído que en la Middletown real, la de Ohio, habían derribado todas las casas de la calle a mediados de los noventa para construir una avenida comercial. Pero Halliday había preservado su infancia para siempre en OASIS.

Corrí hasta la puerta, entré y me encontré en un salón. Conocía bien aquel lugar porque aparecía en *Invitación de Anorak*. Reconocí al momento las paredes cubiertas con paneles de madera, la moqueta naranja descolorida y los muebles chillones que parecían sacados de alguna tienda de segunda mano de la época de la música disco.

La casa estaba vacía. Por algún motivo, Halliday había decidido no colocar ningún PNJ que fuera una recreación de sí mismo o de sus difuntos padres en el lugar. Tal vez fuera una idea demasiado macabra incluso para él. Lo que sí encontré fue una fotografía de familia colgada en una de las paredes del salón. Se había sacado en el Kmart del barrio, en 1984, pero el señor y la señora Halliday todavía vestían a la moda de finales de los setenta. Un Jimmy alto y moreno de doce años posaba entre ellos, mirando a la cámara desde detrás de unas gafas de cristales gruesos. Los Halliday parecían una familia estadounidense normal y corriente. No había el menor indicio de que aquel hombre serio del traje de *sport* marrón era un maltratador alcohólico, de que la mujer sonriente que llevaba chaqueta y pantalones de flores era bipolar, o de que aquel joven con una camiseta de *Asteroids* desgastada llegaría a crear todo un nuevo universo.

Miré alrededor y me pregunté por qué Halliday, que siempre se había lamentado por tener una infancia desgraciada, había llegado a sentir nostalgia de ella. Sabía que si yo algún día lograba salir de las torres, jamás volvería la vista atrás. Y seguro que no crearía una simulación detallada del lugar.

Me fijé en el aparatoso televisor Zenith y en la Atari 2600 que estaba conectada a él. El plástico que imitaba madera y recubría la consola combinaba a la perfección con el plástico que imitaba madera del mueble del televisor y con las paredes del salón. Junto a la Atari había una caja de zapatos con nueve cartuchos de juegos: *Combat, Space Invaders, Pitfall, Kaboom!, Star Raiders, The Empire Strikes Back, Starmaster, Yar's Revenge* y *E.T.* Los gunters habían atribuido una gran importancia a la ausencia de *Adventure*, el juego al que estaba jugando Halliday en esa misma consola al final de *Invitación de Anorak*. Algunos habían rastreado todas las simulaciones de Middletown en busca de alguna copia, pero no había aparecido ninguna en todo el planeta. Los gunters habían traído copias de *Adventure* desde otros planetas, pero no funcionaban cuando las probaban en la Atari de Halliday. Hasta el momento, nadie había descubierto la razón.

Comprobé rápido el resto de la casa y me aseguré de que no hubiera ningún otro avatar presente. Luego abrí la puerta del dormitorio de James Halliday. Como lo encontré vacío, entré y cerré por dentro. Desde hacía años había estudiado con detalle las capturas de pantalla y simulaciones de la habitación que circulaban por ahí, pero aquella era la primera vez que ponía los pies de «verdad» en el lugar y sentí escalofríos.

La moqueta era de un color mostaza horripilante. Igual que el papel pintado de las paredes, que estaba oculto en su mayor parte detrás de pósteres de películas y grupos de rock: *Escuela de genios*, *Juegos de guerra*, *Tron*, Pink Floyd, Devo y Rush. Justo detrás de la puerta había una estantería atestada de novelas de ciencia ficción y fantasía (los había leído todos, por supuesto). Otra estantería que había junto a la cama estaba llena de revistas viejas de ordenadores, así como libros de reglas de *Dungeons & Dragons*. Contra la pared, había apoyadas cajas llenas de cómics, todas etiquetadas con esmero. Y sobre el viejo escritorio de madera de Halliday estaba su primer ordenador.

Como muchos ordenadores personales de la época, el procesador y el teclado venían en la misma pieza. Una etiqueta que había sobre las teclas rezaba TRS-80 COLOR COMPUTER 2, 16K RAM. De la parte trasera de la máquina salían unos cables que la conectaban a un grabador de casetes, un pequeño televisor en color, una impresora matricial y un módem de trescientos baudios.

Pegada con celo a la mesa junto al módem había una larga lista de números de teléfono de varios BBS.

Me senté y busqué los interruptores de encendido del ordenador y la pantalla. Oí el chasquido de la electricidad estática, seguido de un zumbido quedo que indicaba que el televisor se estaba calentando. Un momento después, la pantalla verde del TRS-80 se encendió y apareció en la pantalla el siguiente mensaje:

EXTENDED COLOR BASIC 1.1
COPYRIGHT © 1982 BY TANDY
OK

Debajo apareció el cursor parpadeante, que adoptaba todos los colores del espectro.

Escribí HELLO y pulsé ENTER.

En la línea siguiente apareció el mensaje ?SYNTAX ERROR. La palabra HELLO no era un comando válido en BASIC, el único lenguaje que entendía aquel antiguo ordenador.

Gracias a lo que había investigado, sabía que el grabador de casetes hacía las veces de «unidad de disco» del TRS-80. Almacenaba datos como sonidos analógicos en cintas magnéticas de audio. Cuando Halliday empezó a programar, el pobre niño no tenía acceso siquiera a una disquetera. Debía almacenar su código en cintas de casete. Había una caja llena de esos casetes junto a la unidad de disco. La mayoría eran aventuras conversacionales: *Raaka-tu*, *Bedlam*, *Pyramid* y *Madness and the Minotaur*. También había algunos cartuchos ROM, que se insertaban en una ranura a un lado del ordenador. Busqué en la caja hasta que encontré un cartucho que tenía pegada una etiqueta roja y desgastada en la que unas letras amarillas e inclinadas rezaban DUNGEONS OF DRAGGORATH. En la ilustración del juego se veía en primera persona un largo pasadizo de una mazmorra bloqueado por un corpulento gigante azul que blandía una gran hacha de piedra.

Cuando apareció *online* por primera vez la lista de juegos que había en el dormitorio de Halliday, los había descargado todos y practicado hasta dominarlos, por lo que hacía unos dos años que me había pasado *Dungeons of Daggorath*. Había tardado casi un fin de semana entero. Los gráficos eran muy toscos, pero aun así el juego era muy divertido y adictivo.

Gracias a que lo había leído en los foros, sabía que durante los últimos cinco años varios gunters habían jugado a *Dungeons of Daggorath* allí mismo, en el TRS-80 de Halliday. Algunos se habían pasado todos los juegos de la caja de zapatos, solo para comprobar si sucedía algo. No había sido así, pero ninguno lo había hecho con la Llave de Cobre en su poder.

Me temblaron un poco las manos cuando apagué el TRS-80 e introduje el cartucho de *Dungeons of Daggorath*. Volví a encenderlo, la pantalla se puso negra y apareció la imagen de un mago dibujado con gráficos cutres y acompañado por efectos de sonido siniestros. El mago sostenía una vara en una mano y en letras mayúsculas debajo de él apareció el mensaje: I DARE YE ENTER... THE DUNGEONS OF DRAGGORATH!*

Puse las manos sobre el teclado y empecé a jugar. Nada más hacerlo, se encendió un altavoz que había sobre el armario de Halliday y empezó a sonar a todo volumen una melodía conocida. Era la banda sonora que Basil Poledouris había compuesto para *Conan el Bárbaro*.

«Esta ha de ser la manera que tiene Anorak de hacerme saber que voy por buen camino», pensé.

No tardé en perder la noción del tiempo. Olvidé que mi avatar estaba sentado en el dormitorio de Halliday y que yo, en realidad, lo estaba en mi guarida, acurrucado junto al calentador eléctrico pulsando las teclas al aire en un teclado invisible. Obvié las realidades intermedias y me centré en el juego al que jugaba dentro de otro juego.

En *Dungeons of Daggorath* controlas a tu avatar escribiendo órdenes como GIRAR A LA IZQUIERDA O COGER ANTORCHA. De ese modo atraviesas un laberinto de pasadizos de gráficos vectoriales. Por el camino tienes que luchar contra arañas, gigantes de piedra, limos y espíritus, a medida que desciendes cada vez más y pasas por los cinco niveles de la mazmorra, que aumentan su dificultad a medida que bajas. Tardé un rato en volver a pillarle el truco a los controles y a las particularidades del juego, pero

* ¡Os reto a entrar en... las mazmorras de Daggorath! *(N. del T.)*

una vez lo conseguí, no me pareció difícil. La posibilidad de guardar la partida en todo momento era como tener vidas infinitas (aunque guardar y cargar de nuevo los juegos desde una cinta de casete era un proceso largo y farragoso. Me llevó varios intentos y tuve que probar mucho con el control de volumen del reproductor). Guardar el juego también me permitía hacer pequeñas pausas para ir al baño o recargar mi calefactor.

Después de un rato jugando, la banda sonora de *Conan el Bárbaro* terminó, el altavoz emitió un chasquido y en el casete empezó a sonar la otra cara de la cinta, que era la banda sonora de *Lady Halcón*, llena de sintetizadores. Qué ganas de ver a Hache para restregárselo...

Llegué al último nivel de la mazmorra sobre las cuatro de la madrugada y allí me enfrenté al Pérfido Mago de Daggorath. Tras morirme y comenzar de nuevo dos veces, logré derrotarlo con una espada élfica y un anillo de hielo. Terminé el juego al coger y guardar el anillo mágico del mago. Al hacerlo, en la pantalla apareció una imagen que mostraba a un mago con una estrella brillante en su vara y en sus ropajes. En la parte inferior de la pantalla apareció un texto que rezaba: *BEHOLD! DESTINY AWAITS THE HAND OF A NEW WIZARD!**

Esperé para ver qué sucedía. Por un momento no ocurrió nada. Pero luego la viejísima impresora matricial de Halliday se puso en marcha y, con gran estrépito, imprimió una sola línea de texto. El rodillo giró y arrastró la hoja hasta lo alto de la máquina. La arranqué y leí lo que había escrito en ella:

«FELICIDADES! ¡HAS ABIERTO LA PRIMERA PUERTA!»

Miré a mi alrededor y vi que, en la pared del dormitorio, había aparecido una verja de hierro forjado, justo en el lugar donde hasta hacía un segundo había colgado un póster de *Juegos de guerra*. En el centro de la verja había un cerrojo de cobre con una cerradura.

Me subí a la mesa de Halliday para alcanzarlo, metí la Llave de Cobre y la giré. En ese momento, la puerta entera empezó a

---

* ¡Contemplad! ¡El destino aguarda la labor de un nuevo mago! *(N. del T.)*

brillar, como si se hubiera sobrecalentado, y sus dos hojas se abrieron hacia dentro y revelaron un cúmulo de estrellas. Parecía un portal hacia la inmensidad del espacio.

—Dios mío, está lleno de estrellas —oí decir a una voz incorpórea.

Reconocí al instante una de las frases de *2010: Odisea dos*. Después llegó hasta mis oídos un zumbido grave e inquietante, seguido de un fragmento musical de la banda sonora de la misma película: *Así habló Zaratustra*, de Richard Strauss.

Me asomé y miré al otro lado del portal. A izquierda y derecha, arriba y abajo. Nada más que aquella infinidad de estrellas en todas direcciones. Entrecerré los ojos y distinguí también algunas pequeñas nebulosas y galaxias en la distancia.

No lo dudé. Me lancé a la puerta abierta. Me dio la impresión de que me atraía y empecé a caer. Pero en lugar de descender, caía hacia delante y las estrellas parecían moverse conmigo.

⓪⓪||

Estaba en pie en un antiguo salón recreativo ju-
gando a *Galaga*.

La partida ya estaba empezada. Tenía nave doble y 41.780 puntos. Bajé la vista y vi que tenía las manos sobre el panel de control. Tras unos segundos de desorientación, empecé a jugar consciente de lo que hacía y moví el *joystick* a la izquierda justo a tiempo para evitar que eliminaran una de mis naves.

Sin apartar del todo la vista del juego, intenté averiguar dónde me encontraba. Con el rabillo del ojo fui capaz de ver una máquina de *Dig Dug* a la izquierda y una de *Zaxxon* a la derecha. Detrás de mí oía el alboroto de las batallas digitales que provenía de un montón de máquinas recreativas antiguas. Entonces, al acabar con una oleada de enemigos en *Galaga*, vi mi reflejo en la pantalla. El rostro que me miraba no era el de mi avatar, sino el de Matthew Broderick. Un Matthew Broderick jovencísimo, antes de sus papeles en *Todo en un día* y *Lady Halcón*.

Y entonces supe dónde estaba. Y quién era.

Era David Lightman, el personaje interpretado por Matthew Broderick en la película *Juegos de guerra*. Y aquella era la primera escena del personaje en la película.

Estaba dentro de la película.

Eché un vistazo rápido a mi alrededor y vi que el lugar era una réplica detallada de 20 Grand Palace, la mezcla de salón recreativo y pizzería que aparece en la película. Muchos jóvenes con peinados de los ochenta que se arremolinaban en torno a las recreativas. Otros estaban sentados en las mesas, comían pizza y bebían refrescos. En la gramola que había en una esquina sonaba a todo volumen *Video Fever*, de los Beepers. Todo era idéntico y sonaba justo como en la película. Halliday había copiado hasta el último detalle y lo había recreado como simulación interactiva.

Menuda pasada.

Me había pasado años imaginando qué retos me aguardarían en el interior de la Primera Puerta, pero jamás había imaginado algo así. Aunque debería haberlo hecho. *Juegos de guerra* había sido una de las películas favoritas de todos los tiempos de Halliday. Era por eso que la había visto más de treinta veces. Bueno, por eso y porque era una maravilla, con aquel *hacker* adolescente de la vieja escuela como protagonista. Al parecer, mi investigación estaba a punto de resultarme útil.

En ese momento oí un pitido electrónico y repetitivo. Venía del bolsillo derecho de los vaqueros que llevaba. Sin soltar el *joystick* que manejaba con la mano izquierda, metí la derecha en el bolsillo y saqué de él un reloj digital de pulsera. La pantalla indicaba que eran las 7.45 de la mañana. Al pulsar uno de los botones para silenciar la alarma, apareció un aviso en medio de mi pantalla: ¡DAVID, VAS A LLEGAR TARDE AL COLEGIO!

Abrí el mapa de OASIS con un comando de voz para descubrir dónde me había llevado la Primera Puerta. Pero resultó que no solo no me encontraba en Middletown, sino que tampoco estaba en OASIS. El icono de mi localizador aparecía en el centro de una pantalla vacía, lo que significaba que estaba FDM, fuera del mapa. Al atravesar la puerta, había teletransportado mi avatar a una simulación independiente situada en una ubicación virtual separada de OASIS. Al parecer, el único modo de regresar era completar la misión y pasarme la puerta. Pero, si aquello era un videojuego, ¿cómo se suponía que debía jugar? Si era una misión, ¿cuál era el objetivo? Seguí jugando a *Galaga* mientras reflexionaba al respecto. Un segundo después, un chico entró en el salón recreativo y se acercó a mí.

—Hola, David —me dijo al tiempo que miraba con fijeza mi partida.

Lo reconocí de la película. Se llamaba Howie. Recordé que el personaje de Matthew Broderick deja que Howie termine la partida y sale corriendo a clase.

—Hola, David —repitió el chico exactamente en el mismo tono.

En esa segunda ocasión, las palabras también aparecieron como texto, grabado en la parte baja de la pantalla, como si se tratara de subtítulos. Debajo de ellas, parpadeando en rojo, apareció el mensaje: ÚLTIMO AVISO PARA RESPONDER.

Ya empezaba a entenderlo. El simulador me advertía de que aquella era mi última oportunidad para pronunciar la siguiente frase de la película. Si no lo hacía, me imaginaba cuál sería el siguiente mensaje. GAME OVER.

No me puse nervioso porque sabía qué frase venía a continuación. Había visto *Juegos de guerra* tantas veces que me la sabía de memoria.

—¡Hola, Howie! —respondí.

La voz que oí por los auriculares no era la mía. Era la de Matthew Broderick. Cuando respondí, el aviso desapareció de la pantalla y en su lugar apareció un marcador con 100 puntos en la parte superior.

Rebusqué en mi memoria los diálogos del resto de la escena. La siguiente frase también era mía.

—¿Cómo vas? —pregunté, y acumulé otros cien puntos.

—Muy bien —respondió Howie.

Empecé a entusiasmarme. Era increíble. Estaba metido del todo en la película. Halliday había transformado una película que tenía más de cincuenta años en un videojuego interactivo en tiempo real. ¿Cuánto habría tardado en programar algo así?

Apareció otro aviso en la pantalla.

«¡VAS A LLEGAR TARDE A CLASE DAVID! ¡DATE PRISA!»

Me alejé de la máquina de *Galaga*.

—¿Quieres seguir? Yo tengo que irme —le pregunté a Howie.

—Claro —respondió él mientras cogía los controles—. ¡Gracias!

Un camino verde apareció en el suelo del salón recreativo para indicarme el camino desde donde me encontraba hasta la salida. Empecé a seguirlo, pero recordé que debía volver corriendo hasta la máquina de *Dig Dug* para recoger la libreta, como hacía David en la película. Al hacerlo se sumaron otros 100 puntos en el marcador y apareció en la pantalla un mensaje que rezaba BONUS DE ACCIÓN.

—Adiós, David.

—¡Adiós!

Otros 100 puntos. Aquello era muy fácil.

Seguí el camino verde, salí del 20 Grand Palace y llegué hasta una calle muy concurrida por la que caminé varias manzanas. Corrí por otra calle arbolada de las afueras de la ciudad. Doblé una esquina y vi que el camino llevaba justo hasta un edificio grande de ladrillos. En el cartel de la puerta decía: SNOHOMISH HIGH SCHOOL. Era el instituto de David y el lugar donde transcurrían las siguientes escenas.

Entré en el centro con la cabeza a mil por hora. Si lo único que tenía que hacer era recitar los diálogos de *Juegos de guerra* en orden correcto durante las dos horas siguientes, aquello iba a estar chupado. Estaba más que preparado, y sin querer. Era posible que me supiera mejor *Juegos de guerra* que *Escuela de genios* y *Más vale muerto*.

Mientras corría por los pasillos vacíos del instituto, apareció otro aviso en la pantalla: «¡LLEGAS TARDE A CLASE DE BIOLOGÍA!».

Corrí lo más rápido que pude mientras seguía el camino verde, que ahora emitía un brillo parpadeante. Me llevó hasta la puerta de un aula de la segunda planta. Por la ventanilla de la puerta vi que la clase ya había empezado. El profesor estaba junto a la pizarra. También vi mi pupitre, que era el único vacío.

Me sentaba justo detrás de Ally Sheedy.

Abrí la puerta y entré de puntillas, pero el profesor me pilló al momento.

—¡Ah, David! ¡Eres muy amable al venir!

Llegar hasta el final de la película me resultó mucho más difícil de lo que había previsto. Averiguar las «reglas» del juego y descubrir cómo funcionaba el sistema de puntuación me llevó quince minutos. Descubrí que lo que se me pedía no era solo recitar mi parte de los diálogos. También tenía que realizar todas las acciones del personaje de Broderick, de manera correcta y en el momento oportuno. Era como tener que interpretar el papel protagonista de una obra de teatro que habías visto muchas veces, pero que nunca habías ensayado.

Estuve muy atento durante la primera hora de la película. En todo momento intentaba adelantarme para tener preparada mi respuesta. Cada vez que me equivocaba o que no ejecutaba alguna acción en el momento adecuado, la puntuación bajaba y en la pantalla aparecía un aviso. Si cometía un error dos veces seguidas, aparecía un ÚLTIMO AVISO. No estaba seguro de qué sucedería si me equivocaba tres veces seguidas, pero suponía que, o bien sería expulsado de la puerta o mi avatar moriría sin más. Lo cierto es que no tenía ganas de descubrirlo.

Cada vez que realizaba siete acciones correctas o pronunciaba siete diálogos seguidos con exactitud, el juego me recompensaba con un potenciador llamado «chuleta». La próxima vez que no supiera qué hacer o qué decir, tenía la opción de seleccionar el icono de la chuleta y la frase o la acción correcta aparecían en la pantalla, como en una especie de teleprónter.

En las escenas en las que mi personaje no intervenía, el simulador pasaba a una perspectiva en tercera persona y lo único que tenía que hacer era sentarme y ver cómo transcurrían los acontecimientos, como si se tratara de la escena de un antiguo videojuego. En esos momentos podía relajarme hasta que mi personaje volvía a aparecer en pantalla. Durante una de aquellas pausas intenté acceder a la copia de la película del disco duro de mi consola de OASIS, con la intención de reproducirla en una ventana de mi pantalla y poder consultarla. Pero el sistema no me lo permitió. De hecho, descubrí que no podía abrir ninguna ventana cuando me encontraba en el interior de la puerta. Al intentarlo apareció el siguiente aviso: NADA DE TRAMPAS. UN INTENTO MÁS Y GAME OVER.

Por suerte, no necesité ayuda. Cuando reuní el máximo de cinco chuletas conseguí relajarme, y el juego empezó a resultarme divertido. No era difícil pasarlo bien dentro de una de mis pelis favoritas. Al rato, incluso llegué a descubrir que te daban puntos extra al pronunciar los diálogos en el tono exacto y con la misma inflexión de voz que en el original.

En aquel momento no lo sabía, pero acababa de convertirme en la primera persona del mundo en probar un nuevo tipo de videojuego. Cuando GSS se enteró de la simulación de *Juegos de guerra* que había en la Primera Puerta (lo que ocurrió poco después), la empresa se apresuró a patentar la idea y compró los derechos de películas y series de televisión antiguos para convertirlos en juegos interactivos de inmersión a los que llamaron Flicksyncs. Se hicieron muy populares y se creó un inmenso mercado de juegos que permitían actuar como protagonistas en las películas y series de televisión preferidas de todo el mundo.

Cuando llegué a las escenas finales, el cansancio empezaba a pasarme factura y noté que no controlaba bien mis movimientos. Llevaba más de veinticuatro horas sin dormir y había estado conectado todo el tiempo. La última acción que debía ejecutar consistía en indicar al superordenador WOPR que jugara al tres en raya consigo mismo. Como todos los juegos a los que jugaba el WOPR terminaban en tablas, aquello tuvo el efecto improbable de enseñar a la inteligencia artificial de la máquina que «lo único que había que hacer para ganar era no jugar». Y de ese modo se impidió que el WOPR lanzara todos los misiles balísticos intercontinentales de Estados Unidos contra la Unión Soviética.

Yo, David Lightman, adolescente y loco por la informática de las afueras de Seattle, había conseguido evitar sin ayuda de nadie el fin de la civilización.

Los presentes en el centro de control NORAD prorrumpieron en gritos de alegría y yo esperé a que aparecieran los créditos finales. Pero no ocurrió. En lugar de eso, los demás personajes se esfumaron y me dejaron solo en aquella gigantesca sala de operaciones militares. Al fijarme en el reflejo del monitor de un ordenador, comprobé que mi avatar ya no era como Matthew Broderick. Volvía a ser Parzival.

Miré alrededor por el centro de control sin dejar de preguntarme qué se suponía que debía hacer a continuación. En ese momento, todas las pantallas gigantes que tenía delante se pusieron en blanco y cuatro líneas de texto en letras verdes y resplandecientes aparecieron en ellas. Era otro acertijo:

Guarda la Llave de Jade el capitán
en una morada vieja y decadente.
Pero el silbato solo podrás hacer sonar
cuando todos los trofeos recolectes.

Permanecí allí unos segundos desconcertado, en silencio y sin dejar de contemplar las palabras. Cuando salí de mi asombro hice varias capturas de pantalla del texto. Mientras lo hacía, la Puerta de Cobre volvió a aparecer en una pared cercana. La puerta estaba abierta y a través de ella se veía el dormitorio de Halliday. Era la salida.

Lo había conseguido. Había franqueado la Primera Puerta. Miré hacia atrás y vi una vez más el acertijo en las pantallas. Había tardado varios años en descifrar la Quintilla y encontrar la Llave de Cobre. La primera impresión que me dio aquel nuevo acertijo era que me iba a llevar el mismo tiempo encontrar la Llave de Jade. No entendía ni una palabra. Pero estaba exhausto, y no era el momento de resolver adivinanzas. Apenas me quedaban fuerzas para mantener los ojos abiertos.

Salté hacia la salida y caí en el dormitorio de Halliday. Cuando me di la vuelta y volví a mirar la pared, descubrí que la puerta ya no estaba y que el póster de *Juegos de guerra* volvía a ocupar su lugar.

Revisé las estadísticas de mi avatar y descubrí que había ganado varios cientos de miles de puntos de experiencia por franquear la puerta, suficientes para que mi avatar subiera de nivel 10 a 20 de una vez. Después comprobé el Marcador:

RÉCORDS
1.	Parzival	110.000	⛩
2.	Art3mis	9.000	
3.	JDH	0000000	
4.	JDH	0000000	
5.	JDH	0000000	
6.	JDH	0000000	
7.	JDH	0000000	
8.	JDH	0000000	
9.	JDH	0000000	
10.	JDH	0000000	

Mi puntuación había aumentado en 100.000 puntos y junto a la cifra había aparecido el icono color cobrizo de una puerta. Era muy posible que los medios de comunicación (y seguramente todo el mundo) estuvieran siguiendo los resultados del Marcador en tiempo real, por lo que a esas alturas todo el mundo sabría que había franqueado la Primera Puerta.

Sea como fuere, me sentía demasiado agotado para pensar en las implicaciones. Solo pensaba en dormir.

Bajé corriendo hasta la cocina. Las llaves del coche de los Halliday estaban colgadas de una tabla con clavos junto a la nevera. Las cogí y salí deprisa. El coche (el que no se sostenía sobre bloques de hormigón) era un Ford Thunderbird de 1982. El motor se puso en marcha al segundo intento. Salí marcha atrás hasta la carretera y conduje hasta la estación de autobuses.

Desde allí me teletransporté hasta la terminal que quedaba junto a mi colegio, en Ludus. Al llegar, me fui directamente a mi taquilla, la abrí y metí en ella los tesoros recién adquiridos por mi avatar, la armadura y las armas, antes de desconectarme por fin de OASIS.

Cuando me quité el visor eran las 6.17 de la mañana. Me froté los ojos enrojecidos y eché un vistazo a la oscuridad de mi guarida mientras reflexionaba sobre todo lo que acababa de ocurrir.

Hasta ese momento no fui consciente del frío que hacía en la furgoneta. Había usado el pequeño calefactor a ratos durante toda la noche y se había acabado la batería. Estaba demasiado cansado para subir a la bicicleta estática y pedalear para recargarla. Y tampoco me sentía con fuerzas para regresar a la caravana de mi tía. De todos modos, pronto saldría el sol y sabía que, aunque me quedara dormido allí mismo, no iba a morir congelado.

Me dejé caer de la silla al suelo y me acurruqué dentro del saco de dormir. Cerré los ojos y empecé a pensar en el acertijo de la Llave de Jade. Pero caí rendido segundos después.

Tuve un sueño. Estaba solo y en pie en el centro de un campo de batalla arrasado con varios ejércitos distintos dispuestos contra mí. Un batallón de sixers estaba apostado delante y varios clanes de gunters me rodeaban por los demás flancos, blandiendo espadas, armas de fuego y otras de gran poder mágico.

Bajé la mirada y vi mi cuerpo. No era el cuerpo de Parzival, sino el mío. Llevaba una armadura hecha de papel. En la mano derecha sostenía una espada de plástico de juguete y en la izquierda, un gran huevo de cristal idéntico al que causa tantos problemas al personaje que interpreta Tom Cruise en *Risky Business*. No obstante, sabía que en el contexto del sueño ese debía de ser el Huevo de Pascua de Halliday.

Y estaba allí plantado, en aquel descampado, con él en la mano para que todo el mundo lo viera.

Todos a una, los ejércitos enemigos emitieron un fiero grito de guerra y cargaron contra mí. Se juntaron delante de mí, mientras enseñaban mucho los dientes y con los ojos inyectados en sangre. Venían a por el Huevo y yo no podía hacer nada para impedirlo.

Sabía que estaba soñando y esperaba despertar antes de que me dieran alcance. Pero no sucedió. El sueño siguió, me arrebataron el huevo y sentí que me desgarraban y hacían pedazos.

0012

Dormí más de doce horas seguidas y me salté todas
las clases. Cuando al fin desperté, me froté los ojos y me quedé un
rato tumbado en silencio mientras intentaba convencerme de que
lo que había ocurrido el día anterior había sucedido en realidad.
Todo me parecía un sueño, demasiado bueno para ser cierto. Acabé por coger el visor y conectarme a la red para asegurarme.

En todos los canales de noticias se veía una captura de pantalla del Marcador. Y el nombre de mi avatar figuraba en lo alto,
en primera posición. Art3mis seguía en segundo lugar pero su
puntuación había aumentado, ahora tenía 109.000, solo 1.000
menos que yo. Y, como en mi caso, junto a sus puntos también
había un icono de color cobre en forma de puerta.

Lo había conseguido. Mientras yo dormía, Art3mis había
descifrado la inscripción de la Llave de Cobre. Había viajado a
Middletown, localizado la puerta y se había pasado *Juegos de
guerra* escasas horas después de mí.

Mi hazaña ya no me impresionaba tanto.

Cambié de canal hasta que llegué a uno de los principales,
donde vi a dos hombres sentados frente a una captura de pantalla del Marcador. El de la izquierda, un señor de mediana edad
con aspecto de intelectual que según podía leerse era «Edgar Nash,
experto en gunters», parecía estar explicando las puntuaciones al
presentador que tenía al lado.

—... parece que el avatar llamado Parzival ha recibido algunos puntos más por ser el primero en encontrar la Llave de Cobre —afirmaba Nash, señalando el Marcador—. Y después, a primera hora de esta mañana, la puntuación de Parzival se ha incrementado otros cien mil puntos y ha aparecido el icono de una Puerta de Cobre junto a los dígitos. Pocas horas después se ha producido el mismo cambio en la puntuación de Art3mis. Eso parece indicar que los dos han encontrado la primera de las tres puertas.

—¿Las famosas tres puertas de las que James Halliday hablaba en el vídeo *Invitación de Anorak*? —preguntó el presentador.

—Exacto.

—Pero, señor Nash, después de cinco años, ¿cómo es que esos dos avatares han culminado la hazaña el mismo día con apenas unas horas de diferencia?

—Bien, en mi opinión solo existe una respuesta plausible. Esas dos personas, Parzival y Art3mis, deben de estar trabajando juntas. Seguramente las dos pertenecen a lo que se conoce como un «clan de gunters». Son grupos de cazadores del Huevo que...

Torcí el gesto y volví a recorrer los canales hasta que me topé con un reportero demasiado entusiasta que entrevistaba a Ogden Morrow vía satélite. Al mismísimo Ogden Morrow.

—... nos atiende desde su casa de Oregón. Gracias por acompañarnos hoy, señor Morrow.

—De nada —respondió Morrow.

Hacía casi seis años que no aparecía en los medios de comunicación, pero no parecía haber envejecido ni un solo día. Su despeinada cabellera gris y su barba larga lo convertían en una mezcla entre Albert Einstein y Papá Noel. Una mezcla que también hacía honor a los rasgos de su personalidad.

El periodista carraspeó con un nerviosismo muy patente.

—Permítame que empiece preguntándole por su reacción a los acontecimientos de las últimas veinticuatro horas. ¿Le ha sorprendido la aparición de esos nombres en el Marcador de Halliday?

—¿Sorprenderme? Sí, un poco, supongo. Pero quizás «emocionado» describe mejor cómo me siento. Al igual que todo el mundo, llevaba tiempo esperando a que esto sucediera. ¡No tenía claro que fuera a estar vivo para ver un momento así! Me alegro de estarlo. Es muy emocionante, ¿verdad?

—¿Cree usted que los dos gunters, Parzival y Art3mis, trabajan juntos?

—No tengo ni idea. Supongo que es posible.

—Como bien sabe, Gregarious Simulation Systems mantiene la confidencialidad de todos los datos relativos a los usuarios de OASIS, por lo que no podemos conocer sus verdaderas identidades. ¿Cree que alguno de ellos dará un paso al frente y la hará pública de manera voluntaria?

—Si tienen dos dedos de frente, no lo harán —respondió Morrow mientras se colocaba bien las gafas de montura metálica—. De estar en el pellejo de esos gunters, yo haría todo lo posible por mantener el anonimato.

—¿Por qué lo dice?

—Porque cuando el mundo descubra quiénes son no tendrán ni un segundo de tranquilidad. Cuando la gente cree que puedes ayudarles a encontrar el Huevo de Halliday, no te deja en paz. Hablo por experiencia.

—Sí, supongo que sabe de lo que habla. —El periodista esbozó una sonrisa forzada—. Sin embargo, este canal se ha puesto en contacto por correo electrónico tanto con Parzival como con Art3mis y les hemos ofrecido importantes sumas de dinero a cambio de que nos concedan entrevistas en exclusiva, ya sea en OASIS o aquí en el mundo real.

—Estoy seguro de que recibirán muchas ofertas parecidas. Pero dudo de que acepten —insistió Morrow, que miró a la cámara y me hizo sentir que se dirigía directamente a mí—. Alguien lo bastante listo como para hacer lo que acaban de hacer debería tener claro que no debe arriesgarse a perderlo todo por hablar con los buitres de la prensa.

El periodista soltó una risita nerviosa.

—Ah, señor Morrow, no creo que lo que ha dicho sea apropiado.

Morrow se encogió de hombros.

—Lástima. Yo sí lo creo.

El periodista volvió a carraspear.

—Bien, cambiando de tema... ¿Aventura usted alguna predicción sobre los cambios que puede llegar a experimentar el Marcador en las próximas semanas?

—Apuesto a que los ocho espacios libres no tardarán mucho en llenarse.

—¿Qué le lleva a pensarlo?

—Una persona puede guardar un secreto, pero dos no —respondió, mirando directamente a la cámara una vez más—. No lo sé. Tal vez me equivoque. Pero de una cosa sí estoy seguro. Los sixers van a usar todas las artimañas a su disposición para descubrir la ubicación de la Llave de Cobre y la Primera Puerta.

—¿Se refiere a los empleados de Innovative Online Industries?

—Sí, de IOI. Los sixers. Su único propósito es aprovecharse de los vacíos legales de las reglas de la competición y subvertir la intención del testamento de Jim. Lo que está en juego es el alma misma de OASIS. Lo último que habría querido Jim es que su creación cayera en manos de un conglomerado multinacional fascista como IOI.

—Señor Morrow. IOI es la propietaria de esta cadena...

—¡Claro que son los propietarios! —exclamó Morrow, triunfante—. ¡IOI es la propietaria de prácticamente todo! Incluido usted, jovencito. ¿No le tatuaron un código de barras en el culo cuando le contrataron para sentarse ahí y regurgitar propaganda de la empresa?

El periodista empezó a tartamudear y a mirar con nerviosismo a un punto que quedaba fuera del encuadre de la cámara.

—Eso, eso, deprisa. Corten antes de que diga algo más.

Y Morrow estalló en carcajadas un instante antes de que se interrumpiera su conexión vía satélite.

El periodista tardó unos segundos en recobrar la compostura y dijo:

—Gracias una vez más al señor Morrow por hablar con nosotros. Por desgracia no tenemos más tiempo para charlar con él. Y ahora pasamos la conexión a Judy, que se ha reunido con una mesa de prestigiosos expertos en Halliday...

Sonreí y apagué el canal de vídeo, valorando el consejo que acababa de ofrecerme el viejo Morrow. Siempre había sospechado que aquel hombre sabía más sobre la competición de lo que aparentaba.

* * *

Morrow y Halliday se habían criado juntos, habían fundado una empresa juntos y habían cambiado el mundo juntos. Pero Morrow había llevado una vida muy distinta de la de su socio, una vida con una relación mucho mayor con la humanidad. Y una dosis mucho mayor de tragedia.

A mediados de los noventa, cuando Gregarious Simulation Systems era solo Gregarious Games, Morrow se había mudado con su novia del instituto, Kira Underwood, una joven nacida y criada en Londres (su nombre verdadero era Karen, pero desde que había visto *El cristal oscuro* se hacía llamar Kira). Morrow la había conocido en el primer año de instituto, en el que la chica fue una estudiante de intercambio. En su autobiografía, el socio de Halliday había escrito que ella era «la friki por antonomasia», obsesionada con los Monty Python, los cómics, las novelas de fantasía y los videojuegos. Morrow y Kira compartieron algunas asignaturas y él se quedó prendado de ella casi de inmediato. La invitó a asistir a sus partidas semanales de *Dungeons & Dragons* (como había hecho con Halliday unos años antes) y, para su sorpresa, Kira aceptó. Morrow escribió al respecto:

«Era la única chica del grupo de rol y todos, sin excepción, nos enamoramos de ella, incluido Jim. Lo cierto es que fue Kira quien le puso el apodo de "Anorak", un término coloquial que se usaba en Inglaterra para referirse a los obsesos de la informática. Creo que Jim lo usó como nombre de su personaje de *D&D* para impresionarla. O tal vez fuera su manera de hacerle saber que entendía la broma. Jim se ponía muy nervioso en presencia de mujeres, y Kira fue la única chica con la que le vi hablando de manera relajada. Pero solo lo hacía como Anorak, dentro de las partidas. Y solo la llamaba Leucosia, el nombre del personaje de Kira en *D&D*».

Ogden y Kira empezaron a salir juntos. Cuando terminó el curso y a ella le llegó la hora de regresar a Londres, los dos se habían declarado ya mutuamente su amor. Siguieron en contacto durante el último curso: se enviaban correos electrónicos todos los días gracias a un sistema BBS anterior a internet llamado FidoNet. Cuando se graduaron, Kira regresó a Estados Unidos, se fue a vivir con Morrow y se convirtió en una de las primeras empleadas de Gregarious Games. (Durante los primeros dos años, fue la única integrante del departamento artístico.) Se prometieron pocos años después del lanzamiento de OASIS. Se casaron al cabo de un año, y Kira renunció a su cargo de directora artística de GSS. (También era millonaria gracias a las acciones que tenía en la empresa.) Morrow se quedó en GSS cinco años más. Y entonces, en el verano de 2022, anunció que abandonaba la compañía. En aquel momento atribuyó su decisión a «razones personales». Pero años después escribiría en su biografía que se había marchado de GSS porque «ya no estaban en la industria de los videojuegos» y porque creía que OASIS había evolucionado hasta convertirse en algo horrible. «Se ha convertido en una cárcel autoimpuesta para la humanidad», escribió. «En un lugar agradable donde la gente se evade de sus problemas mientras la civilización se hunde poco a poco, más que nada por falta de atención.»

Según algunos rumores, Morrow había optado por irse a causa de un profundo desacuerdo con Halliday. Ninguno de los dos confirmaría ni negaría el rumor y nadie parecía saber qué clase de disputa era la que había terminado con una amistad de toda la vida. Pero fuentes de la empresa afirmaron que en el momento de la renuncia de Morrow, Halliday y él llevaban ya varios años sin hablarse. Morrow hasta vendió todas sus acciones a su socio por una cifra indeterminada cuando abandonó GSS.

Ogden y Kira se «retiraron» a su casa de Oregón y fundaron una empresa de *software* educativo sin ánimo de lucro, Halcydonia Interactive, dedicada al desarrollo de juegos de aventuras interactivos para niños. Crecí jugando con ellos y siempre estaban ambientados en el reino mágico de Halcydonia. Los juegos de Morrow me alejaban de mi entorno deprimente, ya que no era más que un niño solitario que se criaba en las torres. También aprendí matemáticas, resolución de problemas y de paso me servían para mejorar mi autoestima. En cierto sentido, los Morrow fueron mis primeros maestros.

Durante los siguientes diez años, Ogden y Kira disfrutaron de una existencia feliz y apacible. Vivieron y trabajaron juntos, y también disfrutaron de cierta soledad. Intentaron tener hijos, pero no pudo ser. Habían empezado a pensar en la adopción cuando, en el invierno de 2034, Kira perdió la vida en una helada carretera de montaña a pocos kilómetros de su casa.

Después de lo ocurrido, Ogden siguió dirigiendo Halcydonia Interactive en solitario. Logró mantenerse fuera de la vida pública hasta la mañana en que se hizo público el fallecimiento de Halliday. Su casa se vio asediada por los medios de comunicación. Como había sido su mejor amigo, todo el mundo daba por supuesto que solo él sabría explicar por qué el difunto multimillonario había decidido donar toda su enorme fortuna. Morrow terminó por ofrecer una rueda de prensa para quitarse a todo el mundo de encima. Había sido la última vez que había hablado con la prensa hasta hoy, y yo había visto muchísimas veces el vídeo de aquella aparición pública.

Morrow empezaba leyendo una breve declaración en la que afirmaba que llevaba más de diez años sin ver a Halliday ni hablar con él.

—Tuvimos un desencuentro —manifestaba—. Me niego a hablar de ello, ahora o en cualquier otro momento. Baste decir que no me comunico con él desde hace más de diez años.

—¿Entonces por qué le ha dejado Halliday su inmensa colección de recreativas? —preguntaba un periodista—. El resto de sus posesiones van a ser subastadas. Si no seguían siendo amigos, ¿por qué es usted la única persona a la que ha dejado algo?

—No tengo ni idea —se limitaba a responder Morrow.

Otro periodista le preguntaba si pensaba participar en la búsqueda del Huevo de Pascua, ya que como conocía tan bien a Halliday era probable que tuviera más oportunidades de encontrarlo que los demás. Morrow le recordó a ese periodista que las reglas establecidas en el testamento dejaban claro que en la competición no podía participar nadie que trabajara o hubiera trabajado alguna vez para Gregarious Simulation Systems ni ninguno de sus parientes cercanos.

—¿Tuvo usted algún conocimiento de lo que preparaba Halliday durante los años que el fallecido pasó incomunicado? —preguntaba otra persona.

—No. Suponía que quizás estaba trabajando en algún nuevo juego. Jim siempre estaba trabajando en juegos nuevos. Para él, crear juegos era tan necesario como respirar. Pero jamás imaginé que planeara algo... de semejante magnitud.

—Al tratarse de la persona que mejor lo conocía, ¿tiene usted algún consejo que dar a los millones de personas que ya han empezado a buscar su Huevo de Pascua?

—Diría que Jim lo dejó muy claro —replicó Morrow llevándose el dedo a la sien varias veces, como hacía Halliday en el vídeo *Invitación de Anorak*—. Jim siempre quiso que todo el mundo compartiera sus obsesiones, que a todo el mundo le encantaran las mismas cosas que a él. Creo que esta competición es su manera de incentivar a todo el mundo para hacerlo.

• • •

Apagué el canal donde aparecía Morrow y revisé mis correos electrónicos. El sistema me informó de que había recibido más de dos millones de mensajes no solicitados. Se archivaban de manera automática en una carpeta separada, por lo que podía revisarlos más tarde. En el buzón de entrada solo tenía dos de personas que figuraban en mi lista de contactos. Uno era de Hache. El otro, de Art3mis.

Abrí primero el de Hache. Era un videomail, y el rostro de su avatar apareció en una ventana.

—¡Joder, tío! —exclamaba—. ¡No me lo puedo creer! ¿Ya has franqueado la puta Primera Puerta y todavía no me has llamado? Llámame, cabrón. ¡Ahora mismo! ¡En cuanto veas esto!

Me planteé la posibilidad de esperar unos días antes de hacerlo, pero no tardé en arrepentirme. Tenía que hablar con alguien de todo lo ocurrido, y Hache era mi mejor amigo. Si podía confiar en alguien, era en él.

Respondió al primer tono, y su avatar apareció en otra ventana, frente a mí.

—Pero ¡qué perro eres! ¡Qué perro genial, astuto y retorcido!

—Hola, Hache —dije, fingiendo no inmutarme—. ¿Qué hay de nuevo?

—¿Que qué hay de nuevo? ¿Que qué hay de nuevo? ¿Además de que he visto que el nombre de mi mejor amigo aparece el primero en el Marcador? ¿Además de eso? —Se inclinó hacia delante, hasta que su boca ocupó por completo la imagen, y gritó—: ¡Además de eso, no ha ocurrido gran cosa! ¡Ninguna otra novedad!

Me eché a reír.

—Siento haber tardado tanto en responder. Ayer me acosté un poco tarde.

—Pues claro que te habrás acostado tarde —dijo—. ¡Mírate! ¿Cómo puedes estar tan tranquilo? ¿Es que no te das cuenta de lo que significa? ¡Es una pasada! ¡Es más que épico! ¡Felicidades, tío, joder! —Empezó a hacerme reverencias sin parar, una tras otra—. ¡No soy digno!

—Para ya, tío. No hay para tanto. Todavía no he ganado nada...

—¿No hay para tanto? —volvió a gritar—. ¡NO-HAY-PARA-TANTO! ¿Me estás tomando el pelo? Pero si eres una leyenda, tío. Te has convertido en el primer gunter de la historia en encontrar la Llave de Cobre. Y en franquear la Primera Puerta. A partir de este momento eres un dios. ¿Es que no te das cuenta, insensato?

—Te lo digo en serio. Basta. No necesito que me metas más miedo en el cuerpo. Con el que ya tengo me sobra.

—¿Has visto las noticias? Todo el mundo está alucinando. ¡Y los mensajes en los foros de gunters echan humo! Todos hablan de ti, compadre.

—Lo sé. Mira, espero que no estés enfadado conmigo por no decirte nada. Se me hacía raro no devolverte las llamadas ni contarte en qué andaba metido...

—Vamos, tío. —Puso los ojos en blanco para quitarle hierro al asunto—. Sabes muy bien que en tu lugar yo habría hecho exactamente lo mismo. El juego hay que jugarlo así. Pero... —Se puso más serio— me intriga saber cómo fue que esa Art3mis logró encontrar la Llave de Cobre y franquear la puerta inmediatamente después de ti. Todo el mundo piensa que los dos trabajáis juntos, pero sé que es mentira. Así que cuéntame qué ha pasado. ¿Te estaba siguiendo o algo así?

Negué con la cabeza.

—No. Art3mis ya había encontrado el escondite de la llave antes que yo. Según me dijo, el mes pasado. Pero hasta ahora no ha sido capaz de hacerse con ella. —Me quedé en silencio unos instantes—. La verdad es que no puedo entrar en muchos detalles sin... ya sabes...

Hache levantó las manos.

—No te preocupes. Lo entiendo perfectamente. No quisiera que se te escapara algo sin querer. —Me dedicó su característica sonrisa de gato de Cheshire, y sus dientes blancos y resplandecientes ocuparon la mitad de la ventana—. La verdad es que deberías saber dónde estoy en estos momentos...

Ajustó la cámara virtual para mostrar un plano más general del lugar en el que se encontraba. Vi que estaba en lo alto de la colina de cima plana, en el exterior de la Tumba de los Horrores.

Me quedé boquiabierto.

—¿Cómo coño has...?

—Bueno, cuando anoche vi tu nombre en todos los canales de noticias pensé que nunca habías tenido la pasta suficiente para viajar mucho. Para viajar a secas, en realidad. Así que se me ocurrió que si habías encontrado el escondite de la Llave de Cobre tenía que haber sido cerca de Ludus. O tal vez en Ludus.

—Bien pensado —le dije, con sinceridad.

—No tanto. Me pasé horas rebuscando en mi cerebro de pulga hasta que di con la idea de sacar el mapa de Ludus y buscar en él las características descritas en el módulo de *La Tumba de los Horrores*. Y cuando las encontré, todo encajó. Y ahora estoy aquí.

—Enhorabuena.

—Bueno, sí. Ha sido bastante fácil gracias a ti. —Se giró para echar un vistazo a la tumba—. Llevo años buscando este lugar y ahora descubro que se puede llegar caminando a él desde mi escuela. Me siento como un gilipollas integral por no haberlo pensado antes.

—No eres ningún gilipollas —dije—. Has tenido que descifrar la Quintilla por tu cuenta, de otro modo no habrías sabido siquiera lo del módulo de *La Tumba de los Horrores*, ¿no?

—¿O sea, que no estás cabreado? —me preguntó—. ¿Porque me haya aprovechado de lo que sabía de ti?

Negué con la cabeza.

—Claro que no. Yo habría hecho lo mismo.

—En cualquier caso, te debo una. Y no lo olvidaré.

Le señalé la tumba con un movimiento de cabeza.

—¿Ya has estado dentro?

—Sí. He salido para llamarte mientras espero a que el servidor se reinicie a medianoche. La tumba está vacía; tu amiga Art3mis ha pasado por aquí hace unas horas.

—No somos amigos —puntualicé—. Ella apareció unos minutos después de que yo obtuviera la llave.

—¿Y luchasteis?

—No. La tumba no es una zona PvP. —Consulté la hora—. Aún tienes que esperar unas horas hasta que se reinicie.

—Sí, he estudiado el módulo original de *Dungeons & Dragons* para prepararme —añadió—. ¿Quieres darme algún consejo?

Sonreí.

—No, la verdad es que no.

—Ya me parecía a mí. —Hizo una breve pausa—. Oye, tengo que preguntarte algo. ¿En tu escuela hay alguien que sepa el nombre de tu avatar?

—No. Siempre me he preocupado por mantenerlo en secreto. Allí nadie me conoce como Parzival. Ni los profesores.

—Bien. Yo he tomado las mismas precauciones. Por desgracia, varios de los gunters que frecuentan el Sótano saben que tanto tú como yo vamos a clase en Ludus, por lo que es posible que aten cabos. Me preocupa uno en particular...

El pánico se apoderó de mí.

—¿I-r0k?

Hache asintió.

—No ha dejado de llamarme desde que tu nombre apareció en el Marcador para preguntarme qué sé del tema. Yo me he hecho el tonto y al parecer ha colado. Pero cuando mi nombre también aparezca en el Marcador estoy seguro de que empezará a presumir de que nos conoce. Y cuando le diga a otros gunters que somos alumnos de Ludus...

—¡Mierda! —solté—. Todos los gunters del simulador vendrán para buscar la Llave de Cobre.

—Exacto —corroboró Hache—. Y la ubicación de la tumba no tardará mucho en ser de dominio público.

Respiré hondo.

—En ese caso, será mejor que consigas la llave antes de que suceda.

—Haré lo que pueda. —Levantó una copia del módulo de *La Tumba de los Horrores*—. Ahora, si me disculpas, voy a releer esto. Van más de cien veces solo hoy.

—Buena suerte, Hache —le dije—. Llámame cuando hayas franqueado la puerta.

—Si es que franqueo la puerta.

—Lo harás. Y cuando lo hagas, nos veremos en el Sótano y hablaremos.

—De acuerdo, compadre.

Se despidió de mí con la mano y, cuando estaba a punto de colgar, añadí algo:

—Oye, Hache.

—¿Sí?

—Tal vez te convenga desengrasar un poco tus dotes para las justas —dije—. Ya sabes, en el tiempo que te queda hasta medianoche.

Por un momento pareció desconcertado, pero luego comprendió y me sonrió.

—Te sigo. Gracias, tío.

—Buena suerte.

La ventana de vídeo se apagó, y me pregunté cómo nos apañaríamos Hache y yo para seguir siendo amigos ante todo lo que se nos venía encima. No queríamos hacer equipo entre nosotros, por lo que a partir de ese momento pasábamos a ser competidores. ¿Lamentaría en el futuro haberle ayudado ese día? ¿O me arrepentiría de haberlo conducido sin darme cuenta hasta el escondite de la Llave de Cobre?

Dejé de pensar en eso y abrí el correo electrónico de Art3mis. Era un anticuado mensaje de texto:

> Querido Parzival:
>
> ¡Enhorabuena! ¿Lo ves? Ya eres famoso, como te anticipé. Aunque al final somos los dos los que nos hemos convertido en el centro de atención. Da un poco de miedo, ¿verdad?
>
> Gracias por chivarme lo de jugar a la izquierda. Tenías razón. No sé por qué, pero el caso es que funcionó. Ahora, no creas que estoy en deuda contigo ni nada parecido, señorito. :-)
>
> Lo de la Primera Puerta es bastante fuerte, ¿no? No tiene nada que ver con lo que imaginaba. No habría estado mal que Halliday me hubiera dado la opción de interpretar a Ally Sheedy, pero en fin.
>
> Este acertijo nuevo es muy enrevesado, ¿no crees? Espero que no tardemos otros cinco años en descifrarlo.
>
> Bueno, que solo quería decirte que para mí ha sido todo un honor conocerte. Espero que nuestros caminos vuelvan a cruzarse pronto.
>
> Sinceramente, Art3mis.
>
> P.D.: Disfruta del primer puesto mientras puedas, tío. No va a durar mucho.

Releí el mensaje varias veces, sin dejar de sonreír como un atontado, y luego escribí la respuesta:

Querida Art3mis:

Enhorabuena a ti también. Estabas en lo cierto. La competitividad saca lo mejor que hay en ti.

De nada por el consejo de jugar a la izquierda. Aunque está claro que sí me debes una. :-)

El nuevo acertijo está chupado. De hecho, creo que ya lo tengo resuelto. ¿Qué es lo que no entiendes?

Para mí también ha sido un honor conocerte. Si alguna vez te apetece que nos veamos en algún chat, dímelo.

QLFTA,

Parzival

P.D.: ¿Me estás retando? Aquí la espero, señorita.

Tras reescribirlo una docena de veces, pulsé la tecla de EN-VIAR. En ese momento abrí la captura de pantalla del acertijo de la Llave de Jade y me dispuse a estudiarlo, sílaba por sílaba. Pero no podía concentrarme. Por más que lo intentaba, mi cabeza no podía dejar de pensar en Art3mis.

0013

Hache franqueó la Primera Puerta a primera hora del día siguiente.

Su nombre apareció en el Marcador en tercera posición con 108.000. El valor por obtener la Llave de Cobre había disminuido otros 1.000, pero el de franquear la Primera Puerta seguía siendo de 100.000.

Regresé al instituto esa misma mañana. Me planteé la posibilidad de decir que estaba enfermo, pero temía que mi ausencia despertara sospechas. Al llegar me di cuenta de que no tenía por qué haberme preocupado. A causa del renovado interés por la Cacería, más de la mitad del alumnado y bastantes profesores ni se molestaron en presentarse. Como en el centro todo el mundo me conocía por Wade3, nadie parecía reparar en mí. Recorría los pasillos sin llamar la atención, y llegué a la conclusión de que eso de tener una identidad secreta estaba muy bien. Me hacía sentirme como Clark Kent o Peter Parker. Se me ocurrió que a mi padre le habría encantado.

Esa tarde, I-r0k nos envió a Hache y a mí correos electrónicos para chantajearnos. Dijo que si no le revelábamos dónde se encontraban la Llave de Cobre y la Primera Puerta colgaría todo lo que sabía de nosotros en todos los foros de gunters que encontrara. Como nos negamos, cumplió con su amenaza y empezó a contar a quienes quisieran escucharle que Hache y yo estudiábamos en Ludus. Como no tenía modo de demostrar que nos conocía y para entonces ya había centenares de gunters que aseguraban ser nuestros amigos íntimos, Hache y yo confiábamos en que sus palabras pasaran desapercibidas. Pero no fue así, claro. Otros dos gunters fueron lo bastante avispados para atar cabos entre Ludus, la Quintilla y *La Tumba de los Horrores*. El día después de que I-r0k hiciera saltar la liebre, el nombre «Daito» apareció en la cuarta posición del Marcador. Apenas quince minutos después, el nombre «Shoto» apareció en quinto lugar. De alguna manera se habían apañado para conseguir la Llave de Cobre el mismo día sin tener que esperar a que se reiniciara el servidor a medianoche. Unas horas después, tanto Daito como Shoto franquearon la Primera Puerta.

Nadie había oído hablar de aquellos avatares hasta entonces, pero sus nombres parecían indicar que trabajaban juntos, bien en pareja o como integrantes de un clan. *Shoto* y *daito* eran los nombres japoneses de las espadas corta y larga, respectivamente, que usaban los samuráis. Cuando se empleaban combinadas, las espadas se llamaban *daisho*, apodo por el que no tardaron en ser conocidos.

Solo habían pasado cuatro días desde que mi nombre apareciera en el Marcador, y cada uno de esos días había aparecido un nombre nuevo debajo del mío. El secreto ya no era tal, y la Cacería parecía haber acelerado el ritmo.

Aquella semana no lograba concentrarme en lo que decían mis profesores. Por suerte, apenas quedaban dos meses de clase y ya había conseguido los créditos necesarios para graduarme, aunque a partir de entonces no tuviera nada que hacer. Iba de una clase a otra como si estuviera en una nube, sin dejar de pensar en el acertijo de la Llave de Jade, que no dejaba de recitar en mi cabeza:

> *Guarda la Llave de Jade el capitán*
> *en una morada vieja y decadente.*
> *Pero el silbato solo podrás hacer sonar*
> *cuando todos los trofeos recolectes.*

Según el libro de Literatura, un poema de cuatro versos con rima alterna se llamaba «cuarteto», por lo que fue así como pasó a llamarse el acertijo. Todas las noches después de clase, me desconectaba de OASIS y llenaba las páginas en blanco de mi Diario del Santo Grial con posibles interpretaciones del Cuarteto.

¿A qué capitán se refería Anorak? ¿Al Capitán Canguro? ¿Al Capitán América? ¿Al Capitán Buck Rogers del siglo XXV?

¿Y dónde coño se encontraba esa «morada vieja y decadente»? Esa parte de la pista era tan vaga que resultaba desesperante. La casa de Middletown en la que Halliday había pasado su infancia no podía considerarse «decadente», pero podía referirse a cualquier otra casa de su ciudad natal. No obstante, era demasiado fácil y se encontraba muy cerca del escondite de la Llave de Cobre.

En un primer momento pensé que esa «morada decadente» podía hacer referencia a la película *La revancha de los novatos*, una de las favoritas de Halliday. En ella, los novatos alquilan una casa decadente y la arreglan (en una de esas escenas musicales tan típicas de los ochenta). Decidí visitar una recreación de la casa de *La revancha de los novatos* en el planeta Skolnick, pero pasé un día entero buscando y no encontré nada.

Los últimos dos versos del Cuarteto también me resultaban todo un misterio. Parecían decir que, una vez encontrada la morada decadente, había que recolectar varios trofeos y después soplar un silbato. Quizá lo del silbato fuera en sentido figurado y significara «alertar de algo» o «revelar algo». Fuera como fuese, aquello no tenía ningún sentido. Pero no dejé de repasar los versos, palabra por palabra, hasta que mi cerebro llegó a parecer un tubo de pasta de dientes Aquafresh.

. . .

Al salir de clase ese viernes, el día en que Daito y Shoto franquearon la Primera Puerta, me encontraba sentado en un lugar apartado a pocos kilómetros del colegio en lo alto de una colina de laderas empinadas con un único árbol en la cima. Me gustaba ir allí a leer, hacer los deberes o simplemente a disfrutar de las vistas de los prados verdes de los alrededores. En el mundo real no podía contemplar paisajes como ese.

Ahí sentado empecé a revisar los millones de mensajes que aún atestaban mi bandeja de entrada. Lo había hecho durante toda la semana. Había recibido mensajes de personas de todo el mundo. Cartas de felicitación. Súplicas de ayuda. Amenazas de muerte. Peticiones de entrevistas. Varias diatribas largas e incoherentes de gunters a quienes, sin duda, la búsqueda del Huevo había llevado a la locura. También había recibido invitaciones para unirme a cuatro de los mayores clanes de gunters: los Ovicaptors, el Clan Destiny, los Key Masters y el Team Banzai. A los cuatro les había respondido que no, gracias.

Cuando me cansé de leer los correos de mis «fans», empecé a revisar los etiquetados como «trabajo» y eché un vistazo a algunos. Descubrí que había recibido varias ofertas de estudios de cine y editoriales que estaban interesados en comprar los derechos de mi biografía. Los borré todos, ya que había decidido no revelar jamás mi verdadera identidad al mundo. Al menos hasta que encontrara el Huevo.

También recibí algunas propuestas de empresas que querían comprar los derechos para usar el nombre y el rostro de Parzival en sus servicios y productos. Un vendedor de componentes electrónicos estaba interesado en usar mi avatar para promocionar su línea de *hardware* de inmersión para OASIS y vender visores, guantes y equipos hápticos «certificados por Parzival». También me hicieron ofertas una franquicia de pizzas a domicilio, un fabricante de zapatos y una tienda *online* que vendía aspectos a medida para avatares. Había incluso una empresa de juguetes que quería fabricar una línea de fiambreras y figuras de acción con la imagen de Parzival. Todas las empresas se ofrecían a pagarme en créditos de OASIS, que se transferirían directamente a la cuenta de mi avatar.

No podía creer en mi buena suerte.

Respondí a todas las ofertas de derechos de imagen informando de que aceptaba bajo las siguientes condiciones: no tener que revelar mi verdadera identidad y cerrar los tratos a través de mi avatar en OASIS.

En menos de una hora, empecé a recibir respuestas con contratos adjuntos. No podía permitirme que un abogado los revisara, pero como todos ellos no excedían el año de duración, decidí firmarlos electrónicamente y enviarlos junto con un modelo de mi avatar en tres dimensiones para uso publicitario. También me pedían una grabación de la voz de mi avatar, por lo que envié un clip sintetizado con una voz profunda y grave que hacía que me pareciera a uno de esos tipos que doblaban los tráileres de las películas.

Una vez que lo hubieron recibido todo, los nuevos patrocinadores de mi avatar me informaron de que me enviarían los primeros pagos a mi cuenta de OASIS en el plazo de cuarenta y ocho horas. La cantidad de dinero que iba a recibir no me haría rico, en absoluto. Pero para un joven que se había criado en la pobreza, representaba una fortuna.

Hice unos cálculos rápidos. Si moderaba los gastos, me alcanzaría para irme de las torres y alquilar un pequeño apartamento en alguna parte. Al menos durante un año. La mera idea me ponía nervioso y me emocionaba. Desde que tenía uso de razón había soñado con largarme de las torres y parecía que mi sueño estaba a punto de hacerse realidad.

Después de ocuparme de los contratos, seguí revisando los correos electrónicos. Ordené por remitente los mensajes que quedaban y descubrí que había recibido más de cinco mil de Innovative Online Industries. Lo que habían hecho en realidad era enviarme cinco mil copias del mismo correo electrónico. Me habían reenviado el mismo mensaje durante toda la semana, desde el momento en que mi nombre apareció en primera posición del Marcador. Y no habían dejado de hacerlo, a ritmo de uno por minuto.

Los sixers también me bombardeaban a mensajes para asegurarse de que no pasaban inadvertidos.

Todos los correos llevaban la etiqueta de «máxima prioridad» y estaban encabezados por el asunto: PROPOSICIÓN URGENTE DE NEGOCIO: POR FAVOR, LEER INMEDIATAMENTE.

En cuanto abrí el primero, IOI recibió acuse de recibo y supieron que al fin había abierto el mensaje. A partir de ese momento, dejaron de enviarme más.

Querido Parzival:
En primer lugar, permítame felicitarle por sus recientes logros, que en Innovative Online Industries valoramos en gran medida.

En representación de IOI, deseo presentarle una propuesta de negocio muy lucrativa que podríamos abordar en detalle en una sesión privada de chatlink. Por favor, póngase en contacto conmigo a través de la tarjeta adjunta lo antes posible, en el momento del día o de la noche que estime más conveniente.

Dada nuestra reputación entre la comunidad gunter, entendería su reticencia a hablar conmigo. Sin embargo, espero que sea consciente de que si decide no aceptar nuestra propuesta, nuestra intención es tantear a todos sus competidores. Esperamos que por lo menos nos conceda el honor de ser el primero en sopesar nuestra generosa oferta. No tiene nada que perder.

Gracias por la atención que nos ha dedicado. Espero poder hablar pronto con usted.

Atentamente,

Nolan Sorrento
Jefe de Operaciones
Innovative Online Industries

A pesar del tono comedido y razonable del mensaje, contenía una amenaza tácita más que clara: los sixers querían reclutarme. O pagarme para que les dijera cómo localizar la Llave de Cobre y franquear la Primera Puerta. Si me negaba, extenderían su propuesta primero a Art3mis, después a Hache y luego a Daito, a Shoto y a todos los gunters que lograran colocar su nombre en el Marcador. Aquellos repugnantes empresarios sin escrúpulos no pararían hasta que encontraran a alguien tan tonto o desesperado para claudicar y venderles la información que necesitaban.

Mi primer impulso fue borrar todas las copias del correo y

hacer como si no lo hubiera recibido nunca, pero cambié de opinión. Quería saber con exactitud qué era lo que iba a ofrecerme IOI. Tampoco pensaba dejar escapar la oportunidad de conocer a Nolan Sorrento, el infame líder de los sixers. Si el encuentro se producía a través de chatlink no había peligro alguno, siempre que tuviera cuidado con mis palabras.

Estuve tentado de teletransportarme hasta Incipio antes de la «entrevista» para comprar un nuevo aspecto a mi avatar. Un traje a medida, tal vez. Algo vistoso y caro. Pero luego lo pensé mejor. No tenía que demostrarle nada a ese gilipollas. Además, era famoso. Iba a ir a la reunión con el aspecto básico y con una actitud despectiva. Escucharía su oferta y luego le diría que besara mi culo digital. A lo mejor hasta me daba por grabar la conversación y subirla a YouTube.

Para preparar la reunión, abrí un navegador y averigüé todo lo que pude sobre Nolan Sorrento. Tenía un doctorado en Informática. Antes de convertirse en jefe de operaciones de IOI, había sido un importante diseñador de juegos y supervisado el desarrollo de varios juegos de rol *third-party* que podían jugarse en OASIS. Yo había jugado a todos, y lo cierto es que eran muy buenos. Se le daba muy bien escribir en código antes de vender el alma al diablo. Estaba claro por qué IOI lo había contratado para dirigir a sus lacayos. Suponían que, tratándose de un diseñador de videojuegos, tendría más probabilidades de resolver el gran rompecabezas del videojuego de Halliday. Pero Sorrento y los sixers llevaban más de cinco años intentándolo y aún no habían conseguido nada. Dado que los nombres de algunos avatares aparecían en el Marcador en un goteo incesante, los peces gordos de IOI debían de estar muy enfadados. Era muy probable que Sorrento estuviera recibiendo muchas presiones de sus superiores. Me preguntaba si aquel intento de reclutarme había sido idea suya o si alguien le habría ordenado que lo hiciera.

Cuando terminé de estudiar a Sorrento, estaba preparado para sentarme con el mismísimo diablo. Abrí la tarjeta de contacto que venía adjunta a su correo electrónico y toqué el icono de invitación al chatlink que figuraba en la parte inferior.

0014

Al conectarme a la sesión de chatlink, mi avatar se materializó en una enorme cubierta de observación con vistas espectaculares a más de una docena de planetas de OASIS suspendidos en la negrura del espacio al otro lado de un ventanal curvado. El lugar parecía una estación espacial o una nave de transporte de grandes dimensiones. No podía afirmarlo a ciencia cierta.

Las sesiones de chatlink funcionaban de un modo distinto a las salas de chat y resultaban mucho más caras de crear. Cuando abrías un chatlink, una copia inmaterial de tu avatar se proyectaba en otro lugar de OASIS. Tu avatar no estaba allí en realidad por lo que para los demás avatares se presentaba como una aparición un tanto transparente. Aun así, podías interactuar con el entorno de manera limitada: cruzar puertas, sentarte en sillas... Esas cosas. Los chatlink se usaban sobre todo para asuntos de negocios cuando alguna empresa quería celebrar una reunión en un punto concreto de OASIS sin tener que invertir tiempo y dinero transportando a todos los avatares allí. Esta era la primera vez que usaba el servicio.

Me giré y vi que mi avatar estaba de pie ante el gran mostrador semicircular de una recepción. El logo de IOI —unas letras gigantescas y cromadas que se solapaban unas a otras y eran de cinco metros de altura— flotaba sobre él. Al acercarme, una recepcionista rubia de una belleza inconcebible se puso en pie para saludarme.

—Señor Parzival —me dijo, inclinando un poco la cabeza—. ¡Bienvenido a Innovative Online Industries! Aguarde un momento. El señor Sorrento se encuentra de camino para recibirle.

No entendía bien cómo lo sabía, pues no había avisado de mi visita. Mientras esperaba, intenté activar el grabador de vídeo de mi avatar, pero IOI había desactivado las grabaciones en esta sesión de chatlink. Era evidente que no querían que tuviera pruebas de lo que estaba a punto de suceder. O sea, que adiós a mi plan de colgar la entrevista en YouTube.

Menos de un minuto después, otro avatar atravesó una serie de puertas situadas en el lado opuesto de la cubierta de observación. Se dirigió directamente hacia donde me encontraba mientras sus botas resonaban en el suelo pulido. Era Sorrento. Lo reconocí porque no usaba un avatar estándar de sixer, uno de los privilegios de su cargo. El rostro de su avatar coincidía con las fotos que había visto en la red. Pelo rubio, ojos castaños, nariz aguileña. Por otra parte, sí llevaba el uniforme protocolario de los sixers. Un mono azul marino con hombreras doradas y un logo de IOI plateado en la pechera derecha con su número de empleado inscrito debajo: 655321.

—¡Al fin! —dijo mientras se acercaba, sonriendo como un chacal—. ¡El famoso Parzival nos honra con su presencia! —Extendió la mano derecha, enguantada—. Soy Nolan Sorrento, jefe de operaciones. Es un honor conocerle.

—Sí —contesté yo, haciendo esfuerzos por mostrarme distante—. Lo mismo digo, supongo.

A pesar de ser una proyección de chatlink, mi avatar podía simular que estrechaba la mano que me extendía, pero en lugar de eso me quedé mirándosela como si me estuviera ofreciendo una rata muerta. La bajó transcurridos unos segundos, pero la sonrisa no desapareció de su gesto. La exageró aún más.

—Sígame, por favor.

Me condujo por la cubierta hacia las puertas automáticas, que se abrieron y dieron paso a un muelle de lanzamiento en el que no había más que un transbordador interplanetario con el logo de

IOI. Sorrento empezó a embarcar, pero yo me detuve al pie de la rampa.

—¿Por qué te has molestado en traerme hasta aquí por chatlink? —pregunté, señalando lo que teníamos alrededor—. ¿Por qué no me sueltas tu perorata de comercial en una sala de chat?

—Permítame hacerlo, por favor —insistió—. Este chatlink forma parte de nuestra perorata comercial. Nos gustaría que experimentara la sensación de estar visitando nuestra sede central en persona.

«Sí, claro —pensé—. Si hubiera venido en persona, mi avatar estaría rodeado de miles de sixers y podríais hacer conmigo lo que quisierais.»

Me subí con él al transbordador. La rampa se retiró y despegamos del muelle. A través de las ventanas panorámicas de la nave vi que nos alejábamos de una de las estaciones espaciales orbitales de los sixers. Suspendido delante de nosotros se divisaba IOI-1, un inmenso planeta cromado. Me recordaba a las esferas flotantes y asesinas de las películas de la saga *Phantasma*. Los gunters lo llamaban el «hogar de los sixers». Lo habían creado poco después de que empezara la competición para usarlo de base de operaciones *online* de IOI.

El transbordador, que parecía viajar con el piloto automático activado, no tardó en llegar al planeta y empezó a sobrevolar su superficie espejada. Miré por la ventana mientras dábamos una vuelta completa a su órbita. Que yo supiera ningún otro gunter había realizado una visita guiada como esa.

De polo a polo, IOI-1 estaba repleto de arsenales, búnkeres, almacenes y hangares. También vi repartidos por la superficie varios aeródromos, donde hileras de resplandecientes cañoneras, naves espaciales y tanques de batalla mecanizados aguardaban el momento de pasar a la acción. Sorrento permaneció en silencio mientras sobrevolábamos la armada sixer. Dejó que asimilara lo que estaba viendo.

Había visto imágenes de la superficie de IOI-1 en ocasiones anteriores, pero eran de baja resolución y tomadas desde una órbita alta, desde el otro lado de la impresionante retícula defensiva del planeta. Los clanes más importantes llevaban años discutiendo abiertamente sobre la conveniencia de bombardear con armamento nuclear el Complejo de Operaciones Sixer, pero nunca habían logrado traspasar la retícula defensiva ni llegar a la superficie del planeta.

Cuando completamos la órbita, el Complejo de Operaciones de IOI apareció en nuestro campo de visión. Estaba formado por tres torres de superficies espejadas: dos rascacielos rectangulares a ambos lados de otro circular. Vistos desde arriba, los tres edificios formaban las iniciales IOI.

El transbordador se detuvo y quedó suspendido sobre la torre en forma de O, para luego descender hasta una pequeña pista de aterrizaje situada en el tejado.

—Un lugar majestuoso. ¿No le parece? —preguntó Sorrento, rompiendo al fin el silencio cuando tocamos suelo y se desplegó la rampa.

—No está mal. —Me sentí orgulloso de lo calmada que había sonado mi voz. Todavía estaba impresionado por lo que acababa de ver—. Es una réplica en OASIS de las torres originales de IOI que se encuentran en el centro de Columbus, ¿verdad?

Sorrento asintió.

—Sí, el complejo de Columbus es la central de nuestra empresa. La mayor parte de mi equipo trabaja en esta torre central. Nuestra proximidad a GSS elimina cualquier posibilidad de latencia del sistema. Además, Columbus no se ve afectada por los apagones que se suceden en las principales ciudades estadounidenses.

Lo que Sorrento decía lo sabía todo el mundo. Gregarious Simulation Systems estaba instalada en Columbus, como también lo estaba la mayor sala de servidores de OASIS. También había otros servidores espejo distribuidos por todo el mundo, pero estaban conectados al nódulo principal de Columbus. Es por eso que, durante las décadas que habían pasado desde el lanzamiento de la simulación, la ciudad se había convertido en una especie de Meca de la alta tecnología. Columbus era el lugar desde el que un usuario de OASIS podía acceder a las conexiones más rápidas y fiables para viajar por la simulación. La mayoría de los gunters —entre los que me encontraba— soñaba con poder mudarse al lugar algún día.

Seguí a Sorrento fuera del transbordador y subimos a un ascensor que había junto a la plataforma de aterrizaje.

—Estos últimos días se ha convertido en una celebridad —comentó mientras empezábamos a descender—. Ha de ser muy emocionante para usted. Aunque el hecho de saber que ahora posee una información por la que millones de personas estarían dispuestas a matar tiene que dar algo de miedo también, ¿verdad?

Llevaba tiempo esperando que dijera algo por el estilo y tenía preparada una respuesta.

—¿Te importaría saltarte las tácticas de amedrentamiento y las manipulaciones? Dime ya los detalles de la oferta. Tengo otros asuntos que atender.

Sorrento me sonrió como lo habría hecho a un niño precoz.

—Sí, eso no lo dudo —contestó—. Pero le ruego que no saque conclusiones precipitadas sobre la oferta. Creo que le sorprenderá mucho. —Y entonces, con una insensibilidad abrumadora, añadió—: De hecho, estoy convencido de ello.

Esforzándome al máximo por disimular lo intimidado que me sentía, puse los ojos en blanco y solté:

—Lo que tú digas, tío.

Cuando llegamos a la planta 106, sonó un pitido y se abrieron las puertas del ascensor. Seguí a Sorrento y de camino nos cruzamos con otra recepcionista. Atravesamos un pasillo muy iluminado en el que había varios avatares sixers que en cuanto veían al jefe de operaciones se ponían firmes y lo saludaban como si fuera un oficial de alto rango. Él actuaba como si aquellos subordinados no estuvieran ahí y no les devolvía los saludos.

Al fin llegamos a una inmensa sala abierta que parecía ocupar la práctica totalidad de la planta 106. En el lugar había una sucesión de cubículos de paredes altas, cada uno de ellos ocupado por una sola persona conectada a un equipo de inmersión de última generación.

—Bienvenido al Departamento de Ovología de IOI —dijo Sorrento con orgullo manifiesto.

—Vaya, la central de los Sux0rz —espeté mientras miraba a mi alrededor.

—La mala educación está de más —replicó Sorrento—. Este podría ser su equipo.

—¿Y dispondría de un cubículo para mí solo?

—No. Usted tendría su propio despacho. Con muy buenas vistas. —Sonrió—. Aunque no creo que pasara mucho tiempo mirando por la ventana.

Señalé uno de esos nuevos equipos de inmersión Habashaw.

—Un equipamiento muy bueno —dije. Y lo era. Tecnología punta.

—Sí, está muy bien, ¿verdad? —afirmó—. Nuestros equipos de inmersión cuentan con muchas modificaciones y están todos conectados en red. Nuestros sistemas permiten a varios operadores controlar a cualquiera de nuestros avatares ovólogos. De modo que dependiendo de las adversidades con los que un avatar se encuentre durante la misión, el control se puede transferir de inmediato al miembro del grupo que posea las habilidades más adecuadas para abordar la situación.

—Sí, pero eso es hacer trampa.

—Oh, por favor —adujo Sorrento, poniendo los ojos en blanco—. Aquí no hay trampas. La competición de Halliday carece de reglas. Es uno de los muchos errores garrafales que cometió ese viejo loco.

Sin darme tiempo a responder, Sorrento se puso en marcha de nuevo y me condujo entre el laberinto de cubículos.

—Todos nuestros ovólogos están conectados por voz a un equipo de ayuda —prosiguió—. Formado por especialistas en Halliday, expertos en videojuegos, historiadores de la cultura popular y criptólogos. Todos trabajan en equipo para ayudar a nuestros avatares a superar cualquier desafío o resolver cualquier acertijo con los que se encuentran. —Se giró y me sonrió—. Como verá, hemos pensado en todo, Parzival. Por eso vamos a ganar.

—Claro, claro —dije yo—. Hasta el momento habéis realizado un trabajo excelente. Bravo. Bueno y ¿para qué me habías traído aquí? Ah, sí, ya me acuerdo. Porque no tenéis la menor idea de dónde está la Llave de Cobre y necesitáis mi ayuda para encontrarla.

Sorrento entrecerró los ojos, y se echó a reír.

—Me caes bien, chaval —admitió, sin dejar de sonreírme—. Eres inteligente. Y los tienes bien puestos. Dos cualidades que admiro mucho.

Seguimos caminando. Al cabo de unos minutos, llegamos al inmenso despacho de Sorrento. Al otro lado de sus ventanales se extendía una sobrecogedora vista de la «ciudad» circundante. El cielo estaba repleto de coches voladores y naves espaciales, y el sol virtual del planeta empezaba a ponerse. Sorrento se sentó a su escritorio y me indicó que hiciera lo propio en la silla que había al otro lado de la mesa.

«Ahí viene —pensé mientras tomaba asiento—. Tú tranquilo, Wade.»

—Voy a ir al grano —dijo Sorrento—. IOI quiere ficharte. Como asesor para que nos ayudes en la búsqueda del Huevo de Pascua de Halliday. Tendrás a tu disposición los inmensos recursos de la empresa. Dinero, armas, objetos mágicos, naves, artefactos. Lo que quieras.

—¿Qué cargo tendría?

—Jefe de ovología —respondió—. Estarías al mando de todo el departamento, solo yo estaría por encima de ti. Estoy hablando de cinco mil avatares muy bien entrenados y listos para el combate que obedecerían tus órdenes directas.

—Suena bien —contesté, esforzándome al máximo por no mostrar mis emociones.

—Pues sí. Pero aún hay más. A cambio de tus servicios estamos dispuestos a pagarte dos millones de dólares al año, además de una prima de un millón por adelantado en el momento de firmar el contrato. Y si consigues encontrar el Huevo, recibirás una prima adicional de veinticinco millones de dólares.

Hice como si sumara todas aquellas cifras con los dedos.

—¡No veas! —exclamé, intentando sonar impresionado—. ¿Y podré trabajar desde casa?

Sorrento parecía no saber si le estaba tomando el pelo o hablaba en serio.

—No —respondió—. Me temo que no. Tendrías que mudarte aquí, a Columbus. Pero te proporcionaríamos un lugar de residencia excelente en nuestras instalaciones. Y un despacho privado, claro. Tu propio equipo de inmersión de última generación...

—Un momento —lo interrumpí, levantando una mano—. ¿Me estás diciendo que tendría que vivir en el rascacielos de IOI? ¿Contigo? ¿Y con el resto de Sux... ovólogos?

Asintió.

—Solo hasta que nos ayudes a encontrar el Huevo.

Reprimí las ganas de soltar un chiste.

—¿Y qué hay de las ventajas laborales? ¿Tendría seguro médico privado? ¿Dentista? ¿Oftalmólogo? ¿Las llaves del baño de ejecutivos? Esas movidas, ya sabes.

—Por supuesto. —Sorrento empezaba a impacientarse—. ¿Y bien? ¿Qué dices?

—¿Puedo pensarlo durante unos días?

—Me temo que no —contestó—. Esto habrá terminado en unos días. Necesitamos que nos respondas ahora.

Me recliné en la silla y miré el techo, fingiendo que consideraba su oferta. Sorrento aguardaba, sin quitarme los ojos de encima. Estaba a punto de soltarle la respuesta que llevaba preparada cuando levantó la mano.

—Escúchame una vez más antes de responder —dijo—. Ya sé que la mayoría de los gunters se aferra a la absurda idea de que IOI es malvada. Y de que los sixers son unos despiadados zánganos corporativos sin honor ni respeto por el «verdadero espíritu» de la competición. De que no somos más que unos vendidos. ¿Me equivoco?

Asentí, y tuve que morderme la lengua para no añadir: «Eso por decirlo finamente».

—Bien, pues eso es ridículo —prosiguió, esbozando una sonrisa paternal que sospechaba que debía de haber sido generada por el *software* de diplomacia que estaba usando—. Los sixers no se diferencian en nada de cualquier clan de gunters, salvo en que disponen de más recursos. Compartimos las mismas obsesiones que los gunters. Y el mismo objetivo.

«¿Qué objetivo? —Me dieron ganas de gritarle a la cara—. ¿Acabar con OASIS para siempre? ¿Pervertir y mancillar lo único que hace que nuestras vidas sean más llevaderas?»

Sorrento pareció interpretar mi silencio para seguir hablando.

—Sabes que, en contra de la opinión pública, el cambio de OASIS no será tan drástico cuando IOI asuma el control. Tendremos que empezar a cobrar a la gente una cuota mensual, eso sí. Y también incrementar los ingresos por publicidad del simulador. Pero también pensamos implantar numerosas mejoras. Filtros de contenido para los avatares. Directrices de construcción más estrictas. Haremos de OASIS un lugar mejor.

«No —pensé—. Lo convertiréis en un parque de atracciones corporativo y fascista donde las pocas personas que se puedan permitir la entrada no gozarán de un solo resquicio de libertad.»

Ya había tenido bastante de la charlatanería de aquel capullo. No podía más.

—Está bien —dije—. Cuenta conmigo. Fíchame. Como sea que lo llaméis. Cuenta conmigo.

Sorrento se mostró sorprendido. No era la respuesta que esperaba. Me dedicó una amplia sonrisa y empezó a extender la mano de nuevo para que se la estrechara, pero lo interrumpí.

—Pero pongo tres pequeñas condiciones —añadí—. La primera es que quiero una prima de cincuenta millones de dólares cuando encuentre el Huevo y os lo entregue. No veinticinco. ¿Es factible?

Sorrento no lo dudó ni un momento.

—Hecho. ¿Cuáles son las otras condiciones?

—No quiero ser el segundo de nadie —proseguí—. Quiero ocupar tu puesto, Sorrento. Quiero controlar el cotarro. Jefe de operaciones. *Number One.* Eso, quiero que todo el mundo me llame el *Number One.* ¿Es factible?

Había perdido el control de mis palabras. No podía evitarlo. La sonrisa de Sorrento se esfumó.

—¿Y qué más?

—No quiero trabajar contigo. —Lo señalé—. Das miedo. Pero si tus superiores están dispuestos a despedirte y ofrecerme tu cargo, acepto. Firmo ya.

Silencio. El rostro de Sorrento era una máscara impenetrable. Era un hecho que el programa de reconocimiento facial había eliminado alguna de sus emociones, como la ira y la rabia.

—¿Podrías preguntar a tus jefes y hacerme saber si aceptan mis condiciones? —pregunté—. ¿Nos están viendo en estos momentos? Sí, seguro que sí. —Saludé a las cámaras invisibles—. Hola, tíos. ¿Qué me decís?

Se hizo un largo silencio durante el que Sorrento se limitó a mirarme fijamente.

—Claro que nos han visto —contestó al fin—. Y me acaban de informar de que están dispuestos a aceptar tus condiciones.

No parecía ni mínimamente afectado.

—¿En serio? —dije—. ¡Genial! ¿Cuándo empiezo? Y más importante aún, ¿cuándo te vas?

—De inmediato —respondió—. La empresa preparará el contrato y lo enviará a su abogado para que dé el visto bueno. Entonces lo traeremos... lo traerán hasta aquí, hasta Columbus, para que firme los documentos y formalizar el trato. —Se puso en pie—. Con esto damos por finalizada...

—De hecho... —Levanté la mano para volver a interrumpirlo—. Lo he pensado mejor durante los últimos segundos y he decidido que no, que no voy a aceptar la oferta. Creo que prefiero encontrar el Huevo por mi cuenta. Gracias. —Me levanté—. Que os la pique un pollo a ti y al resto de Sux0rz.

Sorrento se echó a reír. Una carcajada larga y sentida que me resultó muy inquietante.

—¡Eres bueno! ¡Ha sido muy bueno! ¡Por un momento nos has pillado, chico! —Cuando volvió a ponerse serio, añadió—: Esa sí que es la respuesta que esperaba. De modo que ahora déjame hacerte nuestra segunda oferta.

—¿Hay más? —Me recliné en la silla y planté los pies sobre el escritorio del despacho—. Está bien. Dispara.

—Ingresaremos cinco millones de dólares directamente en tu cuenta de OASIS, ahora mismo, a cambio de que nos proporciones una guía de la Primera Puerta. Eso es todo. Solo tienes que proporcionarnos unas instrucciones paso a paso para conseguir lo que ya has logrado. A partir de ahí, nos encargamos nosotros. Así mantendrás la libertad de seguir buscando el Huevo por tu cuenta. La transacción se mantendrá en absoluto secreto. Nadie sabrá nada.

Reconozco que llegué a considerar la propuesta durante un momento. Cinco millones de dólares me solucionarían la vida. E incluso si ayudaba a los sixers a franquear la Primera Puerta, no era garantía de que lograran franquear las otras dos. Ni siquiera estaba seguro de poder hacerlo yo.

—Confía en mí, chico —continuó Sorrento—. Deberías aceptar la oferta. Mientras puedas.

Su tono paternalista me irritó tanto que me ayudó a mantenerme firme. No podía venderme a los sixers. Si lo hacía y ellos terminaban ganando la competición de alguna manera, el responsable sería yo. No podría vivir toda la vida con ello sobre la conciencia. Solo esperaba que Art3mis, Hache y los demás gunters a quienes tantearan pensaran igual que yo.

—Paso —dije. Bajé los pies de la mesa y me levanté—. Gracias por el tiempo que me has dedicado.

Sorrento me miró con tristeza e hizo un ademán para que me volviera a sentar.

—No hemos terminado aún. Tenemos una última propuesta para ti, Parzival. Me guardaba la mejor para el final.

—¿No captas las indirectas? No vais a comprarme. Idos a la mierda. Chao. Adiós.

—Siéntate, Wade.

Me quedé de piedra. ¿Acababa de usar mi nombre real?

—Así es —vociferó Sorrento—. Sabemos quién eres. Wade Owen Watts. Nacido el 12 de agosto de 2024. De padres facellidos. También sabemos dónde vives. Resides con tu tía en un estacionamiento de caravanas ubicado en Portland Avenue número 700, en Oklahoma City. En la unidad 56-K, para ser exactos. Según nuestro equipo de vigilancia, la última vez que se te vio entrar en la caravana de tu tía fue hace tres días, y desde entonces no has salido de ella. Lo que significa que ahí sigues.

Detrás de él, se abrió una ventana de vídeo que mostraba una imagen en directo de las torres en las que vivía. Se trataba de una toma aérea, grabada desde un avión o desde un satélite. Desde ese ángulo solo podían controlar las dos entradas principales de la caravana, por lo que no me habían visto salir por la ventanilla del cuarto de la lavadora todas las mañanas ni regresar por ella todas las noches. No sabían que en esos momentos en realidad estaba en mi guarida.

—Ahí estás —dijo Sorrento. Había vuelto a usar ese tono condescendiente y de una amabilidad exagerada—. Deberías salir un poco más, Wade. No es sano pasar tanto tiempo encerrado en casa.

La imagen se amplió varias veces y el zoom se centró en la caravana de mi tía. Segundos después pasó a modo de cámara térmica y distinguí la silueta resplandeciente de más de doce personas, niños y adultos, sentados en su interior. Casi todos estaban inmóviles, ya que lo más seguro es que estuvieran conectados a OASIS.

Me quedé estupefacto y no pude articular palabra. ¿Cómo me habían encontrado? En teoría, era imposible acceder a la información de las cuentas de OASIS. Además, mi dirección ni siquiera figuraba en la mía. No era necesaria para crear el avatar. Bastaba con el nombre y el reconocimiento de retina. ¿Cómo habían averiguado dónde vivía?

No sabía cómo, pero habían debido de tener acceso a mis datos escolares.

—Después de esto, es posible que tu primer impulso sea desconectarte y salir corriendo —continuó Sorrento—. Te ruego que no cometas ese error. La caravana está acordonada con una gran cantidad de explosivos de mucha potencia. —Sacó del bolsillo algo que parecía un mando a distancia y me lo enseñó—.

Y tengo el dedo sobre el detonador. Si te desconectas de esta sesión de chatlink, morirás en cuestión de segundos. ¿Entiende usted lo que le digo, señor Watts?

Asentí despacio, mientras intentaba a la desesperada sopesar la situación.

Era un farol. Tenía que serlo. Y aunque no lo fuera, él no sabía que en realidad me encontraba a casi un kilómetro de distancia en mi guarida. Sorrento suponía que una de aquellas siluetas de colores resplandecientes que aparecía en la imagen era yo.

«Si estallaba una bomba en la caravana de mi tía, estaría a salvo aquí abajo, entre todos aquellos coches despiezados. ¿No? Además, no iban a matar a todas aquellas personas solo para acabar conmigo.»

—¿Cómo...? —Fue todo lo que logré articular.

—¿Que cómo hemos sabido quién eres? ¿Dónde vives? —Sonrió—. La cagaste tú solito, niño. Cuando te apuntaste al sistema de la Escuela Pública de OASIS, facilitaste tu nombre y dirección para que pudieran enviarte las calificaciones, supongo.

Tenía razón. El nombre de mi avatar, mi nombre real y la dirección de mi domicilio estaban guardados en mi archivo privado de estudiante al que solo tenía acceso el director del centro. Había sido un error tonto, pero lo cierto era que me había matriculado un año antes de que empezara la competición. Antes de convertirme en gunter. Antes de aprender a ocultar mi identidad real.

—¿Y cómo descubristeis que asistía a clase *online*? —pregunté. En realidad ya conocía la respuesta, pero necesitaba hacer tiempo.

—Hace días que circula en los foros de los gunters el rumor de que tanto tú como tu amigo Hache asistís a clase en Ludus. Cuando nos enteramos, decidimos contactar con algunos administradores de la EPO y ofrecerles un soborno. ¿Sabes lo poco que gana al año un gerente escolar, Wade? Es un escándalo. Uno de tus directores se mostró amable y dispuesto a buscar en la base de datos de los alumnos un nombre de avatar: Parzival. ¿Y sabes qué?

Apareció otra ventana junto al vídeo en directo de las torres. En ella aparecía todo mi perfil académico: Nombre completo, nombre de avatar, apodos de estudiante (Wade3), fecha de nacimiento, número de la Seguridad Social y domicilio. Mis calificaciones. Todo estaba ahí, junto a la foto de mi antiguo anuario, que me habían sacado hacía cinco años, poco antes de que me transfirieran a OASIS.

—También tenemos los datos académicos de tu amigo Hache. Pero él fue más listo que tú y proporcionó un nombre y dirección falsos al matricularse, por lo que nos va a costar un poco más dar con él.

Hizo una pausa para darme tiempo a intervenir, pero me quedé en silencio. El corazón me latía con fuerza, empezaba a faltarme el aire.

—Así que esto nos vuelve a llevar a la última propuesta. —Sorrento se frotó las manos, entusiasmado, como un niño a punto de abrir un regalo—. Dinos cómo se llega a la Primera Puerta. O te matamos. Ahora mismo.

—Es un farol —me oí decir.

Pero no creía que lo fuera. En absoluto.

—No, Wade, no lo es. Piénsalo un poco. Con todo lo que ocurre en el mundo, ¿crees que a alguien va a importarle una explosión en una madriguera de miserables y pobres ratas en Oklahoma City? La gente supondrá que ha sido un accidente en algún laboratorio de fabricación ilegal de drogas. O alguna célula terrorista del país que intentaba fabricar una bomba casera. En cualquiera de los dos casos, para la gente solo significará que habrá unos centenares menos de cucarachas humanas consumiendo vales de alimentos y el preciado oxígeno. A nadie le importará lo más mínimo. Y las autoridades ni se inmutarán.

Tenía razón, y yo lo sabía. Intenté ganar algo más de tiempo para pensar en qué debía hacer.

—¿Seríais capaces de matarme? ¿Para ganar en la competición de un videojuego?

—No te hagas el ingenuo, Wade —dijo Sorrento—. Hay miles de millones de dólares en juego, además del control de una de las empresas con más beneficios del mundo y del propio OA-SIS. Es mucho más que una competición de videojuegos. Siempre ha sido mucho más. —Se inclinó hacia delante—. Pero todavía puedes ganar, chico. Si nos ayudas, tendrás tus cinco millones de dólares. Puedes jubilarte a los dieciocho años y pasar el resto de tus días viviendo como un rey. O morir en los próximos segundos. Tú decides. Pero, hazte una pregunta: si tu madre todavía estuviera viva, ¿qué querría que hicieras?

Esa última pregunta me habría cabreado muchísimo si no hubiera estado tan asustado.

—¿Qué os impide matarme una vez os haya dado lo que queréis? —pregunté.

—Lo creas o no, no queremos matar a nadie a menos que sea estrictamente necesario. Además, quedan otras dos puertas, ¿no? —Se encogió de hombros—. Es posible que necesitemos tu ayuda para franquearlas. Personalmente, yo lo dudo, pero mis superiores tienen otra opinión. Además, llegados a este punto no tienes elección. —Bajó la voz, como si estuviera a punto de revelarme un secreto—. Ya que esto es lo que va a suceder a continuación. Vas a darnos las instrucciones paso a paso para obtener la Llave de Cobre y franquear la Primera Puerta. Y vas a permanecer conectado a esta sesión de chatlink mientras verificamos todo lo que nos has dicho. Si te desconectas antes de que lo autorice, tu mundo entero saltará en pedazos. ¿Lo entiendes? O sea, que ya estás empezando a hablar.

Por un momento me planteé darles lo que querían. De verdad. Pero lo pensé mejor y no se me ocurrió una sola razón por la que no fueran a matarme, incluso si les ayudaba a franquear la Primera Puerta. Tenía claro que lo mejor para ellos era matarme y así deshacerse de mí. Estaba convencido de que no iban a darme aquellos cinco millones de dólares ni tampoco dejarme con vida para que fuera corriendo a contar a los medios de comunicación que IOI me había chantajeado. Mucho menos si era cierto que había una bomba instalada en mi caravana, algo que podría usar como prueba.

No. En mi opinión, solo había dos posibilidades. O todo

aquello era un farol o iban a matarme tanto si les ayudaba como si no.

De modo que tomé una decisión y me armé de valor.

—Sorrento —dije, haciendo esfuerzos para que el temor no asomara a mi voz—. Quiero que tus jefes y tú sepáis una cosa. No encontraréis nunca el Huevo de Halliday. ¿Y sabéis por qué? Porque él era más listo que todos vosotros juntos. No importa el dinero ni a quién intentéis chantajear. Vais a perder.

Pulsé el icono de desconexión y mi avatar empezó a desmaterializarse delante de él. Sorrento me miró con gesto triste mientras negaba con la cabeza.

—Una decisión estúpida, chico —fue lo último que le oí decir antes de que la pantalla del visor se quedara en negro.

Permanecí inmóvil en la oscuridad de mi escondite, con gesto compungido y a la espera de la detonación. Pero pasó un minuto y no sucedió nada.

Me levanté el visor y me quité los guantes con manos temblorosas. Mis ojos empezaron a adaptarse a la oscuridad y solté un largo suspiro de alivio. Sí, después de todo había sido un farol. Sorrento me había manipulado y puesto al límite. Y lo había hecho muy bien.

Mientras me bebía una botella de agua entera, caí en la cuenta de que debía volver a conectarme para avisar a Hache y Art3mis. Los sixers también irían tras ellos.

Oí la explosión cuando me estaba volviendo a poner los guantes.

La onda expansiva llegó un segundo después de la detonación y me lancé al suelo del escondite con las manos en la cabeza por instinto. Oí a lo lejos el sonido del metal al retorcerse, ya que varias torres de caravanas habían empezado a desplomarse al soltarse los andamiajes y a caer unas contra otras como inmensas fichas de dominó. Aquel espantoso estrépito siguió durante lo que me pareció una eternidad. Y después, silencio total.

Cuando al fin conseguí moverme, abrí la puerta trasera de la furgoneta. Desconcertado como si me encontrara en una pesadilla, me abrí paso para salir de la pila del desguace y desde allí vi una gigantesca columna de humo y llamas que se elevaban al otro lado de las torres.

Seguí el río de gente que se dirigía a toda prisa hacia el lugar por el perímetro septentrional de las torres. La torre en la que se encontraba la caravana de mi tía se había desmoronado y convertido en una ruina abrasada y humeante, al igual que todas las adyacentes. Todo había quedado reducido a un amasijo de metal retorcido y llameante.

Me mantuve a distancia, pero una gran multitud de personas se había adelantado y congregado ante mí mientras trataban de acercarse al incendio todo lo que se atrevían. Nadie se molestaba siquiera en intentar rebuscar en aquel amasijo de hierros para rescatar a algún posible superviviente. Parecía evidente que no los habría.

Una viejísima bombona de gas propano pegada a una de las caravanas aplastadas detonó, y la pequeña explosión hizo que la gente, presa del pánico, se dispersara y buscara refugio. Casi al momento se produjo una rápida explosión en cadena. Los curiosos retrocedieron mucho más y se mantuvieron a distancia.

Los residentes que vivían en las torres cercanas sabían que si el fuego se propagaba, tendrían graves problemas, por lo que ya había empezado a llegar mucha gente con intención de combatir las llamas. Usaban mangueras de jardín, cubos, vasos vacíos de Big Gulp y todo lo que encontraban. Poco después, las llamas estaban controladas y el incendio empezó a extinguirse.

Mientras lo observaba en silencio, se empezaron a propagar entre susurros los primeros rumores: la gente decía que seguramente se trataba de otro accidente en un laboratorio de metanfetaminas o de algún idiota que pretendía fabricar una bomba casera. Justo como había anticipado Sorrento.

Eso fue lo que me sacó de mi estupor. ¿En qué estaba pensando? Los sixers habían intentado matarme. Seguramente debían de contar con agentes acechando por las torres, dispuestos a verificar que habían conseguido su objetivo. Y me estaba paseando por el lugar como si nada.

Me alejé de la multitud y regresé a mi guarida, con cuidado

de no correr y sin dejar de echar la vista atrás para asegurarme de que no me siguieran. En cuanto estuve de nuevo en la furgoneta, cerré la puerta con llave y me acurruqué hecho un ovillo en un rincón, donde permanecí largo rato.

El impacto de lo sucedido fue remitiendo poco a poco, y la cruda realidad empezó a imponerse. Mi tía Alice y su novio Rick habían muerto, al igual que el resto de residentes de la caravana, la torre donde se encontraba y las circundantes. Incluida la amable señora Gilmore. De haber estado en casa, yo también habría muerto.

Tenía la adrenalina por las nubes, pero no sabía qué debía hacer, pues la mezcla de temor y rabia me paralizaba. Pensé en conectarme a OASIS y llamar a la policía, pero sabía cómo iban a reaccionar cuando contara mi historia. Me tomarían por loco. Y si llamaba a los medios de comunicación, sucedería lo mismo. Nadie me creería. A menos que revelara que era Parzival, y tal vez ni siquiera así. Carecía de pruebas contra Sorrento y los sixers. Era muy probable que todas las evidencias de la bomba que habían colocado hubieran desaparecido bajo los restos del desastre.

Revelar mi identidad al mundo entero para poder acusar a una de las empresas más poderosas del planeta de haber intentado sobornarme no me parecía muy inteligente. Nadie me creería. Si casi no lo creía ni yo. IOI había intentado matarme. Para impedir que ganara en una competición de videojuegos. Era una locura.

Por el momento mi guarida parecía un lugar seguro, pero sabía que no podía quedarme mucho tiempo más en las torres. Cuando los sixers descubrieran que seguía vivo, volverían a por mí. Tenía que salir por patas de allí. Pero no podría hacerlo hasta que tuviera algo de dinero y todavía faltaban un día o dos para que me ingresaran el dinero de los derechos. Tendría que intentar pasar desapercibido hasta entonces. Mientras, podía hablar con Hache y advertirle de que era el siguiente en la lista de los sixers.

Además, necesitaba ver un rostro amigo.

0015

Cogí la consola de OASIS, la encendí y me coloqué el visor y los guantes. Al conectarme, mi avatar reapareció en Ludus, en lo alto de la colina donde estaba sentado antes de que iniciara la sesión de chatlink con Sorrento. Justo cuando se activó el sonido, oí el ruido ensordecedor de unos motores que provenía de algún lugar de las alturas. Me aparté del árbol y miré hacia arriba. Un escuadrón de naves de los sixers volaba a poca altura, en formación y a toda velocidad hacia el sur, rastreando la superficie.

Cuando estaba a punto de guarecerme de nuevo bajo el árbol para que no me vieran, recordé que Ludus no era una zona PvP. Los sixers no podían hacerme daño. Aun así, tenía los nervios a flor de piel. Escudriñé el cielo oriental y vi otros dos escuadrones de naves de los sixers. Poco después, varios escuadrones más bajaron en picado desde la órbita y se dirigieron hacia el noroeste. Aquello parecía una invasión alienígena.

Apareció un icono intermitente en la pantalla que me informaba de que acababa de recibir un nuevo mensaje de texto de Hache: «¿Dónde coño estás? ¡Llámame lo antes posible, joder!».

Toqué su nombre en mi lista de contactos y respondió al primer tono.

El rostro de su avatar apareció en mi ventana de vídeo, con gesto contrariado.

—¿Has oído la noticia? —preguntó.

—¿Qué noticia?

—Los sixers han llegado a Ludus. Miles de ellos. Y no dejan de llegar más y más. Están peinando el planeta en busca de la tumba.

—Sí, lo sé. Estoy en Ludus y hay naves de sixers por todas partes.

Hache torció el gesto.

—Cuando pille a I-r0k, lo voy a matar. Lentamente. Y luego, cuando cree un nuevo avatar, iré a por él y volveré a matarlo. Si ese imbécil hubiera mantenido la boca cerrada, a los sixers nunca se les habría ocurrido buscar aquí.

—Sí, lo que ha publicado en los foros es lo que les ha dado la pista. Lo ha reconocido el propio Sorrento.

—¿Sorrento? ¿Te refieres a Nolan Sorrento?

Le conté todo lo que había ocurrido en las horas anteriores.

—¿Han bombardeado tu casa?

—Bueno, más que una casa era una caravana —le dije—. Estaba en un aparcamiento de caravanas. Han matado a un montón de gente, Hache. Seguramente ya ha salido en las noticias. —Respiré hondo—. Estoy cagado, tío. Muerto de miedo.

—No me extraña. Gracias a Dios no estabas en casa cuando ocurrió.

Asentí.

—Casi nunca me conecto desde casa. Por suerte, los sixers no lo sabían.

—¿Y tu familia?

—Era la casa de mi tía. Está muerta, creo. No... nos llevábamos muy bien.

Intentaba quitarle importancia, pero aunque mi tía Alice nunca se había mostrado demasiado amable conmigo, no creía que mereciera morir. Aun así, el mayor sentimiento de culpa me lo inspiraba la señora Gilmore, pues sabía que eran mis actos los que la habían llevado a la muerte. Era una de las personas más amables que había conocido en la vida.

Me di cuenta de que estaba sollozando. Silencié el micrófono para que Hache no me oyera. Respiré hondo varias veces y me calmé.

—¡Es que no me lo creo! —gruñó Hache—. Menudos cabrones. Lo van a pagar, Zeta. Cuenta con ello. Vamos a hacérselo pagar muy caro.

Yo no veía la manera de hacerlo, pero no quise llevarle la contraria. En el fondo, sabía que lo que quería era consolarme un poco.

—¿Dónde estás ahora? —preguntó—. ¿Necesitas ayuda? No sé... ¿Tienes donde dormir? Si te hace falta dinero, puedo hacerte una transferencia.

—No, estoy bien —dije—. Pero gracias, tío. Agradezco la oferta.

—De nada, compadre.

—Oye, ¿los sixers te han enviado el mismo correo electrónico que a mí?

—Sí, miles de ellos. Pero me ha parecido que lo mejor era ignorarlos.

Torcí el gesto.

—Ojalá yo no hubiera sido tan tonto y hubiera hecho lo mismo.

—¿Cómo ibas a saber que intentarían matarte? Además, tu dirección ya la tenían. Aunque hubieras ignorado sus correos, es probable que hubieran usado la bomba de todos modos.

—Oye, Hache... Sorrento me ha dicho que en los archivos de tu escuela figuraba un domicilio falso y que no sabían dónde encontrarte. Pero quizás estuviera mintiendo. Deberías irte de casa. Mudarte a algún lugar seguro. Lo antes posible.

—No te preocupes por mí, Zeta. Yo estoy siempre en movimiento. Esos cabrones no me encontrarán nunca.

—Si tú lo dices... —respondí, sin saber bien a qué se refería—. Pero debo advertir también a Art3mis. Y a Daito y a Shoto, si los localizo. Seguro que los sixers están haciendo todo lo posible para desenmascarar sus identidades.

—Eso me da una idea —dijo Hache—. Deberíamos invitarlos a los tres al Sótano esta noche. ¿Hacia las doce te parece bien? Una sesión de chat privada solo para los cinco.

La idea de volver a ver a Art3mis me animó al momento.

—¿Crees que querrán venir?

—Sí, si les decimos que su vida corre peligro. —Sonrió—. Además, vamos a estar los cinco mejores gunters del mundo juntos en una sala de chat. ¿Quién se negaría a participar en algo así?

* * *

Envié un mensaje corto a Art3mis para pedirle que se reuniera con nosotros en una sala de chat privada de Hache a medianoche. Me respondió transcurridos escasos minutos para prometerme no faltar a la cita. Hache me dijo que había logrado localizar a Daito y a Shoto, y que también le habían confirmado su asistencia. La reunión era un hecho.

Como no me apetecía estar solo, me conecté al Sótano una hora antes. Hache ya estaba allí, viendo las noticias en una tele RCA viejísima. Sin decir nada se levantó y me dio un abrazo. Aunque no podía sentirlo, el gesto me consoló mucho. Nos sentamos y vimos juntos las noticias mientras esperábamos a que llegaran los demás.

En todos los canales aparecían imágenes de las hordas de naves y tropas sixer que no dejaban de llegar a Ludus en OASIS. No era nada difícil adivinar por qué se desplazaban hasta allí, y todos los gunters del simulador habían empezado a acudir también al planeta. Las terminales de transporte repartidas por él estaban atestadas de avatares recién llegados.

—Se acabó el secreto de la tumba —dije, meneando la cabeza.

—Iba a terminar sabiéndose tarde o temprano —comentó Hache mientras apagaba el televisor—. Aunque no creía que fuera a ser tan pronto.

Los dos oímos el aviso de una campanilla que anunciaba que Art3mis se estaba materializando en lo alto de la escalera. Llevaba la misma ropa que la noche que nos conocimos. Me saludó mientras bajaba. Le devolví el saludo y le presenté a Hache.

—Hache, esta es Art3mis; Art3mis, este es Hache, mi mejor amigo.

—Un placer conocerte —dijo ella, extendiendo la mano derecha.

Hache se la estrechó.

—Lo mismo digo —dijo con su sonrisa de gato de Cheshire—. Gracias por venir.

—¿Estás de broma? ¿Cómo iba a perdérmelo? El primer encuentro de los Cinco Mejores.

—¿Los Cinco Mejores? —pregunté.

—Sí —se adelantó Hache—. Así han empezado a llamarnos en los foros. Ocupamos las cinco primeras posiciones del Marcador. Somos los Cinco Mejores.

—Cierto —afirmé—. Al menos de momento.

Art3mis sonrió al oírme, se giró y empezó a caminar por el Sótano mientras admiraba la decoración ochentera.

—Hache, esta es, con mucha diferencia, la sala de chat más guay en la que he estado en mi vida.

—Gracias. —Le dedicó una reverencia—. Eres muy amable.

Ella se detuvo para inspeccionar el estante de los suplementos de juegos de rol.

—Has recreado a la perfección el sótano de Morrow. Hasta el último detalle. ¡Quiero vivir aquí!

—Te acabo de añadir a la lista de invitados. Ya puedes pasarte cuando quieras.

—¿De verdad? —preguntó ella, muy ilusionada—. ¡Gracias! Lo haré. Eres lo más, Hache.

—Pues sí —admitió él, sonriendo—. Sí que lo soy.

Parecían llevarse más que bien y me estaba poniendo muy celoso. Yo no quería que a Art3mis le gustara Hache ni viceversa. La quería para mí.

Daito y Shoto se conectaron poco después y aparecieron al mismo tiempo en lo alto de la escalera del Sótano. Daito era el más alto y tendría unos dieciocho o diecinueve años. Shoto medía unos treinta centímetros menos y parecía mucho más joven. Trece años si acaso. Los dos avatares tenían aspecto de japoneses y se parecían muchísimo, como si fueran dos fotografías del mismo hombre tomadas con cinco años de diferencia. Llevaban la misma armadura tradicional de samurái y lucían en el cinto un wakizashi corto y una catana más larga.

—Saludos —dijo el más alto—. Soy Daito y este es mi hermano pequeño, Shoto. Gracias por invitarnos. Es un honor conoceros a los tres.

Nos dedicaron una reverencia al unísono. Hache y Art3mis se la devolvieron, y yo hice lo mismo un instante después. Cuando nos tocó el turno de presentarnos, ellos repitieron la inclinación de cabeza y nosotros volvimos a hacer lo propio.

—Muy bien —anunció al fin Hache una vez concluidos los formalismos—. Que empiece la fiesta. Estoy seguro de que ya habréis visto las noticias. Los sixers se han desperdigado por Ludus. Son miles y llevan a cabo una búsqueda sistemática en la superficie del planeta. Aunque no sepan bien qué es lo que andan buscando, no tardarán en dar con la entrada de la tumba...

—De hecho —le interrumpió Art3mis—, ya la han encontrado. Hace unos treinta minutos.

Nos volvimos hacia ella.

—Todavía no ha salido en las noticias —constató Daito—. ¿Estás segura?

Ella asintió.

—Me temo que sí. Cuando me enteré de lo de los sixers esta mañana, decidí ocultar una cámara de seguimiento en unos árboles junto a la entrada de la cueva para vigilar la zona.

Abrió una ventana de vídeo frente a ella y le dio la vuelta para que todos la viéramos. Las imágenes mostraban un plano general de la colina de cima plana y del claro que la rodeaba vista desde arriba, desde lo alto de uno de los árboles. Desde ese ángulo no costaba ver que las grandes rocas negras situadas en lo alto de la colina estaban dispuestas en forma de calavera. También se apreciaba que toda la zona estaba infestada de sixers y que no dejaban de llegar refuerzos.

Pero lo más inquietante de todo lo que veíamos en la imagen era la gran cúpula transparente de energía que cubría la totalidad de la colina.

—No jodas —dijo Hache—. ¿Eso es lo que creo que es?

Art3mis asintió.

—Un campo de fuerza. Los sixers lo instalaron en cuanto los primeros llegaron al lugar.

—Por lo que a partir de ahora —intervino Daito—, los gunters que lleguen a la tumba no podrán entrar. A menos que, de algún modo, logren atravesar el campo de fuerza.

—De hecho han instalado dos —puntualizó Art3mis—. Uno pequeño y otro mayor sobre el primero. Los desactivan de manera secuencial cuando quieren dejar entrar más sixers en el interior de la tumba. Como si se tratara de una esclusa de aire. —Señaló la ventana—. Mirad. Lo están haciendo.

Un escuadrón de sixers descendía por la rampa de carga de una nave estacionada en las inmediaciones. Todos transportaban contenedores llenos de equipo. Cuando se acercaron al campo de fuerza externo, desapareció, y apareció otro más pequeño situado en el interior. Un instante después, también retiraron el campo de fuerza interior y los sixers pudieron acceder a la tumba.

Permanecimos en silencio largo rato mientras contemplábamos el nuevo giro que tomaban los acontecimientos.

—Supongo que podría ser peor —dijo Hache al fin—. Si la tumba estuviera en una zona PvP, esos cabrones ya habrían instalado cañones láser y robots centinelas por todas partes para volatilizar a quien se aproximara a la zona.

Tenía razón. Como Ludus era una zona segura, los sixers no podían atacar a los gunters que se acercaran a la tumba. Pero nada les impedía instalar un campo de fuerza para evitar que entraran. Y eso era exactamente lo que habían hecho.

—No cabe duda de que los sixers llevan bastante tiempo planificando este momento —dijo Art3mis al tiempo que cerraba la ventana.

—No podrán impedir el paso a todo el mundo durante mucho tiempo —observó Hache—. Cuando los clanes se enteren de lo que ocurre, será la guerra. Llegarán miles de gunters a atacar el campo de fuerza con todo lo que tengan: lanzacohetes, bolas de fuego, bombas de racimo, bombas nucleares. La cosa se va a poner fea. Van a convertir ese bosque en un erial.

—Y mientras eso ocurre, los avatares sixers *farmearán* la Llave de Cobre y franquearán la Primera Puerta uno tras otro, como si bailaran la conga.

—Pero ¿cómo pueden hacer algo así? —preguntó Shoto con su voz juvenil rebosante de ira. Miró a su hermano—. No es justo. Esto es jugar sucio.

—Les da igual. En OASIS no hay leyes, hermanito —le respondió Daito—. Los sixers pueden hacer lo que les dé la gana. No pararán hasta que alguien los detenga.

—Los sixers no saben qué es el honor —zanjó Shoto indignado, entre dientes.

—Y eso que vosotros no sabéis ni la mitad —dijo Hache—. Por eso Parzival y yo os hemos pedido que vinierais. Zeta, ¿quieres contarles qué ha sucedido?

Asentí y me volví hacia los demás. Primero les conté lo del correo electrónico que había recibido de IOI. A ellos también les habían enviado la misma invitación, pero la habían ignorado con buen criterio. Después les relaté los detalles de mi sesión de chat con Sorrento y me esforcé por no omitir nada. Finalmente les conté cómo había concluido nuestra conversación: con el estallido de la bomba en mi domicilio. Cuando terminé, todos me miraban con gesto de incredulidad.

—Por Dios —susurró Art3mis—. ¿Lo dices en serio? ¿Han intentado matarte?

—Sí. Y lo habrían conseguido si hubiera estado en casa. He tenido suerte.

—Ahora todos sabéis hasta dónde están dispuestos a llegar los sixers para impedirnos conseguir el Huevo —intervino Hache—. Si son capaces de encontrarnos a todos, estamos muertos.

Asentí.

—De modo que deberíais tomar precauciones para protegeros y ocultar vuestras identidades —dije—. Si es que no lo habéis hecho ya.

Asintieron todos al unísono y se hizo otro largo silencio.

—Hay algo que aún no entiendo —añadió Art3mis transcurrido un momento—. ¿Cómo supieron los sixers que debían buscar la tumba en Ludus? ¿Alguien se ha chivado? —Nos miró uno por uno, aunque sin el menor atisbo de acusación en su voz.

—Deben de haber leído los rumores que circulaban por los foros de gunters sobre Parzival y Hache —intervino Shoto—. Así fue como nosotros también supimos que debíamos buscar ahí.

Daito torció el gesto y dio un puñetazo en el hombro a su hermano pequeño.

—Te dije que no dijeras nada, bocazas —le susurró.

Shoto bajó la mirada y no volvió a hablar.

—¿Qué rumores? —insistió Art3mis, mirándome—. ¿De qué habla? Llevo días sin tiempo para consultar los foros.

—Algunos gunters han creado hilos en los que afirman que conocen a Parzival y Hache, y que estudian en Ludus. —Se volvió para mirarnos a Hache y a mí—. Mi hermano y yo llevábamos dos años buscando la Tumba de los Horrores. Habíamos recorrido montones de mundos buscándola, pero jamás se nos ocurrió buscar en Ludus. No hasta que leímos que era ahí donde asistíais a clase.

—Jamás se me ocurrió que asistir a clase en Ludus fuera algo que debiera mantener en secreto —dije—. Por eso no lo oculté.

—Sí, y para nosotros ha sido una suerte que no lo hicieras —apuntó Hache, volviéndose hacia los demás—. A Parzival se le escapó sin querer la ubicación de la tumba. A mí nunca se me habría ocurrido buscarla en Ludus hasta que su nombre apareció en el Marcador.

Daito dio un codazo a su hermano, y los dos me miraron y bajaron la cabeza en señal de respeto.

—Fuiste el primero en encontrar el escondite de la tumba y te estamos agradecidos por llevarnos hasta ella.

Les devolví el gesto.

—Gracias, chicos, pero en realidad Art3mis dio con ella antes que yo. Por su cuenta y un mes antes.

—Ya ves para qué me sirvió... —dijo ella—. No lograba derrotar al semiliche al *Joust*. Llevaba semanas intentándolo cuando este bellaco apareció y lo logró a la primera.

Art3mis explicó cómo nos habíamos conocido y cómo había conseguido derrotar al rey al día siguiente, justo después de que el servidor se reiniciara a medianoche.

—Tengo que dar las gracias a Hache por lo bien que se me dan las justas —comenté—. Nos pasábamos todo el día practicando aquí, en el Sótano. Si derroté al rey a la primera fue por eso, nada más que por eso.

—Lo suscribo —dijo Hache.

Extendió el brazo y chocamos los puños. Daito y Shoto sonrieron.

—A nosotros nos pasó lo mismo —explicó Daito—. Mi hermano y yo llevábamos años jugando a *Joust* porque el juego se menciona en el *Almanaque de Anorak*.

—Genial —dijo Art3mis, levantando las manos—. Me alegro por vosotros, chicos. Todos teníais ventaja. Qué contenta estoy, de verdad. Bravo. —Nos aplaudió con sarcasmo y nos echamos a reír—. Ahora, ¿podríamos posponer la sesión de la Asociación para la Admiración Mutua y regresar al tema que estábamos tratando?

—Sí, claro —respondió Hache sonriendo—. ¿Y cuál era el tema que estábamos tratando?

—¿Los sixers? —recordó Art3mis.

—Ah, sí, claro. —Hache se frotó la nuca y se mordió el labio inferior, algo que hacía siempre que intentaba aclararse las ideas—. Dices que han encontrado la tumba hace menos de una hora, ¿verdad? O sea que en cualquier momento llegarán al salón del trono y se enfrentarán al liche. Pero ¿qué creéis que ocurre cuando muchos avatares entran en la cámara funeraria a la vez?

Me giré hacia Daito y Shoto.

—Vuestros nombres aparecieron en el Marcador el mismo día con escasos minutos de diferencia. O sea que entrasteis juntos en el salón del trono, ¿no es cierto?

Daito asintió.

—Sí —contestó—. Y cuando subimos al estrado aparecieron dos copias del rey para que cada uno pudiera jugar.

—Fantástico —soltó Art3mis—. De modo que es posible que

cientos de sixers jueguen a la vez a *Joust* para conseguir la Llave de Cobre. O incluso miles.

—Sí —añadió Shoto—. Pero para obtener la llave, cada uno de los sixers debe derrotar al rey, y todos sabemos que no es fácil.

—Los sixers usan equipos de inmersión trucados —dije—. Sorrento me los ha mostrado con mucho orgullo. Los tienen programados de modo que distintos usuarios puedan controlar las acciones de todos los demás avatares. Así hacen que los mejores jugadores de *Joust* asuman el control de los avatares sixers durante las partidas contra Acererak. Uno tras otro.

—Cabrones tramposos —soltó Hache.

—Los sixers no tienen el menor sentido del honor —sentenció Daito, meneando la cabeza.

—Que sí —afirmó Art3mis, poniendo los ojos en blanco—. Eso ya lo sabíamos.

—Y eso no es todo —proseguí—. Cada uno de los sixers cuenta con un equipo de asesores formado por estudiosos de la vida de Halliday, expertos en videojuegos y criptólogos que les ayudan a superar los retos y a resolver los acertijos con los que se encuentran. Pasarse la simulación de *Juegos de guerra* será pan comido para ellos. Alguien les irá pasando los diálogos.

—Increíble —susurró Hache—. ¿Y cómo se supone que vamos a competir contra eso?

—No podemos —replicó Art3mis—. Cuando consigan la Llave de Cobre, lo más probable es que franqueen la Primera Puerta tan rápido como nosotros. No tardarán mucho en darnos alcance. Y una vez encuentren el acertijo de la Llave de Jade, pondrán a todos sus frikis del Huevo a trabajar noche y día hasta que lo descifren.

—Si encuentran el lugar donde se oculta la Llave de Jade antes que nosotros, también la bloquearán con barreras —añadí—. Y a partir de ese momento, los cinco estaremos en la misma situación que el resto.

Art3mis asintió. Hache, desesperado, dio un puñetazo en la mesilla.

—Esto no es nada justo. Los sixers juegan con muchísima

ventaja. Disponen de una cantidad ilimitada de dinero, armas, vehículos y avatares. Son miles y trabajan juntos.

—Exacto —admití yo—. Y nosotros vamos por nuestra cuenta. Bueno, excepto vosotros dos. —Señalé a Daito y Shoto con un leve movimiento de cabeza—. Pero sabéis a qué me refiero. Ellos nos superan en número y en armamento, y la situación no va a cambiar en el futuro inmediato.

—¿Y qué sugieres que hagamos? —preguntó Daito, incómodo de pronto.

—Yo no sugiero nada. Solo describo los hechos, tal como los veo.

—Bien —replicó—. Porque me había parecido que estabas a punto de proponer algún tipo de alianza entre los cinco.

Hache lo observó con atención.

—¿Y eso te parecería una idea tan horrorosa?

—Sí, así es —respondió él secamente—. Mi hermano y yo cazamos solos. Ni queremos ni necesitamos vuestra ayuda.

—¿Ah, sí? —insistió Hache—. Pues hace un momento has admitido que os hizo falta la ayuda de Parzival para encontrar la Tumba de los Horrores.

Daito entrecerró los ojos.

—La habríamos encontrado solos de todos modos.

—Sí, claro —replicó Hache—. Y seguramente habríais tardado otros cinco años.

—Vamos, Hache —intervine, interponiéndome entre ellos—. Esto no nos lleva a ninguna parte.

Hache y Daito intercambiaron miradas asesinas en silencio, y Shoto miró a su hermano con incertidumbre. Art3mis se mantenía en su sitio y nos contemplaba a todos con gesto ligeramente divertido.

—No hemos venido para que nos insulten —dijo Daito al fin—. Nos vamos.

—Espera, Daito —intervine—. Espera un segundo, ¿quieres? Vamos a hablarlo. No deberíamos despedirnos como enemigos. Aquí estamos todos en el mismo bando.

—No —replicó Daito—. No es así. Para nosotros sois unos

desconocidos. En realidad, cualquiera de vosotros podría ser un espía sixer.

Art3mis soltó una sonora carcajada al oírlo, pero al momento se cubrió la boca con la mano. Daito la ignoró.

—Esto no tiene sentido —añadió—. Solo una persona puede ser la primera en encontrar el Huevo y ganar el premio. Y esa persona seré yo o será mi hermano.

Dicho esto, los samuráis se desconectaron de improviso.

—Qué bien ha ido todo —dijo Art3mis cuando se esfumaron.

Asentí.

—Sí, de maravilla, Hache. Qué manera de tender puentes...

—¿Qué he hecho yo? —preguntó, a la defensiva—. ¡Daito ha demostrado ser un gilipollas integral! Además, tampoco es que fuéramos a pedirles que formaran equipo con nosotros, ¿no? Yo soy un solitario recalcitrante y tú también. Y diría que Art3mis también es una loba solitaria.

—No puedo negarlo —admitió ella, sonriendo—. Aun así, tenemos razones para defender una alianza contra los sixers.

—Tal vez —dijo Hache—. Pero piénsalo un poco. Si encuentras la Llave de Jade antes que nosotros, ¿vas a ser generosa y nos vas a decir dónde está?

Art3mis volvió a sonreír.

—Pues claro que no.

—Yo tampoco —confesó Hache—. De modo que no tiene sentido hablar de alianzas.

Art3mis se encogió de hombros.

—Bien, en ese caso parece que la reunión ha terminado. Creo que tendría que irme. —Me guiñó un ojo—. El tiempo es oro, ¿verdad, chicos?

—Tic-tac —dije yo.

—Buena suerte, compañeros. —Se despidió de los dos agitando la mano—. Nos vemos.

—Nos vemos —respondimos al unísono.

Vi cómo su avatar desaparecía poco a poco y al girar pillé a Hache sonriéndome.

—¿Qué es lo que te hace gracia? —pregunté.

—Estás colgadísimo por ella, ¿verdad?

—¿Qué? ¿De Art3mis? No...

—No lo niegues, Zeta. No has dejado de ponerle ojitos durante todo el rato que ha estado aquí. —Escenificó lo que decía llevándose las manos al pecho y parpadeando como un intérprete de cine mudo—. He grabado toda la sesión de chat. ¿Quieres que la ponga para demostrarte las caras de tonto que ponías?

—Basta de gilipolleces.

—Es comprensible, tío —insistió Hache—. La chica es una monada.

—¿Y bien? ¿Has tenido suerte con el nuevo acertijo? —le pregunté para cambiar de tema—. ¿Con el cuarteto de la Llave de Jade?

—¿Cuarteto?

—Un poema o estrofa de cuatro versos que riman se llama cuarteto.

Hache puso los ojos en blanco.

—Eres demasiado, tío.

—¿Qué pasa? ¿Qué culpa tengo yo de que ese sea el término correcto, capullo?

—Es un acertijo, tío. Y no, todavía no lo he descifrado.

—Yo tampoco —confesé—. Así que no creo que debamos quedarnos aquí discutiendo. Va siendo hora de que nos pongamos manos a la obra.

—Estoy de acuerdo —concedió—, pero...

En ese preciso instante, unos cómics apilados en el otro extremo de la sala se cayeron de la mesa y aterrizaron en el suelo como si alguien los hubiera rozado al pasar. Hache y yo nos asustamos e intercambiamos miradas de perplejidad.

—¿Qué coño ha sido eso? —pregunté.

—No lo sé. —Hache se acercó y examinó los cómics esparcidos por el suelo—. ¿No habrá sido un error de *software* o algo así?

—Nunca había visto un error así en una sala de chat —repliqué yo, echando un vistazo al lugar vacío—. ¿No podría ser que hubiera alguien más? ¿Un avatar invisible que estuviera escuchándonos?

Hache entrecerró los ojos.

—No puede ser, Zeta —contestó—. Estás demasiado paranoico. Esta sala es privada y está encriptada. Aquí no puede entrar nadie sin mi permiso. Ya lo sabes.

—Es verdad —dije, todavía asustado.

—Tranquilo. Habrá sido un fallo. —Apoyó una mano en mi hombro—. Escucha, si cambias de opinión y quieres que te preste algo de dinero, dímelo. O si necesitas un sitio donde dormir.

—No hace falta. Pero gracias, compadre.

Volvimos a chocarnos los puños, como los Gemelos Fantásticos cuando activaban sus poderes.

—Te llamo luego. Buena suerte, Zeta.

—Lo mismo digo, Hache.

0016

Pocas horas después, las casillas vacías que queda- ban en el Marcador empezaron a llenarse una tras otra y en rápida sucesión. No con nombres de avatares, sino con números de empleados de IOI. Cada uno aparecía seguido de 5.000 puntos (que parecía ser el valor fijo para quienes obtuvieran la Llave de Cobre) y unas horas después, a estos se sumarían otros 100.000 una vez que los sixers franquearon la Primera Puerta. Esa noche el Marcador terminó presentando la siguiente clasificación:

1.	Parzival	110.000	廿
2.	Art3mis	109.000	廿
3.	Hache	108.000	廿
4.	Daito	107.000	廿
5.	Shoto	106.000	廿
6.	IOI-655321	105.000	廿
7.	IOI-643187	105.000	廿
8.	IOI-621671	105.000	廿廿廿廿
9.	IOI-678324	105.000	廿
10.	IOI-637330	105.000	廿

Reconocí el número del primer empleado sixer porque lo había visto impreso en el uniforme de Sorrento. Seguro que habría presionado para que su avatar fuera el primero en obtener la Llave de Cobre y en franquear la puerta. Pero me costaba creer que lo hubiera conseguido por sus propios medios. No era posible que fuera tan bueno a *Joust*. Ni que se supiera *Juegos de guerra* de memoria. Pero ahora sabía que no le hacía falta serlo. Cuando se encontrara con un reto que no fuera capaz de superar, como ganar en *Joust*, solo tenía que pasar el control de su avatar a alguno de sus lacayos. Y durante la prueba de *Juegos de guerra*, seguramente tenía a alguien que le iba soplando las líneas de diálogo a través de su equipo de inmersión trucado.

A partir del momento en el que se llenaron las casillas vacías del Marcador, la tabla siguió creciendo y aparecieron clasificaciones más allá del décimo puesto. Poco después, eran ya veinte los avatares enumerados. Luego, treinta. En el transcurso de las veinticuatro horas siguientes, sesenta avatares sixer habían logrado franquear la Primera Puerta.

Entretanto, Ludus se había convertido en el destino más popular de OASIS. Las terminales de transporte de todo el planeta expelían un caudal constante de gunters que se desperdigaba por la superficie, sembraban el caos y alteraban el ritmo normal de las clases en las instalaciones escolares. La Dirección de la Escuela Pública de OASIS vio lo que se le venía encima y ordenó la evacuación inmediata de Ludus y el traslado de sus escuelas a una nueva ubicación. Ludus II, una copia idéntica del planeta, se creó en el mismo sector y a poca distancia del original. Se concedió un día libre a todos los alumnos para dar tiempo a crear una copia de seguridad del código fuente original en la nueva ubicación (a excepción del código de la Tumba de los Horrores que Halliday había añadido en secreto en algún momento). Las clases se reanudaron al día siguiente en Ludus II, y Ludus quedó para que sixers y gunters pelearan por él.

No tardó en correrse la voz de que los sixers se encontraban acampados alrededor de una colina de cima plana que se alzaba en el centro de un bosque remoto. La localización exacta de la tumba apareció esa noche en los foros junto con capturas de pantalla que mostraban los campos de fuerza que los sixers habían erigido para mantener alejados a los demás. En las capturas también se distinguía claramente la calavera de piedras que remataba la cima. En cuestión de horas, la relación de todo aquello con el módulo de *La Tumba de los Horrores* de *Dungeons & Dragons* se publicó en todos los foros de gunters. Luego llegó a los medios.

Los clanes de gunters más numerosos se aliaron al momento para realizar un ataque a gran escala contra los campos de fuerza de los sixers e intentaron todo lo que se les ocurrió para destruirlo o atravesarlo. Los sixers habían instalado disruptores de teletransportación para impedir que nadie accediera al interior del campo de fuerza por medios tecnológicos. También dispusieron un equipo de magos de alto nivel alrededor de la tumba. Aquellos usuarios de la magia se pasaban el día lanzando hechizos para mantener el lugar encapsulado en una zona temporal antimagia, lo que impedía que aquellos campos de fuerza pudieran ser sorteados con hechizos.

Los clanes bombardearon el campo exterior con cohetes, misiles, bombas nucleares y agresiones verbales. Asediaron la tumba toda la noche, pero a la mañana siguiente los dos campos de fuerza seguían intactos.

Desesperados, los clanes decidieron recurrir a la artillería pesada. Aunaron esfuerzos y adquirieron en eBay dos potentísimas bombas antimateria muy caras. Las hicieron detonar consecutivamente, con segundos de diferencia. La primera de ellas derribó el escudo exterior y la segunda culminó la misión. Cuando el segundo campo de fuerza fue derribado, miles de gunters (que no habían resultado afectados por las explosiones, ya que el planeta no es una zona PvP) se adentraron en la tumba y taponaron los pasadizos de la mazmorra. Poco después, ya se encontraban agolpados en la cámara funeraria, dispuestos a desafiar al rey liche a una partida de *Joust*. Aparecieron varias copias del rey, una por avatar que lograba poner los pies en el estrado. El noventa y cinco por ciento de los gunters que se enfrentaba a él perdían y morían. Pero unos pocos tuvieron éxito y al final del Marcador, tras los Cinco Mejores y las docenas de empleados de IOI, empezaron a aparecer nombres de nuevos avatares. En cuestión de días, la cantidad de nombres de avatares en el Marcador había superado el centenar.

Con la zona llena de gunters, los sixers ya no podían volver a instalar su campo de fuerza. Los gunters los atacaban y destruían las naves y los equipos que encontraban nada más verlos. De modo que los sixers renunciaron a su barricada, pero siguieron enviando avatares a la Tumba de los Horrores para *farmear* el máximo número de copias de la Llave de Cobre. Nadie podía hacer nada para detenerlos.

* * *

Al día siguiente de la explosión en las torres, pusieron un breve reportaje en uno de los informativos locales. Mostraron una grabación donde unos voluntarios buscaban restos humanos entre los escombros. Lo que encontraban estaba en tal estado que no había ninguna posibilidad de identificarlo.

Al parecer, los sixers habían colocado en el lugar de los hechos gran cantidad de productos químicos y de equipos de fabricación de drogas para que pareciera que había estallado un laboratorio de metanfetaminas en alguna de las caravanas. Les salió como esperaban. Los policías no se molestaron siquiera en investigar los hechos. Las torres que rodeaban al montón de caravanas aplastadas y calcinadas estaban tan aglutinadas que no era seguro usar alguna de las viejas grúas de construcción para intentar retirar los restos. Dejaron aquel amasijo de hierros donde había caído para que se oxidara sobre la tierra.

Tan pronto como recibí en mi cuenta el primero de los pagos por los derechos, adquirí un billete de autobús solo de ida con destino a Columbus, Ohio, que salía a las ocho de la mañana del día siguiente. Pagué el suplemento de primera clase, que incluía un asiento más cómodo y una conexión con mayor ancho de banda. Pensaba pasar gran parte del largo trayecto conectado a OASIS.

Después de reservar el viaje, hice una lista de todo lo que tenía en mi guarida y metí en un viejo morral los artículos que había decidido llevarme: la consola de OASIS que entregaban en el colegio, el visor, los guantes, mi ejemplar desgastado del *Almanaque de Anorak*, mi diario del Santo Grial, algo de ropa y mi ordenador portátil. Dejé todo lo demás.

Cuando anocheció, salí de la furgoneta, la cerré y arrojé las llaves entre el montón de chatarra. Me cargué al hombro el morral y me alejé de las torres por última vez. Sin mirar atrás.

Caminé por calles concurridas y logré evitar que me robaran de camino a la estación de autobuses. Al otro lado de la puerta había un destartalado punto de atención al cliente que emitió mi billete después de pasarme un escáner de retina. Me senté junto a la puerta mientras leía el *Almanaque de Anorak* y esperaba a que fuera hora de subir al autobús.

Era un vehículo de dos plantas con carrocería blindada, cristales antibalas y paneles solares en el techo. Una fortaleza con ruedas. Me había tocado un asiento con ventanilla y dos filas por detrás del conductor, que iba metido dentro de una caja de plexiglás antibalas. Un equipo formado por seis guardias armados hasta los dientes iba en el piso superior para proteger el vehículo y a sus pasajeros en caso de secuestro por parte de agentes de carretera o forajidos; algo bastante probable cuando nos adentráramos en las tierras baldías y sin ley que se extendían más allá de la seguridad de las grandes ciudades.

El autobús iba lleno. Casi todos los pasajeros se colocaron sus visores nada más subir. Yo tardé un rato en hacerlo, el suficiente para poder contemplar mi ciudad natal alejarse en la carretera que se suponía detrás de nosotros a medida que atravesábamos el mar de aerogeneradores que la rodeaba.

El motor eléctrico del autobús alcanzaba una velocidad máxima de sesenta y cinco kilómetros por hora, aunque a causa del deterioro del sistema de autopistas interestatales y de las paradas constantes que el vehículo debía realizar en las estaciones de recarga, tardé varios días en llegar a mi destino. Pasé casi todo ese tiempo conectado a OASIS, preparándome para comenzar una nueva vida.

Lo primero que tuve que hacer fue crearme una identidad nueva. Ahora que tenía dinero, no me resultó difícil. En OASIS podías comprar casi cualquier tipo de información si sabías dónde buscar y a quién preguntar, y si no te importaba infringir la ley. Había un montón de gente desesperada y corrupta que trabajaba para el Gobierno (y para todas las grandes empresas) y que vendían información sobre OASIS en el mercado negro.

Mi nuevo estatus de gunter conocido en todo el mundo me proporcionó una gran credibilidad en el mundo de los bajos fondos y me sirvió para establecer contacto con una página ilegal de subasta de datos llamada L33t Hax0rz Warezhaus donde, por una suma ridícula de dinero, adquirí varios procedimientos de acceso y contraseñas para el Registro Civil. Con ellos pude conectarme a la base de datos y acceder a mi perfil de ciudadano, creado cuando me matriculé en la escuela. Borré mis huellas dactilares y mi patrón de retina, y los sustituí por los de un fallecido (mi padre). Después copié mis huellas y mi patrón de retina en un nuevo perfil de identidad que acababa de crear bajo el nombre de Bryce Lynch. Le asigné veintidós años, un número nuevo de la Seguridad Social, una calificación de crédito inmaculada y una licenciatura en Informática. Cuando quisiera recuperar mi identidad anterior, lo único que tendría que hacer sería borrar la identidad de Lynch y copiar mis huellas y mi patrón de retina una vez más en el archivo original.

Ahora que tenía una nueva identidad, empecé a buscar en los anuncios clasificados de Columbus un apartamento adecuado y encontré una habitación relativamente económica en un hotel antiguo ubicado en un rascacielos, reliquia de los días en que la gente aún se desplazaba en viajes de negocios y por placer. Todas las habitaciones habían sido convertidas en estudios autosuficientes para satisfacer las necesidades específicas de un gunter a tiempo completo. Tenía todo lo que quería: un alquiler aceptable, un sistema de seguridad de última generación, además de un acceso constante y fiable a toda la corriente eléctrica que pudiera pagar. Con todo, para mí lo más importante era que el edificio contaba con una conexión directa de fibra óptica a los servidores principales de OASIS, que estaban a escasos kilómetros de allí. Era la conexión a internet más rápida y fiable de todas, y como no la suministraba IOI ni ninguna de sus empresas subsidiarias, podía estar seguro de que no controlarían mi conexión ni intentarían localizarme. Estaría a salvo.

Me conecté a un chat para conversar con el agente inmobiliario, que me acompañó en una visita virtual de mi nueva residencia. El lugar me pareció perfecto. Lo alquilé con mi nueva identidad y pagué seis meses de alquiler por adelantado para evitar que el agente formulara más preguntas de la cuenta.

•   •   •

De madrugada, a veces me quitaba el visor y miraba por la ventanilla mientras el autobús avanzaba lentamente por la autopista desvencijada. Nunca había salido de Oklahoma City y sentía curiosidad por ver cómo era el resto del país. Pero el paisaje siempre era deprimente, y todas las ciudades superpobladas y decadentes por las que pasábamos eran idénticas.

Después de lo que me parecieron meses de viaje, el contorno de Columbus al fin apareció en el horizonte, resplandeciente como Oz al final del camino de baldosas amarillas. Llegamos cuando se ponía el sol, y nunca había visto tantas luces encendidas a la vez. Leí que se habían instalado placas solares gigantes en toda la ciudad y que a las afueras había dos helioestatos con sus respectivas centrales de energía. Acumulaban luz solar durante el día y la descargaban sobre la ciudad por la noche.

Al llegar a la estación de autobuses de Columbus, mi conexión a OASIS se cortó. Me quité el visor e hice cola junto con los demás pasajeros. En ese momento empecé a ser consciente de mi situación actual. Era un fugitivo que vivía con un nombre falso. Había gente muy poderosa que me seguía la pista. Gente que me quería ver muerto.

Al bajar del autobús sentí un gran peso que me oprimía el pecho. Me costaba respirar. Tal vez fuera un ataque de pánico. Me obligué a respirar hondo varias veces e intenté calmarme. Lo único que tenía que hacer era llegar a mi nuevo apartamento, montar el equipo y volver a conectarme a OASIS. Entonces todo volvería a la normalidad. Volvería a estar en territorio conocido. Me sentiría a salvo.

Paré un autotaxi e introduje mi nueva dirección en la pantalla táctil. La voz sintetizada del ordenador de a bordo me informó de que el trayecto tenía una duración estimada de treinta y dos minutos según las condiciones de tráfico del momento. Durante el trayecto, observé las oscuras calles de la ciudad. Todavía me sentía algo mareado e inquieto. Miraba el taxímetro una y otra vez para ver cuánto faltaba para llegar. Finalmente, el vehículo se detuvo frente el edificio de mi nuevo apartamento, un monolito de color pizarra situado a orillas del Scioto, muy cerca del gueto de Twin Rivers. Me fijé en el logotipo descolorido de la fachada, que indicaba que aquello había sido un hotel Hilton.

Pagué la tarifa tocando con el pulgar y bajé del taxi. Eché un último vistazo a mi alrededor, respiré una última bocanada de aire fresco y, cargado con la mochila, atravesé la puerta principal y entré en el vestíbulo. Accedí al puesto de control de seguridad, donde me escanearon las huellas dactilares y los patrones de retina. Mi nuevo nombre apareció iluminado en el monitor. Se encendió una luz verde, se abrió la puerta del puesto de control y me abrí paso hacia los ascensores.

Mi apartamento se encontraba en la planta cuarenta y dos, era el número 4211. Para abrir la puerta había que pasar otro control de retina. Al hacerlo, la puerta se desbloqueó y las luces interiores se encendieron de forma automática. La habitación tenía forma cúbica y no estaba amueblada. Entré y pasé el seguro. Me juré que no saldría de allí hasta que hubiera completado la misión. Iba a abandonar el mundo real hasta que encontrara el Huevo.

NIVEL 2

La realidad no me entusiasma, pero sigue siendo el
único lugar donde conseguir una comida digna.

Groucho Marx

Art3mis: ¿Estás ahí?

Parzival: ¡Hola! ¡Sí! No puedo creerme que por fin respondas a una de mis solicitudes de chat.

Art3mis: Lo hago solo para pedirte que pares. No es buena idea que empecemos a chatear ahora.

Parzival: ¿Por qué? Creía que éramos amigos.

Art3mis: Pareces un buen tío. Pero somos competidores. Gunters rivales. Enemigos declarados. Ya sabes.

Parzival: No tenemos por qué hablar de nada relacionado con la Cacería...

Art3mis: Todo está relacionado con la Cacería.

Parzival: Venga. Vamos a intentarlo al menos. ¡Hola, Art3mis! ¿Cómo estás?

Art3mis: Bien. Gracias por preguntar. ¿Y tú?

Parzival: Genial. Oye, ¿por qué usamos esta interfaz de chat de texto tan antigua? Si quieres puedo crear una sala de chat virtual para los dos.

Art3mis: Prefiero este.

Parzival: ¿Por qué?

Art3mis: Como tal vez recuerdes, en la vida real tiendo a hablar demasiado rápido. Pero si me obligo a escribir todo lo que me viene a la cabeza, tengo que frenar un poco y no me descontrolo tanto.

Parzival: A mí no me parece que pierdas el control. A mí me pareces encantadora.

Art3mis: ¿Acabas de usar la palabra «encantadora»?

Parzival: Tienes la palabra que he escrito delante, ¿no?

Art3mis: Eres muy amable. Y un mentiroso de mierda.

Parzival: Lo digo muy en serio.

Art3mis: ¿Y qué tal se ve la vida desde lo alto del Marcador, fenómeno? ¿Estás harto de ser famoso?

Parzival: No creo que sea famoso.

Art3mis: ¿Estás de broma? El mundo entero se muere de ganas de averiguar quién eres. Eres una estrella de rock, tío.

Parzival: Pues tú eres tan famosa como yo. Y si soy esa estrella de rock que dices, ¿cómo es que los medios de comunicación siempre me presentan como un friki que no se baña y nunca sale de casa?

Art3mis: Así que viste el *sketch* que nos dedicaron en el *Saturday Night Live*.

Parzival: Sí. ¿Por qué todo el mundo da por hecho que soy un colgado antisocial?

Art3mis: ¿No eres antisocial?

Parzival: ¡No! Bueno, puede que sí. Está bien, sí, lo soy. Pero mi higiene personal es irreprochable.

Art3mis: Al menos acertaron en el género. Todo el mundo dice que yo en la vida real soy un hombre.

Parzival: Eso es porque la mayoría de los gunters lo son y no pueden aceptar que una mujer sea más lista que ellos y vaya por delante.

Art3mis: Lo sé. Neandertales.

Parzival: ¿Me acabas de confirmar que sí que eres una mujer? IRL.

Art3mis: Eso deberías haberlo descubierto por tu cuenta, Clouseau.

Parzival: Y lo hice. Lo he descubierto.

Art3mis: ¿Ah, sí?

Parzival: Sí. Tras analizar los datos disponibles, he llegado a la conclusión de que tienes que ser mujer.

Art3mis: ¿Por qué tengo que serlo?

Parzival: Porque no quiero descubrir que estoy colado por un tipo de 140 kilos llamado Chuck que vive en el sótano de su madre en las afueras de Detroit.

Art3mis: ¿Estás colado por mí?

Parzival: Eso ya deberías haberlo descubierto por tu cuenta, Clouseau.

Art3mis: ¿Y si fuera una tipa de 140 kilos que vive en el sótano de su madre en las afueras de Detroit? ¿Seguirías colado por mí?

Parzival: No sé. ¿Vives en el sótano de tu madre?

Art3mis: No.

Parzival: Pues sí. Es probable que siguiera colado por ti, sí.

Art3mis: O sea, que se supone que tengo que creerme que eres uno de esos tíos mitológicos que solo se fijan en la personalidad de las mujeres, y no en el envoltorio.

Parzival: ¿Y por qué presupones que soy un hombre?

Art3mis: Por favor. Pero si es obvio. De ti no me llegan más que vibraciones masculinas.

Parzival: ¿Vibraciones masculinas? ¿Acaso uso estructuras sintácticas masculinas o algo por el estilo?

Art3mis: No cambies de tema. ¿Decías que estabas colado por mí?

Parzival: Ya lo estaba desde antes de conocerte. Desde que empecé a leer tu blog y a conocer tus puntos de vista. Llevo años siguiéndote la pista digitalmente.

Art3mis: Pero si todavía no sabes nada de mí. De mi verdadera personalidad.

Parzival: Esto es OASIS. Aquí no somos más que pura personalidad.

Art3mis: Permíteme discrepar. Todo lo referente a nuestra personalidad pasa por el filtro por nuestros avatares, con los que controlamos nuestro aspecto y la manera en la que nos oyen los demás. OASIS nos permite ser quien queramos ser. Por eso todo el mundo es adicto a él.

Parzival: O sea, que IRL no te pareces en nada a la persona que conocí la otra noche en la tumba.

Art3mis: Esa era solo una parte de mí. La parte que decidí mostrarte.

Parzival: Pues esa parte me gusta. Y estoy seguro de que si me mostraras las demás, también me gustarían.

Art3mis: Eso lo dices ahora. Pero ya sé cómo son las cosas. Tarde o temprano querrás ver una foto de mi aspecto real.

Parzival: No soy de los que van con exigencias. Además, no voy a enseñarte ninguna foto mía, eso seguro.

Art3mis: ¿Por qué? ¿Tan feo eres?

Parzival: ¡Qué hipócrita!

Art3mis: ¿Y? Contéstame, Claire. ¿Eres feo?

Parzival: Debo de serlo.

Art3mis: ¿Por?

Parzival: Las mujeres de la especie siempre me encuentran repelente.

Art3mis: Yo no te encuentro repelente.

Parzival: Por supuesto que no. Porque eres un hombre obeso llamado Chuck al que le gusta chatear con jovencitos feos.

Art3mis: O sea, que eres joven.

Parzival: Relativamente joven.

Art3mis: ¿Relativamente respecto a qué?

Parzival: Respecto a un tipo de cincuenta años como tú, Chuck. ¿Tu madre te deja vivir en el sótano sin pagar alquiler?

Art3mis: ¿De verdad que es así como me imaginas?

Parzival: Si fuera así, en este momento no estaría hablando contigo.

Art3mis: Entonces, ¿cómo me imaginas?

Parzival: Como tu avatar, supongo. Pero sin armadura, sin armas y sin espada resplandeciente.

Art3mis: Estás de broma, ¿no? Pero si esa es la primera regla de los romances *online*: nadie se parece en nada a su avatar.

Parzival: ¿Vamos a tener un romance *online*? [Cruza los dedos.]

Art3mis: De ninguna manera, máquina. Lo siento.

Parzival: ¿Por qué no?

Art3mis: Ahora no tiempo para ligar, doctor Jones. Mi adicción al cibersexo me deja sin tiempo libre. Y la búsqueda de la Llave de Jade se lleva el resto. De hecho, eso es lo que debería estar haciendo ahora.

Parzival: Sí, yo también. Pero hablar contigo es más divertido.

Art3mis: ¿Y tú?

Parzival: ¿Y yo qué?

Art3mis: ¿Tienes tiempo para un romance *online*?

Parzival: Tengo tiempo para ti.

Art3mis: Te pasas.

Parzival: Pues todavía no he terminado de hacerte la pelota.

Art3mis: ¿Y tienes trabajo? ¿O todavía estás en el instituto?

Parzival: En el instituto. Me gradúo la semana que viene.

Art3mis: ¡No deberías revelar ese tipo de datos! Podría ser un espía sixer intentando identificarte.

Parzival: Los sixers ya me tienen identificado, ¿no te acuerdas? Bombardearon mi casa. Bueno, era una caravana. Pero la hicieron saltar por los aires.

Art3mis: Lo sé. Todavía estoy impresionada. Ni me imagino cómo debes sentirte.

Parzival: La venganza es un plato que se sirve frío.

Art3mis: Pues buen provecho. ¿Y a qué te dedicas cuando no estás cazando?

Parzival: Me niego a seguir respondiendo a más preguntas hasta que tú hagas lo mismo.

Art3mis: De acuerdo. *Quid pro quo*, doctor Lecter. Nos turnaremos. Adelante.

Parzival: ¿Trabajas o vas al instituto?

Art3mis: A la universidad.

Parzival: ¿Qué estudias?

Art3mis: Ahora me toca a mí. ¿Qué haces cuando no estás cazando?

Parzival: Nada. Solo cazo. Ahora mismo estoy cazando. Soy multitarea en todas partes.

Art3mis: Yo también.

Parzival: ¿De veras? Pues no le quitaré el ojo al Marcador, por si acaso.

Art3mis: Hazlo, máquina.

Parzival: ¿Qué estudias en la universidad?

Art3mis: Poesía y escritura creativa.

Parzival: Tiene sentido. Escribes muy bien.

Art3mis: Gracias por el cumplido. ¿Cuántos años tienes?

Parzival: Cumplí 18 el mes pasado. ¿Y tú?

Art3mis: ¿No te parece que estamos intimando demasiado?

Parzival: En absoluto.

Art3mis: 19.

Parzival: Ah. Una mujer mayor. Me pone.

Art3mis: Si es que soy mujer...

Parzival: ¿Eres una mujer?

Art3mis: No te toca preguntar.

Parzival: Está bien.

Art3mis: ¿Conoces bien a Hache?

Parzival: Es mi mejor amigo desde hace cinco años. Y ahora, suéltalo ya. ¿Eres una mujer? Lo que quiero saber es si eres un ser humano de sexo femenino que no se ha sometido nunca a un cambio de sexo.

Art3mis: Eso es ser muy específico.

Parzival: Contéstame, Claire.

Art3mis: Lo soy. Siempre lo he sido. Un ser humano de sexo femenino. ¿Conoces a Hache IRL?

Parzival: No. ¿Tienes hermanos?

Art3mis: No. ¿Y tú?

Parzival: No. ¿Tienes padres?

Art3mis: Murieron. De gripe. Me criaron mis abuelos. ¿Tú tienes padres?

Parzival: No. Los míos también están muertos.

Art3mis: Menuda mierda, ¿no? No tener a los padres cerca...

Parzival: Sí. Pero hay mucha gente que está peor que yo.

Art3mis: Sí, es lo que me digo siempre. ¿Hache y tú actuáis como un dúo?

Parzival: Venga, ya está...

Art3mis: ¿Sí o no?

Parzival: No. Y que sepas que él me ha preguntado lo mismo sobre nosotros. Porque franqueaste la Primera Puerta pocas horas después de mí.

Art3mis: Lo que me recuerda que... ¿Por qué me ayudaste? ¿Por qué me dijiste que me cambiara de lado para jugar a *Joust*?

Parzival: Me apeteció ayudarte.

Art3mis: Pues no deberías volver a cometer el mismo error. Porque yo soy la que va a ganar. Supongo que lo sabes, ¿no?

Parzival: Sí, sí. Veremos.

Art3mis: Estamos jugando a las preguntas, tonto. Y tú ya te has saltado al menos cinco.

Parzival: Está bien, está bien. ¿De qué color tienes el pelo?

Art3mis: Castaño oscuro.

Parzival: ¿Y los ojos?

Art3mis: Azules.

Parzival: Como tu avatar. ¿Tienes también la misma cara y el mismo cuerpo?

Art3mis: Hasta donde has de saber tú, sí.

Parzival: Está bien. ¿Cuál es tu película favorita de todos los tiempos?

Art3mis: Va cambiando. ¿Ahora mismo? Puede que *Los inmortales*.

Parzival: Tenéis buen gusto, señora.

Art3mis: Lo sé. No puedo evitarlo, me gustan los tipos malos y calvos. El Kurgan es tan sexy...

Parzival: Pues tendré que afeitarme la cabeza ahora mismo. Y empezaré a vestirme con ropa de cuero.

Art3mis: Pues envíame fotos. Oye, tengo que desconectarme ya, Romeo. Puedes formularme una última pregunta. Tengo que dormir algo.

Parzival: ¿Cuándo podremos volver a chatear?

Art3mis: Cuando uno de los dos haya encontrado el Huevo.

Parzival: Podríamos tardar años.

Art3mis: Qué le vamos a hacer.

Parzival: ¿Puedo al menos seguir enviándonte correos?

Art3mis: No es buena idea.

Parzival: No puedes impedir que lo haga.

Art3mis: En realidad, sí puedo. Puedo bloquearte en mi lista de contactos.

Parzival: Pero no lo harás, ¿verdad?

Art3mis: No, si no me obligas.

Parzival: Qué dura. Innecesariamente dura.

Art3mis: Buenas noches, Parzival.

Parzival: Adiós, Art3mis. Que duermas bien.

Fin de chat: 27-2-2045 / 02.51.38

• • •

Empecé a enviarle correos electrónicos. Al principio me reprimía un poco y le escribía solo una vez a la semana. Para mi sorpresa, siempre me respondía. Por lo general, lo hacía con una frase en la que me comunicaba que estaba demasiado ocupada para responder. Pero de vez en cuando sus respuestas eran más largas, y así fue como empezamos a escribirnos. Al principio, varias veces a la semana. Poco a poco, los correos se fueron haciendo más extensos y personales. Empezamos a escribirnos al menos una vez al día. En ocasiones, más. Cada vez que un correo electrónico suyo llegaba a mi bandeja de entrada, dejaba todo lo que estuviera haciendo y lo leía.

Al poco tiempo, pasamos a reunirnos en sesiones de chat privadas al menos una vez al día. Jugábamos en juegos de mesa antiguos, veíamos películas y escuchábamos música. Hablábamos durante horas. Conversaciones larguísimas y apasionadas sobre todo lo humano y lo divino. Pasar tiempo con ella me embriagaba. Parecíamos tenerlo todo en común. Compartíamos los mismos intereses. Teníamos el mismo objetivo. Entendía todas mis bromas. Me hacía reír. Me hacía pensar y cambiar mi manera de ver el mundo. Nunca había establecido una relación tan estrecha y cercana con otro ser humano. Ni siquiera con Hache.

Ya no me importaba que en teoría fuéramos rivales, y al parecer a ella tampoco. Empezamos a compartir detalles de nuestras investigaciones. Nos contábamos qué películas estábamos viendo en ese momento y qué libros leíamos. Empezamos incluso a intercambiar teorías y a debatir nuestras interpretaciones de distintos pasajes del *Almanaque*. Cuando estaba con ella no era capaz de tener cuidado. Una vocecilla en mi mente no dejaba de advertirme de que todo lo que me decía en realidad podía ser un intento de liarme y que sin duda alguna quería confundirme. Pero no lo creía. Confiaba en Art3mis, a pesar de tener motivos para no hacerlo.

A principios de junio terminé el instituto. No asistí a la ceremonia de graduación. Había dejado de ir a clase cuando hui de las torres. Suponía que los sixers me daban por muerto y no quería ir a clase esas últimas semanas para que dejaran de pensarlo. Perderme los exámenes finales no era grave en mi caso, pues había conseguido un número de créditos más que suficiente para obtener el título. La escuela me lo envió por correo electrónico. El diploma real en papel lo mandaron por correo postal a mi domicilio de las torres, que ya no existía, por lo que no sé qué fue de él.

Mi intención, al terminar el instituto, era entregarme en cuerpo y alma a la Cacería. Pero lo único que me apetecía era estar con Art3mis.

• • •

Cuando no salía con mi nueva seudonovia *online*, pasaba el rato subiendo de nivel mi avatar. Los gunters lo llamaban «llegar a noventa y nueve», porque era el nivel máximo que los avatares podían alcanzar. Art3mis y Hache lo habían logrado hacía poco, y yo no quería quedarme atrás. En realidad no tardé mucho, porque disponía de todo el tiempo del mundo y también de dinero y medios para explorar OASIS sin restricciones. De modo que empecé a completar las misiones que se me cruzaban en el camino y a veces subía cinco o seis niveles en un solo día. Me hice multiclase guerrero/mago. Al tiempo que mejoraban las estadísticas de mi avatar, perfeccioné mis aptitudes para el combate y los hechizos mientras me hacía con una gran variedad de armas poderosas, objetos mágicos y vehículos.

Art3mis y yo llegamos a formar grupo para algunas misiones. Visitamos el planeta Muelles de Goon y completamos la misión entera de *Los Goonies* en un solo día. Arty interpretó al personaje de Martha Plimpton, Stef, mientras que yo hacía de Mikey, el personaje de Sean Astin. Nos divertimos mucho.

Pero no pasaba todo el rato distrayéndome. Intentaba no alejarme del objetivo del juego. Lo intentaba. Al menos una vez al día abría el cuarteto y trataba de descifrar su significado.

> *Guarda la Llave de Jade el capitán*
> *en una morada vieja y decadente.*
> *Pero el silbato solo podrás hacer sonar*
> *cuando todos los trofeos recolectes.*

Durante un tiempo había creído que el silbato del tercer verso podía hacer referencia a una serie de televisión japonesa de finales de los años sesenta llamada *Los gigantes del espacio*, que habían doblado y emitido durante los años setenta y ochenta. *Los gigantes del espacio* (que en japonés se llamaba *Maguma Taishi*) estaba protagonizada por una familia de robots que se podían transformar, vivían en un volcán y luchaban contra un malvado alienígena llamado Rodak. En el *Almanaque de Anorak*, Halliday mencionaba la serie en varias ocasiones y la consideraba una de sus favoritas de la infancia. Uno de los personajes principales de la serie era un niño llamado Miko que hacía sonar un silbato especial para llamar a los robots cuando necesitaba que acudieran en su ayuda. Vi los cincuenta y dos episodios cutres de *Los gigantes del espacio* de un tirón mientras engullía frituras de maíz y tomaba apuntes. Pero después de aquella maratón seguía sin entender el significado del cuarteto. Estaba ante otro callejón sin salida. Llegué a la conclusión de que Halliday debía de referirse a algún otro silbato.

Un sábado por la mañana por fin tuve una pequeña revelación. Estaba viendo una recopilación de anuncios de cereales de los ochenta cuando me dio por cuestionarme por qué los fabricantes habían dejado de regalar juguetes en las cajas. En mi opinión, aquello era una tragedia, una señal más de que la civilización se estaba yendo a la mierda. Mientras reflexionaba sobre el tema apareció en la pantalla un anuncio viejo de los cereales Cap'n Crunch. Fue entonces cuando establecí la relación entre el primer y el tercer verso del cuarteto: «Guarda la Llave de Jade el capitán... Pero el silbato solo podrás hacer sonar...».

Era una referencia de Halliday al célebre pirata informático de los setenta, John Draper, más conocido por su apodo Capitán Crunch. Draper fue uno de los primeros *phreakers* del mundo y se hizo famoso por descubrir que los silbatos de plástico que venían de regalo en las cajas de cereales Cap'n Crunch podían usarse para realizar llamadas de larga distancia, pues emitían un tono de 2.600 Hz que engañaba al sistema telefónico analógico y permitía el acceso gratuito a la línea.

«Guarda la Llave de Jade el capitán.»

Tenía que ser eso. «El capitán» era Cap'n Crunch y «el silbato», el silbato de plástico de juguete famoso entre los *phreakers*.

Tal vez la Llave de Jade estuviera camuflada como uno de aquellos silbatos de juguete, oculto en una caja de cereales Cap'n Crunch... Pero ¿dónde se ocultaba la caja?

«En una morada vieja y decadente.»

Seguía sin saber a qué morada vieja y decadente se refería ese verso ni adónde acudir para averiguarlo. Visité todas las moradas viejas y decadentes que se me ocurrieron. Recreaciones de la mansión de la Familia Adams, de la cabaña abandonada de la trilogía *Evil Dead*, la pensión de Tyler Durden en *El club de la lucha* y la granja de los Lars en Tatooine. Pero no encontré la Llave de Jade en ninguna. No encontraba más que callejones sin salida.

> *Pero el silbato solo podrás hacer sonar*
> *cuando todos los trofeos recolectes.*

Tampoco había descifrado aún el significado del último verso. ¿Qué trofeos tenía que recolectar? ¿O acaso se trataba de una metáfora barata? Debía de estar saltándome alguna conexión evidente, alguna alusión encubierta a algo que no era capaz de captar por no ser lo bastante listo o entendido en el tema.

Eso era todo lo que había averiguado. Cada vez que volvía a leer el cuarteto, mi obsesión por Art3mis me impedía concentrarme como antes y al momento cerraba el diario del Santo Grial y la llamaba para preguntarle si quería quedar. Ella casi siempre aceptaba.

Me convencí a mí mismo de que no pasaba nada por aflojar un poco el ritmo, porque nadie parecía avanzar en la búsqueda de la Llave de Jade. El Marcador no había cambiado. Todo el mundo parecía tan perdido como yo.

* * *

Con el paso de las semanas, Art3mis y yo pasábamos cada vez más tiempo juntos. Incluso cuando nuestros avatares se dedicaban a otras cosas, nos enviábamos correos y mensajes. Fluía entre nosotros un caudal de palabras.

Conocerla en la vida real era lo que más deseaba del mundo. Verla cara a cara. Pero no se lo decía. Estaba seguro de que ella también sentía algo por mí, pero se mantenía alejada. Por más que le revelara cosas de mí —y acabé revelándole casi todo, incluido mi verdadero nombre—, ella siempre se negaba por completo a contarme nada de su propia vida. Lo único que sabía de ella era que tenía diecinueve años y que vivía en algún lugar de la costa noroeste del Pacífico. No me había revelado nada más.

La imagen de ella que me había formado en mi cabeza era la más obvia. Me la imaginaba como una manifestación física de su avatar: la misma cara, los mismos ojos, el mismo pelo, el mismo cuerpo. Aunque me había repetido hasta la saciedad que no se parecía casi nada a su avatar y que en persona era mucho menos atractiva.

Cuando empecé a relacionarme más con Art3mis, Hache y yo fuimos distanciándonos. En lugar de quedar varios días a la semana, chateábamos apenas unas pocas veces al mes. Hache sabía que yo me estaba enamorando de Art3mis, por lo que nunca se metió demasiado conmigo por ello, ni siquiera cuando lo dejaba colgado en el último minuto para quedar con ella. Se encogía de hombros, me aconsejaba que tuviera cuidado y me decía: «Espero que sepas lo que haces, Zeta».

Yo no sabía lo que hacía, claro. Mi relación con Art3mis era un completo desafío al sentido común. Pero no pude evitar enamorarme de ella. De alguna manera y sin darme cuenta, mi obsesión por encontrar el Huevo se fue viendo suplantada por mi obsesión por Art3mis.

Terminamos por tener «citas», quedábamos para ir de excursión a locales exóticos de OASIS y a clubes nocturnos exclusivos. En un primer momento, Art3mis no estuvo de acuerdo. Creía que yo debía moverme con discreción, porque tan pronto como me vieran en público, los sixers sabrían que su intento de asesinarme había fallado y volverían a intentarlo. Pero le dije que ya no me importaba. Me escondía de ellos en el mundo real, pero me negaba a hacerlo también en OASIS. Además, mi avatar ya tenía un nivel 99 y me sentía casi invencible.

Tal vez solo pretendiera impresionar a Art3mis con mi valentía. Si era así, creo que lo estaba consiguiendo.

Todavía disfrazábamos a nuestros avatares antes de salir, porque sabíamos que si Parzival y Art3mis empezaban a exhibirse juntos en lugares públicos, la prensa sensacionalista no nos dejaría en paz. Pero hubo una excepción. Una noche me llevó a ver

Rocky Horror Picture Show en una sala de cine más grande que un estadio en el planeta Transexual lugar donde la proyección de la película llevaba más tiempo en cartelera que cualquier otra e iba más gente de todo OASIS. Miles de avatares acudían a cada pase para sentarse en las gradas y disfrutar con el resto del público. Por lo general, solo los miembros más antiguos del club de fans de *Rocky Horror* podían salir al escenario e interpretar la película frente a la pantalla gigante después de superar un *casting* durísimo. Pero Art3mis se aprovechó de su fama para mover algunos hilos y nos permitieron unirnos al reparto en el pase de esa noche. El planeta entero era una zona sin PvP, por lo que no me preocupaba que los sixers me tendieran una emboscada. Lo que sí experimenté, apenas empezó el espectáculo, fue un caso agudo de pánico escénico.

Art3mis interpretó a la perfección su papel de Columbia y yo tuve el honor de hacer de Eddie, su zombi enamorado. Había modificado el aspecto de mi avatar para que fuera idéntico al de Meat Loaf, pero mi actuación y mi sincronización labial fueron un desastre. Por suerte, el público me lo perdonaba todo, porque yo era el famoso gunter Parzival y era evidente que lo estaba pasando en grande.

Sin duda, aquella fue la mejor noche de mi vida hasta ese momento. Se lo dije más tarde a Art3mis, y entonces ella se inclinó hacia mí y me besó por primera vez. No lo sentí, claro. Pero el corazón se me aceleró tanto que parecía que se me iba a salir por la boca.

Había oído mil veces las típicas advertencias sobre los peligros de enamorarse de alguien a quien solo conocías *online*, pero las ignoré. Fuera quien fuese Art3mis, tenía claro que estaba enamorado de ella. Lo sentía en lo más profundo, sensible y dulce de mi ser.

Y entonces, una noche me comporté como un perfecto idiota y le dije lo que sentía por ella.

0018

Era viernes por la noche y mi plan era volver a pa-
sar otra noche solitaria de investigación y ver todos los episodios de *Los chicos de la computadora*, una serie de televisión de
principios de los ochenta en la que un *hacker* adolescente usa
sus habilidades informáticas para resolver misterios. Cuando había terminado de ver el episodio titulado «Acceso mortal» (en el
que aparecían Simon & Simon), me llegó un correo a la bandeja
de entrada. Era de Ogden Morrow. El asunto del correo era *We
can dance if we want to*.

No había texto alguno en el cuerpo del correo, pero venía con
un archivo adjunto, una invitación a uno de los lugares de reunión más exclusivos de OASIS: la fiesta de cumpleaños de Ogden Morrow. En el mundo real, Ogden casi nunca aparecía en
público y en OASIS solo salía de su refugio una vez al año para
organizar el evento.

La invitación incluía una foto del mundialmente conocido
avatar de Morrow: el Gran y Poderoso Og. El mago de barba gris
aparecía inclinado sobre una sofisticada mesa de mezclas de DJ,
un auricular apretado contra una oreja y mordiéndose el labio
inferior en pleno éxtasis auditivo mientras con la mano pincha-
ba un viejo vinilo sobre un tocadiscos plateado. En su caja de discos destacaba una pegatina con el mensaje QUE NO CUNDA EL
PÁNICO y otra que era un emblema antisixer; un número seis

amarillo en medio de un círculo rojo y atravesado por una banda del mismo color en diagonal.

Me quedé de piedra. Ogden Morrow en persona se había tomado la molestia de invitarme a su fiesta de cumpleaños. Era el mayor honor que me habían hecho en mi vida.

Llamé a Art3mis y me confirmó que a ella también le había llegado el mismo correo. Me dijo que no podía declinar una invitación del mismísimo Ogden a pesar de los riesgos evidentes que entrañaba. Naturalmente, le dije que nos veríamos en el club. Era la única manera de evitar quedar como un gilipollas.

Sabía que si Ogden nos había invitado a los dos, era probable que también hubiera invitado al resto de miembros de los Cinco Mejores. Pero era poco probable que Hache se presentara, porque todos los viernes por la noche participaba en combates a muerte que se televisaban en todo el mundo. Y Shoto y Daito nunca se aventuraban en zonas PvP a menos que fuera estrictamente necesario.

El Distracted Globe era una discoteca de gravedad cero muy famosa en el planeta Neonoir, en el Sector Dieciséis. Ogden Morrow había escrito él mismo el código del lugar hacía décadas y seguía siendo su único propietario. Yo no había estado nunca. Bailar no era lo mío y tampoco me interesaba relacionarme con la fauna de aspirantes a gunter superbordes que se decía que frecuentaban el lugar. Pero la fiesta de cumpleaños de Ogden era una ocasión especial y la clientela habitual no tendría acceso a ella. Esa noche el local iba a estar atestado de famosos: estrellas de cine, músicos y al menos dos miembros de los Cinco Mejores.

Me pasé más de una hora probando peinados y distintos aspectos para ir a la discoteca con mi avatar. Al final me decidí por un modelo clásico de los ochenta: un traje gris claro idéntico al que llevaba Peter Weller en *Las aventuras de Buckaroo Banzai*, rematado con una pajarita roja y unos botines blancos Adidas. También metí en mi inventario la mejor armadura que tenía y un arsenal muy variado. Una de las razones por las que el Globe era un local tan moderno y exclusivo era que se encontraba situado en una zona PvP en la que funcionaban tanto la tecnología como la magia, por lo que ir al lugar resultaba muy peligroso. Y más para un gunter tan famoso como yo.

Había centenares de mundos de temática ciberpunk repartidos por todo OASIS, pero Neonoir era el más grande y más antiguo. Visto desde la órbita, el planeta era una canica de ónice brillante cubierta por sucesivas telarañas de luz intermitente. En Neonoir siempre era de noche y su superficie estaba formada por una cuadrícula ininterrumpida de ciudades interconectadas llenas de rascacielos de alturas imposibles. Los cielos estaban saturados de un flujo constante de vehículos voladores que se desplazaban entre aquellos paisajes urbanos verticales, y las calles eran un hervidero de PNJ vestidos con ropa de cuero y avatares con gafas de sol de cristales de espejo, todos ellos cargados de armas de última generación, llenos de implantes subcutáneos y farfullando una jerga sacada de *Neuromante*.

El Distracted Globe estaba situado en el hemisferio occidental, en la intersección del Bulevar y la Avenida, dos calles muy iluminadas que recorrían la superficie entera del planeta, una por su ecuador y la otra por el meridiano principal. La discoteca era una esfera inmensa de color azul cobalto de tres kilómetros de diámetro que flotaba a treinta metros del suelo. Una escalera flotante de cristal conducía a su única entrada, una abertura circular situada en la parte inferior de la esfera.

Llegué a lo grande, en el DeLorean volador que había conseguido al completar la misión de *Regreso al futuro* en el planeta Zemeckis. El DeLorean estaba equipado con un condensador de fluzo (no operativo), pero me encargué de hacerle varias modificaciones al aspecto y las prestaciones. En primer lugar, le había instalado en el salpicadero un ordenador de a bordo dotado de inteligencia artificial llamado KITT (que adquirí en una subasta *online*), así como un escáner rojo a lo *El coche fantástico* encima de la rejilla del DeLorean. También le puse un dinamizador de oscilación, mecanismo que le permitía atravesar la materia. Para terminar mi vehículo de los ochenta, puse el logo de los Cazafantasmas en cada una de las puertas de apertura vertical y dos placas de matrícula personalizadas que rezaban ECTO-88.

Lo tenía desde hacía pocas semanas, pero mi DeLorean del Coche Fantástico y los Cazafantasmas capaz de viajar en el tiempo y atravesar la materia se había convertido ya en la marca personal de mi avatar.

Sabía que dejarlo aparcado en una zona PvP era una invitación para que cualquier imbécil me lo robara. El DeLorean estaba dotado de varios sistemas antirrobos, y el arranque disponía del mismo dispositivo que el de Max Rockatansky, por lo que si algún otro avatar intentaba ponerlo en marcha, la cámara de plutonio provocaría una pequeña explosión termonuclear. Aun así, mantener mi coche a salvo no me iba a resultar tan difícil en Neonoir: tan pronto como me bajé de él lancé un hechizo de encoger que redujo su tamaño al de un coche de juguete. Luego me lo metí en el bolsillo. Las zonas mágicas tenían sus ventajas.

Miles de avatares se hacinaban contra los campos magnéticos con forma de cuerda de terciopelo que impedían el paso a todos los que no disponían de invitación. Mientras me acercaba a la entrada, la muchedumbre me dedicó una mezcla de insultos, peticiones de autógrafos, amenazas de muerte y declaraciones de amor eterno entre sollozos y lágrimas. Llevaba activado el escudo corporal pero, para mi sorpresa, nadie me disparó. Enseñé la invitación al portero cíborg e inicié el ascenso por la escalera de cristal que daba acceso al club.

Entrar en el Distracted Globe era una experiencia perturbadora. La esfera gigante era hueca por dentro y la superficie curvada del interior servía de barra y zona de copas. Al franquear la entrada cambiaban las leyes de la gravedad. Caminaras por donde caminaras, los pies se mantenían siempre pegados a las paredes interiores de la esfera, por lo que podías avanzar en línea recta hasta lo «alto» del club y luego bajar por el otro lado hasta llegar al punto de partida. El inmenso espacio vacío que se extendía en el centro de la esfera servía de «pista de baile» de gravedad cero. Para llegar a ella solo había que dar un salto y separar los pies del suelo, como Superman cuando despegaba, y luego nadar en el aire para llegar a la «zona de marcha» exenta de gravedad.

Al entrar, miré hacia arriba —o hacia lo que para mí quedaba arriba en ese momento— y eché un buen vistazo a todo. El local estaba a reventar. Centenares de avatares se movían de un lado a otro como hormigas en el interior de un globo vacío. Otros habían salido ya a la pista de baile y giraban sobre sí mismos, volaban, se retorcían y daban tumbos al ritmo de la música, que atronaba desde unos altavoces esféricos flotantes que parecían ir a la deriva por toda la discoteca.

En medio de los que bailaban había una gran burbuja transparente suspendida y que ocupaba el centro del local. Era la «cabina» en la que el DJ ejercía su oficio rodeado de platos, mezcladores, la mesa de sonido y los controles. La cabina la ocupaba en ese momento el DJ telonero, R2-D2, que usaba sus brazos robóticos para darlo todo a los platos. Reconocí la melodía que estaba sonando: un remix de 1988 de la canción *Blue Monday*, de New Order, ese que tenía muchos *samples* de sonido de los droides de *Star Wars*. Mientras me acercaba a la barra más cercana, los avatares con los que me cruzaba se detenían a mirarme y me señalaban con el dedo. No les presté demasiada atención, porque lo que quería era encontrar a Art3mis.

Cuando llegué a la barra, pedí un detonador gargárico pangaláctico a la camarera klingon y me bebí la mitad de un trago. En ese momento, R2 puso otro clásico de los ochenta, y sonreí.

—*Union of the Snake* —dije en voz alta por costumbre—. Duran Duran, 1983.

—No está mal, máquina —dijo una voz familiar en un tono lo bastante alto para hacerse oír por encima de la música.

Al volverme vi a Art3mis de pie detrás de mí. Llevaba un traje de noche: un vestido azul metálico que parecía pintado sobre su cuerpo. Llevaba el pelo negro de su avatar peinado a lo paje, lo que delimitaba a la perfección su preciosa cara. Estaba imponente.

—¡Un Glenmorangie! ¡Con hielo! —gritó a la camarera.

Sonreí para mis adentros. Era la bebida favorita de Connor MacLeod. Esta chica me volvía loco.

Cuando le sirvieron la copa, me guiñó un ojo, brindamos y se la bebió de un solo trago. Las conversaciones de los avatares que nos rodeaban subieron de volumen. Había empezado a correr el rumor por el local de que Parzival y Art3mis estaban charlando en la barra.

Art3mis echó un vistazo a la pista de baile y me miró.

—¿Qué me dices, Percy? —preguntó—. ¿Te apetece mover el esqueleto?

Fruncí el ceño.

—No, si sigues llamándome «Percy» —repliqué.

Se echó a reír y en ese momento la canción terminó y la discoteca quedó en silencio. Todas las miradas se dirigieron hacia la cabina del DJ, donde R2-D2 desaparecía tras unos destellos de luz, como si fuera un episodio de *Star Trek*. Y entonces, de esa misma luz, apareció un avatar canoso muy conocido y se colocó tras la mesa. La gente estalló en gritos de júbilo. Era Og.

Aparecieron centenares de ventanas de vídeo en el aire. En cada una de ellas se veía un primer plano de Og en la cabina, para que todo el mundo pudiera ver bien su avatar. El viejo mago llevaba unos vaqueros anchos, sandalias y una camiseta desgastada de *Star Trek: La nueva generación*. Saludó al público y pinchó el primer tema, un remix dance de *Rebel Yell*, de Billy Idol.

Un clamor emocionado atronó en la pista de baile.

—¡Esta canción me encanta! —gritó Art3mis, fijando la vista en la zona de baile. La miré, inseguro—. ¿Qué te pasa? —me dijo entre burlona y comprensiva—. ¿El chico no sabe bailar?

Se sumergió de improviso en el ritmo, empezó a mover la cabeza de un lado a otro y a menear las caderas. Dio un salto para separarse del suelo, empezó a flotar y se elevó hasta la pista. Tuve que alzar la mirada para no perderla de vista, paralizado por un instante mientras intentaba armarme de valor.

—Ya está bien —murmuré—. ¿Por qué no?

Doblé las rodillas y me impulsé con fuerza. Mi avatar emprendió el vuelo y flotó hasta llegar junto a Art3mis. Los avatares que se encontraban en la pista se apartaron para dejarnos espacio y formaron un hueco que conducía al centro. Vi a Og en su burbuja, flotando a poca distancia de donde nos encontrábamos. Giraba y giraba como un derviche mientras mezclaba la canción que sonaba y ajustaba el vórtice de gravedad de la pista de baile. Lo que hacía en realidad era girar la discoteca entera, como si de un viejo disco de vinilo se tratara.

Art3mis volvió a guiñarme un ojo, juntó las piernas y formó con ellas una cola de sirena. Batió su nueva extremidad una sola vez y me dejó atrás, su cuerpo se ondulaba y contorsionaba al ritmo de la música, como una ametralladora, mientras nadaba en el aire. Después se giró y me miró, suspendida y flotando, para luego sonreírme mientras extendía la mano y me pedía que me uniera a ella. El pelo le cubría el rostro como un halo, como si estuviera sumergida.

Cuando me acerqué a ella, cogió mi mano y, al hacerlo, su cola de sirena desapareció y recuperó las piernas, que empezó a mover y cruzar al ritmo de la música.

Como ya no me fiaba de mis instintos, cargué un programa de última generación para bailes de avatares llamado Travoltra que había descargado y probado horas antes. El programa controlaba los movimientos de Parzival y los sincronizaba con la música. Mis cuatro extremidades se transformaron en sinusoides y empecé a bailar como un loco.

Art3mis se mostró encantada y se le iluminaron los ojos. Empezó a imitar mis movimientos, y los dos giramos como electrones acelerados. En ese momento, ella cambió de forma.

Su avatar perdió la apariencia humana y se disolvió hasta convertirse en una baba amorfa que cambiaba de color y tamaño de manera intermitente y a ritmo de la música. Elegí la opción de «copiar a la pareja» del programa de baile y empecé a hacer lo mismo. Las extremidades y el torso de mi avatar giraron y fluyeron alrededor de Art3mis como caramelo líquido mientras extraños patrones de colores se alternaban en mi piel. Parecía el Hombre Plástico en pleno viaje de LSD. En ese momento, los que bailaban en la pista también cambiaron de forma y se convirtieron en babas amorfas de luces prismáticas. En cuestión de segundos el centro de la discoteca se había transformado en una lámpara de lava de otro mundo.

Cuando terminó la canción, Og hizo una reverencia al público y puso una canción lenta: *Time After Time*, de Cyndi Lauper. A nuestro alrededor, los avatares empezaron a emparejarse.

Miré a Art3mis, hice una reverencia y extendí la mano. Ella sonrió y aceptó la invitación. La acerqué a mí y empezamos a flotar juntos. Og cambió la gravedad de la pista para que mantuviera un movimiento lento contrario a las agujas del reloj y para que nuestros avatares gravitaran despacio alrededor del eje central, invisible del club, como copos de nieve suspendidos en el interior de una bola de cristal.

Y entonces no pude reprimirme y solté aquellas palabras.

—Estoy enamorado de ti, Arty.

Al principio no dijo nada. Me miró con cara de asombro mientras nuestros avatares seguían orbitando el uno alrededor del otro, con el piloto automático puesto. Luego abrió un canal de voz privado para que nadie pudiera oír la conversación.

—No estás enamorado de mí, Zeta —dijo—. Ni siquiera me conoces.

—Sí te conozco —insistí—. Te conozco mejor de lo que he conocido a nadie en toda mi vida.

—Solo sabes de mí lo que quiero que sepas. Solo ves lo que quiero que veas. —Se llevó una mano al pecho—. Este no es mi cuerpo, Wade. Ni mi verdadera cara.

—¡No me importa! Estoy enamorado de tu mente... De la persona que eres. El envoltorio no me importa lo más mínimo.

—Eso lo dices por decir —insistió, con voz algo temblorosa—. Hazme caso. Si alguna vez dejara que me vieras en persona, te daría asco.

—¿Por qué siempre dices lo mismo?

—Porque soy un monstruo deforme. O estoy parapléjica. O tengo sesenta y tres años. Escoge tú.

—En ninguno de los tres casos me importa. Dime dónde quieres que nos veamos y te lo demostraré. Me monto en un avión ahora mismo y me planto donde estés. Sabes que estoy dispuesto a hacerlo.

Negó con la cabeza.

—No vives en el mundo real, Zeta. Por lo que me has contado, no creo que hayas vivido nunca en él. Eres como yo. Vives en una ilusión. —Señaló el escenario virtual que nos rodeaba—. No puedes tener la menor idea de lo que es el amor verdadero.

—¡No digas eso! —Había empezado a llorar y no me molestaba en ocultárselo—. ¿Lo dices porque te conté que nunca había tenido novia? ¿Y que soy virgen? ¿Lo dices porque...?

—Pues claro que no —interrumpió ella—. No tiene nada que ver con eso. Nada.

—¿Y entonces con qué tiene que ver? Dímelo. Por favor.

—Con la Cacería. Ya lo sabes. Hemos descuidado nuestras misiones por salir juntos. Deberíamos centrarnos en encontrar la Llave de Jade ahora mismo. Seguro que eso es lo que están haciendo Sorrento y los sixers. Y todos los demás.

—¡A la mierda la competición! ¡Y el Huevo! —grité—. ¿No me oyes? ¿No has oído lo que acabo de decirte? Estoy enamorado de ti. Quiero estar contigo. Más que nada en el mundo.

Ella se quedó un rato mirándome sin decir nada. Mejor dicho, su avatar miraba fijamente a mi avatar.

—Lo siento, Zeta —dijo al fin—. Es culpa mía. He consentido que esto se nos fuera de las manos. Tiene que terminar.

—¿A qué te refieres? ¿Qué es lo que tiene que terminar?

—Creo que deberíamos darnos un tiempo. Dejar de pasar tanto tiempo juntos.

Sentí como si acabara de darme un puñetazo en la garganta.

—¿Estás cortando conmigo?

—No, Zeta —respondió con convicción—. No estoy cortando contigo. Eso sería imposible, porque no estamos saliendo juntos. —Lo dijo con una acritud repentina—. ¡Ni siquiera nos conocemos!

—O sea ¿que... vas a... dejar de hablar conmigo?

—Sí, creo que será lo mejor.

—¿Cuánto tiempo?

—Hasta que termine la Cacería.

—Pero, Arty, podrían ser muchos años...

—Lo sé. Y lo siento. Pero así son las cosas.

—¿De modo que ganar ese dinero es más importante para ti que estar conmigo?

—No es por el dinero. Es por lo que podría hacer con él.

—Sí, sí, claro. Salvar el mundo. Qué noble eres, joder.

—No seas capullo. Llevo más de cinco años buscando ese Huevo. Y tú también. Y estamos más cerca que nunca de encontrarlo. No puedo desaprovechar la oportunidad.

—No te estoy pidiendo que lo hagas.

—Sí lo has hecho, aunque no te hayas dado cuenta.

La canción de Cyndi Lauper terminó y Og pinchó otro tema dance: *James Brown Is Dead*, de L. A. Style. Una ovación inundó la discoteca.

Me sentía como si acabaran de clavarme una estaca inmensa en el pecho.

Art3mis estaba a punto de decir algo más —adiós, creo— cuando oímos una explosión sobre nuestras cabezas. En un primer momento creímos que se trataba de Og empezando por todo lo grande un nuevo tema, pero al alzar la vista vi unos grandes cascotes desplomarse sobre la pista mientras los avatares se dispersaban en todas direcciones. Un hueco inmenso se había abierto en el techo del club, junto a la parte superior del globo. Y un pequeño ejército de sixers se colaba por él e irrumpía en el local con mochilas a propulsión y disparando sin parar pistolas bláster.

Un caos absoluto se apoderó de todo. La mitad de los avatares del club se agolpaba junto a la salida mientras la otra mitad sacaba sus armas y lanzaba hechizos, disparaba rayos láser, balas y bolas de fuego para repeler a los sixers invasores, que eran más de cien e iban armados hasta los dientes.

No daba crédito a la imprudencia de aquellos sixers. ¿Cómo podían ser tan tontos de atacar una sala llena de gunters de alto nivel en su terreno? Sí, tal vez consiguieran matar a algunos de nosotros, pero a costa de morir todos. ¿Y para qué?

Entonces me di cuenta de que la mayoría de los disparos de los sixers iban dirigidos a Art3mis y a mí. Habían venido a liquidarnos.

La noticia de que estábamos allí ya debía de haber llegado a los medios de comunicación. Y cuando Sorrento había descubierto que los dos gunters con mayor puntuación del Marcador habían salido a una zona PvP desprotegida, seguramente había decidido que la ocasión era demasiado buena para desaprovecharla. Era una gran oportunidad para matar a sus dos mayores competidores de un plumazo. Merecía la pena, aunque implicara perder a un centenar de sus avatares del mayor nivel.

Yo sabía que había sido mi imprudencia la que los había llevado hasta allí. Me maldije por ser tan tonto. Y después saqué mis blásters y empecé a descargarlos sobre el grupo de sixers que tenía más cerca al tiempo que intentaba esquivar el fuego enemigo. Miré de reojo a Art3mis y vi que acababa de carbonizar a una docena de sixers en apenas cinco segundos con unas bolas de plasma azul que le surgían de las manos, sin inmutarse siquiera ante la andanada de rayos láser y misiles mágicos que rebotaban en su escudo corporal transparente. A mí también me disparaban sin piedad. Por el momento mi escudo resistía, pero no por mucho más tiempo. Los mensajes de advertencia inundaban la pantalla y mi contador de puntos de vida había caído en picado.

En cuestión de segundos la confrontación alcanzó unas cotas que no había presenciado en mi vida. Cada vez veía más claro que Art3mis y yo íbamos a quedar en el bando perdedor.

Me percaté de que la música no se había detenido.

Levanté la mirada y, en ese instante, la cabina del DJ se abría y el Gran y Poderoso Og emergía de ella. Parecía enfadadísimo.

—Capullos, ¿os creéis que podéis venir a joderme la fiesta de cumpleaños? —gritó.

Su avatar todavía llevaba conectado el micrófono y su voz resonó en los altavoces del local, reverberando como la palabra de Dios. La melé de contrincantes se detuvo un segundo y todos los ojos se centraron en Og, que flotaba en el centro de la pista de baile. En ese momento, extendió los brazos mientras giraba el rostro hacia la invasión de sixers.

Doce púas rojas y relampagueantes brotaron de cada uno de los dedos de Og y se dispersaron en todas direcciones. Cada una de ellas alcanzó a un sixer en el pecho y, de alguna manera, evitó al resto de avatares.

En una milésima de segundo, los avatares de los sixers se volatilizaron. Antes de desaparecer, se quedaron inmóviles y emitieron un resplandor rojo durante unos instantes.

Me quedé de piedra. Jamás había visto a un avatar realizar tal alarde de fuerza.

—¡Nadie se cuela en mis fiestorros sin invitación! —atronó Ogden, y su voz retumbó en el club ya sumido en el silencio más absoluto.

El resto de asistentes (los que no habían huido del local ni habían muerto durante la breve batalla) lo vitoreó, triunfante. Og regresó a la cabina del DJ, que lo envolvió como el capullo transparente de un insecto.

—Así que la fiesta continúa, ¿de acuerdo? —dijo, antes de pinchar un remix techno de *Atomic*, de Blondie. Tardamos unos momentos en reponernos del susto, pero enseguida nos pusimos a bailar de nuevo.

Me di la vuelta para buscar a Art3mis, pero parecía haberse esfumado. Finalmente vi que su avatar se alejaba volando por la nueva salida que había abierto el ataque de los sixers. Al llegar a ella quedó suspendida en el aire lo suficiente para mirarme.

0019

El ordenador me despertó justo antes de la puesta del sol y empecé mi ritual diario.

—¡Ya estoy despierto! —grité a la oscuridad.

Desde que Art3mis me había abandonado hacía unas semanas, me estaba costando mucho levantarme de la cama por las mañanas, por lo que había desactivado la función de *snooze* del despertador y programado al ordenador para hacer sonar a todo volumen *Wake Me Up Before You Go-Go*, de Wham. No soportaba esa canción y para apagarla no me quedaba otra que levantarme. No era la manera más agradable de empezar el día, pero al menos así me ponía en movimiento.

La canción dejó de sonar y la silla háptica cambió de forma y de orientación, pasó de su configuración temporal de cama a la habitual de silla, y me colocó en posición de sentado mientras se transformaba. El ordenador fue iluminándose gradualmente, para que mis ojos tuvieran tiempo de adaptarse. Ninguna luz exterior alcanzaba jamás mi apartamento. La única ventana daba a un buen paisaje de la ciudad de Columbus, pero había rociado el cristal con espray negro pocos días después de mudarme. Llegué a la conclusión de que todo lo que sucedía al otro lado de la ventana distraía mi atención de la misión y no me convenía perder el tiempo mirando por ella. Tampoco me interesaba oír lo que sucedía en el mundo, pero por el momento no había logrado mejorar el aislamiento acústico del apartamento, por lo que me vi obligado a convivir con los sonidos amortiguados del viento, la lluvia, la calle y el tráfico. Incluso cosas así podían distraerme. En ocasiones, entraba en una especie de trance y permanecía sentado con los ojos cerrados ajeno al paso del tiempo y escuchando los sonidos que venían del exterior de la habitación.

Había hecho algunas otras modificaciones en mi estudio, por comodidad y para que resultara más seguro. En primer lugar, cambié la puerta endeble por un Telón de Guerra blindada y hermética. Cuando necesitaba cualquier cosa —comida, papel higiénico o equipo nuevo— la pedía por internet y me la traían a la puerta. Las entregas se realizaban de la siguiente manera: primero, el escáner instalado en el pasillo verificaba la identidad del repartidor y mi ordenador confirmaba que lo que traía era justo lo que había pedido. Luego, la puerta exterior se desbloqueaba de manera automática, se abría hacia un lado y daba paso a una esclusa de aire de acero reforzado del tamaño de una ducha. El repartidor colocaba el paquete, la pizza o lo que fuera en el interior de la esclusa y se retiraba. La puerta exterior se cerraba de nuevo con un zumbido y volvía a sellarse. Se volvía a escanear el envío, se pasaba por rayos X y se analizaba de todas las maneras posibles. Se volvía a verificar el contenido y se enviaba un mensaje para confirmar la recepción. Luego yo abría la puerta interior y cogía el paquete. El capitalismo se apoderaba de mí sin tener que interactuar cara a cara con otro ser humano. Así era justo como me gustaba, gracias.

En el estudio mismo no había gran cosa que ver, lo que me venía bien porque pasaba el menor tiempo posible mirándolo. Era poco más que un cubo de unos diez metros cuadrados. Había una ducha y un retrete modulares empotrados a una pared y, en la opuesta, había una pequeña cocina ergonómica. No la había usado nunca. Siempre pedía a domicilio o usaba comida congelada. Lo más cercano a cocinar que había hecho había sido prepararme unos *brownies* en el microondas.

El resto del estudio estaba presidido por mi equipo de inmersión de OASIS. Había invertido en él todo el dinero que tenía. Siempre salían al mercado componentes nuevos, más rápidos o versátiles, y me gastaba gran parte de mis escasos ingresos en actualizarlo.

La joya de la corona de mi equipo era mi consola OASIS personalizada. El ordenador que daba vida a mi mundo. La había montado yo mismo, pieza a pieza, en el interior de una carcasa personalizada esférica, negra y reluciente marca Odinware. Tenía un procesador *overclockeado* tan rápido que rayaba la precognición. El disco duro interno tenía tal capacidad que podía almacenar tres veces Todo lo Existente.

Me pasaba la mayor parte del tiempo en mi silla háptica adaptable HC5000 de Shaptic Technologies. Estaba suspendida en dos brazos robóticos articulados fijados a las paredes y al techo de mi apartamento, diseñados para permitir que la silla girara sobre sus cuatro ejes. Cuando estaba atado a ella, la unidad podía saltar, girar sobre sí misma o sacudir mi cuerpo para crear la sensación de caída, de volar o de estar sentado al volante de una lanzadera atómica que viajaba al doble de la velocidad del sonido a través de un desfiladero en la cuarta luna de Altair VI.

La silla funcionaba junto al Mono Háptico, un atuendo sensorial completo con resistencias. Cubría todo mi cuerpo, de la nuca para abajo y disponía de unas discretas aberturas que me permitían hacer mis necesidades sin tener que quitármelo. El exterior del traje estaba cubierto por un complejo exoesqueleto, una red de tendones y articulaciones artificiales que podían tanto captar como inhibir mis movimientos. Fijada al interior del traje había una especie de telaraña de activadores diminutos que entraban en contacto con mi piel cada pocos centímetros. Podían activarse en grupos pequeños o grandes a fin de generar una simulación táctil y hacer sentir a mi piel cosas que no estaban ahí. Así, generaban de forma convincente sensaciones como la de que alguien te diera una palmadita en el hombro, una patada en la espinilla o recibir un tiro en el pecho. (El *software* de seguridad que llevaba incorporado impedía que mi equipo me causara un daño físico real, por lo que la sensación que transmitía un disparo simulado se parecía más a un puñetazo flojo.) Tenía otro traje idéntico que en ese momento colgaba de la unidad de limpieza Mosh-

Wash en una esquina del apartamento. Esos dos trajes hápticos constituían todo mi vestuario. Mi vieja ropa de calle estaba arrinconada en el armario, acumulando polvo.

En las manos llevaba unos guantes hápticos de última generación con transmisión de datos modelo Okagami IdleHands. Las palmas estaban cubiertas por unas almohadillas especiales con resistencias que creaban la ilusión de que tocaba objetos y superficies que, en realidad, no existían.

Mi visor era un Dinatro RLR-7800 WreckSpex recién estrenado y dotado de una pantalla de retina virtual de última generación. El visor introducía OASIS directamente en las retinas con la mejor resolución y tasa de refresco que era posible para el ojo humano. El mundo real parecía borroso y desteñido en comparación. El RLR-7800 era un prototipo que todavía no estaba disponible para los plebeyos, pero yo había llegado a un acuerdo de derechos de imagen con Dinatro, que me enviaron el equipo gratis (a través de una serie de envíos indirectos que me permitían mantener el anonimato).

El sistema de audio AboundSound estaba formado por una serie de altavoces ultrafinos instalados en las paredes, el suelo y el techo del apartamento y creaban una reproducción sonora de una precisión absoluta en un radio de trescientos sesenta grados. El bafle de bajos Mjolnur era tan potente que hasta me vibraban las muelas.

La torre olfativa Olfatrix que había instalado en un rincón era capaz de generar más de dos mil olores reconocibles. Un jardín de rosas, brisa marina, pólvora encendida... La torre los recreaba todos de manera convincente. También hacía las veces de aire acondicionado y purificador de potencia industrial, que era para lo que yo lo usaba, prácticamente. A muchos bromistas les encantaba escribir el código de olores fétidos en sus simulaciones para joder a la gente que tenía torres olfativas, por eso lo tenía casi siempre desactivado, a menos que me encontrara en alguna zona de OASIS donde creyera que podía resultarme útil oler el entorno.

En el suelo, justo debajo de la silla háptica suspendida, tenía instalada la cinta de correr omnidireccional Okagami Runaround.

(«Estés donde estés, ahí la tienes», era el eslogan del fabricante.) La cinta tenía dos metros cuadrados y seis centímetros de grosor. Cuando estaba activada, podía correr a toda velocidad en cualquier dirección y jamás llegaba al borde. Si cambiaba de dirección, la cinta lo captaba, la superficie rodante se adaptaba para seguirme y me mantenía en todo momento en el centro. Ese modelo también estaba equipado con elevadores incorporados y con una superficie amorfa, lo que le permitía simular que caminaba por pendientes y escaleras.

Quienes deseaban encuentros más «íntimos» en OASIS, también podían comprar MTAC (Muñecas Táctiles Anatómicamente Correctas). Existían modelos masculinos, femeninos o duales, disponibles en una amplia gama de opciones. De piel de látex realista. Con endoesqueletos accionados por servomotores. Con musculatura simulada. Y con todos los apéndices y orificios imaginables.

Movido por la soledad, la curiosidad y la ebullición de mis hormonas adolescentes, había adquirido una MTAC de gama media, la ÜberBetty háptica unas pocas semanas después de que Art3mis dejara de hablarme. Tras pasar varios días muy improductivos en el interior de la simulación independiente de un burdel llamada el Placeródromo, me había deshecho de la muñeca debido a una combinación de vergüenza y de instinto de supervivencia. Había malgastado miles de créditos, había perdido una semana entera de trabajo y estaba a punto de abandonar la búsqueda del Huevo, pero conseguí hacer frente a la dura constatación de que el sexo virtual, por muy realista que fuera, no era más que una forma de masturbación glorificada y asistida por ordenador. En el fondo seguía siendo virgen y viviendo solo en una habitación oscura mientras empotraba a un robot lubricado. De modo que me deshice de la MTAC y volví a cascármela como se había hecho siempre.

La masturbación no me avergonzaba en absoluto. Gracias al *Almanaque de Anorak* había empezado a considerarla una función corporal normal, tan necesaria y natural como dormir o comer.

AA 241:87 —Diría que la masturbación es el paso evolutivo más importante de la especie humana. La piedra angular de nuestra civilización tecnológica. Es cierto que nuestras manos evolucionaron para agarrar herramientas, pero también lo hicieron para que agarráramos la nuestra. Lo cierto es que los pensadores, los inventores y los científicos suelen ser frikis, y los frikis lo tienen más complicado para acostarse con otros seres humanos. Sin la válvula de escape sexual integrada que supone la masturbación, a los primeros humanos les habría costado mucho llegar a dominar los secretos del fuego o descubrir la rueda. Y podéis estar seguros de que Galileo, Newton y Einstein no habrían realizado sus descubrimientos si antes no hubieran aclarado la mente «dándole al manubrio» (o «eliminando unos cuantos protones del átomo de hidrógeno»). Y lo mismo puede decirse de Marie Curie. Antes de descubrir la radio, seguro que descubrió su «hombrecillo en la canoa».

No era una de las teorías más populares de Halliday, pero a mí me gustaba.

Me acerqué al baño entre tumbos y un gran monitor extraplano que había colgado en la pared se encendió y apareció en la pantalla el rostro sonriente de Max, mi programa asesor. Lo había programado para que se iniciara unos minutos después del encendido de luces y así estar algo más despierto cuando empezara a ametrallarme con sus cosas.

—Bue-bue-buenos días, Wade —tartamudeó Max con su tono entusiasta—. ¡A-a-arriba, chico!

Un programa asesor era una especie de asistente personal que también servía de interfaz de control por voz para el ordenador. El programa tenía varias opciones de configuración y contaba con cientos de personalidades configuradas de antemano para elegir. Había programado la mía para que se pareciera, sonara y comportara como Max Headroom, el (supuesto) presentador generado por ordenador de un programa de entrevistas televisivo de finales de los ochenta, un hito de las series ciberpunk y de los anuncios de Coca-Cola.

—Buenos días, Max —respondí, soñoliento.

—Creo que lo que quieres decir es «buenas tardes», Rumpelstiltskin. Son las 19.18 FHO del miércoles 30 de diciembre.

Max estaba programado para expresarse con un ligero tartamudeo electrónico. A mediados de los ochenta, cuando se creó el personaje de Max Headroom, los ordenadores no tenían la potencia suficiente para generar una figura humana fotorrealista, por lo que el papel de Max lo interpretaba en realidad un actor (el genial Matt Frewer) que llevaba una tupida capa de maquillaje de goma que le hacía parecer creado por ordenador. Pero la versión de Max que me sonreía desde el monitor era puro *software*, dotado de las mejores subrutinas de inteligencia artificial y reconocimiento de voz que podían conseguirse en el mercado.

Llevaba varias semanas interactuando con una versión muy personalizada de MaxHeadroom v.3.4.1. Hasta entonces, mi programa asesor había sido una recreación de la actriz Erin Gray (famosa por sus papeles en *Buck Rogers* y en *Silver Spoons*). Pero al constatar que su presencia me distraía mucho, me había cambiado a Max. A veces era un poco pesado, pero me hacía reír mucho. Además, se le daba muy bien evitar que me sintiera solo.

Cuando entré en el módulo del baño y alivié la vejiga, Max siguió hablándome por un pequeño monitor instalado sobre el espejo.

—¡Oh, oh! Parece que no-no-no tienes buena pun-pun-tería —balbució.

—Tienes que actualizar el repertorio de bromas. ¿Alguna noticia que deba conocer?

—Lo de siempre. Guerras. Disturbios. Hambrunas. Nada que pueda interesarte.

—¿Algún mensaje?

Puso los ojos en blanco.

—Algunos. Pero respondiendo a tu verdadera pregunta, no. Art3mis todavía no te ha devuelto las llamadas ni los mensajes, rompecorazones.

—Ya te lo he advertido varias veces. No me llames así. Te expones a que te borre.

—Conmovedor. Conmovedor. Dime una cosa, Wade, ¿d-dónde aprendiste a ser tan sensible?

—Te borraré, Max. Lo digo en serio. Sigue así y me cambio otra vez a Wilma Deering. O le doy una oportunidad a la voz incorpórea de Majel Barrett.

Max hizo pucheros, se giró y clavó la vista en el fondo digital y siempre cambiante que tenía detrás, que en ese momento estaba formado por varias líneas vectoriales multicolor. Así era Max. Chincharme formaba parte de la programación de su personalidad. Y la verdad era que a mí casi me gustaba, porque me recordaba a mi amistad con Hache. Y echaba de menos a Hache. Mucho.

Me miré en el espejo, pero como no me gustó lo que vi, cerré los ojos hasta que terminé de orinar. Me pregunté —y no era la primera vez que lo hacía— por qué no había pintado el espejo de negro después de la ventana.

La hora que transcurría desde que me levantaba hasta que me conectaba a OASIS era la que menos me gustaba de todo el día porque estaba en el mundo real. Durante ese período debía ocuparme de esas cosas tan aburridas como lavarme o ejercitar mi cuerpo físico. Odiaba esa parte del día porque era lo contrario a mi otra vida. A mi verdadera vida, la que vivía en OASIS. La visión de mi pequeño estudio, de mi equipo de inmersión, de mi reflejo en el espejo... todo me recordaba con amargura que en realidad el mundo donde pasaba los días no era el mundo real.

—Retraer silla —dije al salir del baño.

Al instante, la silla háptica volvió a aplanarse y se retrajo de modo que quedó pegada contra la pared y dejó un gran espacio vacío en el centro de la habitación. Me coloqué el visor y cargué el Gimnasio, una simulación independiente.

Aparecí en un espacioso y moderno centro de fitness donde había alineadas pesas y máquinas de musculación que mi traje háptico podía simular a la perfección. Empecé la rutina diaria de ejercicios. Abdominales, flexiones, sentadillas, ejercicio aeróbico, pesas. De vez en cuando, Max me gritaba algunas palabras de ánimo:

—¡Arriba esas piernas, flojeras! ¡Que duela!

Yo hacía un poco de ejercicio mientras estaba conectado a OASIS —cuando entraba en combate con alguien o cuando corría por los paisajes virtuales gracias a la cinta—, pero pasaba la mayor parte de mi tiempo sentado en la silla háptica casi sin hacer ejercicio. Además, tenía tendencia a comer más de la cuenta cuando me sentía triste o frustrado, que era casi siempre. Por lo que tenía unos kilos de más. Como no es que estuviera en muy buena forma, había llegado a un punto en el que el traje háptico XL casi no me cabía, ni podía sentarme en la silla con comodidad. Si seguía así, tendría que comprarme un equipo nuevo de talla aún más grande.

Sabía que si no controlaba el peso podía morir de desidia antes de encontrar el Huevo. Y no podía consentir que me ocurriera algo así. Es por ello que tomé la decisión de instalar en el equipo un programa que me impedía el acceso a OASIS si no me ejercitaba antes. Y me había arrepentido casi en el acto.

A partir de ese momento, el ordenador monitorizó mis constantes vitales y llevó la cuenta del número exacto de calorías que quemaba durante el día. Si no llegaba a los mínimos de ejercicio físico estipulado, el sistema me impedía conectarme a mi cuenta de OASIS y, por lo tanto, no podía trabajar, seguir con la misión ni vivir mi vida, al fin y al cabo. Una vez activado, no se podía cancelar durante dos meses. La aplicación estaba vinculada a mi cuenta de OASIS, por lo que no podía limitarme a comprar un ordenador nuevo ni alquilar una cabina en algún café OASIS público. Si quería conectarme, tenía que hacer ejercicio antes. Resultó que esa era la motivación que necesitaba.

La aplicación también controlaba mi ingesta diaria de calorías. Me presentaba un menú variado a escoger, basado en alimentos hipocalóricos. Una vez realizada la elección, el programa lo encargaba y el pedido llegaba a mi puerta. Como no salía nunca del apartamento, al programa le resultaba fácil controlar todo lo que comía. Si pedía más comida por mi cuenta, el tiempo de ejercicio físico aumentaba para compensar el exceso de calorías. Era un programa muy cruel.

Pero funcionaba. Los kilos empezaron a desaparecer y unos meses después alcancé una forma física casi perfecta. Por primera vez en mi vida tenía el vientre plano y músculos. Además, me sentía con el doble de energía que antes y me enfermaba mucho menos. Cuando concluyó el período de dos meses y se me dio la opción de desactivar el programa, decidí mantenerlo. El ejercicio físico ya formaba parte de mi rutina diaria.

Cuando terminé de hacer pesas, me subí a la cinta.

—Iniciar carrera matutina —pedí a Max—. Pista Bifrost. —El gimnasio virtual desapareció. Aparecí sobre una pista de carreras semitransparente, una banda elíptica suspendida en una nebulosa estrellada. En el espacio que me rodeaba había planetas gigantes anillados y lunas multicolores estaban suspendidas en el aire a mi alrededor. La pista se extendía ante mí, subía, bajaba y, en ocasiones, formaba espirales helicoidales. Una barrera invisible impedía caer accidentalmente al abismo estrellado. La Pista Bifrost era otra simulación independiente, uno de los centenares de diseños de pista que tenía guardados en el disco duro de mi consola.

Cuando empecé a correr, Max reprodujo mi lista de canciones de los ochenta. Nada más empezar a sonar la primera canción, solté de memoria título, artista, álbum y año de lanzamiento. *A Million Miles Away*, The Plimsouls, *Everywhere at Once*, 1983. Y me puse a cantar, recitando la letra a la perfección. Puede que algún día, saberme bien la letra de canciones de los ochenta llegue a salvarle la vida a mi avatar.

Cuando terminé de correr, me retiré el visor y empecé a quitarme el traje háptico. Tenía que hacerlo muy despacio para evitar dañar los componentes. Al hacerlo, las ventosas de contacto emitieron una especie de chasquidos al despegarse de mi piel y me dejaron unas minúsculas marcas circulares por todo el cuerpo. Al terminar, lo metí en la unidad de limpieza y extendí el otro en el suelo.

Max ya había abierto la ducha y seleccionado la temperatura

exacta que me gustaba. Al meterme en la cabina cubierta de vapor, Max reprodujo la lista de reproducción musical de la ducha. Reconocí los primeros *riffs* de *Change*, de John Waite. De la banda sonora de *Loco por ti*, Geffen Records, 1985.

La ducha funcionaba casi como uno de esos túneles de lavado de coche antiguos. Solo tenía que quedarme quieto y la cabina lo hacía casi todo. Me disparaba chorros de agua jabonosa desde distintos ángulos y luego me enjuagaba. Tampoco tenía pelo que lavar, ya que la ducha también dispensaba una solución aséptica que eliminaba el vello y que yo me frotaba en la cara y el cuerpo. De ese modo me ahorraba tener que afeitarme y cortarme el pelo, molestias que no me interesaban lo más mínimo. Tener la piel tersa también me ayudaba a ponerme el traje háptico. Al principio se me hacía raro verme sin cejas, pero no tardé en acostumbrarme.

Cuando los chorros de agua dejaron de salir, se activaron los secadores, que en cuestión de segundos eliminaron todo resto de humedad de mi cuerpo. Me fui a la cocina y abrí una lata de Sludge, un preparado de desayuno alto en proteínas con vitamina D (que me ayudaba a combatir los efectos de la privación de sol). Mientras lo bebía, los sensores de mi ordenador tomaron nota, escanearon el código de barras y restaron las calorías del total que tenía asignado para el día. Una vez resuelto el trámite del desayuno, me puse el traje limpio. Vestirse con él no era tan delicado como quitárselo, pero aun así debía concentrarme.

Con el traje puesto, ordené a la silla que se volviera a abrir. Me detuve un instante a contemplar el equipo de inmersión. Me había sentido muy orgulloso de habérmelo podido comprar al fin... Pero con el paso de los meses había llegado a verlo como lo que era: un artilugio muy sofisticado con el que engañar mis sentidos y que me permitía vivir en un mundo irreal. Cada uno de sus componentes era un barrote más de la celda donde me había encerrado a voluntad.

De pie, iluminado por la luz mortecina de los fluorescentes de mi minúsculo estudio, no había modo de escapar a la verdad: no era más que un ermitaño antisocial en la vida real. Un recluso. Un friki pálido y obsesionado con la cultura popular. Un ago-rafóbico encerrado sin amigos, familia ni contacto humano. No era más que otra alma triste, perdida y solitaria que desperdicia-ba su vida en un videojuego mitificado.

Pero en OASIS no era así. Allí era el gran Parzival. El gunter famoso en todo el mundo, una celebridad internacional. La gen-te me pedía autógrafos. Tenía clubes de fans. Tenía varios, en rea-lidad. Me reconocían allá donde iba (solo cuando yo quería). Me pagaban por promocionar productos. La gente me admiraba y mi opinión era importante. Me invitaban a las fiestas más ex-clusivas. Entraba en las discotecas de moda sin tener que hacer cola. Era un icono de la cultura popular, una estrella del rock de la realidad virtual. Y en los círculos de gunters era una leyenda. No, un dios.

Me senté y me puse los guantes y el visor. Una vez verificada mi identidad, apareció delante de mí el logo de Gregarious Simu-lation Systems seguido de la secuencia de inicio de sesión.

Saludos, Parzival
Por favor, pronuncia tu contraseña.

Carraspeé y lo hice. A medida que pronunciaba las palabras, aparecían en la pantalla.

—*No one in the world ever gets what they want and that is beautiful.*

Se hizo una breve pausa, y solté un suspiro de alivio involun-tario a medida que OASIS iba apareciendo a mi alrededor.

0020

Mi avatar se materializó poco a poco frente al panel de control del centro de mando de mi fortaleza. Era el mismo lugar donde me encontraba la noche antes, inmerso en mi ritual nocturno que consistía en mirar con fijeza los versos del cuarteto hasta quedarme dormido y que me desconectara el sistema. Llevaba casi seis meses concentrado en aquella maldita estrofa y todavía no había sido capaz de descifrarla. Nadie lo había hecho. Todo el mundo tenía sus teorías, claro, pero la Llave de Jade seguía oculta y las primeras posiciones del Marcador no habían cambiado.

Mi centro de mando estaba situado en el interior de una cúpula blindada enclavada bajo la superficie rocosa de mi propio asteroide. Desde allí disfrutaba de una vista de trescientos sesenta grados de los cráteres que conformaban el paisaje y se perdían en el horizonte en todas direcciones. El resto de mi fortaleza se encontraba bajo tierra, en un vasto complejo subterráneo que descendía hasta el núcleo mismo del asteroide. Había escrito el código del lugar yo mismo poco después de mudarme a Columbus. Mi avatar necesitaba una fortaleza y no quería vecinos, así que había adquirido el planetoide más barato que había encontrado —ese asteroide pequeño y desolado que se encontraba en el Sector Catorce—. Su designación oficial era S14A316, pero yo lo llamé Falco, como el rapero austríaco. (No es que fuera un gran fan de Falco, pero me gustaba el sonido de aquel nombre.)

La superficie de Falco era de poco más que unos kilómetros cuadrados, pero no había sido barato. Eso sí, el gasto había merecido la pena. Cuando eras dueño de tu propio mundo, podías construir lo que quisieras en él. Y nadie podía visitarte a menos que autorizaras el acceso, cosa que yo no hacía con nadie. La fortaleza era mi refugio dentro de OASIS. El santuario de mi avatar. El único lugar en toda la simulación en el que estaba a salvo de verdad.

Tan pronto como se hubo completado la secuencia de inicio, apareció en la pantalla una ventana que me indicaba de que era día de elecciones. Como ya tenía dieciocho años, podía votar. Y podía hacerlo tanto en las elecciones que tenían lugar en OASIS, como en las que servirían para escoger a cargos del Gobierno de Estados Unidos. Las del mundo real no me importaban lo más mínimo; no les veía sentido. Del gran país de antaño en el que yo había nacido solo quedaba el nombre. No importaba quién lo gobernara. Eran personas que se dedicaban a cambiar de asientos en la cubierta del *Titanic*, y todo el mundo lo sabía. Además, la gente ya podía votar desde casa a través de OASIS. Las únicas personas que solían salir elegidas eran estrellas de cine, personajes de *reality shows* o telepredicadores radicales.

En las elecciones de OASIS sí me molesté en votar, porque sus resultados me afectaban. El proceso apenas me llevó unos minutos, porque estaba familiarizado con los principales asuntos que GSS sometía a votación. En aquellas elecciones, también se escogía al presidente y al vicepresidente del Comité de Usuarios de OASIS y la decisión no resultaba difícil para mí. Como la mayoría de los gunters, voté a favor de reelegir a Cory Doctorow y Wil Wheaton (una vez más). No había límite de legislaturas y aquellos dos carcas llevaban más de una década protegiendo de puta madre los derechos de los usuarios.

Después de votar, ajusté un poco la silla háptica y examiné la consola de control que tenía delante. Estaba llena de palancas, botones, teclados, *joysticks* y pantallas. Una hilera de monitores de seguridad que tenía a la izquierda mostraba lo que transmitían las cámaras virtuales repartidas por el interior y el exterior de mi fortaleza. En otra hilera a mi derecha, veía mis informativos y canales de entretenimiento preferidos. Entre ellos, los que emitía mi propio canal, Parzival TV: «El Canal que emite mierdas raras y eclécticas veinticuatro horas al día, siete días a la semana, trescientos sesenta y cinco días al año».

Era una nueva característica de OASIS. GSS había añadido dicha función a todas las cuentas de usuarios de la simulación: el CPO (Canal Personal de Oasis). A cambio de una cuota mensual, todo el mundo podía retransmitir su propio canal de televisión. Los usuarios conectados a la simulación podían sintonizar y ver los CPO desde cualquier parte del mundo. Lo que cada cual emitía en su canal y las personas autorizadas a verlo eran decisión del dueño. La mayoría de los usuarios optaba por crear un «canal *voyeur*», que equivalía a ser la estrella de tu propio *reality show* las veinticuatro horas del día. En ese caso, unas cámaras virtuales flotantes seguían a los avatares por OASIS y transmitían sus actividades diarias. Podía limitarse el acceso al canal de modo que solo los amigos pudieran verlo o cobrar una tarifa por hora por entrar en el CPO. Muchos famosillos y actores porno lo hacían y vendían sus vidas virtuales a tanto el minuto.

También había gente que usaba su CPO para emitir imágenes en directo de sí mismos en el mundo real, de su perro o de sus hijos. Algunos solo emitían dibujos animados antiguos. Las posibilidades eran infinitas y la variedad de material disponible parecía crecer y era más rara con el paso de los días: veinticuatro horas al día de vídeos para fetichistas del pie emitidos desde países de Europa del Este; porno amateur protagonizado por unas pervertidas madres de clase media residentes en Minnesota. Lo que quisieras. Todas las rarezas que la mente humana fuera capaz de concebir se grababan y se emitían *online*. El inmenso erial de la programación televisiva había alcanzado al fin su cénit y las personas corrientes ya no estaban limitadas a quince minutos de fama. Ahora todo el mundo podía salir por la TV en cualquier momento, aunque nadie lo viera.

Parzival TV no era un canal *voyeur*. En realidad, el rostro de mi avatar no aparecía nunca. Lo que hacía era programar una selección de series clásicas de los ochenta, anuncios antiguos, dibujos animados, videoclips y películas. Muchas películas. Los fines de semana pasaba antiguos largometrajes japoneses de monstruos y algún anime retro. Lo que me apeteciera. Lo cierto es que no importaba mucho qué programara. Mi avatar seguía siendo uno de los Cinco Mejores, por lo que mi canal atraía a millones de espectadores todos los días sin importar lo que emitiese, lo que me permitía vender espacio publicitario a mis diversos patrocinadores.

Casi todo el público de mi canal estaba formado por gunters que lo veían con la esperanza de que revelara sin querer algo de información sobre la Llave de Jade e incluso sobre el Huevo. Pero no lo hacía, claro. En ese momento, Parzival TV emitía un maratón ininterrumpido de dos días de *Kikaider*, una serie japonesa de acción de finales de los setenta en la que un androide rojo y azul repartía estopa a una sucesión de monstruos cubiertos con trajes de goma episodio tras episodio. Sentía debilidad por los *kaiju* y los *tokusatsu* antiguos, series como *Espectroman*, *Los gigantes del espacio* y *Supaidaman*.

Abrí mi parrilla de programación e hice algunos cambios a la programación de la noche. Suprimí los episodios de *Riptide* y de *Los rebeldes de la ciencia* e introduje unas cuantas películas seguidas de mi tortuga voladora gigante favorita, Gamera. Pensé que la audiencia lo agradecería. Y después, para finalizar la emisión del día, añadí varios capítulos de *Silver Spoons*.

Art3mis también tenía su propio canal de vídeo, Art3mivision, y siempre estaba conectado a él con uno de mis monitores. En ese momento emitía su plato de los lunes por la noche: un episodio de *Square Pegs*. Después, vendría *Electra Woman and Dyna Girl*, seguida de varios episodios seguidos de *Isis* y *La mujer maravilla*. Hacía siglos que no modificaba la parrilla. Pero no importaba. Sus índices de audiencia eran elevadísimos. Además, había lanzado hacía poco una línea de ropa de cuerpo entero para avatares femeninos marca Art3Miss, que había sido todo un éxito. La verdad era que las cosas le iban muy bien.

Después de aquella noche en el Distracted Globe, Art3mis había cortado todo contacto conmigo. Me bloqueaba los correos electrónicos, las llamadas y las peticiones de chat. También había dejado de escribir entradas en su blog.

Había intentado ponerme en contacto con ella por todos los medios. Le enviaba flores a su avatar. Iba muchas veces hasta su fortaleza, un palacio fortificado en Benatar, la pequeña luna de su propiedad. Soltaba cintas de casete con canciones y notas sobre su palacio desde el aire, como bombas de un loco enamorado. Una vez, en un acto de extrema desesperación, permanecí ante las puertas de su palacio durante dos horas seguidas con un radiocasete en la cabeza en el que atronaba *In Your Eyes*, de Peter Gabriel.

Pero ella no salió. Ni siquiera sé si estaba en casa.

Llevaba ya más de cinco meses viviendo en Columbus y hacía ocho largas y agónicas semanas que no hablaba con Art3mis. Sin embargo, no me había dedicado a lloriquear ni a compadecerme durante ese tiempo. Bueno, no me había dedicado solo a eso. Había intentado disfrutar de mi «nueva vida» de gunter viajero mundialmente famoso. A pesar de haber subido mi avatar al nivel máximo, seguía completando misiones para añadir cosas nuevas a mi ya impresionante colección de armamento, objetos mágicos y vehículos, que guardaba en una cámara acorazada oculta en el corazón de mi fortaleza. Las misiones me mantenían ocupado y me servían de distracción contra mi soledad y aislamiento, que cada vez me afectaban más.

Después de que Art3mis me dejara intenté retomar el contacto con Hache, pero las cosas ya no eran como antes. Nos habíamos distanciado, y sabía que era culpa mía. Nuestras conversaciones eran reservadas y cautelosas, como si los dos temiéramos revelar algo que el otro pudiera usar en su beneficio. Se notaba que ya no confiaba en mí. Y si yo me había obsesionado con Art3mis, él parecía obsesionado con ser el primer gunter en encontrar la Llave de Jade. Pero hacía ya casi un año que habíamos franqueado la Primera Puerta y la ubicación de la llave seguía siendo un misterio.

Llevaba casi un mes sin comunicarme con Hache. Nuestra

última conversación había degenerado en un enfrentamiento a gritos que terminó cuando le recordé que «no habría encontrado siquiera la Llave de Cobre» si no lo hubiera conducido directamente hasta ella. Me había mirado fijamente un segundo antes de desconectarse de la sala de chat. Testarudo y orgulloso, me había negado a llamarlo en ese mismo momento para disculparme, y parecía que ya había pasado demasiado tiempo.

Sí. Estaba en racha. En menos de seis meses había logrado cargarme las dos amistades que más me importaban.

Entré en el canal de televisión de Hache, que había bautizado como H-Feed. En ese momento emitía un combate de lucha libre de finales de los ochenta entre Hulk Hogan y Andre *el Gigante*. Ni me molesté en ver qué pasaban en el canal de Daito y Shoto, el Daishow, porque sabía que sería alguna película antigua de samuráis. No programaban otra cosa.

Pocos meses después de nuestro tenso primer encuentro en el Sótano de Hache, había logrado forjar cierta amistad con ellos cuando los tres formamos equipo para completar una extensa misión en el Sector Veintidós. La idea había sido mía. No me gustaba que las cosas hubieran terminado de aquel modo la primera vez y esperé a que se me presentara la ocasión de hacer las paces con los dos samuráis. Y la ocasión se presentó cuando descubrí la existencia de una misión de alto nivel llamada Shodai Urutoraman en el planeta Tokusatsu. La fecha de creación que figuraba en los créditos indicaba que había sido lanzada varios años después de la muerte de Halliday, lo que implicaba que no podía tener nada que ver con la competición. Además, era una misión en japonés creada por la división que GSS tenía en Hokkaido. Podría haber intentado completarla solo con el programa de traducción simultánea Mandarax que tenían instalado en todas las cuentas de OASIS, pero habría sido arriesgado. Se decía que las traducciones de Mandarax no eran fiables y se podían malinterpretar las instrucciones de las misiones y las pistas, algo que podía llevar fácilmente a cometer errores fatales.

Daito y Shoto vivían en Japón (donde se habían convertido en héroes nacionales). Sabía que ambos hablaban japonés con fluidez. Así que me puse en contacto con ellos y les pregunté si estaban dispuestos a formar equipo conmigo solo para esa misión. En un principio se mostraron escépticos, pero cuando les expliqué la naturaleza única de la misión y los beneficios que creía que podríamos obtener si la completábamos, accedieron. Nos reunimos por fuera de la puerta que daba paso al reto en Tokusatsu y la franqueamos juntos.

La prueba consistía en una recreación de los treinta y nueve episodios de la serie original de *Ultraman*, que se había emitido en la televisión japonesa entre 1966 y 1967. La trama se centraba en un humano llamado Hayata que era miembro de la Patrulla Científica, una organización dedicada a luchar contra las hordas de monstruos tipo Godzilla que atacaban sin parar la Tierra y amenazaban la civilización humana. Cuando la Patrulla Científica se topaba con una amenaza a la que no podía enfrentarse sola, Hayata usaba un dispositivo alienígena llamado la «Cápsula Beta» para transformarse en una superentidad extraterrestre conocida como Ultraman. Entonces se enfrentaba al monstruo que tocara esa semana y usaba para ello toda clase de movimientos de kung-fu y ataques de energía.

Si hubiera franqueado la puerta solo, habría tenido que interpretar de principio a fin todo el papel de Hayata. Pero como Shoto, Daito y yo habíamos entrado juntos, se nos permitió seleccionar a un miembro distinto de la Patrulla Científica a quien interpretar. Además, podíamos cambiar de personaje al principio de cada nivel o «episodio». Fue así como los tres nos fuimos turnando para interpretar a Hayata y sus compañeros de equipo, Hohino y Arashi. Como sucedía con casi todas las misiones de OASIS, jugar en equipo hacía que resultara más fácil derrotar a los diversos enemigos e ir superando los niveles.

Tardamos una semana entera, en la que muchas veces jugamos más de dieciséis horas al día, en completar los treinta y nueve niveles y la misión. Al salir por la puerta de la misión, nos dieron un montón de puntos de experiencia y varios miles de créditos. Pero el verdadero premio por completar la misión fue un artefacto muy difícil de encontrar: la Cápsula Beta de Hayata. El pequeño cilindro metálico permitía al avatar transformarse en Ultraman una vez al día durante un máximo de tres minutos.

Como éramos tres, debatimos quién debía quedársela.

—Debería ser para Parzival —había dicho Shoto, girándose hacia su hermano mayor—. Fue él quien descubrió la prueba. Nosotros no habríamos sabido ni siquiera que existía de no haber sido por él.

Pero Daito no estaba de acuerdo, claro.

—¡Pero no habría podido completar la misión sin nuestra ayuda!

Concluyó que, para ser justos, lo único que podíamos hacer era subastar la Cápsula Beta y repartirnos lo que nos dieran por ella. Pero no estaba dispuesto a permitirlo. El artefacto era demasiado valioso para que nos desprendiéramos de él y sabía que acabaría en manos de los sixers, que se dedicaban a adquirir todos los objetos importantes que se subastaban. Además, aquella me parecía una buena ocasión de congraciarme con los Daisho.

—Deberíais quedaros vosotros con la Cápsula Beta —dije—. Urutoraman es el mayor superhéroe japonés. Sus poderes han de permanecer en manos niponas.

Mi generosidad los sorprendió y conmovió a partes iguales. Sobre todo a Daito.

—Gracias, Parzival-san —respondió, dedicándome una sentida reverencia—. Eres hombre de honor.

Después de aquello, los tres nos despedimos como amigos (que no necesariamente aliados), y me di por recompensado por mis esfuerzos.

Oí el sonido de un timbre y consulté la hora. Eran casi las ocho. Ya me tocaba empezar a ganarme el pan.

* * *

Siempre iba escaso de dinero, por más frugalmente que intentara vivir. Debía pagar algunas facturas bastante abultadas todos los meses, tanto en el mundo real como en OASIS. Mis gastos en el mundo real eran muy corrientes: alquiler, luz, comida y agua. Reparación de equipos y actualizaciones. Los de mi avatar eran más extravagantes. Reparaciones de naves espaciales. Pasajes de teletransportación. Células de energía. Munición. La compraba al por mayor, pero aun así no era barata. Y mis gastos mensuales en teletransportación solían ser astronómicos. La búsqueda del Huevo me exigía desplazamientos constantes, y GSS no dejaba de subir los precios.

Lo cierto es que ya me había gastado lo que me habían pagado por los derechos de imagen. Casi todo había ido a la adquisición de mi equipo de inmersión y la compra de mi propio asteroide. Ganaba bastante dinero al mes por la venta de espacio publicitario en el CPO y subastando los objetos mágicos, armarduras o armas que no necesitaba y conseguía a lo largo de mis viajes. Pero mi principal fuente de ingresos era mi empleo a jornada completa dando asistencia técnica a OASIS.

Cuando creé mi nueva identidad de Bryce Lynch, me había atribuido una licenciatura universitaria, así como múltiples certificados técnicos y mucha experiencia laboral como programador de OASIS y desarrollador de aplicaciones. Sin embargo, a pesar de mi impresionante currículum inventado, el único trabajo que había conseguido era el de agente de asistencia técnica de primer nivel en Helpful Helpdesk Inc., una de las empresas subcontratadas por GSS para gestionar el servicio de atención al cliente y la asistencia técnica de OASIS. Trabajaba cuarenta horas a la semana para ayudar a inútiles a reiniciar sus consolas OASIS y a actualizar los controladores de sus guantes hápticos. Era un trabajo durísimo, pero me permitía pagar los gastos.

Me desconecté de mi cuenta de OASIS y usé mi equipo para conectarme a una cuenta distinta que me habían asignado solo para el trabajo. Tras completar el proceso de conexión, asumí el control de un avatar de Happy Helpdesk, un hombre guapo y apuesto fabricado en serie a imagen y semejanza del muñeco Ken y que usaba para atender las llamadas del servicio técnico. El avatar aparecía en medio de un inmenso centro de atención telefónica virtual, sentado a una mesa virtual delante de un ordenador virtual con unos auriculares virtuales.

Ese lugar era mi infierno particular y virtual.

Helpful Helpdesk Inc. recibía millones de llamadas al día de todo el mundo. Veinticuatro horas al día, siete días a la semana, trescientos sesenta y cinco días al año. Un cretino indignado y torpe tras otro. No había tiempo libre entre llamadas, porque la lista de espera era siempre de varios centenares de inútiles, todos ellos dispuestos a esperar durante horas para que un técnico les llevara de la manita a resolver su problema. ¿Para qué molestarse en buscar la solución *online*? ¿Para qué intentar resolverlo tú mismo cuando podías pagar a alguien para que pensara por ti?

Como de costumbre, mi turno de diez horas se me hizo eterno. Los avatares de asistencia no estaban autorizados a abandonar sus cubículos, pero había encontrado otros modos de pasar el rato. La cuenta del trabajo estaba configurada con limitaciones para que no pudiera consultar páginas externas, pero había manipulado el visor para escuchar música o ver las películas de mi disco duro mientras atendía las llamadas.

Cuando terminó por fin mi jornada laboral y me desconecté del trabajo, no esperé ni un segundo para entrar en mi cuenta personal de OASIS. Descubrí que tenía cientos de correos electrónicos sin abrir y, por lo que pude leer en las casillas de asunto, supe lo que había ocurrido.

Art3mis había encontrado la Llave de Jade.

0021

Como otros gunters de todo el mundo, llevaba tiem-
po temiendo que se produjera un cambio en el Marcador, porque sabía que iba a dar a los sixers una ventaja injusta.

Pocos meses después de que franqueáramos la Primera Puerta, un avatar anónimo había sacado a subasta un artefacto ultrapoderoso. Se llamaba la Tablilla de Búsqueda de Fyndoro y facilitaba unos poderes inmensos capaces de proporcionar a su dueño
una gran ventaja en la Cacería del Huevo de Pascua de Halliday.

Casi todos los objetos virtuales de OASIS se creaban de manera aleatoria por el sistema y caían cuando matabas a un PNJ o
completabas alguna misión. Los más escasos eran los artefactos,
unos objetos mágicos superpoderosos que dotaban a sus propietarios de increíbles habilidades. Solo existían algunos centenares y la mayoría databa de los primeros días de OASIS, cuando era poco más que un MMO. Los artefactos eran únicos y solo
existía una copia de cada uno de ellos en toda la simulación. Por
lo general, se conseguían al derrotar a algún villano con aspecto
de dios al final de una misión de alto nivel. Si estabas de suerte,
el enemigo soltaba algún artefacto cuando lo matabas. También
podías conseguir uno matando a un avatar que lo tuviera en su
inventario o comprándolo en una subasta *online*.

Como los artefactos eran tan raros, era una gran noticia que
salieran a subasta. Se sabía que algunos se habían vendido por
centenares de miles de créditos, dependiendo de sus poderes. El

récord lo tenía uno llamado Cataclista que se había subastado hacía tres años. Según la descripción que figuraba en el propio listado de la casa de subastas, se trataba de una especie de bomba mágica que solo podía usarse una vez. Cuando se hacía detonar, mataba a todos los avatares y los PNJ que se encontraran en el sector en ese momento, incluido a su dueño. No había manera de evitarlo. Si tenías la desgracia de encontrarte en el mismo sector cuando estallaba, ya podías despedirte, por muy poderoso que fueras y protegido que estuvieras.

Un comprador anónimo se había hecho con el Cataclista y pagado por él más de un millón de créditos. El artefacto todavía no había estallado, lo que significaba que su nuevo dueño aún lo tenía escondido en alguna parte, aguardando el momento oportuno para usarlo. Su existencia había llegado a convertirse en una especie de broma. Cuando un gunter se encontraba rodeado de avatares que no le gustaban, solo tenía que afirmar poseer el Cataclista en su inventario y amenazar con detonarlo. Pero la mayoría de la gente sospechaba que había caído en manos de los sixers, lo mismo que muchos otros objetos poderosos.

La Tablilla de Búsqueda de Fyndoro acabó alcanzando un valor superior al del Cataclista. Según la descripción de los organizadores de la subasta, se trataba de una piedra negra pulida de forma circular que confería un único poder: una vez al día, su portador podía escribir el nombre de un avatar sobre la superficie y la Tablilla le indicaba al instante su paradero. Sin embargo, el poder tenía alcance limitado. Si el objetivo se encontraba en un sector diferente de OASIS, la tablilla solo indicaba de qué sector se trataba, pero no especificaba más. Si te encontrabas en el mismo sector, la Tablilla te informaba del planeta donde se hallaba tu objetivo (o el planeta más cercano, si es que en ese momento se encontraba viajando por el espacio). Si estabas en el mismo planeta que tu objetivo en el momento de usar la Tablilla, te mostraba las coordenadas exactas en un mapa.

El vendedor se encargó de dejar claro en la descripción de la subasta que si el portador de la Tablilla la usaba en combinación con el Marcador, podía decirse con casi total seguridad que la convertía en el artefacto más valioso de OASIS. Lo único que había que hacer era fijarse en los primeros puestos del Marcador para ver en qué momento aumentaba la puntuación de alguien. En ese preciso instante se escribía el nombre de ese avatar y la Tablilla te devolvía el lugar en el que se encontraba en ese momento, lo que indicaba dónde acababa de encontrar una llave o dónde había franqueado una puerta. A causa de las limitaciones de alcance del artefacto, tal vez hicieran falta dos o tres intentos para afinar la búsqueda de la llave o la puerta, pero aun así, la información que proporcionaba era de tal importancia que mucha gente estaría dispuesta a matar por conseguirla.

Cuando la Tablilla de Búsqueda de Fyndoro salió a subasta, tuvo lugar una puja sin cuartel entre varios de los clanes de gunters de mayor tamaño. Finalmente se la llevaron los sixers, que pagaron casi dos millones de créditos por ella. El propio Sorrento usó su cuenta de IOI para pujar por ella. Esperó a los últimos segundos de la subasta y superó todas las ofertas. Podría haberlo hecho de manera anónima, pero era evidente que quería que el mundo supiera a manos de quién pasaba el artefacto. También era su manera de decirnos a los Cinco Mejores que a partir de ese momento cada vez que alguno de nosotros encontrara una llave o franqueara una puerta, los sixers nos seguirían los talones. Y no habría nada que pudiéramos hacer para impedirlo.

Al principio temí que los sixers también intentaran usar la Tablilla para dar caza a nuestros avatares y matarnos de uno en uno. Pero, a menos que nos encontráramos en una zona PvP en el momento de localizarnos y fuéramos lo bastante tontos para seguir allí esperando a que nos dieran alcance, buscarnos no les serviría de nada. Y como la Tablilla solo podía usarse una vez al día, correrían el riesgo de perder la oportunidad si el Marcador cambiaba ese mismo día. Como suponía, no se arriesgaron y guardaron la Tablilla para el momento propicio.

• • •

Cuando todavía no había transcurrido ni media hora de la subida de puntos de Art3mis, la flota sixer al completo se empezó a reunir en el Sector Siete. Parecía evidente que los sixers habían recurrido a la Tablilla de Búsqueda de Fyndoro para determinar la localización exacta de Art3mis desde que había cambiado el Marcador. Por suerte, el avatar sixer que usaba el artefacto (probablemente el propio Sorrento) se encontraba en otro sector, por lo que no reveló en qué planeta se encontraba. Es por ello que la flota de los sixers se había desplazado de inmediato al Sector Siete.

Gracias a su absoluta falta de discreción, ya todo el mundo sabía que la Llave de Jade debía de ocultarse en alguna parte de dicho sector. Cómo no, miles de gunters empezaron a dirigirse hacia el lugar. Los sixers habían acotado la búsqueda para todo el mundo. Por suerte, el Sector Siete tenía cientos de planetas, lunas y otros mundos, y la Llave de Jade podía estar escondida en cualquiera de ellos.

Me pasé el resto del día en estado de shock, desconcertado al pensar que acababa de ser destronado. Así era, exactamente, como lo describían las noticias: ¡PARZIVAL, DESTRONADO! ¡ART3MIS, LA NUEVA GUNTER N.º I! ¡LOS SIXERS LE SIGUEN LOS TALONES!

En cuanto logré recuperarme un poco del golpe, abrí el Marcador y me obligué a mirarlo fijamente durante treinta minutos mientras no dejaba de insultarme mentalmente.

RÉCORDS

1.	Art3mis	129.000	卅
2.	Parzival	110.000	卅
3.	Hache	108.000	卅
4.	Daito	107.000	卅
5.	Shoto	106.000	卅
6.	IOI-655321	105.000	卅
7.	IOI-643187	105.000	卅
8.	IOI-621671	105.000	卅
9.	IOI-678324	105.000	卅
10.	IOI-637330	105.000	卅

«La culpa es solo tuya —me decía—. Has permitido que el éxito se te subiera a la cabeza. Te has rezagado en la búsqueda. ¿Acaso creías que la suerte te iba a sonreír dos veces? ¿Que acabarías por tropezarte con la pista que te llevara a la Llave de Jade? Colocarte en primera posición te ha dado una falsa sensación de seguridad. Pero ahora ya no tienes ese problema, ¿verdad, imbécil? No, porque en vez de matarte a trabajar y concentrarte en la búsqueda, como deberías haber hecho, te has cargado la ventaja que tenías. Has malgastado casi medio año tonteando por ahí, colgado de una chica a la que no has visto en persona ni una vez en tu vida. La chica que te ha dejado. La misma que va a terminar ganándote.

»Y ahora, atontado, céntrate en el juego. Encuentra la llave.»

De improviso me dieron más ganas que nunca de ganar la competición. No solo por el dinero. Quería que Art3mis supiera de lo que era capaz. Y quería que terminara la Cacería para que volviera a dirigirme la palabra. Para conocerla al fin en persona, verle la cara e intentar descubrir qué era lo que sentía por ella en realidad.

Cerré el Marcador y abrí mi diario del Santo Grial, que se había convertido en una gigantesca montaña de datos en la que figuraba toda la información que había ido recabando desde el inicio de la competición. Era una maraña de ventanas flotantes suspendidas frente a mí en la que se veían textos, mapas, fotos y archivos de audio y de vídeo, ordenados, relacionados y rebosantes de vida.

Dejé abierto el cuarteto en una ventana que siempre quedaba en lo más alto. Cuatro líneas de texto. Veinticinco palabras. Cincuenta y una sílabas. Las miraba tan a menudo que habían perdido todo significado para mí. Tuve que reprimir un grito de rabia y frustración al volver a verlas en aquel momento:

*Guarda la Llave de Jade el capitán
en una morada vieja y decadente.
Pero el silbato solo podrás hacer sonar
cuando todos los trofeos recolectes.*

Sabía que tenía la respuesta delante de mis ojos. A Art3mis ya la había descubierto.

Volví a leer las notas sobre John Draper, alias Capitán Crunch, y sobre el silbato de juguete de plástico que lo había hecho famoso en los albores del acervo *hacker*. Aún creía que esos eran el «capitán» y el «silbato» a los que se refería Halliday. Pero el resto del cuarteto todavía era un misterio para mí.

No obstante, tenía información que hasta ese momento ignoraba: la llave se hallaba oculta en algún lugar del Sector Siete, por lo que abrí el atlas de OASIS y empecé a buscar planetas con nombres que pudieran estar relacionados con el cuarteto. Encontré algunos mundos bautizados en honor a *hackers* famosos, como Woz y Mitnick, pero ninguno que llevara el de John Draper. También había en el Sector Siete centenares de mundos con nombres de antiguos grupos de noticias de Usenet y en uno de ellos, en el planeta alt.phreaking, había una estatua de Draper posando con un viejo teléfono de disco en una mano y el silbato del Capitán Crunch en la otra. Pero la estatua se había erigido tres años después de la muerte de Halliday, por lo que sabía que se trataba de otro callejón sin salida.

Volví a leer el cuarteto, y esta vez los dos últimos versos me dijeron algo:

Pero el silbato solo podrás hacer sonar
cuando todos los trofeos recolectes.

Trofeos. En alguna parte del Sector Siete. Tenía que encontrar una colección de trofeos en el Sector Siete.

Hice una búsqueda rápida de mis archivos sobre Halliday. Al parecer, los únicos trofeos que había conseguido en su vida eran cinco de Diseñador de Videojuegos del Año que obtuvo a principios de siglo. Los galardones todavía se exhibían en el museo de GSS de Columbus, pero en OASIS existían réplicas en un planeta llamado Archaide.

Y Archaide estaba en el Sector Siete.

No las tenía todas conmigo, pero aun así quería probarlo. Al menos serviría para tener la sensación de estar haciendo algo productivo durante las horas siguientes.

Eché un vistazo a Max, que en ese momento bailaba la samba en uno de los monitores del centro de mando.

—Max, prepara la *Vonnegut* para el despegue. Si no estás demasiado ocupado, claro.

Max dejó de bailar y me dedicó una sonrisa pícara.

—¡Como mandes, comanchero!

Me levanté y me dirigí al ascensor de la fortaleza, que había creado a imagen y semejanza de un turboascensor de la serie original de *Star Trek*. Descendí cuatro niveles hasta la armería, una cámara acorazada enorme llena de anaqueles, vitrinas y estantes para armas. Abrí la pantalla de inventario de mi avatar, en la que aparecía el clásico monigote de mi personaje al que podía ir añadiendo objetos y equipo.

Archaide estaba situado en una zona PvP, por lo que decidí mejorar mi equipo y llevarme las mejores galas. Me puse una resplandeciente y robusta servoarmadura +10, me colgué del cinturón mi conjunto favorito de pistolas bláster y a la espalda una escopeta de repetición manual con empuñadura tipo pistola y una espada bastarda vorpalina +5. También decidí llevarme algunos otros objetos esenciales. Un par de botas antigravedad de repuesto. Un anillo de resistencia mágica. Un amuleto de protección. Varios guantes de fuerza de gigante. No podía soportar la idea de necesitar algo y no tenerlo a mano, por lo que casi siempre llevaba equipo como para tres gunters. Cuando me quedaba sin espacio en el cuerpo de mi avatar, almacenaba el equipo adicional en mi mochila de contención.

Una vez que estuve convenientemente pertrechado, volví a subir al ascensor y pocos segundos después llegué a la entrada del hangar, en el nivel inferior de mi fortaleza. Unas luces azules parpadeaban a lo largo de la pista, que recorría el centro del hangar hasta alcanzar dos impresionantes puertas blindadas que se alzaban en el extremo más alejado. Las puertas daban al túnel de lanzamiento, que conducía a un par de puertas idénticas encajadas en la superficie del asteroide.

En la parte izquierda de la pista se encontraba mi Ala-X, deteriorado por el combate. Aparcado a la derecha, mi DeLorean. Y en el centro de la pista estaba la nave espacial que usaba con más frecuencia: la *Vonnegut*. Max ya había encendido los motores, que emitían un zumbido sordo y continuo que retumbaba por el hangar. La *Vonnegut* era una nave de transporte tipo Firefly muy modificada, a imagen y semejanza de la *Serenity*, la nave de la clásica serie de televisión *Firefly*. Cuando la adquirí la llamé *Kaylee*, pero poco después la rebauticé en honor a uno de mis novelistas favoritos del siglo XX. Había grabado el nuevo nombre en un lateral del casco gris abollado.

La *Vonnegut* había sido el botín que le había arrebatado a una facción del clan de los Oviraptor que había intentado secuestrar mi Ala-X mientras recorría un gran grupo de mundos del Sector Once, conocido como el Whedonverso. Los Oviraptor eran unos cabrones prepotentes que no tenían ni idea de con quién se estaban metiendo. Ya estaba de un humor de perros antes de que abrieran fuego contra mí. De no haber sido así, lo más probable es que les hubiera dado esquinazo acelerando hasta alcanzar la velocidad de la luz. Pero ese día me dio por tomarme el ataque como algo personal.

Las naves eran como cualquier otro objeto de OASIS. Cada una contaba con atributos, armas y velocidades específicas. Mi Ala-X era mucho más maniobrable que la aparatosa nave de transporte de los Oviraptor, por lo que no me supuso ningún problema evitar las ráfagas constantes de sus armas de saldo mientras los bombardeaba con rayos láser y torpedos de protones. Tras inutilizar sus motores, abordé la nave y procedí a matar a todos los avatares que la ocupaban. El capitán intentó disculparse al ver quién era, pero ese día no estaba para misericordia. Después de cargarme a la tripulación, aparqué el Ala-X en la bodega y regresé a casa con mi nueva nave.

Cuando me acerqué a la *Vonnegut*, la rampa de carga se desplegó hasta tocar el suelo del hangar. Al llegar a la cabina, la nave ya había iniciado el despegue. Y poco después de sentarme a los mandos, oí que los dispositivos de aterrizaje se replegaban con un ruido sordo.

—Max, cierra la casa y pon rumbo a Archaide.

—A tus órdenes, ca-capitán —tartamudeó Max desde uno de los monitores de la cabina.

Las puertas correderas del hangar se abrieron y la *Vonnegut* salió despedida por el túnel de lanzamiento al espacio estrellado. Cuando la nave se alejó de la superficie, las puertas blindadas del túnel volvieron a cerrarse.

Divisé varias naves suspendidas sobre la órbita de Falco. Los sospechosos habituales: fans chiflados, aspirantes a discípulos y cazadores de botín. Algunos de ellos —los que en ese momento se ponían en marcha para seguirme— eran mis lapas, gente que pasaba casi todo su tiempo intentando seguir a gunters famosos y obtener información sobre ellos y sus movimientos para poder venderla luego. Siempre les daba esquinazo navegando a la velocidad de la luz. Y eso era lo mejor que podía sucederles; porque si por lo que fuera no lograba librarme de ellos, muchas veces no me quedaba más remedio que detenerme y matarlos.

Cuando la *Vonnegut* alcanzó la velocidad de la luz, cada uno de los planetas que aparecían en la pantalla se convirtió en una larga estela de luz.

—Ve-ve-ve-locidad de la luz alcanzada, capitán —informó Max—. Duración estimada del trayecto a Archaide, cincuenta y tres minutos. Quince si prefieres usar la puerta estelar más próxima.

Había puertas estelares situadas estratégicamente en cada sector. En realidad, eran inmensos teletransportadores del tamaño de naves espaciales, pero como se cobraba en función de la masa de la nave y de la distancia por recorrer, generalmente los usaban solo las empresas o los avatares multimillonarios con créditos de sobra. Yo no era ni una cosa ni otra, pero en las circunstancias en las que me encontraba estaba dispuesto a hacer el gasto.

—Usemos la puerta estelar, Max. Vamos con un poco de prisa.

0022

La *Vonnegut* salió a la velocidad de la luz, y Archaide inundó de pronto la pantalla de la cabina. Destacaba entre el resto de planetas de la zona, precisamente porque no estaba diseñado para parecer real. El resto de planetas circundantes estaban renderizados a la perfección, con nubes, continentes o cráteres de impacto sobre sus superficies curvadas. Pero Archaide no tenía ninguno de aquellos rasgos porque albergaba el mayor museo de videojuegos clásicos de OASIS y se había diseñado como homenaje a los juegos de gráficos vectoriales de finales de los setenta y principios de los ochenta. La única característica de la superficie del planeta era una red iluminada de puntos verdes similares a las luces de tierra de las pistas de aterrizaje de los aeropuertos. Estaban repartidos de manera uniforme por todo el globo y formaban una cuadrícula perfecta, de manera que, desde la órbita, Archaide parecía la Estrella de la Muerte de gráficos vectoriales del juego de *Star Wars* que Atari había lanzado para recreativas en 1983.

Mientras Max dirigía la *Vonnegut* hasta la superficie, me preparé para un posible combate cargando mi armadura y mejorando mi avatar con varias pociones y nanopacks. Archaide era una zona PvP, además de una zona de caos, lo que implicaba que funcionaban tanto la magia como la tecnología. Así que me aseguré bien de cargar todas las macros para contingencias de combate.

La rampa de carga de la *Vonnegut*, que era de acero y estaba renderizada a la perfección, descendió hasta el suelo y contrastó mucho con la negrura digital de la superficie de Archaide. Tras bajar por ella pulsé un teclado que llevaba instalado en la muñeca derecha y la rampa se retrajo. Al momento, la nave activó sus sistemas de seguridad y se oyó un zumbido agudo. Apareció un escudo azul transparente que rodeó el casco.

Eché un vistazo al horizonte, que era poco más que una línea vectorial aserrada que delineaba un terreno montañoso. Desde la superficie Archaide era idéntico al entorno del juego *Battlezone* de 1981, otro de los clásicos vectoriales de Atari. A lo lejos, un volcán triangular expulsaba píxeles verdes de lava. El volcán seguía siempre en el horizonte, aunque corrieras durante varios días seguidos hacia él. Como en un videojuego clásico, en Archaide el paisaje no cambiaba aunque dieras la vuelta completa al planeta.

Max había aterrizado la *Vonnegut* en un aparcamiento de naves cerca del ecuador en el hemisferio oriental, como le había ordenado. El aparcamiento estaba vacío, y la zona parecía desierta. Me dirigí hacia el punto verde más cercano. Al acercarme vi que se trataba en realidad de la entrada de un túnel, un círculo de neón verde de diez metros de diámetro que conducía a algún lugar subterráneo. Archaide era un planeta hueco y las exposiciones del museo se hallaban bajo la superficie.

Al acercarme a la entrada del túnel oí una canción que sonaba a todo volumen de las profundidades. La reconocí: *Pour Some Sugar on Me*, de Def Leppard, que formaba parte de su álbum *Hysteria* (Epic Records, 1987). Llegué hasta el borde del círculo de luz verde resplandeciente y salté al interior. Al caer en el museo, los gráficos vectoriales verde desaparecieron, y me encontré en un entorno de alta resolución y a todo color. Todo volvía a parecer muy real a mi alrededor.

Bajo la superficie, Archaide alojaba miles de salones recreativos clásicos, y cada uno de ellos era una fiel recreación de alguno que había existido en el mundo real. Desde la aparición de OASIS, miles de usuarios de edad avanzada habían acudido al lugar y escrito con mucha meticulosidad el código de las réplicas virtuales de los salones recreativos locales que recordaban de su juventud, convirtiéndolos en parte de la colección permanente del museo. Cada una de aquellas salas de juegos, boleras y pizzerías simuladas estaban llenas de máquinas recreativas clásicas. En el lugar había al menos una copia de todos los videojuegos de recreativas que se habían desarrollado. Las ROM originales de los juegos estaban almacenadas en el código del planeta en OASIS y el código de los muebles de madera que los alojaban estaba escrito para que su aspecto fuera idéntico al de los originales antiguos. Por el museo también había repartidas varias capillas y exhibiciones dedicadas a varios diseñadores y editoras de videojuegos.

Los diversos niveles del museo estaban formados por amplias cavernas unidas por una red subterránea de calles, túneles, escaleras, ascensores, escaleras mecánicas y de mano, toboganes, trampillas y pasadizos secretos. Era una especie de laberinto gigantesco de muchos niveles. El trazado hacía que resultara muy fácil perderse, por lo que decidí mantener activo en todo momento un mapa holográfico tridimensional en mi pantalla. Un punto azul parpadeante indicaba la localización de mi avatar en todo momento. Había llegado al museo por una entrada que se encontraba cerca de un viejo salón recreativo llamado Aladdin's Castle, cerca de la superficie. Toqué un punto del mapa cerca del núcleo del planeta para indicar hacia dónde quería dirigirme y el programa indicó la ruta más rápida para llegar hasta el lugar. Empecé a correr hacia allí.

El museo estaba dividido en capas. Donde me encontraba, junto al manto del planeta, estaban las últimas recreativas que se habían creado, de las primeras décadas del siglo XXI. La mayoría eran cabinas de simulación que contaban con dispositivos hápticos de primera generación: sillas con vibración y plataformas hidráulicas que se inclinaban. La mayoría eran simuladores de carreras de coches conectados en red para que los jugadores se enfrentaran. Aquellos juegos habían sido los últimos de su especie. Cuando se crearon, las consolas domésticas ya habían dejado obsoletas a la mayoría de las recreativas. Y cuando salió OASIS, tanto unas como otras habían dejado de existir.

A medida que te adentrabas en el museo, los juegos eran cada vez más antiguos y arcaicos. Recreativas de principios de siglo. Juegos de lucha uno contra uno en los que los personajes estaban formados por polígonos cuadriculados que se daban una buena tunda en grandes monitores de pantalla plana. Juegos de disparos que usaban primitivas pistolas de luz. Juegos de baile. Cuando llegabas al nivel inferior a ese, todos los juegos parecían idénticos. Se alojaban en un mueble rectangular de madera con un tubo de rayos catódicos con unos controladores muy antiguos en la parte frontal... Para jugar tenías que usar las manos y los ojos (y en ocasiones los pies). No había nada háptico. Aquellos juegos no te hacían sentir nada. A medida que continué el descenso, más rudimentarios se volvieron los gráficos.

El nivel inferior del museo, ubicado en el núcleo del planeta, era una estancia esférica en la que había una capilla dedicada al primer videojuego: *Tennis for Two*, inventado por William Higinbotham en 1958. El juego se ejecutaba en un antiguo ordenador analógico y se jugaba en la pantalla de un pequeño osciloscopio de doce centímetros de diámetro. Junto a él había una réplica de un viejo ordenador PDP-1 en el que había ejecutado *Spacewar!*, el segundo videojuego de la historia, creado por un grupo de alumnos del MIT en 1962.

Como casi todos los gunters, había visitado Archaide en varias ocasiones. Había estado en el núcleo y jugado a *Tennis for Two* y a *Spacewar!* hasta dominarlos. Después había deambulado por muchos de los niveles del museo mientras probaba los juegos y buscaba pistas que Halliday pudiera haber dejado. Pero nunca había encontrado nada.

Sin dejar de correr, descendí cada vez más hasta alcanzar el museo de Gregarious Simulation Systems, situado unos niveles por encima del núcleo del planeta. Lo había visitado en una ocasión, por lo que sabía por dónde moverme. Había exposiciones dedicadas a los juegos más populares de GSS, entre ellos varias versiones para recreativas de títulos que habían salido originariamente para consolas u ordenadores domésticos. No tardé mucho en encontrar la exposición en la que se exhibían los cinco trofeos al Mejor Diseñador de Videojuegos del Año que había ganado Halliday, junto a una estatua de bronce del propio galardonado.

Me bastaron unos minutos para darme cuenta de que allí estaba perdiendo el tiempo. El código de la exposición del museo GSS estaba escrito para que fuera imposible sustraer ninguna de las piezas expuestas, por lo que los trofeos no podían «recolectarse». Pasé un buen rato tratando en vano de separar con un soplete láser uno de ellos de su pedestal, antes de rendirme.

Otro callejón sin salida. El viaje había sido una pérdida de tiempo de principio a fin. Miré a mi alrededor por última vez y me dirigí a la salida, intentando no dejarme vencer por la desesperación.

Decidí regresar a la superficie por otra ruta, por una sección del museo que no había explorado en su totalidad en mis visitas anteriores. Recorrí varios túneles que me condujeron a una inmensa caverna. En su interior había una especie de ciudad subterránea formada por pizzerías, boleras, tiendas veinticuatro horas y salones recreativos, claro. Recorrí el laberinto de calles vacías y me metí en un callejón sin salida que acababa en una pequeña pizzería.

Al ver el nombre del local me quedé de piedra.

Se llamaba Happytime Pizza y era la réplica de un pequeño negocio familiar que había existido en la ciudad natal de Halliday a mediados de los ochenta. Halliday parecía haber copiado el código de Happytime Pizza de su simulación de Middletown y ocultado aquel duplicado en el museo de Archaide.

¿Qué coño hacía allí? No había visto nunca que se mencionara su existencia en ninguno de los foros ni guías de estrategia de gunters. ¿Era posible que nadie la hubiera visto hasta ese momento?

Halliday mencionaba Happytime Pizza varias veces en el *Almanaque* y yo sabía que guardaba buenos recuerdos de aquel local. Lo frecuentaba al salir de clase, para retrasar el momento de volver a su casa.

El interior recreaba con todo lujo de detalles el ambiente de una de aquellas pizzerías con máquinas recreativas de los ochenta. Tras el mostrador trabajaban varios PNJ que preparaban la masa o cortaban porciones. (Activé mi torre olfativa Olfaprix y constaté que podía oler la salsa de tomate.) El local estaba dividido en dos partes, el comedor y la sala de juegos. Pero en el comedor también había videojuegos; las mesas eran de cristal y, en realidad, también eran recreativas a las que podías sentarte a jugar llamadas «mesas de juego». Así, mientras uno se zampaba una pizza podía jugar a *Donkey Kong* sin levantarse de la mesa.

Si hubiera tenido hambre, habría podido pedir una porción de pizza real en el mostrador. El pedido habría sido remitido a un distribuidor cercano a mi complejo de apartamentos, el que había especificado en la lista de preferencias de mi cuenta de servicio de comida de OASIS. La porción de pizza habría llegado a mi puerta en cuestión de minutos y la habrían cargado (con propina incluida) a mi cuenta bancaria de OASIS.

Cuando entré en la sala de juegos oí que en los altavoces colgados de las paredes enmoquetadas sonaba una canción de Bryan Adams a todo meter. Bryan cantaba que, fuera donde fuese, veía que los chicos querían bailar rock. Pulsé la tecla correspondiente en la máquina de cambio y pedí solo una moneda de veinticinco centavos. La retiré de la bandeja de acero inoxidable y me dirigí al fondo del local, mientras me fijaba en los detalles más nimios de la simulación. Vi una nota escrita a mano pegada sobre la marquesina de una máquina de *Defender* que rezaba: «¡SUPERA LA PUNTUACIÓN MÁXIMA DEL DUEÑO Y GANA UNA PIZZA FAMILIAR GRATIS!».

Cuando pasé junto a la máquina de *Robotron*, vi la pantalla de récords. *Robotron* permitía que el jugador con la mayor puntuación escribiera una frase entera junto a los dígitos en lugar de las iniciales de rigor, y el mejor jugador de esa máquina había usado aquel preciado espacio para anunciar: «¡El subdirector Rundberg es un capullo integral!».

Me adentré más en la oscura cueva electrónica y llegué frente a una máquina de *Pac-Man* que estaba al fondo, entre una de *Galaga* y otra de *Dig Dug*. El mueble negro y amarillo estaba lleno de rozaduras y rayas, y las pegatinas de los laterales habían empezado a despegarse.

El monitor de *Pac-Man* estaba apagado y tenía pegado un cartel que rezaba: FUERA DE SERVICIO. ¿Por qué habría incluido Halliday una máquina estropeada en aquella simulación? ¿Sería tan solo un detalle más para dar realismo a la escena? Intrigado, decidí investigar.

Separé un poco el mueble de la pared y vi que el cable estaba desenchufado. Lo enchufé y esperé a que el juego arrancara. Parecía funcionar sin problemas.

Cuando empujaba el mueble para dejarlo en su sitio de nuevo, me percaté de algo. En lo alto de la máquina, sobre el marco metálico en el que se colocaba la marquesina de cristal, había una moneda de veinticinco centavos. La fecha que figuraba en ella era 1981, el año en que *Pac-Man* se había lanzado al mercado.

Sabía que en los ochenta colocar una moneda sobre la máquina era la manera de indicar que reservabas turno para ser el siguiente en usarla. Pero al intentar coger la moneda, no se movió. Como si estuviera soldada a la máquina.

Raro.

Pegué el cartel de FUERA DE SERVICIO en la máquina de *Galaga* y me fijé en la pantalla de inicio, en la que se enumeraba a los fantasmas malvados del juego: Inky, Blinky, Pinky y Clyde. El récord que figuraba en lo alto de la pantalla era de 3.333.350 puntos.

Eran varias las cosas que se salían de la norma en ese caso. En el mundo real, si una máquina de *Pac-Man* se desenchufaba, no guardaba los récords. Además, se suponía que el marcador daba la vuelta al llegar al millón de puntos. Pero esa máquina mostraba una puntuación de 3.333.350, justo diez puntos menos que la puntuación máxima posible en el juego.

La única manera de superar la puntuación era hacer una partida perfecta.

Sentí que se me aceleraba el pulso. Acababa de descubrir algo. Una especie de Huevo de Pascua oculto en el interior de aquel videojuego antiguo. No se trataba de el Huevo. Pero sí de un huevo de pascua. Una especie de reto o rompecabezas, uno que estaba casi seguro de que había dejado allí el propio Halliday. No sabía si tenía algo que ver con la Llave de Jade. Tal vez no estuviera relacionado con la Cacería en absoluto. Pero solo había una manera de averiguarlo.

Tendría que hacer una partida perfecta de *Pac-Man*.

Y no era cosa fácil. Había que superar sin fallos 256 niveles hasta llegar al nivel de la pantalla dividida. Además, había que comerse todos y cada uno de los puntos, las píldoras de poder, las frutas y todos los fantasmas posibles sin perder ni una sola vida. En los sesenta años de historia del juego se habían documentado menos de veinte partidas perfectas. Una de ellas, la partida perfecta más rápida, era obra del propio James Halliday y la había superado en menos de cuatro horas. La hazaña había tenido lugar en una máquina de *Pac-Man* original situada en la sala de descanso de Gregarious Games.

Como sabía que a Halliday le encantaba el juego, había investigado bastante sobre *Pac-Man*. Pero nunca había conseguido culminar una partida perfecta. Claro que tampoco lo había intentado en serio. Hasta ese momento, no había tenido razones para hacerlo.

Abrí el diario del Santo Grial y accedí a los datos relacionados con *Pac-Man* que había ido recabando. El código del juego original. La biografía completa de su creador, Toru Iwatani. Todas las guías de estrategia sobre *Pac-Man* existentes. Todos los episodios de los dibujos animados de *Pac-Man*. Los ingredientes de los cereales Pac-Man. Y, por supuesto, los patrones de juego. Tenía muchísimos patrones de partidas de *Pac-Man* y también muchas horas de grabaciones de vídeo de los mejores jugadores de la historia. Ya había estudiado mucho material, pero volví a revisarlo un poco para refrescar la memoria. Después cerré el diario y estudié la máquina de *Pac-Man* que tenía delante, como un pistolero que calibra a su rival.

Estiré los brazos, giré la cabeza y el cuello varias veces y me estallé los nudillos.

Cuando metí los veinticinco centavos en la ranura de la izquierda, el juego emitió un «¡piu-piu!» electrónico que me resultó familiar. Pulsé el botón de un jugador y el primer laberinto apareció en pantalla.

Agarré el *joystick* con la mano derecha y empecé a guiar a mi protagonista con forma de pizza a través de laberintos y más laberintos. «Waka-waka-waka-waka...»

El entorno sintético que me rodeaba desapareció a medida que me concentraba en el juego y me perdía en su antigua realidad bidimensional. Igual que en el caso de *Dungeons of Daggorath*, jugaba a una simulación dentro de otra simulación. A un juego dentro de otro juego.

* * *

Realicé varios inicios en falso. Jugaba durante una hora, incluso dos. Pero entonces cometía un pequeño error y tenía que reiniciar la máquina para empezar de cero. Al octavo intento conseguí jugar durante seis horas sin parar. Me estaba saliendo por los cuatro costados. La partida me iba niquelada. Había pasado doscientas cincuenta y cinco pantallas y no había cometido un solo fallo. Había conseguido cargarme a los cuatro fantasmas con cada una de las píldoras de poder (hasta llegar al nivel dieciocho, a partir del cual dejaban de volverse azules todos a la vez), y me había comido todas las frutas, pájaros, campanas y llaves que habían aparecido y que daban puntos extra, sin morir ni una sola vez.

Aquella era la mejor partida de mi vida. Lo era de verdad. Lo sentía. La estaba clavando. Estaba en racha.

En cada laberinto había un lugar justo por encima de la posición de inicio donde era posible «esconder» a Pac-Man durante un máximo de quince minutos. En esa ubicación los fantasmas no te encontraban. Recurriendo a ese truco, había podido comer algo e ir al baño un par de veces en las seis horas anteriores.

Mientras me abría paso a bocados por la pantalla 255, la canción *Pac-Man Fever* empezó a sonar a todo volumen en los altavoces de la sala de juegos. No pude evitar una sonrisa. Estaba seguro de que aquel tenía que ser un guiño de Halliday.

Sin salirme del patrón que tan buenos resultados me había dado, moví el *joystick* a la derecha, me metí por la puerta secreta, salí por el lado contrario y fui a por los últimos puntos que quedaban para dejar la pantalla limpia. Respiré hondo mientras el contorno del laberinto azul parpadeaba y se volvía blanco. Y en ese instante la vi. Mirándome cara a cara. La mítica pantalla dividida. El final del juego.

Entonces, en el momento más inoportuno que pueda concebirse, apareció en mi pantalla un aviso del Marcador apenas unos segundos después de que hubiera empezado a enfrentarme a la última pantalla.

Sobreimpresas en la pantalla de *Pac-Man* aparecieron las diez primeras posiciones, y me fijé en ellas lo suficiente como para ver que Hache se había convertido en la segunda persona en encontrar la Llave de Jade. Su puntuación había aumentado en 19.000 puntos, lo que lo situaba en segundo lugar y me desplazaba a mí al tercero.

No sé cómo, pero milagrosamente logré mantener la calma y permanecí concentrado en la partida de *Pac-Man*.

Agarré el *joystick* con más fuerza, negándome a que mi concentración se esfumara. ¡Ya casi había terminado! Solo tenía que obtener los últimos seis mil setecientos sesenta puntos posibles del último laberinto mutilado y, finalmente, alcanzaría la máxima puntuación.

El corazón me latía a ritmo de la música cuando logré superar la mitad intacta del laberinto. Acto seguido me aventuré en el árido terreno de la mitad derecha, guiando a Pac-Man a través de los efectos pixelados de la mermada memoria del juego. Ocultos bajo todos aquellos sprites inútiles y gráficos confusos aguardaban nueve bolitas con un valor de diez puntos cada una. No podía verlas, pero había memorizado su ubicación. No tardé en encontrarlas y me las comí, lo que me valió noventa puntos más. Después me giré y corrí hacia el fantasma más cercano —Clyde—, y cometí «pacmancidio». Era la primera vez que moría en toda la partida. Pac-Man se detuvo y se disolvió en la nada, emitiendo un prolongado «piu-piu».

Hice todo lo posible por no pensar en Hache, que en ese momento ya debía de tener en su poder la Llave de Jade. Seguro que en ese preciso instante estaba leyendo la pista grabada en la superficie.

Moví el *joystick* hacia la derecha, abriéndome paso entre los escombros digitales una última vez. Podría haberlo hecho con los ojos cerrados. Esquivé a Pinky para comerme las dos bolitas de abajo, después otras tres que quedaban en el centro y al fin las últimas cuatro, que se ocultaban cerca del extremo superior.

Lo había conseguido. Me había hecho con el récord. 3.333.360 puntos. Una partida perfecta. Aparté las manos de los mandos y vi a los cuatro fantasmas dirigirse hacia Pac-Man. Las palabras GAME OVER aparecieron en el centro del laberinto.

Esperé. Pero no sucedió nada. Al cabo de unos segundos, la pantalla de presentación del juego apareció de nuevo, y en ella se vieron los cuatro fantasmas, sus nombres y sus apodos.

Dirigí la mirada hacia la moneda de veinticinco centavos que estaba en el borde de la marquesina. Hasta ese momento se había mantenido en su lugar, inamovible. Pero entonces se movió hacia delante y cayó, dando vueltas, hasta aterrizar en la mano abierta de mi avatar. Desapareció al momento, y en mi pantalla apareció un mensaje luminoso que me informaba de que la moneda había sido añadida automáticamente a mi inventario. Al intentar retirarla para examinarla, descubrí que no podía. El icono de la moneda de veinticinco centavos estaba en mi inventario. Pero no podía sacarla de allí, ni desprenderme de ella.

Si poseía alguna propiedad mágica, no figuraba en la descripción del objeto, que estaba vacía. Para saber algo más de aquella moneda tendría que someterla a una serie de hechizos de adivinación de alto nivel. Me llevaría varios días y tendría que usar muchos y caros componentes para hechizos sin la garantía de que fueran a revelarme nada.

Con todo, en ese momento no pensaba demasiado en el misterio de la moneda inamovible. Lo único que tenía en la mente era que Hache y Art3mis se habían adelantado en la búsqueda de la Llave de Jade. Y obtener la puntuación máxima en aquella partida de *Pac-Man* en Archaide no me había acercado más a su ubicación. Al final sí que había perdido el tiempo.

Regresé a la superficie del planeta. Cuando acababa de sentarme en la cabina de la *Vonnegut*, recibí un correo electrónico de Hache en mi bandeja de entrada. Sentí que el corazón me latía con fuerza al leer el asunto: «Hora de devolver el favor».

> Querido Parzival:
> Ahora ya estamos oficialmente en paz. ¿Lo captas? Considero que a partir de ahora mi deuda contigo queda saldada.
> Será mejor que te des prisa. Los sixers ya deben de estar de camino.
> Buena suerte,
> Hache

Bajo su firma había una imagen que había adjuntado al mensaje. Se trataba un escaneo en alta resolución de la cubierta del manual de instrucciones de la aventura conversacional *Zork*. En concreto, se trataba de la versión lanzada por Personal Software en 1980 para el TRS-80 Model III.

Había jugado y me había pasado el juego una sola vez, hacía mucho tiempo, durante el primer año de la Cacería. Pero también había jugado a muchos otros juegos clásicos de aventuras conversacionales ese mismo año, incluidas las secuelas de *Zork*, por lo que no recordaba la mayoría de los detalles del juego. Casi todos esos juegos eran bastante fáciles de entender, por eso nunca me había molestado en leer el manual de instrucciones de *Zork*. En ese momento me di cuenta de que aquello había sido un grave error.

En la cubierta del manual aparecía una imagen que representaba una escena del juego. Un aguerrido aventurero, ataviado con armadura y yelmo alado, sostenía una resplandeciente espada azul sobre su cabeza y estaba a punto de asestar un mandoble a un trol acobardado que tenía delante. El aventurero tenía varios tesoros en la otra mano y a sus pies, entre huesos humanos, habían más. Una criatura oscura con colmillos acechaba detrás del héroe, fulminándolo con una mirada maligna.

Todo eso aparecía en el primer plano de la imagen, pero mi atención se dirigió de inmediato hacia lo que estaba al fondo: una casa grande y blanca, con la puerta y las ventanas tapiadas.

«En una morada vieja y decadente.»

Me fijé en el dibujo durante algunos segundos más y me maldije a mí mismo por no haberme dado cuenta hace meses. Entonces encendí los motores de la *Vonnegut* y puse rumbo a otro planeta del Sector Siete situado cerca de Archaide. Era un mundo pequeño llamado Frobozz, escenario de una detallada recreación del juego *Zork*.

Fue en ese momento cuando descubrí que también era el lugar donde se ocultaba la Llave de Jade.

0023

Frobozz formaba parte de un grupo de varios centenares de mundos poco visitados conocido como el sector
XYZZY. Estaba formado por planetas creados en los primeros
días de OASIS y cada uno de ellos recreaba la ambientación de
alguna aventura conversacional clásica o de algún MUD (*multi-
user dungeon*). Todos ellos eran una especie de santuario, un homenaje interactivo a los primeros precursores de OASIS.

Las aventuras conversacionales (denominadas en ocasiones
«ficciones interactivas» por los académicos modernos) recurrían
al texto para crear el entorno virtual donde se encontraba el jugador. El juego solo te proporcionaba una descripción del ambiente
y te preguntaba qué querías hacer a continuación. Para despla-
zarte o interactuar en el entorno virtual debías teclear órdenes de
texto para indicar al juego qué querías que hiciera tu avatar. Las
instrucciones debían ser muy simples y, por lo general, estaban
formadas por dos o tres palabras del tipo «ir al sur» o «coger espada». Si un comando era demasiado complicado, el rudimenta-
rio motor de análisis sintáctico del juego no era capaz de entenderlo. Tenías que atravesar aquel mundo virtual leyendo y
escribiendo. Conseguías tesoros, te enfrentabas a monstruos, evitabas trampas y resolvías acertijos hasta que conseguías pasártelo.

La primera aventura conversacional a la que había jugado se
llamaba *La Aventura Original* y, al principio, la interfaz de texto me había parecido demasiado simple y rudimentaria. Sin em-

bargo, después de jugar durante unos minutos me vi inmerso en la realidad que creaban las palabras de la pantalla. No sé por qué, pero las sencillas descripciones de dos frases con las que el juego describía las estancias lograban formar en mi mente imágenes muy vívidas.

Zork era una de las aventuras conversacionales más antiguas y famosas que existían. Según mi diario del Santo Grial, solo me había pasado el juego en una ocasión, hacía más de cuatro años y en un día. Desde entonces, en un derroche imperdonable de ignorancia supina, me había olvidado de dos detalles muy importantes:

1. *Zork* empezaba con tu personaje situado en el exterior de una casa blanca y tapiada.
2. En el salón de aquella casa blanca había una vitrina de trofeos.

Para completar el juego tenías que llevar al salón todos los tesoros que conseguías y colocarlos en aquella vitrina.

Fue entonces cuando el resto del cuarteto cobró sentido para mí:

> *Guarda la Llave de Jade el capitán*
> *en una morada vieja y decadente.*
> *Pero el silbato solo podrás hacer sonar*
> *cuando todos los trofeos recolectes.*

Hace unas décadas, *Zork* y sus secuelas habían sido licenciadas por OASIS y recreadas en la simulación con asombrosos entornos inmersivos en tres dimensiones, ubicados todos en el planeta Frobozz, llamado así en honor a un personaje del universo *Zork*. Así pues, aquella «morada vieja y decadente» que llevaba seis meses intentando encontrar había estado ahí esperando desde un primer momento a plena luz del día en Frobozz. Oculta a simple vista.

Eché un vistazo al ordenador de a bordo de la nave. A la velocidad de la luz, tardaría apenas quince minutos en llegar a Frobozz. Era bastante posible que los sixers me dieran alcance. Si lo hacían, lo más probable era que tuvieran ya una flotilla de cazas en órbita sobrevolando el planeta y esperando a que saliera de la velocidad de la luz. Tendría que combatir para abrirme paso hasta la superficie y luego darles esquinazo o intentar encontrar la Llave de Jade mientras me seguían muy de cerca. La cosa no pintaba demasiado bien.

Por suerte, contaba con un plan alternativo. Mi anillo de teletransportación era uno de los objetos mágicos más valiosos de mi inventario y lo había cogido del botín de un dragón rojo al que había matado en Gygax. El anillo permitía a mi avatar teletransportarse una vez al mes a cualquier lugar de OASIS. Solo lo usaba para emergencias, como último recurso para huir o cuando tenía que llegar a algún sitio a toda prisa. Como en este caso.

Programé el ordenador de a bordo de la *Vonnegut* para que fuera en piloto automático hasta Frobozz. Le di la orden de activar el dispositivo de camuflaje tan pronto como saliera del hiperespacio para luego localizar mi ubicación en la superficie del planeta y aterrizar en algún lugar cercano. Con suerte, los sixers no detectarían la nave ni la harían estallar en mil pedazos antes de encontrarme. Si lo hacían, me quedaría varado en Frobozz sin posibilidad de huir y rodeado por un ejército de sixers.

Activé el piloto automático de la *Vonnegut* y luego usé el anillo de teletransportación pronunciando la palabra de mando «Brundell». Cuando el anillo empezó a brillar, dije el nombre del planeta al que quería teletransportarme. Un mapa de Frobozz apareció en la pantalla. Era un planeta grande y, como en el caso de Middletown, la superficie estaba cubierta de centenares de copias idénticas de la misma simulación, en este caso recreaciones de los escenarios de *Zork*. Eran justo 512 copias, lo que significaba que había 512 casas blancas repartidas de manera uniforme por toda la superficie del planeta. Podía conseguir la Llave de Jade en cualquiera de ellas, por lo que elegí una del mapa al azar. El anillo emitió un destello de luz cegadora, y una fracción de segundo después mi avatar ya se encontraba allí, en la superficie de Frobozz.

Abrí el diario del Santo Grial y busqué los apuntes que había tomado para pasarme *Zork*. Después abrí un mapa del escenario y lo dejé en una esquina de la pantalla.

Alcé la vista al cielo y no vi señal alguna de los sixers, lo que no quería decir que no hubieran llegado ya. Era probable que Sorrento y sus secuaces se hubieran teletransportado a otro de los escenarios. Todo el mundo sabía que ya habían acampado en el Sector Siete y que esperaban este momento. Seguro que justo después del aumento en la puntuación de Hache, habían usado la Tablilla de Búsqueda de Fyndoro para descubrir que se encontraba en Frobozz. Eso significaba que toda la flota sixer estaba de camino. Debía hacerme con la llave lo antes posible y salir cagando leches de allí.

Eché un vistazo a mi alrededor. Las inmediaciones me resultaban extrañamente conocidas.

El primer texto descriptivo de *Zork* rezaba:

OESTE DE LA CASA
Te encuentras en un campo abierto, al oeste de una casa blanca con la puerta tapiada. Hay un pequeño buzón.

>

Mi avatar estaba en ese campo abierto, al oeste de la casa blanca. La puerta delantera de la mansión victoriana estaba tapiada y a unos metros de mí, al final del camino que llevaba a la casa, había un buzón. Un frondoso bosque rodeaba la construcción y detrás de él se esbozaban las cimas aserradas de una cordillera montañosa. Al mirar a la izquierda, vi un sendero que llevaba hacia el norte, justo donde esperaba encontrarlo.

Corrí hasta la parte trasera de la casa. Allí encontré una pequeña ventana mal cerrada. La abrí y me colé en el interior. Como esperaba, había entrado por la cocina. En el centro de la estancia había una mesa de madera y sobre ella, un saco grande y marrón y una botella de agua. Cerca también había una chimenea y una escalera que conducía al desván. Un pasillo situado a la izquierda conducía al salón. Igual que en el juego.

Pero en la cocina había otras cosas que no se mencionaban en el texto descriptivo de la estacia en el juego: una cocina de hornillos, una nevera, varias sillas de madera, un fregadero y varias hileras de alacenas. Abrí la nevera. Estaba llena de comida basura. Pizzas fosilizadas, postres de chocolate y nata, embutidos y una amplia gama de sobres de salsa. Eché un vistazo en las despensas. Estaban llenas de productos enlatados y deshidratados. Arroz, pasta, sopa.

Y cereales.

Un armario en concreto estaba hasta los topes de paquetes antiguos de cereales de desayuno, casi todos desaparecidos del mercado antes de que yo naciera. Fruit Loops. Honeycombs. Mágico Charms. Count Chocula, Quisp, Frosties. Y al fondo medio oculta descubrí una caja solitaria de Cap'n Crunch. Impresas bien a la vista en la caja se leían las palabras: ¡SILBATO DE REGALO EN EL INTERIOR!

«Guarda la Llave de Jade el capitán.»

Vertí el contenido de la caja en la encimera y esparcí los cereales dorados por todas partes hasta que lo vi: un pequeño silbato de plástico envuelto en un papel de celofán transparente. Rompí el papel y sostuve el premio en la palma de la mano. Era amarillo, con el rostro del dibujo del Capitán Crunch grabado en relieve a un lado y un pequeño perro al otro. En ambos lados también estaban grabadas en relieve las palabras CAP'N CRUNCH BO'SUN WHISTLE.

Acerqué el silbato a los labios de mi avatar y soplé. Pero no emitió sonido alguno ni ocurrió nada.

«Pero el silbato solo podrás hacer sonar cuando todos los trofeos recolectes.»

Me guardé el silbato y abrí la bolsa que reposaba sobre la mesa de la cocina. En el interior había un diente de ajo, que cogí y metí en mi inventario. Luego corrí en dirección oeste, hacia el salón. El suelo estaba cubierto por una gran alfombra oriental. Distribuidos por toda la estancia, había muebles antiguos, como los que había visto en películas de los años cuarenta del siglo XX. En la pared occidental había una puerta con extraños caracteres tallados. Y frente a ella, en la pared opuesta, la preciosa vitrina de los trofeos. Estaba vacía. En lo alto había una linterna a pilas y colgada en la pared sobre ella, una espada resplandeciente.

Cogí la espada y la linterna y luego enrollé la alfombra oriental para poner al descubierto la trampilla que sabía que había debajo. La abrí, y al otro lado había una escalera que llevaba a un sótano oscuro.

Encendí la linterna. Mientras descendía por la escalera, la espada empezó a brillar.

• • •

No dejé de consultar las notas que había escrito sobre *Zork* en mi diario del Santo Grial, que me recordaron a la perfección cómo debía avanzar por el juego y su laberinto de habitaciones, pasadizos y enigmas. Así fue como recolecté los diecinueve tesoros, que llevé en varios viajes hasta el salón, donde los coloqué en la vitrina. Por el camino tuve que enfrentarme a varios PNJ: un trol, un cíclope y un ladrón muy molesto. En cuanto al legendario Espanto, el monstruo que acechaba en la oscuridad con la esperanza de alimentarse a mi costa, me limité a evitarlo.

Excepto el silbato del Capitán Crunch oculto en la cocina, no encontré más sorpresas ni diferencias con el juego original. Para resolver aquella variante inmersiva y tridimensional de *Zork* lo que había que hacer era limitarse a realizar las mismas acciones que había que escribir en el juego original. A toda velocidad y sin detenerme a observar ni a reflexionar en ningún momento, logré completar el juego en veintidós minutos.

Poco después de conseguir el último de los diecinueve tesoros —un diminuto adorno de latón—, apareció en la pantalla un aviso que me informaba de que la *Vonnegut* había llegado al exterior de la casa. El piloto automático había aterrizado la nave en el terreno occidental. El dispositivo de camuflaje y los escudos seguían activados. Si los sixers habían llegado y orbitaban alrededor del planeta, esperaba que no la descubriesen.

Regresé corriendo al salón de la casa blanca por última vez y coloqué el tesoro final en la vitrina. Como ocurría en el juego original, en el interior apareció un mapa que me conducía hasta un túmulo funerario oculto que marcaba el final del juego. Pero no me preocupaba el mapa ni el final del juego. Ahora que todos los «trofeos» estaban «recolectados», saqué el silbato del Capitán Crunch. Tenía tres orificios en la parte superior. Cubrí el tercero para emitir el tono de 2.600 Hz que había hecho famoso aquel silbato en los anales de la historia de los *hackers*. Soplé y el silbato emitió una única nota nítida y aguda.

Al instante se transformó en una llave pequeña y mi puntuación en el Marcador aumentó 18.000 puntos.

Volvía a estar en segundo lugar, aunque solo 1.000 puntos por encima de Hache.

Un segundo después, la simulación de *Zork* se reinició. Los diecinueve trofeos se esfumaron de la vitrina y volvieron a su ubicación original, y el resto de la casa y el escenario del juego volvieron al estado en que se encontraban al principio.

Al fijarme en el objeto que reposaba en la palma de mi mano, el pánico se apoderó de mí durante un breve instante: la llave era plateada, no de ese tono verde lechoso que caracteriza al jade. Pero al darle la vuelta y examinarla mejor vi que en realidad estaba envuelta en papel de plata, como si se tratara de un chicle o una chocolatina. La desenvolví con cuidado y, como era de esperar, en el interior había una llave de piedra verde y pulida.

La Llave de Jade.

Y tal como había sucedido con la Llave de Cobre, vi que también tenía una pista grabada en la superficie:

El examen aprueba y prosigue la prueba.

La releí varias veces, pero no me llegó la inspiración inmediata de su significado, por lo que la metí en el inventario y me dediqué a examinar el envoltorio. Era papel de plata por un lado y blanco por el otro. No vi que tuviera nada grabado en ninguno de los dos.

Entonces oí el rugido quedo de una nave espacial que se aproximaba y supe que tenían que ser los sixers. Sonaba como si vinieran a por todas.

Me metí el papel en un bolsillo y salí corriendo de la casa. Sobre ella, miles de cazas sixers inundaban el cielo, como un enjambre voraz de avispas metálicas. Al descender, las naves se separaron y formaron pequeños grupos para luego partir en direcciones opuestas, como si pretendieran cubrir toda la superficie del planeta.

No me parecía que fueran a ser tan tontos como para montar barricadas alrededor de las 512 réplicas de la casa blanca. Aquella estrategia les había salido bien en Ludus, pero solo durante unas horas y en aquel caso solo tenía un lugar que cubrir. Pero ahora todo el planeta Frobozz era una zona PvP y en él podía recurrirse tanto a la magia como a la tecnología, lo que implicaba que podía pasar cualquier cosa. Pronto empezarían a llegar hordas de gunters armados hasta los dientes y si los sixers intentaban mantenerlos a raya, aquello se convertiría en una guerra a escala nunca vista en la historia de OASIS.

Mientras corría por campo abierto y abría la rampa de la nave, divisé un gran escuadrón de unos cien cazas que descendía justo donde estaba. Parecían que bajaban directos hacia mí.

Max ya había encendido los motores de la *Vonnegut*, y le grité que despegara tan pronto como yo estuviera a bordo. Cuando llegué a los controles de la cabina, aceleré al máximo y el enjambre de sixers en trayectoria descendente se vio en dificultades para seguirme. Mientras mi nave ascendía hacia el cielo, recibió fuego pesado de diversos frentes. Pero tuve suerte porque era muy rápida y contaba con escudos de última generación, lo que me permitió mantenerme a salvo hasta llegar a la órbita. Sin embargo, los escudos fallaron instantes después y el casco de la *Vonnegut* sufrió daños considerables en los segundos que tardé en saltar a la velocidad de la luz.

Me salvé por los pelos. Aquellos cabrones habían estado a punto de abatirme.

● ● ●

La nave se encontraba en un estado precario, por lo que en lugar de regresar directamente a mi fortaleza me dirigí al Garaje de Joe, una nave de reparaciones orbital situada en el Sector Diez. El de Joe era un negocio de fiar del que se encargaban varios PNJ que cobraban precios razonables y ofrecían un servicio rapidísimo. Recurría a ellos siempre que la *Vonnegut* necesitaba alguna reparación o mejoras.

Mientras Joe y sus muchachos reparaban la nave, envié a Hache un breve correo electrónico de agradecimiento. Escribí que, fuera cual fuese el motivo por el que se había sentido en deuda conmigo, la deuda ya estaba saldada con creces. También admitía ser un capullo integral, un insensible y un egoísta, y le suplicaba que me perdonara.

Una vez reparada la nave, regresé a mi fortaleza y pasé el resto del día enganchado a las noticias. Ya se había corrido la voz sobre Frobozz, y todos los gunters que podían permitírselo se habían teletransportado hasta allí. Otros miles llegaban en nave espacial cada minuto para combatir contra los sixers y asegurarse su copia de la Llave de Jade.

Los informativos emitían en directo los centenares de batallas a gran escala que habían estallado en Frobozz junto a casi todas las reproducciones de la «morada vieja y decadente». Los grandes clanes de gunters habían vuelto a aliarse para lanzar un ataque coordinado contra las fuerzas sixers. Era el principio de lo que se conocería como la Batalla de Frobozz, y las bajas empezaban a acumularse en ambos bandos.

Tampoco le quitaba el ojo de encima al Marcador para ver el momento exacto en el que los sixers empezaran a conseguir copias de la Llave de Jade mientras sus fuerzas mantenían a raya a los enemigos. Como temía, la siguiente puntuación en incrementarse fue la que figuraba junto al número de empleado de IOI de Sorrento, que obtuvo 17.000 puntos y ocupó la cuarta posición.

Dado que los sixers sabían dónde y cómo obtener la Llave de Jade, esperaba ver aumentar las puntuaciones de los secuaces de Sorrento. Pero, para mi sorpresa, el siguiente avatar en hacerse con la llave fue nada menos que Shoto, que la consiguió apenas quince minutos después de Sorrento.

No sabía cómo, pero Shoto había logrado burlar las hordas de sixers que infestaban el planeta, entrado en una recreación de la casa blanca, reunido los diecinueve trofeos requeridos y obtenido la copia de la llave.

No dejé de mirar el Marcador, convencido de que la puntuación de su hermano Daito también estaba a punto de aumentar. Pero no llegó a ocurrir.

En vez de eso, unos minutos después de que Shoto consiguiera la copia de la llave, el nombre de Daito desapareció sin dejar rastro del Marcador. Solo había una explicación posible para eso: acababan de matar a Daito.

0024

Durante las doce horas siguientes, el caos no dejó de reinar en Frobozz, ya que todos los gunters de OASIS se desplazaron hasta el lugar para unirse a la batalla.

Los sixers habían desplegado su gran ejército por el planeta en un arriesgado intento de bloquear las 512 copias del escenario de *Zork*. Pero sus fuerzas, aunque inmensas y bien equipadas, estaban demasiado dispersas. Solo otros siete de sus avatares lograron obtener la Llave de Jade ese día. Y cuando los clanes de gunters iniciaron su ataque coordinado sobre las fuerzas de sixers, los «gilipollas de azul» empezaron a sufrir muchas bajas y se vieron obligados a replegarse.

En cuestión de horas, el alto mando de los sixers decidió poner en práctica una nueva estrategia. No tardaron en descubrir que era imposible mantener más de quinientos bloqueos simultáneos y repeler el ataque masivo de los gunters, así que reagruparon todas sus fuerzas en diez recreaciones contiguas del escenario de *Zork* que había cerca del polo sur del planeta. Allí instalaron potentes escudos alrededor de cada una de ellas y apostaron batallones blindados en el exterior.

Esa estrategia más conservadora funcionó y las fuerzas de sixers bastaron para mantener inexpugnables aquellas diez localizaciones e impedir que entraran otros gunters (quienes no tenían muchos motivos para intentarlo, porque habían quedado más de quinientas copias libres y desprotegidas). Dado que ahora los sixers podían trabajar sin que nadie los molestara, formaron diez líneas de avatares alrededor de cada casa blanca y comenzaron a realizar el proceso para conseguir la Llave de Jade una tras otra. No cabía duda de lo que hacían, porque los dígitos que figuraban junto a los números de empleado del Marcador aumentaron en 15.000 puntos.

Al mismo tiempo, centenares de puntuaciones de gunters también habían empezado a aumentar. Ahora que la ubicación de la Llave de Jade era de dominio público, descifrar el cuarteto y averiguar cómo obtenerla era una tarea más bien sencilla y al alcance de cualquiera que hubiera franqueado la Primera Puerta.

Cuando concluyó la Batalla de Frobozz, la clasificación del Marcador era la siguiente:

1.	Art3mis	129.000	♯♯
2.	Parzival	128.000	♯♯
3.	Hache	127.000	♯♯
4.	IOI-655321	122.000	♯♯
5.	Shoto	122.000	♯♯
6.	IOI-643187	120.000	♯♯
7.	IOI-621671	120.000	♯♯
8.	IOI-678324	120.000	♯♯
9.	IOI-637330	120.000	♯♯
10.	IOI-699423	120.000	♯♯

Aunque Shoto tenía 122.000 puntos como Sorrento, el sixer la había logrado antes, motivo por el que figuraba por encima. La pequeña bonificación de puntos que Art3mis, Hache, Shoto y yo habíamos recibido por ser los primeros en conseguir las llaves de Cobre y de Jade era lo que mantenía nuestros nombres en las consagradas casillas de los «Cinco Mejores». En esa ocasión, Sorrento también había conseguido la bonificación. Ver su número de empleado de IOI por delante de Shoto me indignaba.

Seguí bajando por el Marcador y comprobé que ya tenía más de cinco mil casillas y que su tamaño aumentaba a medida que más avatares lograban derrotar a Acererak en *Joust* y conseguían su copia de la Llave de Cobre.

En los foros, nadie parecía saber qué le había ocurrido a Daito, aunque todos parecían dar por hecho que había sido asesinado por los sixers durante los primeros minutos de la Batalla de Frobozz. Circulaban muchos rumores sobre su muerte, pero lo cierto era que nadie había sido testigo. Salvo quizá Shoto, que parecía haberse esfumado. Le había enviado varias solicitudes de chat, pero no me había respondido. Suponía que, al igual que yo, también estaba centrando todos sus esfuerzos en encontrar la Segunda Puerta antes de que lo hicieran los sixers.

• • •

Sentado en mi fortaleza, observé fijamente la Llave de Jade mientras recitaba las palabras grabadas en ella, repitiéndolas como un mantra exasperante:

El examen aprueba y prosigue la prueba.
El examen aprueba y prosigue la prueba.
El examen aprueba y prosigue la prueba.

Pero ¿qué examen? ¿Qué examen se suponía que debía aprobar? ¿El reto de Pepsi? ¿El Kobayashi Maru? Aquella pista no podía ser más imprecisa.

Metí la mano debajo del visor y me froté los ojos, desesperado. Llegué a la conclusión de que debía descansar y dormir un poco. Abrí el inventario de mi avatar y volví a guardar la llave. Al hacerlo, me fijé en el papel de plata que había en la casilla contigua del inventario, el del envoltorio que cubría la Llave de Jade cuando apareció en mi mano por primera vez.

Estaba seguro de que aquel papel tenía que estar relacionado de alguna manera con la forma de resolver el acertijo, pero no se me ocurría cómo. Me pregunté si sería una referencia a *Un mundo de fantasía*, pero me pareció que no. En el interior del envoltorio no había ningún billete dorado, por lo que tenía que tener otro significado o servir para otra cosa.

Me centré en el envoltorio y lo miré sin parpadear hasta que no pude más. Entonces me desconecté y me fui a dormir.

Horas después, a las 6.12 de la mañana FHO, desperté sobresaltado al oír el enervante pitido del Marcador. Me avisaba de que se había producido otro cambio en las primeras posiciones.

Cada vez más asustado, me conecté y abrí el Marcador sin saber bien qué esperar. ¿Habría franqueado Art3mis la Segunda Puerta? ¿O tal vez ese honor había recaído en Hache o Shoto?

Pero no. Todas sus casillas seguían como antes. Horrorizado, comprobé que la de Sorrento había aumentado 200.000 puntos. Y aparecían junto a ella dos iconos de puerta.

Sorrento acababa de convertirse en la primera persona en encontrar y franquear la Segunda Puerta. Es por ello que su avatar ocupaba el primer puesto del Marcador.

Permanecí sentado, inmóvil, sin apartar la vista del número de empleado de Sorrento, sopesando en silencio las consecuencias de lo que acababa de ocurrir.

Al cruzar la Segunda Puerta, Sorrento habría recibido una pista sobre la ubicación de la Llave de Cristal. La llave que abría la tercera y última puerta. En ese momento, los sixers eran los únicos que tenían dicha pista, lo que significaba que estaban más cerca que nadie de encontrar el Huevo de Pascua de Halliday.

Me sentí indispuesto al instante, me costaba respirar. Supuse que debía de ser una especie de ataque de pánico. Que estaba cagado de miedo. Que tenía un cortocircuito mental. A saber, pero me estaba volviendo loco.

Llamé a Hache, pero no respondió. O estaba enfadado conmigo o debía de ocuparse de otros asuntos más urgentes. Estuve a punto de llamar a Shoto, pero recordé que acababan de asesinar al avatar de su hermano. Seguro que no iba a estar de humor.

Me planteé la posibilidad de acercarme hasta Benatar para intentar que Art3mis se dignara a hablar conmigo, pero al final entré en razón: Art3mis tenía la Llave de Jade desde hacía varios días y todavía no había sido capaz de franquear la Segunda Puerta. Descubrir que los sixers lo habían logrado en menos de veinticuatro horas le habría hecho perder los papeles. O tal vez hubiera entrado en un estado de estupor catatónico. Seguro que no le apetecía hablar con nadie, y mucho menos conmigo.

La llamé a pesar de todo, pero como de costumbre, no me contestó.

Como necesitaba desesperadamente oír una voz conocida, recurrí a Max. En el estado en el que me encontraba, incluso su voz elocuente y generada por ordenador me sirvió de cierto consuelo. Como era de esperar, Max no tardó en quedarse sin respuestas preprogramadas y cuando empezó a repetirse la ilusión que me había producido pensar que conversaba con otra persona se esfumó al momento y me sentí aún más solo. Cuando todo lo que te rodea se va al traste y la única persona con la que puedes hablar es un programa asesor, sabes que estás jodido, muy jodido.

Como sabía que no iba a poder dormir, me puse a seguir los canales de noticias y a revisar los foros de los gunters. La flota de sixers seguía en Frobozz y sus avatares seguían *farmeando* copias de la Llave de Jade.

Era evidente que Sorrento había aprendido de su error anterior. Solo los sixers conocían la ubicación de la Segunda Puerta y no iban a ser tan tontos como para revelarla al mundo entero impidiendo el acceso con su ejército. Le estaban sacando todo el partido a la situación. A medida que la jornada avanzaba, algunos avatares de sixers franqueaban la Segunda Puerta. Diez sixers más la franquearon después de Sorrento en las veinticuatro horas siguientes. Cada vez que lo hacían obtenían 200.000 puntos, y los nombres de Art3mis, Hache, Shoto y el mío bajaban a posiciones inferiores del Marcador, hasta que llegó el punto en el que dejamos de ocupar las diez primeras posiciones. La página principal de las puntuaciones estaba ocupada en su totalidad por los números de empleado de los sixers.

Los sixers eran los putos amos.

Y cuando estaba convencido de que las cosas no podían empeorar, lo hicieron. Mucho. Muchísimo. Dos días después de que hubiera franqueado la Segunda Puerta, la puntuación de Sorrento volvió a aumentar otros 30.000 puntos, lo que indicaba que acababa de encontrar la Llave de Cristal.

Me quedé sentado en la fortaleza, observando los monitores y cómo se había desarrollado todo con una mezcla de asombro y espanto. No tenía sentido negar la evidencia. El final de la competición estaba cerca. Y no iba a terminar como siempre había creído: con la victoria de algún gunter noble y digno de ella que encontraría el Huevo de Pascua y ganaría el premio. De hecho, llevaba cinco años y medio engañándome. Todos nos habíamos engañado. La historia no iba a tener un final feliz. Iban a ganar los malos.

Pasé las siguientes veinticuatro horas nervioso e intranquilo, sin dejar de consultar el Marcador cada cinco segundos y temiendo asistir al final en cualquier momento.

Sorrento o alguno de sus numerosos «expertos en Halliday» sin duda había sido capaz de descifrar el acertijo y localizar la Segunda Puerta. Pero a pesar de tener la prueba delante de mis propias narices en los resultados del Marcador, todavía me costaba creerlo. Hasta ese momento, los sixers solo habían avanzado por detrás de Art3mis, de Hache o de mí. ¿Cómo era posible que aquellos mismos capullos ignorantes hubieran encontrado la Segunda Puerta por su cuenta? Tal vez habían tenido suerte. O tal vez hubieran descubierto alguna manera nueva e innovadora de hacer trampas. ¿Cómo si no habían podido resolver el acertijo tan deprisa, cuando Art3mis no había sido capaz de hacerlo a pesar de contar con una ventaja de varios días?

Tenía la cabeza como una bola de plastilina aplastada. No lograba encontrarle el menor sentido a la pista grabada en la Llave de Jade. Me había quedado sin ideas. No se me ocurría nada, por malo que fuese. No sabía qué hacer, dónde buscar.

La noche siguió su curso, y los sixers no dejaron de conseguir copias de la Llave de Cristal. Cada vez que sus puntuaciones aumentaban era como si me clavaran un puñal en el corazón. Pero no podía dejar de mirar el Marcador. Estaba absolutamente paralizado.

Sucumbía a una desesperanza inconmensurable. Mis esfuerzos de los últimos cinco años habían sido en vano. Imprudente, había infravalorado a Sorrento y a los sixers. Y estaba a punto de pagar el precio final por mi soberbia. Aquellos lacayos desalmados de una empresa estaban a un suspiro de conseguir el Huevo. Lo presentía; lo notaba en cada fibra de mi ser.

Había perdido a Art3mis e iba a perder la competición.

Ya había decidido qué iba a hacer cuando eso ocurriera. En primer lugar, escogería a uno de los chicos que formaban parte de mi club de fans, uno sin dinero y con un avatar novato de nivel 1, y le entregaría todos los objetos que poseía. Después activaría la secuencia de autodestrucción de mi fortaleza y me sentaría en el centro de mando mientras todo saltaba por los aires, destruido por una gigantesca explosión termonuclear. Mi avatar moriría, y el mensaje de GAME OVER aparecería en el centro de mi pantalla. Entonces me quitaría el visor y saldría del apartamento por primera vez en seis meses. Subiría a la azotea en ascensor. O quizás iría por la escalera para hacer un poco de ejercicio, por qué no.

En la azotea había un pequeño jardín botánico. No lo había visitado nunca, pero había visto fotos y lo había observado por su webcam. Habían instalado una barrera de plexiglás transparente alrededor para que la gente no saltara al vacío. Pero no servía de nada. Desde que me había mudado, tres personas decididas lo habían logrado.

Me sentaría ahí arriba, respiraría un rato el aire sin filtrar de la ciudad y sentiría la brisa en la cara. Después subiría por la barrera y me lanzaría al otro lado.

Por el momento, ese era mi plan.

Cuando intentaba decidir qué canción iba a silbar mientras fuera al encuentro de la muerte, sonó el teléfono. Era Shoto. No estaba de humor para hablar, por lo que dejé que se activara el buzón de mensajes de vídeo y vi cómo dejaba el mensaje. Era breve. Me decía que tenía que venir a mi fortaleza a entregarme algo. Algo que Daito me había dejado en su testamento.

Cuando le devolví la llamada para organizar nuestro encuentro noté al momento que Shoto todavía estaba muy afectado por lo ocurrido. Su voz serena estaba llena de dolor, y la profundidad de su desesperación se dejaba ver en los rasgos del rostro de su avatar. Parecía totalmente ausente. Y en una forma física peor incluso que la mía.

Le pregunté por qué su hermano se había molestado en dejar un «testamento» para su avatar, en lugar de limitarse de dejar sus objetos al cuidado de Shoto. Si lo hubiera hecho así, podría haber creado un nuevo avatar y pedirle a su hermano los objetos que le había guardado durante ese intervalo. Pero Shoto me dijo que Daito no iba a crear un nuevo avatar. Ni ahora ni nunca. Cuando quise saber la razón, me prometió que me lo explicaría cuando nos viéramos en persona.

0025

Max me avisó cuando Shoto llegó sobre una hora después. Autoricé a su nave para sobrevolar el espacio aéreo de Falco y le pedí que aterrizara en mi hangar.

El vehículo de Shoto era una gran nave interplanetaria llamada *Kurosawa*, creada a imagen y semejanza de la *Bebop* que aparecía en el anime clásico *Cowboy Bebop*. Desde que los conocía, Daito y Shoto la habían usado como base móvil de operaciones. Era tan grande que apenas cabía por las puertas del hangar.

Cuando Shoto salió de la *Kurosawa*, lo estaba esperando en la pista para saludarlo. Iba vestido de luto y en su rostro se dibujaba la misma expresión inconsolable que le había visto por teléfono.

—Parzival-san —dijo, haciendo una pequeña reverencia con la cabeza.

—Shoto-san.

Le devolví la reverencia con respeto y le extendí la mano abierta, un gesto que reconoció de cuando habíamos hecho misiones juntos. Sonrió y me la chocó, pero al momento volvió a ponerse serio. Era la primera vez que lo veía desde la misión que habíamos compartido en Tokusatsu (si no contaba los anuncios de «Bebida energética Daisho» en los que aparecían tanto él como su hermano), y su avatar parecía unos centímetros más alto de lo que recordaba.

Lo conduje a una de las salas de espera poco frecuentadas

que había en la fortaleza, una recreación de la sala de estar de la serie *Enredos de familia*. Shoto reconoció la decoración al momento y asintió para expresar en silencio su aprobación. Hizo caso omiso de los muebles y se sentó en el suelo, en el centro de la habitación. Lo hizo al estilo *seiza*, con las piernas dobladas bajo los muslos. Yo lo imité y coloqué mi avatar frente al suyo. Permanecimos un rato en silencio. Cuando empezó a hablar al fin, lo hizo sin dejar de mirar el suelo.

—Los sixers mataron a mi hermano anoche —dijo, con una voz que era poco más que un susurro.

El asombro me impidió responder en un primer momento.

—¿Te refieres a que mataron a su avatar? —le pregunté, aunque sabía que no se refería a eso.

Shoto negó con la cabeza.

—No. Entraron en su apartamento, lo arrancaron de su silla háptica y lo tiraron por el balcón. Vivía en una planta cuarenta y tres.

Shoto abrió una ventana de navegador en el espacio que nos separaba. Mostraba la noticia de un canal japonés. Lo toqué con el índice y el programa Mandarax lo tradujo al instante. El titular rezaba: OTRO SUICIDIO OTAKU. El breve artículo de debajo informaba de que un joven, Toshiro Yoshiaki de veintidós años, se había arrojado al vacío desde su apartamento, situado en la planta cuarenta y tres de un hotel reconvertido en bloque de viviendas en el barrio de Shinjuku, Tokio, donde vivía solo. Junto al texto aparecía una foto escolar de Toshiro. Era un joven japonés de pelo largo y descuidado con la piel muy deteriorada. No se parecía en nada a su avatar en OASIS.

Cuando Shoto vio que había terminado de leerlo, cerró la ventana. Vacilé un momento antes de preguntarle:

—¿Estás seguro de que no se suicidó? ¿Por haber perdido a su avatar?

—No —aseguró Shoto—. Mi hermano no cometió *seppuku*. Estoy seguro. Los sixers entraron en su apartamento cuando los dos librábamos un combate con ellos en Frobozz. Así es como lograron derrotar a su avatar: matándolo en el mundo real.

—Lo siento mucho, Shoto.

No sabía qué decirle. Sabía que me contaba la verdad.

—Mi nombre real es Akihide —añadió—. Quiero que sepas cómo me llamo en realidad.

Sonreí y le dediqué otra reverencia, acercando la frente hasta el suelo por un instante.

—Te agradezco que me honres con tu verdadero nombre —le dije—. El mío es Wade.

Ya no tenía sentido seguir con secretos.

—Gracias, Wade —contestó Shoto, devolviéndome la reverencia.

—De nada, Akihide.

Permaneció un momento en silencio, y luego carraspeó y empezó a hablarme de Daito. Las palabras brotaban sin interrupción. Era evidente que necesitaba hablar con alguien sobre lo que había sucedido. Sobre lo que había perdido.

—El verdadero nombre de Daito era Toshiro Yoshiaki. No lo supe hasta anoche, cuando vi la noticia.

—Pero creía que eras su hermano...

Siempre había dado por hecho que Daito y Shoto vivían juntos. Que compartían apartamento.

—Mi relación con Daito es difícil de explicar. —Hizo una pausa y carraspeó de nuevo—. No éramos hermanos. No en la vida real. Solo en OASIS. ¿Lo entiendes? Nos conocíamos *online*. No lo había visto nunca en persona.

Alzó los ojos lentamente para comprobar si lo juzgaba. Yo extendí la mano y la posé en su hombro.

—Créeme, Shoto, lo comprendo muy bien. Hache y Art3mis son mis mejores amigos, y tampoco los he visto nunca en la vida real. De hecho, tú también eres uno de mis mejores amigos.

Él bajó la cabeza.

—Gracias.

Por el temblor de su voz noté que estaba llorando.

—Somos gunters —dije, intentando llenar aquel silencio incómodo—. Vivimos aquí, en OASIS. Para nosotros, esta es la única realidad que tiene sentido.

Akihide asintió y, momentos después, siguió hablando.

Me contó cómo se habían conocido hacía seis años, cuando los dos estaban apuntados en un grupo de apoyo de OASIS para hikikomori, jóvenes que se apartaban de la sociedad y optaban por vivir en un aislamiento total. Los hikikomori se encerraban en sus habitaciones, leían manga y se pasaban el día metidos en OASIS. Confiaban en que su familia les llevara comida. Era un grupo social que existía en Japón desde finales del siglo XX, pero habían aumentado en número de manera espectacular desde el comienzo de la Cacería del Huevo de Halliday. Millones de hombres y mujeres de todo el país se habían apartado del mundo. En ocasiones llamaban a aquellos jóvenes «los millones desaparecidos».

Akihide y Toshiro se habían hecho amigos íntimos y pasaban casi todos los días juntos en OASIS. Cuando empezó la Cacería, decidieron al momento sumar fuerzas y buscar juntos el Huevo. Formaban un equipo perfecto, porque Toshiro era un prodigio de los videojuegos mientras que Akihide, mucho más joven, sabía muchísimo sobre cultura popular estadounidense. Su abuela había ido al colegio en Estados Unidos y sus padres habían nacido allí, por lo que Akihide se había educado entre películas y series de televisión estadounidenses y había aprendido japonés e inglés.

El amor compartido por las películas de samuráis les sirvió de inspiración para los nombres y el aspecto de sus avatares. Shoto y Daito llegaron a ser tan amigos que se sentían como hermanos, por lo que cuando crearon sus nuevas identidades gunter decidieron que a partir de ese momento lo serían de verdad en OASIS.

Cuando Shoto y Daito franquearon la Primera Puerta y se hicieron famosos, concedieron varias entrevistas a los medios de comunicación. A pesar de mantener en secreto su identidad, sí revelaron que eran japoneses, lo que los convirtió de la noche a la mañana en auténticas estrellas en su país. Empezaron a anunciar productos nipones y se crearon dibujos animados y una serie de televisión sobre sus personajes. Cuando estaban en la cima de su fama, Shoto le sugirió a Daito que tal vez ya fuera hora de que se conocieran en persona, pero este reaccionó airadamente y dejó de hablarle durante varios días. Después de aquello, Shoto no volvió a sugerirlo más.

Shoto se fue armando poco a poco de valor hasta que me contó cómo había muerto el avatar de Daito. Los dos se encontraban a bordo de la *Kurosawa* y llevaban un rato viajando entre los planetas del Sector Siete cuando en el Marcador apareció que Hache había obtenido la Llave de Jade. En ese momento, supieron que los sixers usarían la Tablilla de Búsqueda de Fyndoro para determinar la posición exacta de Hache y que sus naves pronto se dirigirían hacia ese lugar.

Daito y Shoto se habían anticipado y a lo largo de las últimas semanas habían instalado dispositivos de seguimiento microscópicos en los cascos de todas las naves sixers que habían encontrado. Gracias a ellos habían podido seguir a los cazas cuando cambiaron de rumbo de improviso y se dirigieron a Frobozz.

Tan pronto como Shoto y Daito supieron que Frobozz era el destino de los sixers, la solución del enigma del cuarteto cayó por su propio peso y cuando llegaron a la superficie del planeta minutos después, ya habían adivinado qué debían hacer para conseguir la Llave de Jade.

Dejaron la *Kurosawa* junto a una de las recreaciones de la casa blanca que todavía no había sido ocupada. Shoto entró corriendo para recoger los diecinueve tesoros y obtener la llave, mientras Daito permanecía en el exterior para montar guardia. Shoto se dio mucha prisa y cuando solo le quedaban dos tesoros por obtener, Daito le informó por el intercomunicador de que se acercaban diez cazas sixers. Le dijo que no tardara y le prometió que retrasaría al enemigo hasta que hubiera conseguido la Llave de Jade. Ninguno de los dos sabía si se les presentaría otra ocasión de hacerlo.

Cuando Shoto se disponía a recoger los dos tesoros que le faltaban y a colocarlos en la vitrina, activó a distancia una de las cámaras externas de la *Kurosawa* y la usó para grabar un vídeo corto de la lucha de Daito con los sixers que se aproximaban.

Shoto abrió una ventana y reprodujo el vídeo para que yo lo viera. Él apartó la vista hasta que hubo terminado. Era evidente que no le apetecía nada volver a verlo.

En el vídeo vi a Daito de pie y solo en el terreno junto a la casa blanca. Una pequeña flota de cazas sixers descendió y empezó a disparar sus cañones láser cuando estuvieron al alcance. Una andanada de rayos rojos cayó alrededor de Daito. Tras él en la distancia, se divisaban más cazas aterrizando y tropas de tierra con armadura desembarcando. Daito estaba rodeado.

Estaba claro que los sixers habían avistado a la *Kurosawa* durante el descenso a la superficie del planeta y habían priorizado dar caza a los dos samuráis.

Daito no dudó en sacar su as de debajo de la manga. Sacó la Cápsula Beta, la sostuvo en la mano derecha y la activó. Su avatar se convirtió al momento en Ultraman, un superhéroe extraterrestre de ojos brillantes, rojos y plateados. Al transformarse también alcanzó una altura de casi cincuenta metros.

Las fuerzas de tierra de los sixers que se aproximaban a él se detuvieron en seco, anonadados, y alzaron la vista con una expresión de pánico mientras Ultraman-Daito agarraba al vuelo dos cazas y los hacía chocar uno contra otro como si fuera un niño gigante entreteniéndose con dos aviones de juguete. Dejó caer al suelo aquel amasijo llameante y atrapó más, como quien caza moscas. Las naves que escapaban a sus garras mortíferas lo rodearon y dispararon rayos láser y fuego de ametralladora, pero tanto una cosa como la otra rebotaba en su piel blindada de extraterrestre. Daito soltó una carcajada atronadora que reverberó por todas partes. Luego cruzó los brazos a la altura de las muñecas. Un rayo de energía radiante surgió de sus manos y volatilizó a más de cinco cazas que, por desgracia para sus pilotos, en ese momento volaban por allí. Daito se giró, dirigió el rayo a las fuerzas de tierra de los sixers que le rodeaban y los frio como a hormigas puestas al sol bajo una lupa.

Daito parecía estar pasándolo en grande, hasta tal punto que no prestó atención a la luz de advertencia que tenía en el centro del pecho, que había empezado a emitir un parpadeo rojo e intenso. Era una señal que indicaba que casi habían transcurrido los tres minutos que podía pasar como Ultraman y que su poder estaba a punto de agotarse. Aquel límite de tiempo era la principal debilidad de Ultraman. Si Daito no desactivaba a tiempo la Cápsula Beta y regresaba a su forma humana antes de que pasaran los tres minutos, su avatar moriría. Aunque también era evidente que si adoptaba forma humana en pleno ataque masivo de los sixers, acabarían con él al instante. Y Shoto no conseguiría llegar a la nave.

Vi cómo las tropas sixers pedían refuerzos a gritos a través de sus intercomunicadores y que seguían llegando oleadas de cazas. Daito los abatía uno a uno con el rayo specium. Con cada disparo, la luz intermitente que tenía en el pecho latía cada vez más.

En ese momento, Shoto salió de la casa blanca y le dijo a su hermano por el intercomunicador que había conseguido la Llave de Jade. Las fuerzas de tierra de los sixers lo vieron y llegaron a la conclusión de que se trataba de un blanco mucho más asequible, por lo que empezaron a disparar contra su avatar.

Shoto avanzó desesperadamente hacia la *Kurosawa*. Activó las botas de velocidad que llevaba puestas y su avatar se convirtió en un borrón casi imperceptible que corría a toda velocidad por el escenario. Mientras Shoto corría, Daito giró el gigantesco cuerpo para proporcionarle la mayor protección posible. Sin dejar de lanzar disparos de energía, logró mantener a raya a los sixers.

Y entonces la voz de Daito, que se escuchaba a través del intercomunicador, se quebró.

—¡Shoto! —gritó—. ¡Creo que hay alguien aquí! ¡Hay alguien dentro...!

Y la comunicación se cortó. En ese mismo momento, su avatar dejó de moverse, como petrificado, y sobre su cabeza apareció el icono de desconexión.

Desconectarte de OASIS mientras estabas en pleno combate era lo mismo que suicidarse. Durante la secuencia de desconexión, tu avatar quedaba inmóvil durante sesenta segundos en los que quedabas del todo indefenso y susceptible de ser atacado. La secuencia se había diseñado para impedir que los avatares la usaran para escapar de un combate con facilidad. O te quedabas a luchar o te retirabas a un lugar seguro antes de desconectarte.

La secuencia de desconexión de Daito tuvo lugar en el peor momento posible. Tan pronto como su avatar se quedó quieto, empezó a recibir rayos láser y disparos desde todos los ángulos. La luz roja del pecho empezó a parpadear cada vez más rápido hasta que se quedó fija. En ese momento, el gigantesco cuerpo de Daito se inclinó, cayó al suelo y estuvo a punto de aplastar a Shoto y la *Kurosawa*. Cuando impactó contra la superficie del planeta, el avatar recobró su tamaño y su aspecto, para luego empezar a desvanecerse poco a poco. Desapareció por completo y solo quedó de él un pequeño montículo de objetos que giraban sobre sí mismos: las cosas que llevaba en su inventario, entre ellas la Cápsula Beta. Había muerto.

En ese momento apareció en el vídeo otro borrón que correspondía a Shoto corriendo para recuperar los objetos de su hermano. Tras hacerlo, daba media vuelta y se subía de nuevo en la *Kurosawa*. La nave despegó y llegó a órbita casi al instante, sin dejar de recibir disparos del enemigo en ningún momento. Me recordó a mi propia huida de Frobozz. Por suerte para Shoto, su hermano había abatido a casi todos los cazas sixers y los refuerzos aún no habían llegado.

Shoto consiguió llegar a la órbita y escapar a la velocidad de la luz. Por los pelos.

· · ·

El vídeo terminó y Shoto cerró la ventana.

—¿Cómo crees que los sixers descubrieron dónde vivía? —pregunté.

—No lo sé —respondió—. Daito era cuidadoso. No dejaba rastro.

—Si lo han encontrado a él, es posible que también te encuentren a ti —le dije.

—Lo sé. He tomado precauciones.

—Bien.

Shoto sacó la Cápsula Beta de su inventario y me la ofreció.

—Daito habría querido que la tuvieras.

Levanté la mano.

—No, creo que debes quedártela tú. Podrías necesitarla.

Shoto negó con la cabeza.

—Tengo todos sus otros objetos —insistió—. No la necesito. Y además no la quiero.

Volvió a ofrecérmela, con insistencia.

Cogí el artefacto y lo examiné. Se trataba de un pequeño cilindro de metal de color plateado y negro con un botón rojo de activación a un lado. Por su tamaño y aspecto, me recordaba a una de mis espadas láser. Pero había espadas láser a montones. Yo tenía una colección de más de cincuenta. Y en cambio solo había una Cápsula Beta, un arma mucho más poderosa.

Levanté la cápsula con las dos manos y bajé la cabeza en gesto de respeto.

—Gracias, Shoto-san.

—Gracias a ti, Parzival —dijo él, correspondiendo en la reverencia—. Gracias por escucharme.

Se puso en pie, despacio. Todos sus gestos manifestaban derrota.

—No te has dado por vencido, ¿verdad? —pregunté.

—Por supuesto que no. —Se irguió y me dedicó una sonrisa triste—. Pero encontrar el Huevo ya no es mi meta. Ahora me entrego a una nueva misión, una mucho más importante.

—¿Qué misión?

—La venganza.

Asentí. Me acerqué a la pared y descolgué una de las dos espadas de samurái que la decoraban. Se la ofrecí a Shoto.

—Por favor —le dije—. Acepta este presente. Te ayudará en tu nueva misión.

Shoto cogió la espada y extrajo el filo ornamentado unos pocos centímetros de su vaina.

—¿Una masamune? —me preguntó, contemplándola con asombro.

Asentí.

—Sí, y también es una espada vorpalina +5.

Shoto volvió a inclinar la cabeza y me mostró su gratitud.

—*Arigato*.

Entramos en el ascensor y, en silencio, descendimos hasta el hangar. Antes de acceder a la nave, Shoto se giró hacia mí.

—¿Cuánto tiempo crees que tardarán los sixers en franquear la Tercera Puerta? —preguntó.

—No lo sé. Espero que el suficiente para que podamos pillarlos.

—La ópera no se acaba hasta que no canta la gorda, ¿verdad?

Asentí.

—Acabará cuando tenga que acabar. Y todavía no ha acabado.

0026

Más tarde aquella misma noche, horas después de que Shoto abandonara la fortaleza, caí en la cuenta.

Estaba sentado en el centro de mando con la Llave de Jade en la mano y recitando sin parar la pista que tenía grabada:

—«El examen aprueba y prosigue la prueba.»

En la otra mano tenía el papel de plata. No dejaba de mover los ojos entre ambos objetos mientras intentaba establecer la relación que existía entre ellos. Había estado así horas, pero no había conseguido nada.

Suspiré, solté la llave y deposité el papel bien estirado sobre el panel de control que tenía delante. Lo alisé con parsimonia para eliminar las arrugas y los pliegues. El envoltorio era cuadrado y tenía quince centímetros de lado. Plateado por una cara, blanco por la otra.

Abrí una aplicación para el análisis de imágenes y realicé un escaneado de alta resolución a las dos caras. A continuación, amplié ambas imágenes en mi pantalla y estudié todos y cada uno de sus micrómetros. No encontré texto oculto ni marca alguna en ninguno de los dos lados.

Lo hacía mientras comía frituras de maíz, por lo que usé instrucciones de voz para controlar la aplicación. Hice que redujera el tamaño de la imagen y la centrara en la pantalla. Al hacerlo recordé la escena de *Blade Runner* en la que el personaje de Harrison Ford, Deckard, usaba un escáner por control de voz similar para analizar una fotografía.

Levanté el envoltorio y le eché otro vistazo. La luz virtual se reflejó en su superficie plateada y se me ocurrió doblarlo, hacer un avión y lanzarlo por los aires al otro lado de la estancia. Hacerlo me llevó a pensar en el origami lo que, a su vez, me recordó otra escena de *Blade Runner*, una de las últimas de la película.

Entonces me llegó la inspiración.

—El unicornio —susurré.

Justo cuando pronuncié la palabra «unicornio», el papel empezó a doblarse solo en la palma de mi mano. Primero se plegó por la mitad en diagonal para formar un triángulo plateado. Se volvió a doblar y formó triángulos más pequeños, y luego figuras parecidas a diamantes aún más pequeñas, hasta llegar a adoptar la forma de una figura de cuatro patas de la que después sobresalieron una cola, una cabeza y, por último, un cuerno.

El envoltorio se había doblado solo y convertido en un unicornio de papiroflexia. Una de las imágenes más representativas de *Blade Runner*.

Me planté en el ascensor al momento y mientras bajaba al hangar le grité a Max que preparara la *Vonnegut* para el despegue.

«El examen aprueba y prosigue la prueba.»

Sabía a qué «examen» se refería aquella frase y dónde debía desplazarme para someterme a él. El unicornio de origami me lo había revelado.

· · ·

Blade Runner aparecía mencionado nada menos que catorce veces en el *Almanaque de Anorak*. Era una de las diez películas preferidas de Halliday de todos los tiempos. Y estaba basada en una novela de Philip K. Dick, uno de los autores favoritos de Halliday. Por esa razón la había visto unas cincuenta veces y había memorizado todos los fotogramas y los diálogos.

Mientras la *Vonnegut* cruzaba el espacio a la velocidad de la luz, abrí la versión del director de *Blade Runner* en una ventana de la pantalla y busqué dos escenas concretas.

La película se lanzó en 1982 y transcurre en Los Ángeles durante el año 2019, en un futuro superpoblado e hipertecnológico que nunca había llegado a hacerse realidad. Narra la historia de un hombre llamado Rick Deckard que interpreta Harrison Ford y que trabaja como «blade runner», un cuerpo especial de policía que se encarga de perseguir y matar a replicantes, seres creados con ingeniería genética que apenas se distinguen de los humanos auténticos. De hecho, los replicantes se parecen tanto a los humanos y actúan de manera tan parecida que el único modo que tienen los blade runner de distinguirlos es recurrir a un aparato similar a un polígrafo conocido como la máquina Voight-Kampff con la que los someten a una prueba.

«El examen aprueba y prosigue la prueba.»

Las máquinas Voight-Kampff aparecen solo en dos escenas de la película que transcurren en el interior del edificio Tyrell, una inmensa estructura piramidal doble que es la sede de Tyrell Corporation, la empresa que fabrica replicantes.

Entre las estructuras más repetidas en OASIS se encontraba la del edificio Tyrell. Existían copias repartidas por centenares de planetas de los veintisiete sectores existentes. La razón era que el código se incluía en una plantilla gratuita que venía con el programa de construcción OASIS WorldBuilder (junto con cientos de estructuras sacadas de películas y series de televisión de ciencia ficción). Durante los últimos veinticinco años, cada vez que alguien usaba el WorldBuilder para crear un planeta nuevo en OASIS, podía seleccionar el edificio Tyrell de un menú desplegable e insertar una copia en la simulación para rellenar el horizonte urbano o el escenario que estuviera creando. Es por ello que algunos mundos contaban con más de una docena de copias del edificio Tyrell repartidas por la superficie. Y en aquel momento me dirigía a toda pastilla al más cercano de esos planetas, un mundo de ambientación ciberpunk llamado Axrenox situado en el Sector Veintidós.

Si mis sospechas eran fundadas, todas las copias del edificio Tyrell tenían una entrada oculta a la Segunda Puerta a través de las máquinas Voight-Kampff que había en el interior. No me preocupaba toparme con los sixers porque era imposible que hubieran bloqueado el acceso a la Segunda Puerta, teniendo en cuenta que existían miles de copias del edificio Tyrell repartidas por centenares de mundos distintos.

Cuando llegué a Axrenox, encontrar una réplica del edificio Tyrell me llevó apenas unos minutos. Era imposible no verlo. Era una estructura inmensa con forma de pirámide que tenía una base de varios kilómetros cuadrados y se elevaba por encima de la mayoría de las estructuras circundantes.

Me centré en la primera copia del edificio que encontré y puse rumbo hacia ella. Llevaba activado el dispositivo de camuflaje y lo dejé en funcionamiento cuando dejé la *Vonnegut* en una de las plataformas de aterrizaje del edificio. Luego cerré la nave y activé los sistemas de seguridad, confiando en que serían suficientes para evitar que me la robaran. Allí no funcionaba la magia, por lo que no podía encogerla y metérmela en el bolsillo. Dejar el vehículo estacionado al aire libre en un mundo ciberpunk como Axrenox era como pedir a gritos que te lo robaran. La *Vonnegut* sería una presa a batir para la primera banda de delincuentes con implantes que pasara por allí y la viera.

Abrí un mapa de la plantilla del edificio Tyrell y lo usé para localizar un ascensor de acceso a la azotea que quedara cerca de la plataforma donde había aterrizado. Cuando lo encontré, introduje el código de seguridad que venía por defecto y crucé los dedos. Tuve suerte y las puertas se abrieron con un zumbido. Fuera quien fuese el que había creado el paisaje urbano de Axrenox, no se había molestado en modificar los códigos de seguridad de la plantilla. Me pareció que era buena señal: significaba que era probable que hubiera dejado todo lo demás como estaba.

Me metí en el ascensor y mientras bajaba hasta la planta 440, activé la armadura y saqué las armas. Para llegar al lugar que me interesaba, antes tenía que pasar por cinco controles de seguridad. A menos que se hubiera modificado la plantilla, de camino a mi destino iba a encontrarme con cincuenta guardias replicantes.

El tiroteo empezó justo cuando se abrieron las puertas del

ascensor. Tuve que matar a siete pellejudos antes de poder salir y entrar en el pasillo.

Los siguientes diez minutos se parecieron mucho al clímax de una película de John Woo; una de aquellas protagonizadas por Chow Yun Fat, como *Hard Boiled (Hervidero)* y *The Killer*. Puse las dos armas en disparo automático y dejé apretados los gatillos al tiempo que avanzaba de sala en sala cargándome a todos los PNJ que se cruzaban en mi camino. Los guardias también me dispararon, pero los proyectiles rebotaban en mi armadura y no me hacían nada. Nunca me quedaba sin munición, ya que cada vez que disparaba una bala aparecía otra al final del cargador de manera inmediata.

Ese mes iba a pagar una fortuna en la factura de la munición.

Cuando al fin llegué a mi destino, pulsé otro código y bloqueé la puerta que acababa de franquear. Sabía que no disponía de mucho tiempo. Por todo el edificio sonaban las alarmas, y miles de guardias PNJ que había apostados en las plantas inferiores ya debían de estar subiendo para darme caza.

Mis pasos resonaron cuando entré en la habitación. Estaba vacía, a excepción de un gran búho plantado sobre una percha dorada. Me guiñó un ojo y permaneció en silencio mientras yo atravesaba la inmensa estancia de dimensiones y aspecto catedralicios, recreación perfecta de la oficina del fundador de la Tyrell Corporation, Eldon Tyrell. Se habían copiado con exactitud todos los detalles de la película. Suelos de piedra pulida. Enormes columnas de mármol. Y en la pared que daba al oeste, un ventanal ofrecía unas vistas sobrecogedoras del paisaje urbano que se extendía al otro lado.

Al lado del ventanal había una gran mesa de juntas y sobre ella, la máquina Voight-Kampff. Era del tamaño de un maletín y en la parte frontal tenía una hilera de botones sin etiquetar junto a tres pequeños monitores de datos.

La máquina se puso en marcha sola cuando me acerqué y me senté frente a ella. Un delgado brazo robótico acercó un dispositivo circular que parecía un escáner de retina y se colocó automáticamente sobre la pupila de mi ojo derecho. En un costado de la máquina había encajado un pequeño fuelle que empezó a subir y bajar, como si la máquina estuviera respirando.

Miré a mi alrededor por si aparecía algún PNJ con aspecto de Harrison Ford para formularme las mismas preguntas que a Sean Young en la película. Había memorizado todas las respuestas por si acaso, pero transcurrieron unos segundos y no pasó nada. El fuelle de la máquina no había dejado de moverse. En la distancia, las alarmas del edificio seguían sonando.

Saqué la Llave de Jade y al instante se abrió un panel a un costado de la máquina. En él había una cerradura. Introduje la llave en el acto y la giré. La máquina y la Llave de Jade desaparecieron al momento y apareció en su lugar la Segunda Puerta. Era de un portal que estaba situado en lo alto de la mesa de juntas. Sus bordes resplandecían con el mismo brillo verdoso de la llave y al igual que la Primera Puerta, parecía conducir a un inmenso campo de estrellas.

Me subí a la mesa y la franqueé de un salto.

• • •

Aparecí junto a la entrada de una bolera sórdida decorada a la manera de la época disco. La moqueta estaba adornada con espirales verdes y marrones, y las sillas de plástico de un naranja descolorido. Las pistas de los bolos estaban vacías y apagadas. El local estaba desierto. No había siquiera PNJ tras el mostrador del bar. No sabía bien dónde se suponía que me encontraba hasta que vi las palabras MIDDLETOWN LANES escritas en letras gigantescas en la pared sobre las pistas.

Lo único que oí al principio fue el zumbido de las luces fluorescentes del techo, pero no tardé en percatarme de unos débiles pitidos electrónicos que venían de algún punto situado a mi izquierda. Miré en esa dirección y vi un cuarto oscuro al otro lado del bar. Sobre la entrada de aquella estancia cavernosa había un cartel. Ocho letras de resplandeciente neón rojo que formaban las palabras SALA DE JUEGOS.

Noté una fuerte ráfaga de viento y el rugido de algo parecido a un huracán que entraba en la bolera. Mis pies empezaron a deslizarse por la moqueta, y me di cuenta de que mi avatar estaba siendo succionado hacia la sala de juegos, como si dentro se hubiera abierto un agujero negro.

Mientras el vacío me succionaba hacia la entrada de la sala, vi que en el interior se alineaban una docena de videojuegos de mediados de los ochenta. *Crime Fighters*, *Heavy Barrel*, *Vigilante*, *Smash* TV. Pero noté que mi avatar se dirigía hacia un juego en concreto, uno apartado y situado al fondo de la estancia.

Black Tiger. Capcom, 1987.

En el centro del monitor del juego se había formado un remolino que absorbía desperdicios, vasos de papel, zapatillas de bolos; todo lo que no estaba anclado al suelo. Incluso a mí. A medida que mi avatar se iba acercando al vórtice, extendí la mano y agarré por instinto el *joystick* de una recreativa de *Time Pilot*. Mis pies se levantaron al instante del suelo mientras el remolino seguía atrayendo a mi avatar hacia él de manera inexorable.

No fui capaz de reprimir una sonrisa de expectación. Podría haberme dado incluso unas palmaditas en la espalda, porque dominaba *Black Tiger* desde hacía mucho tiempo, desde el primer año de la Cacería, para ser más precisos.

Cuando Halliday vivía recluido antes de su muerte, lo único que había colgado en su página web era una breve animación en bucle en la que aparecía su avatar, Anorak, sentado en la biblioteca de su castillo mezclando pociones y consultando polvorientos libros de hechizos. La animación se repitió durante una década, hasta que apareció en su lugar el Marcador la mañana de la muerte de Halliday. En la animación, había un cuadro grande con un dragón negro colgado de la pared detrás de Anorak.

Los gunters habían llenado los foros de teorías sobre el cuadro, sobre el significado de ese dragón negro, si es que significaba algo. Pero yo lo había tenido claro desde el principio.

En una de las primeras entradas del *Almanaque de Anorak*, Halliday había escrito que cada vez que sus padres se peleaban, él salía a escondidas de su casa y se iba en bici hasta la bolera del barrio para jugar a *Black Tiger*, porque le bastaban veinticinco centavos para pasarse el juego. AA 23:234: «Por veinticinco centavos, *Black Tiger* me permite escapar de mi miserable existencia durante tres gloriosas horas. Una ganga».

Black Tiger había salido al mercado en Japón con su título original, *Burakku Doragon*. Dragón Negro. Le cambiaron el nombre al juego para lanzarlo en Estados Unidos. Llegué a la conclusión de que el dragón que colgaba de la pared del estudio de Anorak era una pista sutil que indicaba que *Burakku Doragon* tendría un papel clave en la Cacería. De modo que había estudiado el juego hasta que fui capaz de pasármelo con un solo crédito, como Halliday. Después de hacerlo seguí jugando cada varios meses para no perder práctica.

Al fin parecía que mi capacidad de previsión y mi perseverancia estaban a punto de valerme una recompensa.

Solo pude aguantar agarrado al *joystick* de *Time Pilot* unos pocos segundos. Al final no pude más y tuve que soltarme, momento en el que mi avatar fue succionado hacia el interior del monitor de la recreativa de *Black Tiger*.

Por un momento todo se volvió negro. Luego aparecí en un entorno irreal.

Me encontraba en el pasillo angosto de una mazmorra. A mi izquierda había un muro alto de piedra gris con una descomunal calavera de dragón apoyada. El muro era tan alto que se perdía en la oscuridad de las alturas. No alcanzaba a ver el techo. El suelo de la mazmorra estaba formado por plataformas circulares flotantes dispuestas de un extremo a otro en una hilera larga que desaparecía en la distancia. A mi derecha, al otro lado de las plataformas, no había nada, solo un vacío negro e insondable.

Me di la vuelta, pero no vi ninguna salida detrás de mí. Solo otra pared de piedra que se perdía en la negrura que tenía encima.

Me fijé en el cuerpo de mi avatar. Había pasado a ser justo igual que el héroe de *Black Tiger*, un bárbaro musculoso y semidesnudo ataviado con un taparrabos blindado y un casco con cuernos. Mi brazo derecho desaparecía bajo un extraño guante metálico del que colgaba una cadena larga y retráctil con una bola de púas al final. Con la mano derecha sostenía hábilmente tres dagas. Cuando las lancé al vacío negro de la derecha, aparecieron otras tres idénticas en mi mano al instante. Al saltar descubrí que era capaz de ascender diez metros de un solo impulso y caer de pie con la elegancia de un felino.

Fue en ese momento cuando lo entedí: estaba a punto de jugar a *Black Tiger*, sin duda. Pero no a la versión bidimensional de aquel juego de plataformas de desplazamiento lateral que tenía cincuenta años de antiguedad, sino a una versión nueva, inmersiva y tridimensional creada por Halliday.

Mis conocimientos de las mecánicas del juego, los niveles y los enemigos me resultarían sin duda de ayuda, pero la jugabilidad iba a ser muy distinta y me exigiría una serie de aptitudes diferentes.

La Primera Puerta me había llevado a una de las películas favoritas de Halliday. La Segunda Puerta, a uno de sus videojuegos preferidos. Mientras reflexionaba sobre lo que podía llegar a implicar aquello, en la pantalla apareció el mensaje: GO!

Miré a mi alrededor. Una flecha grabada en la piedra de la pared que tenía a la izquierda señalaba que debía caminar hacia delante. Extendí los brazos y las piernas, me crují los nudillos y respiré hondo. Luego preparé las armas y corrí hacia delante mientras saltaba de plataforma en plataforma al encuentro del primero de mis adversarios.

$$\bullet \quad \bullet \quad \bullet$$

Halliday había recreado fielmente todos los detalles de la mazmorra de ocho niveles de *Black Tiger*.

Al principio no me fue muy bien y perdí una vida antes incluso de acabar con el primer jefe. Pero no tardé en acostumbrarme a jugar en tres dimensiones (y con la cámara en primera persona), y al fin le pillé el punto al juego.

Continué el camino, saltando de plataforma en plataforma, atacando en pleno salto, esquivando las incesantes arremetidas de limos, esqueletos, serpientes, momias, minotauros y, sí, ninjas. Cada enemigo al que derrotaba soltaba algunos zenis que luego podía usar para comprar armaduras, armas y pociones de alguno de los sabios barbudos repartidos en cada nivel. (Al parecer, dichos «sabios» creían que montar una tienda en medio de una mazmorra infestada de monstruos era una idea genial.)

En aquel juego no se acababa el tiempo ni había forma de poner la pausa. Cuando franqueabas una puerta, no podías parar y desconectarte. El sistema no lo permitía. Aunque te quitaras el visor, seguías conectado. La única manera de salir era superarla. O morir.

Logré pasar los ocho niveles del juego en menos de tres horas. Estuve muy cerca de morir durante la batalla con el jefe final, el Dragón Negro que, cómo no, era idéntico a la bestia representada en el cuadro del estudio de Anorak. Ya había gastado todas las vidas extra y tenía la barra de vida casi vacía, pero logré seguir moviéndome y no entrar en contacto con el aliento llameante del dragón mientras le iba bajando la barra de vida poco a poco con un bombardeo constante de dagas arrojadizas. Cuando le asesté el golpe final, el dragón se desplomó y se convirtió en polvo digital delante de mí.

Solté un largo suspiro de alivio.

Sin transición alguna, volví a encontrarme en la sala de juegos de la bolera, de pie frente a la recreativa de *Black Tiger*. En la pantalla que tenía delante, mi bárbaro armado posaba con un héroe. Encima apareció el siguiente texto:

YOU HAVE RETURNED PEACE AND PROSPERITY TO OUT NATION.
THANK YOU, BLACK TIGER!
CONGRATULATIONS ON YOUR STRENGHT AND WISDOM!*

En ese momento ocurrió algo extraño, algo que nunca había ocurrido cuando había jugado el juego original: uno de los «sabios» de la mazmorra apareció en la pantalla con un bocadillo de cómic en el que se leía: «Gracias. Estoy en deuda contigo. Por favor, acepta un robot gigante como premio».

Una larga hilera de iconos de robot apareció entonces bajo

---

* Has devuelto la paz y la prosperidad a nuestra nación. ¡Gracias, Tigre Negro! ¡Felicidades por la fuerza y la sabiduría que has demostrado! *(N. del T.)*

el hombre sabio, de un lado a otro de la pantalla. Descubrí que al mover el *joystick* a izquierda y derecha era posible escoger entre una lista de más de cien «robots gigantes». Cuando se preseleccionaba uno, a su lado aparecía información sobre sus características y armamento.

No los reconocí a todos, pero la mayoría me sonaba. Identifiqué a Gigantor, Mazinger Z, el Gigante de Hierro, Jet Jaguar, a Giant Robo, el gigante con cabeza de esfinge de *Johnny Sokko y su robot volador*, la línea completa de juguetes de los *Shogun Warriors* y muchos de los *mechas* que aparecían en las series de animación *Macross* y *Gundam*. Once de ellos estaban sombreados y marcados con cruces rojas, y no se veía cuáles eran ni podían seleccionarse. Deduje que eran los que habían escogido Sorrento y los demás sixers que habían franqueado la puerta antes que yo.

Como parecía que estaba a punto de recibir una copia real y operativa del robot que seleccionara, estudié con atención todas las opciones y busqué la que pareciera más potente y con mejores armas. Pero me detuve en seco al descubrir a Leopardon, el robot gigante y transformable que usaba Supaidaman, la encarnación de Spiderman que apareció en la televisión japonesa a finales de los setenta. Había descubierto *Supaidaman* durante mis investigaciones y, por algún motivo, me había obsesionado con la serie. Por lo que dejó de importarme que Leopardon no fuera el robot más poderoso entre los disponibles. Tenía que ser mío.

Seleccioné el icono y pulsé el botón de atacar. En lo alto del mueble de la recreativa de *Black Tiger* apareció una réplica de Leopardon de treinta centímetros. La cogí y la guardé en mi inventario. No venía con instrucciones y el campo destinado a la descripción del objeto estaba en blanco. Me dije que lo examinaría más tarde, cuando regresara a la fortaleza.

Mientras, en el monitor de *Black Tiger*, los créditos finales habían empezado a pasar por la pantalla y cubrían parcialmente la imagen del héroe bárbaro sentado en un trono junto a una esbelta princesa. Leí con respeto los nombres de los programadores. Todos eran japoneses menos el último en aparecer, que rezaba: VERSIÓN PARA OASIS POR J. D. HALLIDAY.

Cuando terminaron los créditos, el monitor quedó a oscuras durante un momento. Luego apareció en el centro un círculo rojo resplandeciente dentro del cual destacaba una estrella de cinco puntas. Las puntas de la estrella sobrepasaban el límite del círculo rojo. Un segundo después, en el centro de la estrella roja y brillante, apareció la imagen de la Llave de Cristal, girando despacio sobre sí misma.

Noté una descarga de adrenalina, porque había reconocido la estrella roja y sabía adónde me conducía.

De todos modos, tomé varias capturas de pantalla para curarme en salud. Un momento después, el monitor se oscureció de nuevo y la recreativa de *Black Tiger* se fundió y transformó en una puerta con los bordes de color jade resplandeciente. La salida.

Solté un grito de júbilo y la atravesé de un salto.

0027

Tras franquear la puerta, mi avatar volvió a aparecer en el despacho de Tyrell. La máquina Voight-Kampff había
vuelto a su posición anterior sobre la mesa que tenía al lado.
Miré la hora. Habían transcurrido más de tres horas. La estancia
seguía vacía a excepción del búho, y las alarmas habían dejado
de sonar. Los guardias PNJ habían entrado a la fuerza y registrado la zona mientras me encontraba en el interior de la Puerta;
y al parecer habían dejado de buscarme. La salida estaba despejada.

Regresé al ascensor y subí hasta la plataforma de aterrizaje
sin incidentes. Y, alabado sea Crom, la *Vonnegut* seguía donde la
había dejado, con el dispositivo de camuflaje activado. Subí a
bordo y abandoné Axrenox a la velocidad de la luz tan pronto
alcancé la órbita.

Mientras la nave recorría el hiperespacio en dirección a la
puerta estelar más próxima, abrí una de las capturas de pantalla
del símbolo de la estrella roja que había tomado. Luego abrí el
diario del Santo Grial y entré en una subcarpeta dedicada a Rush,
el legendario grupo de rock canadiense.

Rush había sido el grupo favorito de Halliday desde su adolescencia. Una vez había revelado en una entrevista que había
escrito el código de todos los videojuegos que llevaban su firma
(incluso OASIS) mientras escuchaba solo discos de Rush. Con
frecuencia se refería a los tres miembros de Rush —Neil Peart,

Alex Lifeson y Geddy Lee— como «La Santísima Trinidad» o «Los Dioses del Norte».

En el diario del Santo Grial tenía todos los álbumes, canciones, grabaciones piratas y videoclips que habían grabado. También escaneos en alta resolución de las notas y las ilustraciones de los discos. Las grabaciones de todos sus conciertos. Todas las entrevistas de radio y televisión que habían concedido. De las biografías completas de los miembros del grupo, así como de copias de los proyectos paralelos y discos en solitario. Abrí la discografía de la banda y seleccioné el álbum que buscaba: *2112*, el disco conceptual clásico inspirado en la ciencia ficción.

En la pantalla apareció una imagen escaneada de alta resolución de la cubierta del álbum. El nombre de la banda y el título del disco aparecían impresos sobre un cielo estrellado y debajo, como si se reflejara en la superficie de un lago de aguas onduladas, estaba el símbolo que había visto en el monitor de *Black Tiger*: la estrella roja de cinco puntas encerrada en un círculo.

Al situar la cubierta junto a la captura de pantalla que había tomado del juego, constaté que los dos símbolos eran idénticos.

El título del álbum corresponde a uno de los temas, que es una suite de siete partes de corte épico y de más de veinte minutos de duración. La canción cuenta la historia de un rebelde anónimo que vive en el año 2112, una época en la que se han prohibido la creatividad y la libertad de expresión. La estrella roja que aparecía en la carátula era el símbolo de la Federación Solar, la opresiva sociedad interestelar de la historia. La Federación Solar estaba controlada por un grupo de «sacerdotes», que se describen en la segunda parte de la canción, titulada *The Temples of Syrinx*. La letra indicaba el lugar preciso en el que se ocultaba la Llave de Cristal:

We are the Priests of the Temples of Syrinx
Our great computers fill the hallowed halls

We are the Priest of the Temples of Syrinx
All the gifts of life are held within our walls.[*]

En el Sector Veintiuno había un planeta que se llamaba Syrinx. Era el lugar hacia el que me dirigía ahora.

El atlas de OASIS lo describía como «un mundo desolado de terreno rocoso y sin habitantes PNJ». Al acceder al colofón del planeta, descubrí que su autor estaba marcado como «anónimo». Pero sabía que tenía que ser Halliday quien había escrito el código, porque el diseño coincidía con el mundo descrito en las notas escaneadas de *2112*.

El disco salió al mercado en 1976, cuando la mayor parte de la música se vendía en discos de vinilo de doce pulgadas. Los discos se comercializaban en fundas de cartón con ilustraciones y los títulos de los temas impresos en ellas. Algunas de esas carátulas se abrían como libros e incluían más ilustraciones y textos, así como las letras de las canciones e información sobre el grupo. Abrí la copia escaneada de la carátula original de *2112* y vi que en su interior había una segunda imagen del símbolo de la estrella roja. En ella aparecía un hombre desnudo y acobardado que levantaba las manos frente a la estrella.

Al otro lado de la ilustración estaban las letras de las siete partes de la suite *2112*. La letra de cada una de estas partes de la composición estaba precedida por un párrafo en prosa que completaba el relato desarrollado en las letras. Esos breves textos reflejaban el punto de vista del protagonista anónimo de *2112*.

El siguiente texto precedía a la letra de la primera parte:

I lie awake, staring out at the bleakness of Megadon. City and sky become one, merging into a single plane, a vast

---

[*] Somos los sacerdotes del Templo de Syrinx. / Grandes ordenadores atestan nuestros sagrados salones. / Somos los sacerdotes del Templo de Syrinx. / Entre estos muros encontraréis de la vida todos los dones. *(N. del T.)*

sea of unbroken grey. The Twin Moons, just two pale orbs as they trace their way across the steely sky.*

Cuando la nave llegó a Syrinx divisé aquellas lunas gemelas, By-Tor y Snow Dog, que orbitaban alrededor del planeta. Los nombres estaban inspirados en otras dos canciones clásicas del grupo. Debajo, sobre la superficie gris y desolada del planeta, había justo 1.024 copias de Megadon, la ciudad cubierta por una cúpula que se describía en las notas del álbum. Dicha cantidad duplicaba la de las réplicas de *Zork* que había en Frobozz, por lo que sabía que los sixers no iban a ser capaces de bloquearlas todas.

Sin desconectar el dispositivo de camuflaje, seleccioné la copia más cercana de la ciudad y llevé la *Vonnegut* junto al muro exterior de la cúpula, sin dejar de vigilar por las miras por si veía alguna otra nave.

Megadon estaba plantada en lo alto de una meseta rocosa, al borde de un inmenso precipicio. La ciudad parecía en ruinas. Su gigantesca cúpula transparente estaba llena de grietas y daba la impresión de que podría derrumbarse en cualquier momento. Conseguí entrar en la ciudad colándome por la mayor de aquellas grietas, que estaba situada en la base.

La ciudad de Megadon me recordaba a la cubierta de un libro de ciencia ficción de los cincuenta en la que se representaban los restos de una civilización que en otro tiempo había sido tecnológicamente muy avanzada. En el mismo centro de la ciudad encontré un templo de mucha altura en forma de obelisco, con muros grises y erosionados por el viento. La estrella roja y gigantesca de la Federación Solar estaba grabada sobre la entrada.

Aquel era el Templo de Syrinx.

---

* Yazco tendido y despierto mientras contemplo la desolación de Megadon. El cielo y la ciudad son uno, se funden en un solo plano, forman un mar vasto de un gris interminable. Las Lunas Gemelas son dos pálidas esferas que se desplazan por el cielo plomizo. *(N. del T.)*

No estaba protegido por ningún campo de fuerza ni rodeado por ningún destacamento de sixers. No había ni un alma a la vista.

Saqué las armas y franqueé la entrada del templo.

En el interior había ordenadores inmensos con forma de obelisco que se alineaban a lo largo de las paredes y llenaban aquel templo gigantesco con apariencia de catedral. Avancé entre ellos sin dejar de oír el zumbido grave de las máquinas, hasta que al fin llegué al centro del santuario.

Allí encontré un altar de piedra elevado y con la estrella de cinco puntas grabada en la superficie. Al acercarme un paso más hacia el altar, el zumbido de los ordenadores cesó y la estancia quedó en silencio.

Al parecer tenía que depositar algo en el altar, una ofrenda al Templo de Syrinx. Pero ¿qué clase de ofrenda?

El robot Leopardon de treinta centímetros que había conseguido al franquear la Segunda Puerta no parecía adecuado. Lo coloqué aun así sobre el altar, pero no ocurrió nada. Volví a guardarlo en el inventario y permanecí allí de pie unos instantes, pensando. Luego recordé otro de los textos que aparecían en las notas de *2112*. Las abrí y las revisé una vez más. Allí estaba la respuesta, en el texto que precedía a la tercera parte, «Discovery»:

> *Behind my beloved waterfall, in the little room that was hidden beneath the cave, I found it. I brushed away the dust of the years, and picked it up, holding it reverently in my hands. I had no idea what it might be, but it was beautiful. I learned to lay my fingers across the wires, and to turn the keys to make them sound differently. As I struck the wires with my other hand, I produced my first harmonious sounds, and soon my own music!**

* Lo encontré detrás de mi querida cascada, en la pequeña habitación oculta detrás de la cueva. Le quité el polvo de los años, la cogí y la sostuve con respeto. No tenía ni idea de qué podía ser, pero era hermosa. Aprendí a colocar los dedos sobre las cuerdas y a girar las clavijas para hacer que sonara diferente. Al rasguear las cuerdas con la otra mano, creé las primeras armonías... ¡y no tardé en hacer mi propia música! *(N. del T.)*

Encontré la cascada cerca del límite meridional de la ciudad, junto al interior de la pared curvada de la cúpula atmosférica. Cuando la encontré, activé mis botas de propulsión, sobrevolé el espumoso río de debajo y crucé al otro lado de la cascada. El traje háptico hacía lo que podía por simular la sensación creada por los torrentes de agua al golpear contra mi cuerpo, pero lo que sentía, en realidad, era como si alguien me golpeara la cabeza, los hombros y la espalda con palos. Cuando atravesé el salto de agua, me encontré junto a la entrada de una cueva y entré. La galería se estrechaba hasta convertirse en un túnel alargado que terminaba en una pequeña estancia cavernosa.

Examiné la sala hasta descubrir que una de las estalagmitas que sobresalían del suelo estaba algo desgastada en la punta. La agarré y tiré de ella hacia mí, pero no se movió. Hice presión sobre ella y cedió, se dobló como si dispusiera de una bisagra o se tratara de un interruptor. Oí un chirrido de piedras que se deslizaban detrás de mí y, al volverme, vi que en el suelo se abría una trampilla. En el techo de la cueva también se había abierto un hueco por el que penetraba un haz de luz resplandeciente que se colaba por la trampilla abierta en el suelo e iluminaba la pequeña cámara que había debajo.

Saqué un objeto de mi inventario, una varita capaz de detectar trampas ocultas, fueran mágicas o no. La usé para asegurarme de que la zona estaba despejada y luego bajé de un salto a través de la trampilla y aterricé sobre el suelo polvoriento de la cámara oculta. Se trataba de un espacio diminuto, cúbico, con una gran piedra sin pulir apoyada contra la pared septentrional. Encajada en la piedra por el mástil había una guitarra eléctrica. El diseño era el mismo que había visto en la grabación del concierto de *2112* y que había vuelto a observar cuando venía de camino. Era una Gibson Les Paul de 1974, la que había usado Alex Lifeson durante la gira de promoción del álbum.

Sonreí al contemplar aquella absurda imagen artúrica de la guitarra metida en la piedra. Como buen gunter, también había visto muchas veces la película de John Boorman *Excalibur*, y me parecía obvio lo que debía hacer a continuación. Extendí la mano derecha, agarré el mástil y tiré de él. El instrumento se deslizó de la piedra con un largo chirrido metálico.

Mientras levantaba la guitarra por encima de la cabeza, aquel sonido agudo se convirtió en un acorde de quinta que resonó por toda la cueva. Miré la guitarra y cuando estaba a punto de activar las botas de propulsión para regresar de nuevo a la parte superior de la cueva, se me ocurrió algo y me quedé de piedra.

James Halliday había tomado clases de guitarra durante algunos años cuando iba al instituto. Esa era la razón por la que yo también había querido aprender a tocarla. Nunca había sostenido entre mis manos un instrumento de verdad, pero la virtual se me daba muy bien.

Abrí el inventario y saqué una púa. Después hice lo mismo con el diario del Santo Grial y encontré la partitura de *2112*, así como la letra de la canción *Discovery*, en la que el héroe encuentra la guitarra en una estancia oculta tras una cascada. Cuando empecé a tocar, el sonido de la guitarra sacudió las paredes de la estancia y atronó por toda la cueva a pesar de la ausencia de electricidad y de amplificadores.

Al terminar de tocar la primera parte de *Discovery*, en la piedra de la que había arrancado la guitarra apareció un mensaje durante un corto período de tiempo.

Rodeada de metal rojo, la primera.
La segunda, de verde piedra.
Del más nítido cristal, la tercera.
Pero solo no podrás abrirla.

Las palabras desaparecieron de la superficie de la piedra poco después, al tiempo que lo hacía el eco de la última nota que había tocado con la guitarra. Me apresuré para sacar una captura de pantalla del acertijo mientras intentaba dilucidar el significado. Sin duda hablaba de la Tercera Puerta. Y de que «solo no podría abrirla».

¿Habían tocado esa misma canción los sixers y descubierto el mensaje? Lo dudaba mucho. Habrían arrancado la guitarra de la piedra e inmediatamente después la habrían dejado en el templo.

Si era así, era probable que aún no supieran que existía un truco para franquear la Tercera Puerta. Y ello explicaría por qué todavía no habían encontrado el Huevo.

• • •

Regresé al templo y dejé la guitarra sobre el altar. Al hacerlo, las torres de ordenadores que me rodeaban empezaron a emitir una cacofonía de sonidos, como si se tratara de una orquesta afinando antes de comenzar su actuación. El ruido alcanzó un crescendo ensordecedor y luego cesó de pronto. En ese momento, un destello de luz iluminó el altar y la guitarra se transformó en la Llave de Cristal.

Cuando extendí la mano y cogí la llave, sonó una campanilla y mi puntuación en el Marcador aumentó en 25.000 puntos. Sumados a los 200.000 que había recibido al franquear la Segunda Puerta alcancé un total de 353.000, mil puntos más que Sorrento. Volvía a situarme en primera posición.

Sabía que no era momento de celebrarlo y me apresuré a examinar la Llave de Cristal. La giré para examinar la superficie brillante y facetada. No vi en ella ninguna inscripción, pero sí encontré un pequeño monograma grabado en el centro de la cabeza: una letra «A» escrita a mano que reconocí al instante.

Aquella misma letra «A» aparecía en la casilla del símbolo del personaje de la primera ficha que se había hecho Halliday para *Dungeons & Dragons*. Y el mismo monograma aparecía también en la túnica negra de su famoso avatar de OASIS, Anorak. Sabía que aquella letra emblemática adornaba las verjas de la entrada principal del Castillo de Anorak, la fortaleza inexpugnable de su avatar.

Durante los primeros años de la Cacería, los gunters habían acudido como insectos hambrientos a cualquier lugar donde pudieran estar ocultas las tres llaves, sobre todo a planetas cuyo código había escrito el propio Halliday. Ejemplo paradigmático de ellos era el planeta Chthonia, asombrosa recreación del mundo de fantasía que Halliday había creado para su campaña de *Dungeons & Dragons* del instituto y escenario de muchos de sus primeros videojuegos. Chthonia se había convertido en La Meca de los gunters. Como el resto, también me había sentido en la obligación de acudir en peregrinación hasta allí para visitar el Castillo de Anorak. Pero se trataba de una fortaleza inexpugnable, y siempre lo había sido. Ningún avatar, salvo el propio Anorak, había conseguido jamás franquear la entrada.

Sabía que debía existir un modo de entrar, porque la Tercera Puerta estaba oculta en él.

• • •

De nuevo en la nave, despegué a toda velocidad y puse rumbo a Chthonia, en el Sector Diez. Durante el trayecto repasé los canales de noticias para comprobar las consecuencias que había causado en los medios mi regreso a la primera posición. Pero mi posición no era la noticia más destacada. El bombazo de la tarde era que por fin se había descubierto y revelado a todo el mundo el escondite del Huevo de Pascua de Halliday. Según los presentadores de los informativos, se encontraba en el planeta Chthonia, en el interior del Castillo de Anorak. Lo sabían porque el ejército de sixers al completo estaba acampado alrededor de la fortaleza.

Habían llegado hacía unas horas, poco después de que franqueara la Segunda Puerta.

Sabía que no podía tratarse de ninguna coincidencia. Mi progreso debía de haber precipitado que los sixers se decidieran a poner fin a sus intentos encubiertos de franquear la Tercera Puerta, y a hacer pública su ubicación no sin antes bloquearla antes de que yo o cualquier otro llegara hasta ella.

Cuando llegué a Chthonia minutos después, realicé un vuelo de reconocimiento sobre el castillo con el dispositivo de camuflaje activado para hacerme una idea del alcance del despliegue. La cosa era incluso peor de lo que había imaginado.

Los sixers habían instalado una especie de escudo mágico sobre el Castillo de Anorak, una cúpula semitransparente que cubría por completo la fortaleza y los alrededores. Acampado en el interior del escudo se encontraba la totalidad del ejército de sixers con su vasto conjunto de tropas, tanques, armas y vehículos, que rodeaban el castillo por todos los flancos.

Varios clanes de gunters ya habían acudido al lugar e intentaban derribar el escudo con ataques nucleares de gran potencia. Cada detonación daba lugar a un breve espectáculo de luces, pero la explosión se disipaba, inofensiva, contra el escudo.

Los ataques continuaron durante horas, a medida que la noticia se propagaba y más gunters acudían a Chthonia. Los clanes lanzaban todo el armamento a su alcance contra el escudo, pero nada lo afectaba. Ni las bombas atómicas ni las bolas de fuego ni los misiles mágicos. Un grupo de gunters terminó por intentar excavar un túnel bajo la cúpula y descubrió que, en realidad, era una esfera completa que también rodeaba el castillo bajo tierra.

Esa noche, varios magos gunters de alto nivel lograron lanzar una serie de hechizos de adivinación y anunciaron en los foros que el escudo que rodeaba el castillo estaba generado por un poderoso artefacto llamado el Orbe de Osuvox, que solo podía ser utilizado por un mago de nivel 99. La descripción del artefacto indicaba que podía crear un escudo esférico alrededor de sí mismo con un diámetro que podía llegar a alcanzar medio kilómetro. Era una protección impenetrable e indestructible que podía pulverizar prácticamente todo lo que la rozara. También podía mantenerse activa indefinidamente, siempre que el mago que activara el orbe permaneciera inmóvil y con las dos manos sobre el artefacto.

Los días posteriores, los gunters hicieron todo lo posible por traspasar el escudo. Recurrieron a la magia. A la tecnología. A la teletransportación. A los contrahechizos. A otros artefactos. Pero nada funcionaba. No había manera de entrar.

Un clima de desesperanza se apoderó con presteza de la comunidad gunter. Tanto los que participaban por su cuenta como los que se agrupaban en clanes parecían dispuestos a tirar la toalla. Los sixers estaban en posesión de la Llave de Cristal y tenían acceso exclusivo a la Tercera Puerta. Todo el mundo coincidía en que el fin estaba cerca, que la Cacería estaba «muerta y enterrada».

A pesar de lo que estaba ocurriendo, conseguí mantener la calma. Cabía la posibilidad de que los sixers no hubieran descubierto aún el modo de abrir la Tercera Puerta. Contaban con todo el tiempo del mundo, sí. Podían permitirse el lujo de ser lentos y metódicos. Tarde o temprano se toparían con la solución.

Pero me negué a claudicar. Hasta que un avatar llegara al Huevo de Pascua de Halliday, todo era posible.

Como sucedía en los videojuegos clásicos, habíamos llegado a una nueva fase más difícil de la Cacería. Y las nuevas fases solían requerir nuevas estrategias.

Empecé a diseñar un plan. Un plan valiente y descabellado para cuyo éxito haría falta tener mucha, mucha suerte. Lo puse en marcha enviando correos a Art3mis, Hache y Shoto. En el mensaje les revelaba en qué punto exacto se encontraba la Segunda Puerta y cómo conseguir la Llave de Cristal. Cuando me aseguré de que los tres lo habían recibido, puse en marcha la siguiente parte de mi estrategia. Era la que más me aterraba, porque sabía que era muy probable que terminara por matarme. Pero llegados a ese punto, era algo que ya no me importaba.

Iba a llegar a la Tercera Puerta o a morir en el intento.

NIVEL 3

Salir al exterior está muy sobrevalorado.

Almanaque de Anorak,
capítulo 17, versículo 32

0028

Cuando la policía corporativa de IOI vino a detenerme, me encontraba viendo la película *Exploradores* (1985, dirigida por Joe Dante). Trata de tres niños que construyen una nave espacial en el patio trasero de su casa y parten en busca de alienígenas. Es posible que sea una de las mejores pelis infantiles que se han realizado jamás. Me había acostumbrado a verla al menos una vez al mes. Me ayudaba a concentrarme.

Siempre dejaba abierta en el borde de la pantalla una pequeña ventana con las imágenes de la cámara de seguridad del exterior del edificio de apartamentos, y gracias a ella vi cómo el Vehículo para la Retirada de Reclutas Forzosos aparcaba delante con la sirena y las luces de alarma encendidas. Cuatro policías antidisturbios con sus cascos y sus botas militares salieron del vehículo y corrieron en dirección al edificio seguidos de un hombre trajeado. Los seguí por la cámara del vestíbulo y vi cómo enseñaban sus chapas identificativas y atravesaban el puesto de control antes de meterse en el ascensor.

Se dirigían a mi planta.

—Max —murmuré, notando cómo me temblaba la voz—. Activa la macro de seguridad número uno: «Crom, fuerte en su montaña». Aquella orden dio instrucciones a mi ordenador para que llevara a cabo una larga serie de acciones programadas de antemano, tanto *online* como en el mundo real.

—Ya está, Je-je-je-fe —replicó Max en tono alegre, y una

décima de segundo después, el sistema de seguridad de mi apartamento pasó a modo de cierre total. El Telón de Guerra, la plancha de titanio reforzado de la puerta blindada, bajó de golpe y cerró herméticamente.

Por la cámara instalada en el pasillo que estaba justo por fuera de mi estudio, vi que los cuatro antidisturbios bajaban del ascensor y se acercaban corriendo hasta mi puerta. Los dos que iban delante llevaban soldadores de plasma. Los otros dos empuñaban rifles de descarga eléctrica de alto voltaje VoltJolt. El hombre trajeado cubría la retaguardia y llevaba una pizarra digital.

La situación no me había pillado por sorpresa. Sabía para qué habían venido. Habían venido parar abrir el apartamento por la fuerza y sacarme de él como si fuera un pedazo de carne que quisieran extraer de una lata.

Cuando llegaron a la puerta, el escáner los sometió a un análisis y en la pantalla aparecieron los datos de sus documentos de identidad, con los que confirmé que los cinco eran agentes de IOI que llevaban una orden de detención en regla contra un tal Bryce Lynch, ocupante del apartamento. Así pues, de acuerdo con las leyes locales, estatales y federales, el sistema de seguridad de mi unidad residencial forzó la apertura automática de mis puertas para permitirles el acceso. Pero el Telón de Guerra que acababa de bajar los mantuvo a raya.

Sin duda, ellos contaban con encontrarse con otras medidas de seguridad y por eso habían traído los soldadores de plasma.

El zángano de IOI vestido con traje se abrió paso entre los agentes y pulsó con brío el botón del intercomunicador. Su nombre y su puesto de trabajo en IOI aparecieron al momento en mi pantalla: Michael Wilson, Departamento de Crédito y Recaudación de IOI, Empleado N.º IOI-481231.

Wilson alzó la vista hasta la cámara instalada en el pasillo y me dedicó una sonrisa amable.

—Señor Lynch —dijo—. Me llamo Michael Wilson y trabajo para el Departamento de Crédito y Recaudación de Innovative Online Industries. —Consultó la pizarra—. Estoy aquí porque no ha abonado usted los tres últimos cargos de su tarjeta VISA, en la que figura una deuda más que considerable de veinte mil dólares. También nos consta que ahora mismo está usted desempleado y, por lo tanto, ha sido declarado insolvente. De acuerdo con las leyes federales, cumple con los requisitos para ser reclutado de manera forzosa. Permanecerá vinculado a la empresa hasta que haya pagado la deuda contraída con ella, incluidos los intereses, los gastos de administración y las tasas legales, así como el resto de cargos y sanciones en los que incurra a partir de ese momento. —Wilson señaló a los policías—. Estos caballeros han venido para ayudarme a llevármelo y a escoltarlo hasta su nuevo puesto de trabajo. Le pedimos que nos abra la puerta y nos permita acceder a su lugar de residencia. Por favor, sepa que estamos autorizados a tomar posesión de sus pertenencias. El valor de la venta de dichos artículos se deducirá del importe que nos adeuda, por supuesto.

Me dio la impresión de que Wilson había recitado aquella perorata sin detenerse a respirar una sola vez, en el tono plano y monocorde de quien repite las mismas frases día tras día.

Tras una breve pausa, le respondí a través del intercomunicador:

—Sí, por supuesto, chicos. Dadme un minuto para que me ponga los pantalones. Salgo enseguida.

Wilson frunció el ceño.

—Señor Lynch, si no nos permite acceder a su lugar de residencia en diez segundos, estamos autorizados a recurrir a la fuerza. El coste de cualquier daño causado por la entrada forzosa, incluidos los daños a la propiedad y las obras de reparación, se sumará al importe de su deuda. Gracias.

Wilson se apartó del intercomunicador e hizo una seña a los demás. Uno de los policías encendió al momento el soldador y cuando la punta se puso al rojo vivo empezó a cortar la plancha de titanio del Telón de Guerra. El otro agente se alejó unos pasos y empezó a abrir un hueco en la pared del apartamento. Tenían acceso a los planos de seguridad del edificio y sabían que las paredes estaban construidas con planchas de acero y una capa de hormigón, mucho más fáciles de cortar que mi puerta blindada de titanio.

Como era de esperar, me había tomado la molestia de reforzar también las paredes, el suelo y el techo de mi apartamento con una aleación de titanio SageCage que había colocado por mi cuenta pieza a pieza. Una vez que los policías cortaran la pared, se encontrarían, también, con aquella jaula. De todos modos, eso me garantizaba apenas cinco minutos más de libertad, seis, a lo sumo.

Había oído que los policías usaban una expresión curiosa para referirse a ese procedimiento de sacar a un trabajador forzoso de su residencia fortificada: lo llamaban «practicar una cesárea».

Tragué sin agua dos de las píldoras ansiolíticas que había encargado para este día en particular. Ya me había tomado otras dos por la mañana, pero no parecían hacer efecto.

Dentro de OASIS, cerré todas las ventanas de la pantalla y configuré la seguridad de mi cuenta en nivel máximo. Después abrí el Marcador para revisarlo por última vez y constaté que nada había cambiado y que los sixers todavía no habían ganado. Los diez primeros puestos llevaban varios días sin cambiar.

RÉCORDS

1.	Art3mis	354.000	⛩	⛩
2.	Parzival	353.000	⛩	⛩
3.	IOI-655321	352.000	⛩	⛩
4.	Hache	352.000	⛩	⛩
5.	IOI-643187	349.000	⛩	⛩
6.	IOI-621671	348.000	⛩	⛩
7.	IOI-678324	347.000	⛩	⛩
8.	Shoto	347.000	⛩	⛩
9.	IOI-637330	346.000	⛩	⛩
10.	IOI-699423	346.000	⛩	⛩

Art3mis, Hache y Shoto habían franqueado la Segunda Puerta y habían obtenido la Llave de Cristal en las cuarenta y ocho horas posteriores a la recepción de mi correo electrónico. Cuando Art3mis recibió los 25.000 puntos por conseguir la Llave de Cristal, volvió a la primera posición gracias a la bonificación que había recibido por ser la primera en encontrar la Llave de Jade y la segunda en conseguir la Llave de Cobre.

Art3mis, Hache y Shoto habían intentado ponerse en contacto conmigo desde que habían recibido mi mensaje, pero no había respondido a las llamadas, los correos ni las solicitudes de chat. No veía la necesidad de informarles de mis intenciones. No podían hacer nada para ayudarme y lo más probable era que intentaran disuadirme.

Además, ya no había vuelta atrás.

Cerré el Marcador y eché un vistazo a mi fortaleza sin saber si aquella sería la última vez. Respiré hondo varias veces seguidas, como un buceador que se prepara para una inmersión, y pulsé la tecla de desconexión. OASIS desapareció y mi avatar reapareció en el interior de mi oficina virtual, una simulación independiente almacenada en el disco duro. Abrí una ventana con la consola de comandos y tecleé las palabras clave para activar la secuencia de autodestrucción: TORMENTA DE MIERDA.

En la pantalla apareció una barra de progreso que indicaba que los datos de mi disco duro estaban siendo borrados.

—Adiós, Max —susurré.

—Chao, Wade —respondió segundos antes de ser borrado.

Sentado en la silla háptica, notaba ya el calor que procedía del otro lado de la habitación. Al quitarme el visor me di cuenta de que el humo había empezado a colarse por los agujeros abiertos en la puerta y las paredes. Los purificadores de aire instalados en mi apartamento no podían absorber tanto. Empecé a toser.

El policía que trabajaba en la puerta terminó de cortar el agujero. El círculo metálico y humeante cayó al suelo con tanto estrépito que me asustó.

El soldado dio un paso atrás al tiempo que otro agente se

adelantaba y usaba un bote de espray para rociar una especie de espuma congelante sobre el borde del agujero. De ese modo se aseguraban de no quemarse cuando pasaran por él, lo que estaban a punto de hacer.

—¡Despejado! —gritó uno de ellos desde el pasillo—. ¡No hay armas a la vista!

El primero en colarse por el agujero fue uno de los dos agentes que llevaban los rifles inmovilizadores. De pronto me lo encontré de pie delante de mí, con el arma apuntándome a la cara.

—¡No te muevas! —gritó—. No te muevas o te llevas el premio. ¿Entiendes?

Asentí para indicarle que sí, que entendía. No sé por qué se me ocurrió pensar que ese agente era la primera persona que ponía los pies en mi apartamento desde que me había instalado en él.

El segundo policía de asalto que se coló en mi casa no fue tan educado. Sin mediar palabra se acercó a mí y me amordazó. Se trataba del procedimiento estándar, porque de ese modo evitaban que siguiera dando instrucciones de voz al ordenador. En mi caso, no habría hecho falta que se molestaran. Justo cuando se había colado el primer agente, un dispositivo incendiario había estallado en el interior del ordenador, que se había convertido en un amasijo fundido.

Cuando el poli terminó de amordazarme, me agarró por el exoesqueleto de mi traje háptico, me arrancó de la silla como si fuera una muñeca de trapo y me lanzó al suelo. El otro pulsó el botón que abría el Telón de Guerra y los dos últimos policías entraron en tromba seguidos por Wilson el del traje.

Me acurruqué en posición fetal y cerré los ojos. Empecé a temblar de manera involuntaria. Intenté prepararme para lo que sabía que estaba a punto de suceder.

Iban a sacarme de allí.

—Señor Lynch —dijo Wilson, sonriendo—. Por la presente lo declaro en arresto corporativo. —Se volvió hacia los agentes—. Ordenen al equipo de almacén que venga a vaciarlo todo.

Miró a su alrededor y se dio cuenta de la columna de humo que ascendía desde el ordenador. Me miró y negó con la cabeza.

—Eso ha sido una estupidez. Podríamos haberlo vendido para ayudarle a pagar la deuda.

La mordaza me impedía responder, por lo que me limité a encogerme de hombros y a hacerle un corte de mangas.

Me quitaron el traje háptico y se lo dejaron también al equipo de almacén. No llevaba nada debajo. Me entregaron un mono desechable de color gris pizarra y unos zapatos de plástico a juego que me pidieron me pusiera. El mono parecía de papel de lija y tan pronto como me lo puse empezó a picarme todo el cuerpo. Y como me habían esposado, no podía rascarme bien.

Me sacaron a rastras al pasillo. La luz penetrante de los fluorescentes absorbía el color de las cosas y hacía que todo pareciera sacado de una película antigua en blanco y negro. Mientras bajábamos al vestíbulo en ascensor, tarareé la musiquilla del hilo musical para demostrarles que no tenía miedo. Pero dejé de hacerlo cuando uno de los polis me apuntó con el rifle de descargas eléctricas.

Una vez en el vestíbulo, me cubrieron con un abrigo de invierno con capucha. No querían que cogiera una pulmonía ahora que era propiedad de la empresa. Que era un activo humano. Luego me condujeron al exterior y la luz diurna me dio en la cara por primera vez en más de medio año.

Nevaba y todo estaba cubierto de una fina capa de hielo gris y barro. No sabía qué temperatura hacía, pero no recordaba haber sentido tanto frío en mi vida. El viento me caló los huesos.

Me condujeron hasta la furgoneta. En el asiento trasero ya había dos nuevos reclutas forzosos atados a unos asientos de plástico; los dos llevaban visores. Eran personas que habían detenido unas horas antes esa misma mañana. Los policías de asalto eran como basureros que se dedicaban a realizar su ronda diaria.

El recluta que iba a mi derecha era un tipo alto, delgado y algo mayor que yo. Parecía desnutrido. El otro, en cambio, padecía obesidad mórbida y no sabía si era hombre o mujer. Opté por considerarlo del género masculino. Tenía el rostro medio oculto tras una mata de pelo rubio sucio y algo que parecía una máscara de gas que le cubría la nariz y la boca. Un tubo negro y grueso conectaba la máscara a una toma en el suelo. Al principio no entendía para qué servía aquel artilugio, hasta que vi que el recluta se echaba hacia delante, tensaba mucho las cuerdas que lo mantenían sujeto y vomitaba en el interior de la máscara. Oí que se activaba una máquina succionadora que aspiraba las galletas Oreo regurgitadas y las llevaba por el tubo hasta el suelo. ¿Almacenaban aquello en un tanque externo o se limitaban a echarlo a la calle? A saber. Seguramente habría un depósito, para que los de IOI pudieran analizar luego el vómito e introducir los resultados en su archivo.

—¿Estás mareado? —me preguntó uno de los policías mientras me quitaba la mordaza—. Dime ya, para ponerte la máscara.

—Me encuentro perfectamente —respondí, en un tono no demasiado convincente.

—Como quieras. Pero si me obligas a limpiarte el vómito, te aseguro que te arrepentirás.

Me metieron dentro y me ataron delante del tipo delgado. Dos de los agentes se montaron detrás con nosotros y guardaron los soldadores en una taquilla. Los otros dos cerraron las puertas traseras y se subieron en la parte delantera.

Mientras nos alejábamos del bloque de apartamentos, giré la cabeza para mirar a través de la ventanilla tintada el edificio donde había vivido durante ese año. Conseguí distinguir mi apartamento en la planta cuarenta y dos porque los cristales estaban pintados de negro. El equipo de almacén ya debía de haber llegado y era probable que ya estuvieran dentro. Iban a separar todo mi equipo por piezas, las inventariarían, etiquetarían, empaquetarían y prepararían para subastar. En cuanto hubieran terminado de vaciar mi apartamento, una brigada de robots pasaría a limpiarlo y a desinfectarlo. Después iría un equipo de reparaciones a arreglar los desperfectos en la pared exterior y la puerta. Todos los gastos se facturarían a IOI que, a su vez, los añadiría a la deuda que yo tenía con la empresa.

A última hora de la tarde, el afortunado gunter que figurara en primer lugar en la lista de espera del edificio recibiría un mensaje informándole de que una unidad había quedado libre, y esa misma noche el nuevo inquilino se instalaría en ella. Al amanecer, todo rastro de que yo lo había ocupado durante meses habría desaparecido.

Cuando el vehículo enfiló High Street, oí que las ruedas aplastaban los cristales de sal que cubrían el asfalto helado. Uno de los policías se inclinó sobre mí y me puso un visor en la cara. Al momento aparecí en una playa de arenas blancas en la que contemplaba una puesta de sol mientras las olas rompían frente a mí. Debía de tratarse de la simulación que usaban para mantener calmados a los reclutas forzosos durante el trayecto hasta el centro de la ciudad.

Con la mano esposada, levanté el visor hasta la frente. A los policías no pareció importarles y no me prestaron la menor atención. De modo que volví a girar la cabeza y miré por la ventanilla. Hacía mucho tiempo que no salía al mundo real y quería ver cómo había cambiado.

0029

Una gruesa capa de abandono lo cubría todo. Las calles, los edificios, la gente. Incluso la nieve parecía sucia. Caían copos grises, como ceniza tras una erupción volcánica.

La cantidad de vagabundos parecía haber aumentado notoriamente. Las calles eran una sucesión de tiendas de campaña y cajas de cartón, y los parques públicos que vi se habían convertido en campos de refugiados. Cuando el vehículo se adentró en el corazón del distrito de rascacielos, vi gente hacinada en todas las esquinas, en todos los estacionamientos vacíos, acurrucada alrededor de fuegos encendidos en barriles o de estufas de parafina. Otros hacían cola junto a las estaciones de energía solar de recarga gratuita, ataviados con visores y guantes hápticos aparatosos y anticuados. Sus manos hacían gestos vagos y fantasmagóricos al interactuar con la realidad mucho más placentera de OASIS a través de uno de los puntos de acceso inalámbricos gratuitos de GSS.

Finalmente, llegamos a la 101 IOI Plaza en el corazón de la ciudad.

Asustado y en silencio miré por la ventanilla y vi la sede de Innovative Online Industries aparecer ante mí: dos torres rectangulares que flanqueaban una tercera redonda para formar el logo de la empresa. Los rascacielos de IOI eran los edificios más altos de la ciudad, moles de acero espejadas e impresionantes unidas por pasarelas y vagones. La parte más alta de las torres se perdía debajo de las nubes impregnadas de vapor de sodio que había en el cielo. Los edificios eran idénticos a las réplicas que había en el planeta IOI-1 de OASIS, pero en el mundo real eran mucho más imponentes.

El vehículo entró en un garaje situado en la base del edificio circular para luego descender por una serie de rampas de hormigón hasta alcanzar una gran zona abierta que recordaba a un muelle de carga y descarga. Un cartel que había sobre unas grandes puertas rezaba: CENTRO DE RECLUTAMIENTO DE TRABAJO FORZOSO 101.

A los otros reclutas y a mí nos bajaron del vehículo. Un escuadrón de guardias de seguridad armados con rifles de aturdimiento esperaba para custodiarnos. Nos quitaron las esposas, y luego un agente empezó a pasarnos a todos por la cara un escáner de retina portátil. Contuve la respiración cuando me lo acercó a los ojos. A continuación, la unidad emitió un pitido, y el agente leyó en voz alta la información que aparecía en la pantalla: «Lynch, Bryce. Veintidós años. Ciudadano de pleno derecho. Sin antecedentes penales. Reclutamiento por impago de deudas». Asintió y pulsó una serie de iconos en su pizarra digital. Después me condujeron hasta una habitación cálida y bien iluminada en la que había cientos de nuevos reclutas. Todos cruzaban un laberinto de cintas, como si fueran niños crecidos haciendo cola en medio de un parque de atracciones de pesadilla. Parecía haber el mismo número de hombres que de mujeres, pero era difícil determinarlo con exactitud. Casi todo el mundo compartía conmigo la palidez del rostro y la ausencia total de vello corporal, y todos llevábamos los mismos monos grises y zapatos de plástico. Parecíamos extras de *THX 1138*.

La cola daba a una serie de controles de seguridad. En el primero, se sometía a los reclutas a un escaneado exhaustivo con un Metadetector de última generación que garantizaba que nadie ocultara dispositivos electrónicos, bien en la ropa o en el interior de sus cuerpos. Mientras esperaba mi turno, vi cómo apartaron a varios de la fila por llevar miniordenadores subcutáneos o teléfonos por control de voz que llevaban en los implantes dentales. Los arrastraron a otra sala para extraérselos. El tipo que tenía delante en la cola llevaba una consola OASIS en miniatura de la marca Sinatro en una prótesis de testículo. Eso sí era tener huevos.

Después de atravesar unos controles más, me llevaron a una zona de pruebas, una sala gigantesca ocupada por centenares de cubículos pequeños e insonorizados. Me sentaron en uno y me entregaron un visor barato y un par de guantes hápticos más baratos todavía. El equipo no me permitía acceder a OASIS, pero aun así sentí cierto alivio al ponérmelos.

Entonces me sometieron a una batería de pruebas de aptitud de dificultad creciente pensadas para medir mis conocimientos y mis habilidades en todas las áreas que pudieran ser de utilidad a mi nueva empresa. Dichos exámenes estaban relacionados con la información falsa sobre mi formación académica y vida laboral que había proporcionado al crear la identidad fraudulenta de Bryce Lynch.

Me esforcé deliberadamente por responder a la perfección todas las pruebas relacionadas con el *software*, el *hardware* y las redes de OASIS, pero fallé a conciencia las que tenían que ver con James Halliday y el Huevo de Pascua. No quería que me asignaran al Departamento de Ovología, porque era posible que allí me encontrara con Sorrento. No creía que pudiera reconocerme —nunca nos habíamos visto en persona, y ya no me parecía en nada a la foto de mi expediente escolar—, pero no quería correr el riesgo. Ya estaba tentando a la suerte mucho más que cualquier persona en su sano juicio.

Horas después, cuando terminé la última prueba, me conectaron a una sala de chat virtual para que conociera a mi asistenta para nuevos trabajadores. Se llamaba Nancy y, en tono hipnótico y monocorde, me informó de que gracias a la excelente puntuación que había obtenido en las pruebas y a mi impresionante currículum laboral, me había «ganado» el puesto de Representante II de Asistencia Técnica. Me pagarían 28.500 dólares al año, de los que deducirían el coste del alojamiento, la manutención, los impuestos, la atención médica, dental, oftalmológica y los servicios recreativos, que se descontarían automáticamente de mi sueldo. El importe restante (si lo había) se destinaría a saldar la deuda que había contraído con la empresa. Una vez abonada, mi reclutamiento forzoso terminaría. Entonces, en función de mi rendimiento laboral, era posible que me ofrecieran un empleo fijo en IOI.

Estaba claro que todo era una broma de mal gusto. Los reclutas no llegaban nunca a saldar su deuda y jamás recobraban la libertad. Cuando te aplicaban todas las deducciones, intereses de demora y penalizaciones, terminabas debiéndoles más cada mes. Si cometías el error de dejarte reclutar, lo más probable es que siguieras esclavizado de por vida. Pero aquello no parecía importarle a mucha gente, ya que lo veían como un trabajo fijo. Se aseguraban así de que no iban a morir de hambre ni frío en plena calle.

El «contrato de trabajo forzoso» apareció en una ventana de mi pantalla. Contenía una larga lista de condiciones y advertencias sobre mis derechos (o mi renuncia a ellos desde ese momento en adelante) al convertirme en empleado reclutado. Nancy me pidió que lo leyera, lo firmara y me dirigiera al Área de Reclutamiento. Acto seguido se desconectó de la sala de chat. Bajé hasta el final del contrato sin molestarme en leerlo. Tenía más de seiscientas páginas. Lo firmé con el nombre de Bryce Lynch y confirmé mi firma con el escaneo de retina.

No estaba seguro de si aquel contrato sería legalmente vinculante a pesar de haber firmado con un nombre falso. Lo cierto es que no me preocupaba demasiado. Tenía un plan y lo que estaba haciendo formaba parte de él.

Me condujeron por otro pasillo hasta el Área de Reclutamiento. Me colocaron en una cinta transportadora que me llevó por una larga sucesión de estaciones. Primero me quitaron el mono y los zapatos para incinerarlos. Después me hicieron pasar por una especie de túnel de lavado de coches con distintas máquinas que me enjabonaron, frotaron, desinfectaron, aclararon, secaron y desparasitaron. Luego me entregaron otro mono de trabajo gris y otro par de zapatos de plástico.

En la siguiente estación, un panel de máquinas me sometió a una completa revisión médica y a varios análisis de sangre. (Afortunadamente, la Ley de Privacidad Genética prohibía que IOI me tomara muestras de ADN.) Luego me inyectaron diversas vacunas con una sucesión de jeringuillas automatizadas que me pincharon al mismo tiempo los dos hombros y las dos nalgas.

A medida que avanzaba por la cinta, unos monitores planos situados a cierta altura proyectaban en bucle una película formativa de diez minutos de duración: «¡Reclutamiento de Trabajadores Forzosos: el camino más rápido para pasar de las deudas al éxito!». Los participantes eran estrellas de la televisión que con voz alegre vomitaban propaganda de la empresa al tiempo que exponían los detalles de la política de reclutamiento forzoso de IOI. Después de verla cinco veces, había memorizado toda aquella mierda. Cuando llevaba diez, movía los labios a la vez que los actores.

—¿Qué debo esperar cuando complete el proceso inicial y ya me encuentre en mi puesto de trabajo? —preguntó Johnny, el personaje principal del cortometraje formativo.

«Debes esperar la esclavitud permanente, Johnny», pensé. Pero no dejé de mirar cómo, una vez más, el representante de recursos humanos de IOI le contaba a Johnny con voz amable el día a día de un recluta.

Finalmente llegué a la última estación, en la que una máquina me anilló el tobillo con una banda metálica acolchada, un poco por encima de la articulación. Según la película explicativa, el dispositivo servía para conocer mi ubicación en todo momento, además de autorizar o denegar mi acceso a las distintas zonas del complejo de oficinas de IOI. Si intentaba escapar, quitarme la banda o crear problemas de cualquier clase, el mecanismo estaba diseñado para proporcionar descargas eléctricas paralizantes. Y si era necesario, también podía administrar una dosis elevada de tranquilizantes que penetraba directamente en el torrente sanguíneo.

Cuando me instalaron la banda, otra máquina me atravesó el lóbulo de la oreja derecha por dos lugares diferentes e introdujo un pequeño dispositivo electrónico. Me estremecí de dolor y solté varios tacos. Gracias a la película explicativa, comprendí que acababan de colocarme un DOC. Un DOC es un «Dispositivo de Observación y Comunicación», pero casi todos los reclutas lo llamaban «audífono». Me recordaba a los dispositivos que los conservacionistas instalaban en animales en vías de extinción para controlar sus movimientos en libertad. El audífono incorporaba un diminuto comunicador por el que el ordenador principal de Recursos Humanos podía emitir anuncios y órdenes directamente al oído de la persona en cuestión. También contaba con una pequeña cámara que permitía a los supervisores de IOI controlar todo lo que el recluta tenía delante. En las habitaciones había instaladas cámaras de vigilancia, pero al parecer no era suficiente. También habían decidido montar cámaras en las cabezas de todos los reclutas.

Pocos segundos después de que me introdujeran y activaran el audífono, empecé a oír la voz plácida y monocorde del ordenador central de Recursos Humanos recitando órdenes y otra información. Al principio creí que iba a volverme loco, pero me fui acostumbrando poco a poco. No me quedaba otra.

Al bajarme de la cinta transportadora, el ordenador de Recursos Humanos me indicó que me dirigiera a una cantina que parecía sacada de una antigua película carcelaria. Allí me entregaron una bandeja verde lima con comida: una hamburguesa de soja insípida, una cucharada de puré de patatas aguado y un postre que era algo vagamente parecido a una tarta de fruta. Lo devoré con ansias. El ordenador de Recursos Humanos me felicitó por mi buen apetito. Después me informó de que se me autorizaba a realizar una visita de cinco minutos al baño. Cuando salí me condujeron hasta un ascensor sin botones ni indicador de plantas. Al salir de él vi el siguiente mensaje grabado en la pared: HAB. RECLUTAS-BLOQUES 05-REP. ASIST. TEC.

Salí del ascensor y avancé por el pasillo enmoquetado. Estaba oscuro y en silencio. La única iluminación provenía de dos hileras de pilotos iluminados que había en el suelo. Había perdido la noción del tiempo. Me daba la impresión de que habían transcurrido días desde que me habían sacado del apartamento. Caminaba como un autómata.

—Tu primer turno de asistencia técnica empieza dentro de siete horas —me informó el ordenador al oído con su monótona voz—. Puedes dormir hasta entonces. Dobla a la izquierda en la intersección que tienes delante y avanza hacia la unidad habitacional asignada, la número 42G.

Volví a hacer lo que me pedía. Se me estaba empezando a dar muy bien.

El Bloque Habitacional me recordó a un mausoleo. Se trataba de una red de pasillos abovedados, cada uno de ellos flanqueado a ambos lados por hileras de dormitorios-cápsula en forma de nicho que se alineaban una encima de otra cubriendo diez pisos hasta alcanzar el techo. Cada columna de unidades habitacionales estaba numerada y la puerta de cada cápsula se identificaba con una letra de la A a la J. La A correspondía al nivel inferior.

Tardé unos minutos en alcanzar mi unidad, situada en la zona superior de la columna 42. Al acercarme a ella, la escotilla con forma de espiral logarítmica se abrió con un zumbido, y una luz tenue y azulada se encendió en el interior. Subí por la estrecha escalera de mano que había entre las dos torres de nichos y me subí a la pequeña plataforma que había debajo de la escotilla de mi unidad. Cuando entré en la cápsula, la plataforma se retrajo y la escotilla se cerró.

El interior de la unidad habitacional era un ataúd blanco de plástico moldeado a inyección de un metro de altura por un metro de anchura y dos metros de longitud. El suelo estaba cubierto por un colchón de espuma y una almohada. Ambos olían a goma quemada, de lo que deduje que debían de ser nuevos.

Además de la cámara que llevaba a un lado de la cabeza, había otra instalada en lo alto de la puerta de la unidad. La empresa no se molestaba en camuflarlas. Quería que sus reclutas supieran que los observaban.

La única distracción de la cabina era una consola de entretenimiento; una pantalla táctil, grande y plana encajada en la pared. Junto a ella había un visor inalámbrico en un colgador. Toqué la pantalla táctil para activarla. Mi nuevo número de empleado y mi posición aparecieron en lo alto del visualizador: Lynch, Bryce T. Representante II de Asistencia Técnica de OASIS - Empleado de IOI N.º 338645.

Debajo apareció un menú con los programas de entretenimiento a los que podía acceder. Tardé apenas unos segundos en revisar mis limitadas opciones. De hecho, solo podía ver un canal: IOI-N, que era de la propia empresa y emitía noticias las veinticuatro horas. Ofrecía una emisión continuada de noticias y propaganda de la empresa. También tenía acceso a una mediateca de películas formativas y simulaciones, la mayoría de ellas relacionadas con mi nuevo puesto como representante de asistencia técnica de OASIS.

Al intentar acceder a otra mediateca de entretenimiento, Vintage Movies, el sistema me informó de que no podría conectarme a una selección más amplia de opciones de ocio hasta que hubiera conseguido una puntuación superior a la media en tres informes consecutivos de eficacia corporativa. Acto seguido, el sistema me preguntó si deseaba más información sobre el Programa de Premios de Entretenimiento para Reclutas Forzosos. No. No lo deseaba.

La única serie de televisión disponible era una comedia producida por la propia empresa, *Tommy Queue*. Según la sinopsis, se trataba de «una comedia desternillante que relataba las desventuras de Tommy, un representante técnico de OASIS recién reclutado que se esforzaba para alcanzar la independencia económica y... ¡la excelencia en el trabajo!».

Seleccioné el primer episodio, descolgué el visor y me lo puse. Como suponía, la serie no era más que un documental formativo con risas enlatadas de fondo. No me interesó lo más mínimo. Solo quería dormir. Pero sabía que me controlaban, escrutaban y archivaban todos los movimientos que hacía. De modo que permanecí despierto todo lo que pude mientras ignoraba un episodio de *Tommy Queue* tras otro.

A pesar de todos mis esfuerzos, no podía dejar de pensar en

Art3mis. Por más que intentara convencerme a mí mismo, sabía que ella era la verdadera razón por la que me había expuesto a este plan descabellado. ¿Qué me pasaba por la cabeza? Era muy probable que nunca lograra salir de allí. Sentía como si estuviera enterrado bajo una avalancha de dudas. ¿La combinación de mi obsesión con el Huevo de Pascua y con Art3mis me había llevado al delirio? ¿Por qué me exponía a semejante riesgo para conseguir a una persona a la que no había visto nunca en la vida? ¿A alguien que parecía no tener el menor interés en volver a hablar conmigo?

¿Dónde se encontraba en ese momento? ¿Me echaba de menos?

Seguí torturándome mentalmente hasta que al fin me venció el sueño.

0030

El centro de llamadas del Servicio Técnico de IOI ocupaba tres plantas enteras de la torre con forma de letra I situada más al este. En cada una de esas plantas había un laberinto de cubículos numerados. El mío estaba en un rincón al fondo, lejos de cualquier ventana. Estaba vacío del todo, salvo por una silla de oficina regulable anclada al suelo. Varios de los cubículos cercanos al mío estaban desocupados, esperando la llegada de nuevos reclutas.

No me había ganado el privilegio de decorar mi cubículo con objetos personales. Si obtenía el número suficiente de «puntos de beneficio» por mi alta productividad y los informes positivos de los clientes, podía «gastar» algunos de ellos en «comprar» el privilegio de decorar mi cubículo, tal vez con una planta en una maceta o con el inspirador póster de un gatito colgado de la cuerda de un tendedero.

Cuando llegué a mi cubículo, tomé el visor y los guantes de la empresa del único estante de la pared y me los puse. Me desplomé en la silla. El ordenador de trabajo estaba empotrado a la base circular de la silla y se activaba de manera automática al sentarme. Tras verificar mi número de empleado, accedí de inmediato a la cuenta de trabajo en la intranet de IOI. No me estaba permitida ninguna conexión externa a OASIS. Lo único que podía hacer allí era leer correos relacionados con el trabajo, revisar la documentación de asistencia y los manuales de procedimiento, además de estadísticas sobre la duración de las llamadas. Nada más. Todos los movimientos que realizaba en la intranet eran estrechamente monitorizados, controlados y registrados.

Entré en la cola de llamadas y así comenzó mi turno de doce horas. Solo llevaba ocho días en calidad de recluta, pero sentía como si llevara años encarcelado.

El avatar del primer usuario apareció delante de mí en la sala de chat de asistencia técnica. Su nombre y estadísticas aparecieron también flotando sobre él. Su apodo era superoriginal: «PollaDura007».

Tuve claro que iba a ser otro día maravilloso.

PollaDura007 era un bárbaro corpulento y calvo con armadura negra de cuero tachonado y un montón de tatuajes de demonios en los brazos y en la cara. Empuñaba una gigantesca espada bastarda que casi duplicaba el tamaño del cuerpo de su avatar.

—Buenos días, señor PollaDura007 —recité—. Gracias por llamar a asistencia técnica. Soy el representante técnico número 338645. ¿En qué puedo ayudarle?

El programa de cortesía empresarial filtraba mi voz, alterando el tono y las inflexiones para asegurarse de que siempre sonara alegre y optimista.

—Esto... Bien... —empezó a decir PollaDura007—. Acabo de comprarme esta tremenda espada y ahora no puedo ni usarla. ¡No puedo atacar! ¿Qué coño le pasa a esta puta mierda? ¿Está rota?

—Señor, el único problema es que es usted un puto inútil de los cojones —respondí.

Oí un zumbido que ya me resultaba familiar, y en mi visualizador apareció el mensaje:

INFRACCIÓN DE CORTESÍA. PALABRAS PROHIBIDAS:
PUTO, INÚTIL, DE LOS COJONES
RESPUESTA SILENCIADA. INFRACCIÓN ARCHIVADA.

El programa corporativo de cortesía al consumidor patentado por IOI había detectado la naturaleza inapropiada de mi respuesta y la había silenciado, por lo que el cliente no la oyó. El programa también había archivado mi «infracción de cortesía» y se la había remitido a Trevor, el supervisor de mi sección, para que abordara el problema durante la siguiente sesión de control, que se celebraban dos veces a la semana.

—Señor, ¿ha adquirido su espada en una subasta *online*?

—Sí —me respondió PollaDura007—. Y me ha costado un huevo.

—Manténgase a la espera durante un instante mientras examino el objeto. —Sabía cuál era su problema, pero quería asegurarme antes de decírselo y evitar de ese modo exponerme a una multa.

Toqué la espada con el dedo índice para seleccionarla. Se abrió una pequeña ventana con las propiedades del objeto. La respuesta estaba ahí mismo, en la primera línea. Esa espada mágica solo podía usarla un avatar que tuviera un nivel 10 o más. Y el señor PollaDura solo tenía un nivel 7. Se lo expliqué en pocas palabras.

—¿Qué? ¡No es justo! ¡El tipo que me la vendió no me dijo nada de eso!

—Señor, siempre es recomendable asegurarse de que su avatar va a poder usar un objeto antes de adquirirlo.

—¡Maldita sea! —exclamó—. ¿Y ahora qué hago con ella?

—Podría metérsela por el culo y hacer ver que es usted un pinchito moruno.

INFRACCIÓN DE CORTESÍA. RESPUESTA SILENCIADA. INFRACCIÓN ARCHIVADA.

Volví a intentarlo.

—Señor, tal vez podría guardar el objeto en su inventario hasta que su avatar haya subido a nivel 10. También podría volver a sacar el objeto a subasta y usar lo que obtenga por ella para comprar otra similar. Otra cuyo nivel corresponda al de su avatar.

—¿Eh? —respondió PollaDura007—. ¿Cómo dice?

—Que puede quedársela o venderla.

—Ah.

—¿Puedo ayudarlo con algo más, señor?

—No, creo que no...

—Perfecto. Gracias por llamar a asistencia técnica. Pase un buen día.

Pulsé el icono de desconectar en la pantalla y PollaDura007 desapareció. Tiempo de llamada: 2 min 7 s. Mientras aparecía el avatar del siguiente cliente —una mujer alienígena de piel roja y pechos enormes llamada Vartaxxx—, apareció en la pantalla la puntuación que medía el grado de satisfacción del cliente que acababa de otorgarme PollaDura007. Era un 6 sobre 10. Entonces el sistema me recordó amablemente que debía de mantener la media por encima de los 8,5 si quería conseguir un aumento de sueldo en la siguiente revisión.

Dar asistencia técnica en aquel lugar no tenía nada que ver con trabajar desde casa, donde podía ver películas, jugar o escuchar música mientras respondía a una interminable sucesión de llamadas soporíferas. Allí la única distracción consistía en mirar el reloj. (O la información bursátil de la empresa, que figuraba siempre en la parte superior de la pantalla de todos los reclutas. No había manera de librarse de ella.)

Durante cada turno disponía de tres pausas de cinco minutos para ir al baño. La del almuerzo era de media hora. Por lo general, comía en mi cubículo, no en la cantina, para ahorrarme a los demás representantes despotricando contra los clientes o alardeando de los puntos de beneficio que habían ganado por sus buenos servicios. Había llegado a despreciar a los otros reclutas casi tanto como a los clientes.

Ese día me quedé dormido cinco veces mientras trabajaba. Cuando el sistema veía que me quedaba traspuesto, hacía sonar una alarma que penetraba directamente en mis oídos y me despertaba al momento. A continuación anotaba la infracción en mis datos de empleado. Mi narcolepsia se convirtió en un problema tan notorio durante la primera semana que me proporcionaban dos pastillas rojas todos los días para que me mantuviera despierto. Y yo me las tomaba, sí. Pero solo al salir del trabajo.

Cuando al fin terminó mi jornada laboral, me quité el visor y los guantes y regresé a mi unidad habitacional lo más rápido que pude. Era la única vez en todo el día que me daba prisa por llegar a algún sitio. Cuando llegué a mi pequeño ataúd de plástico, me metí en el interior y me desplomé sobre el colchón bocabajo, en la misma posición que la noche anterior. Y que la anterior. Permanecí inmóvil unos minutos, mirando de reojo la hora que marcaba el reloj de la consola de entretenimiento. Cuando señaló las 7.07 de la tarde, di media vuelta y me senté.

—Luces —pronuncié en voz baja.

Se había convertido en mi palabra favorita de la última semana, además de sinónimo de «libertad».

Los focos empotrados en el caparazón de mi unidad habitacional se apagaron, y el pequeño compartimento se sumió en la oscuridad. Si alguien hubiera estado viéndome en ese momento por las cámaras de seguridad, habría advertido un breve destello que indicaba que las cámaras pasaban al modo de visión nocturna. Luego habría vuelto a verme con claridad en los monitores. Pero a principios de semana había saboteado las cámaras de seguridad de mi cabina y el audífono, que habían dejado de realizar sus funciones. Era la primera vez en todo el día que nadie podía espiarme.

A partir de ese momento empezaba lo bueno.

Toqué la pantalla de la consola de entretenimiento. Se encendió y me ofreció las mismas opciones que la primera noche que había pasado allí: un puñado de documentales formativos y simulaciones, así como la serie completa de *Tommy Queue*.

Cualquiera que controlara el uso que daba a mi consola de entretenimiento vería que me pasaba las noches viendo aquella comedia hasta que me quedaba dormido, y que, tras terminar los dieciséis capítulos, volvía a verla desde el principio. Los registros también mostrarían que me dormía todos los días más o menos a la misma hora (aunque no exactamente a la misma), y que no me despertaba hasta que sonaba la alarma la mañana siguiente.

Pero la realidad era que no había estado viendo aquella comedia de mierda por las noches. Ni me las había pasado durmiendo. De hecho, durante la última semana había restringido a dos mis horas diarias de sueño, lo que empezaba a pasarme factura.

Pero cuando se apagaban las luces de mi unidad habitacional, sentía que la energía se apoderaba de mí y me desvelaba por completo. El cansancio parecía esfumarse cuando me ponía a navegar por los menús de la consola de entretenimiento que me había aprendido de memoria y mis dedos volaban a toda velocidad por la pantalla táctil.

Hacía unos siete meses había conseguido una serie de contraseñas de la intranet de IOI en L33t Hax0rz Warezhaus, la misma página ilegal de subasta de datos en la que había conseguido la información necesaria para crearme una nueva identidad. Siempre estaba pendiente de lo que ofrecían aquellas páginas de datos del mercado negro, porque nunca se sabía lo que podían subastar. Información sobre fallos en la seguridad del servidor de OASIS; trampas para sacar dinero de los cajeros automáticos; vídeos de contenido sexual robados a famosos. Lo que fuera. Llevaba ya un tiempo revisando los listados de las subastas de L33t Hax0rz Warezhaus cuando una muy concreta me llamó la atención: Contraseñas de la Intranet de IOI, Puertas Traseras y Fallos de Seguridad del Sistema. El vendedor aseguraba que ofrecía información clasificada sobre la arquitectura de la red interna de IOI, además de una serie de códigos de acceso administrativo y de información sobre fallos del sistema de protección, capaces de otorgar a quien los aprovechara «carta blanca para acceder a la red informática de la empresa».

De no haber aparecido en una página tan seria y prestigiosa, habría dado por sentado que se trataba de un bulo. El vendedor anónimo aseguraba ser un exprogramador de IOI y uno de los principales artífices de la intranet de la empresa. Era probable que se tratara de un «chaquetero»: un programador que creaba adrede puertas traseras y fallos de seguridad en los sistemas que diseñaba para poder venderlos luego en el mercado negro. De ese modo cobraba dos veces por el mismo trabajo y acallaba el sentimiento de culpa que pudiera albergar por trabajar para una multinacional desalmada como IOI.

El problema evidente (que el vendedor, como es lógico, no mencionaba) era que todos esos códigos no servían de nada a menos que uno tuviera acceso a la red de la empresa. La de IOI era una red autónoma de máxima seguridad sin conexiones directas a OASIS. La única manera de acceder a ella era convertirse legalmente en uno de sus empleados (algo muy difícil y que llevaba mucho tiempo). La otra opción era sumarse al creciente ejército de reclutas forzosos.

Había decidido pujar aun así por aquellos códigos de acceso, por si pudieran serme de utilidad algún día. Como no había modo de verificar la autenticidad de los datos, el precio de salida no varió mucho durante la subasta y terminé consiguiéndolos por unos pocos miles de créditos. Unos minutos después de que concluyera la subasta los recibí en mi bandeja de entrada. Tras desencriptarlos, los examiné al detalle. Como parecían auténticos, los guardé a buen recaudo y me olvidé de ellos... hasta unos meses después, cuando contemplé la barricada de los sixers alrededor del Castillo de Anorak. Lo primero que me vino a la mente fueron las claves de acceso de IOI. Los engranajes de mi cerebro se pusieron en marcha, y mi descabellado plan empezó a tomar forma.

Alteraría los registros económicos de la identidad falsa de Bryce Lynch para dejarme reclutar a la fuerza por IOI. Una vez que me hubiera infiltrado en el edificio y superado el cortafuegos de la empresa, usaría las contraseñas de la intranet para entrar sin ser visto en las bases de datos privadas de los sixers y así encontrar la manera de derribar el escudo que habían erigido sobre el Castillo de Anorak.

El plan era tan disparatado que suponía que nadie podía haberlo previsto.

* * *

No comprobé la validez de las contraseñas hasta mi segunda noche como recluta. Estaba nervioso y no sin motivo, ya que si al final resultaba que me habían engañado y me habían vendido datos falsos, si no funcionaba ninguna de las contraseñas, me esperaba una vida entera de esclavitud.

Con la cámara del audífono enfocada hacia delante para mantenerla alejada de la pantalla, abrí el menú de configuración de la consola de entretenimiento para ajustar la salida de audio y vídeo de la pantalla: volumen y altavoces, brillo y contraste. Lo subí todo al máximo y pulsé tres veces el botón de APLICAR de la parte inferior de la pantalla. Luego bajé el volumen y el brillo al mínimo y volví a pulsar el botón de APLICAR. En el centro de la pantalla apareció una ventana pequeña que me pidió mi número de técnico de mantenimiento y la contraseña de acceso. Introduje rápidamente el número de identificación y la larga contraseña alfanumérica que había memorizado. Las cotejé dos veces por el rabillo del ojo para evitar errores y pulsé ACEPTAR. El sistema hizo una pausa que me pareció eterna y entonces, con gran alivio, vi que aparecía el siguiente mensaje:

PANEL DE CONTROL DE MANTENIMIENTO. ACCESO AUTORIZADO.

Había conseguido acceso a la cuenta del servicio de mantenimiento, diseñada para permitir a los encargados de las reparaciones comprobar y depurar los diversos componentes de las unidades de entretenimiento. Acababa de conectarme como técnico, pero mi acceso a la intranet todavía era muy limitado. Con todo, era un primer paso que me abría la puerta que tanto necesitaba. Gracias a un fallo en el sistema dejado expresamente por uno de los programadores, creé una cuenta de administrador falsa con la que conseguí acceder a todo.

Mi primera orden fue disponer de un poco de intimidad.

Navegué con presteza por varias docenas de submenús hasta dar con el panel de control del Sistema de Monitorización de Reclutas. Al introducir mi número de empleado apareció en la pantalla mi ficha de trabajador forzoso, así como una foto que me habían tomado durante la fase inicial del proceso. En la ficha figuraba el estado de mi cuenta corriente, mi sueldo, mi grupo sanguíneo, el grado de satisfacción de los clientes con mi trabajo..., toda la información que la empresa tenía sobre mí. En la esquina superior derecha de la ficha había dos ventanas de vídeo, la de la cámara del audífono y la de la unidad habitacional. La del audífono aparecía enfocada hacia la pared. La del dormitorio-cápsula mostraba mi cogote, que había colocado de manera que impidiera la visión de la pantalla de la consola de entretenimiento.

Seleccioné las dos cámaras y accedí al menú de configuración. Gracias al fallo que había dejado el «chaquetero», pirateé las cámaras para que emitieran imágenes de vídeo archivadas de mi primera noche como recluta en lugar de transmitir en directo. Si alguien comprobaba las grabaciones a partir de ese momento, me vería durmiendo en mi unidad habitacional, y no sentado toda la noche manipulando la consola con desesperación para acceder a la intranet. Después programé las cámaras para que recuperaran las imágenes grabadas de antemano cada vez que apagara las luces del dormitorio-cápsula. La décima de segundo que tardaba en cambiar la imagen quedaría disimulada por la distorsión momentánea del vídeo que se producía cuando las cámaras pasaban a modo de visión nocturna.

No dejaba de pensar que iban a descubrirme y expulsarme del sistema, pero nunca ocurrió. Las contraseñas seguían funcionando. Había pasado las seis últimas noches asediando la intranet de IOI, introduciéndome cada vez más en las profundidades de la red. Me sentía como un preso de una de esas películas viejas de cárceles, que regresa a su celda todas las noches para seguir cavando un túnel con una cucharilla de café.

Y justo la noche anterior, antes de haber caído vencido por el cansancio, había logrado abrirme paso por el laberinto de cortafuegos y entrar en la base de datos del Departamento de Ovología. El sanctasanctórum de los sixers. El archivo de los archivos. Y al fin hoy iba a explorarlo a mis anchas.

Sabía que iba a tener que llevarme algunos datos sobre los sixers cuando escapara, por lo que esa semana había usado mi cuenta de administración de la intranet para enviar un formulario falso de confiscación de *hardware*. Conseguí que enviaran una memoria flash de diez zettabites a un empleado inexistente (Sam Lowery), a un cubículo vacío situado a pocas filas de distancia del mío. Asegurándome de que mantenía la cámara del audífono apuntando en la otra dirección, entré en el cubículo, recogí la pequeña unidad de almacenamiento de datos, la guardé en el bolsillo y la llevé escondida a mi unidad habitacional. Después de apagar las luces y deshabilitar las cámaras de seguridad esa noche, abrí el panel de acceso al mantenimiento de mi consola de entretenimiento e introduje la memoria en una ranura de expansión usada para las actualizaciones de *firmware*. Ahora podía descargar datos de la intranet a la memoria.

* * *

Me puse el visor y los guantes hápticos de la consola de entretenimiento y me tendí sobre el colchón. El visor me ofrecía una visión tridimensional de la base de datos de los sixers con gran cantidad de ventanas superpuestas suspendidas frente a mí. Empecé a manipularlas con los guantes y navegué por la estructura de archivos de la base de datos. Al parecer, la mayor de sus secciones era la de información relacionada con Halliday. La cantidad de datos sobre él de que disponían era extraordinaria. Mi diario del Santo Grial parecía un cuaderno de parvulario en comparación. Tenía cosas que no había visto en mi vida; cosas que no sabía siquiera que existían: cartillas con las calificaciones escolares de Halliday, películas domésticas de su infancia, correos electrónicos que había escrito a sus fans... No tenía tiempo para leerlo todo, pero copié en la memoria lo que me pareció más interesante con la idea de estudiarlo más adelante, si podía.

Me centré en aislar los datos relacionados con el Castillo de Anorak y las fuerzas de los sixers que había en el interior y los alrededores. Copié toda la información sobre armas, vehículos, cazas y efectivos. También anoté todos los datos que encontré del Orbe de Osuvox, el artefacto que usaban para generar el escudo alrededor del castillo, incluido el lugar exacto donde se encontraba y el número de empleado del mago sixer que lo usaba.

Poco después me topé con el premio gordo: una carpeta que contenía centenares de horas de grabaciones de OASIS en las que se documentaba el descubrimiento inicial de la Tercera Puerta por parte de los sixers y los intentos de franquearla. Como sospechaba todo el mundo, la Tercera Puerta se encontraba en el interior del Castillo de Anorak. Solo los avatares en posesión de una copia de la Llave de Cristal podían cruzar el umbral de la puerta principal del castillo. Me horroricé al descubrir que Sorrento había sido el primer avatar en entrar en el Castillo de Anorak desde la muerte de Halliday.

La entrada del castillo conducía a un inmenso recibidor cuyas paredes, suelo y techo estaban hechos de oro. En la pared del extremo septentrional de aquella cámara se alzaba una gran puerta de cristal. Tenía una pequeña cerradura justo en el centro.

Nada más verla supe que me encontraba frente a la Tercera Puerta.

Aceleré algunas de las grabaciones recientes. Por lo que veía, los sixers no habían encontrado aún la manera de abrir la puerta. Introducir la llave sin más en la cerradura parecía no surtir efecto. Un equipo llevaba varios días intentando averiguar la razón, pero todavía no había descubierto nada.

Mientras se copiaban los datos y las grabaciones de vídeo en la unidad de almacenamiento, seguí investigando la base de datos de los sixers. Terminé por descubrir una zona restringida llamada Cámara Estrella. Era la única a la que parecía no tener acceso, de modo que usé mi número de identificación de administrador para crear una nueva «cuenta de pruebas» y después otorgué a dicha cuenta acceso de superusuario y privilegios de administrador. Funcionó y conseguí entrar. La información que contenía aquella zona restringida estaba dividida en dos carpetas: «Estado de la Misión» y «Evaluación de Amenazas». Abrí la segunda y al ver lo que contenía estuve a punto de desmayarme. Había cinco subcarpetas etiquetadas con los nombres «Parzival», «Art3mis», «Hache», «Shoto» y «Daito». Esta última tenía una cruz roja grande encima.

Primero abrí la carpeta de Parzival. Al momento apareció un informe detallado que contenía toda la información que los sixers habían recabado sobre mí en los últimos años. Mi certificado de nacimiento. Mis datos académicos. En la parte inferior había un enlace para ver la grabación de mi sesión virtual de chat con Sorrento, que concluía con la bomba de la caravana de mi tía. Tras mi desaparición, me habían perdido la pista. Habían recopilado miles de capturas de pantalla y vídeos de mi avatar durante el último año y gran cantidad de datos sobre mi fortaleza en Falco, pero no tenían ni idea de mi ubicación en el mundo real. Mi paradero actual constaba como «desconocido».

Cerré la ventana, respiré hondo y abrí la carpeta de Art3mis.

En la parte superior figuraba la foto escolar de una niña pequeña que esbozaba una sonrisa de una tristeza manifiesta. Me sorprendió que su aspecto fuera casi igual al de su avatar. El mismo pelo castaño oscuro, los mismos ojos color avellana y el mismo rostro hermoso que tan bien conocía... con una pequeña diferencia. Tenía el lado izquierdo de la cara cubierto por una marca de nacimiento roja. Más tarde sabría que también las llamaban «manchas de vino de Oporto». En la foto, la tapaba con un mechón de pelo sobre el ojo izquierdo para disimularla.

Art3mis me hizo pensar que en la vida real era una persona muy desagradable, pero en ese momento vi que aquello no podía estar más lejos de la realidad. En mi opinión, la marca de nacimiento no le restaba nada a su belleza. Si acaso, el rostro que contemplaba en la fotografía me parecía aún más bonito que el de su avatar, porque sabía que era el de verdad.

Los datos que acompañaban la imagen decían que su verdadero nombre era Samantha Evelyn Cook, que era una canadiense de veinte años, que medía un metro setenta y pesaba setenta y seis kilos. El archivo también indicaba su dirección —Greenleaf Lane 2206, Vancouver, Columbia Británica— y mucha más información, como su grupo sanguíneo y sus calificaciones académicas desde el parvulario.

Encontré un enlace a un vídeo sin etiquetar en la parte inferior de su carpeta y, al seleccionarlo, apareció en la pantalla una transmisión en directo de una pequeña casa de las afueras. Tardé unos segundos en caer en la cuenta de que allí era donde vivía Art3mis.

Seguí investigando y descubrí que llevaba cinco meses bajo vigilancia. También tenía las líneas pinchadas, porque encontré centenares de horas de grabaciones de audio tomadas mientras estaba conectada a OASIS. Tenían transcripciones de texto de todas las palabras inteligibles que había pronunciado hasta franquear las dos primeras puertas.

Luego abrí el archivo de Shoto. Conocían su verdadero nombre —Akihide Karatsu— y también parecían saber dónde vivía, en un edificio de apartamentos situado en Osaka, Japón. También había una foto escolar en la que se veía a un muchacho serio y delgado con la cabeza rapada. Como en el caso de Daito, no se parecía en nada a su avatar.

En cambio, de Hache parecían tener menos datos. En su carpeta había poca información y no tenía foto, solo una captura de pantalla de su avatar. Como nombre real figuraba Henry Swanson, pero sabía que era el apodo que usaba Jack Burton en *Golpe en la pequeña china*, por lo que estaba convencido de que debía de ser falso. En cuanto a su domicilio decía «móvil». Debajo había un enlace titulado «puntos de acceso más recientes», que resultó ser una lista de los puntos wifi que Hache había usado para entrar en su cuenta de OASIS. Estaban repartidos por todo el país: Boston, Washington D.C., Nueva York, Filadelfia y, el más reciente, en Pittsburgh.

Empezaba a entender cómo habían localizado los sixers a Art3mis y a Shoto. IOI era propietaria de cientos de empresas regionales de telecomunicaciones, lo que en la práctica la convertía en la mayor proveedora de servicios de internet del mundo. Resultaba muy difícil conectarse a internet sin usar alguna de las redes que tenían y operaban. Al parecer, IOI había espiado de manera ilegal la mayor parte del tráfico mundial de conexiones para localizar e identificar al puñado de gunters que consideraban una amenaza. Si no habían conseguido localizarme a mí era porque había tenido la paranoica precaución de contratar una conexión de fibra óptica directa a OASIS desde mi edificio de apartamentos.

Cerré el archivo de Hache y abrí la carpeta con el nombre de Daito, temiendo encontrarme con algo que preferiría no ver. Como en el caso de los demás, también tenían su verdadero nombre, Toshiro Yoshiaki, y su dirección. En la parte inferior de su carpeta había dos enlaces con noticias sobre su «suicidio», así como un vídeo sin nombre pero cuya fecha coincidía con el día de su muerte. Hice clic en él. Era una grabación a mano alzada en la que se veían tres hombres corpulentos con pasamontañas (uno era el que manejaba la cámara), esperando en silencio en un pasillo. Al parecer, recibieron una orden directa por los audífonos y abrieron la puerta de un estudio con una llave magnética. El hogar de Daito. Vi horrorizado cómo irrumpían en el apartamento, lo arrancaban de la silla háptica y lo tiraban por el balcón.

Esos cabrones habían grabado incluso su caída hacia la muerte. Seguro que a petición de Sorrento.

Me entraron náuseas. Esperé a que terminara, copié el contenido de las cinco carpetas en mi unidad de almacenamiento y luego abrí la carpeta «Estatus de Misión». Parecía contener un archivo con los informes del estado del Departamento de Ovología dirigidos a los peces gordos de los sixers. Estaban ordenados por fecha, con el más reciente en la parte superior. Abrí el primero y vi que se trataba de un memorándum de Nolan Sorrento a la Junta Ejecutiva de IOI. Proponía enviar a agentes a secuestrar a Art3mis y Shoto a sus casas y obligarlos a ayudar a IOI a abrir la Tercera Puerta. Cuando los sixers hubieran conseguido el Huevo y ganado la competición, se «prescindiría» de Art3mis y Shoto.

Permanecí sentado, inmóvil y en silencio. Volví a leer el informe y experimenté una mezcla de pánico y rabia.

Según la fecha que aparecía en el archivo, Sorrento había enviado el memorándum poco después de las ocho, hacía menos de cinco horas. Era probable que sus superiores todavía no lo hubieran visto. Al hacerlo, querrían reunirse para abordar el plan de acción sugerido por Sorrento. Por lo que quizá no enviaran a sus agentes a llevarse por la fuerza a Art3mis y Shoto hasta el día siguiente.

Aún tenía tiempo para avisarlos. Pero para ello tenía que modificar drásticamente mi plan de huida.

Antes de que me detuvieran, había preparado una transferencia de fondos en diferido a mi cuenta, que cubriría el importe total de mi deuda con IOI y que obligaría a la empresa a liberarme de mi reclutamiento forzoso. Pero la transferencia tardaría cinco días en hacerse efectiva y para entonces los sixers ya tendrían a Art3ms y a Shoto encerrados en algún cuartucho sin ventanas.

No podía pasarme el resto de la semana explorando la base de datos de los sixers, tal como había planeado. Debía recabar toda la información posible y escapar cuanto antes.

Me di de tiempo hasta el amanecer.

0031

Trabajé sin descanso durante cuatro horas más. Pasé casi todo el tiempo extrayendo información de la base de datos de los sixers y copiándola en la unidad de almacenamiento que había robado. Cuando terminé, mandé una Solicitud de Envío de Suministros a la Ejecutiva de Ovología. Se trataba de un formulario *online* que usaban los mandos para solicitar armamento o equipos en OASIS. Seleccioné un artículo en concreto y solicité que el envío se hiciera efectivo transcurridas cuarenta y ocho horas a las doce del mediodía.

Terminé a las seis y media de la madrugada. Solo faltaban noventa minutos para el cambio de turno del personal de asistencia técnica y mis vecinos de unidad habitacional no tardarían mucho en despertarse. El tiempo se me echaba encima.

Abrí mi ficha de recluta forzoso, accedí al estado de mi deuda y la cancelé. (De hecho, se trataba de un dinero que ellos nunca me habían prestado.) Después me metí en el submenú de configuración de Observación y Comunicaciones a los Reclutas Forzosos, en el que se controlaban los audífonos y las anillas de tobillo. Y por fin hice lo que llevaba una semana soñando con poder hacer: desactivar los sistemas de cierre de ambos mecanismos.

Sentí una punzada de dolor en el momento en que las abrazaderas del audífono se retiraban y el cartílago de mi oreja izquierda quedaba libre de la presión. El aparato cayó sobre mi hombro y acabó en mi regazo. Al mismo tiempo, el grillete que me rodeaba el tobillo se abrió, cayó y dejó al descubierto una franja de piel enrojecida y seca.

Ya no había vuelta atrás. Los técnicos de IOI no eran los únicos que tenían acceso a la cámara de vídeo instalada en mi audífono. La Agencia de Protección de los Reclutas Forzosos también la usaba para monitorizar, grabar mis actividades diarias y asegurarse así de que se respetaran mis derechos humanos. Sin el dispositivo, no habría grabaciones digitales de lo que me ocurriera a partir de ese momento. Si los servicios de seguridad de IOI me pillaban antes de que lograra salir del edificio con una unidad de almacenamiento de datos llena de información sensible que incriminaba a la empresa, era hombre muerto. Los sixers me torturarían y matarían, y nadie lo sabría jamás.

Realicé algunas tareas finales del plan de huida y salí de la intranet de IOI por última vez. Me quité el visor y los guantes y abrí el panel de mantenimiento situado junto a la consola de entretenimiento. Había un pequeño espacio vacío bajo el módulo de entretenimiento, entre la pared prefabricada de mi unidad habitacional y la contigua. Retiré el paquete doblado a la perfección que había escondido allí, que contenía un uniforme de técnico de mantenimiento envasado al vacío, la gorra y la chapa identificativa. (Como en el caso de la unidad de almacenamiento, había enviado una solicitud por la intranet para solicitarlo y pedido que me los mandaran a un cubículo vacío de mi misma planta.) Me quité el mono de recluta y lo usé para secarme la sangre de la oreja y el cuello. Después saqué dos tiritas que guardaba bajo el colchón y me cubrí con ellas los agujeros del lóbulo de la oreja. Después de ponerme el nuevo uniforme de técnico de mantenimiento, saqué con cuidado la unidad de almacenamiento de datos de la ranura de expansión y me la guardé en el bolsillo. Luego levanté el audífono, me lo acerqué a la boca y dije:

—Necesito ir al baño.

La escotilla de la unidad habitacional se abrió a mis pies. El pasillo estaba oscuro y desierto. Metí el audífono y el mono de recluta bajo el colchón y la anilla en el bolsillo del uniforme nuevo. Luego, tras obligarme a respirar hondo, salí y bajé por la escalera.

De camino a los ascensores me crucé con algunos reclutas, pero como de costumbre, ninguno me miró a los ojos. Resultó ser un gran alivio, porque me preocupaba que alguien me reconociera y se diera cuenta de que no era un técnico de mantenimiento. Cuando llegué frente a la puerta del ascensor, contuve la respiración mientras el sistema escaneaba mi nueva chapa identificativa. Tras lo que me pareció una eternidad, las puertas se abrieron.

—Buenos días, señor Tuttle —dijo la voz del ascensor cuando entré—. ¿Piso, por favor?

—Vestíbulo —respondí con voz seca, y el ascensor inició el descenso.

«Harry Tuttle» era el nombre impreso en la chapa identificativa de mi uniforme de técnico de mantenimiento. Había facilitado al ficticio señor Tuttle acceso a todo el edificio, y después reprogramado mi anilla de tobillo para que quedara vinculada al número de identidad de Tuttle y así funcionara como uno más de los brazaletes de seguridad que llevaban los técnicos de mantenimiento. Cuando las puertas y los ascensores me escaneaban para asegurarse de que tenía permisos, la anilla que llevaba en el bolsillo les indicaba que tenía autorización para pasar en lugar de que debían freírme con una descarga de varios miles de voltios e inmovilizarme hasta que llegaran los guardias de seguridad.

Bajé en silencio en el ascensor, intentando no mirar a la cámara instalada sobre las puertas. Entonces caí en la cuenta de que era probable que estudiaran aquel vídeo con lupa cuando todo hubiera terminado. Lo verían tanto Sorrento como sus superiores. De modo que cambié de opinión, alcé la vista y, mirando fijamente a la cámara, sonreí y me rasqué el tabique con el dedo corazón.

El ascensor llegó al vestíbulo y las puertas se abrieron. Temía toparme con un pelotón de guardias de seguridad esperándome y apuntándome con las armas, pero allí solo había un grupo de mandos medios de IOI esperando subir. Los contemplé un segundo con la mirada perdida y salí del ascensor. Fue como cruzar la frontera y entrar en otro país.

Un flujo constante de administrativos ajetreados y llenos de energía por exceso de cafeína entraban y salían de los ascensores y las puertas de acceso. Eran empleados corrientes, no reclutas forzosos. Se les permitía regresar a sus casas al terminar su jornada laboral. Podían incluso dejar el trabajo si lo deseaban. Me pregunté si a alguno le preocupaba que existieran miles de esclavos reclutados viviendo y deslomándose en el mismo edificio, a pocas plantas de donde se encontraban.

Divisé a dos guardias de seguridad apostados junto al mostrador de recepción y los evité fundiéndome con la multitud que cruzaba el inmenso vestíbulo en dirección a la hilera de puertas automáticas de cristal que conducían al exterior. A la libertad. Me obligué a no correr mientras me abría paso entre los trabajadores que llegaban. «Soy solo un técnico de mantenimiento, chicos, que regresa a casa tras una dura noche de trabajo dedicada a reiniciar *routers*. Eso es todo. Está claro que no soy un recluta atrevido que huye con diez zettabytes de datos robados a la empresa en el bolsillo. No señor.»

De camino a las puertas, me percaté de un extraño sonido y bajé la mirada para mirarme los pies. Aún llevaba las zapatillas desechables de plástico de recluta. Cada vez que las apoyaba en el suelo, al contacto con el mármol pulido, emitían un chirrido agudo que destacaba entre el rumor del calzado de oficina de los empleados. Era como si cada uno de mis pasos gritara: «¡Eh, mirad todos! ¡Un tío con zapatillas de plástico!».

Pero no me detuve. Cuando casi había alcanzado una de las puertas, alguien apoyó la mano en mi hombro.

—¿Señor? —oí que decía alguien. Era una voz de mujer.

Estuve a punto de salir corriendo, pero algo en su tono me retuvo. Al volverme vi el rostro preocupado de una señora alta de poco menos de cincuenta años. Llevaba un traje de chaqueta azul oscuro. Y un maletín.

—Señor, le sangra la oreja. —La señaló, con gesto de dolor—. Mucho.

Acerqué la mano al lóbulo y se me manchó de rojo. Al parecer se me había caído la tirita sin darme cuenta.

Permanecí paralizado un segundo, sin saber qué hacer. Me hubiera gustado darle una explicación, pero no se me ocurría nada. Me limité a asentir, murmuré un «gracias», me volví y, procurando mantener la calma, salí a la calle.

La helada brisa matutina soplaba tan fuerte que estuvo a punto de derribarme. Cuando recuperé el equilibrio, bajé los peldaños de la escalinata y me detuve un momento para arrojar a una papelera el grillete del tobillo, que golpeó el fondo con un ruido sordo y satisfactorio.

Una vez en la calle me dirigí hacia el norte y caminé todo lo rápido que me daban los pies. Como era la única persona que no llevaba prenda de abrigo de ninguna clase, llamaba bastante la atención. Los pies se me entumecieron poco después, ya que no llevaba calcetines bajo mis zapatillas de recluta.

Llegué helado hasta los huesos a las cálidas estancias del Buzón, una oficina de correos donde alquilaban apartados postales que se encontraba a cuatro calles de la sede de IOI. Una semana antes de mi arresto había alquilado uno de esos apartados de correos por internet y había enviado un equipo portátil de OASIS de última generación. El Buzón estaba automatizado por completo, por lo que no había empleados con los que comunicarme, y cuando entré no me crucé con ningún cliente. Localicé mi caja, introduje el código y extraje el equipo portátil de OASIS. Me senté en el suelo y abrí el paquete allí mismo. Me froté las manos congeladas hasta que recuperé la sensibilidad de los dedos, me puse los guantes y el visor y usé el equipo para conectarme a OASIS. Gregarious Simulation Systems se encontraba a menos de un kilómetro de distancia, por lo que pude usar uno de sus puntos de acceso inalámbricos y evitar tener que usar cualquiera de los nodos de la ciudad gestionados por IOI.

El corazón me latía con fuerza cuando me conecté. Llevaba ocho días enteros sin hacerlo, todo un récord personal. Mientras mi avatar se materializaba poco a poco en la cubierta de observación de mi fortaleza, eché un vistazo a mi cuerpo virtual y lo admiré como se admira un traje favorito que uno lleva un tiempo sin ponerse. Al momento se abrió una ventana en la pantalla que me informaba de que había recibido varios mensajes de Hache y Shoto. Para mi sorpresa, también tenía uno de Art3mis. Los tres querían saber dónde estaba y qué coño me había ocurrido.

Respondí primero a Art3mis. Le conté que los sixers sabían quién era y dónde vivía, y que la tenían bajo vigilancia constante. También le advertí de los planes para secuestrarla en su casa. Saqué una copia de la carpeta con su nombre de la unidad de almacenamiento y la adjunté al mensaje a modo de prueba. Después le sugerí amablemente que se largara pitando de casa.

«No te molestes siquiera en hacer el equipaje —escribí—. No te despidas de nadie. Vete ahora mismo y ponte a salvo. Asegúrate de que no te siga nadie. Después busca una conexión segura a internet, una que no esté controlada por IOI, y vuelve a conectarte. Nos encontraremos en el Sótano de Hache. Iré en cuanto pueda. No te preocupes, también tengo buenas noticias.»

Al final del mensaje añadí una breve posdata:

«P.D. Diría que en la vida real eres aún más guapa».

Envié mensajes similares a Shoto y a Hache (sin la posdata) junto con copias de las carpetas que los sixers tenían de ellos. A continuación, abrí la base de datos del Registro Civil e intenté conectarme. Me tranquilicé al constatar que las contraseñas que había comprado todavía servían, y logré acceder a la ficha falsa de Bryce Lynch que había creado. Aparecía la foto de carné que me habían tomado durante el proceso de reclutamiento forzoso y las palabras FUGITIVO EN BUSCA Y CAPTURA sobreimpresas en ella. Al parecer IOI ya había denunciado la desaparición del recluta Lynch.

No tardé mucho en borrar por completo la identidad de Bryce Lynch y volver a copiar mis huellas dactilares y mi patrón de retina en la ficha original. Cuando salí de la base de datos minutos después, Bryce Lynch ya no existía. Volvía a ser Wade Watts.

Al salir del Buzón, paré un autotaxi tras asegurarme de que estaba gestionado por una empresa local y no por SupraCab, subsidiaria de IOI.

Una vez dentro, contuve la respiración al acercar el pulgar al escáner. La pantalla se puso verde. El sistema me había reconocido como Wade Watts, no como el recluta fugitivo Bryce Lynch.

—Buenos días, señor Watts —dijo el autotaxi—. ¿Adónde? —Le indiqué la dirección de una tienda de ropa de High Street junto al campus universitario. Era un establecimiento llamado Pr3ndas, especializado en «vestuario urbano de alta tecnología». Entré a la carrera y me compré unos vaqueros y un suéter «dicotómicos», lo que quería decir que estaban adaptados para usar OASIS. No incluían material háptico, pero podían conectarse a mi equipo de inmersión portátil e informaban de mis movimientos con el pecho, los brazos y las piernas, lo que facilitaba el control de mi avatar más que si llevara solo los guantes. También compré varios pares de calcetines y calzoncillos, una chaqueta de piel de imitación, unas botas y una gorra negra de lana para proteger mi cabeza rapada.

Minutos después salí de allí con las nuevas prendas puestas. El viento gélido me azotó de nuevo, pero me abroché bien la chaqueta y me calé la gorra de lana. Mucho mejor. Tiré a una papelera el mono de técnico y las zapatillas de plástico que me identificaban como recluta y avancé por High Street mirando escaparates. Mantenía la mirada baja para evitar el contacto visual con los estudiantes universitarios de gesto adusto que se cruzaban conmigo.

Varias manzanas después entré en una franquicia de máquinas expendedoras. En el interior podía comprarse todo lo imaginable. Una de aquellas máquinas, que se anunciaba como EXPENDEDOR DE DEFENSA, ofrecía equipos de defensa personal: chalecos antibalas ligeros, repelentes químicos y una amplia selección de pistolas. Pulsé la pantalla que había en la parte delantera de la máquina y estudié el catálogo. Tras dudar un instante, compré un chaleco antibalas y una Glock 47C, así como tres cartuchos de munición. También compré un espray de pimienta. Pagué acercando la palma de la mano derecha al escáner, que verificó mi identidad y consultó mis antecedentes penales.

NOMBRE: WADE WATTS
CARGOS PENDIENTES: NINGUNO
CALIFICACIÓN DE CRÉDITO: EXCELENTE
RESTRICCIONES DE COMPRA: NINGUNA
¡TRANSACCIÓN APROBADA!
GRACIAS POR SU COMPRA

Oí un golpe metálico que indicaba que los productos que había adquirido habían caído en la bandeja de acero situada a la altura de mis rodillas. Me metí el espray en el bolsillo y me puse el chaleco debajo de la camisa nueva. Luego saqué la Glock del estuche de plástico. Era la primera vez en mi vida que sostenía un arma de verdad. A pesar de ello, la sensación me resultó familiar, pues había disparado miles de armas de fuego virtuales en OASIS. Pulsé un botón pequeño instalado en el tambor y el arma emitió un ruido. La empuñé con fuerza durante unos segundos, primero con la mano derecha y después con la izquierda. El arma emitió un segundo sonido, que informaba de que había concluido la operación de escaneado de huellas. A partir de ese momento, era la única persona que podría utilizarla. La pistola contaba con un temporizador incorporado que impedía dispararla en las siguientes doce horas (el llamado «período de reflexión»), pero aun así me sentía mejor llevándola.

Me dirigí a un locutorio de OASIS situado a unas manzanas de allí, un local de la franquicia Enchufe. El deprimente cartel iluminado que colgaba sobre la entrada, y en el que aparecía un cable de fibra óptica antropomórfico y sonriente, prometía: «¡Acceso a OASIS a la velocidad del rayo! ¡Alquiler económico de equipos! y ¡Puertos Privados de Inmersión! ¡Abierto 24-7-365!». Había visto muchísimos anuncios *online* de la cadena de establecimientos Enchufe. Tenían fama de cobrar caro y ofrecer equipos anticuados, pero se suponía que sus conexiones eran rápidas, fiables y no se colgaban. Para mí, su mayor punto a favor es que era una de las pocas cadenas de locutorios de OASIS que no gestionaba IOI ni ninguna de sus filiales.

Al cruzar la puerta, el detector de movimiento emitió un pitido. A la derecha había una pequeña sala de espera que estaba vacía en ese momento. La moqueta estaba manchada y vieja, y el local apestaba a desinfectante industrial. Un empleado de mirada perdida me observó desde detrás de un cristal blindado. Tendría poco más de veinte años, iba peinado con cresta y tenía un montón de piercings en la cara. Llevaba un visor bifocal que le proporcionaba una visión semitransparente de OASIS y a la vez le permitía controlar su entorno real. Cuando abrió la boca para hablar, me percaté de que se había hecho afilar los dientes.

—Bienvenido a Enchufe —dijo con voz apática y monótona—. Disponemos de varios puertos libres, así que no hace falta que esperes. Los paquetes de precios los encontrarás expuestos aquí mismo.

Señaló una pantalla apoyada frente a mí en el mostrador y, de inmediato, su mirada volvió a perderse y centró la atención una vez más en el mundo que había en el interior del visor.

Estudié las opciones. Había disponibles más de diez equipos de inmersión de diversas calidades y precios. Económica, Estándar y Deluxe. Se especificaban las características de las tres. Se podían alquilar por minuto o pagar una tarifa plana por hora. En el precio del alquiler estaban incluidos los guantes y el visor, pero por el traje háptico había que pagar un suplemento. El contrato de alquiler incluía mucha letra pequeña en la que se detallaban los cargos adicionales por deterioro del equipo, así como gran cantidad de cláusulas legales advirtiendo que Enchufe no se hacía responsable de nada de lo que el usuario hiciera, en ninguna circunstancia, sobre todo si se trataba de alguna actividad ilegal.

—Quiero alquilar un equipo Deluxe durante doce horas —dije.

El empleado se levantó el visor.

—Tienes que pagar por adelantado, supongo que lo sabes.

Asentí.

—También quiero alquilar una conexión de banda ancha. Necesito subir muchos datos a mi cuenta.

—Las subidas se pagan aparte. ¿De qué cantidad estamos hablando?

—De diez zettabytes.

—¡Joder! —murmuró él—. Pero ¿qué vas a subir? ¿La Biblioteca del Congreso entera?

Ignoré su pregunta.

—También quiero el Paquete de Actualizaciones Mondo —añadí.

—Sí, sí, claro —replicó el empleado, incrédulo—. El importe total te sale por once mil de los grandes. Tú pon el pulgar aquí y te los descontamos.

Se sorprendió al ver que la transacción se autorizaba. Luego se encogió de hombros y me entregó una tarjeta, un visor y unos guantes.

—Cabina catorce. La última puerta a la derecha. El baño está al fondo del pasillo. Si dejas la cabina sucia no te devolveremos el depósito. Vómito, orina, semen, esas cosas. Yo soy el que tiene que limpiarlo todo, así que haz el favor de controlarte un poco. ¿Lo harás?

—No te preocupes.

—Pásalo bien.

—Gracias.

La cabina catorce, un cubículo de tres por tres metros, tenía un equipo de inmersión de última generación en el centro. Cerré la puerta y me monté en él. El vinilo del tapizado de la silla háptica parecía viejo y cuarteado. Introduje la unidad de memoria en el puerto situado en la parte frontal de la consola y sonreí aliviado al constatar que encajaba.

—¿Max? —llamé a la nada una vez conectado. Con aquella palabra ejecuté una copia de seguridad de Max que había guardado en mi cuenta de OASIS.

El rostro sonriente de mi asistente apareció en todos los monitores del centro de mando.

—¡Ho-ho-ho-la, compadre! —tartamudeó—. ¿Có-co-como va?

—La cosa pinta mejor, tío. Venga, vamos a ello. Tenemos muchas cosas que hacer.

Abrí el gestor de cuenta de OASIS e inicié la carga desde la unidad de almacenamiento de datos. Pagaba a GSS una cuota mensual que permitía almacenar una cantidad ilimitada de datos en mi cuenta y estaba a punto de poner a prueba sus límites. Aun usando la conexión de fibra óptica de alta velocidad de Enchufe, el tiempo estimado para subir diez zettabytes era de más de tres horas. Reordené la secuencia de subida de datos para que los archivos a los que necesitaba acceder se transfirieran primero. Tan pronto como estuvieron cargados en mi cuenta de OASIS, pude acceder a ellos y enviarlos a otros usuarios en el acto.

En primer lugar, envié a todos los canales de noticias un relato detallado sobre el intento de asesinato que había sufrido por parte de IOI, el asesinato consumado de que había sido víctima Daito y los planes que tenían de eliminar a Art3mis y a Shoto. Adjunté uno de los fragmentos de vídeo recuperados de la base de datos de los sixers (el de la ejecución de Daito). También hice llegar una copia del informe que Sorrento había enviado a la junta directiva de IOI para sugerir el secuestro de Art3mis y Shoto. Finalmente, adjunté la copia de la simulación de chat que había mantenido con Sorrento, aunque eliminé el sonido de la parte en la que él pronunciaba mi nombre y distorsioné la imagen de mi foto escolar. Todavía no estaba listo para revelar al mundo mi verdadera identidad. Mi intención era divulgar un vídeo sin editar más adelante, cuando el resto de mi plan se hubiera materializado. Llegados a ese punto, que se desvelara mi identidad daría igual.

Tardé unos quince minutos en redactar un último correo electrónico que envié a todos y cada uno de los usuarios de OASIS. Cuando quedé satisfecho con el texto, lo guardé en la carpeta de borradores. Entonces me conecté al Sótano de Hache.

Hache. Art3mis y Shoto ya estaban allí, esperándome.

0032

—¡Zeta! —exclamó Hache cuando apareció mi avatar—. ¿Qué coño pasa, tío? ¿Dónde estabas? Llevo más de una semana intentando localizarte.

—¡Yo también! —dijo Shoto—. ¿Dónde estabas? ¿Y de dónde has sacado todos esos archivos de la base de datos de los sixers?

—Es una historia muy larga —respondí—. Lo primero es lo primero. —Me dirigí a Art3mis y a Shoto—. ¿Ya os habéis ido de vuestras casas?

Ambos asintieron.

—¿Y os habéis conectado desde un puerto seguro?

—Sí —contestó Shoto—. Yo estoy en un manga café.

—Yo en el aeropuerto de Vancouver —intervino Art3mis. Era la primera vez en meses que oía su voz—. Estoy en una cabina pública de OASIS infestada de gérmenes. He salido de casa con lo puesto, o sea que espero que esos datos que nos has enviado de los sixers sean auténticos.

—Lo son —aseguré—. Confía en mí.

—¿Cómo puedes estar tan seguro? —preguntó Shoto.

—Porque me he colado en la base de datos de los sixers y los he descargado.

Todos me miraron en silencio. Hache arqueó una ceja.

—¿Y cómo lo has hecho, si puede saberse, Zeta?

—Adoptando una identidad falsa y colándome como recluta forzoso en la sede central de IOI. Llevo ocho días metido en la empresa. Acabo de escapar ahora mismo.

—¡Joder! —susurró Shoto—. ¿Lo dices en serio?

Asentí.

—Tío, tienes los cojones de adamantium —añadió—. Mis respetos.

—Gracias, supongo.

—Supongamos que no nos estás vacilando —intervino Art3mis—. ¿Cómo accede un simple recluta a los archivos secretos de los sixers y a los informes de la empresa?

Me giré para dirigirme a ella.

—Los reclutas tienen acceso limitado a la intranet de la empresa a través del equipo de ocio de su unidad habitacional, y están al otro lado del cortafuegos de IOI. Desde ahí y gracias a una serie de puertas traseras y fallos del sistema que dejaron los programadores originales, logré colarme a través de la red y entrar directamente en la base de datos privada de los sixers.

Shoto me miró, asombrado.

—¿En serio? ¿Has hecho eso tú solo?

—Sí, señor.

—Es un milagro que no te hayan pillado y matado —dijo Art3mis—. ¿Para qué correr un riesgo tan tonto?

—¿Tú qué crees? Para encontrar la manera de superar el escudo y llegar a la Tercera Puerta. —Me encogí de hombros—. Fue el único plan que se me ocurrió. No tuve mucho tiempo para pensar, la verdad.

—Zeta —dijo Hache, sonriendo—, ¡qué loco estás, cabrón! —Se acercó a mí y me chocó los cinco—. Por eso te quiero tanto, tío.

Art3mis no dejó de mirarme con el ceño fruncido.

—Claro, y cuando descubriste que tenían archivos secretos sobre nosotros, no pudiste resistir la tentación de echarles un vistazo, ¿no?

—¡Tenía que mirarlos! —me justifiqué—. Para saber cuánto sabían sobre nosotros. Tú habrías hecho lo mismo.

Me señaló con el dedo.

—No, yo no. Yo respeto la intimidad de los demás.

—Art3mis, cálmate un poco —interrumpió Hache—. No sé si lo sabes, pero es probable que te haya salvado la vida.

Ella pareció pensárselo mejor.

—Muy bien —admitió—. Olvídalo.

Sabía muy bien que seguía enfadada. No sabía qué decir, así que seguí explicándoles.

—Acabo de enviaros una copia de todos los datos que he robado. Ocupan diez zettabytes. Ya deberíais haberla recibido. —Esperé a que lo comprobaran en sus bandejas de entrada—. El volumen de datos sobre Halliday es increíble. Toda su vida está en esos archivos. Han reunido entrevistas con todas las personas a las que Halliday conoció. Se tardaría meses enteros en leerlas todas.

Esperé un momento para darles tiempo a echar un vistazo a los datos.

—¡Uau! —exclamó Shoto—. Esto es increíble. —Me miró—. ¿Cómo coño has conseguido escapar de IOI con todo esto?

—Con astucia.

—Hache tiene razón —dijo Art3mis, meneando la cabeza—. Estás como una cabra, definitivamente. —Vaciló un momento antes de añadir—: Gracias por la advertencia, Zeta. Te debo una.

Abrí la boca para responder «de nada», pero no me salieron las palabras.

—Sí —intervino Shoto—. Yo también te debo una.

—No hay de qué, chicos —logré articular al fin.

—¿Y bien? —cambió de tema Hache—. Suelta ya las malas noticias. ¿A los sixers les falta muy poco para franquear la Tercera Puerta?

—Créetelo —dije, sonriendo—. Todavía no han adivinado cómo abrirla.

Art3mis y Shoto me miraron con gesto incrédulo. Hache me dedicó una sonrisa de oreja a oreja y empezó a mover la cabeza y levantar las manos hacia el cielo, como si estuviera bailando en un fiestorro.

—¡Oh, sí! ¡Oh, sí! —cantaba.

—Estás de broma, supongo —dijo Shoto.

Negué con la cabeza.

—¿No estás de broma? —insistió Art3mis—. ¿Cómo es posible? Sorrento tiene la Llave de Cristal y sabe dónde está la Puerta. Lo único que tiene que hacer es abrirla y franquearla, digo yo.

—Así ha sido en las dos primeras puertas —repliqué yo—. Pero la Tercera es distinta. —Abrí una ventana grande de vídeo y la dejé flotando junto a mí—. Mirad. Es del repertorio de vídeos de los sixers. Una grabación de su primer intento de franquear la puerta.

Le di a PLAY. El vídeo se abría con un plano del avatar de Sorrento de pie frente a la entrada principal del Castillo de Anorak. El acceso al castillo, que tantos años llevaba siendo inexpugnable, se abría al acercarse Sorrento, como si se tratara de la puerta automática de un supermercado.

—La puerta del castillo se abre al paso de cualquier avatar que lleve consigo una copia de la Llave de Cristal —expliqué—. Si un avatar no la tiene, no puede atravesar el umbral ni entrar en el castillo, aunque todas sus puertas ya estén abiertas.

Todos miramos el vídeo, en el que Sorrento dejó atrás la entrada y accedió al vestíbulo cubierto de oro que se extendía tras ella. Su avatar se desplazó por el suelo pulido y se acercó a una gran puerta de cristal encajado en la pared septentrional. En el centro de la puerta había una cerradura y, sobre ella, tres palabras grabadas en la superficie facetada y resplandeciente: CARIDAD. ESPERANZA. FE.

Sorrento dio un paso al frente con la Llave de Cristal en la mano. La introdujo en la cerradura y la hizo girar. Pero no ocurrió nada.

Entonces miró las palabras escritas sobre la puerta.

—Caridad. Esperanza. Fe —dijo, leyéndolas en voz alta. Pero seguía sin suceder nada.

Sorrento retiró la llave de la cerradura, repitió las palabras y después introdujo la llave de nuevo. Nada.

Observé a Art3mis, Hache y Shoto mientras veían el vídeo.

Su emoción y curiosidad habían pasado a ser concentración, ya que intentaban resolver el enigma que le planteaban las imágenes. Pausé el vídeo.

—Siempre que Sorrento se conecta, lo hace con un grupo de asesores e investigadores que controlan todos sus movimientos —dije—. En algunas grabaciones hasta se oyen voces, sugerencias y consejos. Por el momento no le han sido de gran ayuda. Mirad...

En el vídeo, Sorrento intentó volver a abrir la puerta. Repitió todo justo igual que la vez anterior, pero en esa ocasión hizo girar la llave en el sentido contrario a las agujas del reloj.

—Prueban todas las gilipolleces que se les ocurren —dije—. Sorrento recita las palabras en latín. En élfico. En klingon. Después les da por recitar el versículo 13.13 de la Primera epístola a los corintios, que contiene las palabras «caridad, esperanza y fe». Al parecer, Caridad, Esperanza y Fe también son los nombres de tres santas mártires católicas. Los sixers llevan días intentando encontrar algún significado a todo ello.

—Imbéciles —dijo Hache—. Halliday era ateo.

—Empiezan a desesperarse —comenté—. Sorrento lo ha probado casi todo, menos arrodillarse, bailar y meter el meñique en la cerradura.

—Seguramente eso es lo siguiente que va a intentar —sugirió Shoto, sonriendo.

—Caridad, esperanza, fe —dijo Art3mis, recitando las palabras despacio. Se volvió hacia mí—. ¿De dónde me suena eso?

—Sí —coincidió Hache—. A mí también me resultan muy familiares.

—He tardado un poco en darme cuenta —les dije. Todos me miraron, expectantes.

—Pronunciadlas en orden inverso —sugerí—. Mejor. Cantadlas en orden inverso.

Art3mis entornó los ojos.

—«Fe, esperanza, caridad» —recitó.

Las repitió varias veces, hasta que la revelación le iluminó la cara. Y se puso a cantar:

—*Faith and hope and charity...*

Hache introdujo la línea siguiente:

—*The heart and the brain and the body...*

—*Give you three... as a magic number** —completó Shoto, triunfante.

—¡Es de *Schoolhouse Rock*! —exclamaron los tres al unísono.

—¿Lo veis? —dije—. Sabía que lo adivinaríais. Sois muy listos.

—*Three Is a Magic Number*, letra y música de Bob Dorough —recitó Art3mis, como si sacara la información de alguna enciclopedia mental—. Escrita en 1973.

Sonreí.

—Tengo la teoría de que puede ser la manera que tiene Halliday de decirnos el número de llaves que hacen falta para abrir la Tercera Puerta.

A Art3mis se le iluminó el rostro y cantó:

—*It takes three.*

—*No more, no less* —prosiguió Shoto.

—*You don't have to guess* —añadió Hache.

—*Three* —rematé— *is the magic number.***

Saqué mi copia de la Llave de Cristal y la levanté. Los demás hicieron lo mismo.

—Tenemos cuatro copias de la llave. Si al menos tres de nosotros llegamos a la puerta, podremos abrirla.

—¿Y entonces? —preguntó Hache—. ¿Entramos todos a la vez?

—¿Y si solo puede entrar uno de nosotros cuando la puerta se haya abierto? —planteó Art3mis.

—Dudo de que Halliday haya estipulado eso.

—¿Quién sabe en qué estaba pensando ese loco cabrón? —insistió Art3mis—. Ha jugado con nosotros en todo momento y

---

* Fe, y esperanza y caridad / Corazón, cerebro y cuerpo / Tres es el número mágico. *(N. del T.)*

** Hacen falta tres / Ni más ni menos / No le des más vueltas / Tres es el número mágico. *(N. del T.)*

ahora vuelve a hacerlo. Si no, ¿por qué iban a hacer falta tres copias de la Llave de Cristal para abrir la última puerta?

—Tal vez porque su intención era obligarnos a trabajar juntos —apunté.

—O porque quería que la competición terminara de un modo teatral y apoteósico —sugirió Hache—. Pensadlo un poco. Si tres avatares entran en la Tercera Puerta a la vez, ser el primero en franquearla y obtener el Huevo se convierte en una carrera.

—Halliday era un sádico y un loco, el muy cabrón —murmuró Art3mis.

—Sí —admitió Hache—. En eso tienes razón.

—Podéis verlo de otra manera —intervino Shoto—. Si Halliday no hubiera estipulado lo de las tres llaves, es muy posible que los sixers ya hubieran encontrado el Huevo.

—¡Pero si ellos cuentan con muchísimos avatares con copias de la Llave de Cristal! —dijo Hache—. Podrían abrir la puerta ahora mismo, si fueran lo bastante listos para adivinar cómo se hace.

—Aficionados —soltó Art3mis con desprecio—. Si no se saben de memoria todas las letras de *Schoolhouse Rock*, no sé cómo han llegado tan lejos.

—Pues haciendo trampas —dije—. ¿Ya no te acuerdas?

—Sí, es verdad. Siempre se me olvida. —Me dedicó una sonrisa, y noté cómo me temblaron las piernas.

—Que los sixers aún no hayan abierto la puerta no significa que no acaben descubriendo el modo de hacerlo —apuntó Shoto.

Asentí.

—Shoto tiene razón. Tarde o temprano relacionarán la pista con la canción de *Schoolhouse Rock*. No podemos seguir perdiendo tiempo.

—¿Y a qué esperamos? —preguntó Shoto entusiasmado—. ¡Sabemos dónde está la puerta! ¡Sabemos cómo se abre! ¡Que gane el mejor gunter!

—Te olvidas de algo, Shoto-san —dijo Hache—. Parzival todavía no nos ha dicho cómo traspasar el escudo, abrirnos paso a través del ejército de sixers y entrar en el castillo. —Se giró hacia mí—. Porque tienes un plan para eso, ¿verdad, Zeta?

—Por supuesto —respondí—. A eso iba.

Hice un amplio gesto con el brazo y un holograma en tres dimensiones del Castillo de Anorak apareció frente a mí. La esfera azul transparente que generaba el Orbe de Osuvox surgió sobre él y lo rodeó por encima y bajo tierra. Lo señalé.

—Este escudo va a desaparecer solito el próximo lunes, dentro de unas treinta y seis horas. Entonces nos limitaremos a entrar por la puerta principal.

—¿El escudo va a desaparecer? ¿Solo? —repitió Art3mis—. Los clanes llevan dos semanas lanzándole bombas nucleares sin causarle daño alguno. ¿Cómo vas a conseguir tú que «desaparezca solo»?

—Ya me he ocupado de ello —respondí—. Vais a tener que confiar en mí.

—Confío en ti, Zeta —dijo Hache—. Pero aunque el escudo desaparezca, para llegar al castillo tendremos que enfrentarnos al mayor ejército de IOI. —Señaló el holograma, donde se veían tropas sixers alrededor del castillo en el interior de la esfera—. ¿Qué vamos a hacer con esos imbéciles? ¿Y con sus tanques? ¿Y con sus cazas?

—Bueno, vamos a necesitar un poco de ayuda —admití.

—Un poco no, mucha —puntualizó Art3mis.

—¿Y a quiénes vamos a convencer para que nos ayuden a combatir contra el ejército sixer? —preguntó Hache.

—A todo el mundo —respondí—. A todos los gunters de OASIS. —Abrí otra ventana y les mostré el breve correo que había escrito justo antes de entrar en el Sótano—. Voy a enviarlo esta noche a todos los usuarios de OASIS.

Colegas gunters:

El de hoy es un día aciago. Tras años de engaños, explotación y bellaquerías y valiéndose de sobornos y engaños, los sixers han conseguido alcanzar la entrada de la Tercera Puerta.

Como sabéis, IOI ha precintado el Castillo de Anorak en un intento de impedir que nadie se haga con el Huevo. También sabemos que han recurrido a métodos ilegales para descubrir las identidades de los gunters a quienes consideran una amenaza, para así secuestrarlos y asesinarlos.

Si los gunters de todo el mundo no aúnan esfuerzos para detener a los sixers, se apoderarán del Huevo y ganarán la competición. OASIS caerá en manos del régimen imperialista de IOI.

Ha llegado el momento. Nuestro asalto al ejército sixer se iniciará mañana a las doce del mediodía FHO.

¡Únete a nosotros!

Atentamente,

Hache, Art3mis, Parzival y Shoto

—¿Bellaquerías? —dijo Art3mis después de leerlo—. ¿Has consultado el diccionario para escribir el mensaje?

—He intentado que sonara... ya sabes... épico —me justifiqué—. Oficial.

—A mí me gusta, Zeta —dijo Hache—. Consigue encender los ánimos.

—Gracias, Hache.

—¿Y eso es todo? ¿Este es tu plan? —preguntó Art3mis—. ¿*Spamear* OASIS con correos pidiendo ayuda?

—Pues más o menos sí. Ese es mi plan.

—¿Y de verdad crees que todo el mundo se apuntará y nos ayudará a combatir a los sixers? —insistió ella—. ¿Así, sin más?

—Sí, eso es lo que creo.

Hache asintió.

—Tiene razón. Nadie quiere que los sixers ganen la competición. Y mucho menos que IOI acabe controlando OASIS. La gente se apuntará si sabe que existe la posibilidad de derrotarlos. ¿Y qué gunter desaprovecharía la ocasión de combatir en una batalla tan espectacular y trascendental para la historia?

—Pero ¿no pensarán los clanes que lo que queremos es manipularlos? —planteó Shoto—. ¿Para ser luego nosotros quienes alcancemos la puerta?

—Sí, claro —admití—. Pero la mayoría de ellos ya se ha rendido. Todo el mundo sabe que el fin de la Cacería está cerca. ¿No crees que casi todos preferirían que la ganáramos nosotros y no Sorrento y los sixers?

Art3mis reflexionó unos instantes.

—Tienes razón. El mensaje podría funcionar.

—Zeta —dijo Hache, dándome una palmada en la espalda—. ¡Eres un genio malvado y sublime! Cuando el correo se haga público, los medios de comunicación van a enloquecer. La noticia va a correr como la pólvora. Mañana a esta hora, todos los avatares OASIS estarán camino de Chthonia.

—Eso espero —contesté.

—Claro que irán —afirmó Art3mis—. Pero ¿cuántos de ellos llegarán a luchar cuando vean a qué han de enfrentarse? Es probable que muchos se limiten a ponerse cómodos y a comer palomitas mientras ven cómo nos destrozan.

—Es una posibilidad, está claro —admití—. Pero los clanes nos ayudarán, eso seguro. No tienen nada que perder. Y nosotros no tenemos por qué derrotar a todo el ejército. Lo único que necesitamos es abrir una brecha en sus defensas, entrar en el castillo y alcanzar la puerta.

—Somos tres los que tenemos que alcanzarla —apuntó Hache—. Si solo lo consigue uno o dos, estamos jodidos.

—Es verdad. Por eso tenemos que hacer todo lo posible para que no nos maten.

Art3mis y Hache se echaron a reír, nerviosos. Shoto meneaba la cabeza.

—Pero es que, aunque consigamos abrir la puerta, tendremos que enfrentarnos a lo que quiera que haya en el interior —dijo—. Seguro que será más difícil de franquear que las otras dos.

—De la puerta ya nos preocuparemos más tarde —añadí—. Cuando lleguemos a ella.

—Está bien. Vamos a ello —aceptó Shoto.

—Estoy de acuerdo —declaró Hache.

—O sea, ¿que vosotros dos os apuntáis? —preguntó Art3mis.

—¿Se te ocurre una idea mejor? —preguntó Hache.

—No. La verdad es que no.

—En ese caso, está decidido —sentenció Hache.

Cerré el correo.

—Os envío una copia a cada uno —dije—. Empezad a enviarlo esta noche a todos los contactos de vuestra lista. Colgadlo en vuestros blogs. Difundidlo en vuestros canales privados de vídeo. Tenemos treinta y seis horas para que corra la voz. Debería ser suficiente para que todo el mundo se prepare y traslade sus avatares hasta Chthonia.

—Desde que los sixers se enteren de esto, empezarán a prepararse para el asalto —dijo Art3mis—. Con todo lo que esté a su alcance.

—También es posible que se rían de nosotros —observé—. Creen que el escudo es inexpugnable.

—Y lo es —continuó Art3mis—. O sea que espero que tengas razón con lo de su desaparición.

—No te preocupes.

—¿Y por qué habría de preocuparme? —replicó ella—. ¿Porque me he quedado sin casa y huyo para salvar mi vida? En este momento estoy conectada a través de una terminal pública de un aeropuerto y pagando una cuota por minuto por usar la banda ancha. Desde aquí no puedo participar en ninguna guerra y mucho menos intentar franquear la Tercera Puerta. Y no tengo adónde ir.

Shoto asintió.

—Yo tampoco creo que pueda quedarme donde estoy, en esta cabina alquilada del manga café de Osaka. No hay mucha intimidad. Y, si hay agentes de los sixers buscándome, no creo que sea un lugar muy seguro.

Art3mis me miró.

—¿Alguna idea?

—Siento decíroslo, pero yo también estoy sin casa y también me he conectado desde una terminal pública —les dije—. Llevo más de un año escondiéndome de los sixers. ¿Lo recordáis?

—Yo tengo una autocaravana. Estáis invitados si queréis. Pero me temo que en treinta y seis horas no voy a poder llegar a Columbus, Vancouver y Japón.

—Tal vez yo podría ayudaros, chicos —dijo una voz grave. Todos nos sobresaltamos y al girarnos vimos que a nuestras espaldas acababa de aparecer el avatar de un hombre alto con pelo gris. Se trataba nada menos que del Gran y Poderoso Og. El avatar de Ogden Morrow. Y no se materializó despacio, como solían hacer los avatares cuando se conectaban a una sala de chat, sino que pasó a estar allí sin más, como si llevara en el mismo lugar desde el principio y hubiera decidido hacerse visible en ese momento.

—¿Habéis estado alguna vez en Oregón? —preguntó—. Está precioso en esta época del año.

0033

Todos miramos a Ogden Morrow en silencio y estu-pefactos.

—¿Cómo ha entrado? —preguntó Hache al fin cuando consiguió cerrar la boca, que le llegaba al suelo del asombro—. Es un chat privado.

—Lo sé —respondió Morrow, algo avergonzado—. Me temo que llevo un tiempo escuchando más de la cuenta. Espero que aceptéis mis más sinceras disculpas por haber invadido vuestra intimidad. Lo he hecho con la mejor de las intenciones, os lo prometo.

—Con todos mis respetos, señor —intervino Art3mis—. No ha respondido a la pregunta. ¿Cómo ha podido entrar en una sala de chat sin invitación? ¿Y sin que ninguno de nosotros supiera que estaba aquí?

—Perdonadme —contestó Morrow—. Entiendo que os preocupe, pero no tenéis por qué inquietaros. Mi avatar tiene muchos poderes únicos, entre ellos la capacidad de entrar en los chats privados sin haber sido invitado. —Mientras hablaba, se acercó a una de las estanterías de Hache y empezó a repasar los suplementos de algunos juegos de rol antiguos—. Cuando Jim y yo creamos nuestros avatares antes del lanzamiento oficial de OASIS, nos concedimos acceso como superusuario a toda la simulación. Además de ser inmortales e invencibles, nuestros avatares pueden ir donde quieran y hacer lo que les venga en gana. Ahora que Anorak ya no está entre nosotros, mi avatar es el único que conserva esos poderes. —Se giró para mirarnos a los cuatro—. Nadie más puede oír lo que decís. Mucho menos los sixers. Los protocolos de encriptación de las salas de chat de OASIS son seguros, podéis estar tranquilos. —Ahogó una risita—. Por más que mi presencia aquí pueda indicar lo contrario.

—¡Él fue quien tiró la pila de cómics! —le dije a Hache—. ¿Te acuerdas? La primera vez que nos reunimos todos aquí. Ya te dije que no era un error del *software*.

Morrow asintió y se encogió de hombros con culpabilidad.

—Es verdad. Fui yo. A veces puedo ser bastante torpe.

Se hizo otra breve pausa durante la que al fin me armé de valor para dirigirme a él directamente.

—Señor Morrow... —balbuceé.

—Por favor —dijo él, levantando la mano para interrumpirme—, llámame Og.

—Está bien —acepté, sin poder reprimir una risa nerviosa. A pesar de la situación, me deslumbraba su presencia. No terminaba de creerme que estuviera hablando con el mismísimo Ogden Morrow—. Og, ¿te importaría contarnos por qué has estado escuchando nuestras conversaciones?

—Porque quiero ayudaros —respondió—. Y por lo que acabo de oír, parece que no os vendría mal algo de ayuda. —Todos intercambiamos miradas nerviosas, y él pareció detectar nuestra desconfianza—. Por favor, no me malinterpretéis —prosiguió—. Mi intención no es proporcionaros pistas ni ninguna información que os ayude a encontrar el Huevo. Si lo hiciera, todo esto dejaría de ser divertido, ¿no creéis? —Se acercó de nuevo a nosotros y su expresión se volvió seria—. Justo antes de su muerte, le prometí a Jim que en su ausencia haría todo lo que estuviera en mi mano para proteger el espíritu y la integridad de la competición. Por eso estoy aquí.

—Pero, señor..., Og —volví a intervenir—, en tu autobiografía aseguras que James Halliday y tú estuvisteis los últimos diez años de su vida sin hablaros.

Morrow me dedicó una sonrisa afable.

—Vamos, chico. No puedes creerte todo lo que lees. —Soltó una carcajada—. Aunque esa afirmación sí que era casi verdad. No hablé con él durante una década, hasta unas semanas antes de su muerte. —Se interrumpió, como si rebuscara en los recuerdos—. En aquel momento, ni siquiera sabía que estaba enfermo. Me llamó un día sin más, y nos reunimos en un chat privado. Bastante parecido a este, por cierto. Allí me contó que estaba enfermo, me habló de la competición y de lo que había planeado. Le preocupaba que hubiera errores en las puertas. Y que, tras su muerte, surgieran complicaciones que impidieran que la competición se desarrollara tal como él lo había concebido.

—¿Se refiere a complicaciones como los sixers? —preguntó Shoto.

—Sí, exacto. Como los sixers. Jim me pidió que supervisara la competición y que interviniera en caso de que llegara a ser necesario. —Se rascó la barba—. Si os soy sincero, no quería asumir tal responsabilidad, pero fue el último deseo de mi mejor amigo y tuve que aceptar. Es por eso que durante los últimos seis años me he dedicado a observar desde la distancia. Y aunque los sixers han hecho todo lo que han podido por inclinar la balanza en vuestra contra, no sé cómo os la habéis ingeniado para resistir. Pero después de oíros describir la situación actual, creo que al fin ha llegado el momento de que pase a la acción y mantenga la integridad del juego de Jim.

Art3mis, Shoto, Hache y yo intercambiamos miradas de asombro, como si quisiéramos confirmar en los demás que aquello ocurría de verdad.

—Quiero ofreceros refugio a los cuatro en mi casa de Oregón —prosiguió Og—. Desde aquí podréis llevar a cabo vuestro plan y terminar la competición con garantías de seguridad, sin tener que preocuparos por si los agentes sixers os persiguen y entran en vuestras casas. Tendréis a vuestra disposición equipos de inmersión de última generación, conexión de fibra óptica a OASIS y cualquier otra cosa que necesitéis.

Nos quedamos tan pasmados que volvió a hacerse el silencio.

—¡Gracias, señor! —espeté al fin, controlando el impulso de arrodillarme y dedicarle una reverencia.

—Es lo menos que puedo hacer.

—Es usted muy amable, señor Morrow —dijo Shoto—. Pero yo vivo en Japón.

—Ya lo sé, Shoto —respondió Ogden—. Tienes un jet privado esperándote en el aeropuerto de Osaka. Si me das tu ubicación exacta, haré que una limusina vaya a buscarte y te lleve hasta la pista.

Shoto se quedó sin habla unos segundos y luego dedicó a Morrow una reverencia muy marcada.

—*Arigato*, Morrow-san.

—De nada, chico. —Se giró hacia Art3mis—. Señorita, por lo que he oído, se encuentra usted en el aeropuerto de Vancouver. También he dispuesto preparativos en su caso. Un chófer la espera en estos momentos en las cintas de equipajes con un cartel que lleva escrito el nombre «Benatar». Él la conducirá hasta el avión que he fletado para usted.

Por un momento, pareció que ella también le iba a dedicar una reverencia, pero lo que hizo fue correr hacia él y abrazarlo con fuerza.

—Gracias, Og —le dijo—. Gracias, gracias, gracias.

—De nada, querida —respondió él entre tímidas risotadas. Cuando Art3mis lo soltó al fin, se giró hacia donde estábamos Hache y yo—. Hache, he oído que dispones de un vehículo y te encuentras cerca de Pittsburgh. ¿Es así? —Hache asintió—. ¿Te importaría acercarte hasta Columbus para recoger a tu amigo Parzival? Yo os enviaré un jet al aeropuerto de Columbus para recogeros. Siempre que no os importe viajar juntos, claro.

—No, por mí perfecto —respondió Hache, mirándome de reojo—. Gracias, Og.

—Sí, gracias —insistí—. Nos has salvado la vida.

—Eso espero. —Me dedicó una sonrisa preocupada y luego se giró para dirigirse a todos—. Que tengáis buen viaje. Nos vemos muy pronto.

Y desapareció tan deprisa como había aparecido.

—Esto es el colmo —dije mientras me giraba hacia Hache—. Art3mis y Shoto van en limusina, y yo tengo que compartir coche con tu culo gordo para ir al aeropuerto. En tu apestosa autocaravana.

—No es apestosa —se defendió Hache, riéndose—. Pero pilla un taxi si lo prefieres, gilipollas.

—Esto va a ser interesante —añadí, mirando de reojo a Art3mis apenas un segundo—. Por fin nos vamos a conocer los cuatro en persona.

—Para mí será un honor —sentenció Shoto—. Tengo muchas ganas.

—Claro —se sumó Art3mis sin dejar de mirarme—. Yo también estoy impaciente.

• • •

Cuando Art3mis y Shoto se desconectaron, envié a Hache mi ubicación actual.

—Es un local de la franquicia Enchufe. Llámame cuando llegues y salgo.

—Eso haré. Tengo que decirte una cosa... No me parezco en nada a mi avatar.

—¿Y? ¿Quién se parece a su avatar? Que sepas que no soy tan alto... ni tan musculoso. Y tengo la nariz un poco más grande...

—Solo te lo advierto. Conocerme en persona puede ser... toda una sorpresa.

—Vale. Y ¿por qué no me dices de una vez qué aspecto tienes?

—Ya estoy de camino —respondió, ignorando mi pregunta—. Nos vemos en unas horas. ¿De acuerdo?

—De acuerdo. Conduce con cuidado, compadre.

A pesar de las palabras que acababa de intercambiar con Hache, saber que estaba a punto de conocerlo en persona después de tanto tiempo me ponía más nervioso de lo que estaba dispuesto a admitir. Pero no era nada comparado con el pavor que me provocaba la idea de conocer a Art3mis en la vida real cuando llegáramos a Oregón. Imaginar el momento me provocaba una mezcla de emoción y el terror más abyecto. ¿Cómo sería en persona? ¿Sería falsa la foto del expediente académico que había visto? ¿Tenía alguna posibilidad de llegar a algo con ella?

Me centré en la batalla inminente e hice un esfuerzo titánico por quitármela de la cabeza.

Tan pronto como me desconecté del Sótano de Hache, envié el correo electrónico de «Zafarrancho de Combate» a todos los usuarios de OASIS. Sabía que la mayoría de los mensajes no iban a pasar los filtros de spam, por lo que también lo colgué en todos los foros que encontré. Después grabé un breve vídeo de mi avatar leyendo el texto en voz alta y lo emití en bucle en mi canal privado.

La noticia se propagó muy rápido. En cuestión de una hora, el plan de asalto al Castillo de Anorak inundó las portadas de los canales de noticias, acompañado de titulares como: LOS GUNTERS DECLARAN LA GUERRA TOTAL A LOS SIXERS, LOS GUNTERS MEJOR SITUADOS ACUSAN A 101 DE SECUESTRO Y ASESINATO y ¿HA LLEGADO EL FIN DE LA CACERÍA POR EL HUEVO DE PASCUA DE HALLIDAY?

Algunos de los canales ya habían empezado a emitir el vídeo del asesinato de Daito y el texto del informe de Sorrento que les había enviado. En ambos casos citaban una fuente anónima. Hasta el momento, IOI había rechazado hacer declaraciones. Sorrento ya sabría a estas alturas que había logrado acceder de alguna manera a la base de datos privada de los sixers. Me habría encantado poder verle la cara en el momento en que descubriera cómo lo había conseguido, que había pasado una semana entera unas pocas plantas por debajo de su despacho.

Dediqué las horas siguientes a equipar a mi avatar y a prepararme psicológicamente para lo que estaba por venir. Cuando ya no pude mantener los ojos abiertos, decidí echar una cabezada mientras esperaba a que llegara Hache. Desactivé la función de desconexión automática de la cuenta y me recliné en la silla háptica, tapado con la chaqueta nueva a modo de manta y sosteniendo con fuerza la pistola que había comprado el día anterior.

· · ·

Poco después, me desperté sobresaltado al oír la llamada de Hache, que me hizo saber que ya estaba afuera. Me levanté de la silla, recogí mis cosas y devolví el equipo en el mostrador. Al salir a la calle me di cuenta de que había anochecido. El aire helado me caló como un cubo de agua fría.

La diminuta autocaravana de Hache estaba aparcada en la acera a pocos metros. Era una SunRider color café de unos seis metros de largo y al menos dos décadas de antigüedad. Un entramado de placas solares cubría el techo y casi toda la carrocería, que además estaba muy oxidada. Las ventanas estaban tintadas de negro y me impedían ver el interior.

Respiré hondo y crucé a la carrera la calle cubierta de escarcha con una mezcla de temor y emoción. Cuando me acerqué al vehículo, se abrió una de las puertas de la parte central del lado derecho y una pequeña escalera se extendió hasta llegar al suelo. Subí a la autocaravana y la puerta se cerró al momento. Me encontraba en la pequeña cocina del viejo vehículo. Estaba en la penumbra, iluminada solo por los pilotos del suelo enmoquetado. Al fondo a la izquierda vi la zona del dormitorio, encajada sobre el compartimento de las baterías de la autocaravana. Me di la vuelta, atravesé despacio la cocina oscura y descorrí la cortina que separaba el espacio habitable de la cabina del conductor.

Sentada al volante, descubrí a una robusta joven afroamericana con la mirada fija al frente. Tenía más o menos la misma edad que yo, el pelo corto y rizado y una piel color chocolate que resplandecía, iluminada por las tenues luces del salpicadero. Llevaba una camiseta retro de la gira del *2112* de Rush, cuyos números se deformaban para amoldarse a su generoso pecho. También llevaba unos vaqueros desgastados y unas botas militares con tachuelas. Parecía estar temblando a pesar de que en el interior de la cabina la temperatura era agradable.

Permanecí un momento en silencio, de pie y contemplándola mientras esperaba a que demostrara algún indicio de que sabía que me encontraba allí. Al fin se giró y me dedicó una sonrisa. La reconocí al momento: era el mismo rictus de gato de

Cheshire que había visto miles de veces dibujado en el rostro del avatar de Hache durante las incontables noches que habíamos pasado juntos en OASIS contando chistes malos y viendo películas cutres. La sonrisa no era lo único que me resultaba familiar. También reconocía la forma de sus ojos y las facciones de su rostro. No cabía duda: la joven sentada frente a mí era mi mejor amigo, Hache.

Me embargó la emoción. La sorpresa dio paso a la traición. ¿Cómo había podido engañarme él..., ella, durante tantos años? Noté que me ruborizaba al recordar todas las confidencias adolescentes que había compartido con Hache, una persona en la que siempre había confiado sin la menor reserva. Alguien a quien creía conocer.

Al darse cuenta de que no decía nada, clavó la mirada en la punta de sus botas. Me desplomé en el asiento del copiloto sin dejar de mirarla y sin saber qué decir. Ella me observaba de reojo cada cierto tiempo, pero apartaba la mirada, nerviosa. No había dejado de temblar.

Todo atisbo de traición o rabia se esfumó al instante de mi cabeza.

No pude evitar echarme a reír. Fue una risa sin maldad alguna, y supe que se había dado cuenta porque al momento vi que relajaba un poco los hombros y soltaba un suspiro de alivio. Luego también empezó a reírse, con una mezcla de carcajadas y llanto. O eso me pareció.

—Oye, Hache —dije cuando dejamos de reírnos—. ¿Cómo te va?

—Me va bien, Zeta —contestó—. Miel sobre hojuelas.

Su voz también me resultaba familiar, aunque no fuera tan grave como la de su avatar. Había usado un programa para distorsionarla durante todo este tiempo.

—Bueno —continué—. Pues sí. Aquí estamos.

—Eso. Aquí estamos.

Se hizo un silencio incómodo. Vacilé un momento, sin saber bien qué hacer. Pero decidí obedecer a mi instinto, salvé el pequeño espacio que nos separaba y la abracé.

—Me alegro de verte, vieja amiga —le dije—. Gracias por venir a recogerme.

Ella me devolvió el abrazo.

—Yo también me alegro —contestó, y supe que así era.

La solté y me retiré un poco.

—Joder, Hache —le dije, sonriendo—. Sabía que ocultabas algo, pero nunca imaginé que...

—¿Qué? —preguntó ella, un poco a la defensiva—. ¿Nunca imaginaste qué?

—Que el famoso Hache, reconocido gunter y el más temido e implacable luchador de todo OASIS fuera en realidad...

—¿Una negra gorda?

—Yo iba a decir una joven afroamericana.

Le cambió el gesto y se puso seria.

—Si no te lo dije nunca es por algo.

—Estoy seguro de que existe una buena razón —contesté—. Pero en realidad no importa.

—¿No?

—Claro que no. Eres mi mejor amiga. Mi única amiga, para serte sincero.

—Vale, pero aun así me gustaría explicártelo.

—De acuerdo, pero ¿no puedes esperar a que estemos volando? Nos queda un largo viaje y me sentiré mucho más a salvo cuando hayamos dejado atrás esta ciudad.

—Pues nos vamos, compadre —dijo, poniendo en marcha la autocaravana.

* * *

Hache siguió las indicaciones de Og y llegamos a un hangar privado contiguo al aeropuerto de Columbus donde nos esperaba un pequeño jet de lujo. Og también había dispuesto un almacén cercano para dejar la autocaravana de Hache, pues había sido su casa desde hacía años y se notaba que la dejaba muy intranquila desprenderse de ella.

No dejamos de mirar el jet mientras nos acercábamos a él. Había visto aviones en el cielo, pero nunca desde tan cerca. Viajar en jet era algo que solo podían permitirse los ricos. Que Og hubiera fletado tres sin parpadear solo para reunirnos era indicativo de lo inmensamente rico que debía de ser.

El jet estaba del todo automatizado, por lo que no contaba con tripulación. La plácida voz del piloto automático nos dio la bienvenida a bordo y pidió que nos abrocháramos los cinturones y nos preparáramos para el despegue. En cuestión de minutos, ya habíamos despegado.

Era la primera vez que Hache y yo viajábamos en avión, por lo que nos pasamos la primera hora mirando por las ventanillas e impresionados con las vistas, mientras la aeronave viraba hacia el oeste a diez mil pies de altura en dirección a Oregón. Cuando parte de la novedad remitió al fin, me di cuenta de que Hache estaba lista para hablar.

—Está bien, Hache —dije—. Cuéntame tu historia.

Me dedicó una vez más su sonrisa de gato de Cheshire y respiró hondo.

—En un principio todo fue idea de mi madre —empezó, y a continuación me explicó una versión resumida de su vida. Según dijo, su verdadero nombre era Helen Harris y solo era unos meses mayor que yo. Se había criado en Atlanta y era hija de madre viuda. Su padre había muerto en Afganistán cuando ella no era más que un bebé. Su madre, Marie, trabajaba desde casa en un centro *online* de procesamiento de datos. Para Marie, OASIS era lo mejor que les había ocurrido a las mujeres y a las personas negras. Había usado desde el principio un avatar masculino y de raza blanca para trabajar *online*, porque el aspecto marcaba la diferencia en la manera en que la trataban y obtenía mejores oportunidades.

Cuando Hache se conectó por primera vez a OASIS, hizo caso a los consejos de su madre y creó un avatar masculino y blanco. Su madre la llamaba «Hache» desde pequeña, por lo que decidió usarlo como apodo de su otro yo en internet. Años después, cuando empezó a asistir a la escuela *online*, su madre mintió sobre la raza y el género de su hija en el impreso de la matrícula. Le exigieron que presentara una foto para la ficha escolar, y ella entregó una impresión fotorrealista del rostro del avatar de la niña que modeló con sus rasgos.

Hache me contó que no había vuelto a hablar con su madre desde que se había marchado de casa a los dieciocho años. El día en que al fin había decidido sincerarse con ella respecto a su sexualidad. Al principio se negaba a creer que su hija fuera lesbiana. Pero entonces Helen le contó que llevaba casi un año saliendo con una chica a la que había conocido *online*.

Mientras lo contaba, era evidente que estudiaba mi reacción. A decir verdad, a mí no me sorprendió demasiado. Hache y yo llevábamos años hablando de la admiración que sentíamos por las formas femeninas. Y me aliviaba saber que en ese aspecto no me había engañado.

—¿Y cómo reaccionó tu madre cuando supo que tenías novia? —pregunté.

—Pues resultó que tenía unos prejuicios muy arraigados —respondió—. Me echó de casa y me dijo que no quería volver a verme nunca más. Durante un tiempo no tuve adónde ir y tuve que vivir en varios refugios. Pero al final, compitiendo en las ligas de lucha de OASIS, conseguí ganar lo bastante para comprarme la autocaravana, que desde entonces ha sido mi domicilio. Por lo general, solo dejo de moverme cuando hay que recargar las baterías.

Seguimos hablando de la manera que lo hacen dos personas que acaban de conocerse, pero me di cuenta de que en realidad ya nos conocíamos muy bien. Nos conocíamos desde hacía años y no había secretos entre nosotros. Habíamos establecido una conexión mental muy férrea. La entendía, confiaba en ella y la apreciaba como amiga. Nada de eso había cambiado, ni cambiaría por algo tan circunstancial como el género, el color de la piel o la orientación sexual.

El resto del vuelo se nos hizo cortísimo. Hache y yo recuperamos enseguida la familiaridad y sin darnos cuenta todo volvió a ser como en el Sótano, cuando nos reíamos el uno del otro después de una partida a *Quake* o *Joust*. Los temores que albergaba sobre la resistencia de nuestra amistad en el mundo real se habían disipado del todo cuando el jet tomó tierra en la pista privada de Og en Oregón.

Habíamos viajado en dirección oeste unas horas después de que anocheciera, por lo que todavía estaba oscuro cuando aterrizamos. El frío nos azotó nada más bajar del avión, y contemplamos con asombro el paisaje que nos rodeaba. Aun a la tenue luz de la luna, las vistas eran sobrecogedoras. Las siluetas sombrías e imponentes de las montañas Wallowa nos rodeaban por todas partes. Las hileras de luces azules de la pista de aterrizaje se perdían en el valle que teníamos detrás y delimitaban el aeródromo privado de Og. Frente a nosotros, una empinada escalera de adoquines conducía a una mansión inmensa e iluminada que se alzaba sobre la llanura a los pies de las montañas. A lo lejos se divisaban varias cascadas que se precipitaban desde las cimas que había detrás de la mansión de Morrow.

—Es igual a Rivendell —dijo Hache, quitándome las palabras de la boca.

—Sí, es idéntico al Rivendell de las películas de *El Señor de los Anillos* —coincidí mientras alzaba la vista, impresionado—. La esposa de Ogden era muy aficionada a Tolkien, ¿recuerdas? Construyó todo esto para ella.

Oímos un zumbido eléctrico a nuestras espaldas: la escalerilla del avión se replegó y se cerró la escotilla. Los motores volvieron a encenderse, el jet viró y se preparó para despegar de nuevo. Lo vimos elevarse en aquel cielo despejado y lleno de estrellas. Después enfilamos hacia la escalera que conducía a la casa. Cuando al fin llegamos a lo alto, descubrimos que Ogden Morrow nos estaba esperando.

—¡Bienvenidos, amigos! —gritó, extendiendo las manos a modo de saludo. Llevaba puesto un albornoz a cuadros y unas pantuflas con forma de conejo—. ¡Bienvenidos a mi casa!

—Gracias, señor —dijo Hache—. Gracias por invitarnos.

—Tú debes de ser Hache —respondió, agarrándole la mano. Si su aspecto le causó alguna sorpresa, lo disimuló muy bien—. He reconocido tu voz. —Le guiñó un ojo y le dio un fuerte abrazo. Después se giró para abrazarme a mí también—. Y tú tienes que ser Wade... ¡Parzival, quiero decir! ¡Bienvenido! ¡Bienvenido! Es todo un honor conoceros.

—El honor es nuestro —dije—. Nunca te agradeceremos lo bastante que hayas decidido ayudarnos.

—¡Ya me lo habéis agradecido lo suficiente, así que ya está! —dijo y, dando media vuelta, nos condujo por una vasta extensión de césped en dirección a su enorme casa—. No os imagináis lo mucho que agradezco vuestra visita. Por triste que parezca, he estado aquí solo desde la muerte de Kira. —Se quedó en silencio unos instantes Luego se echó a reír—. Bueno, solo no: con los cocineros, las criadas y los jardineros, claro. Pero ellos también viven aquí, o sea que no cuentan como visitas.

Ni Hache ni yo sabíamos qué responder y nos limitamos a sonreír y a asentir. Poco después, me armé de valor y logré articular palabra.

—¿Ya han llegado los demás? ¿Shoto? ¿Art3mis?

Algo en mi manera de pronunciar «Art3mis» hizo que Morrow se echara a reír escandalosamente. Al cabo de unos segundos, Hache se sumó a las carcajadas.

—¿Qué? —pregunté—. ¿Dónde está la gracia?

—Sí —respondió Og, sonriendo—. Art3mis ha llegado la primera, hace unas horas. Y el avión de Shoto ha aterrizado treinta minutos antes que el vuestro.

—¿Vamos a verlos ahora? —pregunté, disimulando muy mal el miedo que sentía.

Og negó con la cabeza.

—A Art3mis le ha parecido que conoceros ahora en persona supondría una distracción innecesaria. Prefiere esperar a que termine el «gran acontecimiento». Al parecer, Shoto está de acuerdo con ella. —Me observó con fijeza durante un instante—. Es mejor así, ¿no crees? Todos tenéis un gran día por delante.

Asentí con una extraña mezcla de alivio y decepción.

—¿Dónde están ahora? —preguntó Hache.

Og levantó un puño al aire, en señal de triunfo.

—¡Ya están conectados y preparados para atacar a los sixers! —Su voz resonó en la noche y se perdió por encima de los altos muros de piedra de la mansión—. ¡Seguidme! ¡Ha llegado la hora!

El entusiasmo de Og me sacó de mi ensimismamiento, y sentí que se me formaba un nudo en el estómago. Seguimos a nuestro benefactor vestido con albornoz a través de un gran patio iluminado por la luz de la luna. Al acercarnos al edificio principal, pasamos junto a un pequeño jardín vallado lleno de flores. Estaba en una ubicación rara, y no comprendí qué hacía allí hasta que vi que tenía un gran sepulcro en el centro. Me di cuenta de que debía tratarse de la tumba de Kira Morrow. Pero a pesar de la resplandeciente luz de la luna, estaba oscuro y no pude leer la inscripción de la lápida.

Og nos condujo por la lujosa entrada principal de la mansión. Las luces del interior estaban apagadas, pero Morrow, en lugar de encenderlas, cogió una antorcha de verdad que estaba fijada a la pared y la usó para iluminarnos el camino. A pesar de la luz mortecina de la antorcha, la grandiosidad del lugar me impresionaba. Las paredes estaban cubiertas de grandes tapices y una colección enorme de ilustraciones de fantasía, y había hileras de gárgolas y armaduras a cada lado de los pasillos.

Mientras seguíamos a Og, me armé de valor para dirigirme a él.

—Por cierto, ya sé que no es el mejor momento —dije—. Pero soy un gran admirador de tu obra. Crecí jugando a los juegos educativos de Halcydonia Interactive. Gracias a ellos aprendí a leer, a escribir, a resolver problemas, matemáticas...

No dejé de hablar mientras recorríamos la casa, recitando las excelencias de los títulos de Halcydonia y adulando a Og de una manera un tanto vergonzosa.

Supongo que a Hache le pareció que me estaba pasando de pelota, porque no dejó de sonreír mientras duró mi espasmódico monólogo. En cambio, Og, se lo tomó con mucha naturalidad.

—Me alegro mucho —dijo, sinceramente complacido—. Mi esposa y yo estábamos muy orgullosos de esos juegos. Me encanta que conserves buenos recuerdos de ellos.

Al doblar una esquina, Hache y yo nos quedamos de piedra

al contemplar la entrada de una sala gigantesca donde se sucedían hileras y más hileras de videojuegos antiguos. Supusimos que debía de tratarse de la colección de clásicos de Halliday, la que había heredado Morrow tras su muerte. Og miró hacia atrás, vio que nos habíamos rezagado junto a la entrada y se apresuró en volver con nosotros.

—Os prometo que más tarde os ofreceré una visita guiada, cuando todo este lío haya terminado —dijo, respirando con cierta dificultad.

Teniendo en cuenta su edad y tamaño, se movía muy deprisa. Nos guio por una gran escalera de caracol de piedra, subimos a un ascensor que nos llevó varios pisos más abajo y llegamos al sótano de Og. Allí la decoración era mucho más moderna. Lo seguimos a través de un laberinto de pasillos enmoquetados hasta llegar a una fila de siete puertas circulares numeradas.

—¡Hemos llegado! —anuncié, señalándolas con la antorcha—. Estas son mis plataformas de inmersión de OASIS. Son de la marca Habashaw, de última generación. OIR-Noventa-Cuatrocientos.

—¿Noventa-Cuatrocientos? ¿En serio? —Hache soltó un silbido—. ¡Qué fuerte!

—¿Dónde están los otros? —pregunté, echando un vistazo nervioso alrededor.

—Art3mis y Shoto ya están instalados en las plataformas dos y tres —respondió—. La uno es la mía. Elegid cualquiera de las otras dos.

Miré las puertas y me pregunté detrás de cuál de ellas estaría Art3mis.

Og señaló hacia el fondo del pasillo.

—Encontraréis trajes hápticos de todas las tallas en el vestidor. ¡A vestirse y conectarse!

Sonrió de oreja a oreja cuando al cabo de unos minutos nos vio salir de los vestidores luciendo nuestros flamantes trajes y no menos flamantes guantes.

—¡Excelente! —dijo—. Ahora escoged la plataforma y conectaos. ¡El tiempo apremia!

Hache se volvió hacia mí. Me di cuenta de que quería decirme algo, pero parecía que no le salían las palabras. Unos segundos después, extendió la mano enguantada. Se la estreché.

—Buena suerte, Hache —dije.

—Buena suerte, Zeta —dijo ella y, volviéndose hacia Og, añadió—: Gracias una vez más, Og.

Sin darle tiempo a responder, se puso de puntillas y le plantó un beso en la mejilla, para luego desaparecer tras la puerta de la plataforma cuatro, que se cerró con un leve siseo a su paso.

Og sonrió y se giró hacia mí.

—El mundo entero depende de vosotros cuatro. Intentad estar a la altura.

—Lo daremos todo.

—Eso lo sé.

Me extendió la mano, y se la estreché.

Avancé un paso más en dirección a la plataforma de inmersión y luego me di la vuelta.

—Og, ¿puedo preguntarte algo?

Él arqueó una ceja.

—Si quieres saber qué hay tras la Tercera Puerta, no tengo ni idea —dijo—. Pero aunque lo supiera, no te lo diría. Eso ya deberías saberlo.

Negué con la cabeza.

—No, no es eso. Quería preguntarte qué fue lo que hizo que tu amistad con Halliday terminara. No he podido descubrirlo a pesar de todas las investigaciones que he llevado a cabo. ¿Qué ocurrió?

Morrow se quedó unos instantes observándome fijamente. Le habían formulado aquella pregunta muchas veces en entrevistas, y él nunca la había respondido. No sé por qué decidió sincerarse conmigo. Tal vez llevaba años esperando el momento de contárselo a alguien.

—Fue por Kira, mi mujer. —Hizo una pausa, carraspeó y siguió hablando—: Al igual que yo, también estaba enamorado de ella desde la época del instituto. Jamás tuvo el valor de hacer nada al respecto, por lo que ella no supo nunca cuáles eran sus sentimientos. Y yo tampoco. No me contó nada hasta que volvimos a hablar, poco antes de su muerte. Incluso en ese momento le costó comunicarse conmigo. A Jim no se le dio nunca muy bien la gente ni expresar sus emociones.

Asentí en silencio y esperé a que continuara.

—Incluso después de que Kira y yo nos comprometiéramos, creo que Jim seguía albergando alguna esperanza de que podría robármela. Pero abandonó la idea cuando nos casamos. Dijo que había dejado de relacionarse conmigo porque estaba muy celoso. Kira fue la única mujer a la que amó. —A Morrow se le quebró la voz—. Entiendo que Jim sintiera lo que sentía. Kira era muy especial. Era imposible no enamorarse de ella. —Sonrió—. Sabes bien lo qué es conocer a alguien así, ¿verdad?

—Lo sé —admití. Al ver que no añadía nada más, dije—: Gracias, Og. Gracias por contármelo.

—No hay de qué —contestó

Luego se acercó a la plataforma de inmersión y la puerta se abrió. Vi que el equipo que había en el interior había sido modificado para incluir varios componentes raros, entre ellos una consola de OASIS personalizada para parecerse a un viejo Commodore 64. Se volvió para mirarme.

—Buena suerte, Parzival. Vas a necesitarla.

—¿Qué vas a hacer durante el combate?

—¡Sentarme a mirar, claro! —respondió—. Tiene pinta de convertirse en la batalla más épica de la historia de los videojuegos.

Me sonrió por última vez, entró en la plataforma y desapareció. Me quedé solo a la tenue luz del pasillo.

Me quedé allí varios segundos pensando en todo lo que me había contado Morrow. Luego me acerqué a mi plataforma de inmersión y entré. Era una pequeña estancia esférica. Había una reluciente silla háptica suspendida de un brazo hidráulico articulado que estaba fijado al techo. No había cinta de correr omnidireccional, ya que la cabina en su totalidad cumplía dicha función. Mientras estabas conectado podías caminar o correr en cualquier dirección y la esfera rodaba bajo tus pies a tu alrededor e impedía que rozaras las paredes. Era como estar en el interior de una gigantesca bola de hámster.

Me senté en la silla y sentí que se ajustaba a mi cuerpo. Un brazo robótico se extendió desde ella y me colocó sobre el rostro un visor Oculance de última generación. También se ajustó a la forma de mi cara. El visor escaneó mis retinas y el sistema me pidió que pronunciara la nueva contraseña:

—Reindeer Flotilla Setec Astronomy.

Respiré hondo y me conecté.

0034

Estaba listo para darlo todo.

Mi avatar iba *bufado* hasta las cejas y armado hasta los dientes. Llevaba todos los objetos mágicos y la munición que cabían en el inventario.

Todo estaba preparado. Nuestro plan, en marcha. Era hora de partir.

Me dirigí al hangar de mi fortaleza y pulsé un botón que había en la pared para abrir las compuertas de lanzamiento. Se abrieron poco a poco y dieron paso al túnel que conducía a la superficie de Falco. Caminé hasta el final de la pista y pasé junto a mi Ala-X y *Vonnegut*. Aunque eran buenas naves y estaban dotadas de armas y defensas excelentes, no iba a usarlas en esa ocasión. Ninguna de las dos podía ofrecerme protección suficiente ante el tremendo follón épico que estaba a punto de tener lugar en Chthonia. Por suerte, contaba con un nuevo medio de transporte.

Saqué del inventario el robot Leopardon de treinta centímetros y lo coloqué con cuidado sobre la pista. Poco antes de que me detuvieran los de IOI, había dedicado un tiempo a examinar aquel robot de juguete para comprobar cuáles eran sus poderes. Como sospechaba, en realidad era un poderoso objeto mágico. No tardé en averiguar cuál era la palabra de mando que había que pronunciar para activarlo. Como en la serie original *Supaidaman*, bastaba con gritar el nombre del robot. Lo hice, no sin antes ponerme a una distancia prudencial.

—¡Leopardon!

Oí un chirrido desgarrador que sonó a metal rasgándose. Un segundo después, el robot que antes era pequeño creció y alcanzó una altura de casi cien metros. Su cabeza sobresalía por las compuertas abiertas del techo del hangar.

Observé el robot gigante y admiré los detalles con los que Halliday lo había dotado cuando escribió el código. Había recreado todas las características del *mecha* original japonés, incluida la inmensa espada centelleante y el escudo con telarañas grabadas. En el enorme pie izquierdo del robot había una pequeña puerta de acceso que se abrió en cuanto me aproximé. Dentro de él había instalado un pequeño ascensor, que me subió por el interior de la pierna y el torso del robot hasta la cabina situada en el pecho blindado. Cuando me senté en la silla del capitán, vi un brazalete de control plateado en un estuche transparente que había en la pared. Lo cogí y lo puse en la muñeca de mi avatar. El dispositivo me permitiría usar comandos de voz para controlar al robot desde el exterior.

En la consola de mando que tenía delante, había varias hileras de botones etiquetados en japonés. Pulsé uno y los motores se pusieron en marcha. Después pulsé el acelerador y los propulsores gemelos situados en los pies del robot se encendieron y lo elevaron lejos de la fortaleza, hacia el cielo estrellado de Falco.

Vi que Halliday había integrado un viejo reproductor de cintas de ocho pistas en el panel de control que tenía delante y que sobre mi hombro derecho había una estantería con varios casetes. Cogí uno al azar y lo metí en la ranura. Empezó a sonar *Dirty Deeds Done Dirt Cheap*, de AC/DC, por los altavoces internos y externos del robot a un volumen tan atronador que la silla empezó a vibrar.

Tan pronto como el robot se alejó del hangar, grité al brazalete:

—¡Cambio a *Marveller*!

Las órdenes de voz solo parecían funcionar si se gritaban. Las piernas, los brazos y la cabeza del robot se plegaron hacia dentro, se fijaron en nuevas posiciones y el robot quedó transformado en una nave espacial llamada *Marveller*. Cuando terminó la metamorfosis, salí de la órbita de Falco y puse rumbo a la puerta estelar más cercana.

Al otro lado de la puerta del Sector Diez, la pantalla del radar se iluminó como un árbol de Navidad. Miles de vehículos espaciales de todas las marcas y modelos pululaban a mi alrededor por la negrura estrellada; desde naves de una sola plaza hasta cargueros gigantes del tamaño de la Luna. Nunca había visto tantas naves en un mismo lugar. Un flujo constante de vehículos salía por la puerta estelar, mientras otros que venían de todas las direcciones del firmamento se iban reuniendo en la zona. Los vehículos terminaron por agruparse en una caravana larga e irregular de naves que se dirigían a Chthonia, una pequeña esfera marrón azulada suspendida en la distancia. Daba la impresión de que todas y cada una de las personas conectadas a OASIS se dirigían al Castillo de Anorak. Sentí una breve sacudida de entusiasmo, a pesar de saber que era muy probable que la advertencia de Art-3mis fuera cierta y que la mayoría de aquellos avatares se congregaran allí solo para presenciar el espectáculo, sin la menor intención de arriesgar sus vidas para luchar contra los sixers.

Art3mis. Después de tanto tiempo, se encontraba ahora mismo en una plataforma a escasos metros. La mera idea debería de haberme aterrado, pero lo cierto era que sentía una especie de calma zen que me invadía por dentro: pasara lo que pasase en Chthonia y a pesar de todo lo que había arriesgado para llegar hasta este punto había merecido la pena.

Volví a transformar la *Marveller* en un robot y me uní al gran desfile de naves espaciales. Destacaba entre tanta diversidad, ya que era la única que tenía forma de robot gigante. Poco después, se formó a mi alrededor una nube de naves de menor tamaño pilotadas por avatares curiosos que querían contemplar de cerca el Leopardon. Tuve que silenciar el intercomunicador, porque muchos de ellos intentaron detenerme para preguntarme de dónde había sacado esa maravilla.

A medida que el planeta Chthonia iba haciéndose mayor en la ventanilla de la cabina, la densidad y el número de naves que me rodeaban parecía crecer exponencialmente. Cuando por fin entré en la atmósfera del planeta e inicié el descenso hacia la superficie, fue como volar a través de un enjambre de insectos metálicos. Al aproximarme a la zona del Castillo de Anorak me costó creer lo que veía: una aglomeración orgánica y concentrada de naves y avatares que cubría el suelo e inundaba el aire. Era algo así como una especie de Woodstock de otro planeta. La acumulación de avatares hacinados se perdía en el horizonte hacia todas direcciones. Otros miles flotaban y volaban por los aires, esquivando el flujo constante de naves. En el centro de toda aquella locura se alzaba el Castillo de Anorak, una joya de ónice resplandeciente que estaba bajo el escudo esférico y transparente de los sixers. Cada pocos segundos, un avatar o una nave chocaba por descuido contra el escudo y se desintegraba, como una mosca al contacto con una resistencia eléctrica.

Cuando me acerqué más, divisé una extensión de tierra frente a la entrada principal del castillo, junto a la parte exterior del escudo. En el centro de aquel claro, había tres figuras gigantescas. La multitud que los rodeaba entraba y salía del círculo, creado a empujones por los propios avatares con la idea de dejar un respetuoso espacio entre ellos y Art3mis, Hache y Shoto, que aguardaban sentados en sus resplandecientes robots gigantes.

Era la primera ocasión que tenía de ver cuáles habían elegido tras franquear la Segunda Puerta, y reconozco que tardé un poco en reconocer el inmenso robot femenino que pilotaba Art3mis. Era negro y cromado, con un elaborado casco en forma de bumerán y unas pecheras rojas y simétricas que lo asemejaban a una versión femenina de Mazinger Z. En ese momento caí en la cuenta de que sí que se trataba de la versión femenina de Mazinger Z, un personaje poco conocido de la serie original del anime *Mazinger Z* llamado Minerva X.

Hache había escogido un *mecha* Gundam RX-78 de la serie original de anime *Mobile Suit Gundam*, por el que él siempre había sentido debilidad. (A pesar de saber que Hache era mujer en la vida real, su avatar seguía siendo hombre, por lo que había optado por referirme a él en masculino.)

Shoto sobresalía varios metros por encima de ambos, oculto en el interior de la cabina de Raideen, el enorme robot azul y rojo de una serie de animación japonesa de mediados de los setenta: *Brave Raideen*. El inmenso *mecha* sostenía su característico arco dorado con una mano y un gran escudo puntiagudo en la otra.

Se oyó un clamor popular cuando sobrevolé la cúpula protectora y quedé suspendido en el aire sobre los demás. Viré el robot para dejarlo recto y luego apagué los motores y descendí con cuidado a la superficie. Mi robot aterrizó plantando una rodilla, y el impacto hizo temblar el suelo. Mientras me erguía, la multitud de espectadores empezó a corear el nombre de mi avatar.

—¡Par-zi-val, Par-zi-val!

A medida que los vítores se fueron apagando para transformarse en un leve rumor, me giré para observar a mis compañeros.

—Una entrada espectacular para un gran fanfarrón —soltó Art3mis por el canal privado de comunicaciones—. ¿Has llegado tarde a propósito?

—No ha sido culpa mía, lo juro —respondí, intentando no perder la calma—. Había mucha cola en la puerta estelar.

Hache asintió con la cabeza gigantesca de su *mecha*.

—Todas las terminales de transporte del planeta llevan desde anoche vomitando avatares —dijo, señalando lo que nos rodeaba con la descomunal manaza de Gundam—. Esto es increíble. Nunca había visto tantas naves y avatares juntos.

—Yo tampoco —admitió Art3mis—. Me sorprende que los servidores de GSS puedan soportar una carga así, con tanta actividad en un solo sector. Pero al parecer ni siquiera hay latencia.

Me fijé un buen rato en los numerosos avatares que nos rodeaban y después en el castillo. Miles de avatares voladores y naves seguían revoloteando alrededor del escudo, disparando, cada cierto tiempo, balas, rayos láser, misiles y otros proyectiles que impactaban en la superficie sin causar el menor daño. En el interior de la esfera, miles de avatares sixers con servoarmaduras se reunían en silenciosa formación y rodeaban por completo la fortaleza. Intercaladas entre sus filas habían hileras de tanques flotantes y cazas. En cualquier otra circunstancia, el ejército sixer habría parecido imponente. Tal vez invencible. Pero a la vista de la muchedumbre interminable que los rodeaba, los sixers se veían superados en número y sobrepasados.

—Bueno, Parzival —dijo Shoto, girando hacia mí la cabeza de su inmenso robot—. Empieza el espectáculo, amigo mío. Si la esfera no desaparece como has prometido, esto se va a convertir en una situación muy incómoda.

—«Han desactivará el blindaje protector —pronunció Hache, citando una frase de *El retorno del Jedi*—. ¡Démosle más tiempo!»

Me eché a reír, y con el índice de la mano derecha de mi robot di unos golpes en la muñeca izquierda, haciendo el gesto de la hora.

—Hache tiene razón. Faltan seis minutos para las doce del mediodía.

El final de mi frase se ahogó en otro rugido de la multitud. En el interior de la esfera frente a nosotros, las inmensas puertas principales del Castillo de Anorak empezaron a abrirse y un avatar sixer surgió de ellas.

Sorrento.

Sonrió ante el estruendo de silbidos y abucheos con el que recibieron su llegada, agitó una mano y las tropas que formaban frente al castillo se dispersaron de inmediato y dejaron libre un gran espacio abierto. Sorrento dio un paso al frente y se colocó frente a nosotros, a unos metros de distancia de donde estábamos pero al otro lado del escudo. Diez sixers más salieron del castillo y se colocaron tras Sorrento, dejando entre uno y otro una separación considerable.

—Esto no me gusta nada —susurró Art3mis por el intercomunicador.

—A mí tampoco —dijo Hache.

Sorrento observó la escena y nos dedicó otra sonrisa. Al hablar, su voz llegaba amplificada por unos altavoces instalados en los tanques flotantes y los cazas, para que todos los presentes oyeran el mensaje. Y como había cámaras y reporteros de los principales canales de noticias, yo sabía que sus palabras iban a ser transmitidas a todo el mundo.

—Bienvenidos al Castillo de Anorak. Os esperábamos —dijo Sorrento. Hizo un amplio ademán con la mano para señalar a la multitud airada que lo rodeaba—. Debo admitir que nos ha sorprendido un poco la cantidad de gente que se ha congregado aquí hoy. Pero a estas alturas ya debe de resultar bastante obvio, incluso para el más ignorante de vosotros, que no hay nada que pueda traspasar nuestro escudo.

Sus palabras fueron recibidas con un rugido ensordecedor de amenazas, insultos y obscenidades diversas. Esperé un momento antes de levantar las dos manos de mi robot para pedir calma. Cuando parecía que se había hecho el silencio entre los congregados, entré en el canal público de comunicación, lo que tuvo el mismo efecto que si hubiera encendido un sistema de megafonía gigante. Bajé el volumen de mis auriculares para evitar que se acoplara y dije:

—Te equivocas, Sorrento. Vamos a entrar. A mediodía. Todos.

Atronó otro rugido entre los gunters. Sorrento no se molestó siquiera en esperar a que se callaran.

—Podéis intentarlo si queréis —añadió, sin dejar de sonreír. En ese momento, sacó un objeto del inventario y lo colocó en el suelo, frente a él. Amplié la imagen para ver mejor y noté cómo se me agarrotaba la mandíbula. Era un robot de juguete. Un dinosaurio bípedo con piel de metal y dos grandes cañones sobre los hombros. Lo reconocí de inmediato de varias películas japonesas de monstruos de finales del siglo pasado.

Era Mechagodzilla.

—*¡Kiryu!* —gritó Sorrento, con la voz amplificada.

Al dar la orden, el pequeño robot creció hasta alzarse a casi tanta altura como el propio Castillo de Anorak, dos veces más que los robots «gigantes» que pilotábamos nosotros. La cabeza blindada de aquel lagarto mecánico casi rozaba lo alto del escudo esférico.

Un silencio desalentador se extendió entre la multitud, seguido de un murmullo de reconocimiento de los miles de gunters presentes. Todos sabían quién era aquel mastodonte metálico. Y que era casi indestructible.

Sorrento entró en el *mecha* por la puerta de acceso que había en uno de sus talones gigantes. Segundos después, los ojos de la bestia empezaron a emitir unos intensos destellos amarillos. Echó la cabeza hacia atrás, abrió sus fauces y lanzó un rugido metálico y desgarrador.

Al momento, los diez avatares sixers que montaban guardia detrás de Sorrento también sacaron sus robots de juguete y los activaron. Cinco de ellos tenían los inmensos leones robóticos que podían unirse para formar Voltron. Los otros cinco, *mechas* gigantes de *Robotech* y *Neon Genesis Evangelion*.

—Mierda —oí susurrar a Art3mis y Hache al unísono.

—¡Vamos! —exclamó Sorrento, desafiante. Su reto resonó en la vasta extensión atestada de gunters.

Muchos de los avatares que se encontraban en primera línea dieron un paso atrás de manera involuntaria. Otros dieron la vuelta y salieron corriendo. Pero Hache, Shoto, Art3mis y yo permanecimos donde estábamos.

Miré la hora en la pantalla. Quedaba menos de un minuto. Pulsé un botón en el panel de control de Leopardon, y el robot gigante desenvainó la reluciente espada.

⚫ ⚫ ⚫

No llegué a presenciarlo de primera mano, pero puedo contaros con bastante exactitud lo que sucedió a continuación:

Los sixers habían erigido un gran búnker blindado tras el Castillo de Anorak lleno de cajas de armamento y equipo de batalla que habían teletransportado hasta allí antes de activar el escudo. También había una larga hilera de treinta androides de suministros a lo largo del muro oriental del búnker. Debido a la falta de imaginación del diseñador de los androides de suministros, todos tenían un aspecto idéntico al del robot Johnny Cinco de la película *Cortocircuito,* de 1986. Los sixers usaban a aquellos androides como recaderos y para reponer los equipos y las municiones de las tropas apostadas en el exterior.

Cuando faltaba justo un minuto para las doce, uno de los androides de suministros modelo SD-03 se activó y desenganchó de su punto de carga. Avanzó con sus ruedas de tanque, atravesó el búnker y llegó al depósito de armas situado en el otro extremo. Dos centinelas robotizados montaban guardia a ambos lados. SD-03 les transmitió una solicitud de equipamiento que yo mismo había remitido por la intranet de los sixers dos días antes. Los centinelas comprobaron la solicitud y se apartaron para dejar que SD-03 entrara en el cubículo. El androide dejó atrás estantes llenos de una amplia variedad de armamento: espadas mágicas, escudos, servoarmaduras, rifles de plasma, cañones de riel y muchas otras. Finalmente, se detuvo. En el estante que tenía delante había cinco grandes dispositivos con forma de octaedro del tamaño de un balón de fútbol. Cada uno de ellos contaba con un pequeño panel de control instalado en uno de sus ocho lados junto a un número de serie. SD-03 encontró el número de serie que coincidía con el de la solicitud. Entonces, el pequeño androide siguió la secuencia de instrucciones que yo había programado y usó su dedo índice con forma de garra para introducir una serie de comandos en el panel de control del dispositivo. Al terminar, una pequeña luz que había sobre el panel pasó del verde al rojo. SD-03 levantó el octaedro y lo sostuvo entre sus manos. Cuando salió del depósito de armas, una bomba antimateria de fricción-inducción se descontó de manera automática del inventario de los sixers.

SD-03 abandonó el búnker y subió por una serie de escaleras y rampas que los sixers habían construido en los muros exteriores del castillo para facilitar su acceso a los niveles superiores. De camino, el androide se topó con varios controles de seguridad. Unos centinelas robóticos escanearon sus permisos y comprobaron que el androide estaba autorizado para moverse por cualquier parte. Cuando llegó al nivel superior del Castillo de Anorak, se dirigió a una gran plataforma de observación que había allí.

Es posible que, llegado a ese punto, SD-03 suscitara alguna mirada recelosa de los miembros del escuadrón de élite sixer que se encontraba en el lugar. No tengo modo de saberlo. Pero si los guardias intuyeron de alguna manera lo que estaba a punto de suceder y abrieron fuego sobre el pequeño androide, ya era demasiado tarde para detenerlo.

SD-03 siguió avanzando hacia el centro del nivel superior, donde un mago de alto nivel de los sixers estaba sentado y sostenía entre sus manos el Orbe de Osuvox, el artefacto que generaba el escudo esférico alrededor del castillo.

En ese momento, SD-03 ejecutó la última de las instrucciones que había programado dos días antes, levantó la bomba antimateria de fricción-inducción por encima de su cabeza y la hizo detonar.

La explosión volatilizó el droide de suministros y a todos los avatares situados en la plataforma, entre los que se encontraba el hechicero sixer que manejaba el Orbe de Osuvox. En el preciso instante en que murió, el artefacto se desactivó y cayó sobre la plataforma que había quedado vacía.

0035

La detonación vino acompañada de un intenso destello de luz que me cegó por un instante. Cuando remitió, volví a mirar el castillo. El escudo había desaparecido. Lo único que separaba ahora a los ejércitos de sixers y gunters era el campo abierto y un espacio vacío.

Los primeros cinco segundos no sucedió nada. El tiempo parecía haberse detenido, todo estaba en silencio y nada se movía. Pero de repente pareció como si se hubieran abierto las puertas del infierno.

Sentado en solitario frente al puente de mando del robot, solté un grito ahogado de alegría. Por increíble que pareciera, mi plan había funcionado. Pero no había tiempo para celebraciones, estaba en medio de la mayor batalla de la historia de OASIS.

No sé qué esperaba que ocurriera a continuación. Confiaba en que una décima parte de los gunters presentes se unieran a nuestro asalto contra los sixers, pero en cuestión de segundos tuve claro que todos pretendían sumarse a la batalla. Un desgarrador grito de guerra resonó de los miles de avatares que nos rodeaban, y todos avanzaron y rodearon al ejército enemigo desde distintas direcciones. Me asombró enormemente la determinación que demostraron, ya que parecía claro que muchos se dirigían hacia una muerte segura.

Observé con asombro el choque de los dos poderosos ejércitos que tenía lugar a mi alrededor, tanto en tierra como en el aire. La escena era caótica y sobrecogedora, como si varios enjambres y avisperos hubieran chocado y caído sobre un gigantesco hormiguero.

Art3mis, Hache, Shoto y yo permanecimos en el centro de la batalla. Al principio, el temor a aplastar a la oleada de gunters que se arremolinaba en torno a los pies de mi robot me impidió moverme. Pero Sorrento no esperó a que nadie se apartara de su camino y aplastó a grupos enteros de avatares (entre los que se encontraban soldados de su propio ejército) con las gigantescas patas de su *mecha* a medida que avanzaba con torpeza hacia nosotros. Cada vez que plantaba una pata en el suelo, creaba un pequeño cráter en la superficie rocosa del planeta.

—Oh, oh —oí que murmuraba Shoto al tiempo que su *mecha* adoptaba una posición defensiva—. Ahí viene.

Los robots de los sixers habían empezado a recibir disparos de todas direcciones. Sorrento era quien recibía más, ya que su *mecha* era el blanco más destacado del campo de batalla y ningún gunter con un arma a distancia era capaz de resistir la tentación de dispararle. La intensa andanada de proyectiles, bolas de fuego, misiles mágicos y rayos láser destruyó o desactivó al momento el resto de *mechas* de los sixer (que no tuvieron la oportunidad de convertirse en Voltron). Pero de alguna manera, el robot de Sorrento permanecía intacto. Los proyectiles que impactaban en él parecían rebotar sin hacerle nada al cuerpo blindado de su *mecha*. Docenas de naves zumbaron y volaron a su alrededor mientras lo acribillaban, pero sus ataques tampoco parecieron surtir mucho efecto.

—¡Ahí voy! —gritó Hache por el intercomunicador—. Esto va a ser como en *Amanecer Rojo*.

Después de gritar, atacó a Sorrento con la nada desdeñable potencia de fuego de su Gundam. Al mismo tiempo, Shoto empezó a disparar flechas con el arco de Raideen y el *mecha* de Art3mis disparó una especie de rayo de energía rojo que parecía originarse en los pechos metálicos y gigantescos de Minerva X. Como no quería ser menos, disparé el Arc Turn de Leopardon, un bumerán dorado que se disparaba desde la frente del *mecha*.

Aunque los cuatro impactos dieron en el blanco, solo el rayo de Art3mis pareció causar daño a Sorrento, pues arrancó un pedazo de blindaje del hombro del lagarto y desactivó el cañón que tenía en él. Pero Sorrento no se detuvo. Siguió aproximándose y los ojos de Mechagodzilla empezaron a brillar con una tonalidad cerúlea. Abrió la boca y una cascada de rayos azules salió disparada de las fauces del *mecha*. El haz de luz impactó en el suelo delante de nosotros y abrió un socavón humeante que se tragó a todos los avatares y naves que encontró a su paso. Logramos mantenernos a salvo gracias a que salimos disparados hacia el cielo con los propulsores, pero estuve a punto de recibir un impacto directo. Los rayos cesaron un segundo después, pero Sorrento continuó avanzando. Me di cuenta de que el resplandor de sus ojos ya no era azul. Al parecer, tenía que recargar el arma.

—Creo que hemos llegado al jefe final —bromeó Hache por el comunicador.

Los cuatro rodeábamos a Sorrento formando un círculo desde arriba y nos habíamos convertido en blancos móviles.

—A la mierda, tíos —dije—. No creo que podamos destruirlo.

—Astuta observación, Zeta —intervino Art3mis—. ¿Se te ocurre alguna idea brillante?

Lo pensé durante unos instantes.

—¿Y si lo distraigo mientras vosotros tres vais por el otro lado y os dirigís a la entrada del castillo?

—Podría funcionar —dijo Shoto que, en vez de dirigirse hacia el castillo, cayó en picado y voló directamente hacia Sorrento, salvando la distancia en pocos segundos.

—¡Id vosotros! —gritó por el comunicador—. ¡Yo me encargo de este cabrón!

Hache se acercó a Sorrento por el flanco derecho, Art3mis viró a la izquierda y yo ascendí y me coloqué justo sobre él. A mis pies, vi cómo Shoto plantaba cara a Sorrento a pesar de que la diferencia de tamaño entre sus *mechas* resultara preocupante. El robot de Shoto parecía un muñeco comparado con el dragón metálico e inmenso de Sorrento. Aun así, Shoto apagó los propulsores y aterrizó justo delante de Mechagodzilla.

—¡Deprisa! —oí que gritaba Hache—. ¡La entrada del castillo está abierta!

Desde las alturas, vi que la turba interminable de avatares gunter sobrepasaba las fuerzas de los sixers que rodeaban el castillo. Las líneas defensivas se habían desperdigado y centenares de gunters empezaron a atravesarlas y correr hacia la entrada abierta del castillo para descubrir que no podían cruzarla por no tener una copia de la Llave de Cristal.

Hache giró hasta colocarse delante de mí. A pesar de encontrarse a una distancia considerable del suelo, abrió la escotilla de la cabina del Gundam, saltó y susurró la palabra del mando del robot en ese mismo momento. Mientras el robot gigante encogía hasta su tamaño original, lo atrapó al vuelo y lo guardó en el inventario. Usó algún tipo de magia para volar, bajó en picado, dejó atrás la aglomeración de gunters que se amontonaba en las puertas del castillo y desapareció por la puerta de doble hoja. Un instante después, Art3mis realizó una maniobra similar, se guardó el *mecha* en pleno vuelo y voló hacia el castillo justo detrás de Hache.

Hice que Leopardon bajara en picado y me preparé para seguirlos.

—Shoto —le grité por el comunicador—. ¡Tenemos que entrar ya! ¡Vamos!

—Adelantaos —respondió—. Ahora mismo voy.

Pero algo en su tono de voz me preocupó, frené en pleno vuelo y le di la vuelta al *mecha*. Shoto flotaba por encima de Sorrento, junto a su flanco derecho. Sorrento había hecho girar muy despacio el *mecha* y empezaba a dirigirse hacia el castillo con paso firme. La lentitud y torpeza de los movimientos y ataques de Mechagodzilla restaban eficacia a su aparente invulnerabilidad.

—¡Shoto! —grité—. ¿A qué esperas? ¡Vamos!

—Vete sin mí —insistió—. Tengo que devolvérsela a este hijo de puta.

Sin darme tiempo a responder, Shoto se abalanzó sobre Sorrento con una espada gigante en cada una de las manos de su *mecha*. Los filos se hundieron en el costado derecho de Sorrento y crearon una lluvia de chispas, lo que para mi sorpresa le causó algunos daños. Cuando se disipó el humo, descubrí que el brazo derecho le colgaba flácido. Había estado a punto de cercenárselo a la altura del codo.

—¡Parece que a partir de ahora tendrás que limpiarte con la mano izquierda, Sorrento! —gritó Shoto, triunfante.

Después activó los propulsores de Raideen para dirigirse hacia el castillo y hacia mí. Pero Sorrento ya había girado la cabeza del *mecha* y pretendía atacar a su contrincante con sus ojos cerúleos.

—¡Shoto! —grité—. ¡Cuidado!

Mi voz quedó ahogada bajo el sonido de los relámpagos que brotaban. Impactaron justo en el centro de la espalda del robot de Shoto, que se convirtió en una bola de fuego anaranjada al explotar.

Oí un breve chasquido de estática en el canal de comunicaciones. Volví a llamar a Shoto, pero no respondió. Apareció un mensaje en la pantalla que indicaba que el nombre de Shoto acababa de desaparecer del Marcador.

Estaba muerto.

Ser consciente de ello me dejó aturdido unos instantes en un momento muy inoportuno, porque el arma relampagueante de Sorrento aún lanzaba andanadas de rayos que se desplazaban a toda velocidad formando arcos, recorrieron el suelo y ascendieron en diagonal por los muros del castillo, hacia mí. Reaccioné demasiado tarde: Sorrento alcanzó mi robot en la zona inferior del torso, un instante antes de que el rayo cesara.

Bajé la vista y descubrí que la mitad inferior del robot acababa de explotar. Todos los indicadores de alerta de la cabina empezaron a iluminarse mientras el *mecha* caía del cielo convertido en dos mitades humeantes.

De alguna manera, conseguí centrarme lo suficiente como para levantar la mano y tirar de la palanca de eyección que había encima del asiento. La cúpula de la cabina se abrió y salí disparado del robot en pleno descenso, justo antes de que impactara en la escalinata del castillo y matara a varios avatares allí reunidos.

Encendí las botas de propulsión de mi avatar justo antes de llegar al suelo y ajusté al momento los controles del equipo de inmersión, ya que ahora controlaba a mi avatar y no a un robot gigante. Logré aterrizar de pie delante del castillo, a una distancia segura del amasijo metálico y llameante en el que se había convertido Leopardon. Un segundo después de tomar tierra, me cubrió una sombra y al volverme descubrí que el *mecha* de Sorrento tapaba el cielo. Levantó su inmensa pata izquierda dispuesto a aplastarme.

Di tres pasos rápidos hacia detrás, salté y activé las botas de propulsión en el aire. La propulsión me libró por los pelos del pisotón de Mechagodzilla, que dejó un cráter en el lugar en el que me encontraba hacía apenas un segundo. La bestia de metal soltó otro rugido ensordecedor al que siguió una carcajada grave y atronadora. La risa de Sorrento.

Desactivé la propulsión de las botas y me hice una bola. Caí al suelo rodando y cuando me detuve, me puse en pie. Alcé la vista para verle la cara metálica al lagarto. Todavía no le habían empezado a brillar los ojos, así que podía propulsarme una vez más y llegar al interior del castillo sin dar tiempo a Sorrento para dispararme de nuevo. Y él no podría seguirme al interior, a menos que se dejara atrás su gigantesco *mecha*.

Oí que Art3mis y Hache gritaban por el comunicador. Ya estaban dentro, esperándome frente a la puerta.

Lo único que tenía que hacer era entrar volando en el castillo y unirme a ellos. Podríamos franquearla los tres juntos antes de que Sorrento nos diera alcance. Estaba seguro.

Pero no me moví. En cambio, saqué la Cápsula Beta y sostuve el pequeño cilindro metálico en la palma de la mano de mi avatar.

Sorrento había intentado matarme. Y en el proceso se había cargado a mi tía y a varios vecinos, entre los que se encontraban la dulce señora Gilmore, que jamás en su vida había hecho daño a nadie. También había asesinado a Daito, que era mi amigo a pesar de que no habíamos llegado a conocernos en persona.

Acababa de quitarle la vida al avatar de Shoto, lo que lo había dejado sin la oportunidad de franquear la Tercera Puerta. Sorrento no merecía su poder ni el cargo que ocupaba. En ese momento decidí que lo que Sorrento merecía era una derrota y una humillación públicas. Merecía que le dieran una patada en el culo en presencia de toda la humanidad.

Sostuve la Cápsula Beta muy alta sobre la cabeza y pulsé el botón que la activaba.

Se produjo un destello de luz cegador y enrojeció el cielo mientras mi avatar cambiaba, crecía y se transformaba en un alienígena humanoide de piel roja y plateada, ojos resplandecientes con forma de huevo, cabeza adornada por una extraña aleta y una luz brillante en el centro del pecho. Durante los tres minutos siguientes, era Ultraman.

Mechagodzilla dejó de rugir y destrozarlo todo. Había tenido la mirada fija en el suelo hasta ese momento, ya que era el lugar donde se encontraba mi pequeño avatar, pero ahora empezó a elevarla despacio para abarcar en su totalidad a su nuevo oponente, y nuestros ojos brillantes se encontraron al fin. Me encontraba cara a cara frente al robot de Sorrento y ahora teníamos la misma altura y tamaño.

El *mecha* de Sorrento dio varios pasos atrás con torpeza. Sus ojos volvieron a brillar.

Me agaché un poco para adoptar una postura ofensiva y vi que en una esquina de la pantalla había aparecido un temporizador que acababa de iniciar una cuenta atrás desde los tres minutos:

2:59. 2:58. 2:57.

Debajo del contador había un menú en el que se enumeraban en japonés los distintos ataques de energía de Ultraman. Escogí sin dudar el RAYO SPECIUM y extendí los brazos, uno en posición horizontal y el otro en posición vertical para formar una cruz. Un rutilante rayo de energía blanca salió disparado de mis antebrazos, impactó en el pecho de Mechagodzilla y lo empujó hacia atrás. Después de haber perdido el equilibrio, Sorrento se descontroló y tropezó con sus descomunales patas. El *mecha* cayó al suelo y aterrizó de costado.

Los miles de avatares que observaban desde el caótico campo de batalla que teníamos alrededor estallaron en vítores.

Salí volando por los aires y ascendí medio kilómetro en línea recta. Luego me dejé caer en picado con los pies por delante apuntando los talones justo hacia la espalda curvada de Mechagodzilla. Cuando impacté contra él, oí que el golpe había partido algo en el interior de la bestia. Empezó a salir humo de la boca del dinosaurio, y desapareció el brillo azul de sus ojos.

Realicé una voltereta hacia atrás y aterricé agazapado tras el robot que seguía tendido. El único brazo que aún funcionaba se agitaba sin parar mientras que la cola y las patas hacían lo propio. Al parecer, Sorrento estaba forcejeando con los controles, en un intento desesperado por lograr que la bestia se pusiera en pie.

A continuación seleccioné YATSUAKI KOHRIN del menú de armas: el Ultra-Slash. Al momento, una hoja circular, brillante y aserrada de un azul eléctrico apareció en mi mano derecha y empezó a girar a mucha velocidad. Lo lancé hacia Sorrento con un gesto de muñeca, como si se tratara de un plato volador. Surcó el aire con un chirrido e impactó en el estómago de Mechagodzilla. La sierra de energía cortó su piel metálica como si estuviera hecha de tofu y partió el *mecha* en dos mitades. Justo antes de que la máquina explotara, la cabeza se separó del cuello y salió disparada. Sorrento la había eyectado. Pero como el lagarto gigante ya se encontraba en el suelo, la cabeza rodó a ras de suelo. Sorrento se hizo rápidamente con la situación, y los cohetes que asomaban de la cabeza se encendieron y la elevaron al instante por los aires. Sin darle tiempo a llegar muy lejos, crucé los brazos de nuevo y le disparé otro rayo specium, que impactó en la escurridiza cabeza como si de una paloma de barro se tratara. La gran explosión que siguió la desintegró al momento.

La multitud enloqueció.

Revisé el Marcador y comprobé que el número de empleado de Sorrento ya no figuraba en ella. Su avatar había muerto. No me alegré demasiado, pues sabía que era probable que en ese mismo instante estuviera sacando de su silla háptica a alguno de sus secuaces para hacerse con el control de otro avatar.

El temporizador indicaba que a mi Cápsula Beta solo le quedaban quince segundos, por lo que la desactivé. Mi avatar volvió al momento a su tamaño y su aspecto normales. Me di media vuelta, activé las botas de propulsión y entré volando en el castillo.

Cuando llegué al otro extremo del inmenso vestíbulo me encontré a Art3mis y a Hache esperándome frente a la Puerta de Cristal. A su alrededor yacían esparcidos por el suelo los cuerpos humeantes y sanguinolentos de más de diez avatares sixer que habían sido ajusticiados recientemente y se disipaban poco a poco. Al parecer, acababa de tener lugar una escaramuza breve y decisiva que me había perdido por poco.

—No es justo —dije al tiempo que apagaba las botas y me posaba en el suelo junto a Hache—. Podríais haberme dejado al menos uno con vida.

Art3mis no se molestó en responder y me hizo un gesto obsceno con el dedo corazón.

—Felicidades por cargarte a Sorrento —dijo Hache—. Ha sido un enfrentamiento épico, sin duda. Pero sigues siendo un loco de remate. Lo sabes, ¿no?

—Sí. —Me encogí de hombros—. Lo sé.

—¡Eres un capullo egoísta! —gritó Art3mis—. ¿Y si te hubiera matado él a ti?

—Pero no lo ha hecho. ¿No? —me defendí, dando un paso al frente para examinar mejor la Puerta de Cristal—. O sea que tranquilízate y vamos a abrir esto.

Miré la cerradura que ocupaba el centro de la puerta y luego las palabras grabadas encima sobre la superficie facetada. «Caridad. Esperanza. Fe.»

Saqué mi copia de la Llave de Cristal y la levanté. Hache y Art3mis hicieron lo mismo.

No ocurrió nada.

Intercambiamos miradas de preocupación. Entonces se me ocurrió una idea y carraspeé.

—«*Three is a magic number*» —dije, recitando el primer verso de la canción de *Schoolhouse Rock*.

Nada más decirlo, la Puerta de Cristal empezó a emitir destellos y aparecieron dos cerraduras más a ambos lados de la primera.

—¡Eso era! —susurró Hache—. ¡Joder! No me lo puedo creer. ¡Estamos delante de la Tercera Puerta!

Art3mis asintió.

—Al fin.

Inserté la llave en la cerradura central. Hache hizo lo propio en la de la izquierda. Y Art3mis, en la de la derecha.

—¿En el sentido de las agujas del reloj? ¿A la de tres? —propuso Art3mis.

Hache y yo asentimos. Art3mis contó hasta tres y giramos las llaves al unísono. Hubo un breve destello de luz azulada y tanto las llaves como la Puerta de Cristal desaparecieron. La Tercera Puerta estaba abierta ante nosotros y al otro lado del cristalino umbral se distinguía un remolino de estrellas.

—¡Uau! —exclamó Art3mis a mi lado—. Allá vamos.

Los tres dimos un paso al frente y nos preparamos para franquearla, pero entonces se oyó un estrépito ensordecedor, como si el universo entero se partiera en dos.

Y después todos morimos.

0036

Cuando tu avatar muere, la pantalla no se pone ne-gra al momento. Lo que ocurre es que la cámara cambia a una en tercera persona y te permite presenciar una breve repetición del destino final de tu avatar.

Un instante después de oír el estallido atronador, la cámara cambió y contemplé a nuestros tres avatares inmóviles frente a la puerta abierta. En ese momento, una luz blanca y cegadora lo inundó todo junto a una avalancha de ruido ensordecedor. Así era como siempre había imaginado que sería verse atrapado en una explosión nuclear.

Por un momento, llegué a ver los esqueletos de nuestros avatares suspendidos en el interior de las siluetas transparentes de nuestros cuerpos inmóviles. Acto seguido, mis puntos de vida bajaron a cero de un plumazo.

El impacto se produjo un segundo después y lo desintegró todo a su paso; nuestros avatares, el suelo, las paredes, el propio castillo y a los miles de avatares congregados alrededor. Todo quedó pulverizado y un polvillo quedó suspendido en el aire durante un segundo antes de caer en la tierra.

La superficie entera del planeta había quedado arrasada. La zona que rodeaba el Castillo de Anorak, que hasta ese momento había estado a rebosar de belicosos avatares, se había convertido en un erial árido y desolador. Todo y todos habían sido destruidos. Lo único que había quedado en pie era la Tercera Puerta, un umbral cristalino que flotaba en el aire sobre el cráter donde hasta entonces se encontraba el castillo.

Mi sorpresa inicial se convirtió en temor cuando me di cuenta de lo que acababa de suceder.

Los sixers habían detonado el Cataclista.

Era la única explicación. Era el único artefacto con la potencia suficiente para hacer algo así. No solo había matado a los avatares del sector, sino que también había destruido el Castillo de Anorak, una fortaleza que hasta ese momento había resultado ser indestructible.

Contemplé la puerta abierta flotando en el espacio vacío y esperé lo inevitable, que apareciera el mensaje final en el centro de la pantalla: las palabras que sabía que todos los demás avatares que se encontraban en ese sector debían de estar viendo en ese momento: GAME OVER.

Pero las palabras que aparecieron en la pantalla fueron otras: «¡FELICIDADES! ¡TIENES UNA VIDA EXTRA!»

Mientras contemplaba asombrado el mensaje, vi cómo poco después mi avatar resucitaba y reaparecía en el punto exacto donde acababa de morir hacía unos segundos. Volvía a estar frente a la puerta abierta. Pero ahora flotaba en el aire, suspendida varios metros por encima de la superficie del planeta sobre el cráter que había dejado la destrucción del castillo. Mientras mi avatar terminaba de materializarse, bajé la vista y constaté que el suelo sobre el que me encontraba hasta hacía un momento había desaparecido. Al igual que las botas de propulsión y el resto de cosas que llevaba.

Por un momento pareció que me había quedado suspendido en el aire como Wile E. Coyote en los dibujos animados del Correcaminos. Pero entonces me desplomé. Traté de agarrarme con desesperación a la puerta que tenía delante, pero estaba demasiado lejos.

Me golpeé fuerte contra el suelo y perdí un tercio de mis puntos de vida a causa de la caída. Me puse en pie despacio y miré a mi alrededor. Me encontraba en un gran cráter de forma cúbica, el espacio ocupado hacía nada por los cimientos y los sótanos del Castillo de Anorak. El paisaje era desolador y el silencio, sepulcral. No había ruinas de la fortaleza, ni chatarra de los miles de cazas y naves que segundos antes inundaban el cielo. De hecho, no había rastro alguno de la gran batalla que acababa de librarse allí. El Cataclista lo había volatilizado todo.

Me centré en mi avatar y vi que llevaba una camiseta negra y unos vaqueros, las prendas que aparecían por defecto en todo avatar recién creado. Luego abrí la ficha de mi personaje y el inventario. Mi avatar tenía el mismo nivel y puntos de características que antes, pero el inventario estaba del todo vacío salvo por un objeto: la moneda de veinticinco centavos que había conseguido por jugar una partida perfecta de *Pac-Man* en Archaide. Después de guardarla en el inventario no había podido sacarla de nuevo, por lo que me había sido imposible usar conjuros de adivinación o de identificación. No había podido averiguar para qué servía la moneda ni cuáles eran sus poderes. Con lo ajetreado que había estado en los últimos meses, había llegado incluso a olvidarme de ella.

Pero al fin sabía cuáles eran sus poderes: era un artefacto de un solo uso que le había concedido a mi avatar una vida extra. Hasta ese momento, ni siquiera sabía que algo así fuera posible. No había constancia en la historia de OASIS de que nadie hubiera conseguido una vida extra.

Seleccioné la moneda en el inventario y volví a intentar sacarla. Ahora pude hacerlo y la sostuve en la palma de la mano. Ya se había usado su único poder, por lo que ahora no tenía propiedades mágicas. Solo era una moneda de veinticinco centavos.

Alcé la vista y vi que la Puerta de Cristal flotaba veinte metros por encima de mí. Seguía en su mismo lugar, abierta de par en par. Pero no tenía ni idea de cómo subir y franquearla. No tenía botas de propulsión ni nave ni objetos mágicos ni había memorizado hechizos. Nada que me permitiera volar o levitar. Y por allí no se veía ninguna escalera de mano.

Me encontraba a un tiro de piedra de la Tercera Puerta y no podía alcanzarla.

—Oye, Zeta —oí que decía una voz—. ¿Me oyes?

Era Hache, pero su voz ya no me llegaba distorsionada para

parecer masculina. La oía perfectamente, como si hablara conmigo a través del intercomunicador. No tenía sentido, porque mi avatar ya no tenía intercomunicador y el avatar de Hache estaba muerto.

—¿Dónde estás? —pregunté al aire.

—Estoy muerta, como todos los demás —dijo Hache—. Todos menos tú.

—¿Entonces por qué te oigo?

—Og nos ha conectado a tus canales de sonido y de vídeo —respondió—. Ahora podemos ver lo que ves y oír lo que oyes.

—Vaya.

—¿Te molesta, Parzival? —oí que preguntaba Og—. Si te importa, dilo.

Lo pensé un instante.

—No, no me molesta —respondí—. ¿Shoto y Art3mis también me oyen?

—Sí —intervino Shoto—. Estoy aquí.

—Sí, aquí estamos —dijo Art3mis, con una voz que noté que destilaba rabia—. Y estamos muertos y enterrados. La cuestión es, ¿por qué no has muerto tú también, Parzival?

—Sí, Zeta —insistió Hache—. Tenemos mucha curiosidad. ¿Qué ha pasado?

Saqué la moneda y la sostuve a la altura de los ojos.

—Obtuve esta moneda en Archaide hace unos meses, como premio por conseguir una partida perfecta de *Pac-Man*. Era un artefacto, pero nunca supe para qué servía. No hasta ahora. Resulta que me ha dado una vida extra.

Se hizo el silencio por un momento. Entonces Hache se echó a reír.

—Qué suerte tiene el muy hijo de puta —dijo—. Los canales de noticias han afirmado que todos los avatares que se encontraban en el sector han muerto. Más de la mitad de la población de OASIS.

—¿Ha sido el Cataclista? —pregunté.

—Ha tenido que serlo —respondió Art3mis—. Los sixers debieron de comprarlo cuando salió a subasta hace unos años. Y lo han tenido guardado esperando el momento adecuado para hacerlo explotar.

—Pero también han acabado con la mitad de sus tropas —añadió Shoto—. ¿Por qué harían algo así?

—Creo que casi todos los suyos ya estaban muertos —comentó Art3mis.

—Los sixers no tenían alternativa —dije yo—. Era la única manera de detenernos. Cuando detonaron esa cosa, ya habíamos abierto la Tercera Puerta y estábamos a punto de franquearla... —Me detuve al darme cuenta de algo—. ¿Cómo han sabido que la habíamos abierto? A menos que...

—Nos estaban vigilando —dijo Hache—. Seguramente habían instalado cámaras de vigilancia alrededor de la puerta.

—O sea, que si han visto cómo la abríamos, ahora también saben cómo hacerlo —dedujo Art3mis.

—Eso ya no importa —observó Shoto—. Sorrento está muerto. Y los demás avatares sixers también.

—Te equivocas —discrepó Art3mis—. Fíjate en el Marcador. Todavía quedan veinte avatares sixers en la lista por debajo de Parzival. Y sus puntuaciones indican que todos tienen la Llave de Cristal.

—¡Mierda! —exclamaron Hache y Shoto al unísono.

—Los sixers sabían que tal vez les haría falta hacer estallar el Cataclista —dije—. Por eso es probable que tomaran la precaución de trasladar a algunos de sus avatares fuera del Sector Diez y los hicieran esperar en algún caza al otro lado de la frontera, a salvo de la explosión.

—Tienes razón —concedió Hache—. Lo que significa que en este momento hay veinte sixers más que van hacia ti, Zeta. O sea que ponte en marcha y cruza esa puerta. No creo que tengas muchas más ocasiones de hacerlo. —Oí que soltaba un suspiro de derrota—. Para nosotros ya ha terminado todo. Estamos contigo. Buena suerte, compadre.

—Gracias, Hache.

—*Gokouun o inorimasu* —dijo Shoto—. Hazlo lo mejor que puedas.

—Lo haré —contesté, esperando a que Art3mis también me deseara suerte.

—Buena suerte, Parzival —dijo al fin tras una larga pausa—. Hache tiene razón. Nunca tendrás otra oportunidad. Ni tú ni ningún otro gunter. —Noté que le temblaba la voz, como si reprimiera las lágrimas. Respiró hondo y añadió—: No la cagues.

—No la cagaré —le aseguré—. Gracias por no meterme presión.

Alcé la vista hasta la puerta abierta que estaba suspendida en el aire sobre mí y lejos de mi alcance. Luego empecé a mirar alrededor de mí y busqué con desesperación el modo de llegar hasta ella. Algo llamó mi atención, unos pocos píxeles que parpadeaban en la distancia cerca del extremo opuesto del cráter. Corrí hacia ellos.

—Esto... —intervino Hache—. No es mi intención hacer de copiloto pesado, ni mucho menos. Pero ¿adónde coño vas?

—El Cataclista destruyó todos los objetos de mi avatar —respondí—. O sea, que no tengo manera de volar hasta ahí arriba y franquear la puerta.

—¡No me lo puedo creer! —exclamó, suspirando—. Tío, menuda racha.

El objeto se fue definiendo a medida que me acercaba a él. Era la Cápsula Beta, que flotaba a unos centímetros del suelo y giraba en el sentido de las agujas del reloj. El Cataclista había volatilizado todo lo que se encontraba en el sector y podía ser destruido, pero los artefactos eran indestructibles. Como también lo era la puerta.

—¡Es la Cápsula Beta! —exclamó Shoto—. Debe haber ido a parar ahí por la onda expansiva. Puedes usarla para convertirte en Ultraman y volar hasta la puerta.

Asentí, levanté la cápsula por encima de mi cabeza y pulsé el botón del lateral para activarla. Pero no ocurrió nada.

—¡Mierda! —murmuré, al darme cuenta de lo que ocurría—. No funciona. Solo se puede usar una vez al día. —La guardé y seguí buscando con la mirada—. Debe de haber otros artefactos esparcidos por aquí —dije. Empecé a correr por el perímetro de los cimientos del castillo mientras buscaba—. ¿Alguno de vosotros tenía algún artefacto? ¿Algo que me permitiera volar? ¿O levitar? ¿O teletransportarme?

—No —respondió Shoto—. No tengo artefactos.

—Mi espada del Ba'Heer era un artefacto —dijo Hache—. Pero no te servirá para llegar a la puerta.

—Pero mis Chucks sí —intervino Art3mis.

—¿Tus «chucks»? —repetí yo.

—Mis zapatillas. Unas Chuck Taylor All Star negras. Proporcionan a quien las lleva velocidad y la capacidad de volar.

—¡Genial! ¡Perfecto! —dije—. Ahora solo tengo que encontrarlas.

Seguí corriendo mientras me fijaba en todo lo que tenía alrededor. Encontré la espada de Hache al cabo de un minuto y la añadí a mi inventario, pero tardé otros cinco en encontrar las zapatillas mágicas de Art3mis en la parte meridional del cráter. Me las puse y se ajustaron para encajar a la perfección en los pies de mi avatar.

—Te las devolveré, Arty —dije mientras terminaba de abrochármelas—. Te lo prometo.

—Más te vale —amenazó—. Son mis preferidas.

Di tres pasos rápidos, un salto, y ya estaba volando. Me giré en el aire y me dirigí a la puerta en línea recta. Pero en el último momento, viré a la derecha y la rodeé. Permanecí suspendido frente a ella. El umbral de cristal también estaba suspendido en el aire a unos pocos metros. Me recordaba a la puerta flotante que acompañaba los créditos de inicio de *La dimensión desconocida*.

—¿A qué esperas? —gritó Hache—. Los sixers pueden aparecer en cualquier momento.

—Lo sé. Pero antes de entrar tengo que deciros algo.

—Bueno, pues suéltalo rápido, insensato —dijo Art3mis—. ¡No hay tiempo!

—Está bien, está bien. Solo quería decir que sé cómo debéis sentiros los tres en este momento. Lo que ha ocurrido no es justo. Deberíamos franquear todos juntos esta puerta. En fin, que antes de entrar quiero que sepáis algo. Si consigo el Huevo pienso repartir el dinero del premio entre los cuatro.

Se hizo un silencio prolongado.

—¿Hola? —pregunté unos segundos después—. ¿Me habéis oído?

—¿Estás loco? —preguntó Hache al fin—. ¿Y por qué vas a hacer algo así?

—Porque es la única salida digna —respondí—. Porque nunca habría llegado tan lejos yo solo. Porque los cuatro merecemos ver lo que hay del otro lado de la puerta y saber cómo termina el juego. Y porque necesito vuestra ayuda.

—¿Podrías repetir eso último? —pidió Art3mis.

—Necesito vuestra ayuda —reiteré—. Tenéis razón. Esta es mi única oportunidad de franquear la Tercera Puerta. No habrá segundas oportunidades. Los sixers llegarán pronto y en cuanto lo hagan, entrarán. Tengo que lograrlo antes que ellos y al primer intento. Mis probabilidades de hacerlo se incrementarán drásticamente si vosotros tres me ofrecéis vuestro apoyo. ¿Qué decís?

—Cuenta conmigo —contestó Hache—. Ya pensaba ofrecerte mis consejos de todos modos, pardillo.

—Y conmigo también —dijo Shoto—. No tengo nada que perder.

—A ver si lo he entendido bien —soltó Art3mis—. Nosotros te ayudamos a franquear la puerta y a cambio tú aceptas compartir el dinero con nosotros.

—No. Si gano, me ayudéis o no, repartiré el premio entre los cuatro. Es decir, que probablemente os interese ayudarme de todos modos.

—Supongo que no hay tiempo para que lo pongas por escrito —propuso Art3mis.

Lo pensé un momento y abrí el menú de control de mi Canal Personal de OASIS. Inicié una transmisión en directo para que todos los que me estuvieran viendo (el marcador de audiencia indicaba que tenía más de doscientos millones de espectadores) oyeran lo que estaba a punto de decir.

—Saludos —dije—. Soy Wade Watts, también conocido como

Parzival. Quiero que el mundo entero sepa que si logro encontrar el Huevo de Pascua de Halliday, me comprometo a repartir las ganancias a partes iguales con Art3mis, Hache y Shoto. Lo juro por mi honor de gunter. Y si miento, que siempre me consideren un desalmado y un sixer chupapollas.

Concluida la emisión, oí que Art3mis decía:

—Tío, ¿tú estás loco? ¡Era coña!

—Ah. Bueno. Ya lo sabía.

Me crují los nudillos, volé hacia la puerta y mi avatar desapareció en un torbellino de estrellas.

0037

Estaba en pie frente a un espacio inmenso, oscuro y vacío. No veía paredes ni techo, pero al parecer había suelo, ya que estaba de pie sobre algo. Esperé unos instantes sin saber muy bien qué hacer. Entonces, una voz electrónica y atronadora resonó en el vacío. Parecía generada por un sintetizador de voz primitivo, de los que se usaban en Q*Bert y Gorf.

—¡Supera el récord o serás destruido! —anunció la voz.

En ese momento surgió un haz de luz de las alturas. Y en la base de aquella prominente columna de luz, vi una antigua máquina recreativa. Reconocí al instante la forma angulosa y particular del mueble. *Tempest*. Atari. 1980.

Cerré los ojos y bajé la cabeza.

—Mierda —murmuré—. Este no es el juego que mejor se me da, chicos.

—Venga ya —oí que susurraba Art3mis—. Seguro que sabías que *Tempest* tendría un papel importante en la Tercera Puerta de algún modo. Era evidente.

—¿Ah, sí? ¿Por qué? —pregunté.

—Por la cita de la última página del *Almanaque* —respondió Art3mis—. «Debe suscitar obstáculos, no sea que la felicidad de la conquista rebaje su valor.»

—Conozco muy bien la cita —dije, enfadado y a la defensiva—. Es de Shakespeare. Pero creía que solo era la manera que tenía Halliday de decirnos que iba a poner las cosas muy difíciles en la Cacería.

—Y lo era —insistió Art3mis—. Pero también se trataba de una pista. La cita pertenece a *La Tempestad*, la última obra de teatro que escribió Shakespeare.

—¡Mierda! —exclamé en voz baja—. ¿Cómo pude pasarlo por alto?

—Pues yo tampoco lo relacioné —confesó Hache—. Bravo, Art3mis.

—*Tempest* también aparece un instante en el videoclip de la canción *Subdivisions*, de Rush —añadió Art3mis—. Una de las favoritas de Halliday. Es difícil pasarlo por alto.

—Vaya, vaya —dijo Shoto—. Eres buena.

—¡Está bien! —concedí—. Supongo que sí, que era muy evidente. Pero ¡no hace falta meter el dedo en la llaga!

—Deduzco que no tienes mucha práctica con este juego, Zeta —comentó Hache.

—Jugué un poco, pero hace mucho —admití—. No lo suficiente. Mirad el récord —dije, señalando el monitor.

La puntuación que aparecía en el marcador era de 728.329. Las iniciales que figuraban al lado eran JDH, James Donovan Halliday. Como había supuesto, el marcador de créditos de la parte inferior de la pantalla marcaba un uno.

—No veas —dijo Hache—. Con un solo crédito. Como en *Black Tiger*.

Me acordé de la ya inútil vida extra en forma de moneda que guardaba en el inventario y la saqué. Pero al meterla en la ranura de la máquina, cayó directa en el cajetín de devolución. Me agaché para recogerla y vi una etiqueta que rezaba: FUNCIONA CON FICHAS.

—¡A la mierda con mi idea! —exclamé—. No veo ninguna máquina de fichas por aquí.

—Al parecer solo tendrás un intento —dijo Hache—. A todo o nada.

—Tíos, llevo años sin jugar a *Tempest*. Estoy jodido. Es imposible que consiga superar la puntuación de Halliday al primer intento.

—No hace falta —observó Art3mis—. Fíjate en el año del *copyright*.

Leí la fecha que figuraba en la parte inferior de la pantalla: ©MCMLXXX ATARI.

—¿Mil novecientos ochenta? —preguntó Hache—. ¿Eso en qué va a ayudarle?

—Eso. ¿En qué va a ayudarme?

—Significa que es la primerísima versión de *Tempest* —explicó Art3mis—. La que se lanzó con un error en el código del juego. Cuando llegó a los salones recreativos, la gente descubrió que si morías tras alcanzar cierta puntuación, la máquina te regalaba un montón de créditos extra.

—Vaya —dije, algo avergonzado—. No lo sabía.

—Lo sabrías si hubieras investigado tanto como yo —añadió Art3mis.

—Joder, tía, sabes un montón —admitió Hache.

—Gracias. Ser una friki obsesiva-compulsiva sin vida social ayuda.

—Muy bien, Arty —insistí—. ¿Qué tengo que hacer para conseguir esas partidas gratis?

—Lo estoy buscando en mi diario de misiones —respondió.

Oí el ruido de las páginas al pasar, como si estuviera consultando un libro de verdad.

—No me digas que llevas una copia en papel de tu diario —pregunté.

—Siempre lo llevo encima, es un cuaderno de espiral —confirmó—. Y menos mal, porque mi cuenta de OASIS y todo lo que tenía se ha borrado. —Más pasar de páginas—. ¡Aquí está! Primero tienes que llegar a los ciento ochenta mil puntos. Cuando lo consigas, asegúrate de acabar el juego con una puntuación en la que los dos últimos dígitos sean cero seis, once o doce. Si lo haces, obtendrás cuarenta créditos extra.

—¿Estás absolutamente segura?

—Absolutamente.

—Muy bien —dije—. Ahí voy.

Empecé el ritual de siempre antes de iniciar una partida. Me estiré, me crují los nudillos y luego moví la cabeza y el cuello a izquierda y derecha.

—Joder, tío, ¿vas a empezar de una vez? —increpó Hache—. La incertidumbre me está matando.

—¡Silencio! —interrumpió Shoto—. No lo agobies, ¿vale?

Todos se quedaron callados mientras terminaba los ejercicios de calentamiento.

—Ahí vamos —dije.

Y le di al botón de inicio del primer jugador.

Tempest contaba con gráficos vectoriales de la vieja escuela, por lo que las imágenes estaban formadas por líneas de neón iluminadas contra una pantalla negra. La cámara estaba dispuesta en la parte superior de un túnel tridimensional y el jugador tenía que girar un dial para controlar a una «nave» que se movía por el borde del túnel. El objetivo del juego era disparar a los enemigos que se dirigían hacia ti por el túnel mientras esquivabas sus disparos y evitabas otros obstáculos. Al pasar de un nivel a otro, los túneles iban pasando a ser formas geométricas más complejas, y el número de enemigos y obstáculos que venían hacia ti se incrementaba exponencialmente.

Halliday había configurado la máquina para torneos, por lo que no podía empezar la partida a más de nivel 9. Tardé unos quince minutos en llegar a 180.000 puntos y perdí dos vidas en el intento. Estaba más oxidado de lo que creía. Cuando llegué a los 189.412 puntos, lancé la nave adrede contra un spiker y perdí la última vida. El juego me pidió que introdujera mis iniciales y puse: WOW.

Al introducirlas, el marcador de créditos pasó de cero a cuarenta.

Los gritos de alegría de mis compañeros casi me dejaron sordo y estuve a punto de sufrir un infarto.

—Art3mis, eres un genio —dije, cuando el clamor cesó.

—Lo sé.

Volví a pulsar el botón de inicio del primer jugador y comencé una segunda partida, centrado ya en superar la puntuación de

Halliday. Aún estaba nervioso, pero mucho menos. Si no lograba la máxima puntuación durante esa partida, todavía me quedarían treinta y nueve intentos más.

Art3mis se dirigió a mí durante una pausa entre oleadas.

—O sea que tus iniciales son WOW. ¿Y la O de qué es?

—De Obtuso —respondí.

Ella se rio.

—No, en serio.

—De Owen.

—Owen —repitió Art3mis—. Wade Owen Watts. Suena bien.

En ese momento llegó la siguiente oleada y Art3mis dejó de hablar. Terminé la segunda partida unos minutos más tarde con una puntuación de 219.584. No era mal resultado, pero estaba muy lejos del objetivo.

—No está mal —comentó Hache.

—Pero tampoco está bien —observó Shoto. Luego pareció recordar que podía oírle—. Esto... Mucho mejor, Parzival. Lo estás haciendo fantásticamente bien.

—Gracias por el voto de confianza, Shoto.

—Eh, oíd esto —dijo Art3mis, leyendo de su diario—. El creador de *Tempest*, Dave Theurer, sacó la idea para el juego de una pesadilla que tuvo sobre unos monstruos que salían de un agujero en la tierra y lo perseguían. —Se rio con aquella risa suya tan melodiosa que hacía tanto tiempo que no oía—. ¿No te parece guay, Zeta? —añadió.

—Pues sí, muy guay —admití.

No sabía por qué, pero oír su voz me tranquilizaba. Creo que ella lo sabía y por eso seguía hablándome. Sus palabras me infundían energía. Volví a darle al botón de inicio del primer jugador, y comenzó la tercera partida.

Todos se quedaron en silencio lo que duró la partida. Perdí la última vida casi una hora después. La puntuación final fue de 437.977.

Hache se dirigió a mí nada más terminar la partida.

—Malas noticias, amigo —dijo.

—¿Qué ocurre?

—Acertamos. Los sixers guardaron un grupo de avatares en la frontera del sector cuando detonó el Cataclista. Tras la explosión, volvieron a entrar en el sector y se encaminaron directo hacia Chthonia. Y han... —Le tembló la voz.

—¿Han qué?

—Acaban de cruzar la puerta hace cinco minutos —respondió Art3mis—. La puerta se cerró cuando entraste, pero ellos han usado tres de sus llaves para volver a abrirla.

—¿Quieres decir que los sixers están dentro? ¿Ahora mismo?

—Son dieciocho —dijo Hache—. Al entrar, cada uno de ellos ha aparecido en una simulación independiente. En una representación distinta. Ahora mismo, los dieciocho están jugando a *Tempest* como tú. Intentando superar la puntuación de Halliday. Y todos han usado el *exploit* para conseguir los cuarenta créditos. A casi ninguno se le da muy bien, pero hay uno que es muy bueno. Creemos que debe de ser el avatar que controla Sorrento. Acaba de empezar la segunda partida...

—¡Esperad un momento! —interrumpí—. ¿Cómo podéis saber todo eso?

—Porque los estamos viendo —reveló Shoto—. Todas las personas que están conectadas a OASIS ahora mismo pueden verlos. Y a ti también.

—¿De qué coño estáis hablando?

—Desde el momento en que alguien cruza la Tercera Puerta, en la parte superior del Marcador aparece una retransmisión de su avatar —explicó Art3mis—. Al parecer, Halliday quiso que llegar al final de la Tercera Puerta se convirtiera en un espectáculo deportivo.

—¿Me estáis diciendo que el mundo entero lleva una hora viéndome jugar a *Tempest*?

—Exacto —confesó Art3mis—. Y ahora mismo están viendo que hablas con nosotros. Así que que cuidado con lo que dices.

—¿Y por qué no me habíais dicho nada? —grité.

—No queríamos ponerte nervioso —justificó Hache—. Ni distraerte.

—Genial. Perfecto. Gracias —grité, medio histérico.

—Cálmate, Parzival —pidió Art3mis—. Vuelve a concentrarte en el juego. Ahora se ha convertido en una carrera. Hay dieciocho avatares detrás de ti. O sea que tienes que hacerlo muy bien en esta siguiente partida. ¿Lo entiendes?

—Sí —respondí. Respiré muy hondo y solté el aire despacio—. Lo entiendo.

Volví a coger aire y pulsé una vez más el botón de inicio del primer jugador. Como me sucedía siempre, la competición hizo que sacara lo mejor de mí mismo. En esa ocasión me metí de lleno en el juego. Me movía, disparaba el zapper, luego el super-zapper, pasaba de nivel, evitaba los spikers. Mis manos se movían por los controles sin que tuviera que pensar. Llegué a olvidar lo que estaba en juego y a los millones de personas que me observaban. Me metí de lleno en el juego.

Cuando llevaba poco más de una hora jugando y acababa de pasar el nivel 81, oí otro estallido de júbilo.

—¡Lo has conseguido, tío! —oí que exclamaba Shoto.

Miré a la parte superior de la pantalla. La puntuación era de 802.488.

Seguí jugando porque el instinto me llevaba a querer alcanzar la mayor puntuación posible, pero en ese momento oí que Art3mis carraspeaba con fuerza y me di cuenta de que no me hacía falta seguir. De hecho, estaba desperdiciando unos segundos preciosos y malgastando toda la posible ventaja que pudiera llevarles a los sixers. Así que dejé que me mataran las dos vidas que quedaban y apareció en la pantalla el mensaje de GAME OVER. Volví a introducir mis iniciales y en esta ocasión aparecieron en lo alto de la lista, justo encima del récord de Halliday. Luego el monitor se puso negro y apareció un mensaje en el centro.

¡BIEN JUGADO, PARZIVAL!
¡PREPÁRATE PARA LA FASE 2!

Entonces, tanto la recreativa como mi avatar se esfumaron por completo.

. . .

Aparecí galopando a través de una ladera cubierta de niebla. Supuse que iba montado a caballo, porque me movía arriba y abajo y oía el sonido rítmico de unos cascos repicando contra el suelo. Frente a mí, un castillo que me resultaba conocido acababa de surgir entre jirones de niebla.

Pero al fijarme en el cuerpo de mi avatar descubrí que no iba montado a lomos de ningún caballo, sino que caminaba por el suelo. Mi avatar llevaba puesta una cota de mallas y tenía las manos extendidas frente al cuerpo, como si sostuviera unas riendas. Pero no sostenía nada; no llevaba nada en las manos.

Dejé de moverme hacia delante y el sonido de los cascos también cesó, aunque unos segundos después de que me detuviera. Al girarme descubrí la fuente de aquel sonido. No se trataba de ningún caballo, sino de un hombre que entrechocaba un coco partido por la mitad.

En ese momento supe dónde me encontraba. Acababa de aparecer en la primera escena de *Los caballeros de la mesa cuadrada y sus locos seguidores*, de Monty Python. Otra de las películas favoritas de Halliday y tal vez el largometraje más venerado por los frikis de todos los tiempos.

Al parecer me encontraba en otro Flicksync, como el de *Juegos de guerra* de la Primera Puerta.

Me di cuenta de que interpretaba al rey Arturo. Llevaba el mismo atuendo que Graham Chapman lucía en la película. Y el hombre de los cocos era mi fiel siervo, Patsy, personaje interpretado por Terry Gilliam.

Patsy me dedicó una reverencia y se mostró servil y sumiso cuando me giré para mirarlo, pero no dijo nada.

—¡Es *Los caballeros de la mesa cuadrada* de los Python! —oí que exclamaba Shoto con emoción.

—Qué listo —repliqué, como un maleducado—. Eso ya lo sé, Shoto.

En la pantalla apareció una advertencia.

¡DIÁLOGO INCORRECTO!

Y al mismo tiempo, en una de las esquinas el marcador de puntuación señaló -100.

—Actúa con calma, no te precipites —oí que decía Art3mis.

—Avisa si necesitas algo, Zeta —ofreció Hache—. Haz un gesto con las manos o algo así, y nosotros te chivaremos la siguiente línea de diálogo.

Asentí y levanté los pulgares. Con todo, no creía que fuera a necesitar demasiada ayuda. En los últimos seis años había visto la película 157 veces, ni más ni menos. Y me sabía los diálogos de memoria.

Volví a fijarme en el castillo que se alzaba ante mí, consciente en esa ocasión de lo que me aguardaba en el interior. Empecé a «galopar» de nuevo, sosteniendo mis riendas invisibles mientras fingía que cabalgaba. Una vez más, Patsy golpeó el coco partido y cabalgó a mi lado. Cuando llegamos a la entrada del castillo, tiré de las «riendas» y detuve mi «corcel».

—¡Sooo! —grité.

Conseguí 100 puntos. Volvía a estar a cero.

Al momento, aparecieron dos soldados en lo alto sobre la muralla del castillo.

—¿Quién vive?

—Yo, Arturo, hijo de Uther Pendragon del castillo de Camelot —recité—. ¡Rey de los bretones! ¡Vencedor sobre los sajones! ¡Soberano de toda Inglaterra!

Mi puntuación se incrementó 500 puntos y un mensaje me informó de que había recibido una bonificación por el acento y la inflexión de mi voz. Noté que me relajaba un poco y que también empezaba a pasarlo bien.

—¡Venga ya! ¿Y el otro? —respondió el soldado.

—¡Que soy yo! Y este es mi fiel escudero Patsy. Hemos cabalgado a lo largo y ancho del reino en busca de caballeros que deseen unirse a mi corte de Camelot. ¡Debo hablar con tu amo y señor!

Otros 500 puntos. Oí a mis amigos reír y aplaudir.

—¿Qué? —replicó el otro soldado—. ¿Cabalgando a caballo?

—¡Sí! —respondí.

Otros 100 puntos.

—¡Estáis usando cocos!

—¿Qué? —dije.

100 puntos.

—¡Tenéis dos mitades de un coco y las estáis golpeando una contra otra!

—¿Y qué? Cabalgamos desde que las nieves del invierno cubrieron la tierra, a través del reino de Mercia. A través...

500 puntos más.

—¿De dónde habéis sacado los cocos?

Y continuó. El personaje que tenía que interpretar cambiaba de una escena a otra y pasaba al que tenía más líneas de diálogo. Por increíble que pueda parecer, solo me equivoqué en seis o siete diálogos. Cada vez que no sabía qué decir, me encogía de hombros y levantaba las palmas de las manos en señal de que necesitaba ayuda, y Hache, Art3mis y Shoto me dictaban con gusto la frase correcta. El resto del tiempo permanecían en silencio, salvo cuando no lograban reprimir una risita o algún que otro ataque de carcajadas. Lo único que me resultó difícil fue evitar reírme, sobre todo cuando Art3mis empezó a recitar con entonación perfecta el papel de Carol Cleveland en la escena del castillo de Anthrax. En ese momento, se me escapó la risa varias veces y mi puntuación sufrió una penalización. Pero del resto todo fue como la seda.

Recrear la película no solo fue fácil, sino también una pasada.

Hacia la mitad, justo después del enfrentamiento con los Caballeros que dicen Ni, abrí una ventana de texto en la pantalla y tecleé: ¿POSICIÓN DE LOS SIXERS?

—Quince de ellos todavía juegan a *Tempest* —oí que respondía Hache—. Pero tres ya han superado la puntuación de Halliday y están en la simulación de *Los caballeros*. —Se hizo una breve pausa—. Y el líder, que creemos que es Sorrento, solo va nueve minutos por detrás de ti.

—De momento no se ha equivocado en una sola línea de diálogo —añadió Shoto.

Estuve a punto de soltar un taco en voz alta, pero me contuve y tecleé: ¡MIERDA!

—Exacto —dijo Art3mis.

Respiré hondo y volví a concentrarme en la escena. (*La historia de sir Lanzarote*.) Hache seguía proporcionándome información sobre los sixers cuando se la pedía.

Al llegar a la escena final de la película (el asalto al castillo francés), empecé a ponerme nervioso de nuevo y a preguntarme qué ocurriría a continuación. En la Primera Puerta había tenido que meterme en una película (*Juegos de guerra*) y para la Segunda había tenido que jugar a un videojuego (*Black Tiger*). Hasta el momento, la Tercera Puerta contenía ambas cosas. Sabía que habría una tercera fase, pero no tenía la menor idea de en qué podía consistir.

La respuesta me llegó minutos después. Justo después de completar la escena final de *Los caballeros de la mesa cuadrada*, la pantalla se puso en negro mientras sonaba la absurda musiquilla de órgano que pone fin a la película. Cuando terminó, apareció el siguiente mensaje en la pantalla:

¡FELICIDADES!
HAS LLEGADO AL FINAL
READY PLAYER 1

Y mientras el texto se difuminaba, aparecí en medio de una habitación forrada con listones de madera, del tamaño de un almacén, de techo altísimo y abovedado y suelo de parqué pulido. No había ventanas y solo una salida: una puerta grande de doble hoja en una de las cuatro paredes vacías. En el centro de aquella inmensa estancia, destacaba un viejo equipo de inmersión de OASIS de última generación. Alrededor del equipo había más de cien mesas de cristal dispuestas formando un gran óvalo. Sobre cada una de ellas había un ordenador personal clásico o una consola de videojuegos diferente acompañados de estantes que parecían contener una colección completa de periféricos, controles, programas y juegos. Todo estaba muy bien ordenado, como si se tratara de la exposición de algún museo. Eché un vistazo general por todos los sistemas y vi que los equipos estaban ordenados más o menos por año de fabricación. Un PDP-1. Un Altair 8800. Un IMSAI 8080. Un Apple I junto a un Apple II. Una Atari 2600. Un Commodore PET. Una Intellivision. Varios modelos de TRS-80. Un Atari 400 y otro 800. Una ColecoVision. Un TI-99/4. Un Sinclair ZX80. Un Commodore 64. Varias consolas de Nintendo y Sega. Toda la gama de Mac, PC, PlayStation y Xbox. En el centro de la sala, cerraba el círculo una consola de OASIS conectada al equipo de inmersión.

Me di cuenta de que me hallaba en el interior de una recreación del despacho de Halliday, el lugar de su mansión donde había pasado la mayor parte de los últimos quince años de su vida. El lugar en el que había escrito el código de su último y mejor juego, el mismo al que yo estaba jugando en ese momento.

Nunca había visto imágenes de aquella habitación, pero los encargados de la mudanza que se habían ocupado de llevarse las cosas tras la muerte de Halliday habían descrito la distribución y el contenido con gran profusión de detalles.

Me fijé en mi avatar y vi que su aspecto ya no era el de un caballero de los Monty Python. Volvía a ser Parzival.

Primero intenté lo más evidente, que era salir por la puerta. Pero como era de esperar, no se abría.

Me giré y eché otro vistazo a la sala fijándome mejor en la larga hilera de monumentos de la historia de la informática y los videojuegos.

En ese momento caí en la cuenta de que la forma ovalada en la que estaban dispuestas las mesas creaba la silueta de un huevo.

Recité mentalmente los versos del primer acertijo de Halliday, el que aparecía en *Invitación de Anorak*:

Ocultas, las tres llaves, puertas secretas abren.
En ellas, los errantes serán puestos a prueba.
Y quienes sobrevivan a muchos avatares
llegarán al Final donde el trofeo espera.

Había llegado al final. Allí estaba. El Huevo de Pascua de Halliday debía hallarse oculto en algún lugar de la sala.

0038

—¿Veis esto, chicos? —susurré.

Nadie me respondió.

—¿Hola? ¿Hache? ¿Art3mis? ¿Shoto? ¿Todavía estáis ahí?

Pero nadie me dijo nada. O bien Og había cortado la comunicación o Halliday había configurado aquella última fase para que no fuera posible el contacto con el exterior. Estaba bastante seguro de que debía de tratarse de esto último.

Permanecí un minuto en silencio y sin saber muy bien qué hacer. Entonces hice caso de mi instinto y me acerqué a la Atari 2600. Estaba conectada a un televisor en color Zenith de 1977. Encendí el televisor, pero no ocurrió nada. Después encendí la Atari, pero tampoco ocurrió nada. Aunque tanto el televisor como la consola estaban conectados a unos enchufes en el suelo, parecía no haber corriente.

Lo intenté con el Apple II que estaba en la mesa contigua. Pero tampoco se encendió.

Tras varios minutos experimentando, descubrí que el único ordenador que se ponía en marcha era el más antiguo de todos, el IMSAI 8080, el mismo modelo que tenía Matthew Broderick en *Juegos de guerra*.

Cuando lo inicié, apareció una pantalla totalmente vacía salvo por una palabra:

LOGIN:

Escribí ANORAK y pulsé Enter.

IDENTIFICACIÓN NO RECONOCIDA – FIN DE LA CONEXIÓN

El ordenador se apagó solo y tuve que encenderlo de nuevo para que volviera a aparecer el mensaje de LOGIN.

Probé con HALLIDAY. Tampoco hubo suerte.

En *Juegos de guerra* la contraseña de la puerta trasera que daba acceso al superordenador WOPR era «Joshua». El profesor Falken, creador del WOPR, había usado como contraseña el nombre de su hijo. La persona a la que más quería en el mundo.

Tecleé OG. No funcionó. OGDEN. Tampoco.

Tecleé KIRA y le di a Intro.

IDENTIFICACIÓN NO RECONOCIDA – FIN DE LA CONEXIÓN

Lo probé con los nombres de su padre y de su madre. Lo probé con ZAPHOD, que era como se llamaba un pez que tenía de mascota. Y con TIBERIUS, nombre de un hurón que había tenido hacía tiempo.

Pero no era ninguno de ellos.

Miré la hora. Llevaba más de diez minutos en aquella sala, lo que implicaba que Sorrento ya me habría dado alcance y en ese instante se encontraría en el interior de su propia copia de esa misma estancia y, probablemente, un equipo de expertos en Halliday le estaría susurrando sugerencias al oído gracias a su equipo de inmersión pirateado. Era muy posible que estuvieran usando una lista ordenada por prioridades, y que Sorrento fuera tecleándolas lo más deprisa que pudieran sus dedos.

Se me agotaba el tiempo.

Apreté mucho los dientes, desesperado. No tenía ni idea de qué palabra introducir ahora.

En ese momento, recordé una frase de la biografía de Ogden

Morrow: «Jim se ponía muy nervioso en presencia de mujeres, y Kira fue la única chica con la que le vi hablando de manera relajada. Pero solo lo hacía como Anorak dentro de las partidas. Y solo la llamaba Leucosia, el nombre del personaje que Kira usaba en *D&D*».

Encendí el ordenador una vez más. Cuando apareció el mensaje de LOGIN tecleé LEUCOSIA y pulsé Enter.

Se encendieron todos los aparatos que había en la sala. Resonaron los chirridos de las unidades de disco, los pitidos y otros sonidos de arranque, todo amplificado por el techo abovedado.

Corrí hacia la Atari 2600 y rebusqué en el inmenso estante de cartuchos ordenados alfabéticamente que había junto a ella hasta que encontré el que estaba buscando: *Adventure*. Lo introduje en la consola, la encendí y pulsé el botón de Reset para iniciar el juego.

Tardé apenas unos minutos en alcanzar la habitación secreta.

Cogí la espada y la usé para liquidar a los tres dragones. Después encontré la llave negra, abrí las puertas del Castillo Negro y entré en el laberinto. El punto gris estaba escondido donde se suponía que tenía que estar. Lo recogí, lo llevé de vuelta por el diminuto reino de 8-bits y después lo usé para cruzar la barrera mágica y entrar en la habitación secreta. Pero, a diferencia de lo que sucedía en el juego original de Atari, en la habitación secreta no estaba el nombre de Warren Robinett, el programador de *Adventure*. Lo que había justo en el centro de la pantalla era una gran forma ovalada de bordes pixelados. Un huevo.

El Huevo.

Me quedé observando la pantalla en silencio y estupefacto. Después moví el *joystick* de la Atari hacia la derecha para mover mi pequeño avatar cuadrado por la pantalla parpadeante. El altavoz monoaural del televisor emitió un breve pitido electrónico cuando solté el punto gris y recogí el huevo. Al hacerlo, se produjo un destello de luz brillante, y vi que mi avatar ya no sostenía el *joystick*. Entre mis manos abiertas descansaba un gran huevo plateado. En la superficie curvada se reflejaba el rostro distorsionado de mi avatar.

Cuando al fin conseguí dejar de mirarlo, alcé la vista y vi que la puerta de doble hoja del otro extremo de la sala había sido sustituida por otra, la salida: un portal con marco de cristal que conducía de nuevo al vestíbulo del Castillo de Anorak. La fortaleza parecía totalmente restaurada, a pesar de que el servidor de OASIS todavía tardaría varias horas más en reiniciarse.

Eché un último vistazo al despacho de Halliday y luego, con el Huevo entre las manos, crucé la estancia y me dirigí a la salida.

En cuanto la hube franqueado, me di la vuelta y tuve tiempo de ver cómo la Puerta de Cristal se transformaba en una gran puerta de madera en uno de los muros del castillo.

La abrí. Al otro lado había una escalera de caracol que conducía a la parte superior de la torre más alta del castillo. Subí y descubrí que allí se encontraba el estudio de Anorak, atestado de estanterías llenas de pergaminos antiguos y libros de hechizos polvorientos.

Me acerqué a la ventana y contemplé las extraordinarias vistas que se podían contemplar desde el lugar. El lugar ya no era un yermo. Los efectos del Cataclista habían desaparecido y tanto Chthonia como el castillo parecían haber quedado restaurados.

Miré alrededor. Debajo del conocido cuadro de un dragón negro había un pedestal de cristal muy ornamentado sobre el que reposaba un cáliz de oro con incrustaciones de piedras preciosas. Su diámetro coincidía con el del huevo de plata que tenía en las manos.

Deposité el Huevo en el cáliz y encajó a la perfección.

Oí una fanfarria de trompetas a lo lejos, y el Huevo empezó a brillar.

—Tú ganas —oí que decía una voz. Me giré y vi que Anorak estaba justo detrás de mí. Su túnica de obsidiana negra parecía atrapar casi toda la luz del sol que entraba de la estancia—. Enhorabuena —añadió, extendiendo una mano huesuda.

Vacilé, sin saber muy bien si se trataba de una trampa o de la prueba final.

—El juego ha terminado —dijo, como si acabara de leerme la mente—. Es hora de que recibas tu premio.

Bajé la vista y miré la mano extendida. Dudé unos instantes y se la estreché.

El espacio que nos separaba se iluminó con una cascada de rayos azules, y las puntas de sus filamentos nos envolvieron como si un chorro de energía pasara de su avatar al mío. Cuando cesaron los rayos, vi que Anorak ya no estaba vestido con sus ropajes negros de mago. De hecho, no se parecía en nada a Anorak. Era más bajo, más delgado y, en cierto sentido, menos guapo. Se parecía a James Halliday. Pálido. De mediana edad. Llevaba unos vaqueros desgastados y una camiseta muy usada de *Space Invaders*.

Bajé la mirada y descubrí que ahora era mi avatar el que vestía la túnica de Anorak. Me fijé también en que los iconos y el texto que había en los bordes de la pantalla habían cambiado. Las características de mi personaje habían subido al máximo y ahora contaba con una lista de hechizos, poderes y objetos mágicos que parecía interminable.

El contador de nivel y el de puntos de vida de mi avatar tenían sendos símbolos de infinito al lado.

Y en el de créditos figuraba una cifra de doce dígitos. Era multibillonario.

—Te confío el cuidado de OASIS, Parzival —declaró Halliday—. Tu avatar es inmortal y todopoderoso. Podrás conseguir todo lo que quieras solo con desearlo. Mola, ¿verdad? —Se acercó más a mí y bajó la voz—: Hazme un favor. Intenta usar tus poderes solamente para hacer el bien, ¿de acuerdo?

—De acuerdo —respondí, con una voz que apenas era un susurro.

Halliday sonrió e hizo un ademán con el que abarcó lo que nos rodeaba.

—Ahora este castillo es tuyo. He escrito el código de esta sala para que solo pueda entrar tu avatar. Lo hice así para asegurarme de que solo tú tuvieras acceso a esto.

Se acercó a una estantería pegada a una pared y tiró del lomo de uno de los volúmenes que contenía. Oí un clic. Entonces la librería se retiró hacia un lado y dejó a la vista una plancha metálica cuadrada que había en la pared. En el centro destacaba un botón rojo de un tamaño exageradamente cómico en el que había grabada una sola palabra: APAGAR.

—Yo lo llamo el Gran Botón Rojo —me confió Halliday—. Si lo pulsas, apagarás todo OASIS y lanzarás un virus que borrará todo lo almacenado en los servidores de GSS, incluido el código fuente de OASIS. Apagará OASIS para siempre. —En su rostro se dibujó una sonrisa maliciosa—. O sea, que no lo toques a menos que estés muy seguro de que es lo que hay que hacer. ¿De acuerdo? —Volvió a sonreír—. Confío en tu criterio.

Halliday volvió a colocar la estantería en su lugar y el botón rojo quedó oculto. Después me sobresaltó al ponerme el brazo por encima de los hombros.

—Oye —dijo, adoptando un tono confidencial—. Antes de irme tengo que contarte una última cosa. Algo de lo que no me di cuenta hasta que era demasiado tarde. —Me llevó hasta la ventana y señaló el paisaje que se extendía frente a nosotros—. Creé OASIS porque nunca me sentí a gusto en el mundo real. No conectaba bien con la gente. Tuve miedo durante toda la vida. Hasta el momento en que supe que llegaba a su fin. Fue entonces cuando me di cuenta de que por muy aterradora y dolorosa que pueda ser, también es el único lugar donde puede encontrarse la verdadera felicidad. Porque la realidad es real. ¿Entiendes?

—Sí —contesté—. Creo que sí.

—Bien —prosiguió, guiñándome un ojo—. No cometas el mismo error que yo. No te escondas aquí toda tu vida.

Sonrió de nuevo y se alejó de mí unos pasos.

—Está bien, creo que con esto ya está todo. Ya va siendo hora de que me las pire.

En ese momento, Halliday empezó a difuminarse. Sonrió y se despidió agitando la mano mientras su avatar desaparecía poco a poco.

—Buena suerte, Parzival —dijo—. Y gracias. Gracias por jugar a mi juego.

Dicho eso, desapareció por completo.

. . .

—¿Estáis ahí, chicos? —pregunté a la nada un momento después.

—¡Sí! —respondió Hache, entusiasmada—. ¿Tú nos oyes a nosotros?

—Sí, ahora sí. ¿Qué ha ocurrido?

—El sistema cortó la comunicación por voz cuando entraste en el despacho de Halliday. Por eso no podíamos hablar contigo.

—Por suerte no te ha hecho falta nuestra ayuda —comentó Shoto—. Lo has hecho muy bien, tío.

—Enhorabuena, Wade —oí que decía Art3mis. Y noté que era sincera.

—Gracias. Pero no podría haberlo logrado sin vosotros.

—En eso te doy la razón —dijo ella—. No te olvides de comentarlo cuando te dirijas a los medios de comunicación. Og dice que cientos de periodistas vienen de camino.

Miré hacia la estantería que ocultaba el Gran Botón Rojo.

—¿Habéis oído todo lo que Halliday ha dicho antes de esfumarse? —pregunté.

—No —respondió Art3mis—. Hemos visto hasta que ha dicho que usaras tus poderes para hacer el bien. Después se ha cortado la imagen. ¿Qué ha ocurrido luego?

—No gran cosa —dije—. Después os lo cuento.

—Tíos, tenéis que ver el Marcador —sugirió Hache.

Abrí una ventana y fui al Marcador. La lista de récords había desaparecido. Lo único que aparecía en la página web era una imagen de mi avatar vestido con la túnica de Anorak y el Huevo de Pascua en las manos, acompañado de las palabras: ¡PARZIVAL GANA!

—¿Qué ha ocurrido con los sixers? —pregunté—. ¿Con los que todavía estaban dentro de la puerta?

—No estamos seguros —contestó Hache—. La retransmisión se ha cortado justo al cambiar el Marcador.

—Tal vez sus avatares hayan muerto —intervino Shoto—. O quizá...

—Quizá salieran despedidos por la puerta —dije yo.

Abrí el mapa de Chthonia y comprobé que podía teletransportarme a cualquier lugar de OASIS solo con seleccionar el destino deseado en el atlas. Amplié la zona del Castillo de Anorak, toqué el punto que quedaba al otro lado de la entrada principal y mi avatar apareció allí en un abrir y cerrar de ojos.

Mis suposiciones eran ciertas. Después de franquear la Tercera Puerta, los dieciocho avatares sixers que todavía quedaban en el interior habían salido despedidos al exterior y caído delante del castillo. Todos seguían en el mismo lugar, y la confusión hizo que se les torciera el gesto cuando aparecí frente a ellos con mis nuevos y deslumbrantes ropajes.

Todos me miraron en silencio durante unos segundos y luego sacaron las armas de fuego y las espadas, preparándose para el ataque. Tenían el mismo aspecto, por lo que no sabía cuál de ellos estaba controlado por Sorrento. Aunque a estas alturas ya me daba lo mismo.

Con la nueva interfaz de superusuario de mi avatar, realicé un barrido general con la mano para seleccionar a todos los avatares sixer de la pantalla. Sus siluetas brillaron de un rojo resplandeciente. A continuación, pulsé el icono de la calavera y las tibias cruzadas de la barra de herramientas de mi avatar. Los dieciocho avatares murieron al instante. Los cuerpos fueron desapareciendo poco a poco y todos dejaron tras de sí una pequeña pila con armas y botín.

—¡Hostia puta! —oí que exclamaba Shoto por el intercomunicador—. ¿Cómo lo has hecho?

—Ya has oído a Halliday —respondió Hache—. Su avatar es inmortal y todopoderoso.

—Sí —intervine—. Y lo decía en serio.

—Halliday también te ha dicho que podías pedir el deseo que quisieras —prosiguió Hache—. ¿Qué deseo vas a pedir primero?

Lo pensé durante un momento y después toqué el icono de la consola de comandos que ahora aparecía en un extremo de la pantalla y dije:

—Deseo que Hache, Art3mis y Shoto resuciten.

Al instante apareció un cuadro de diálogo que pedía que confirmara cómo se escribían los nombres de aquellos avatares. Después el sistema preguntó que si, además de resucitarlos, quería que renarcieran con todos los objetos que tenían al morir. Pulsé el icono de «sí» y apareció un mensaje en el centro de la pantalla: RESURRECCIÓN COMPLETADA. AVATARES RESTAURADOS.

—¿Chicos? Creo que ya podéis intentar conectaros de nuevo a vuestras cuentas.

—¡Vamos para allá! —exclamó Hache.

Segundos después, Shoto volvió a conectarse a su cuenta y su avatar se materializó a poca distancia del mío, en el punto exacto donde lo habían asesinado horas antes. Corrió hacia a mí con una sonrisa de oreja a oreja.

—*Arigato*, Parzival-san —dijo, dedicándome una reverencia.

Le devolví la reverencia y lo abracé.

—Bienvenido de nuevo —respondí.

Un instante después, Hache apareció en la entrada del castillo y corrió hacia nosotros.

—Estoy como nuevo —comentó con una sonrisa al ver que su avatar estaba intacto—. Gracias, Zeta.

—De nada. —Clavé los ojos en la puerta—. ¿Dónde está Art3mis? Debería haber aparecido a tu lado...

—No se ha conectado —dijo Hache—. Ha dicho que le apetecía salir y tomar un poco el aire.

—¿La has visto? ¿Qué...? —Me esforcé por formular bien la pregunta—. ¿Qué aspecto tenía?

Los dos me sonrieron, y Hache me plantó una mano en el hombro.

—Ha dicho que estaría fuera esperándote. Cuando estés preparado para encontrarte con ella.

Asentí.

Estaba a punto de darle al icono de desconectar cuando Hache levantó la mano.

—¡Espera un segundo! Antes de desconectarte, tienes que ver una cosa —dijo, abriendo una ventana delante de mí—. Esto se está transmitiendo en todos los canales de noticias ahora mismo. Los federales acaban de detener a Sorrento para interrogarlo. ¡Han entrado en la central de IOI y lo han arrancado de su silla háptica!

En ese momento comenzó una transmisión realizada con cámara en mano en la que aparecía un equipo de agentes federales que conducían a Sorrento por el vestíbulo de la sede de IOI. Todavía llevaba el traje háptico e iba escoltado por un hombre de traje y pelo gris que supuse que sería su abogado. Sorrento apenas parecía irritado, como si aquello fuera poco más que un inconveniente menor. El texto que podía leerse bajo las imágenes rezaba: «Sorrento, importante ejecutivo de IOI, acusado de asesinato».

—Los informativos llevan todo el día emitiendo fragmentos de tu sesión de chatlink con Sorrento —dijo Hache, deteniendo la emisión—. Sobre todo la parte en la que te amenaza de muerte y después hace estallar la caravana de tu tía.

Hache le dio al botón para continuar y el informativo siguió. Los agentes federales siguieron conduciendo a Sorrento por el vestíbulo, que estaba lleno de periodistas que se apretujaban unos contra otros y formulaban preguntas. El que grababa aquellas imágenes se adelantó más y colocó la cámara muy cerca del rostro de Sorrento.

—¿Cómo se siente al saber que ha perdido la competición?

Sorrento sonrió, pero no dijo una palabra. Entonces su abogado se interpuso entre el cámara y él y se dirigió a los periodistas.

—Los cargos presentados contra mi cliente carecen de fundamento —manifestó—. La grabación de la simulación que se ha divulgado es inequívocamente falsa. No tenemos más comentarios que hacer por el momento.

Sorrento asintió. No dejó de sonreír mientras los federales lo sacaban del edificio.

—Seguro que el muy cabrón queda impune —dije—. IOI puede permitirse contratar a los mejores abogados del mundo.

—Es verdad —admitió Hache, antes de dedicarme su sonrisa de gato de Cheshire—. Pero ahora nosotros también podemos.

0039

Cuando salí de la plataforma de inmersión, Og me esperaba junto a la puerta.

—¡Bien hecho, Wade! —dijo, abrazándome con fuerza—. ¡Muy bien hecho!

—Gracias, Og.

Todavía me sentía algo mareado, y me temblaban las piernas.

—Han llegado varios ejecutivos de GSS mientras estabas conectado —informó—. Y también los abogados de Jim. Todos te esperan arriba. Como supondrás, están todos impacientes por hablar contigo.

—¿Tengo que hablar con ellos ahora mismo?

—¡No, claro que no! —Se echó a reír—. Ahora todos trabajan para ti, no lo olvides. Haz esperar a esos cabrones todo lo que quieras. —Se acercó más a mí—. Mi abogado también está ahí arriba. Es un buen tipo. Un perro de presa. Se asegurará de que nadie te tome el pelo, ¿vale?

—Gracias, Og —dije—. Te debo una.

—Tonterías. Soy yo quien tiene que darte las gracias. Hacía décadas que no me divertía tanto. ¡Qué bien lo has hecho, hijo!

Miré alrededor, inseguro. Hache y Shoto seguían en las plataformas de inmersión, desde donde daban una rueda de prensa improvisadas *online*. Pero la plataforma de Art3mis estaba vacía. Me giré hacia Og.

—¿Sabes dónde ha ido Art3mis?

Og me sonrió y me hizo una seña.

—Por esas escaleras, la primera puerta que te encuentres. Ha dicho que te esperaría en el centro del laberinto de setos. Es un laberinto fácil de recorrer, o sea que no creo que tardes mucho en encontrarla.

Salí al exterior y entrecerré los ojos para adaptarlos a la luz. El aire era tibio y el sol estaba en su cénit. No se veía ni una nube en el cielo.

Hacía un día radiante.

El laberinto de setos ocupaba varias hectáreas y se extendía desde la parte trasera de la mansión. La entrada estaba diseñada para parecerse a la puerta de un castillo, y se entraba al laberinto a través de sus puertas abiertas. Las densas paredes de arbustos que formaban el laberinto tenían una altura de tres metros, por lo que resultaba imposible ver por encima incluso si te ponías de pie en alguno de los bancos que había por todo el lugar.

Entré y caminé en círculos durante varios minutos, confundido. Hasta que al final me di cuenta de que el trazado era idéntico al laberinto que había en *Adventure*.

En cuanto lo supe, tardé solo unos minutos en encontrar el gran claro que se abría en el centro. Había una fuente grande que tenía en el centro una escultura de piedra de los tres dragones con forma de pato de *Adventure*. Cada uno de ellos escupía un chorro de agua por la boca en lugar de fuego.

Y entonces la vi.

Sentada en un banco de piedra, mirando hacia la fuente. Me daba la espalda y tenía la cabeza inclinada hacia delante. El pelo largo y negro le caía por el hombro derecho. Tenía las manos apoyadas en el regazo.

No me atreví a acercarme más. Al fin me armé de valor y me dirigí a ella.

—Hola —dije.

Levantó la cabeza al oírme, pero no se giró.

—Hola —oí que decía. Y era su voz. La voz de Art3mis. La

voz que había oído tantas horas. Y eso me dio el valor para seguir avanzando.

Rodeé la fuente y no me detuve hasta colocarme frente a ella. Al notar que me acercaba, ella giró la cara para evitar mirarme y mantenerme fuera de su campo de visión.

Pero yo sí podía verla a ella.

Era igual que en la foto que había visto. El mismo cuerpo rubensiano. La misma piel pálida y pecosa. Los mismos ojos castaños y el pelo negro azabache. El mismo rostro bonito y redondeado con la misma marca de nacimiento rojiza. La diferencia era que ahora no intentaba ocultarla con el fleco. Llevaba el pelo recogido, por lo que pude vérsela.

Esperé en silencio. Pero ella no levantó la vista.

—Eres justo como imaginaba. Preciosa.

—¿De verdad? —preguntó ella en voz baja.

Se volvió despacio para mirarme poco a poco, empezando por los pies y alzando la vista hasta llegar a mi cara. Cuando nuestros ojos se encontraron, me sonrió, nerviosa.

—¿Pues sabes una cosa? Que tú también eres como siempre creí que serías: feo como el culo.

Nos echamos a reír, y desapareció casi toda la tensión que se respiraba en el ambiente. Entonces nos miramos a los ojos durante lo que me pareció una eternidad. Me di cuenta de que era la primera vez que lo hacíamos.

—No nos hemos presentado como es debido —dijo—. Soy Samantha.

—Hola, Samantha. Yo soy Wade.

—Me alegro de conocerte en persona por fin, Wade.

Dio una palmadita en el banco, y me senté a su lado. Tras un largo silencio, preguntó:

—¿Y qué va a pasar ahora?

Sonreí.

—Vamos a usar toda la pasta que acabamos de ganar para dar de comer a la gente de todo el planeta. Vamos a hacer del mundo un lugar mejor, ¿no?

Ella sonrió.

—¿Ya no quieres construir una inmensa nave espacial interestelar llena de videojuegos, comida basura y sofás cómodos para encerrarte en ella?

—También estoy dispuesto a eso —respondí—. Mientras pueda pasar el resto de mi vida contigo.

Me dedicó una sonrisa tímida.

—Ya veremos. Acabamos de conocernos, ya sabes.

—Estoy enamorado de ti.

Le empezó a temblar el labio inferior.

—¿Estás seguro de lo que dices?

—Sí. Estoy seguro porque es verdad.

Volvió a sonreírme, pero me di cuenta de que también lloraba.

—Siento mucho haber roto contigo —dijo—. Haber desaparecido de tu vida. Es que...

—No digas nada. Ahora entiendo por qué lo hiciste.

Pareció tranquilizarse.

—¿Sí?

Asentí.

—Hiciste bien.

—¿Lo crees en serio?

—Hemos ganado, ¿no?

Esbozó una sonrisa, y se la devolví.

—Oye —dije—. Podemos ir todo lo despacio que quieras. Cuando me conozcas mejor, verás que soy un buen chico.

Se echó a reír y se secó las lágrimas, pero no dijo nada.

—Y no sé si te he comentado que soy muy, muy rico —añadí—. Claro que tú también lo eres, o sea que supongo que no es la mejor manera de venderme.

—No hace falta que sigas vendiéndote, Wade —dijo ella—. Eres mi mejor amigo. Mi persona favorita. —No sin cierto esfuerzo, me miró a los ojos—. Te he echado mucho de menos, ¿sabes?

Sentí como si se me incendiara el corazón. Me armé de valor y tomé su mano. Nos quedamos allí sentados un rato cogidos de la mano y recreándonos en esa sensación tan extraña de tocarnos de verdad.

Al cabo, se inclinó hacia mí y me besó. Y sentí lo que todas las canciones y poemas me habían prometido que sentiría. Era maravilloso. Como si hubiera recibido el impacto de un rayo.

En ese momento descubrí que, por primera vez en mi vida, no sentía el menor deseo de volver a OASIS.

Agradecimientos

Muchas de las personas en las que más confío tuvieron acceso a borradores y primeras versiones de este libro, y todas ellas me ofrecieron sus valiosas opiniones y su apoyo. Mis agradecimientos más sinceros a Eric Cline, Susan Somers-Willett, Chris Beaver, Harry Knowles, Amber Bird, Ingrid Ritcher, Sara Sutterfield Winn, Jeff Knight, Hilary Thomas, Anne Miano, Tonie Knight, Nichole Cook, Cristin O'Keefe Aptowicz, Jay Smith, Mike Henry, Jed Strahm, Andy Howell y Chris Fry.

También le debo una a Yfat Reiss Gendell, la agente más guay del Universo Conocido, que logró hacer realidad algunos de los sueños que siempre había tenido a los pocos meses de conocerla. Gracias a Stéphanie Abou, Hannah Brown Gordon, Cecilia Campbell-Westlind y a la gente extraordinaria de Foundry Literary and Media.

También deseo expresar mi agradecimiento a Dan Farah, representante, amigo y cómplice en Hollywood, y a Donald De Line, Andrew Haas y Jesse Ehrman de Warner Bros, por creer que este libro se convertirá en una gran película.

Gracias, por su increíble talento y apoyo, al equipo de Crown, Patty Berg, Sarah Breivogel, Jacob Bronstein, David Drake, Jill Flaxman, Jacqui Lebow, Rachelle Mandik, Maya Mavjee, Seth Morris, Michael Palgon, Tina Pohlman, Annsley Rosner y Molly Stern. Y a mi fantástica correctora, Deanna

Hoak, que hace ya mucho tiempo encontró la habitación secreta de *Adventure*.

Tengo una de gratitud muy especial con Julian Pavia, mi brillante editor, que creyó en mi capacidad como escritor mucho antes de que terminara este libro. Su deslumbrante inteligencia, perspicacia e infatigable atención a los detalles me han ayudado a convertir *Ready Player One* en el libro que siempre quise que fuera, y han hecho de mí mejor escritor de lo que era.

Por último, me gustaría dar las gracias a los escritores, directores de cine, actores, artistas, músicos, programadores, diseñadores de videojuegos y frikis a cuyas obras rindo tributo en esta historia. Todos me han entretenido e iluminado, y espero que, como la Cacería de Halliday, este libro inspire a otros a llevar a cabo sus propias creaciones.

© DAN WINTERS

ERNEST CLINE es un novelista de éxito internacional, guionista, padre y friki a tiempo completo. Vive en Austin, Texas, con su familia, un DeLorean que viaja en el tiempo y una gran colección de videojuegos clásicos. Es autor de los best sellers *Ready Player One* y *Armada*, además de coguionista de la adaptación cinematográfica de *Ready Player One*, dirigida por Steven Spielberg.